Liv

Der junge Franz streift mit seiner Clique durch das überbordende Berlin des Jahres 1928, ist hin- und hergerissen zwischen den ungeahnten Möglichkeiten und den Gefahren einer Stadt im Rausch. Liv reist wie viele junge Israeli durch unsere gegenwärtige Welt. Sie flieht vor dem Militärdienst und einem unerträglichen Gefühl der Enge. Während ihrer Reise erobert sie einen neuen Kontinent: Sie wird zu einer Social-Media-Ikone, deren Posts viele Tausende begleiten. Beinahe 100 Jahre liegen zwischen Liv und Franz, doch sie gehen wie Geschwister durch dieselbe Welt, suchen nach einer Perspektive abseits der Euphorie ihrer Epochen, nach Autarkie in der Masse.

Kevin Kuhn stellt sich den drängenden Fragen unserer Zeit und zeigt überraschende Wege durch die Fremde, die längst zu unserer Wirklichkeit geworden ist.

Kevin Kuhn

Liv

Roman

Berlin Verlag

Mehr über unsere Autoren und Bücher:
www.berlinverlag.de

Dies ist ein Werk der Fiktion. Figuren, Ereignisse, Orte und Weltanschauungen sind frei erfunden. Jede Ähnlichkeit mit lebenden Personen und Ereignissen ist rein zufällig und nicht beabsichtigt.

FSC
www.fsc.org
MIX
Papier aus verantwortungsvollen Quellen
FSC® C014496

ISBN 978-3-8270-1272-2

Umschlag- und Typefacegestaltung: Nell May
Innenlayout: Nell May
Satz: Fotosatz Amann, Memmingen
Gesetzt aus der Lyon von Commercial Type
Druck und Bindung: GGP Media GmbH, Pößneck
Printed in Germany

EINS

Liv, 1

Im Transitbereich eines Flughafens, viel Glas und Beton, der Rest Weiß. Den Blick starr nach vorne oder auf die Geräte in ihren Händen gerichtet, huschten die Reisenden in Eile umher, hoben die Köpfe erst in letzter Sekunde, um voreinander auszuweichen. Jemand hatte sich ein Nackenkissen an den Hals geklemmt und lehnte sich im Gehen weit vornüber, als liefe er gegen einen starken Wind an. Ein Paar schlenderte in einfarbigen Trainingsanzügen Richtung Gate, überall waren, in Erwartung des Strands, Flip-Flops zu sehen. Eine junge Frau mit Pumphose und sonnengebräunter Haut zog einen Schweif fingerdick verfilzter Haarsträhnen hinter sich her. Ab und an durchbrach eine klar artikulierte Stimme den konstanten Geräuschpegel: Die Reisenden sollten wachsam sein.

Liv hatte sich aus dem Strom ausgeklinkt und stand in der kurzen Schlange vor einem auf Superfood spezialisierten

Café: Acai Bowls, rohe Säfte und Powerbars versprachen einen Energieschub, Fabriklampen und Metallspinde simulierten eine Industrieatmosphäre. Liv beobachtete die Vorbeilaufenden. Alles erschien ihr wie ein unendliches Netz aus verwobenen Wegen, die sich nur kurz kreuzten oder frontal aufeinander zuliefen, von Gängen und Laufbändern gebündelt, so dass sie für eine Teilstrecke nebeneinanderher führten, nur um an der nächstens Gabelung wieder auseinanderzustieben.

Sie ging die Liste kalt gepresster Gemüsesäfte durch und holte dabei ihr mattschwarzes Smartphone aus der Gesäßtasche. Wenn sie die Finger spreizte, passte es genau in ihre Hand. Sie wischte eine Raute, um den Bildschirm zu entsperren, sogleich wurde ihr das freie WiFi angezeigt. Sie musste verifizieren – indem sie eine Zahl aus einem verschwommenen Foto herauslas und eintippte –, dass sie ein Mensch war.

Die Frau hinter der Theke, die eine Bäckerschürze trug, obwohl es in dem kleinen Café gar keine Möglichkeit zum Backen gab, lächelte, denn in Livs Hand hatte es plötzlich wild zu pingen begonnen, und auf dem Screen ploppte eine Mitteilung nach der anderen auf. Sie zuckte mit der Schulter und zeigte auf den *Green Supersoul*, der in verschnörkelter Schrift auf einer Tafel angeschrieben stand. *Spinat*, *Gurke*, *Mangold*. Exakt dieselbe Kombination wie nach dem Mittwochsport mit Gila, seit sie entdeckt hatten, dass reichhaltige Ernährung sie noch produktiver machte. Nur herausgefunden, was sie mit dieser zusätzlichen Energie anstellen sollten, hatten sie nicht. Liv gab ihre PIN ein und steuerte dann einen der freien Tische an, gegen dessen Tischbein sie ihren tarnfarbenen Rucksack lehnte.

Ein Blick auf den Bildschirm: *Boarding in 35 Minuten*. Sie setzte sich, probierte den Gemüsesaft und fuhr sich mit dem Handrücken über die nun sicher grün eingefärbten Lippen. Ihr Smartphone legte sie neben das Getränk und las sich durch die Mitteilungen, indem sie mit dem Zeigefinger über das Glas wischte, so wie sie über eine unbekannte Hautpartie, vielleicht eine schöne Narbe, streichen würde. Spam, Freunde, News. Viele bezogen sich auf die jüngsten Anschläge in Europa, die eine Flut von Sicherheitsmaßnahmen ausgelöst hatten: strengere Kontrollen und der Einsatz von Schusswaffen an den Grenzen, Bau von temporären Zäunen. Europa war von Angst ergriffen worden, zumindest schwappten von dort Forderungen nach mehr Abschottung und flächendeckender Überwachung in die sozialen Netzwerke. Natürlich gab es auch die üblichen Solidaritätsbekundungen, wurden Profilbilder mit Friedenssymbolen ausgetauscht, trendete das kurze Video einer jungen Frau mit Niqab, die wildfremde Menschen per Pappschild zu *free hugs* ermutigte. Gila, noch immer vor allem auf Facebook zu Hause, teilte und likte das, wie *8K andere* auch, die diese zyklisch nach jedem Anschlag auftretenden Aktionen noch immer als likens- oder sogar teilenswert empfanden.

Liv hasste dieses Blau, sie hasste diese Seite. Doch wie alle hatte sie zu viele Jahre ihres Lebens darein investiert, um es einfach so aufzugeben. Zu viele Versuche unternommen, eine andere zu sein, zu viele Erinnerungen geteilt, zu viele Momente des Scheiterns, erste öffentliche Beziehungsbekenntnisse, Momente sonnenuntergangsgefärbten Glücks.

Dennoch teilte sie Gilas Link, weil sie wusste, wie sehr diese unter der geringen Reichweite ihrer Posts litt und dass sie Stunden damit verbrachte, die Dynamik viraler Beiträge zu analysieren. Keine Sekunde später sendete Gila in ihrem Chat einen Smiley.

Aus der Vogelperspektive schoss Liv ein Foto von ihrem Saft, verstärkte den Kontrast und fügte es in ihren Chat mit Gila ein. *Green Supersoul,* schrieb sie in die Textblase darunter. *Spinat*, *Gurke*, *Mangold!* Auch kein sonderlich origineller Einfall, musste Liv sich eingestehen. Und schon bereute sie, es überhaupt gepostet und mit einem Ausrufezeichen versehen zu haben. Als ob ihr wirklich etwas an diesem nostalgischen Moment läge. *Hasse Nostalgie*, das war als Zwölfjährige ihr allererstes digitales Lebenszeichen gewesen. Das Wort »Nostalgie« musste sie von Mutter aufgeschnappt haben, Vater hatte ihr damals beim Einrichten ihres ersten Accounts geholfen. Sie hatte aufgelistet, was sie nicht ausstehen konnte, von den mit Edding bekritzelten Sneakers bis zu diesen blutigen Flecken in ihrer Jeans, und hatte sich damit bei ihren ersten Freunden, die ihre Zimmer mit unzähligen Dingen vollstopften und alles Mögliche sammelten, sehr unbeliebt gemacht. Sie hatte unbeirrt einen Post nach dem anderen veröffentlicht, bis sie irgendwann mehr geliebt als gehasst und etwas später von ihrem sich vergrößernden Freundeskreis nur noch vergöttert wurde. Sie liebte den Moment, wenn neue Freundschaftsanfragen als winzige Ziffer in dem entsprechenden Icon erschienen. Als Gila ebenfalls zu posten anfing, was sie nicht ausstehen konnte, hörte Liv damit auf. Sie wünschte sich eine Digitalkamera und flutete ihre Timeline die nächsten Monate mit Katzen, die alles andere als lustig in die Kamera blinzelten.

Drei Punkte zeigten an, dass Gila reagierte. Ein siebensekündiges Video erschien und spielte sich in Endlosschleife ab. Es zeigte den Frishman Beach, an dem gut gebaute Jungs vor anbrandenden Wellen nach Gummibällen hechteten. Matkot, ihr Spiel. Tel Aviv, ihre raketensichere Blase. Gilas Stimme am Ende der Sequenz: »Nichts macht mehr Sinn ohne dich.«

In Gilas Rücken musste sich die provisorisch gezimmerte Strandbar befinden, dort hatte sie zum ersten Mal mit Elam gesprochen. Oder anders: Dort hatte sie ihn einen Abend und eine Nacht lang angestarrt. Hier war auch er nach den

Gummibällen gehechtet, in Endlosschleife, bis plötzlich sein Einberufungsbescheid im Briefkasten gelegen hatte.

Sie trank einen weiteren Schluck und spürte dabei eine Klarheit im Kopf aufsteigen. Ihr Herz wummerte, weil sie wusste, dass die Vertrautheit am Frishman Beach bereits weit hinter ihr lag und sie von nun an, wie all die anderen um sie herum, eine Fremde unter Fremden sein würde.

Sie hatte noch etwas Zeit, öffnete ihre News-App und las die neueste Meldung: *Mann von Sicherheitskräften* erschossen. Wie ein Bumerang flog sie an ihren Lieblingsseiten vorbei, ihrem Lieblingsblog, der die kuriosesten Tagesfundstücke und Memes zusammentrug, ihrem Familien-Chat, in dem sie sich als *online* markierte, ihren Social-Media-Accounts. Sie überflog noch mal den Gila-Chat, dann den Chat mit Efrat, die es bis nach Berlin geschafft hatte, den Chat mit Elam, der ihr gerade ein tiefschwarzes Foto gesendet hatte – sein verdunkeltes Zimmer? –, auf dem rein gar nichts zu erkennen war. Sie las britische, dann amerikanische Nachrichten, betrachtete eine Karte Tel Avivs, auf der die neuesten Pop-up-Stores, Streetfood-Vans, Bars und dergleichen gesichtet wurden. Dasselbe in Mexico City, Berlin und Tokio. Sie wischte durch einen linksautonomen Blog, den sie aus einer jugendlichen Sentimentalität noch immer abonniert hatte, und blieb zuletzt auf YouTube hängen, wo sich die neuesten Videos ihrer abonnierten Kanäle untereinanderreihten, nur um schlussendlich wieder ihre News-App zu aktualisieren: *Mann trug Bombengürtel*, und eine neue Flugkurve begann, in Endlosschleife, atemlos.

Vater konnte diese Schleife unterbrechen. Schaltete sie von unsichtbar auf *online*, schrieb er ihr meist innerhalb weniger Sekunden. Manchmal schickte er nur einen Emoji oder einen Link zu einer seiner Entdeckungen. Ein niesender Panda oder eine Drohne, die von einem Adler vom Himmel gepflückt wurde. Eine New Yorker Ratte beim Versuch, ein Pizzastück eine Treppe hochzuschaffen. Oder eine livegestreamte Pfütze in England, die sich 20K Menschen gleichzeitig anschauten. Sie reagierte und sendete ihm ihre Fundstücke, aus dem einsamen Bumerangwurf wurde ein rasanter Ballwechsel, ein Hin und Her, Vater und Tochter.

Sie knetete sich den Nacken, wo sich seit dem ersten Flug eine Verspannung festgesetzt hatte. Ein fülliger Mann sackte ihr gegenüber auf den Stuhl und schaute immer dann, wenn sie den Blick senkte, zu ihr. Egal, wie lange sie im Chat blieb, Vater reagierte nicht. Ob sie ihm etwas schreiben sollte? Ihm und Mutter, die immer mitlas, aber eher wie eine Stalkerin im Hintergrund blieb und kaum das Wort ergriff. Aber was hätte sie ihnen noch sagen können?

Am Eingang zum Abflugterminal hatte Liv ein letztes Foto von sich und den Eltern in der Spiegelung der Schiebetür geschossen. Sie öffnete das Foto und drehte das Display in die Horizontale. Eingerahmt von zwei Palmen, posierten sie nebeneinander, ihr Smartphone hielt Liv auf Brusthöhe. Das Morgenlicht verlieh ihnen Plastizität. Vater, Fünftagebart und sein knittriges Leinenhemd, hatte den Arm um sie gelegt, sie waren fast gleich groß. Mutter, hochgesteckte, dunkle Haare, stand leicht versetzt vor ihnen, ihrem grünstichigen Blick nach bereits zur Tür eilend. Liv hatte ihr Haar zu einem seitlichen Zopf gebunden, man konnte ihre hohen Wangenknochen sehen, die sie von Mutter hatte. Vater schaute mit seinem offenen Strahlen direkt in die Linse und zur Betrachterin, also zu ihr, auch jetzt noch, knapp fünf Stunden später.

Vom Abschied blieb die Erinnerung. Und eine Schwere, wenn sie daran dachte. Etwas, das sich in ihre Brust krallte und sie zusammenzog. Eine im Gestrüpp verfangene Harke, die man durch wuchtiges Hin- und Herreißen freizubekommen versucht. Zum Abschied hatten sie sich in den Armen gelegen, und Liv hatte die Augen geschlossen und jeden Augenblick genossen. Ein ineinander verwachsenes Menschenknäuel, in dem alles lag, was sie bis hierhin kannte. Mutter drückte so fest, als kulminierten in dieser einen Umarmung all die Versuche der letzten Wochen, sie von der Reise abzuhalten.

Die Eltern hatten gewichtige Argumente auf ihrer Seite. Ihr freies Leben sei in Gefahr, das sehe man doch an den täglich sich mehrenden Anschlägen. Der Westen werde angegriffen, und gerade Israel sei schon immer Zielscheibe gewesen. Vater habe einen Teil seiner Lebenszeit für ihre Sicherheit, ihre Freiheit geopfert. Jeder leiste seinen Teil. Liv könne doch wie Efrat in einer administrativen Einheit anfangen, sie müsse nicht an die Waffe. Und nach dem Militärdienst könne sie immer noch in die Welt hinaus, nach Laos oder Berlin, das habe sie sich dann verdient. Doch Liv hatte dagegengehalten, nicht indem sie groß argumentierte, sondern indem sie noch vor dem Eintreffen ihres Einberufungsbescheids *Mexiko* gepostet hatte. *Wieso Mexiko?*, hatte Gila gefragt, obwohl sie am Strand nebeneinandergesessen hatten. *Weil die den Tod feiern,* hatte sie zurückgeschrieben und das Bild eines bunt verzierten Totenkopfs hinzugefügt.

Mutter hatte sich zuerst aus der Umarmung gelöst, war einen Schritt von ihr gewichen und hatte sie aus einer stetig größer werdenden Entfernung betrachtet, als stünden sie auf auseinanderdriftenden Erdschollen. Vater hatte sie auf die Wange geküsst, sich dann neben Mutter gestellt und ihr dabei zugeschaut, wie sie die Bänder ihres Rucksacks enger zog und ihnen aus nächster Nähe zuwinkte. Dann hatte sie sich, ohne sich noch mal umzudrehen, in die Schlange eingereiht. Ohne sich umzudrehen, hatte Liv sich langsam von ihnen entfernt, dann wieder die Schlaufen des Rucksacks gelöst und diesen auf das Laufband gelegt. In der Sicherheitsschleuse hatte sie die Arme von sich strecken müssen, der Ganzkörperscanner rotierte um sie herum, und im Anschluss hatte man sie vorsichtig abgetastet. Ihre Tränen hatte keine der Sicherheitskräfte bemerkt.

Liv trank einen letzten großen Schluck, und als sie in die Richtung des Mannes blickte, schaute der schnell in seinen Schoß. Auch jetzt spürte sie diesen eigenartigen Druck hinter den Augen, obwohl sie sich auf ihren ersten Überseeflug freute und alles, was danach kommen würde.

Wieder öffnete sie den Familien-Chat. Vater war noch immer online. Sie überlegte, ob sie ihm schreiben sollte, dass es ihr gut gehe. Dass sie schon nicht im ersten mexikanischen Zwielicht Mutters Hebelgriff würde anwenden müssen. Mutter, die mit ihrem Jiu-Jitsu auch ihren Teil zum Bestehen Israels beigetragen hatte, wie sie nicht müde wurde schmunzelnd zu betonen.

Ja, sie war gegen den Willen ihrer Eltern und die Gesetze ihres Landes aufgebrochen. Aber niemals hätte sie zwei Jahre lang nach willkürlichen Tagesplänen leben, absurden Befehlen zur Sockenhöhe folgen oder wie Efrat über Monate auf einen grünen Bildschirm starren können, um einen pixeligen Grenzzaun zu beobachten und jedes sich auf das Hindernis zubewegende Pixelbündel zu melden. Die Schulzeit war endlos genug gewesen, sie konnte ihr Leben nicht noch länger aufschieben. Irgendetwas wartete da draußen auf sie.

PING.

Boarding in 20 Minuten.

Wie schnell Zeit vergehen konnte. Sie trank den Rest des Saftes und schulterte mit einem Schwung den Rucksack. Sie drückte sich die In-Ear-Kopfhörer in die Ohrmuscheln, aktivierte Maps und ließ sich den Weg zum Gate anzeigen.

Sie spürte den Blick des Mannes noch so lange, bis sie aus seinem Sichtfeld verschwunden war. Eine Weile ging sie hinter einer Mutter her, die einhändig einen Kinderwagen schob und sich etwas auf ihrem Smartphone anschaute. Eine Serie, ein lustiges Video oder vielleicht auch nur eine Karte, die sie an ihren Ort bringen würde. Dem Kleinkind lag ein Tablet im Schoß, in Proportion zum Körper so groß wie ein Gladiatorenschild. Darauf ein Teddybär.

Auf dem Laufband aktualisierte Liv ihre News-App: *Bombengürtel des Erschossenen war Attrappe*, und folgte der heute gut gelaunten Ava in ihrem Ohr. Schneller als all die anderen Reisenden.

Vor dem Schalter hatte sich bereits eine Schlange formiert, obwohl das Boarding noch nicht begonnen hatte. Es waren hauptsächlich Karibikurlauber in legerer Kleidung, einige trugen wie sie kompakte Rucksäcke mit praktischen Schnallen. Nebenan ging eine Maschine nach Berlin. Eine Gruppe unter den Wartenden dort war in auffällig dunkle Klamotten und bauschige Hemden gehüllt. Die Männer hatten sich kunstvoll getrimmte Vollbärte stehen lassen, wie auch die israelischen Männer in den Craft-Beer-Bars und Third-Wave-Cafés sie zu tragen pflegten. Ein fahles, unnahbares Mädchen in Livs Alter war von ihnen in die Mitte genommen worden, sie trug einen beigefarbenen Trenchcoat, der bis auf den Fußboden hing.

Liv stellte sich etwas abseits und öffnete Efrats Feed. Efrat hatte sich gegen die Asienroute und für Europa entschieden. In Barcelona hatte sie in den Nächten auf Museumsstufen Bier getrunken. An den Küsten Frankreichs hatte sie sich einer Gruppe von Surfern angeschlossen und mit ihnen selbstgedrehte Zigaretten ohne Zusatzstoffe geraucht. Abends hatte es Wein gegeben, und es existierte ein Video aus der Zeit, wo sie sich gegenseitig Huckepack nahmen und dann ins Wasser rannten. Ein paar Kirchen, die Kanäle in Amsterdam, dann folgte Berlin. Immer folgte Berlin, als ob in dessen Mitte ein sie alle anziehender Magnet wirken würde. Dass sie alle auch einem Klischee folgten und die tausendfach geteilten und durch Hashtags sortierten Erlebnisse der Reisenden vor ihnen nur imitieren konnten, war ihnen klar. Aber weil sie es wussten und gar nicht vorgaben, nach etwas Größerem zu suchen, waren diese Fotos ungezwungen, authentisch. Efrat schwebte förmlich auf diesen Bildern. Die verbissene Efrat, die jeden Tag schon frühmorgens auf dem Tenniscourt einer Ballmaschine gegenübergestanden und einen Ball nach dem anderen zurückgeschlagen hatte, gab es nicht mehr.

Das steht ihr, dachte Liv und wischte sich durch Efrats letzte Posts. Efrat saß mit anderen um runde Tische, die Gesichter vom Kerzenschein erhellt, die Wände anthrazitfarben. Efrat tanzte mit hoher Frequenz zu gleichmäßig aufblitzendem Licht in einem stillgelegten Heizkraftwerk. Efrat posierte auf einem umgekippten Apatosaurus am Eingang eines *#abandoned_themeparks*. Efrat lehnte an einer vor Jahrzehnten mit Graffiti besprühten Wand, die irgendwann die Stadt geteilt hatte, grüne Bierflaschen ragten aus ihren hamsterbackigen Manteltaschen. Efrat am erleuchteten Brandenburger Tor. Efrats glänzend rot geschminkte Lippen, knopfgroße Pupillen, in der Textzeile stand *mdma* und dazu ein Link, der Liv zu einem DeepHouse-Mix leitete.

Der Mix begann mit einem träge anschwellenden Bass, der sie an das Horn eines auslaufenden Kreuzfahrtschiffs erinnerte. Der Bass schraubte sich in die Höhe, bis er abrupt abfiel, um mit einem kernigen Beat und neuer Wucht abermals einzusetzen und alles mit sich zu reißen.

Die Bodencrew bereitete das Boarding vor. Liv wippte im Takt und ließ sich die touristischen Highlights Mexikos anzeigen. Wie alle um sie herum, die vor dem Abflug noch einmal ihre Lieblingsseiten in Schleifen besuchten oder ihren Freundeskreisen Voicemails schickten, senkte sie den Kopf. Die Suchergebnisse zergliederten als bunte Mosaiksteine das Display: Pyramiden, vom Urwald eingewachsene Pfade, terrassierte Wasserfälle, trichterförmige Kalksteinlöcher, vermummte Widerstandskämpferinnen. So bunt, so unwirklich. Unmöglich konnte Liv sich ausmalen, dass sie bald am Rand solcher Wasserfälle stehen würde. Sie tippte ein Foto der Zapatisten an und landete in einem Klassenzimmer voll vermummter Kinder, die ihre Fäuste reckten. Der Schnappschuss bebilderte einen Blogpost über die Unterdrückung der indigenen Bevölkerungsgruppen Mexikos und ihren Kampf für *eine Welt*, wie es in der Bildunterschrift hieß, *in der viele Welten Platz haben sollen.*

Das Recken dieser kleinen Kinderfäuste war ein simples Zeichen. Manchmal ging es nur mit Gewalt weiter. Es machte keinen Unterschied, wer genau sich hinter der Maskierung verbarg. Entscheidend war, dass es Kinder waren.

Liv gefiel das, vor allem die schwarzen Skimützen mit den ausgeschnittenen Augen und Mündern. Wie diese Kinder wollte sie auch ein Zeichen setzen. Wie ein Meteorit auf die Erde zurasen und in die Atmosphäre eindringen, dort für alle sichtbar am Himmel erscheinen und berstend in Licht aufgehen. Wollten das nicht alle Menschen?

Sie teilte den Link mit ihren Freunden. Doch als das Foto der kleinen Freiheitskämpfer erschien, hasste sie sich schon dafür. Sie war keinen Tick besser als all die anderen Netzaktivisten, die meinten, durch das Verlinken von Petitionen, das Posten irgendwelcher Ungerechtigkeiten auch nur irgendwas im Meatspace, wie Vater sagen würde, also hier, hier in der realen Welt, in der man sich real, also mit warmen Körpern treffen konnte, auszurichten.

Sie löschte den Link und notierte sich in ihrer Notiz-App *viele Welten in einer,* dann fragte sie Ava, ob es im Flugzeug kalt sein würde. »Ja«, hauchte Ava in ihrem leicht unterkühlten, aber irgendwie sexy Tonfall.

Liv stellte den Rucksack ab und wühlte in ihren Sachen. Sie hatte so wenig wie möglich einpacken wollen. In maximal drei Wischbewegungen war doch alles da: Streams, Bücher, Guides, sogar eine Zombieapokalypse würde sie mithilfe des Internets überleben. Elam, der geradezu minimalistisch lebte, hatte ihr beim Packen geholfen und ihre wenigen Shirts und Hosen, die Unterwäsche, militärisch gekonnt zusammengerollt und in seinem Rucksack verstaut. Auch seinen selbstgestrickten Pullover mit dem Zitronenbaum, den sie jetzt hervorholte und überzog. Liv konnte noch das Lagerfeuer riechen, dessen Duft sich in der Wolle eingenistet hatte.

An Rosch ha-Schana hatte Elam mit dem eBike unten auf sie gewartet. Sie war fünfzehn und er gerade mit der Schule fertig. Es war der Sommer, in dem Gila, Efrat und sie alles daransetzten, die Views ihrer Videos in die Höhe zu treiben. In jeder Sekunde waren sie deswegen in Alarmbereitschaft, die herausragenden Momente ihres Lebens einzufangen. Es war die Zeit der Nächte am Frishman Beach, die sie zur Musik ihrer Eltern durchtanzten, um sich im Morgengrauen ineinander verschlungen in den mit Zigarettenstummeln übersäten Sand zu legen. Liv verblieben nur vage Erinnerungen daran, denn einen Großteil der damaligen Posts hatte sie längst aus ihrem Feed gelöscht. Nur an ihre Elam-Ausflüge konnte sie sich genau erinnern. Wie sie sich zu ihm auf sein E-Bike schwang, ihn von hinten umschlang, wie sie geräuschlos durch die menschenleeren Straßen glitten, immer geradeaus, so weit die Batterie sie trug. Wie sie über die Stadtgrenze – seine langen Haare flatterten im Wind – und über steinige Seitenwege in die karge und nur von gelegentlichen Obstplantagen durchsetzte Landschaft hineinfuhren und an jeder Gabelung entschieden, wie es weitergehen sollte. Als der Motor den Geist aufgab, hatte der Schwung gerade noch ausgereicht, um den nächsten Hang hinaufzurollen. Dort stand ihr Zitronenbaum, zu dem sie in den Wochen vor Elams Einberufung immer wieder zurückkehren sollten. Es war ein Ort fern der Eltern, der Schule, des steigenden Drucks. Von den Bergen wehte ein heißer und trockener Wind zu ihnen. Sie kauerten sich in den Schatten und schauten den Sandwirbeln zu, die aufdrehten und wieder in sich zusammensackten. Oder den trottenden Ziegen in der Ferne. Und noch immer, wenn sie daran dachte, roch sie die Disteln und den Ziegenmist und wie sich alles mit dem Geruch des Lagerfeuers vermischte, das sie entfachten, wenn es in der Nacht zu kalt wurde. Liv erinnerte sich an das Bellen der Hunde aus dem nahen Kibbuz und dann an diese Stille im Tiefschwarz der Nacht. Ganz klar waren diese Erinnerungen und Elams Worte, der von dieser grässlichen Weite des Alls über ihnen sprach, aber auch mit kindlicher Begeisterung von den streunenden Schakalen und dem Tanz, den Rufen, der Musik, die aus dem eingezäunten Kibbuzgelände gegen die Stille und Finsternis der Wüste antönte. Und wie sie Krach machen müsse, wenn es um sie herum zu still sei, und wie sie schweigen solle, wenn alle durcheinanderredeten. Da hatte es bei ihr klick gemacht, und sie hatte verstanden, warum er in den Frishman-Nächten zwar immer dabei war, aber kein Wort sprach, sondern nur zuhörte, zuschaute. Unter Leuten war er still, aber hier in der dunklen Wüstennacht wachte er auf, und sie sprachen über alles, was ihnen gerade in den Sinn kam. Wie es sich anfühlte, ein Junge, und wie, ein Mädchen zu sein. Warum es so sehr schmerzte, beurteilt zu werden. Warum Hass lauter war als Liebe. Ob das Weltall irgendwann aufhörte, und wenn es aufhörte, ob das dann nicht schon wieder ein Anfang wäre. Sie konnten sich in solchen Momenten alles fragen und für alles irgendeine Antwort finden.

Aus diesen Nächten gab es ein paar Posts voller jugendlichem Pathos. *Wir reagieren nur auf das Leben*, hatte er geschrieben. Oder: *Ich copy, also paste ich.* Oder auch: *Du kannst hier nicht für immer bleiben.* Das hatte ihr gegolten. Du musst da raus, hatte Elam gesagt und ihr mit der Hand einen Regenbogen gezeichnet, der die raketensichere Blase durchbrach und sich weit in der Ferne wieder absenkte. Regenbogen waren das Mem der Stunde gewesen, Liv hatte das gemocht, und Elam wusste das. Einhörner kotzten Regenbögen, Zombies sabberten statt Blut Farbschleier. Und seine Liv schlitterte eben über den Regenbogenrücken.

Sie strich sich über die abstehenden Haare, die der Zitronenbaumpullover elektrifiziert hatte. An den mittlerweile zu kurzen Ärmeln zeigte sich, wie weit diese Ausflüge bereits zurücklagen. Dieses Gefühl, den Regenbogen in Sicht, hatte sie seitdem »Mexiko« genannt.

Im Elam-Chat drückte sie das Aufnahmesymbol. »Bist du wach?«, flüsterte sie und fügte übertrieben sentimental hinzu: »Ich hänge am Zitronenbaum.« Sie nahm den Daumen vom Display, die Sprachnachricht wurde gesendet.

Keine Sekunde später sah sie, dass er sich die Nachricht bereits anhörte, und – PING – da hatte er mit einem Foto geantwortet. Es zeigte eine schwarze Wand, vielleicht die seines verdunkelten Zimmers, und etwas Metallenes davor. Kein Satz, kein Wort, nichts.

Und da waren wieder diese anderen Erinnerungen, frische Erinnerungen, wenige Wochen alt. Während seiner dreijährigen Militärzeit hatten sie sich fast aus den Augen verloren und nur sporadisch geschrieben. Erst als er sein Profilbild verändert und das Ende seines Dienstes verkündet hatte, war er wieder in ihrem Feed aufgetaucht: Sein geschorener und seitlich von einer unsichtbaren Lichtquelle angestrahlter Kopf. Sie erinnerte sich, wie er ihr endlich aufgemacht hatte, sie erinnerte sich an sein verdunkeltes Zimmer, die einsame Matratze in der Mitte, auf die er sich sogleich legte. Nur mit einer Unterhose bekleidet, lag er da, die Arme und Beine von sich gestreckt, der geschorene Kopf voller Narben, und bewegte sich nicht. Egal, was sie ihm sagte, er bewegte sich nicht.

Täglich hatte sie ihn besucht. Noch vor Schulbeginn schob sie die Vorhänge beiseite, setzte einen Espresso auf und lüftete das Apartment. Er beobachtete jede ihrer Bewegungen von seiner Matratze aus, sich unablässig entschuldigend, dass er es nicht fertigbrachte, sich zu erheben. Sie erzählte ihm von ihren Plänen, von Mexiko, und dass sie nicht vergessen hätte, was er ihr damals gesagt hatte. Er hörte ihr zu, nickte hier und da, und sie tranken den Espresso. Danach saßen sie schweigend nebeneinander, bis Liv aufsprang, weil der Unterricht längst begonnen hatte.

An den freien Tagen joggte sie mit der Morgensonne weit über Jaffa hinaus und kaufte auf dem Rückweg frisches Gemüse und Obst. Sie verstaute alles in Elams Küche, wischte das Apartment, schrubbte im Bad die Kacheln und stopfte seine Klamotten in die Waschmaschine. Sie bereitete ihm seinen geliebten Pistazienpudding zu, hängte die Wäsche auf die Balkonleinen und brachte den Nachtisch ans Bett. Während er aß, erzählte sie ihm von den letzten Tagen an der Schule und wie sie unbemerkt nach Mexiko ausreisen würde, eine Tante besuchen, die heirate. Wenn er danach weiter ziellos auf der Matratze lag, joggte sie eine zweite Runde, diesmal die Küste hinauf nach Herzliya, vorbei an den Apartmenthochhäusern und Docks.

Eine Lautsprecherstimme kündigte das Boarding an. Die Leute erhoben sich und verstauten die Geräte, nur um sie nach wenigen Metern wieder aus der Tasche zu ziehen. Sie rieb sich mit den Fingerknöcheln die Augen. Efrat hatte in der Zwischenzeit vermeldet, sich ein *#insta-baby* zulegen zu wollen, weil immer mehr in ihrem Freundeskreis Bilder von ihren gewölbten Bäuchen und später vom Aufwachsen der Kinder teilten und, ja, glücklich dabei aussahen. Sie überlegte, wie sie auf Elams Foto antworten sollte – da klingelte es. Der monoton vor sich hin wummernde Mix wurde unterbrochen, und auf dem Screen erschien ein Foto, auf dem sie nebeneinander vor kupferfarbenen Hügeln in die Kamera strahlten. Es passierte andauernd, dass er sich gerade in der Sekunde meldete, da sie an ihn dachte.

Sie schwang sich den Rucksack auf den Rücken und nahm das Gespräch an. Elam lächelte im Livebild, seine tiefen Grübchen, beinahe Schlitze, flankierten den Mund. Er trug ein braunes Hemd mit weißen Knöpfen. Über ihm zogen sich Leuchtstoffröhren.

»Du bist gar nicht in deinem Zimmer.«

»Nein, nein.« Er schwenkte die Kamera herum: der lange, schmale auf eine Fensterfront zulaufende Laden, die Wände mit Fahrrädern behangen. »Blum braucht mich, ich helfe heute aus.«

»Das ist toll, grüß ihn von mir.«

Elam schwenkte zur anderen Seite, dort arbeitete Blum an einem Fahrradrahmen, der wie ein toter Körper auf der Werkbank auflag. Im Hintergrund lehnte ein schwarzes Bike an der Wand. »Liv lässt dir schöne Grüße ausrichten.« Blum hob den runden Kopf, wischte sich die Hände an seiner Schürze trocken. Winkte, schob sich dann die John-Lennon-Brille den Nasenrücken hoch.

Liv winkte zurück.

»Ich gehe kurz raus«, sagte Elam zu Blum.

»Nur zu«, sagte Blum auf seine altmodische Weise.

Elam schaltete die Kamera wieder auf sein Gesicht und nahm Liv mit auf die Straße. Das Klappern eines Autos auf dem Asphalt, das Zungeschnalzen eines Kindes. Vögel.

»Ich mag Blum.« Liv ging die Reihe zwischen den graumetallenen Sitzbänken auf und ab.

»Er will, dass ich öfter bei ihm aushelfe.«

»Das ist doch eine tolle Idee.«

»Wir drucken neuerdings die Ersatzteile einfach aus. Blum hat investiert, aber keine Ahnung, wie er den 3-D-Drucker bedienen soll.«

»Unser Blum.«

»Zeig mal, wo du bist.«

Sie filmte das Gate. »Es geht bald los.«

Elam setzte sich auf die Bank, die neben der Ladentür an die Wand montiert war. »Wie fühlt es sich an?«

»Es passiert so viel, ich kann das alles noch gar nicht einordnen. Ich – wie soll ich das sagen? Ich habe das Gefühl, dass meine Augen wieder geöffnet sind.«

»Saug alles auf, die ersten Momente sind die wichtigsten.«

»Ich musste auch die ganze Zeit an damals denken. Ich habe an dich gedacht.«

»Wirklich?«

»Gerade habe ich den Pullover übergezogen. Im Flieger soll's kalt werden.«

»Das freut mich. Ich meine, es freut mich, dass du ihn trägst.«

»Und dann habe ich einen Fehler gemacht –«

»Du hast an zu Hause gedacht.«

»Der Abschied war schrecklich. Sie haben mich aufgegeben.«

»Wie meinst du das?«

Liv zuckte mit den Schultern. »Vielleicht dachte ich, sie würden irgendwie darum kämpfen –«

»Dass dein Pa sich dir in den Weg wirft?« Elam lächelte, dabei verzog sich sein Gesicht, und das linke Auge lag höher als das rechte, und auch die Grübchen verloren ihre Symmetrie.

»Tun Eltern das nicht?«, sagte sie.

»Nicht deine Eltern.«

»Stimmt.« Liv setzte sich wieder in Bewegung. »Und dann

habe ich an früher gedacht und dass es nie wieder so sein wird. Die Kindheit, du weißt schon, alles, wie es immer war.«

»Das ist doch gut.«

»Findest du?«

»Willst du dich dein Leben lang von deinen Eltern im Sand eingraben lassen?«

»Sie fanden das total witzig.«

»Die werden schon was Neues zum Spielen finden.« Elam lächelte. »Lösch das einfach alles.«

»So leicht ist das nicht.«

»Es sind ein paar Klicks, mehr nicht.«

Die Bodencrew rief die ersten Passagiere auf. Liv setzte sich auf einen der frei gewordenen Plätze, sagte: »Das Boarding hat begonnen.«

»Hab ich gehört.« Elam lächelte abermals und fuhr sich durch das kurze Haar.

Sie hatte ihm immer durchs Haar fahren wollen, aber sich nur selten getraut. Es war immer, als wolle er nicht angefasst werden, als befürchte er, ansteckend zu sein, und das, was nicht mit ihm stimme, könne sich per Berührung auf andere übertragen.

»Du klingst gut heute.« Liv stand schon wieder. Sie konnte unmöglich sitzen bleiben.

»Du hast gesagt, ich soll rausgehen, also bin ich raus. Ich bin sogar deine Strecke gejoggt.«

Sie trat ans Panoramafenster und blickte auf das Grau der Landebahnen. Ein Dutzend Flugzeuge waren an das Gebäude angedockt, von ihrer Position aus waren sie nicht größer als Spielzeuge.

»Hast du Gila gesehen?«, fragte sie. Der Stream auf ihrem Bildschirm hing. »Hallo, Elam, bist du noch da?«

»Habe den Kopf geschüttelt«, sagte er, ohne dass sich das Bild neu zusammensetzte.

»Efrat will ein Insta-Baby.«

»Hab's auch gelesen«, sagte er. »Ausgerechnet Efrat.«

Die Schlange bewegte sich schubweise voran. Die Bodencrew hatte sich auf zwei Schalter verteilt. Auch für den Flug nach Berlin hatte das Boarding begonnen.

»Stell dir vor«, sagte Liv, »hier sind zwei Schlangen, die eine nach Mexiko und die andere nach Berlin und ich genau dazwischen.«

»Das denkst du dir aus.«

»Nein, es stimmt. Es ist wirklich exakt die Situation, über die wir so oft gesprochen haben.«

»Dass du dich für einen Weg entscheiden musst.«

»Und jetzt stehe ich hier mit Touristen, die bei uns nach dem ersten Tag total verbrannt am Strand rumliegen. Oder Backpackern, die im nächsten Moment den Kilimandscharo besteigen könnten.«

»Und die nach Berlin?«

»Erinnern mich am ehesten an eine nordische Indieband, kurz vor dem Durchbruch.«

Elam lachte, und das Bild war wieder da. Er hatte das Smartphone wohl auf seinem Oberschenkel abgelegt, sein Kopf war an der Wand abgestützt. Ein Kabel führte zu seinem linken Ohr.

»Es ist ja auch egal«, sagte er, in die Ferne schauend, »wofür du dich entscheidest. Solange du die Entscheidungen triffst.«

»Ich kann mich ja vermummten Zapatistinnen anschließen oder gleich in eine Zenote springen.«

»Was sind Zenoten?«

»Trichterförmige Kalksteinlöcher, in denen man baden kann.«

»Hört sich toll an.«

Die Schlange war rasch kürzer geworden. Liv stand auf und

reihte sich hinter eine Familie ein, die fast ein wenig zu spät dran war. Die Kinder, an die Hände der Eltern geklammert, zogen in entgegengesetzte Richtungen. Der Vater suchte in seinen Brusttaschen nach den Dokumenten, die Mutter redete auf die beiden Kleinen ein.

»Liv.«

»Ja?«

»Ich verstehe dich. Es ist sehr mutig, dein Land so zurückzulassen. Für immer.«

»Ich will gar nicht mehr daran denken.«

»Entschuldige, ich wollte dich nicht runterziehen. Taugt mein Wanderrucksack?«

»Ging noch gerade so als Handgepäck durch. Vorhin saß aber ein Typ neben mir, der hörte gar nicht auf, mich anzustarren –«

»Eine Israeli mit Militärrucksack.«

»Unter anderem.«

»Und dann mein Schweiß und dieser große Blutfleck.«

»Welcher Blutfleck?«

»Wenn du wüsstest, was der schon alles durchgemacht hat.« Elam lachte wieder.

»Ich habe mich jedenfalls sehr über das Geschenk gefreut.«

Nur noch wenige Passagiere waren zwischen ihr und der Dame, die die Boardingtickets scannte und mit den Reisepässen abglich.

»Wir haben nicht mehr viel Zeit«, sagte Liv.

»Noch eine Sache. Gila hat den Einberufungsbescheid bekommen.«

»Ich dachte, sie sei befreit?«

»Eigenartig, ja, und sie hat sich für ein Kampfbataillon entschieden.«

»Caracal?«

»Ja, drei Jahre.«

»Warum schreibt sie mir das nicht?«

»Ich glaube, sie schämt sich vor dir.«

Liv starrte über den Kopf des Vaters hinweg zu einem der vielen Bildschirme. Eine Nachrichtenmoderatorin kommentierte vor einem wackelig aufgenommenen Einspieler – Menschen kletterten über Zäune, ein roter Breaking-News-Balken lief durchs Bild – die Szene.

»Lass dich von uns nicht aufhalten«, sagte Elam. »Es bringt dir nichts, wenn du dich weiterhin nur um alle anderen sorgst.«

»Es gibt kein Zurück.«

»Es gibt nie ein Zurück. Du steigst jetzt in den Flieger, und ich gehe wieder hinein zu Blum.«

Sie holte ihren Reisepass hervor.

»Bis zum Schalter bleibe ich noch bei dir, okay?« Elam klang plötzlich sehr traurig, all die Freude und der Elan schienen wie Wasser in einem plötzlich aufgetretenen Spalt versickert.

»Okay«, sagte sie, unfähig, ihm von hier aus irgendwie zu helfen.

Die Kinder waren inzwischen nicht mehr zu bändigen und zerrten die Eltern auf den Abfertigungstresen zu. Liv umklammerte ihr Telefon, bis die Dame sie aufforderte, das Ticket vorzuzeigen, und sie Elam wegdrücken musste. In diesem Moment setzte auch der Mix wieder ein. Sie zog die Hörer aus den Ohren, die Dame scannte den QR-Code auf ihrem Display, die Kinder lösten sich und stürmten über die Gangway zum Flugzeug.

Der Geruch von Kerosin umfing sie und verflüchtigte sich wieder an der Schwelle zum Flugzeug. Das Personal stand Spalier und hieß sie mehrsprachig willkommen. Wie die Kinder griff Liv im Vorübergehen in die Bonbonschale, die ihr der lächelnde Steward in blauem Blazer anbot, und öffnete den

Familien-Chat. Vater hatte noch immer nicht geschrieben und Mutter auch nicht. Hektisch verstauten die Passagiere ihr Handgepäck, Liv zwängte sich an ihnen vorbei ans Fenster, schälte das Bonbon aus der Verpackung und schob es sich in den Mund. Sie tippte und wischte auf dem kleinen Display in der Sitzlehne vor ihr herum, dann schaute sie durch die Reihen, eine Fremde unter Fremden, zum Abflug bereit.

Franz, 1

Mein Name ist Franz, Franz Frey, und wir haben das Jahr 1928. Eine schöne Zahl, wie ich finde.

Ich habe mir eine Flora Privat angesteckt, die ich freihändig rauche, während ich mit dem Daumen der rechten Hand die Eintretenden und mit dem der linken die Austretenden klickend zähle. Ich lehne am Zentraleingang zum Warenhaus Tietz und habe nichts anderes zu tun, als die einkaufenden Massen zu registrieren und ihr Verhalten grob zu umreißen.

Die Handzähler sehen aus, als hätte ich sie vom nächstbesten Fahrradlenker gestohlen (wie Klingeln also). Mr Tietz persönlich hat sie mir in einer Holzschatulle überreicht und mich in den Job eingewiesen, ihm muss ich später auch meine originellen Beobachtungen berichten. Er sieht gar nicht so aus wie die Karikaturen von Kapitalisten in den Illustrierten. Eher wie ein Mensch mit Tendenz zum Pandabären, also schwarz-weiß gekleidet mit ulkiger Sonnenbrille, die er nie absetzt. Nebenher gehören ihm die größten Warenhäuser der Stadt. Dazu zählen das in der Leipziger Straße, das hier am Weinberg, das am Alexanderplatz und natürlich das Kaufhaus des Westens, direkt von hier mit der A2 leicht erreichbar. Kunst ist nicht in Galerien, sagt er, sondern längst in den Warenhäusern.

Ich solle nicht den ganzen Tag wie Buster Keaton herumhängen, deswegen hat er mir diesen Job verschafft und mich an den Eingang gestellt. Großartig Geld bekomme ich dafür nicht, aber er weiß ja, dass ich noch viel von Vater habe und deswegen mehr aus Spaß als aus Notwendigkeit hier stehe. Vater war ein großer Freund von Mr Tietz, und jetzt bin ich an seine Stelle gerückt. Wenn er Zeit hat, kommt Tietz zu mir raus, und wir reden über den irren Ton im Titania-Palast oder darüber, wie der Schwarze Ulan vom Rhein den Benaglio in der ersten Runde auf die Bretter geschickt hat. Oder über unseren mondänen Kakadu, die Kiki, das It-Girl in aller Munde. Kiki, die du auf jedem dritten Bild siehst, Kiki, die jetzt als erste Frau überhaupt an Bord des *Graf Zeppelin* die Welt in 21 Tagen umrundet und sich gerade im Anflug auf Berlin befindet. Wir fragen uns, auf welchen Empfängen sie sich wohl zeigen wird, und darüber fabulieren wir, also über Amerika in Berlin, wenn du so willst. Tietz kennt sich in solchen Dingen besser aus als Valentin, und Valentin ist eigentlich schon einsame Spitze.

Einmal hat Mr Tietz mich mit dem Automobil zur Senffabrik chauffieren lassen. Das war zu der Zeit, als alle sagten, der Franz brauche mal frische Stadtluft. Weil ich aus Prinzip zu lange mein Zimmer studiert hatte und die Haut etwas unerotisch geworden war. Wir hielten also bei den Arbeitern im Norden der Stadt, nicht unweit der prächtigen AEG-Turbinenhallen. Er ließ mich aussteigen, und alle wussten gleich, dass ich nicht dazugehöre. Vom Strom der Menschen mitgerissen, gelangte ich in die weite Halle, wo Senftuben auf elektrisch betriebene

Bänder gespuckt wurden. Nonstop. Einer sang immer, es wurde viel getrunken, und im Akkord hatten wir nach den Tuben zu greifen und sie in eine Spanplatte mit eingestanzten Löchern einzusortieren. Eine Woche ging das so, bis ich das Denken komplett vergessen hatte und nur noch ein maschinenartiger Arm war und mechanisch in die Songs einstimmte.

»Ich habe begriffen«, habe ich Mr Tietz gesagt und auf *Metropolis* verwiesen, den Film, wo die Arbeiter von den Zahnrädern der Maschine, die sie selber sind, zerrieben werden. Darüber kannst du viel Negatives nachlesen und dich leidlich aufregen.

Diese Tuben verkaufen sie jetzt hinter mir im Delikatessbereich (vierter Stock). Die Elektroartikel haben sie nach unten geholt. Alles Elektrische wollen die Leute haben, und wenn sie damit nur Wasser erhitzen. Die Zeit ist elektrisch, und die Menschen strömen elektrisch in den Schlund, und sie kaufen sich die Föhns und die Toaster oder schauen sich die Telefunken-Bildtelegraphen-Ausstellungsstücke an. Gäbe es einen elektrischen Kamm oder eine elektrische Bürste für die Zähne, eine elektrische Katze, kauften sie auch dies.

Einmal, als sich Vaters Tod jährte, hatten sie gesagt, der Franz brauche mal Landluft, und mich auf Frau Dr. Sodensterns Geheiß zum Sonnenhof ins Allgäu geschickt. Dort ernährten wir uns einzig von Hülsenfrüchten und verbrachten die meiste Zeit nackt. Wir schwankten Hand in Hand wie Ulmen im Wind und fühlten uns den Bienenvölkern nah. Ich verliebte mich da zum ersten Mal in ein Mädchen. Wir saßen auf einem Apfelbaum und gaben uns den Sinnen auf der dunklen Seite des Mondes hin. Ganz unarisch, weswegen wir auch den Zug zur Heimreise verfrüht besteigen mussten.

Vor lauter Erinnerungsfilm habe ich das Zählen ganz vergessen. Ich stecke mir eine zweite Flora Privat an der ersten an und zähle die nächsten Kunden einfach doppelt. Es strömen mehr hinein als heraus. Das ist eine meiner ersten Beobachtungen. Es gehen immer einige verlustig, meist sind es die Jungen, die aber ohnehin mehr schauen als kaufen. Neben der Anzahl notiere ich im Zehnminutentakt die Zeit, obwohl ich aus Prinzip keine Uhr trage. Die Öffnungszeiten müssen den neuen Gewohnheiten angepasst werden, und deren Beobachtung ist meine Mission.

In der Schule haben sie immer gelacht, wenn ich sagte: aus Prinzip. Aus Prinzip vermeide ich Small Talk. Aus Prinzip lese ich keine Zeitung. Aus Prinzip ernähre ich mich nur von Hülsenfrüchten. Aus Prinzip rauche ich nur Flora Privat. Das waren alles so Phasen, die ich mir wie Kleider an- und wieder auszog.

Flora Privat rauche ich noch immer. Eine nach der anderen. Aus Prinzip, weil eigentlich sonst nur die Mädchen Flora rauchen. Jedenfalls lese ich aus Prinzip nach wie vor keine Nachrichten (wobei es fast unmöglich ist, von ihnen nichts mitzubekommen). Ich wüsste da gar nicht, wo ich anfangen sollte. Denn interessierte man sich wirklich, müsste man schnell mehr in den Illustrierten oder einer sich ewig fortschreibenden Wochenschau leben als irgendwo sonst. (Wobei ich eine Illustrierte in dieser Sekunde bevorzugen würde gegenüber schwingenden Türen und euphorisierten Gesichtern.)

Überambitioniert klicke ich 120 Mal mit rechts und 111 Mal mit links. Das mache ich immer bei unerträglicher Langeweile und wenn ich eigentlich lieber mit dem Liftboy auf und ab fahren würde.

Heute fahre ich mal unters Dach. Der Liftboy schaut mich argwöhnisch von der Seite an, sicher beneidet er mich um meine Bewegungsfreiheit. Er ist an diesen Raum und an diese Knöpfe gebunden, er trägt hier die Verantwortung (ich bin nur für Spekulationen zuständig).

Die Türen versenken sich pneumatisch in den Seiten. Oben tut sich eine neue Welt auf: der Wintergarten (über den Dächern der Stadt), den sie neuerdings »Food Court« nennen. Hier fächern sich junge Frauen wie Kiki Luft zu und lassen Plastiktabletts zu ihren Freundinnen und Pudeln tragen. Es riecht nach Essen. Mir ist, wie gesagt, langweilig, und ein kleines Kiki-Imitat winkt mich heran. (Falls du Kiki nicht kennst, ersetze sie spontan durch den auffälligsten Glanz deiner Zeit.) Obwohl ich schüchtern bin und beim Sprechen mit dem Denken aufhöre oder beim Denken kein Wort herausbekomme, trete ich doch zu ihr heran.

Das kleine Kiki-Mädchen ist die Glücksfee und verwaltet ein Glücksrad, das jeder Gast einmal andrehen darf. Ich drehe also, und es rasselt wie ein Fahrrad im Leerlauf. Das Mädchen quietscht und hüpft, und die Leute schauen bereits, weil es recht unwahrscheinlich ist, dass dieser Gummizeiger genau auf dem gelben Stern anhält. Natürlich kommt es genau so. Es scheint, als hätte ich den Hauptgewinn gewonnen. Die Glücksfee nestelt ein Parfüm aus der Verpackung, ich zeige Freude und überlege, wem ich es schenken könnte.

»Du kannst auch alles riskieren«, sagt das Kiki-Mädchen, »und auf den gigantischen Hauptgewinn hoffen.«

Applaus.

Ich drehe also die Scheibe ein zweites Mal aus dem Handgelenk, und es ist nun schon halb Groß-Berlin, das dabei zusieht, wie die Preise und Flops auf dieser Scheibe herumwirbeln. Ich schaue gleichgültig drein, es gibt ja nichts zu verlieren. Je gleichgültiger du schaust, desto größer wirkt die Distanz zu dem, was du eigentlich bist. In meinem Fall: ein Glückspilz. Und die Leute jubeln wie beim Sechstagerennen, als der gelbe Gummizeiger abermals auf den Stern zeigt. Ich zucke nur mit den Schultern, und das Kiki-Mädchen präsentiert mir mit kolossaler Geste den Hauptgewinn: eine Leica Compur.

Die Leute klatschen, während die Kleine mir die vernickelten Knöpfe und »das Zentralverschlussobjektiv mit Zwischenlinsenverschlüssen« erklärt und mich darauf hinweist, dass ich ob des »Messwerts des Handbelichtungsmessers und der Empfindlichkeit des 35-mm-Kinofilms eine passende Zeitblendenkombination« finden müsse. Ich verstehe kein Wort, weil das Klatschen und die vielen Damen mit ihren kakadufarbenen Kiki-Mänteln und die Herren mit ihren Filzhüten mir jeden Fokus rauben. »Aluminium mit schwarz lackierter Deck- und Grundplatte aus Messing«, sagt die Glücksfee und legt mir den Elchlederkameragurt um den Hals.

Ich nehme das kompakte Gehäuse in die Hände: ein schwerer, kühler, leicht geriffelter Gegenstand. Als ich durch den Sucher schaue (zum allerersten Mal in meinem Leben), verstummt die Menge.

Wie soll ich das beschreiben? Das, was ich sehe, ist quadratisch eingerahmt und gehört ganz allein mir. Zuerst ist alles nur verschwommen, als wäre ich wieder Klein Franz (und Vater wäre noch da). Nur Farbkleckse wie Stimmungen auf einem Aquarell. Ich drehe mich langsam im Kreis und erkenne die feinen Damen und Herren in farbigen Konturen vor einem verschwommenen Hintergrund. Das gefällt mir. Als ich zur Glaskuppel hinaufschaue, sehe ich gestochen scharf die Stahlträger und sogar einzelne Schrauben in gleichmäßigen Abständen. Niemals habe ich dermaßen scharf gesehen. Und ein Vogel fliegt ins Quadrat, setzt sich auf das Dachfenster und guckt zu mir hinunter. Er ist mittelgroß, hat zackige, obsidianfarbene Flügel, dunkle Perlenaugen. Jede einzelne Bewegung sehe ich, wie er immer wieder auffliegt, weil die Scheibe wohl von der Hochsommersonne erhitzt ist, wie er umherflattert und nach einem Durchschlupf sucht. Wie er in der Luft mit den Flügeln schlägt, an den Himmel gepinnt, und dann hinab gegen das Glas saust.

Ein Finger tippt mir an den Rücken, und ich nehme die Kamera herunter. Ich kann nicht sagen, wie lange ich hinauf zur Kuppel geschaut, wie lange ich unbeweglich dagestanden habe. Die Leute schauen irritiert. Und wie sie mich so anstarren, fühle ich mich meilenweit von ihnen entfernt, irgendwie so, als hätte sich die Szene in zwei Filme aufgeteilt, die zwar das Gleiche zeigen (Franz mit Kamera unter Glaskuppel), aber in unterschiedlicher Geschwindigkeit und auf ganz unterschiedliche Punkte hin weiterlaufen. Ich glaube, sie reden jetzt mit mir, aber auch der Ton ist aus der Spur gefallen.

Das Kiki-Mädchen steht immer noch an meiner Seite, als liege ihr etwas auf dem Herzen, und dann sagt sie etwas, was ich nicht verstehe, und dann wiederholt sie es, und es dringt zu mir durch.

»Was machst du noch hier?«

Ich zucke mit den Schultern.

»Fotografier doch den Zeppelin«, sagt sie. »Bevor er ohne dich landet.«

Liv, 2

Liv nahm die Einwegkopfhörer ab und dehnte die Halsmuskulatur. Alle in ihrer Sitzreihe schliefen, ihr Nachbar wand sich im frostigen Zug des aufgedrehten Luftventils. Die Turbinen und die Klimaanlage dröhnten, seit Stunden dämmerte es, ohne dass es je ganz dunkel wurde. Ihre Augen brannten. Die kalte Luft hatte ihren Atemwegen zugesetzt, durch das lange Sitzen und das karge Flugzeugessen fühlte sie sich wie in Frischhaltefolie gewickelt.

Vor ihr führte die junge Rebellin eine zerlumpte Menschenmenge im Kampf gegen eine mit Hightechüberwachungs- und Waffensystemen ausgestattete Staatsmacht an. Der Film hatte so tragisch begonnen, dass er im Glück enden musste. Aber im richtigen Leben, das wusste sie, würde es niemals ein Happy End geben. Denn im richtigen Leben gab es keine zerlumpte Menschenmenge mehr, die einer einzelnen Heldin folgte. Es gab Milliarden, die jeder für sich allein kämpften. Milliarden Heldinnen, die sich vielleicht unter einem Hashtag kurz zu einer Gruppe zusammenschlossen, nur um in der nächsten Sekunde genau das zu hassen, was die anderen liebten. Wer oder was wusste schon, was richtig, was falsch war? Die Trolls? Die NSA? Elam?

Eigentlich hatte Liv mehr über die Zapatisten lesen wollen, aber so eingezwängt zwischen Fremden, konnte sie unmöglich denken. Also öffnete sie auf ihrem Smartphone das Spiel, bei dem sie Seifenblasen antippen musste, bevor die auf dem Boden zerplatzten. Zwischen den Levels schüttelte sie die Hand aus und ließ einen weiteren Blockbuster aus dem Bordprogramm anlaufen.

Sie spielte, bis ihr Augen und Nacken brannten. Dann legte sie das Gerät aus der Hand und dehnte abermals ihre Halsmuskulatur. Dabei sah sie durch den Spalt der hinteren Sitzreihe einen Jungen, er saß leicht nach vorne gekrümmt, um den Ellbogen der Sitznachbarn auszuweichen, die ihn beidseitig einkeilten. Seine Zeigefinger flogen über die Bildschirmfläche in seinem Schoß. Wie Liv trug er einen Wollpullover. Als er den Kopf hob, trafen sich ihre Blicke. Blau, leer und auch von dieser feinen Schicht Frischhaltefolie überzogen.

Der Himmel hing grau über der Taxibucht und einem weitläufigen Parkplatz. *Mexico, Cancún,* hatte jemand in den Rasen gemäht. Hinter den Wolkenschichten dämmerte es, hier würde sie den Sonnenuntergang endlich erleben. Tief schossen Vögel über Liv hinweg und stießen kehlige Laute aus. Nur wenige Menschen waren an diesem frühen Abend am Flughafen. Jemand kratzte mit einem Rechen um eine Palme herum und schaute auf, als sie in seine Reichweite kam, ein anderer hielt träge einen Wasserschlauch in einen Busch.

Sie setzte den Rucksack am Bordstein ab, schlüpfte aus

dem feucht auf ihrer Haut klebenden Pullover und verstaute ihn darin. Dann ging sie auf eines der Taxis zu. Die Luft hatte etwas Greifbares, als ob sie durch eine glibberige Masse hindurchwatete. Liv musste an Götterspeise denken. Zum wiederholten Mal schaute sie, ob sie sich mit einem offenen Netz verbinden konnte. Nichts.

Ein simpler Wagen, hellblau, an der Windschutzscheibe hatte sich Kondenswasser gebildet. Der Fahrer hatte den Sitz nach hinten gekippt und sich eine braun gescheckte Decke übergeworfen. Sie klopfte an die Scheibe, er drehte sich ihr umständlich zu und blinzelte sie aus rot geäderten Augen an.

Die Scheibe fuhr herunter, ein Schwall süßlich-schwerer Luft drang zu Liv durch.

»Was ist?«, sagte er noch im Liegen, so viel Spanisch verstand sie.

»Sind Sie ein Taxi?«

Er zog an einem Hebel und ratschte in die Senkrechte. »Wohin willst du, Guapa?«

»Ins Otra Vida Hostel.« Liv suchte nach der gespeicherten Buchung und hielt dem Mann den Kartenausschnitt hin. Er schaute nur flüchtig drauf, dann scannte er, vom Hals abwärts, ihren Körper. Er griff unter das Lenkrad, und der Kofferraum sprang auf. Er grinste.

Liv quetschte ihren Rucksack neben einen Haufen Klamotten und lose verstreute Hygieneartikel, öffnete dann die Beifahrertür und nahm neben ihm Platz. Er fuhr sich durchs Haar, die Schweißflecken unter seinen Achseln erklärten den Geruch. Seine obersten Hemdknöpfe standen offen, die Decke hatte er sich bis zum Schoß heruntergezogen. Er wischte das Kondenswasser von der Scheibe, startete den Wagen und legte den Gang ein. Mit einem Satz fuhren sie an.

»Ist es hier immer so schwül?«, fragte Liv auf Englisch und ließ ihr Fenster herunterfahren.

»Immer so, ja«, antwortete er.

Sie bogen in einen Kreisverkehr ein, hinter Mauern und Stacheldraht waren die Umrisse von Lagerhallen zu sehen. Weder Palmen noch endloser Strand. Sie war dieselbe Strecke schon einmal zusammen mit Elam auf Maps abgefahren. Da hatte die Sonne geschienen.

Der Mann drehte das Radio auf: heulender Gesang mehrerer Männer zu Trompeten, Schlagzeug und Kontrabass.

»Was ist das für Musik?«, probierte sie ihr Spanisch aus.

»Gefällt sie dir?«

»Sehr.«

Dann sagte er etwas, was sie nicht verstand. Ein langer, scheinbar unendlicher Satz, während dem er mehrmals zu ihr hinschaute und an dessen Ende ein Fragezeichen zu stehen schien. Zumindest glotzte er sie abwartend von der Seite an.

Mit den Schultern zuckend, sagte sie : »Das weiß ich nicht.«

Er drehte die Musik so laut, dass die Boxen schepperten, und sang den Refrain mit. Die Augen zu Schlitzen verengt, sah Liv den ersten Behausungen nach, die sich am Straßenrand zeigten. Sie ärgerte sich, dass sie sich nicht mit ihm unterhalten konnte. Sie wollte ihn fragen, woher er kam, wo er wohnte, ob er wirklich im Auto lebte, ob er Familie hatte. Aber die Sprache bildete eine unüberwindliche Kluft zwischen ihnen. Sie musste auf seine Seite kommen, das wusste sie. Sie musste so schnell wie möglich seine Sprache lernen.

Ihr Kopf lehnte an der Verkleidung, als sie in der Ferne Hotelblocks und einen Fetzen Meer aufblitzen sah. Doch gleich entfernten sie sich wieder, bogen sie ab in eine Wohngegend mit unverputzten Häusern. Eine Frau balancierte einen Kanister Wasser auf dem Kopf, mit einem Tuch hatte sie sich ein Kleinkind auf den Rücken gebunden. Ein tolles Motiv, und Liv musste an eine Koalamutter denken und irgendwie auch an Efrat und ihr Insta-Baby. Sie zückte das Smartphone, aber da waren sie bereits in eine holprige Gasse eingeschwenkt. Sie behielt es gleich in der Hand, beim nächsten Mal würde sie schneller sein.

Die Gasse führte auf eine vierspurige Straße, und mit der Beschleunigung spürte sie den Fahrtwind und eine dröhnende Müdigkeit, die sich plötzlich über sie legte. Sie schaute sich in der Spiegelung ihres Displays an: Erschöpft sah sie aus, sie schloss die Augen.

Sie liebte das Anziehen und Abbremsen des Wagens, das beruhigende Geräusch des monotonen Blinkers. Es kam ihr vor wie das Klappern von Mutters Tastatur, die gelegentlichen Pausen, das gelegentliche Klickgeräusch der Maus. Ob sie ihr geschrieben hatte? Von Mutters Arbeitszimmer aus hatte sie Zugang zum langen Balkon, der um die abgerundeten, weißen Ecken des Hauses führte. Wenn Mutter nachdachte, ging sie hier auf und ab oder hängte unten im Garten die Wäsche auf. Liv sah die blühenden Zitrusbäume, sah Elam kopfüber vom Ast hängen und sich mit Mutter unterhalten. Seine Haare wie ein gelber Wasserfall. Sie sah sich im stoppeligen Gras liegen, sie rauchte und stieß Wolken in den Himmel aus. Sie sah Mutter mit dem Wäschekorb über sie hinwegsteigen, Elam, der sich neben sie legte. Sie hörte wieder Mutters Tastaturklappern, Mutters Heileweltpop, das lang gezogene Hupen eines Autos.

Dann spürte sie etwas Feuchtwarmes auf ihrem Oberschenkel. Sie riss die Augen auf: Die wulstige Hand des Mannes umfasste ihren Schenkel. Flink packte sie die Pranke so, dass sich ihre Fingernägel in sein Fleisch gruben, verdrehte das Handgelenk und dirigierte die Finger zurück auf den Schaltknüppel. Mutters Hebelgriff. Liv setzte sich aufrechter hin, alle Muskeln ihres Körpers angespannt, und befahl sich, nicht nochmals in seine Richtung zu schauen. Es hatte zu nieseln begonnen. Immerhin, er behielt die Hand am Knauf wie dort festgeschraubt. Schlagartig fühlte sie sich wieder klar und wach, eine Wachheit, die den Dingen ihre scharfen Konturen zurückgab.

Ein Pocahontas-artiges Mädchen mit Mahagoniaugen schrieb ihr das tagesaktuelle Passwort des WiFi und den Namen ihres Sechser-Dormitorios auf einen Zettel. »Den Gang hinunter«, sagte sie mit französischem Akzent, »da sind auch die Waschräume, Küche und der Diner. Über die Treppe geht es zur Dachterrasse hoch, Snacks gibt's hier« – sie nickte zu einer Reihe Automaten –, »bitte ab 9 p. m. Ruhe einhalten.«

»Okay«, sagte Liv und wartete, dass das Mädchen noch Weiteres erklärte. Aber das war es wohl. »Danke.« Sie schob ihre Daumen unter die Gurte des Rucksacks.

Vom Gang gingen etliche Türen ab. Es roch nach Desinfektionsmittel und durch ein offenes Fenster nach nassem Asphalt. Zwei Typen in Flip-Flops schlurften ihr entgegen, sie sahen aus, als seien sie gerade aus einem Zelt gekrochen. Ihnen folgte eine Gruppe Mädchen mit altmodischen Nasenringen, gigantischen Fleischtunneln in den Ohrläppchen und aufgeblähten Batikhosen. Sie grüßten, und Liv grüßte zurück. Sie kannte diese Mädchen, hatte sie schon tausendmal gesehen. Sie tranken Mate und teilten Aufklärungsclips zur Gefahr von massenhaftem Sojaanbau, sie gingen barfuß und schnitten sich gegenseitig die Haare. Manche von ihnen duschten auch phasenweise nicht.

Auf einem Klebestreifen stand *Calakmul*. Sie glich den Namen mit ihrem Zettel ab. Das war ihr Schlafsaal. Vielleicht wartete dahinter eine ganze Horde solcher Frauen. Vielleicht würden sie Liv gleich in ihre Mitte nehmen und ihre Haare zu Dreadlocks verfilzen wollen. Sie schüttelte sich innerlich, wollte diese Gedanken aus ihrem Kopf bekommen. Elam sagte immer, dass es falsch sei, Menschen voreilig zu bewerten, dass man immer falschliege, da niemand wirklich etwas über einen anderen wissen könne. Dass Bewertungen nur ein Ausdruck von Ignoranz seien. Aber es machte so viel Spaß.

Ohne auf das Display zu schauen, notierte sich Liv *Guapa* in ihr Phone, drehte den Türknauf und trat ins Zimmer. Unter einer Halogenleuchte kauerten zwei Jungs, die ihr Gespräch unterbrachen und zu ihr aufschauten.

»Ist das frei?« Sie zeigte auf eines der an die Wand gerückten Hochbetten.

»Na klar.« Die Jungs saßen über Schalen mit Cornflakes und einen Bildschirm gebeugt.

Sie verstaute den Rucksack auf dem oberen Bett, die Dokumente und ihr Smartphone behielt sie am Körper. Dann setzte sie sich auf die untere Matratze und gab das Passwort fürs WiFi ein. Als sie verbunden war, öffnete sie ihre Seiten in verschiedenen Tabs. Sie luden sich jedoch nur sehr langsam. Liv schrieb *huhu* in den Familien-Chat, konnte die Nachricht aber nicht absenden.

Sie schaute auf. Einer der Jungs hatte die sonnenbraune Haut eines Surfers und trug ein ausgewaschenes gelbes Shirt. Er musste sie beobachtet haben und senkte rasch den Kopf. Sein Gesicht war von abstehenden Locken umkränzt. Der andere war klein und hatte einen dunklen Vollbart. Sein Gesicht war fleischig, und er wirkte wie aus einem Jahrhundert, in dem es noch Männer mit Fellen und Fallen gegeben hatte. Beide trugen perlenartige Bänder um Hälse und Handgelenke: ein sonderbares, kaum zusammenpassendes Paar. Ein Surfer und ein Trapper.

Ob sie ein Gespräch beginnen sollte? Aber sie wollte nicht stören. Wie spät war es eigentlich? Sie schaute nach der Uhrzeit: noch früh am Abend. Bei der kleinsten Bewegung knarzten die Federn unter ihr. Unmöglich konnte sie jetzt ruhig liegen bleiben, wo sie gerade erst angekommen war.

»Bis später«, sagte sie, durchquerte den Raum und schloss die Tür beim Hinausgehen. Sie ging den Gang hinunter zum Empfangsbereich, in dem die Mädchen von vorhin in der Sofaecke hingen und mit schief geneigten Köpfen verfolgten, wie sie die Stufen zur Dachterrasse nahm.

Regen prasselte auf das Bambusdach, ein Mann, Ende zwanzig, abgeschnittene Jeans und ein hüftlanges Leinenhemd, hantierte am Gasherd der Kochnische herum. Mintgrüne Flip-Flops hatten weiße Streifen auf seinen Füßen hinterlassen.

Liv suchte den Horizont nach dem Meer ab, das Himmelsgrau verschmolz mit der Farbe der Flachdächer. In den Travelblogs hatte das ganz anders ausgesehen. Sie öffnete Maps, doch die Gegend setzte sich nicht zusammen. Sie suchte nach weiteren offenen Netzen, fand aber keine in der näheren Umgebung und ließ die Hand entmutigt sinken.

»Möchtest du?« Der Mann hob eine verrußte Espressokanne hoch. Seine Haare waren tatsächlich zu Dreadlocks verfilzt.

Sie schüttelte den Kopf. »Eigentlich wollte ich nur nach dem Meer schauen.«

»Setz dich doch, du siehst müde aus.« Er deutete auf einen Picknicktisch, in dessen Platte Hunderte Namen geritzt waren.

»Ich stehe lieber ein bisschen.«

»Bist du gerade angekommen?«

»Vom Flughafen, ja, mit dem Taxi. Ich glaube, der Fahrer lebt in seinem Wagen.«

»Was hast du bezahlt?«

»Er wollte 500, ich habe ihm 200 gegeben.«

»Der Bus kostet 25.« Er häufte Kaffeepulver in das Sieb und strich die Oberfläche glatt. »Woher kommst du?«

»Aus Tel Aviv.«

Er lachte und entblößte dabei eine süße Zahnlücke. »Ich meine, wo warst du zuvor auf deiner Reise?«

»Ich hatte einen Zwischenstopp.«

»Und davor?«

Sie überlegte, während er die Kanne verschraubte und auf den Gasherd stellte, ob irgendetwas davor als Reise zählte.

»Ich will dir ja nicht zu nahe treten«, sagte er und drehte die Flamme auf, »aber das sieht man dir auch an.«

Sie zuckte mit den Schultern und schaute an ihm vorbei. Zu oft war ihr diese auf Alter und Erfahrung basierende Überheblichkeit schon begegnet.

»Ich habe mir die Karibik anders vorgestellt.«

»Enttäuscht wegen des Regens?«

»Man hat immer diesen weißen Strand im Kopf.«

»Bist du deshalb hier?«

»Warum nicht?« Sie versuchte abermals, Maps zu laden.

»Wie heißt du?«

»Liv.«

»Das klingt nicht israelisch. Was bedeutet es?«

»Leben, auf Norwegisch.«

»Wie kommt man auf so einen Namen?«

»Hast du mal was von den Oslo Accords gehört?«

»Mal irgendwo, ja.«

»Das waren Friedensverhandlungen und Abkommen zwischen uns und Palästina oder wie du es nennen willst. Sehr kompliziert. Meine Eltern sind liberale Ironikerinnen. Deswegen haben sie mich so genannt.«

»Liberale was?«

»Sie wissen, dass sie kontingent sind und wir alles daransetzen müssen, Grausamkeiten zu vermeiden.«

»Kontingent?«

»Ja, alles ist zufällig, deswegen kommt es darauf an, wie du die Welt beschreibst.«

»Und darum haben sie dich Liv genannt?«

»So in etwa.«

Er grinste. »Geholfen hat es aber nichts.«

»Offensichtlich«, sagte sie.

»Ich heiße Toshi.« Er zeichnete die Buchstaben vor sich auf den Tisch. »Ich frage deswegen, weil immer alle wissen wollen, was mein Name bedeutet.« Er schaute sie so an, als warte er darauf, dass sie ihm genau diese Frage stellte. Doch sie hatte nicht vor, ihm diesen Gefallen zu tun.

»Toshi bedeutet auf Japanisch Jahr. Ich reise und mache Fotos. Du findest mich leicht. Toshi Unterstrich everywhere. Komm, jetzt setz dich doch.«

Vielleicht sollte es so sein, dass sie am Anfang ihrer Reise mit einem Toshi Unterstrich everywhere Espresso trank, dachte Liv und stieg über die Picknickbank. Am Bambuspfeiler abgestützt, nestelte er eine selbst gedrehte Zigarette hinter seinem Ohr hervor. In seinen Haaren hätte er Zigaretten für ganze Schulklassen bunkern können.

»Warum lachst du?«

»Ach, nur so.«

Er zündete sich die Zigarette an der Gasflamme an und machte einen so tiefen ersten Zug, dass, als er ausatmete, kein Rauch mehr aus Mund und Nase quoll.

»Was heißt Guapa?«, fragte Liv.

»Hübsche. Weshalb?«

»Nur so«, sagte sie wieder.

»Wenn du Spanisch lernen willst, solltest du nach San Cristóbal de las Casas. Und wenn du richtig was erleben willst, solltest du besser gleich nach Kambodscha.«

»Da will ich nicht hin.«

»Wieso?«

»Dahin gehen alle, nach dem Militär.«

»Warst du beim Militär?«

»Das ist kompliziert.«

»Dann hättest du es nicht erwähnen sollen.«

»Ich möchte wirklich nicht darüber sprechen.«

»Hör mir mal zu, ich bin seit fünf Jahren unterwegs, und jetzt kommt mein erster Rat. Erzähl nur das, was die Leute auch über dich wissen sollen. Kapiert?«

Das ergibt Sinn, dachte Liv, auch wenn sie die altkluge Art, in der er das sagte, nicht ausstehen konnte.

»Noch mal von vorn. Kambodscha, warst du da?«, fragte er.

»Ja, war ich«, sagte sie, obwohl sie das Land nur von den Erzählungen der Jahrgänge über ihr und deren Moonlight-Party-Bildern kannte.

»Und wo?«

»Am Strand.«

»An welchem Strand?«

»Wo das Wasser ist.«

Er lachte, den Kopf dabei leicht schüttelnd. Das Wasser köchelte und stieg hörbar durch das Sieb in die Kanne auf. Der Geruch des Kaffeearomas verbreitete sich, und auf einmal gab es für Liv nichts Kostbareres, als diesen Espresso zu trinken. Toshi goss die dunkle Flüssigkeit in zwei Tassen, an deren Rändern sich Kalk abgesetzt hatte. Die Zigarette klemmte ihm dabei im Mundwinkel. Aus einer Tonschale kippte er Zucker dazu und verrührte ihn mit dem Finger.

Es dauerte immer eine Weile, bis Liv die Menschen sympathisch wurden, und sicher ging das den anderen mit ihr genauso. Sie schwenkte die Flüssigkeit und trank sie in einem Zug. »Danke.« Sie wischte sich den Rest von den Lippen. »Schmeckt gut.«

»Jetzt musst du mich fragen.«

»Ob du in Kambodscha warst?«

»Genau!« Er rückte nah an sie heran und legte die Zigarette auf der Tischkante ab. »Stell dir vor, dort im Urwald haben wir uns einen Elefanten gemietet. Du hoch oben auf dem Rücken, und vor dir gehen Dutzende Männer mit so langen Macheten voraus.« Mit den Händen zeigte er die Länge der Klingen an, sagte: »Klar, schämst du dich, du willst ja eigentlich nicht als Tourist auffallen. Aber die Bilder, die du von so einem Riesentier schießt, gehen definitiv viral.«

Er schenkte ihr nach, Liv nippte an der Tasse. Sie hasste das Wort »viral«. Alles musste heute viral gehen, und wenn es nur eine lahme Werbekampagne für Kontaktlinsen war. Dass er es überhaupt benutzte, machte ihr klar, dass er einer anderen Generation angehörte.

»Oder dieses Bootsrennen während des Novembervollmonds, lange Boote, mindestens zwanzig Meter. In denen stehen die auf wackligen Beinen und schlagen ihre Paddel in den Fluss. Die Menge grölt, du grölst. Eine krasse Energie liegt in der Luft. Das ist extrem wichtig, das musst du verstehen, du musst da voll rein, bis du es mit ihren Augen siehst. Als hättest du sie aus ihren Gesichtern gerissen und dir selber eingepflanzt. Kapiert?«

Liv nickte. Das wollte sie sich merken. Während sie zuhörte, wie er von den Kleidern und Farben der Menschen sprach, tippte sie blind auf ihrem Display: *Augen fremd herausreißen einpflanzen sehen.*

»Hast du dir gerade den Ort aufgeschrieben?«

Sie nickte.

Er legte sein Smartphone auf den Tisch und öffnete eine Fotogalerie. Liv dachte an die Koalafrau mit dem umgeschnallten Kind, die bereits wieder mit all ihren anderen Erinnerungen zu verschwimmen begann. Was sie nicht festhielt, verschmolz zu einer undefinierbaren Masse, die bald von neuen Schichten gänzlich überdeckt sein würde.

»Hast du Internet?«, fragte sie.

»Überall.« Er wischte durch die Fotos vom Bootsrennen.

Geduldig schaute sie sich die Bilder an, obwohl sie sich geradezu zwingen musste, weiter ruhig sitzen zu bleiben. Je länger sie so dasaß, desto unruhiger wurde sie.

»Schön geworden«, sagte sie, als er endlich an ein Ende gelangte.

Aber es folgte eine zweite Serie, ein anderer Kontinent: Iquitos, Peru, am Rande des Amazonas. Als Eingangsbild waren Nackte aller Altersstufen vor einem klapprigen Holzschuppen aufgereiht. Ureinwohner, die Speere und Trommeln mit sich führten und mehr oder weniger in die Kamera blickten. Zwischen ihnen ein hoch aufgeschossener Besucher, ebenfalls nackt. Sie erkannte ihn sofort. Nur die mintgrünen Flip-Flops hatte er anbehalten.

»Guck, das bin ich.« Sein Zeigefinger hinterließ einen Abdruck auf dem eigenen Gesicht.

Liv konnte nicht länger hier sitzen und den Abenteuergeschichten eines gealterten Backpackers zuhören. Zumal es doch offensichtlich war, dass sich die Ureinwohner, wenn es denn überhaupt welche waren, nur gegen Bezahlung in Pose geworfen hatten.

Als sie aufstehen wollte, fasste Toshi sie am Arm.

»Ich muss wirklich los.« Liv schob ihm die Tasse hin und drückte sich vom Tisch weg. Er erwiderte nichts, schaute ihr bloß entgeistert nach. Sie spürte seinen Blick, Stufe um Stufe, die Treppe hinunter.

Im Kleinbus schepperte Blasmusik. Zwei Reihen schlichte Holzbänke, Jesus am Kreuz baumelte gleich mehrfach vom Rückspiegel. Livs Knie drückten gegen die zerfurchte Sitzlehne. Wenn Passanten am Straßenrand den Arm hoben, bremste der Fahrer und ließ die Türen aufschwingen. Eine durchnässte Frau, die sich mit einem Teelöffel die Augenbrauen glättete, quetschte sich dicht neben Liv und reichte das Geld durch die

Reihen zum Busfahrer, und vom Busfahrer reichten die anderen Fahrgäste das Wechselgeld zurück. Wie ein selbstgenügsamer Organismus. Und Liv war Teil davon und reichte auch ihr Geld von hinten nach vorne und bekam das Wechselgeld zurück. Wenn jemand »Bajan!« rief, hielt der Bus einfach an. Elam hätte das gefallen, das wusste sie.

Sie bogen in eine Straße ein, die um einen Platz führte, und Liv rief »Bajan!« in der gleichen Tonlage und der gleichen Selbstverständlichkeit. Der Bus kam zum Halt und die Tür glitt zur Seite. Sie bedankte sich beim Fahrer und machte einen beschwingten Satz hinaus.

Die Fassaden der niedrigen Gebäude rings um den Platz erstrahlten in grellen Farben, Stahlstreben ragten aus den Flachdächern, als wolle man zu einem späteren Zeitpunkt noch weitere Stockwerke obendrauf setzen. Liv schoss ein Foto und notierte *bunt, zur Hälfte geladen*. Sie schlenderte um den Platz, die Touristen auf den Bänken hatten Berge von Essen um sich herum verteilt, manche tranken Bier aus kleinen gelben Flaschen. Eine Musikerfamilie in weißen Hemden, paillettenbesetzten Hosen und Cowboystiefeln zog umher und sang tieftraurige Lieder. Liv kam es vor, als besängen sie alles Leid der Welt, so lange, bis sie irgendwann bei Liebe ankamen. Liebe, die immer aus dem Leid zu folgen schien oder als einzig wahrer Kern tief darinnensteckte.

Ein Marktstand verkaufte Sombreros, ein anderer Smartphonehüllen mit Totenkopfemblemen. »Verkaufst du auch SIM-Karten?«, fragte sie den Verkäufer im roten Fußballtrikot, eigentlich noch ein Schuljunge. Er schüttelte erschrocken den Kopf, vielleicht weil er so etwas noch nie gefragt worden war. Als sie weiterging, pfiff er ihr nach.

Vor einem Gefährt, das aussah wie ein Dreirad für Erwachsene, wartete eine Gruppe Teenager. Obwohl unendlich viel Platz war, standen sie eng beieinander, als bräuchten sie die

Nähe der anderen Körper. Ein älterer Mann und ein Junge, vielleicht Vater und Sohn, fischten Maiskolben aus einem Behälter, bestrichen sie mit Mayonnaise und bröselten Käse darüber. Die Jungs trugen Caps, unter denen die Haare hervorquollen, helle Turnschuhe und Shirts mit aufgedruckten großen Logos. Die Mädchen klimpernde Ohrringe. Sie vertrieben sich die Zeit mit Selfies oder zeigten sich irgendetwas Lustiges auf den kleinen Displays.

Irgendwie hatte sich Liv die Mexikaner anders vorgestellt. Ursprünglicher, naturbezogener. Aber warum sollten sie nicht auch so sein wie alle anderen? Auf der gegenüberliegenden Seite entdeckte sie einen 7-Eleven.

Mit zwei giftgrünen Litern BigGulp schälte Liv auf einer der Bänke die SIM-Karte aus der Verpackung. Sie brauchte einen spitzen Gegenstand, um den Kartenslot zu öffnen, schaute sich um und hob eines der spitz zulaufenden Blätter auf, die einer der Bäume abgeworfen hatte. Ihre Finger zitterten, als sie mit dem holzigen Stiel den Slot öffnete, die Karte aus der Plastikschale klippte und einsetzte. Sie kam sich wie ein Junkie vor.

Obwohl alles auf Spanisch war, brauchte Liv keine Minute, um das Datenvolumen freizuschalten. Es pingte, ein Text erschien, der sie willkommen hieß und ihr den Tarif erklärte, ein langer Text, den sie nach den ersten Zeilen wegwischte.

Mitteilungen hatten sich angestaut und blinkten eine nach der anderen auf. Voicemails von Efrat und Gila, E-Mails, ältere Posts, die irgendjemand geteilt hatte, ein lästiges Sicherheitsupdate – es pingte wie inmitten eines Haufens von Erstklässlern mit Triangeln. Die Teenager, die sich auf den umliegenden Bänken ausgebreitet hatten, hoben ihre Köpfe wie Kitze in Zeichentrickfilmen.

Sie öffnete Maps. Ihr Aufenthaltsort pulsierte rot. Sie

zoomte heraus, bis die Konturen Cancúns erkennbar wurden und das Karibische Meer auftauchte. An die Landzunge, die wie eine aufgeweichte Spaghetti im Meer lag, waren Namen bekannter Hotelketten gepinnt. Liv las ein paar Bewertungen zu den Restaurants der Umgebung und reservierte einen Tisch.

Sie öffnete den Familien-Chat, die *huhu*-Nachricht ließ sich senden.

Ma *Bist du gut angekommen?*

Liv *Gut angekommen :-)*

Mutter fühlte sich immer gleich besser, wenn Liv hinter jeden Satz einen Smiley setzte.

Ma *Bist du im Hotel?*

Liv *Habe ein schönes Zimmer, etwas Jetlag, lege mich jetzt hin, bin soooo müde :-)*

Ma *Pass auf dich auf!*

Liv *Wo ist Pa?*

Ma *Der schläft.*

Pa *Tue ich nicht ;-)*

Liv *Pa!*

Pa *Wie ist Mexiko?*

Liv *Die Menschen sind sehr freundlich, vorhin habe ich einen Maiskolben mit Käse und Chilipulver gegessen.*

Pa *Wir vermissen dich jetzt schon. Deine Mutter hat den ganzen Tag ihr Phone nicht aus der Hand gelegt.*

Ma *:-/*

Liv *Ich hatte kein Internet, ich wollte schon früher schreiben :-)*

Ma *Bitte schick uns mehr Bilder und auch mal ein Video, wenn du kannst.*

Liv *:-)*

Sie verließ den Chat und wischte sich durch die Posts der Freunde. Gila posierte in der Dämmerung Arm in Arm mit zwei uniformierten Mädchen vor einer Baracke. Sie sah glücklich, aber irgendwie auch zerbrechlich aus. Ihre Gila, die zwar sportlich war, aber unter Druck auch mal den Ball über den Tenniscourt hinaus schmetterte. Liv sendete ihr ein Herz. Sie überflog, was zwischenzeitlich in der Welt passiert war. Eine Sicherheitskonferenz konnte sich nicht einigen. Protestmärsche in mehreren europäischen Hauptstädten. Ein Diktator setzte Chemiewaffen gegen das eigene Volk ein. Ein Hund fuhr Cabrio.

Sie stellte auf lautlos und suchte nach einer Zenote auf der Yucatán-Halbinsel. Irgendwo musste sie ja anfangen. Sie fand eine auf der sogenannten Ruta Maya. In Maps aktivierte sie die automatische Erkennung des Aufenthaltsorts und loggte sich – wie *223K Personen* vor ihr – in die Ruta Maya ein. In aller Frühe würde ein Hop-on-hop-off-Bus mit herausragenden Bewertungen die Strecke abfahren, erste Stationen waren die Zenote X'Kekén und die in den Kommentaren gefeierte Pyramidenanlage Chichén Itzá. Sie buchte ein Ticket mit 20 Prozent Schnellbucherrabatt, was ihr Budget auf knapp 2900 Dollar reduzierte.

Kostenlos lud sie sich eine Spanisch-Lern-App herunter, schaute nach dem Wetter: 80 Prozent Regenwahrscheinlichkeit in der nächsten Stunde, dann Sonne. Die nächsten 14 Tage.

Sie eröffnete einen neuen Account und nannte ihn *Liv_everywhere*. Sie wählte das Foto mit den bunten Hausfassaden aus, intensivierte die Farben noch etwas und lud es hoch. Aus ihren Notizen kopierte sie *bunt, zur Hälfte geladen* und fügte es, versehen mit ein paar Hashtags, in die Bildbeschreibung ein.

Ein Sonnenstrahl fiel über das Display. Ihr Shirt und die enge Jeans waren klamm, wann genau es zu regnen aufgehört hatte, konnte sie nicht sagen. Zum ersten Mal seit der Landung atmete sie frei. Es duftete nach Koriander, Kümmel und welkem Laub.

Sie brauchte jetzt Musik. Irgendwas mit vielen Trompetern und traurig singenden Männern. Als müsste man vor der nahenden Apokalypse noch einmal richtig feiern. Sie fand eine Band aus der Region und drückte sich die Ohrhörer in die Muscheln. Sie fragte Ava nach der direkten Route zum Küstenstreifen und ließ sich von ihr die angezeigte Strecke leiten.

Gila, *Toshi_everywhere*, der sie irgendwie gefunden haben musste, und *24 andere* folgten ihr.

Urlauber lagen, von den letzten Sonnenstrahlen rot übergossen, am Strand. Andere prosteten sich an in der Brandung platzierten Tischen zu. In eine künstliche Felswand hinter der Strandbar waren Regale eingelassen, auf denen sich die üblichen Flaschen reihten. Generatoren brummten. Animateure verkauften gekühlte Getränke.

Die Inneneinrichtung des Lobster folgte mit seinen bronzenen Stühlen und bronzenen Tischen einem Motto, das Liv nicht einleuchtete. Das Meer und der orange eingefärbte Strand glichen den Fotos voreingestellter Bildschirmschoner, wären da nicht die vielen Menschen gewesen, die jedes Mal ins Bild liefen, wenn Liv ein Foto schießen wollte. Sie löschte alle Versuche und bestellte drei Tacos mit Bohnen und Ananas, dazu ein mexikanisches Bier. Sie las News im Liveticker, dann suchte sie aktuelle Videoaufnahmen aus der Region, aus der die Giftgasangriffe gemeldet wurden. Sie bestätigte, dass sie schon 18 Jahre alt war.

Ein Mann mit Mundschutz trug ein Kind in seinen Armen, eine aufgebrachte Menge folgte ihm. Der Kopf des Kindes war blauviolett angelaufen, der Mund offen. Die enge Straße hinunter krümmten sich Menschen auf dem Boden, die Hände vor den aufgeschnittenen Hemden ineinander verkrampft, und rangen nach Atem. Jemand träufelte eine Flüssigkeit auf den

Kopf des Kindes, ein Mädchen, deren Haare zerzaust und nun feucht waren. Der Mann hob das Mädchen in die Höhe, den Kopf stützend, damit er nicht mehr nach hinten wegkippte.

Liv teilte das Video, legte dann das Smartphone beiseite. Im echten Leben, wie Elam sagen würde, ging die Sonne unter. Touristen schwebten eine Handbreit über der Meeresoberfläche. An ihren Rücken waren Tornister angebracht, die über einen Schlauch Wasser ansaugten und aus einer anderen Düse als wuchtigen Strahl wieder ausstießen. Kopfüber stürzten sie in die Fluten und schossen einige Meter versetzt wieder daraus heraus. Liv hatte Ähnliches vor einigen Jahren im Internet gesehen, hatte aber angenommen, dass so etwas nie für mehr als einen unterhaltsamen Post gut sein würde. Derartig Lächerliches konnten nur Amerikaner in aller Öffentlichkeit praktizieren. Zwei Männer mit muskulösen Oberarmen, die sich eine Schwedenflagge um die Schultern gelegt hatten, torkelten an den Nebentisch, wo bereits ihre grölenden Freunde warteten.

Statt einem brachte ihr die Bedienung vier Biere und erklärte, dass es nicht mehr koste, wenn sie damit für ein Foto posiere. Erst jetzt merkte Liv, wie groß ihr Durst war, die ersten zwei Biere trank sie direkt hintereinander. Sie spürte, wie alles weicher wurde, und den Drang, mit irgendjemandem zu sprechen. Sie stand auf, schnappte sich ihre übrigen Flaschen und ging hinüber zu den Schweden. Die hatten sich auch als Hashtags verwenden lassen, und vor lauter Flaschen wussten sie nicht mehr, wo auf dem Tisch noch ihre Geräte liegen sollten. »Hi, kann ich mich dazusetzen?«

Die Schweden grüßten sie lautstark und stellten sich vor, und Liv sagte: »Ich heiße Toshi, das bedeutet auf Japanisch Jahr.« Allesamt hatten sie helle Haut und blonde Haare und saßen mit freiem Oberkörper da. Liv konnte kaum wegschauen. Gleich mehrere Getränke wurden ihr hinübergeschoben, und ein Jörn- oder Björn-Olav spendierte ihr Kartoffelecken mit Aioli. Dann wurde es dunkel, und ein Amerikaner mit Sombrero schüttete ihr von hinten einen Eimer Wasser über den Kopf. Sie wrang sich die Haare aus, während sich die anderen um sie herumgruppierten, und der Amerikaner schoss in dieser besten aller Sekunden ein Gruppenselfie. Er lud es hoch und verknüpfte es mit ihren Profilen und Livs neuem Account. Sie sah es gleich: Vielen anderen gefiel das Foto, und über 20 Menschen folgten ihr neu in weniger als zehn Minuten. Etwas später tanzten sie auf den Tischen, und die Musik war nun so laut, dass sie einander anschreien mussten.

Als Liv das langweilig wurde, sagte sie, sie wolle zur Toilette, und einer der Schweden folgte ihr und packte sie am Arm. Sie wimmelte ihn ab, ging hinaus und auf die andere Straßenseite, wo Taxen in einer Bucht warteten. Diesmal stieg sie hinten ein. In den Kurven kippte sie, synchron zum Bananenwunderbaum am Rückspiegel, von der einen auf die andere Seite und starrte dabei auf ihren Bildschirm. Es war unmöglich auch nur einen Satz zu entziffern. Sie sagte irgendetwas zum Fahrer und hinterließ Gila und noch ein paar anderen, die sie zu einem Gruppenchat hinzufügte, eine Voicemail, wie stolz sie auf Gila sei und dass sie sich doch nicht schämen müsse, und dann erzählte sie von den Schweden und von Delfinen im Wasser und davon, dass die Luft wie Götterspeise sei.

Der Fahrer setzte Liv direkt am Hostel ab, und sie warf ihm ein paar Scheine durchs offene Fenster. Sie stieg auf die Dachterrasse, weil sie von da Musik zu hören glaubte, doch oben war niemand, nur Dunkelheit und die flirrenden Sterne über ihr. Sie sackte zwischen Bank und Picknicktisch und zeichnete mit dem Finger die eingekerbten Namen nach. Toshis verglühter Zigarettenstummel lag noch an der Tischkante, sie schnappte das Feuerzeug, steckte ihn sich an und rauchte den letzten Rest, während sie mit dem Fingernagel so lange im weichen Holz herumkratzte, bis ein großes *LIV* zu sehen war.

Die Treppe wurde in der Dunkelheit zum Balanceakt, es folgte ein nur noch schwer nachvollziehbares System von Gängen und Zimmern. Nach etlichen vollbesetzten Schlafsälen öffnete sie eine Tür mit der Aufschrift *Billard*. Die Neonröhren flackerten, aber es war kein Mensch mehr hier, also spielte sie eine Partie mit sich selbst. Sie war nicht schlecht. Zumindest klang es gut, wie die Kugeln gegeneinanderklackten.

Die beiden Jungs vom Nachmittag lagen friedlich in ihren Betten und lasen auf ihren Geräten. Der Boden schwankte. Das Zimmer war nur diffus von ihren zwei Lichtquadern erhellt.

Der Surferjunge mit den Locken lag unten, der andere oben. Als er sie bemerkte, richtete er sich halb auf. Sein Oberkörper war entblößt, er trug nur eine karierte Boxershorts. Über dem Saum kräuselten sich Haare. Nicht zu viele, nicht zu wenige. Liv mochte das.

»Schöne Kette«, sagte sie und zeigte auf seinen Hals. Sie konnte wieder etwas klarer sehen.

»Frisch gepflückte Kaffeebohnen«, sagte er melodisch, einen Hügel rauf, einen runter. »Selbst gemacht«, fügte er hinzu, drehte eine der Bohnen und lächelte dabei. Rehaugen.

»Wusste gar nicht, dass Kaffeebohnen rot sind.« Sie beugte sich zu ihm hinunter, das Shirt löste sich dabei von ihrer Brust. »Ich heiße Liv, ich war noch nirgends, und das ist mein erster Tag.«

»Ich heiße Niels, da oben ist Torben. Wir kommen aus Deutschland.«

Torben winkte von oben, pausbackig, braun gebrannt, und zupfte an seinem Bart.

»Bist du ein Zimmermann?«

»Torben baut Baumhäuser«, sagte Niels. »Er ist sehr

populär. Er feiert das Handwerk. Wie kommst du auf Zimmermann?«

»Ich habe manchmal Visionen.«

»Und was bin dann ich?«

»Ein Reh.«

Er lächelte, und sie wusste, dass er das mochte. Denn viele Jungs wollten eigentlich rehäugige Wesen sein.

»Witzig, dass du das sagst«, sagte er. »Ich mag nämlich Rehe.«

»Sag ich doch: Visionen.«

Torben grummelte, als störe ihn diese Unterhaltung.

»Wohin soll es gehen?«, fragte Niels.

»Zur Zenote X'Kekén, dann nach Chichén Itzá oder anders herum, und dann will ich zu den Zapatisten.«

»Was willst du in Chichén Itzá?«

»Ich will mit den Augen der Einheimischen sehen. Das Land, so wie es wirklich ist.«

»Dann bist du dort aber falsch.«

»Der Name zischt wie eine Schlange.«

»Das ist nicht das wahre Mexiko, da sind nur Touristen.«

»Wo ist dann das wahre Mexiko? Die Hotels vorne an der Küste, die komischen Schweden?«

»Das sind keine Schweden, das sind Partygringos. Und Mexiko ist das erst recht nicht. Du musst die ausgetretenen Pfade verlassen.«

»Und wie mache ich das?«

»Geh niemals dahin, wo dich andere hinschicken wollen.«

»Und wohin geht ihr, oder ist das top secret?«

»Ja, ist geheim«, sagte Torben, was natürlich unheimlich albern klang und nur ironisch gemeint sein konnte.

»Morgen fahren wir runter nach Tulúm«, sagte Niels. »Dort bereiten wir unseren Trip in den Regenwald vor. Auf dem Usumacinta nach Yaxchilán. In der Nähe der Ruinenstätte sollen noch direkte Nachfahren der Maya leben, Hach Winik nennen die sich, was so viel wie ›echte Menschen‹ bedeutet. Sie leben, soweit es geht, von der Außenwelt isoliert und im Einklang mit der Natur, immer in der Nähe ihrer heiligen Stätten, wo die Götter früher gewohnt haben sollen.«

»Und das interessiert euch, so abgeschiedene Stämme finden?«

»Sie sind das einzige indigene mexikanische Volk, das der spanischen Eroberung entkommen ist. Sie lebten isoliert im Lacandon-Urwald für Jahrhunderte, bis sie in der Mitte des letzten Jahrhunderts von einem Fotografen wiederentdeckt wurden.« Niels zeichnete bei »wiederentdeckt« die Anführungszeichen mit den Fingern in die Luft. »Die Forscher haben sie im Folgenden als Wilde idealisiert, als ein monolithisches Volk, also aus einem Stück. Aber das ist falsch.«

»Wieso?«

»Weil sie ihre kulturelle Identität im Abgleich mit der Welt um sie herum immer neu justieren.«

»Wie machen sie das?«

»Du siehst das daran, wie sie beispielsweise mit der christlichen Missionierung umgegangen sind. Sie haben Äkyantho, das ist der Gott der Fremden. Er hat weiße Haut, trägt einen Hut und eine Pistole. Zuständig ist er für den Handel, die Medizin, die Krankheiten, einige Tiere, wie die Pferde, und Metallwerkzeuge.«

»Und?«

»Warte doch – dieser Äkyantho hat nämlich einen Sohn namens Hesuklistos.«

Liv musste lachen.

»Jedenfalls sind die beiden in ihr Weltbild integriert.«

»Haben sie Kontakt zu Touristen?«

»Anfänglich, ja, da hatten sie ihnen Töpfe verkauft, aber ohne diese farblich auszugestalten. Sie haben die Töpfe also ohne Seele verkauft.« Auch bei »Seele« zeichnete Niels wieder Anführungszeichen in die Luft. »Seitdem sie das Fernsehen kennen, so wird behauptet, hat sich ein Großteil des Volkes von seinen tradierten Riten abgewendet. Zudem zeigen sie sich kaum noch in der Nähe der Touristen. Sie haben sich also in die innere Bildwelt des Apparats zurückgezogen, sie haben verlernt, mit der Umwelt zu interagieren.«

»Klingt alles ziemlich konfus.«

»Wir leben nicht mehr im Fernsehzeitalter«, erklärte Niels. »Es gibt ja jetzt das Internet, und ich frage mich, wie sie darauf reagieren werden.«

»Das ist eure Mission?«

»Das ist unsere Mission.«

»Wie finde ich euch?«

»Torben findest du unter Craftsman, mich als adventouresniels. Alles zusammengeschrieben.«

Sie setzte sich auf ihr Bett und holte den Rucksack heran. Die Jungs lasen derweil weiter, aber Liv spürte, wie sie heimlich zu ihr rüberschielten, beobachteten, wie sie erst ihre Dokumente verstaute, sich dann die Hose abstreifte und das Shirt über den Kopf stülpte. Wie sie in ein frisches Shirt schlüpfte, den BH darunter aufknöpfte und hervorzog. Wie sie sich aufs Bett legte, rücklings wie alle, die vor großen Aufbrüchen standen.

Sie starrte eine Weile zu den Stahlfedern über ihr, während es in unregelmäßigen Abständen aus dem anderen Teil des Raums zu ihr herüberpingte, -raschelte, -zwitscherte.

Sie suchte nach ihnen.

Torben stellte für seine *84K Abonnenten* dreiminütige Videos online, in denen er Bauskizzen von Baumhäusern in die Erde zeichnete, die ideale Lage erkundete, die Materialien in den Wäldern sammelte. Im Zeitraffer errichteten sich seine Bauten Element um Element um den Stamm herum und breiteten sich organisch über die Äste der gewaltigen Bäume aus. Terrassen schichteten sich übereinander und unterteilten sich in diverse Wohnbereiche. Planen leiteten das Regenwasser zu Freiluftduschen, und Solarpanels spiegelten die Umgebung und übernahmen die Stromversorgung. Das letzte Panoramabild der Videos zeigte das errichtete Baumhaus stets in einer Sternennacht und mit unzähligen Kerzen geschmückt. Er hatte ein gutes Gespür für Farbfilter und Perspektiven. Liv gefielen die Beiträge sehr.

Niels berichtete *1,7K Followern* von seiner Reise. Auf dem jüngsten Foto hatte er sich einen Schal als Mundschutz um den Kopf gewickelt und stand mit einem Fahrrad in einem ausgetrockneten Salzsee. Liv wischte weiter. Niels sauste an einem Seil über eine Schlucht. Niels sprang kopfüber von einer Klippe. Niels meditierte in einem Kloster. Niels lief im Handstand über den Times Square. Niels saß zwischen Hühnern und Bambusrohren eingeklemmt auf der Ladefläche eines Pick-ups. Niels streichelte einen Straßenhund, eine Meute Kinder mit verdreckten Klamotten schaute ihm dabei zu. Niels und Torben schüttelten sich wie Entdecker aus dem 16. Jahrhundert vor einem rot glühenden Felsen die Hände. Seine Haare wurden kürzer und gepflegter, die Haut heller. Seine Gesichtszüge kamen ihr mit jedem Schritt rückwärts beliebiger vor. Auf einem ganz frühen Foto sah man ihn den Rucksack packen, hinter ihm eine posterbehangene Wand. Sie wischte zu seinem allerersten Bild. Da spielte er in weißen Shorts an einem sonnigen Tag auf rotem Sandplatz Tennis. Wie Efrat. Wie Efrat baute sein Körper in der halben Hocke alle Spannung auf, den Schläger fest umgriffen, als gäbe es in der Welt nichts Wichtigeres, als den Aufschlag des Gegners zurückzuschmettern. Sie musste zweimal hinschauen, um sicherzugehen, dass das auf dem Foto wirklich dieselbe Person war wie der Junge, der dort drüben lag. Niemand würde ihn bei seiner Heimkehr mehr erkennen. Auch Niels' Bilder mochte sie.

Liv loggte sich von der Ruta Maya aus, stornierte das Hop-on-hop-off-Ticket, folgte Niels und Torben, und nur Sekunden später folgten die beiden auch ihr. Jeder wollte ein Mädchen wie sie in seiner Gruppe haben. Sie holte ihre Zahnschiene aus dem Rucksack und schrieb *Auf dem Usumacinta nach Yaxchilán!* in ihren Feed. Nur aufpassen musste sie, irgendwann selbst nicht mit Nackten für Fotos zu posieren. Sie klippte die Schiene an den Oberkiefer und schloss die Augen.

*

Liv spürte die groben Maschen der Hängematte und zog das Moskitonetz zur Seite. Sie nahm die Zahnschiene heraus und setzte die bloßen Füße auf den noch relativ kühlen Lehmboden. Die Luft in der Hütte war schon von der Morgensonne erhitzt, Furchen zergliederten die Lehmwand. Es war der letzte Tag des heißesten Oktobers seit Beginn der Wetteraufzeichnung. Tulúm, drei Busstunden von Cancún entfernt.

Die Halskette mit den karminroten Kaffeebohnen drehte sie so, dass der Verschluss hinten lag. Niels und Torben dösten wie in Kokons eingesponnene Insekten. Liv verstaute die Zahnschiene und ihren Pullover, den sie zu einem Kopfkissen geknüllt hatte, im Rucksack und schlüpfte in einen leichten Rock. Die Hängematte hatte Striemen in ihren Rücken, ihre Arme und Beine geschnitten. Sie schwang sich den handgeflochtenen Beutel über und trat, ein Blick auf den Screen, um *7:12 a. m.* in den Hüttenkreis der Diamantes K. Und mit ihr taten das *82 Follower*, die seit dem Einschlafen neu hinzugekommen waren. Sie liebte diesen Moment am Morgen.

Fünf Lehmhütten gruppierten sich um ein Lagerfeuer, dessen Überreste noch glommen. Man musste nur ein wenig

Wäsche und Badesachen an der über den Hütteninnenhof gespannten Wäscheleine befestigen, dachte Liv, und schon stellte sich ein Heimatgefühl ein. An der Guayaba-Hütte hing eine argentinische Flagge. Die Palmen waren allesamt vom Wind gekrümmt. In Richtung der Pyramiden sah sie die anderen Backpackeranlagen, dann das Fünfsterneresort, wo zwei Bedienstete einen in die Jahre gekommenen Herrn in die Kitesurfing-Ausrüstung hievten. Sie schaute auf das Meer hinaus und hielt Ausschau nach Schildkröten. Es war die Zeit im Jahr, in der die Tiere am Ende ihres Lebens zu ihrer Brutstätte zurückkehrten und Eier legten. Liv hatte niemals zu träumen gewagt, einmal Riesenschildkröten zu Gesicht zu bekommen.

Seit 14 Tagen warteten sie, seit 14 Tagen schien unentwegt die Sonne. Die Zeit hier war wie in einem Traum verstrichen. Ein Traum aus hellblauem Himmel, weißem Sand und türkisfarbenem Meer. Ein Traum, der nach Fisch und Limetten, Kokosnuss und Chili schmeckte, der sich nach trocknendem Salz auf der Haut und dem Ohrendruck beim Tauchen nach den Schildkröten anfühlte, dessen Tage sich in Langsamkeit dehnten und nahtlos ineinanderflossen. Kein Gestern, kein Morgen, ein ewiges Jetzt.

Sie ging hinter die Hütte in den mit Bastmatten abgegrenzten Bereich und wusch sich. Neben den Mülltonnen war ein schlieriger Spiegel mit Draht an einem Baumstamm befestigt worden. Sie putzte sich die Zähne. Sie hatte einen Sonnenbrand auf dem Nasenrücken, ihre Haare waren schon fast so hell wie die von Niels geworden. In den letzten Tagen hatte sie an sich festgestellt, wie gleichgültig ihr das eigene Aussehen wurde. Den Rock, den sie trug, hatte sie mehr aus einer Laune heraus vorne an der Straße einer Einheimischen abgekauft. Den handgeflochtenen Beutel auch, obwohl sie sich damit selber nicht mehr ernst nehmen konnte. Aber warum sollte sie das auch? Warum sollte sie nicht einfach so tun, als sei sie eines dieser unbekümmerten Backpackermädchen, die zwischen Schule und Studium ein bisschen Lebenserfahrung sammelten?

Sie schaute, was Gila machte: Gila lag mit weißem Top in der Nachmittagssonne, sonnenbebrillte Jungs posierten mit schimmernden M16-Gewehren im Halbkreis um sie herum. Die Aufnahme war so eingestellt, dass sie sich nach sieben Sekunden löschte. Gila lag da wie frisch erlegtes Wild.

Hinter Liv raschelte es. Im Spiegel sah sie ein Tier, vielleicht eine Katze, das sich an die Mülltonne gekrallt hatte. Vorsichtig drehte sie sich um. Das Tier – ein Waschbär – war mit dem Oberkörper in der Tonne verschwunden. Es machte kauzige Geräusche, als beiße es auf Gummi herum. Das Fell schien weich, Schürfwunden waren an den Seiten zu sehen.

In Zeitlupe drehte Liv das Smartphone und aktivierte die Kamera. Ihr Zeigefinger zitterte leicht. Der Waschbär kratzte in aller Ruhe weiterhin in der Tonne herum. Dann passierte alles sehr schnell. Er ließ vom Rand ab und plumpste zu Boden. Aus nächster Nähe starrte er sie an, aus seinem Maul ragte die Hälfte eines bunt gescheckten Krebses. An seinem Kopf klebte eine Mangoschale. Liv schob sich in den Bildausschnitt, so dass der Waschbär in ihrem Rücken war, und tippte den Auslöser an. Es klickte. Der Waschbär verschwand mit einem Satz im Dickicht.

Noch eine Weile versuchte sie, ihn im Dickicht auszumachen. Sie konnte selber nicht glauben, was sie da gerade gesehen hatte. Ein Waschbär mit einem Mangoschalenhut und bunter Krebsschere im Maul. Gab es überhaupt bunte Krebse? Während sie die Zähne putzte, studierte sie den Schnappschuss. Ein Volltreffer. Das Tier schaute direkt in die Linse. Sie suchte nach dem Namen des Krebses: *Halloween-Krebs*. Essen Waschbären Krebse? Und dann fiel ihr ein, welche Nacht bevorstand. Halloween.

Sie spuckte den Schaum ins Becken, sie benutzte keinen Filter und lud das Foto hoch. *Die Natur ist ziemlich Pop*, schrieb sie dazu und verwendete *Waschbärhalloweenkrebs* als Hashtag.

Niels trug den Sack Kaffeebohnen, über Livs Schulter hingen die zu Schnüren geflochtenen Sisalfasern. Torben ging als Einziger barfuß, sein Vollbart war noch dichter geworden und mit Kaffeeperlen durchsetzt. Manchmal blieb er in den schmalen Palmschatten stehen und rieb sich die Fußsohlen. Sie passierten die Backpackerhüttenkreise und das Fünfsternestrandresort. Die Backpacker trockneten im Sand, auf den gepflegten Bambusterrassen des Resorts saßen Pärchen und schauten in die Weite. Andere ließen sich auf Massagebänken den Stress ihres anderen Lebens aus den Gliedern kneten. Zwei Schnorchel und Kinderrücken lugten aus dem flachen Wasser. Kormorane kreisten.

»Komisch«, sagte Liv zu den beiden. »Wie schnell dir das alles so normal vorkommt. Der Strand, die Sonne.«

Es pingte in ihrer Hand. Gila herzte ihren Waschbären, und auch Vater und Mutter hatten das Foto mit all ihren Freunden und der gesamten, halb Israel umfassenden Familie geteilt. Es pingte wieder: Efrat änderte ihren Status auf *in einer Beziehung*.

Gila *Wurde auch Zeit :-p*

Liv *Dann kann er/sie/es ihr beim Kotzen die Haare hochhalten ;-)*

Gila *Der nächste Schritt zum Insta-Baby.*

Liv *:-)*

Gila *Am Wochenende habe ich Elam bei Blum gesehen. Von Weitem sah er aus, als hätte er sich eine Kugel in den Kopf gejagt.*

Liv *Ist nur seine schlechte Körperhaltung, ihm geht es wieder besser.*

Gila *Jetzt kannst du's mir sagen, warum hat er dich nie gefickt?*

Liv *Gila, ist dir langweilig?*

Gila *Liegen im Busch. So eine Efrat brüllt da vorne rum, weil keiner den feindlichen Strohsack gesehen hat. Wir wären alle längst zerbröselt, brüllt sie. Jeden dritten Satz brüllt sie: »zerbröselt!« – »Dein dummes Gesicht zerbröselt dich noch!«*

»Liv, los, komm«, sagte Niels. Die Kormorane stürzten dicht neben den Kindern ins Wasser. Geschrei.

»Aye, aye, sir!« Sie salutierte.

Vor dem Haupteingang der Tempelanlage saßen sie im Schatten ausladender Äste auf einer Decke. Torben fädelte die letzten Kaffeebohnen auf und verknotete die Enden der Fasern. Liv knipste ein paar Fotos von den Haarreifen, Halsketten und Armbändern, veränderte die Anordnung ein wenig, um einen möglichst beiläufigen Eindruck zu erwecken. Sie hatte es sich angewöhnt, ihren exakten Standort unter die Posts zu pinnen. Es war nie leichter gewesen, Geld zu verdienen.

Eine Frau in Kakifarben probierte ein Stück an und posierte im Spiegelbild des Displays ihres Mannes. Niels öffnete Maps auf seinem Smartphone, das zwischen ihnen lag. Er hatte sich frisch rasiert, die Haut um sein Kinn war leicht gerötet. Er roch nach Limetten, Torben nach Agavenschnaps, den er aus einer nicht etikettierten Plastikflasche trank.

»Hier ist der Usumacinta, flussabwärts geht's nach Yaxchilán.«

»Nach den Schildkröten?«, fragte Liv.

»Die sollten wir noch abwarten. Von Yaxchilán können wir dann nach Guatemala und Belize, dann über den Panamakanal von Zentral- nach Südamerika.«

Liv tippte flink die einzelnen Punkte an, die sich zu einer Route zusammensetzten und ein zackiges Muster bildeten, und teilte sie mit ihren Followern.

»Oder wir schlagen stattdessen den Weg in den Norden ein, Liv, du wolltest doch dein Spanisch verbessern –«

»In San Cristóbal de las Casas, ja.«

»Das wäre dann deine Möglichkeit. Und dann über Mexiko City hoch bis zur Grenze.«

Liv verband die Spitzen ihrer Zeigefinger und Daumen zu einem Herz vor ihrer Brust wie die Teenager in ihren Vlogs und teilte auch diese Route. Torben nippte an der Flasche und strich sich ein paar Agavetropfen aus dem Bart.

Die Frau fragte Niels nach dem Preis für die Kette. Er gab sich alle Mühe, zu feilschen und ihr dadurch das Gefühl zu geben, ein Schnäppchen zu machen. Ihr Mann reichte Niels einige Dollarscheine, und Liv sprang auf und legte der Frau die Halskette um, nicht ohne zu betonen, wie toll sie ihr stehe.

»Waschbärhalloweenkrebs trendet!«, rief Torben.

Halloween. Ein Lagerfeuer wie die Nächte zuvor. Die Argentinier hatten das Holz aufgeschichtet und Kokosnüsse für alle aufgehackt. Die Gruppe saß in einem Halbkreis ums Feuer und schaute zum Meer, eine Argentinierin mit strengem Zopf zupfte an Gitarrensaiten. Torben lag rücklings im Sand, nicht weit von der Glut entfernt, und hielt einen Speer oder etwas Ähnliches vor der Brust umklammert. Liv musste an eine Grabbeigabe denken. Wenn er trank, kehrte er immer tief in sich zurück, bis er irgendwann vornüberkippte. Die Plastikflasche stand neben ihm im Sand.

Nachdem es den Tag über sehr heiß gewesen war, hatte es spürbar abgekühlt. Liv fröstelte. Sie rückte näher an Niels heran, der seine Augen mit der Hand beschirmte und aufs Meer hinausschaute. Er roch jetzt nach Seetang, und seine Nähe wärmte sie.

»Sieht du was?«, fragte Liv.

»Nichts«, sagte er.

Alle paar Minuten aktualisierte Liv ihren Waschbärenpost und schaute dabei zu, wie er geteilt wurde, wie erste Seiten ihn nach ganz oben rankten. Wie andere das Foto bearbeiteten, ihrem Waschbären, mit einer Sprechblase versehen, alles Mögliche in den Mund legten. *Geh mir aus der Sonne,* sagte der Waschbär zu ihr, die sie vor ihm quer im Bild hing und seine Aussicht blockierte. Sie zeigte Niels das bearbeitete Foto. Er lachte.

Ein Joint erreichte sie, und sie zog am Filter, bis er heiß wurde, und behielt den Rauch in der Lunge. Jetzt hörte sie das Wellenrauschen und bekam eine Gänsehaut, weil sie an Elam und die Wüstennacht und den Himmel über ihr denken musste. Und dass sie auf der anderen Seite des Regenbogens war, den er ihr vorgezeichnet hatte. Sie gab den Joint an Niels weiter.

»Vorhin habe ich Ethnologie markiert«, sagte Niels, »und die Immatrikulation fürs Sommersemester gestartet.« Seine Stimme klang auf einmal sehr bedeutsam. Und weich. »Weißt du schon, wo und was du studieren wirst?«

Sie schüttelte den Kopf.

»Welche Länder stehen noch auf deiner Liste, bevor du zurückgehst?«

»Gibt kein Zurück.«

»Wie meinst du das?«

Liv zuckte mit den Schultern und aktualisierte ihren Beitrag. »37 neue Follower«, sagte sie.

»Wie meinst du das, kein Zurück?«, wiederholte Niels.

Sie öffnete den Chat, wo Vater ein Foto seines Spiegelbilds eingefügt hatte: aufeinandergepresste Lippen, hochgezogene Augenbrauen. In der Hand hielt er einen Zettel. Sie zeigte es Niels.

»Dein Vater?«

Sie nickte.

»Er sieht sympathisch aus.« Niels beugte sich leicht nach vorne. »Ist das Hebräisch?«

»Mein Einberufungsbescheid. Heute eingetroffen. Pa ist nicht glücklich darüber, weil er ihnen jetzt erklären muss, dass ich gar nicht mehr da bin.«

»Einberufung wohin?«

»Ins Militär. Zwei Jahre, außer du bist schwanger oder ultraorthodox.«

»Und du bist nichts von beidem?«

»Nicht dass ich wüsste.« Sie versuchte zu grinsen.

»Und wenn du zurückkehrst, dann ziehen sie dich ein?«

»Noch viel schlimmer«, sagte sie.

Eine Welle schwappte fast bis zu ihren Füßen und hinterließ eine glitzernde Fläche. Bläschen bildeten sich im feuchten Sand.

»Da sind Krebse.« Niels zeigte auf die Bläschen.

Mehr und mehr Bläschen bildeten sich, eine ganze Krebskolonie schien sich unter der Sandschicht zu befinden. Liv hätte Ava fragen können, ob Krebse in Kolonien lebten, aber sie war ganz froh, gerade nichts von einer Außenwelt mitzubekommen. Sie schaute zu Niels, und er schaute zu ihr mit seinen karamellfarbenen Rehaugen. Sie war ihm dankbar, dass er nicht nachgebohrt hatte.

»Ich hasse Nostalgie.« Sie zog die Beine an und umschlang die Knie mit den Armen. »Es geht doch sowieso immer weiter.« Ihr Kopf fühlte sich mit einem Schlag sehr schwer an. Vom Horizont wölbte sich die Milchstraße über sie hinweg. »Sag mal ›hallo‹«, sagte sie.

»Hallo«, sagte Niels. Das Hallo hallte lange nach, bis zu den Sternen hinauf und wieder hinunter. »Wieso ›hallo‹?«, sagte er nach einer gefühlten Ewigkeit.

»Ich weiß nicht«, sagte Liv. »Habe gerade nur gedacht, dass sie vielleicht in irgendeiner Zukunft auf uns zurückschauen und sich fragen werden, wie es sich angefühlt haben muss.«

»Was genau?«

»Wie es war auf diesem neuen Planeten.«

»Welcher Planet?«

»Den wir jetzt betreten haben.«

»Weil wir was geraucht haben?«

»Nein, ich meine diese Smartphones hier.«

»Was soll denn das für ein Planet sein?«

Sie hielt nach Schildkröten Ausschau, dann sagte sie: »Menschen schlafen gerade in Torbens Baumhäusern. Richtig?«

»Richtig.«

»Die Frau ist im Hotel zurück und freut sich über ihre Halskette.«

»Solange sie damit nicht duschen gegangen ist und sich die Bohnen auflösen.« Er lachte.

»Und wie viele schauen sich gerade unsere Fotos an?«

»Viele«, sagte er.

»Verstehst du?«

»Ich habe keine Ahnung, was du sagen willst.«

»Alles passiert gleichzeitig. Für unsere Eltern gab es nur Baumhäuser, und heute gibt es Baumhäuser und die Kommentare unter den Baumhäusern und die Jungs und Mädchen, die mit ihren VR-Brillen in ihren Zimmern so ein Baumhaus besteigen.«

»Und?«

»Siehst du das nicht? Es gibt nicht mehr die eine Welt. Es gibt unendlich viele, viele Welten in einer, so sagen das die Zapatisten. Alle gleichzeitig, und jede ist für sich interessant.«

»Aha.«

»Und zusammen sind sie dieser neue Planet.«

»Du meinst das Internet?«

»Vielleicht.« Liv schob etwas Sand mit den Füßen zu einem Haufen. »Du hast doch Eltern, nicht?«

»Ich denke schon.« Er grinste.

»Die haben doch noch in einer ganz anderen Welt gelebt.«

»Und deshalb habe ich ›hallo‹ gesagt?«

»Genau!«

»Und was hat das mit der Zukunft zu tun?«

»Das war schon immer so.«

»Was?«

»Dass die Menschen, wenn sie einen neuen bewohnbaren Planeten entdeckten, den alten vergessen.«

»Ich kann mich nicht entsinnen, dass wir, also wir Menschen, schon jemals einen neuen bewohnbaren Planeten entdeckt und daraufhin die Erde schlicht vergessen hätten.«

»So meine ich das nicht.«

»Dann erklär's mir.«

»Ich meine, in der Schule haben wir uns doch fragen müssen, wie es für die ersten Siedler war, die nach Amerika kamen. Und genauso wird man sich in 500 Jahren fragen, wie es für uns war, wie wir uns zurechtgefunden haben.«

Niels lachte und schüttelte den Kopf.

Liv beugte sich vor und strich den aufgeworfenen Hügel wieder glatt. Es fühlte sich schrecklich an, nicht verstanden zu werden.

Als sie aufwachte, wehte ein leichter Wind, der sich in ihren Haaren verfing. Glut knackte in unregelmäßigen Abständen. Niels schlief mit dem Kopf in ihrem Schoß, Torben lag wie ein treuer Hund zusammengekauert zu ihren Füßen. Die anderen waren verschwunden. Die Sterne hatten sich verschoben, der Mond stand nun ziemlich hoch und beleuchtete den Strand. Die Palmen warfen fahle Schatten.

Liv schaute nach den Schildkröten. Das war ihre Aufgabe. Es würde erst weitergehen, wenn sie endlich welche zu Gesicht bekämen. War sie deswegen hier? Um Schildkröten zu sehen? Klar, sie mochte Schildkröten, sie mochte die manchmal aufblitzende Spannung. Aber brauchte sie das Meer, den Strand? Langweilten sie nicht jetzt schon die immer gleichen Nächte, die Lagerfeuer, die Musik, das träge Herumsitzen und Warten?

Sie hob Niels' Kopf an und veränderte seine Lage. Sie spürte, wie es wieder an ihr zog, dieses altbekannte Gefühl, und sie hoffte, dass es endlich weiterging, endlich in den Urwald hinein, wie sie es sich vorgenommen hatten.

Der Bildschirm sprang an. Sie hob ihn auf, mehr ein Reflex, als dass sie es wirklich wollte. Wieder ein Update irgendeiner App, die sie vor Jahren geladen hatte. Sie drückte es weg und wischte durch ihre Seiten. Eine Demokratie wählte sich gerade demokratisch ab, ein vor Stolz strahlendes Mädchen streamte ihren Vater am Steuer eines SUV der einen Soulsong herzzerreißend wiedergab und Tausende Herzen erntete. Vater hatte sein Longboard aus dem Keller geholt und kraxelte in kurzen Clips eine Böschung hinauf. Oben angekommen, zeichnete er mit einer bunten Schlangenlinie, die auf dem Display erschien, seine Abfahrtsroute vor. Liv sah Tel Aviv in der Ferne und ihr Meer, und irgendwo da war auch Elam, sicher bei Blum auf der Bank oder hinten in der Werkstatt.

Während Vater in kurzen Clips die geschlängelte Straße hinunterschoss, tippte sie *huhu* in den Elam-Chat. Er war anwesend. Keine zehn Sekunden später rief er sie an. Lautlos. Sie wischte sich den Sand von der Haut und drückte das grüne Kamera-Icon. Elams Gesicht erschien fahl beleuchtet, hinter ihm war es dunkel.

»Hi, Elam.« Sie sprach leise, um die anderen nicht aufzuwecken.

»Hallo, Liv.« Er sprach auch leise, sein Gesicht in diesem kalten Blaulicht. Seine Haut glänzte stumpf, der Laptop balancierte wohl auf seinem Bauch.

»Du bist gar nicht bei Blum«, sagte sie.

»Bin nicht hin«, sagte er und schaute mit geröteten Augen über die Kamera hinweg.

»Braucht er dich nicht mehr?«

»Doch, schon.«

»Aber du schaffst es nicht aus deinem Zimmer?«

»Versuche gerade, mich aufzuraffen.«

»Hast du dich bei ihm abgemeldet?«

»Das sollte ich wohl machen.«

»Ja, das solltest du.«

Zu Livs Füßen drehte sich Torben von der einen auf die andere Seite.

»Wo bist du?«, fragte Elam.

»Wir warten auf die Schildkröten. Es ist eine gute Übung für mich, mal nichts zu tun, nur zu warten.«

»Ist das schon der Usumacinta?«

Sie schüttelte den Kopf.

»Warst du bei den Zenoten?«

»Das haben wir noch vor. Aber immer kommt was anderes dazwischen. Tagsüber verkaufen wir selbst gemachten Schmuck. Wir verdienen uns etwas Geld.«

»Du hast doch Geld.«

»Es ist so kinderleicht.«

»Kannst du schon Spanisch?«

»Ein bisschen.«

»Sag was.«

Nur »guapa«, dieses schmierige Wort des Taxifahrers, fiel ihr ein. »Guapa«, sagte sie. Aber in der Sekunde, als sie es ausgesprochen hatte, hatte es schon eine andere Farbe und Bedeutung angenommen.

»Klingt schön.« Elams Gesicht hellte auf, als würde diese Farbe, diese neue Bedeutung auch auf ihn abfärben. Dann aber verdunkelte es sich wieder. Vielleicht hatte sich nur das, was er sich gerade parallel anschaute, verändert.

»Was schaust du?«

»Tierdokus.«

»Was für Tiere?«

»Alle Arten von Tieren und alle Arten von Grausamkeiten. Tiere im Zoo, die Doku führt dich da herum, und du begreifst, dass die Gehege so angelegt sind, dass du die Käfige vergisst. Du gehst von Attraktion zu Attraktion, ein paar tropische Pflanzen, und du bist im Urwald. Drei Strandkörbe, simulierte Wellen und schroffe Felsen, und du bist an der Küste Irlands. Afrika sieht eher nach einem marokkanischen Palast mit griechisch-bayerischen Einflüssen aus. Bei den Orang-Utans drücken die Leute ihre Gesichter an die Scheiben, und der Orang-Utan imitiert ihre Grimassen. Da haben alle gelacht, und ich habe dann auch gelacht. Dann hat sich der Affe getrocknetes Reisig zu einem Kopfkissen zusammengeschoben und seinen Kopf daraufgelegt, als ob der unendlich schwer sei. ›So traurig‹, steht in den Kommentaren unter dem Video, mehr aber nicht, als würde es genügen, unter irgendein Video seine Meinung zu schreiben.«

»Schau dir so was doch nicht an.«

»Ich weiß, aber ich kann nicht anders. Gerade ziehen irgendwelche Forscher in irgendwelchen Laboren den Tieren – ich kann dir gar nicht sagen, was das für Tiere sind –, sie ziehen ihnen bei lebendigem Leib die Haut ab, und du kannst die Muskelstränge darunter sehen. Tieftraurig, nur noch ein Fleischklumpen mit Augen, aber ohne jede Wut, gucken sie in die Kamera und dir genau in die Augen.«

»Und jetzt willst du wieder Vegetarier werden«, sagte sie halb ironisch, bereute es aber gleich, nachdem sie es ausgesprochen hatte.

Elam schüttelte den Kopf, kurz und schnell, zwei Mal.

»Du weißt doch, dass dir das nicht guttut, solches Zeugs anzuschauen.«

»Ich weiß.« Er schloss die Augen. Und machte sie nicht mehr auf. Es dauerte eine Weile, bis Liv begriff, dass die Bildübertragung stockte.

»Noch da?«, fragte sie.

»Ja.«

»Es nimmt dich noch immer mit?«

»Ja.«

»Willst du darüber reden?«

»Manchmal denke ich, ich müsste nur lange genug hier liegen bleiben, damit das Nichts mich zuwuchert.«

»So was darfst du nicht denken.«

»Ich versuche es.«

Die Videoübertragung setzte wieder ein. Elam lag noch immer in derselben Pose.

»Wie lange ist es her? Ein halbes Jahr?«

»Auf den Tag sieben Monate.«

»Vermisst du deinen Vater?«

»Manchmal.«

»Er hätte sich sicher gefreut, dich bei Blum zu sehen.«

»Das hätte er, ja.«

»Versprich mir, dass du nachher zu Blum gehst.«

»Versprochen.«

»Gut, dann steh jetzt auf und mach dich frisch.«

»Ich möchte das hier noch zu Ende schauen.« Er zeigte auf den Bildschirm.

»Aber danach.«

»Versprochen.« Er lächelte kurz und richtete sich auf.

»Gila hat dich gesehen«, sagte Liv.

»Ja, auf einmal stand sie vor mir und hat mich zum Abendessen eingeladen, und ich bin tatsächlich hingegangen. Die anderen waren auch da. Sie haben viel über dich gesprochen, und alle haben mich angeglotzt, als ich es bei dir versuchte.«

»Ich wollte nicht rangehen.«

»Schon okay. Es ist gut, dass du dich nicht ablenken lässt.« Jetzt setzte er sich aufrecht hin, er trug ein weißes T-Shirt und tippte etwas auf der Tastatur. Dann legte er den Kopf zur Seite: »Höre ich das Meer?«

Sie drehte die Kameralinse dem Ozean zu.

»Sieht toll aus«, sagte er.

Liv ließ den Moment wirken, und einen kurzen Augenblick lang fühlte es sich an, als säße Elam neben ihr im Sand.

»Vorhin musste ich wieder an uns denken«, sagte sie, »und dass ich jetzt auf der anderen Seite bin –«

»War es die richtige Entscheidung?«

»Es war richtig.«

Sein Gesicht verzog sich wieder zu seinem verschmitzten Lächeln. Liv kannte diesen Moment: Er war kurz davor aufzustehen, die Vorhänge zur Seite zu ziehen, einen Kaffee aufzusetzen, durchzulüften. Eine Blutorange zu essen.

Eine Frage hatte sie noch. »Warum bist du nicht mitgekommen?«

Er zuckte mit den Schultern. »Elam hat seine Gründe.«

Etwas bewegte sich am Strand, ein Stein, glitschig vom Wasser.

»Warte«, sagte sie.

»Was ist los?«

»Warte.«

»Was siehst du?«

»Ich muss dich schnell wegdrücken.«

»Wieso?«

»Schildkröten.«

Franz, 2

Als habe sich ein fremder Planet vor die Sonne geschoben, wirft das silbern strahlende Luftschiff einen ovalen Schatten über die Massen. Es zieht Richtung Tempelhofer Flugfeld, der Verkehr ist komplett zum Erliegen gekommen. Ich versuche mit den vielen anderen, die auch auf Rädern unterwegs sind, in seinem Schatten zu bleiben.

Polizisten haben es schwer, die Schaulustigen von der Straßenkreuzung (Alex) zu bekommen. Sie dreschen auf ihre Rücken ein, aber die Leute bewegen sich nicht. Die Köpfe in den Nacken gelegt, sind sie gebannt von der imposanten Erscheinung, als handele es sich um einen brennenden Feuerball. Manche klettern sogar auf die Dächer der Automobile oder eines der vielen Baugerüste der aus dem Boden schießenden Kristallhochhäuser hinauf. Hunderte sitzen in Grünflächen auf ihren Zeitungen und winken mit Tüchern oder ihren Hüten. Obwohl alles in Bewegung ist, herrscht eine beängstigende Stille. Die ganze Stadt ist in diesem unsichtbaren Griff.

Ich strampele, so stark ich nur kann, und lehne mich in die Kurve. Ein Blick nach oben: Doppeldecker ziehen summend Schleifen um den Koloss, ich erkenne die winzige und unter dem prallen Luftkörper festgezurrte Gondel, die kleinen Fenster.

Die Leica baumelt mir vom Hals und schlägt gegen meine Brust.

Lautsprecherstimmen schallen über das gigantisch ausgedehnte Flugfeld. In der Ferne siehst du die Fußballtore der Sportplätze wie Zündhölzer. Autos parken querfeldein, Flugzeuge wirbeln an Krakenarmen um Karusselle, und auf dem freien Feld lassen einige Väter Drachen in die Höhe steigen. Studenten sitzen mit Perlwein auf Decken und schauen auf das Spektakel, als handele es sich um eine Kinoleinwand. Andere schwenken Tücher oder verfolgen durch Ferngläser das Luftschiff.

Das dreht weiter Extrarunden.

Ich wische mir den Schweiß von der Stirn und lege mein Rennrad (etwas im Abseits) ins Gras. Der gemuffte Rahmen ist lila geflammt (mit azurblauem Stern). Ein Junge in Pumphose, mit nach unten breiter werdender Krawatte und einer mittigen Zahnlücke weicht mir nicht von der Seite. Er guckt sich den gebogenen Rennlenker genauer an, dann meine Kamera. Um seine Mundwinkel hat er Puderzucker von dem Süßgebäck, das sie hier an Ständen verkaufen.

Ich habe keine Ahnung, wie die Kamera funktioniert, aber es fühlt sich gut an, sie um den Hals zu spüren. Der Junge sieht mich an, als sei ich die Jungversion des rasenden Reporters. Wäre ich das, könnte ich immerhin bis zur Absperrung vor, vorbei an den Zuschauermassen und Kameratürmen, den Scheinwerfern und der aufspielenden Blaskapelle. An der Kette Polizisten vorbei, die mit dem Rücken zur Landebahn zu stehen haben, die Tücher schwenkenden Frauen und Kinder auf den Väterschultern im Blick.

Der Junge blickt wieder auf das Rand. Er hat einen abgewetzten Kragen. Mit kurzen Gesten verständigen wir uns, dass er darauf aufpasst, während ich mich zum Spektakel vorkämpfe. Nachher darf er vielleicht eine Runde über die geteerte Landebahn sausen. Zumindest aber ist es ihm erlaubt, solange ich weg bin, so zu tun, als gehörte es ihm.

Ich klopfe mir eine Flora Privat aus der Schachtel und stecke sie mir lässig (wie in der Reklame) in den Mundwinkel. Ich drehe an ein paar Knöpfen der Leica (fachkundig). Die eine oder andere Kleinfamilie muss ich anrempeln oder zerteilen, um überhaupt in die Nähe der Landebahn zu kommen. Ich sehe, wie der Teerstreifen direkt auf den gefühlt hundert Meter hohen Eingang des Hangars zuführt. »Pardon«, sage ich, und der Zigarettenduft macht mich ein bisschen unnahbarer.

»Von Lakehurst, New York, über den Atlantik nach Berlin in Rekordzeit!«, tönt eine Lautsprecherstimme. »Die Stadt im Bann des größten Luftschiffs aller Zeiten! Zwanzig Journalisten und Botschafter von Weltrang auf ihrer Umrundung des Planeten. Große Gefahren und Abenteuer. Von Berlin über Moskau, über die Weiten Sibiriens, Tokio, über den Pazifik nach Los Angeles und wieder nach Lakehurst – in 21 Tagen!« Und dann sagt die Stimme das Gleiche auf Englisch, weil sie über Funk ja mit Moskau, Tokio und dem Rest der Welt verbunden ist.

Hatte ich gerade noch das Flugfeld in seiner Gänze vor mir, so bin ich plötzlich von Körpern eingeklemmt. Wir alle schauen nach oben. Der Koloss dreht seinen Körper zum Landeanflug.

»105 000 Kubikmeter Gas landen hier im Bauch des Zeppelins«, kommentiert die Lautsprecherstimme. »Im Laderaum führt er 2040 Pfund feinste Delikatessen mit. Wir alle kennen die Radiotelegramme aus dem Funkraum, die Beschreibung des Salons, der strombetriebenen Bordküche.«

Die Helfer bringen sich in Position, das Luftschiff sackt einige Stockwerke ab. Ahs und Ohs um mich herum. Leinen werden von der Bordcrew zu den Helfern herabgeworfen, die bekommen sie zu fassen und ziehen den Zeppelin zur Erde hinab (auf der er naturgemäß nicht bleiben möchte).

»Der Koloss setzt auf!«, ruft der Lautsprecher, die ersten Helfer springen nach der Gondel und bekommen die Reling zu fassen. Wie eine riesenhafte Wand türmt er sich jetzt vor uns in die Höhe und nimmt den gesamten Himmel ein. Mit aller erdenklichen Kraft versuchen die Burschen, die Bewegung des Luftschiffs zu lenken, wie Matrosen, die einen Dreimaster mit Leinen in den Hafen ziehen. Und wir bewegen uns alle mit im Bann des grau funkelnden Ungetüms, das dröhnt und uns in seinem Schatten knistern und vibrieren lässt: unsere jubelnden Stimmen (aus einem Hals), die elektrifiziert klatschenden Hände. Die vibrierende Lautsprecherstimme im Äther klingt ergriffen: »Das spektakulärste Abenteuer in der Geschichte der Luftfahrt, eine gigantische schwangere Kreatur, meine Damen und Herren, macht seinen Zwischenhalt, da, wo sie herkommt, an der Geburtsstätte ihrer Legende: Berlin!«

Knapp einen Meter schwebt es über dem Boden, anmutig dem Hangar entgegen. Die jungen Dinger verrenken sich die schmalen Hälse, um einen der Stars hinter den Bullaugen zu erhaschen. Sie jubeln, wenn sie ein Profil aus den Illustrierten wiedererkennen. Und natürlich, wenn Kiki erwähnt wird: »Pioniere, die als Nächstes gar auf die dunkle Seite des Mondes geschossen werden oder bloßen Fußes den Mount Everest bezwingen. Und unser aller Kakadu, unsere Kiki!«

Großer Applaus.

Wir alle strömen zur Absperrung, möglichst nah an den Hangar heran, in dem sich ein dicklicher Redner und die Blaskapelle in Stellung bringen. Eine Kamera balanciert auf einem Wagendach und fährt neben der Gondel her, eine ganze Schar Journalisten mit praktischeren Handkameras wartet an der Empfangsrampe, an der ein blumenbekränztes *Z* prangt.

Z wie Zeppelin.

Ich stehe in der fünften, sechsten Reihe, es geht nicht weiter voran. Ich habe nie verstehen können, was die Menschen an dieser Kiki so interessant finden. Man kennt sie eigentlich nur, weil sie kaum was anhat. Und wenn sie gefragt wird, was sie als Nächstes tut, wackelt sie einfach (ungeziert, wie Frau Dr. Sodenstern sagen würde) mit dem Hintern. Sie hat nicht Talent wie Valentin oder die Präsenz unserer Fanny. Sie ist schlicht sie. Kiki. Das Skandalgirl.

»Zurück in der Realität«, ruft die Lautsprecherstimme in den aufbrandenden Tumult, als das Ding zum Stehen kommt und die Luke der Gondel aufklappt. Der rote Teppich führt an uns vorbei und zu den offenen Limousinen. Ich drehe am Einstellrad der Leica von *B* auf *M* (weil M nach Moment klingt) und schaue gebannt durch den Sucher auf den Ausgang. Ich visiere an, während es immer enger wird. Nichts geht mehr vorwärts, außer du drückst. Also drücke ich wie all die anderen auch und werde mir dabei selbst unsympathisch.

Applaus, die Menge ruft die Namen der Passagiere. Vorneweg der deutsche Kapitän, Ekner oder Erker, und dann die übrigen Männer, Amerikaner, Russen, Japaner. »Die Mutigsten unter den Mutigen!« Und jeder bekommt Applaus nach seiner Popularität, nur bei dem Russen wird es etwas ruhiger. Männer von Welt, die mit gerecktem Kinn auf dem roten Teppich dahinschreiten und in offene Limousinen steigen, um als Parade durch die Stadt zu fahren.

Erst als die Herren sitzen und wirklich alle wieder zur Gondel schauen, tritt Kiki ins Scheinwerferlicht. Die Menge tobt wegen ihr in ihren schnittigen Hosen, und alles andere versinkt im Schatten. Unter einem bastfarbenen Hut quellen ihre Locken hervor. Ein Glanz aus den Staaten. KLICK. Ich drehe den Film weiter, justiere neu. Details sind von hier aus nicht zu erkennen, dazu bin ich zu weit weg (ich bräuchte einen dieser Zoomapparate). Was ich erkenne, sind Bewegungen. Ich schalte also auf meiner Leica von *M* auf *B*. B wie Bewegung. Nehme ich an. Denn im Blitzlichtgewitter holt Kiki sich erst einmal eine Schachtel Zigaretten aus der Hosentasche und steckt sich eine an. Und dann steht sie einfach da und raucht und wippt in einem fort, während die Herren am Ende des Teppichs auf sie warten, wie eine Studentin, die sich nie für frauliche Arbeit begeistern konnte. KLICK.

Jetzt schiebt sich der Bubikopf des Fräuleins vor mir ins Bild, und etwas verklemmt sich in meiner Brust und nimmt mir alle Luft. Ich versuche, mich zu drehen, doch nichts geht. Die Menge wird an die Absperrung geschoben. Eine gewaltige Kraft zieht sich zusammen, und es fehlt nicht viel, dass die kümmerliche Absperrung platt getreten wird. Wir alle schwimmen wie eine zähe, unaufhaltsame Lavamasse, eingekeilt zwischen Rücken, Ellbogen, Fäusten, mal nach vorne, mal zu den Seiten.

»Aua!«, zischt ein aufgeplustertes Frauengesicht und sieht mich unheimlich böse an, vielleicht weil ich ihr in die Ferse getreten bin. Ich will mich entschuldigen, doch schon drücken mich von hinten zwei angewinkelte Arme gegen sie. Unsere Gesichter sind sich unangenehm nah. Sie riecht nach Maggi-Suppe. »Seh nichts«, ruft von unten eine Bubenstimme: »Papa!«

In meinem Suchfeld visiere ich jetzt den Redner an, der sich zögerlich Kiki nähert. Er scheint sie zu bitten, zu den anderen aufzuschließen. Jedenfalls wischt sie sich zwei-, dreimal in schneller Abfolge eine Strähne aus der Stirn, als müsse sie die ganze Aufmerksamkeit hinfortwischen. Es scheint, als habe sie uns nicht nötig, doch das ist falsch. Denn ohne die jubelnden Massen wäre sie doch nichts.

Sie tänzelt die wenigen Stufen hinab und auf den roten Teppich, zu beiden Seiten fassen die Mädchen nach ihr und wollen Autogramme. Blitzlichtgewitter flackern auf entlang der Bahn. Aber sie geht nicht, sie schreitet auch nicht würdevoll wie die Herren zuvor. Sie schwimmt in harschen Bewegungen durch die Menge – sie crawlt.

KLICK.

Hebt sie ihr Haupt, weiten sich die Kameralinsen. Auf großer Leinwand wird sie später in Nahaufnahme die Strähne fortwischen, werden alle in den weichen Kinosesseln von ihr verzaubert sein, weil sie so schön und so elektrisch und so modern und so aus einem anderen Universum den Teppich entlangcrawlte. Andere telefonieren dieses Foto gleich ins nicht weit von hier gelegene Ullstein-Haus. Durch die Schwingung überträgt es sich, und Druckwalzen setzen sich, noch während wir hier stehen, in Bewegung, um dieses Bild, in Farbe und fast wie echt, in die Welt hinauszutragen. Zeitungsboys werden sich auf ihre Forever-Kurierräder schwingen, die Zeitungen in hundertfacher Bündelung auf den extrastabilen Gepäckträgern. In die Pedale gestiegen und zwischen den sich stauenden Automobilen hindurch zu den Straßencafés der Boulevards, den Quickrestaurants, zu den qualmenden Eingängen der Untergrund- und Schwebebahnen.

Für einen Moment schaut sie genau zu mir, durch mich hindurch und weit über mich hinaus. Ich drehe schnell das Einstellrad für Verschlusszeiten von B zurück auf M und drücke ab. KLICK, ein Strahlen, KLICK, in das sich ganze Planeten eingeschrieben haben, KLICK, ganze Sternhaufen. KLICK-KLICK.

Sie schwingt sich über die Tür und auf die Hinterbank eines Cabriolets. Sie legt den Kopf in den Nacken, als wolle sie die Parade zum Ausruhen nutzen. Die Kolonne fährt röhrend an. Gleichzeitig zersprengt es die Menge um mich herum, das Gefühl, ein einziger Organismus zu sein, verfliegt. Dieselmotoren werden angekurbelt, Jungs schwingen sich auf ihre Räder und versuchen, mit den Limousinen Schritt zu halten. Die Kapelle lässt das Stück ausklingen.

Ich bewege mich nicht. Atme wieder.

Liv, 3

Der überklimatisierte Cristóbal-Colón hatte sie von der Küste tief ins Landesinnere gebracht, alle hatten geschlafen, nur Liv hatte die ganze Zeit aus dem Fenster geschaut und miterlebt, wie aus dem niedrigen Busch ein ausgewachsener Urwald geworden war. Am staubigen Busbahnhof von Palenque waren sie auf die Ladefläche eines Pick-ups gestiegen und mit ihnen Guðrún aus Island, hoch aufgeschossen, gleich mehrere Nasenringe, eine Schwalbe hinters Ohr gezeichnet. Seitdem hatte es Torben die Sprache verschlagen.

Sie verließen Palenque in den beidseitig sich auftürmenden Urwald, ihre Rucksäcke funktionierten sie zu Sitzbänken um. Torben und Niels sahen übermüdet aus, wie zerknittertes Zeitungspapier. Auch Liv spürte die Anstrengung der Reise. Der unbequeme Sitz, die grellen TV-Bildschirme, die viel zu kalt eingestellte Klimaanlage. Die vielen Nächte in Hängematten.

Guðrún holte einen Energiedrink aus ihrem Rucksack und knackte die Dose auf. »Magst du?«, fragte sie Liv.

»Nein danke.«

Guðrún trank einen großen Schluck, den Kopf in den Nacken gelegt, so dass sich die Haut spannte.

»Ein schönes Tattoo hast du«, sagte Liv.

»Habe ich mir in Lima stechen lassen.«

»Hat's wehgetan?«

»Ein bisschen.«

Liv reichte ihr einen Churro, ein stangenartiges Gebäck, das sie bei einer der einheimischen Frauen gekauft hatte.

»Mit Vanillefüllung«, sagte sie und bot auch Torben und Niels einen an. »Wie lange bist du schon unterwegs?«, fragte sie weiter.

»Es fühlt sich nach Jahren an.«

»Kommst du mit zum Usumacinta?«

»Was soll das sein?«

»Ein Fluss, und da, bei den Ruinen, soll es noch einen zurückgezogenen Stamm geben.«

»Vielleicht.«

»Wo warst du vor Lima überall?«

»Interessiert dich das wirklich?«

Liv überlegte, ob es sie wirklich interessierte.

»Sorry«, sagte Guðrún. »Habe meine Tage. Es nervt.«

»Die sollten endlich eine Tablette erfinden.«

Guðrún lächelte, doch ihre Mimik verdunkelte sich gleich wieder. »Ich habe einfach keinen Plan, was ich jetzt machen soll«, sagte sie. »Ich warte immer darauf, bis einer sagt: Das kannst du gut, das wäre doch was für dich.«

Liv wunderte sich über diesen plötzlichen Themenwechsel und den Ernst. Das machte Guðrún auf einen Schlag um tausend Jahre älter. »Was kannst du gut?«

Guðrún tupfte sich Vanillereste von den schmalen Lippen.

»Während der Schule haben wir nebenher einen Surfshop aufgezogen.«

»In Island?« Liv reichte ihr eine Serviette.

»Wir haben so getan, als wäre draußen ein weißer Strand mit Palmen und nette Wellen umspülten unsere sonnenbraunen Islandbeine.« Sie suchte in ihrem Smartphone nach Fotos und hielt sie Liv hin. »Die Leute standen Schlange, irgendwann kamen Tausende. Schätze, die stehen da heute noch. Aber das reicht doch nicht.«

»Und jetzt reist du, um herauszufinden, was du machen sollst?«

»Du nicht?«

Liv zuckte mit den Schultern. Torben hatte ihnen zugehört. Niels war mittlerweile aufgestanden und hatte sich ans Fahrerhäuschen gestellt. Sein gelbes Shirt flatterte im Fahrtwind. Sie schossen einen Hügel hinunter, viel zu schnell für die enge Straße.

»Was denkst du, Torben?«, fragte Liv.

Torben hatte Schweißperlen auf der Stirn. »Ich kann euch zeigen, wie man einen Dreibundknoten für eine Jurte knotet.«

»Was?« Guðrún kniff die Augen zusammen, als habe sie ihn nicht richtig verstanden.

Liv lachte. »Du bist echt komisch, Torben. Aber sicher, zeig uns einen Dreibundknoten –«

»Für Jurten.« Er setzte sich neben sie und holte aus seinem Rucksack drei Schnüre. Er machte es ihnen vor, und sie taten es ihm nach, bis sie es ohne seine Anweisungen konnten.

»Und nun?«, fragte Guðrún.

»Wir können damit ein Baumhaus bauen.«

Nun lachte auch Guðrún. Doch Liv wusste, dass sie genau das tun würden. Und sie freute sich darauf. Auch wenn es kindisch war.

Sie stellte sich zu Niels ans Fahrerhäuschen und hielt sich wie er an einem aufs Dach gebundenen Fahrrad fest. Die Straße lief gerade auf einen Punkt am Horizont zu, mächtige Baumkronen verdunkelten den Himmel. Sie schossen dahin, unendlich schnell, einen Hügel hinauf, der immer steiler wurde, dann einen steilen Abhang hinunter. Dann in rasender Geschwindigkeit um eine Biegung, so dass es sie zusammendrängte und sie sich aneinander festhalten mussten.

Liv mochte Niels' Schweigsamkeit, auch weil er auf seinen Fotos ganz anders wirkte. Unmöglich konnte sie sich vorstellen, was in ihm vorging. Aber ihr genügte, dass sie diesen Moment teilten und sich immer daran erinnern würden. Sie hielt das Display etwas von sich weg, so dass sie und Niels im Vordergrund waren und Guðrún, die ihren Kopf müde auf Torbens Schulter abgelegt hatte, im Hintergrund. Eine tolle Geste.

KLICK.

Ein handbemaltes Schild in Batikmuster: *La Selva*. Das Hostel galt als Geheimtipp, angrenzend an die Ruinenstätte von Palenque, zumindest hatte Liv das so irgendwo gelesen. Eine Gruppe in ihrem Alter bestieg gerade einen weißen Van. Der Pfad war ein recht passabler Weg aus handgelegten Mosaiksteinen. Noch eine Weile vernahmen sie das Brausen der Ersteklassebusse auf dem Weg zu den sicher riesigen Parkplätzen und Souvenirständen. Dann wurden sie von den Bäumen verschluckt, und der Himmel verengte sich zu einem Spalt. Das Brausen drang nicht mehr zu ihnen durch. Sie schaute auf ihr Smartphone: vier von fünf Balken.

An einem Wohnwagen, der seine besten Tage bereits hinter sich hatte, zeigten sie ihre Reservierungen vor und nahmen die Hängematten und das Passwort zum WiFi entgegen. Sofort tippte Liv es ein, und Maps verband sie automatisch mit diesem Ort – wie *1,9K Personen* vor ihr. Auch Guðrún musste sich im selben Moment eingeloggt haben, denn sie schaute auf und zwinkerte ihr verschwörerisch zu.

Sie wurden Freunde und folgten einander. Guðrún hatte einen bärtigen Barista-Freund, der in Reykjavík auf sie wartete und in dieser Sekunde einen Pour-over-Kaffee zubereitete, während sie hier nebeneinanderher durch die Anlage gingen, über gebogene Brücken, vorbei an vereinzelten Holzhütten auf Stelzen. Anstelle von Fenstern gab es Moskitonetze, auf den Terrassen schaukelten junge Menschen in grobmaschigen Hängematten. Abgeschnittene Jeans trockneten an Leinen. Die Luft hatte schon wieder die Form von Götterspeise.

Obwohl die *halloweenschildkröten* bei Weitem nicht an ihren Waschbären heranreichten, hatte Liv Niels' Follower-Zahlen eingeholt. Sie hatte unendlich viele Anfragen bekommen und würde den Nachmittag dazu benutzen müssen, um darauf zu reagieren.

Als es lichter wurde, hoben sie die Köpfe. Drei Restaurants waren um eine Bühne angesiedelt, robuste Tische richteten sich strahlenförmig auf die Mitte aus. Girlanden spannten sich über den Platz. Liv bemerkte eine Tafel, auf der die Tagesausflüge angeschrieben waren. Zur Anmeldung schien man hinter die einzelnen Tage und Exkursionen einfach seinen Namen setzen zu müssen. Ihr gefiel diese unkomplizierte Art der Organisation. Wozu brauchte es immer so aufwendige Registrierungsseiten, für die man erst einen Account kreieren und dann einen Nachmittag lang herumsuchen musste, bis man aus den Milliarden Möglichkeiten die passende herausgefunden hatte?

»Schön.« Niels setzte sich eine Sonnenbrille auf.

Ja, das war schön, dachte Liv, simpel und ungezwungen.

Als wüsste er den Weg, führte Torben sie entlang eines gewundenen Bachs. Überall raschelte und bewegte es sich,

Zikaden schrillten ohrenbetäubend laut. Sie postete das Pick-up-Foto.

»Da ist es.« Torben zeigte auf einen seiner ersten Entwürfe: ein in Ebenen unterteilter Turm, der bis hinauf zu den Baumkronen reichte. Sie stiegen die Treppen im Zickzack bis ganz nach oben und brachten die Hängematten an den vorgesehenen Haken an. In den übrigen Hängematten ihres Stockwerks baumelten drei Jungs, sie trugen rote Shirts mit einem weißen Kreuz in der Mitte und reichten einen trichterförmigen Joint im Kreis herum. Sie stellten sich vor. Klar, Schweizer.

Liv schwang sich probeweise in die Hängematte, die anderen taten es ihr nach. Die umliegenden Wipfel schlossen sich über ihnen zusammen. Sie holte die In-Ear-Hörer aus dem Rucksack und steckte sie sich in die Ohren. PING. Gila stellte mit drei Kameradinnen auf einem Militärwagen ihren Pick-up-Post nach. PING. Toshi wiegte eine *halloweenschildkröt*e in seinen Armen. PING. Torben kündigte seinen Abonnenten das Upgrade des Schlafturms an, er solle noch ein Stockwerk höher werden, dass man über die Baumkronen hinweg den Nachthimmel sehen würde. Liv likte das.

Warum regte sich Niels nicht? Kraftlos saß er in seiner Hängematte und schaute angestrengt in die Wölbung seiner Hände. PING.

Pa *Ma fragt, wer von den Jungs Niels ist?*

Liv *Der neben mir.*

Pa *Ma wundert sich, warum er ihre Freundschaftsanfrage nicht annimmt.*

Liv *Ma!*

»Sorry«, sagte sie zu Niels. »Das ist nur meine Ma.«

Ma *:-(*

Liv *Was ist los, Ma?*

Ma *Habe nichts gesagt.*

Liv *Warum machst du dann so ein Gesicht?*

Ma *Wir sind nur traurig.*

Liv *Ist was passiert?*

Ma *Unsere Tochter meldet sich nie :-(*

Pa *Drama!*

Liv *Ich bin doch hier :-)*

Ma *Wir hören so wenig von dir.*

Pa *Ich finde, wir hören sehr viel von ihr.*

Es dämmerte bereits, als Liv erwachte. Die Schweizer saßen seitlich in ihren Hängematten, die anderen waren verschwunden.

»Wo sind die hin?«, fragte sie.

Die Jungs schauten sich in Zeitlupe an, dann zuckten sie, auch in Zeitlupe, die Schultern.

»Wisst ihr es oder wisst ihr es nicht?«

»Wir wissen es nicht«, sagte einer von ihnen, dabei dehnte er alle Vokale.

»Danke.« Sie sprintete tippend den Schlafturm hinunter.

Liv *Wo seid ihr?*

Guðrún *Bei den Wasserfällen :-p*

Zum Glück gab es überall Holzschilder, die sie durch den Urwald leiteten. Liv fühlte sich frisch und wie neu aufgeladen. Zuerst hörte sie nur ein leises Tosen, dann sah sie den Wasserfall. Aus zwanzig Metern stürzte das Wasser auf eine kleine Gruppe Nacktbadender. Schon spürte sie die Kühle, die vom zerstäubenden Wasser ausging. Sie schlüpfte aus den Klamotten, dunkler BH und Slip, und beschirmte die Augen mit der Hand.

Liv *Finde euch nicht :-(*

Guðrún *Sind vorne, tanzen!*

Rasch zog sie sich wieder an und folgte den Schildern und dem Klang immer lauter werdender Musik. Die Bäume waren nun in der zunehmenden Dunkelheit von Bodenleuchten angestrahlt. Lianen hingen hier und da herunter. Durch das Licht sah alles sehr kulissenhaft aus.

Fackeln markierten den Rand der Lichtung, Girlanden warfen regenbogenfarbenes Licht auf die Tische. Ein älteres Duo spielte Songs aus den 60ern, rund um das Podest, auf dem sie musizierten, wurde vereinzelt getanzt. Die Tanzenden kamen Liv ganz im Einklang mit sich, den Melodien und dem Kosmos vor. Zumindest sah es danach aus, als würden sie es mit genau diesen Worten beschreiben. Die Musikerin hatte bis zu den Hüften reichende weiße Haare und trug ein wallendes Gewand, sie spielte auf einer Bratsche, und wenn sie sang, klang sie wie die Reinkarnation von Joan Baez. Der Mann hatte seine Haare zu einem Zopf gebunden, er trug eine abgewetzte Cordhose und ein gehäkeltes Sakko. Beinahe beiläufig zupfte er an seiner Akustikgitarre, tippte mit dem Fuß im Takt. Liv sah Vater vor sich, wie er andächtig vor der Stereoanlage im Schneidersitz vor und zurück wippte und den Worten und dem Sound von John Lennon lauschte. Die Erinnerung versetzte ihr einen Stich, und aus der Wunde brach so etwas wie Schuld hervor.

Sie nahm die Szene auf und sendete sie ihm. Zwei Häkchen zeigten an, dass er das Video anschaute. Das Schuldgefühl verschwand nicht, aber es hob sich von ihr, so wie sich ein Kopfschmerz verflüchtigt und eine dumpfe Leere hinterlässt.

Die Freunde waren nicht unter den Tanzenden. Ein anderes Gefühl, das sie zu gut kannte, breitete sich in ihr aus. Es war die Angst, etwas zu verpassen. Tanzten sie irgendwo anders? Hatte sie etwas falsch gemacht?

Sie setzte sich an einen der Tische, grüßte in die Runde und stellte sich kurz vor. Warum war sie heute so labil, war es die Müdigkeit oder das fehlende Essen? Sie hob die Hand, eine Einheimische eilte herbei, und sie bestellte Quesadillas mit eingelegtem Gemüse. Dazu ein Bier. Am Tisch sprachen sie über Palenque bei Vollmond, und jemand erklärte gerade die Lage der Zaunstelle, über die sie in der Nacht am leichtesten würden klettern können. Sie sprachen vom Templo de las Inscripciones und darüber, von wem man Peyote-Kakteen bekam.

»Krasse Kosmoserfahrung«, sagte tatsächlich jemand am anderen Ende des Tisches mit russischem Akzent.

Vier violette Tacos wurden auf einem Plastikteller gebracht, Limetten und eingelegte Habaneros gab es dazu in Schälchen. Das Bier wurde in einem Glas serviert, dessen Rand mit einer Schicht Chilipulver überzogen war. Ein Limettenstück schwamm darin. Liv schoss ein Foto von sich, dem bunten Teller und dem Bier, im Hintergrund das Hippieduo und die Fackeln. Sie glänzte vor Freude in die Kamera. Es gab so viel, was sie teilen musste.

Ungeduldig aß und trank sie, während sie sich nebenher durch die vielen Text- und Sprachnachrichten las. Tausende liebten ihren Waschbären, wollten mehr davon. Und auch das Foto vom Pick-up kam gut an. Eine *Gabriela Schmatz Kennedy* war vor drei Wochen in La Selva gewesen und empfahl ihr, sich schnell für die Tagestouren einzutragen.

»Für welche Tagestouren habt ihr euch eingetragen?«, fragte sie in die Runde.

»Boris hat alle gemacht.« Das Mädchen neben ihr zeigte auf den Jungen mit dem Akzent.

»Alle gemacht.« Boris grinste. Er war stark angetrunken.

Liv schlang das Essen herunter und ging zu der Stelle, an der sie die Tafel mit den Touren gesehen hatte. Die Tafel lehnte an einer provisorisch gezimmerten Bartheke, dahinter ordnete ein Mann mit Dreadlocks, der sie im ersten Moment an Toshi erinnerte, ein paar Flaschen.

Die nächsten Tage waren bereits ausgebucht. Wo Plätze frei waren, schrieb sie ihren Namen dahinter und, wenn Platz war, auch die ihrer Gefährten. Bis es losging, würde sie Torben bei seinem Baumhaus helfen, oder sie würden nach den »echten Menschen« suchen. Auch wenn sie nicht daran glaubte, dass sie die jemals hier finden würden.

»Was willst du, Süße?« Der Mann hinter der Theke musste sie die ganze Zeit angestarrt haben. Seine Unterlippe zierte ein silberner Ring.

»Was kannst du mir empfehlen?«

»Was hast du denn heute noch vor?«

»Ich habe meine Freunde verloren«, sagte sie und setzte ein Gesicht auf, als könnte sie ihre geliebte Katze nicht mehr finden. »Mir geht es echt dreckig. So ganz allein auf dieser Welt.«

»Optimal!«

Ein Balkantrio hatte das Hippieduo abgelöst, und Liv hatte einen Cuba Libre mit extra viel Rum und einen Torben-Spezial, Orangensaft und Mezcal, intus. Die Musik erinnerte sie daran, wie sie mit Gila vor einigen Jahren einen Abstammungstest gemacht hatte. Ein paar Klicks, der Einsatz von Vaters Kreditkarte, und eine Woche später war ihnen aus Kalifornien ein Kit zugeschickt worden. Die Anleitung missachteten sie, es war zu eindeutig, was zu tun war. Sie benetzten das Wattestäbchen mit Speichel, verschlossen es im Glasröhrchen und sendeten es nach Palo Alto zurück. Als die Auswertung des Tests eintraf, konnten sie online einsehen, von welchen ethnischen Gruppen sie abstammten. Zu sieben Prozent war demnach Balkanmusik die Musik ihrer Vorfahren.

Sie nahm die Szene auf und postete sie in *Liv_everywhere*. Sie schrieb: *7% ich*.

Sie navigierte zu ihren Einstellungen und löschte *_everywhere*, obgleich Ava ihr mit dem Verlust von Anhängern drohte. Sie schrieb *LIV* in Caps, korrigierte aber wieder zu

Liv, da sie die Großbuchstaben allzu sehr an römische Zahlen oder an Efrats Teenagergeschrei erinnerten. Was machte eigentlich Efrat? Sie hätte nachschauen können, aber eigentlich war sie ganz froh, es gerade nicht zu wissen.

Endlich!, schrieb ein oder eine *Obahama*.

Niels fiel ihr von hinten um den Hals. Sie erkannte ihn, ohne sich umzudrehen.

»Wo wart ihr?«

»Duschen.«

Guðrún stand dicht hinter ihm. Beide hatten leicht gerötete Wangen, und sie rochen nach Sex, das konnte das Shampoo nicht überdecken. Liv konnte sich nicht gegen eine Bildersequenz wehren, die sich vor ihrem inneren Auge wie ein Video abspielte. Niels hatte Guðrún hochgehoben, sie ihre Beine um seine Taille geschlungen und die Stirn in seine Halsbeuge gepresst, und ließ sie wieder sacken. Hob sie hoch und ließ sie wieder sacken.

Liv spürte Eifersucht, die sich nach einem glibberigen Etwas anfühlte, vielleicht nach einem rohen Ei, das auf ihrem Hinterkopf aufgeschlagen worden war und nun über ihren Nacken den Rücken hinunterlief. Vielleicht war es aber auch der Drink, der das mit ihr anstellte.

»Wo ist Torben?«, fragte sie, ohne sich irgendetwas anmerken zu lassen.

»Da sitzt er doch.«

Sie musste ihn übersehen haben. Er hing in einem Baststuhl und schaute den Tanzenden wie ein Punktrichter zu.

»Der Typ macht tolle Drinks«, sagte Liv, und der Barkeeper war zur Stelle und reckte beide Daumen nach oben.

Sie bestellten eine Runde Shots und brachten Torben einen Torben-Spezial. Sie stießen an und kippten die Getränke.

»Match!«, sagte Torben.

»Zeig!«

Torben hielt Liv das Display hin: ein süßes Backpackermädchen, das vor den Niagarafällen posierte.

»Sie gefällt mir. Geh hin.«

Torben stand auf, torkelte über die Tanzfläche und peilte eines der Mädchen an, die jede für sich einsam auf einer zerfledderten Ledercouch saßen und auf ihre Smartphones schauten.

Sie orderten einen zweiten Shot und kippten ihn synchron, und das Balkantrio machte Boris, dem Russen, Platz, dem nun eine angegilbte Vintage-PC-Tastatur um den Hals hing. Er verband die Tastatur mit einem Laptop und den Laptop mit der Anlage. Er drückte eine Taste, und unmittelbar setzte ein Beat ein, der genau die Geschwindigkeit hatte, dass man sich dazu bewegen wollte. Die Girlanden gingen im Takt an und aus, und wären da nicht noch immer die Zikaden gewesen, hätte man den Urwald sicher längst vergessen.

*

Ein lang gezogenes Hupen riss sie aus dem Schlaf. Brüllaffen röhrten in den Wipfeln, die sie mit ihrem neuen Stockwerk überragten, und Vögel flogen dicht über sie hinweg. Liv setzte die Füße auf die warmen Bretter, ihr Rücken schmerzte. Sie schlüpfte in ihre abgeschnittene Jeans und zog sich eine mit gehäkelten Blumen verzierte Bluse über. Sie hatte Durst, ihr war übel, der Boden schwankte. Ein Spalt ging durch ihre Schädeldecke, fein, wie mit einem Skalpell gezogen. Die anderen schliefen noch in den Hängematten. In der Ferne hupte es wieder.

Sie stieg die Treppe hinunter. Die Schweizer rauchten eine selbst gebaute Miniaturwindmühle und hoben träge die Hand. Unten angekommen, ging sie entlang des Bachs, über dem Wasser waberten Moskitowolken, auf der anderen Seite baumelte eine neue Gruppe Spanier auf ihrer Terrasse. Shirts trockneten an Leinen, daneben Unterwäsche, abgeschnittene Jeans. Mit der Zunge fuhr sie sich über die trockenen, nach Eisen schmeckenden Lippen. Ihr Kiefer schmerzte bei jeder Bewegung, als hätte sie über Stunden auf den Zähnen herumgebissen. Sie erreichte die weniger einsehbaren Duschen.

Wasser prasselte auf Liv nieder, aber auch das weckte sie nicht auf. Im Anschluss putzte sie sich hastig die Zähne und schaute in den milchigen Spiegel. Sie sah müde aus, Augenringe, die Haare zerzaust. Ihre Pupillen waren wie von einem Schleier verhangen. Sie checkte den Tag: Es war ein Dienstag. Aber welche Rolle spielte das? Checkte Gila: Die saß, nur noch mit BH und Slip bekleidet, in einem Container und spielte Wahrheit oder Pflicht. Checkte Efrat: Die legte die Hand auf ihren leicht gewölbten Bauch. *Insta-Baby?,* schrieb Liv darunter, und keine Sekunde später likte Gila ihren Kommentar. Dann ließ sie Ava nach *Liv* suchen und sortierte die Treffer nach *letzte 24 Stunden.* Ihr Name tauchte einige Male im Zusammenhang mit Torben auf, unter dessen Anleitung und mithilfe plötzlich aus dem Nichts auftretender Heerscharen von Freiwilligen sie den Schlafturm um ein Stockwerk erweitert hatten. Gestern hatte er das Video in seinem Kanal veröffentlicht, und sie hatten gemeinsam auf die Reaktionen seiner Abonnenten gewartet. Wenig später hatte er dann die Anfrage eines Verlags bekommen, ob er aus den Baumhäusern nicht einen Bildband machen wolle. Sonst gab es noch einen Reddit-Thread, in dem eine *sa`S<a* eine Auswahl von Livs Selfies kommentarlos untereinandergereiht hatte. Sie schaute auffällig oft von unten in die Kamera, der Winkel hatte sich schließlich schon in den Teenagerjahren bewährt. Was außerdem gut funktionierte, waren die wechselnden Umgebungen und Tageszeiten. Es sah wirklich aus, als passierte eine ganze Menge in ihrem Leben.

Sie erreichte das Restaurant, wo Frauen aus den Nachbardörfern gerade die Überreste der gestrigen Party aufräumten: Dutzende ineinandergestapelte Kokosnüsse, aus denen sie die Shots getrunken hatten. Sie erblickte Torben, der in seinem Baststuhl döste. Er musste die Nacht dort verbracht haben. Er trug lediglich abgeschnittene Jeans. Wie bei einem Ritus hatten sie gestern gemeinsam die Schere angesetzt, seine Hosenbeine gekürzt und aus den Stoffresten Girlanden geformt. Grünliche Spucke klebte auf seiner haarigen Brust.

Es hupte. Der weiße Van wartete. Mittlerweile wusste sie, dass es noch ewig dauern würde, bis wirklich alle im Wagen saßen.

Eine Jugendliche aus dem Dorf brachte ihr heißes Wasser und reichte ihr die Dose Instantkaffee, die No-name-Cornflakes und eine frisch gepflückte Banane. Liv fragte auf Spanisch nach dem Milchpulver, und das Mädchen machte einen weiteren Strich auf der Tafel hinter ihrem Namen. Wie jeden Morgen nahm sie es sich vor, mit ihr ein Gespräch zu beginnen. Aber ihr Spanisch kam über rudimentäre Sätze, die meist Bestellungen waren, nicht hinaus. Die Spanisch-Lern-App hatte Liv seit Wochen nicht geöffnet. Sie drückte lange auf das App-Symbol, bis es sich von ihrem neuen Desktophintergrund – Guðrún und sie, umzingelt von vermummten Zapatistenkindern – löste. Sie nahm es und verbannte es auf den hintersten Desktop zu all den anderen App-Leichen.

Sie bedeckte die Flakes mit dem herbeigebrachten Pulver, goss das Wasser darüber und dann über den Instantkaffee. Es roch nach Wein und Zigaretten. Die Tischoberfläche schmatzte, als Liv die Schüssel anhob, um Platz für das Smartphone zu schaffen. Gelangweilt wischte sie sich durch die letzten Wochen. Sie hatte alles mit ihren Followern geteilt. Es gab keinen ersichtlichen Grund, warum sie gerade ihr folgten. War es ihr Aussehen, die Art ihrer Beschreibungen? Die geschickte Wahl der Hashtags? War es, dass sie genau das tat, was alle tun wollten? Ihre Ehrlichkeit, wie sie auch über die Nächte, über das öffentliche Duschen und das stundenlange Nacktbaden geschrieben hatte?

Liv grub den kalkigen Löffel in die Milch, tappte mit der anderen Hand auf dem Display ein paar Seifenblasen an, bevor sie auf dem Boden zerplatzten. Eine Gruppe Jungbackpacker fand sich an ihrer Tafel ein und grüßte sie. Sie hatten noch die sprühenden Augen der Neuankömmlinge, eine Agilität, die sich nach den ersten Tagen verlor. Sie plauderten aufgeregt miteinander, und als der Van hupte, hoben sie gleich die Köpfe, in Panik, den großen Trip zu verpassen. Sie schulterten ihre Tagesrucksäcke und schnellten in die Höhe.

»Ganz ruhig.« Liv machte mit der Hand eine Bewegung, dass sie sich wieder setzen sollten. »Setzt euch, trinkt erst euren Kaffee aus, der fährt nicht ohne euch.«

Sie folgten ihrem Vorschlag und lachten etwas peinlich berührt, und Liv fragte, wo sie untergebracht seien. Ihr Schlafplatz lag gleich neben den Toiletten, doch das wussten sie noch nicht. Jetzt verstand Liv, wie Toshi sich damals ihr gegenüber gefühlt haben musste: meilenweit überlegen.

»Habt ihr euch schon eingetragen?« Liv zeigte auf die Tafel.

Sie schüttelten kollektiv den Kopf.

»Macht nichts. Da springen immer welche ab«, sagte sie im Toshi-Ton. »Aber wenn ihr sichergehen wollt, solltet ihr besser die Tafel vollspammen.«

Auch diesem Rat folgten sie sofort und eilten zur Tafel.

Ja, wie Toshi hatte Liv das Gefühl, durchs Reisen zu einem erhabeneren Menschen geworden zu sein. Aber sie wusste auch, wie erbärmlich dieser Gedanke war. Natürlich war sie kein Stück besser als die anderen, sie hatte nur ein paar Geschichten mehr gesammelt, die geliebt und geteilt wurden, von denen sie immer eine bei den Gesprächen am Abend erzählen konnte.

»Das ist Torben«, sagte sie zu der Gruppe, die sich wieder setzte, und gemeinsam lachten sie, weil genau in diesem Moment ein Kolibri scheinbar bewegungslos vor seinem Gesicht in der Luft schwebte. Noch bevor die anderen reagieren konnten, hatte Liv ihr Smartphone gezückt und auf den grünen Aufnahmekreis gedrückt.

Auf dem Bildschirm sah sie einen bärtigen Mann, selbstvergessen in einem Baststuhl schlafend, in dessen Brusthaaren sich Essensbrocken, vielleicht Kartoffelreste, verfangen hatten. In irrwitziger Geschwindigkeit stürzte der Kolibri auf seine Brust und pickte nach den Resten. Der Mann riss die Augen auf, das Gesicht vor Schreck verzogen, so dass er nach hinten kippelte, um dem pickenden Vogel auszuweichen, und hintenüber auf den Boden krachte.

Liv nahm den Daumen vom Display. Torben rappelte sich auf, sie reichte ihm die Hand. »Wohin geht's heute?«, fragte er verdattert und stellte den Stuhl wieder auf.

Liv zuckte mit den Schultern. Sie wusste es wirklich nicht.

»Bin heute raus.« Er ließ sich wieder in den Stuhl fallen und schloss die Augen.

Sie schnappte sich die Schüssel vom Tisch und spülte sie in einem der ranzigen Becken. Die Jungbackpacker schauten ihr dabei konzentriert zu. Der Van hupte.

Liv schlappte zum Van, die Neuankömmlinge folgten ihr, überholten sie dann und quetschten sich in die hinterste Reihe des weißen Wagens. Drei Plätze blieben frei. Der Fahrer, der zugleich der Guide war, drückte wieder auf die Hupe.

Sie ging am Van vorbei und folgte den Holzschildern zum Wasserfall. Sie setzte sich auf ihren Felsvorsprung, zog die Flip-Flops aus und rutschte nach vorne. Um beide Fußgelenke trug sie Bänder mit Kaffeebohnen. Sie tauchte die Beine bis zu den Knien ins Wasser und öffnete die News-App: Eine Region deklarierte die Unabhängigkeit von einem Land. Alternde Babyboomer forderten ihre verloren gegangene Souveränität und Nationalidentität zurück, in den Kommentarleisten erkannte man sie leicht an ihrem Großbuchstabengeschrei. Die Jungen parierten smart und mit grammatikalisch einwandfreien Sätzen. Sie schaute sich das Torben-Video an und musste lachen. Sie teilte es auf einer populären Seite, die lustige Videos sammelte, nun würde es sich immer und immer wieder im Loop abspielen, sobald jemand mit dem Zeigefinger auch nur in die Nähe des Standbilds kam. Weitere Mitteilungen: Eine Sonnenbrillenfirma lud Liv dazu ein, ihre Produkte zu tragen. Sie überging das. Jemand trollte unter ihren letzten Posts. Wie würde das Wetter werden? *Sonne, hohe Luftfeuchtigkeit*. PING.

Elam *Efrat ist schon im siebten Monat schwanger!*

Liv *Schon im siebten? Wie hat sie das vor uns versteckt?*

Sie wartete seine Antwort ab. Doch er reagierte nicht.

Liv *Elam, hast du Zeit, geht es dir gut, wo bist du, können wir quatschen?*

Wieder kam nichts von ihm zurück. Sie blickte auf: Der Fluss fiel tosend hinab und bildete, von all dem Shampoo der Badenden, Schauminseln.

Liv *Bist du daheim? Huhu huhu?*

Sie kopierte den Satz und fügte ihn viele Male nacheinander ein.

Es vibrierte, endlich, Elams Name erschien zusammen mit dem Foto, auf dem sie beide vor den kupferfarbenen Hügeln in die Kamera strahlten. Sie fuhr sich durchs Haar – so hatte sie ausgesehen? – und nahm den Anruf an.

»Sorry«, sagte er. »Blum ist der Computer abgestürzt.«

»Du bist bei Blum.«

»Wo sonst?« Er schwenkte das Bild einmal in der Werkstatt herum: Blum war im Hintergrund auf einem Stuhl leicht vornübergebeugt und presste sich Daumen und Zeigefinger einer Hand gegen die Schläfen. Blum, der beim Gehen immer leicht hin und her schwankte, als befände er sich auf einem Schiff. Blum, der immer einen Haufen junger Menschen um sich hatte. Blum, der längst in den Ruhestand hätte gehen sollen, für den aber ein Leben ohne seinen Laden unvorstellbar war. Blum, auf dessen Bank sich Elam einmal zufällig ausgeruht hatte, als der eine Lieferung bekommen und ihn gefragt hatte, ob er ihm kurz zur Hand gehen könne. Blum, den Liv schätzte, weil er Elam nicht nur beschäftigte, sondern ihm auch immer zuhörte. Weil er für Elam fast so etwas wie ein Vater war. Blums Pausbacken und seine senffarbene Brille. Blum, der immer bis spätnachts im Laden war, nur am Schabbat nicht, da sah man ihn durch die Gassen spazieren.

»Hallo, Blum«, sagte sie.

Blum hob die freie Hand, ohne aufzublicken.

»Er hat Kopfschmerzen heute.« Elam schwenkte zurück auf sein Gesicht, er sah, wie immer, wenn er sich frisch rasiert hatte, wie ein kleiner Junge aus.

»Was machst du gerade?«, fragte Liv.

»Ach, nichts, wir programmieren nur die Fahrradlichter neu und bringen ihnen bei, dass sie angehen, wenn es dämmert oder gleich regnen wird, und wieder aus, wenn du vom Sattel steigst und dich etwas entfernst.«

»So was kannst du?«

»Habe mir ein paar Tutorials angeschaut, jetzt kann ich's.«

Jemand betrat den Laden.

»Ich muss kurz«, sagte Elam und legte Liv so günstig auf der Tischbank ab, dass sie ihn dabei beobachten konnte, wie er den zwei Frauen entgegenging, wie sie ihn etwas fragten und er ihnen antwortete und ab und an auf eines der Modelle an den Wänden wies. Die eine musterte ihn dauernd von der Seite, und wenn sich ihre Blicke trafen, lächelte sie.

Liv freute sich unheimlich, ihn so selbstbewusst und voller Tatendrang zu sehen und dass sie nicht die Einzige war, die ihn gerne anschaute. Er war bei Blum, ihm ging es also gut. Irgendwann verschwand er aus dem Bild, war nur noch die Werkbank im Blick und darauf die metallisch glänzenden Werkzeuge, die Dioden, Kabel und sein Laptop.

»Zurück«, sagte er und hob sie auf. Ging mit ihr auf die Straße: die Bewegung der Menschen, die eng nebeneinanderstehenden Fassaden, die Türen und Fenster. »Ist alles gut?«

»Mir war nur schrecklich langweilig.«

»Oh, die alte Krankheit«, sagte er und beugte sich zur Kamera hin. »Was rauscht da?«

Sie schaltete auf die Frontkamera, so dass er den Wasserfall sehen konnte.

»Schwimmt ihr da?«

»Manchmal.«

»Du und Niels?«

»Manchmal, ja.«

»Magst du ihn?«

»Am Anfang dachte ich, irgendwas würde uns verbinden, aber jetzt, wie soll ich es sagen, ist wieder alles Routine.«

»Er kriegt eine Glatze«, sagte Elam.

»Das ist dir aufgefallen?«

»Auf dem Foto, ja, das du von oben von den Duschen geschossen hast.«

»Er sieht ein bisschen wie ein christlicher Mönch aus.«

Sie lachten.

»Warst du beim Usumacinta?«

»Noch nicht.«

»Du solltest zum Usumacinta«, wiederholte er, mit einem erstaunlichen Nachdruck in der Stimme.

»Ich weiß.«

»Erzähl mir von euren Ausflügen.«

»Das kannst du dir doch alles anschauen.«

»Ich kann's mir besser vorstellen, wenn du's mir erzählst.«

»Okay.« Sie drehte die Beine im Wasser, so dass zwei Wirbel entstanden. »Der erste Tagesausflug war der zur Zenote X'Kekén. Weißt du, was das ist?«

»Ich erinnere mich, dass du das vorhattest. Eingestürzte Höhlen –«

»Die Zenoten gelten als Eingänge ins Totenreich. Um dort hinzukommen, musst du früh raus und in den weißen Van steigen. Es sind immer weiße Vans, die von Anlage zu Anlage fahren und Leute einsammeln. Du hast kaum geschlafen, es stinkt nach Bier, einer hat immer zu viel Bier getrunken. Du kommst ins Gespräch, und sie sagen, dass es nichts Besseres gebe, als genau hier zu sein und nicht da draußen, wo die Welt gerade untergeht. Irgendwann stoppt der Van, und dort beginnen Schienen, nicht breiter als ein Meter, die in den Urwald führen. Du schüttelst die Arme und Beine aus. Dann hörst du ein Rattern und traust deinen Augen nicht mehr. Ein Zugwaggon, nicht viel größer als eine Schubkarre, wird von einem Pferd gezogen. Du setzt dich auf das klapprige Ding, und es zieht dich in den Urwald, und irgendwann hält es bei einem Loch, und über eine gusseiserne Leiter steigst du als Erste hinab. Und jetzt wird es irre. Das ist schwer in Worte zu fassen. Das musst du sehen, das kann man nicht erzählen. Nicht mal auf den Bildern kommt das richtig rüber. Klar, du kannst sagen, so eine Farbe hast du noch nie gesehen, wie die Sonne durch die Öffnung auf die Wasseroberfläche fällt und sich strahlend an den Höhlenwänden spiegelt. Da unten hast du auch keinen Empfang mehr, falls du das gleich teilen wolltest. Von oben wachsen Wurzeln nach unten, du bist wirklich unter der Erde, und alles ist wie auf den Kopf gestellt. Ich meine, die

Wurzeln sind über dir, die wachsen aus dem Himmel nach unten. Manche sind so lang, dass sie das Wasser berühren. So schlau sind die. Das Wasser hat eine unbeschreibliche Klarheit und ein tiefdunkles Blau. Wir sind geschwommen, was nicht ungefährlich ist, weil ganz Yucatán von solchen unterirdischen Gängen durchzogen ist. Jede Bewegung löst ein Echo aus, und es wundert einen gar nicht, dass die Maya früher ihre Toten dort hineingeworfen haben. Wenn du untertauchen würdest, da bist du dir ganz sicher, würdest du auf einer anderen Seite, in einer Parallelwelt, auftauchen.«

»Und wie sind die Pyramiden?«

»Du kannst dir nicht vorstellen, wie viele es hier gibt. Der ganze Urwald ist voll davon. Du musst nur einmal von der Landstraße abbiegen, und schon stehst du vor einer Tempelanlage. Toniná heißen die Pyramiden oder Izapa, und überall sind Fratzen mit Elefantenrüsseln. Du fragst Ava, was das ist, und sie erzählt dir, dass in den Hohlräumen anstelle von Augen Obsidiane steckten. Und sie erklärt dir auch, dass auf den Ballspielplätzen, wo an den Seiten Körbe angebracht waren, Teams auf Leben und Tod gegeneinander antraten. Doch komischerweise sollen den Gewinnern und nicht den Verlierern die Köpfe abgeschlagen worden sein. In esoterischen Blogs kannst du nachlesen, dass das natürlich nur symbolisch gemeint sein kann, auch wenn Niels die ganze Zeit das Gegenteil behauptet. Es ist das Abschlagen des alten, mit den Gedanken an das triviale Leben verbundenen Hauptes. Ein neues soll erwachsen und sich an seine Stelle setzen, so heißt es da. Niels glaubt das nicht und sagt, sie seien schlechthin grausam gewesen und hätten die Schlangenpyramide mit dem Blut der Feinde eingefärbt.«

»Und dann?«

»Dann geht es weiter, gleich am nächsten Tag ist ein Zapatistendorf dran. Zapatisten sind die, die sich gegen den Staat gestellt haben und quasi autonom leben. Eigene Staaten mit Grenzzäunen und Passkontrolle. Wie Daesh, nur in Gut. Alle sind vermummt, und nachdem du den Pass abgegeben hast, setzt du dich mit den anderen Besuchern in eine Art Klassenzimmer. Sie mögen uns Israeli nicht. Ich war so aufgeregt. Aber irgendwann tauen sie auf und merken, dass du auch aus Fleisch und Blut bist und eine gute Seele in deiner Brust steckt.«

Elam nickte und fuhr sich mit dem Zeigefinger über die Lippen.

»Die Vermummten sind ganz schön einschüchternd, weil du nur ihre Augen siehst. Sie schildern ihren Kampf um Freiheit und gegen die Unterdrückung durch die kapitalistischen Kräfte der Regierungen und Konzerne. Irgendwann schieben sie einen alten Röhrenfernseher in die Baracke und zeigen eine Doku ihres Protestmarschs nach Mexiko City.«

»Ich mag Dokus.« Er grinste.

»Am Ende der Tour fordern sie dich dann auf, ihren Kampf zu unterstützen. Das habe ich gemacht und meinen Namen in eine Petitionsliste eingetragen, ich meine, in eine, die auch wirklich etwas bringen könnte.«

»Habt ihr da übernachtet?«

»Nein, aber ich habe gleich eine Diskussion zum Umgang mit den indigenen Bevölkerungen Mittel- und Südamerikas angestoßen.«

»Wie?«

»Unter einem meiner Fotos haben sie zu diskutieren begonnen, und wenn es stockte, habe ich einfach ein paar Sachen behauptet, und das hat sie immer neu angestachelt.«

»Was haben sie geschrieben?«

»Das ist zu kompliziert geworden.«

»Und dann, was habt ihr dann gemacht?«

»Die gesamte Puuc-Region haben wir besucht. Uxmal, Xculoc, Xkipché und wie die anderen Ruinen alle heißen, deren Namen ich mir nicht mehr notiert habe. Ich wollte es nicht wahrhaben, und ich habe das auch noch nie laut ausgesprochen, aber die Stätten gleichen sich. Du stapfst die Hauptpyramide hoch, oben stehst du vor ein paar Reliefs, machst ein Foto vom Grün, vielleicht ein Video vom Ballspielplatz, ein paar Stelen, die Steinfratzen.«

»Brüllaffen?«

»Ja, Brüllaffen. Am interessantesten sind noch die bunten Frauen aus den Dörfern, die Schmuck und Kokosnüsse anbieten. Wir waren auch in einer Kirche, so ein Geheimtipp, in der sie tatsächlich Coca-Cola-Flaschen auf einen Altar stellen, Blumen dazu, Rauchwerk und davor auf die Knie gehen.«

»Echt?«

Liv nickte. »Aber das ist eine andere Geschichte. Wo war ich?«

»Bei den bunten Frauen.«

»Genau. Zu denen stellen wir uns, weil sie so exotisch sind. Und Kinder zupfen an deinen Klamotten und wollen dein Kleingeld. Und immer gibt es in der Nähe eine weitere Zenote, natürlich wieder irre schön, du hast aber keine Lust mehr, drin zu baden.«

»Ist es heiß?«

»Ziemlich, ja. Aber auch daran gewöhnst du dich. Bloß einmal am Tag schüttet es wie auf Knopfdruck, exakt zehn Minuten lang, danach steigt der Dampf auf, und jeden Tag kommt es dir aufs Neue wie eine mythische Sumpflandschaft vor. Dann geht es zurück zum Van, im Van, an die Fensterscheibe gelehnt, auf der Rückfahrt dösen, bis es knallt, du hochschreckst, weil wieder eines der Indigenaskinder, wenn man die so nennen darf, einen Stein nach dem Van geschleudert hat. Wenn man zurück im Camp ist, brennen die Fackeln schon überall. Es gibt Tacos und gealterte Singer-Songwriter. Und egal, wohin du dich setzt, mit dir sitzen die bizarrsten

Abenteuergeschichten am Tisch. Aber keiner glaubt dem anderen mehr wirklich oder hört ihr oder ihm auch nur richtig zu. Worauf sie alle warten, ist der Vollmond, dann wollen sie nämlich in die Anlage einsteigen und oben auf dem Templo psychogene Kakteen zu sich nehmen. Das soll das absolute Highlight sein. Sagen sie.«

»Sagt wer?«

»Jeder, der es schon erlebt hat, postet es, und Tausende lesen das und machen das auch und posten es wieder, bis in die Unendlichkeit.«

»Vielleicht sollte ich mir das alles auch mal angucken.«

»Es ist gut, wenn es einen gibt, der das alles nicht macht.«

»Wieso?«

»Vielleicht liegen wir ja alle falsch.«

Es hupte. Diesmal sehr lange.

»Es hupt«, sagte Liv. »Sie warten auf mich.«

»Liv.«

»Ja?«

»Du solltest wirklich zum Usumacinta.«

*

Auf dem Usumacinta gab es kein Netz. Aber es gab vor sich hin dümpelnde Krokodile. Sie trieben in einem langen Kahn stromabwärts, der Guide hatte die Hand am Steuer des unregelmäßig röhrenden Motors, Niels und Guðrún saßen mit Blick auf die mexikanische Seite, Torben und Liv hatten Guatemala vor sich. Zweimal der Anblick des Gleichen: Weiden, Lianen, Brüllaffen. Und irgendwo in den Büschen die letzten »echten Menschen«, auf die Niels doch so lange gewartet hatte.

Der Motor des Kahns, das Schlagen der Flusswellen gegen den Bug und der Wind waren derart laut, dass sie sich unmöglich unterhalten konnten. Niels hatte sich die Sonnenbrille in die Locken geschoben, Sonnenstrahlen funkelten in sein Gesicht. Andauernd beugte er sich zu Guðrún und flüsterte ihr etwas ins Ohr. Die warf lachend den Kopf in den Nacken.

Liv ließ ihren Kopf kreisen. Aber das ließ diese Glasglocke, die sich über sie gestülpt hatte, auch nicht verschwinden.

Niemand erwartete sie am Ufer. Keine Kinder, die ihnen Mangosticks oder geröstete Nüsse anboten. Keine Frauen in bunten Trachten, die schon das Feuer für ihre Tortillas entfachten. Keine Männer, die im Schatten dösten und ihren Rausch ausschliefen. Sie hatten Yaxchilán ganz für sich allein.

Heute müsste es endlich passieren, das große Erlebnis, das sie nie vergessen sollte. Etwas, das den letzten Wochen im Nachhinein irgendeinen echten Sinn abrang.

Vom Ufer schlängelte sich ein Weg zu einer weiten Fläche mit weichem Gras. Der Platz war von Ruinen eingeschlossen, »die letzten Überreste einer einstigen Kultur«, raunte Niels bedeutungsschwer in seinen Bildschirm, als gäbe er ein tiefgründiges Wissen an seine Anhängerschaft weiter. Sie wechselten kein Wort miteinander, jeder ging für sich. Keine Motorengeräusche, nichts von Menschen Verursachtes war zu hören, nur das ferne Flappen von schlagenden Flügeln über ihnen, das Rascheln in den Blättern. Schrille Laute bunt gefiederter Vögel.

Sie verteilten sich auf dem weiten Gelände, jeder sein Smartphone in der Hand. Liv hasste diese Haltung, dieses gekrümmte, auf einen Bildschirm gerichtete Schauen. Da verpasste man zu viel, dachte sie und fasste nach dem Blatt einer dieser meterhohen Farne. Im natürlichen Gesichtsfeld sollten die Informationen sein, nicht in der Hand oder am Handgelenk. Sie schob das Gerät in die Gesäßtasche, brach einen Zweig ab und steckte ihn sich in die Haare.

Torben kletterte auf eine der Ruinen, wahrscheinlich

um einen besseren Blick über die Anlage zu haben, Niels schraubte ein Objektiv auf seine Kamera und holte Guðrún ein, die sich eines der riesigen Blätter, die auf der weiten Fläche vereinzelt herumlagen, geschnappt hatte und damit so posierte, als wäre das ihr neuestes Kleid. Sie waren in *love* und ihre Follower live dabei, wenn sie sich Komplimente unter ihre Fotos schrieben, unter einem abgelegenen Wasserfall badeten oder sich in mit Herzchen verzierten Clips ihrer Liebe vergewisserten. Sie hatten das Potenzial zu einem Pärchen, dessen Ups and Downs Tausende interessieren könnten.

Eine breite Steintreppe führte einen Hügel oder einen zugewachsenen Tempel hinauf. Liv nahm Stufe um Stufe, und als sie sich umdrehte, waren die anderen nicht mehr zu sehen, bloß vage hörte sie noch ihre Stimmen durch das dichte Blattwerk. Es gab nichts Besseres auf dieser Welt, als endlich wieder ganz allein zu sein.

Sie stieg so weit, bis sie den höchsten Punkt erreichte und die Baumkronen unter ihr lagen. Hier oben befand sich ein Haus, gesetzt aus massiven Steinblöcken, ein dunkler Raum, der modrig roch. Wie der faulige Atem eines alten Wesens. Zu allen Seiten erstreckte sich der Wald, eine undurchdringliche grüne Masse, die sich um die Tempelanlage schloss. Sie mochte die Vorstellung, dass es hier weder Straßen noch Häuser gab, weder fließendes Wasser noch Strom. Sie mochte die Vorstellung, dass sie niemals wieder zurückfinden würde, wenn sie da hineinginge. Nach wenigen Metern würde der Tempel in ihrem Rücken bereits von den Bäumen verschluckt werden, die Sonne oben ausradiert sein. Sie würde die Orientierung verlieren, vergessen, woher sie kam und wohin sie gehen sollte. Sie würde sich mit dem begnügen, was eben um sie war. Proviant genug hatte sie, und zur Not konnte sie doch Markierungen hinterlassen, um zurückzufinden. Es war, als zöge eine Kraft sie hinein, der sie sich kaum widersetzen konnte.

Lange saß sie so da, verfangen in ihren Gedanken und dem Anblick des Regenwalds. Die Sonne wanderte in ihren Zenit, hin und wieder schwangen sich Brüllaffen von Baumkrone zu Baumkrone. Der Urwald lebte. Das war ein trivialer Gedanke, aber zum ersten Mal spürte sie ihn. Denn das, was sich vor ihr erstreckte, war ein riesiger Organismus, ein Lebewesen, das atmete und dessen Haut pulsierte. Zwischen den Bäumen flogen Abertausende Insekten und Vögel in ihren eigentümlichen Bahnen. Wie eine dieser futuristischen Städte, in denen sich Ströme von fliegenden Autos in gläsernen Tuben pfeilschnell zwischen Wolkenkratzern bewegten. Sie realisierte, dass es nicht nur menschliche Welten-in-Welten gab, Subkulturen, die sich in den Winkeln einer Gesellschaft ansiedelten, sondern dass alles belebt und der Eingang zu einem neuen Kosmos aus Lebewesen sein konnte. Egal, welches Blatt sie auch hochhob, für irgendein Lebewesen war es garantiert das Zentrum der Welt. Natürlich war dieser Gedanke nicht neu, aber hier erlebte sie ihn zum ersten Mal.

Ein kühler Luftzug strömte über ihre Haut, die Armhärchen stellten sich auf, als hauche dieses Wesen vor ihr seinen Atem in ihre Richtung. Und bestimmt hatten die Mayas genau wie sie hier auf dieser Stufe gesessen und diesen Atem gespürt. Bestimmt hatten sie ihre Tempel über den Wipfeln errichtet, um dem Himmel nah zu sein. Der Himmel, der alles bestimmte. An dem die Sonne von der einen zur anderen Seite wanderte und das Leben der Menschen einem Rhythmus unterwarf. Der Himmel, an dem sich die Wolken ballten, zu dem die Menschen so lange die Arme hoben, bis Regen auf sie niederfiel, sie wusch, sie erfrischte, die Erde so fruchtbar machte, dass an den Stauden und Ästen Früchte wuchsen. Der Himmel, an dem Nachts der Mond die Sonne ablöste und ihre Welt in ein anderes Licht tauchte. Ein Licht aus der Ferne, das die Konturen auflöste. Vielleicht das Licht der Sterne, die unerreichbar schienen und die Umrisse von Menschen, Tieren, Göttern zeichneten. Der Mond, ja, als der Vorbote dieser Sterne, Vorbote der Götter, die eines Tages vielleicht zu ihnen hinabsteigen würden, fahl glitzernde Lichtgestalten, nicht die spanischen Konquistadoren in ihren goldenen Rüstungen, nein, echte, ferne Wesen. Und so hatten wohl die »echten Menschen« in den Nächten hier oben gesessen, an genau dieser Stelle, ein Feuer entfacht, damit die Sternengötter sie leichter fänden. Schmuck, Essen, Früchte, alles hatten sie bereitgestellt. Denn den Göttern sollte es hier gefallen, sie sollten ja für eine Weile bleiben und ihnen zeigen, wie es weitergehen würde. Ja, so stellte Liv es sich vor, jede Nacht musste es so abgelaufen sein, ein ewiges Warten.

Sie riefen ihren Namen. Viele Mal nacheinander. Sie riefen ihren Namen, laut, als sei gerade ein Unglück passiert.

Liv rannte um das Steinhaus herum und die Stufen hinab. An einer Stelle blitzte der Usumacinta zwischen den Blättern auf. Zwei oder drei weitere Kähne hatten angelegt, Touristen ließen sich gerade von einem Guide beim Aussteigen helfen. Außer Atem kam sie unten am weiten Platz heraus. Torben, Niels und Guðrún standen am Rande des Areals, wo die Baumreihen begannen, vor ihnen eine Gestalt im weißen Gewand. Sie bemerkten Liv nicht, ihre Aufmerksamkeit hatten sie ganz auf das Kind gerichtet. Liv überquerte den Platz, im Augenwinkel sah sie schon eine erste Touristengruppe vom Fluss herbeikommen.

Das Kind trug eine Art Nachthemd, das ihm bis zu den nackten Fußknöcheln reichte, seine langen Haare glänzten nass und waren zerzaust, als seien sie seit einer Ewigkeit nicht gekämmt worden.

Niels hatte seine Kamera mit beiden Händen angehoben, Guðrún kniete und streckte dem Kind ihre Hand hin, so wie man ein Schaf mit einem Büschel Gras anlockte. Es rührte sich nicht. Augen wie Nadelköpfe im Gesicht des Kindes.

»Das ist echt«, murmelte Niels. »Das ist echt.«

Guðrún stand auf und ging langsam auf es zu.

»Lass das.« Liv schloss auf. »Fass es nicht an!«

Doch Guðrún war schon auf der Höhe des Kindes - ein Junge -, und Niels knipste ein Foto. Torben folgte Guðrún, zu Niels grinsend, der in einem fort fotografierte und Torben sicherlich mit einfing. Weitere Menschen, Männer und Frauen, erschienen zwischen den Bäumen. In ungewöhnlich weiten Abständen standen sie zueinander. Sie trugen allesamt das gleiche lange, weiße Gewand und in ihren Händen farblose Tongefäße.

Livs Herz pochte bis in den Kopf hinein, sie spürte das Blut rauschen und eine Hitze, die sich von ihren Füßen und Händen in Schüben durch den Körper ausbreitete. Sie konnte nicht handeln, sie wusste nur, dass etwas falschlief.

Von hinten schlossen die Touristen auf, sprachen viel zu laut, und jemand klatschte vor Freude in die Hände. Das Klicken von Fotoapparaten.

Torben war der Erste, der sich neben dem Jungen fotografieren ließ. Dann Guðrún und der Junge. Dann Torben, der Junge und Guðrún. Dann Niels und Guðrún, die sich für das Foto an den Händen hielten und mit dem Jungen an ihrer Seite posierten. Dann alle anderen, die sich vorsichtig dem Kind näherten, es in die Mitte nahmen, die Plätze wechselten, alle möglichen Kombinationen durchprobierten.

Niels winkte Liv heran. Sie solle dazukommen und auch ein Foto machen. Doch sie schüttelte bloß den Kopf. Er näherte sich dem Jungen und legte sein Smartphone vor ihm ins Gras.

»Nein, nicht das!«, rief Liv.

Doch es war zu spät. Der Junge machte einen Schritt nach

vorne und bückte sich nach dem funkelnden Objekt, fuhr mit der Hand über die glatte Oberfläche, zuckte zurück, als habe er einen Stromschlag bekommen. Dann schnappte er sich das Gerät und drückte es sich an die Brust. Vielleicht eine Geste der Dankbarkeit. Die Männer und Frauen im Hintergrund legten die Tongefäße in der Wiese ab, jemand neben Liv zog einen Geldschein hervor. Der Junge verschwand mit dem glänzenden Ding im Dickicht.

Franz, 3

Ich besitze nicht viel. Aus Prinzip.

Während das Wasser elektrisch aufkocht, kippe ich die Matratze hochkant an die Wand und schlüpfe in meine Shorts. Die Nachmittagshitze steht im Raum, obwohl der Betonboden sich kühl anfühlt unter meinen bloßen Füßen. Ich gehe zur Kochnische, gerade einmal vier Schritte. Aus dem offenen Regalsystem pflücke ich die Kaffeedose und häufe etwas von dem Pulver in den Porzellanbecher (Mutters Entwurf). Ich schaue dem Wasser beim Erhitzen zu. Zugegeben, du siehst nicht viel, das Gerät sieht nicht anders als ein Wasserkessel aus, nur knistert es ein wenig wie falsch gesteuerter Strom. Bevor es kochen kann, ziehe ich den Stecker, gieße das erhitzte Wasser über das Pulver und verrühre es mit dem Finger. Prächtige Aromen lassen die Nacht erahnen. Ich nippe am Becher und stelle mich ans Fenster. Ich trinke ungefähr die Hälfte, dann erst schiebe ich die Balkontür einen Spalt zur Seite.

Ich schätze die Temperatur und bemerke einen angenehmen Wind. Ich trinke die zweite Hälfte. Gegenüber ragt wie ein Monolith das schwarze Hochhaus in den Himmel, Fenster in gleichmäßigen Abständen, und unten ruft ein Zeitungsboy die Nachtschlagzeilen aus: »Wegen Kleidung, 40 Japaner erregen Tumult und Aufsehen!« Und: »Kiki in der Stadt! Kiki in der Stadt!«

Vor lauter Kiki-Überdruss verschiebe ich das Entwickeln der Zeppelinschnappschüsse (zumal mir während des Mittagsschlafs weder die notwendigen Chemikalien noch Kenntnisse ihrer Anwendung zugefallen sind). Und (das bringt mich gleich wieder auf) weil der Pumphosenjunge und mein Fahrrad verschwunden waren, als ich der Kolonne nachradeln wollte.

Ich stelle die leere Tasse ins Spülbecken zu den übrigen Töpfen und Tellern. Ich fülle den Schnellkocher ein zweites Mal auf, ich gedenke zu spülen und auf die Dunkelheit zu warten. Doch zuerst schaue ich nach dem Kaktus (ein Erbstück von Vater). Er steht im Schatten neben dem Bett, ich hebe ihn hoch und setze ihn auf den Fenstersims ins letzte Sonnenlicht. In der Ecke mit den Klamotten durchsuche ich die einzelnen Kleidungsstücke nach einer Flora Privat. Nichts. Ich mache das, was wirklich keiner wissen darf. Ich klaube die ausgedrückten Stummel vom Boden, ich klaube sie vom Sims, ich gehe hinaus auf den Balkon und klaube ein paar aus dem Blumenkasten.

So kann ich den ganzen Tag verbringen.

Das Telefon klingelt. Ich hebe ab. Niemand dran. Der Wasserkocher pingt. Ich lupfe ihn aus der Vorrichtung und gieße das heiße Wasser über das schon mit Eigenleben überzogene Geschirr. Ich warte, bis Weltbewegendes geschieht. Während das Geschirr einweicht, brösele ich den letzten Tabak aus den Stummeln zu einem bescheidenen Haufen. Es ist gerade so viel, dass ich einen der Stummel neu füllen kann. Damit trete ich in die junge Nacht hinaus. Ich klopfe die Taschen nach Zündhölzern ab. Nichts. Ich lege den Stummel auf den Sims und gehe abermals zur Klamottenecke und durchsuche sie nach Zündhölzern. Nichts. Ich spüle das eingeweichte Geschirr. Ich drehe das Audion auf, Kiki sagt einem Reporter, dass sie sich fürs Neonlicht der Stadt heute extra in Schale werfen wird, ich drehe weiter, der Sender beschwört flotten Chicago Jazz zur Einstimmung auf die Nacht. Eine Stimmung will sich bei mir aber (noch) nicht einstellen. Ich fluche etwas, weil ich so mühsam diese Flora zusammengebracht habe, und wische mir die Hände an der Shorts trocken. Ein Hemd trage ich nicht.

Ich öffne vorsichtig die Tür zum Gang. Es ist einer dieser endlosen Gänge des Neuen Wohnens (Zement, Stahl, Glas, Kunststoff), in dem du einen Einhundertmetersprint hinlegen kannst. Einer dieser Orte, dessentwegen Ästhetinnen wie Frau Dr. Sodenstern (siebter Stock) nichts Geringeres als einen Neuen Menschen in Erschaffung wähnen (Vater wäre stolz). Diese Frau Dr. Sodenstern, bei der ich an so vielen Wochenenden brav auf dem Diwan gesessen und polnische Bagels geknabbert habe. Eine mondäne Dame mit Dutt, deren Kindheit in den Siebzigerjahren des letzten Jahrhunderts stattgefunden hat, eine andere Zeit und so voller Hoffnung, höre ich sie sagen, dass unsereins (sie meinte mich) sich das überhaupt nicht mehr vorstellen könne. Diese Frau Dr. Sodenstern, die Mutter erst ermutigt hatte, nach mir, als ich also als Klein Franz geboren wurde, den Weg zur Akademie zu nehmen, ganzheitliche Lebenskonzepte für den Menschen zu studieren, zu entwerfen. Ich erinnere mich an unsere Spaziergänge entlang der Mietskasernen unserer Großeltern, ich erinnere mich, wie Frau Dr. Sodenstern nicht müde wurde zu betonen, dass ihr all der Stuck, all die Voluten an den Fassaden wie Geschwüre vorkämen, und dass mir dann Vater erklärte, was Geschwüre seien, und Mutter meine Hand nahm und wir die Stuckverzierungen nachfuhren.

Hier ist nichts überflüssiges Ornament, hier folgen die Formen einer Funktion, liegen die Materialien (Beton, Steinboden, Ziegelstein, Holz) offen, dass du sie in ihrer Eigenheit spüren kannst. So drücke ich mich entlang der Betonwand (du kannst die Bretter als Abdruck spüren, zwischen die der Beton gegossen wurde) entlang zur nächsten Tür. Dort lausche ich nach potenziellen Zündhölzern. Ein Mann (Technikenthusiast) spricht in erhobenem Ton, kantig wie ein angespitztes Oktogon. Eine Frau wimmert. Auch im Neuen Wohnen findest du die Abgründe und das ganz persönliche Leid. Ich drücke mich wieder zurück in mein Zimmer und verdamme kurz den elektrischen Herd und dass ich mich auf ein Neues Leben eingelassen habe. Da kommt mir eine Idee. Ich drehe eine der Herdplatten auf und lege den Stummel auf die Kante, bis er endlich glüht. Ich hebe ihn an die Lippen und ziehe wie eine Staubsaugerdüse daran. Es qualmt, der Abend ist gerettet.

Ich rauche den Stummel und laufe wild im Kreis. Die Wirkung von Nikotin und Koffein setzt ein, der Hunger nach Dunkelheit nimmt zu. Ich drehe das Audion voll auf. Ich tanze (wenn ich nur immer so sein könnte).

Den allerletzten Rest lasse ich auf den Betonboden fallen, schlüpfe in Schuhe und zerreibe ihn. Dann ziehe ich ein eng geschnittenes Hemd über, knöpfe es bis oben zu und hänge mir die Leica um. Zum Abschied tätschele ich den Kopf des Kaktus.

Tür auf. Tür zu. Auf den Aufzug kann ich nicht warten. Die sechs Stockwerke fliege ich im Treppenhaus hinab, hinaus in die warme Nacht (irre Schleier aus Blutorange am Firmament), die Straße entlang und vorbei an meinem Kiosk (Fräulein Else-Marie, meine Lieblingsverkäuferin, winkt, ich winke) zum blauen *U*.

U wie U-Bahn.

Wir sitzen im Eden an unserer Tafel. Ein Schauer geht lautlos auf den Asphalt nieder und spritzt gegen das Panoramafenster. Letzte Passanten huschen über den Ku'damm mit tippelnden Schritten und mächtigen Einkaufstüten. Die Band klopft an die Scheibe, und wir helfen, die Snares und Drums und Sticks (und wie die Dinger alle heißen) vom Wagen ins Innere des Eden zu tragen. Ein Luftzug fährt mit ihnen hinein und fegt über die Köpfe der Gäste, die Stockrosen auf den Tischen und bis in den hintersten Winkel der Bar zum Schwimmbecken. Der Geruch nach frisch zerriebener Minze.

Sieben Stufen trennen das Eden in zwei separate Bereiche. Im vorderen sitzen wir, an die zwanzig Leute, ein lockeres Kommen und Gehen. Manchmal erhebt sich einer, um zu telefonieren und den weiteren Verlauf zu planen. Wir heben zum Gruß die Hand oder die mit einem geheimen Mixrezept (Gin und etwas Orangensaft) randvollen Kristallgläser wie zu Schillers Zeiten, nur dass wir das dumpf machende Bier durch aufpäppelnde Drinks ersetzt haben. Alles aufstrebende Künstlerinnen und Schauspielabsolventen, Jungkritiker und Mädchen mit Elan. Das Ambiente dunkel-verhangen, die Wände voller Einfälle und Unterschriften. Vor uns die Nacht: Kinotempel, Kabarett, Tanz und in den Morgenstunden frisch gebrühter Kaffee mit den Blumenfrauen in den Markthallen.

Im hinteren Bereich, blau gekachelt wie ein Pool, sitzen die agilen Schriftsteller und Mäzene, Celebritäten, die Neuen Sachlichen und Leinwandstars. Sie qualmen Zigarren und lassen ihren italienischen Wein auf Listen eintragen. Der Eingang dorthinein ist uns verwehrt. Schwanken sie dionysisch an uns vorbei, halten wir in den Gesprächen inne und folgen ihren Bewegungen. Sie sind all das, was wir sein wollen. Stellt sich einer zu uns und verteilt Zigaretten, ist das Exposition, Klimax und Katharsis zugleich.

Wir machen uns über das Brot her, das sie zu den Tagessuppen servieren. Wir stürzen uns auf die Körbe, die Butter. Wir lachen über unsere eigene Armut und dass wir gerne unten bei unseren Vorbildern speisen würden.

Nachwuchskomponist Valentin ruft mich zu sich hin. Mit dem Rücken zur weiten Fensterfront, dem in elektrisches Licht getauchten Boulevard, überblickt er vom Kopfende her die Runde. Er gilt als Anwärter, von den Nichtschwimmern zu den Schwimmern aufzusteigen. Zuerst muss er jedoch ein Orchester finden, das seine (atonale) Musik spielen kann. Und dann muss einer von den Kritikern aus dem Schwimmerbereich ein gutes Wort in einer der Spalten verlieren, seinen Namen mit Neon übergießen. Ich stehe auf und setze mich unter den Blicken aller zu ihm.

Eine Schlagzeile wird gerade im Kreis herumgegeben. Kiki sei auf dem Ku'damm gesichtet worden. Sie drehen die Köpfe nach dem Boulevard, Fanny murmelt: »Die kann doch nichts.« Ich zucke die Leica, weil mir dieser Moment besonders vorkommt, kneife das linke Auge zu und presse das rechte gegen den Sucher. Ich tauche ein in den Raum.

Valentin hat feine, aber kantige Gesichtszüge, hohe Wangenknochen und einen scharfen Verstand. KLICK. Ich fürchte mich vor ihm. Neben ihm sitzt Fanny. Fanny ist leicht zu beschreiben. Fanny ist die Bunteste von allen und voller Ungeduld (dass die Band endlich anfängt). Sie liebt Plastik. KLICK. Ein quittengelbes Haarband daraus hat sie in den kurzen Haaren. Plastik, ihr Markenzeichen, und schnittige Hosen, schnelle Bewegungen und eine Menge Sex-Appeal. Dann kommen ein paar Spanier, die sich am ironischen Pfeiferauchen versuchen und meist unter sich bleiben, altmodisch gekleidet, kein Aufsehen wert. Unten am Tisch stecken drei neue Flappergirls ihre mit Glockenhüten bekränzten Köpfe zusammen. Sie haben sich in kunstseidene Tücher gehüllt und sehen aus wie Reinkarnationen ägyptischer Göttinnen. Sie sondieren den Raum, es ist nicht zu übersehen, wie sie die Köpfe heben und nach den Schriftstellertischen im Schwimmerbecken blinzeln.

Die Band hat sich in die Ecke gequetscht. Ein Junge in unserem Alter schraubt am Schlagzeug. Er hat blondierte Haare zu einem schwarzen Anzug. Nur über seinen schwarzen Schuhen spitzeln senffarbene Socken. Die Sängerin trägt blau-weiß gestreifte, bauchige, weit hochgezogene Hosen und eine einfarbige Bluse. Sie hat große, hängende Brüste (lange schon tragen wir keine Korsetts mehr).

»Hallo«, sagt sie. »Wir kommen aus Montreal, u-u-und das ist unsere erster Auftritt.« Sie stottert mit schönem französischen Akzent, ringt um das nächste Wort, als stünde sie vor einer Kluft, die es zu überwinden gilt.

Ich fühle mich ihr gleich nah. KLICK.

Der Schlagzeuger wischt gefühlvoll mit den Wedeln (wenn die so heißen) über das Trommelfell, dann drückt er einen flotten Rhythmus durch, und als die Sängerin singt, ist ihr Stottern wie hinfortgewischt. Helle Scheiben werfen auf Knopfdruck Lichtkegel an die Wände und über die Tische. Die Fanny steht als Erste auf in ihren flachen, goldbesohlten Schuhen und wackelt mit der Hüfte zum Takt, als müsse sie all die ihr lästigen Manieren abschütteln.

Am Boulevardfenster zieht eine weitere Band vorbei. Trommeln und Kontrabass unter den Armen. Sie halten inne und lauschen. Ich drehe mich zu ihnen und bringe sie zentral in mein Suchfeld. Beide Bands sind durch die Scheibe getrennt.

»Wie spiegelverkehrt«, sage ich. KLICK.

»Oh, unser Franz Frey spricht«, sagt Valentin.

Ich versuche Valentin darzulegen, was ich gerade mit dem Apparat gesehen habe. Blut steigt mir in den Kopf, zu viel, und ich erkläre, dass ich quasi das gleiche Verlangen, von einem Publikum gehört zu werden und Stimmung zu verbreiten, in zwei gegensätzlichen Momenten eingefangen hätte. Einmal als Sehnsucht in Form der nach einem Auftritt suchenden Band auf dem Ku'damm und einmal als verwirklichte Sehnsucht hier bei uns.

»Das gefällt mir«, sagt Fanny, die nun neben uns steht und mir an die Schulter fasst.

Ich schaue vom Tisch auf. Alle (also unser Tisch, bis zu den Flappern, und auch die Spanier), alle haben in ihren Gesprächen innegehalten und sich uns, Valentin, Fanny und mir, zugewandt.

Vor lauter Blutrauschen schwirrt die Szene wie ein falsch zusammengeschnittener Film. Ich müsste weitersprechen, doch ich finde keine Worte. Ich stottere wie die Sängerin, die zu allem Überdruss das Intro beendet hat und nach einem kurzen Applaus erst mal die Bar (und die Freigetränke) ansteuert.

Vor Aufregung teile ich mich. Es gibt jetzt zwei Franz'. Der eine sitzt zur linken Valentins, er hat eine schlechte Körperhaltung, den Rücken gekrümmt, keine Spannung in den Gliedern, den Kopf gesenkt. Der andere Franz, der schaut sich das aus der Distanz an, von leicht schräg oben. Ihm ist das Denken geblieben. Während Franz eins auf dem Stuhl das Rauschen fühlt, die Permanenz der Schwerkraft und die Unfähigkeit seiner Glieder, irgendetwas zu tun, ist es um Franz zwei klar und leicht. Er ist voller Gedanken, Einfälle, und würde gern seinem Zwillingsbruder zu Hilfe eilen, ihm ins Ohr flüstern, schlaue Sachen, feine Beobachtungen. Aber es gelingt ihm nicht. Denn Franz zwei kann sich ohne seine Hülle nicht bewegen. Das ist ein Dilemma.

Alle starren also diesen leblosen Franz an. Fanny setzt sich dicht neben ihn, und endlich ergreift Valentin das Wort (ich bin ihm dafür immer dankbar). Während er spricht, gestikuliert er schön mit seinen Pianistenfingern vor meinem Gesicht und zeichnet Formen in den Raum, in dem ich und sicherlich auch andere – Geister, Seelen, unsichtbare Wesen – noch immer wie Ballone schweben. Es geht um Sex. Es geht immer um Sex.

»Wer heiratet, macht sich die Frau vertraglich zur Ware«, sagt er.

Ich beruhige mich derweil, beginne wieder zu atmen.

»Im System der Kirche geschieht dies unter der Obhut eines Gottes. Im System des Staates ist das ein Vertrag auf Güterteilung und so weiter. Indem wir freie Partnerwahl leben, geben wir uns unsere Freiheit zurück, die wir wohl das letzte Mal in irgendwelchen Büschen in Intertropischen Konvergenzzonen gelebt haben. Sex mit denen, auf die wir scharf sind. Werden Kinder geboren, sind es die Kinder der Gemeinschaft.«

Sie heben die Köpfe. Ganz besonders unsere Fanny, die kürzlich den Artikel »Warum Frauen rauchen und sich wie Männer kleiden« für die Zeitschrift *Die Freundin* verfasst hat.

Ich komme allmählich wieder zu mir und nippe an meinem Gin Orange. Die Band spielt erneut, die Ersten tanzen gleich wieder.

»Um beim Gegenüber alle Gefühle freizuschalten«, fährt Valentin fort, »musst du durchdrungen haben, wie sich Sex bei deinem Gegenüber anfühlt. Du musst fühlen, was der oder die andere innerlich durchläuft, wenn du ihn oder sie am Nacken streichelst. Gänsehaut, Erregtheit der Geschlechtsteile, Wallungen des Blutes.«

»Und wie machst du das, dich in den oder die andere hineinversetzen?«, fragt Fanny ihn und wischt die kurzen schweren Haare nach hinten.

»Ich stehe auf Frauen, ja?«

»Ja.«

»Es erfreut mich also, wenn ein schöner Mund sich um mein Glied stülpt. Okay?«

»Okay.«

»Ich weiß aber nicht, wie sich das anfühlt.«

»Ein Glied im Mund zu haben?« Fanny hat sich weit vornübergebeugt. Der Rest raucht und trinkt, genießt das Spektakel.

»Genau. Deswegen habe ich mich homosexuell versucht, die Tage zuvor, und bin auf die Knie gegangen.«

»Mit wem?«

»Hier, mit Franz.«

Er lacht. Sie lachen. Ich sollte jetzt besser nicht weiterhin auf den Tisch starren.

»Ich auf die Knie, er steht vor mir, wirkt auf einmal mächtiger, größer, hat die Kontrolle. Um seine dunkle Statur eine feine Linie Licht. Die Hose hat er schnell unten, mit einem Satz schnellt mir sein Glied entgegen. Echt groß, ungefähr so.«

Ich schaue auf, er muss übertreiben. So große Glieder kann es nicht geben.

»›Sperr deinen Mund weit auf‹, sagte er. Ich sperre also den Mund weit auf. ›Und pass bitte auf mit den Zähnen‹, sagte er. Ich versuche also, die Zähne aus dem Spiel zu nehmen, indem ich die Lippen vorstülpe. Seine Eichel ist gleich in meinem Mund, ich kann euch sagen, das ist nicht schön. Er gibt einen Laut von sich, ich sehe nicht viel außer Schamhaaren. ›Weiter auf‹, sagt er. Ich sperre auf, und sein Glied gleitet über meine Zunge und fährt mir tief in den Schlund.«

Ich schaue mich um. Alle lauschen gebannt. Warum macht er das?

»Ich muss würgen, Speichel quillt mir aus dem Mund. Tränen, ich röchele, bekomme keine Luft mehr. Endlich zieht er zurück, Luft strömt in mich hinein, dann dringt er wieder tief bis in meinen Rachen, umfasst meinen Hinterkopf, bis ich fast ersticke. Dann lässt er mich frei, nur für Sekunden, ich wische mir schnell die Spucke vom Mund. Und so geht es fort, ich schließe die Augen, lasse es über mich ergehen, als wäre ich ein Gegenstand aus nichts weiter als Fleisch und Blut und Haaren und einer Öffnung. Ich muss das beschleunigen, begreife ich irgendwann, umfasse also seine Eier, bewege mich zackig vor und zurück, spüre das Glied pulsieren, und als er abermals wuchtig zustößt, ergießt sich ein warmer Strahl in meinen Rachen. Er zieht schnell heraus und lässt mir die letzten Schübe über das Gesicht spritzen. Dreimal klopft er mit seinem Schwanz noch auf meine Stirn, dann ist es vorbei.«

Die Band, die zugehört haben muss, simuliert einen Zirkuswirbel, beendet das Ganze mit einem Tusch. Applaus.

»Fazit«, sagt Valentin. »Ein erigiertes Glied im Rachen ist nicht jederfraus Sache. Sprich, lieber Franz, du solltest dein Gegenüber fragen, ob sie oder er dein erigiertes Glied in ihrem oder seinem Hals haben möchte. Sonst wird sie oder er zur Ware.«

Fanny schüttelt den Kopf. »Es kann auch Spaß machen«, sagt sie, »wenn du dich für den oder die andere hingibst, nicht wahr, Franz?«

Ich laufe kastanienrot an. »Wir sollten gehen«, stottere ich.

»Jazz it up«, sagt Valentin mit einem mir nicht erklärlichen Gesichtsausdruck. »Zuspätkommen ist das eigentliche Ankommen.« Valentin zwinkert mir auf eine ironische Weise zu, die mich gleich wieder aus mir herauskatapultiert, hinauf in Zeppelinhöhen und darüber hinaus, über das Zinshaus und den Boulevard, so dass ich noch den Zoo auf der einen und das Riesenrad und die Berg-und-Tal-Bahn des Lunaparks auf der anderen Seite erblicke.

Oh, und ein Feuerwerk.

ZWEI

Franz, 4

Das Feuerwerk des Lunaparks ist verglüht. Ein paar der Alten und Touristen haben sich in den Straßen verirrt. Wie Motten schwirren sie im Bann der Nachtreklamen. *Kopfkino an – Alltag aus* prangt über dem Odeon und *1000 nackte Frauen* über dem Phoebus Palast. Die Besucher vom Lande drücken sich in ihrer unbedachten Kleidung durch die Stadt und wagen es schon gar nicht mehr, mit offenen Mündern herumzustehen, zu oft wurden sie bei Tage angerempelt. Ängstlich suchen sie nach der nächsten Untergrundbahn, die sie schnellstmöglich zu ihrer sicheren Bleibe bringt. Das strahlende, hochprozentige Weiß unseres Lichts macht sie ganz verloren. Leuchtende Farben, schwebende Transparenz, rhythmische Raumgeometrie, die federnde Schwerelosigkeit der Nachtschwärmer. Die Stahlmöbel, die sie sich niemals in ihre gemütlichen Stuben stellen würden. In den Schaufenstern: Tassen aus Steingut, Gebrauchskeramik für Pudding, porzellanene Tee- und Mokkatassen. *Hallesche Form,* lesen sie. Bizarre Drahtgestelle mit Eierkochern aus Glas, Konfektschalen, fannyartige Kunststoffbecher, von denen sie sich fragen, was sie damit anfangen sollen. Seidenkleider in Form sich überlagernder Lindenblätter, das neuste futuristisch geschwungene Siemens-Telefon aus Pressstoff, ein elektrischer Brennscherenwärmer, der silberne AEG-Föhn zum elektrischen Haaretrocknen, ein Vampyr-Staubsauger für 90, das Protos-Staubsaugerset mit all den Aufsätzen und Bürsten für nur 70 Reichsmark.

Berlin im Neonlicht.

KLICK.

Dann gibt es die Alten der Stadt, die noch aus den imperialen Zeiten stammen, als sie einem Kaiser in seiner Verkleidung beim Reiten zusahen und ihm pflichtbewusst applaudierten. Sie rümpfen die Nase ob des »Neuen Drecks«, wie sie es nennen. Sie meinen das viele Lachen und den Tanz und die trompetenden Neger auf dem Trottoir vor und in den berstend vollen Straßencafés (aus deren Eingängen es wie aus dem Lauf eines abgefeuerten Revolvers qualmt). Sie meinen das junge Paar, das in einem Hauseingang sich unter die Kleider fasst. Sie meinen das andere Paar, das sich im Freien zu den aus den Lokalen dringenden Klängen herumwirbelt. Der Gentlemen führt sie gut und lässt sie Pirouetten drehen. Die Gentlewoman (der Rock so kurz wie das Haar, eine feine, lange Zigarette zwischen den Lippen) wirft ihnen im Wirbel ein keckes Lächeln zu. Sie meinen uns, schütteln die Köpfe über diese Hysterien. Was gehen sie irgendwelche Rekorde irgendwelcher Raketenautos an? Mit heißer Luft aufgeblasene Zeppeline? Was interessiert sie, wer in Runde neun wankte und nach einem letzten Uppercut auf die Bretter ging? Was soll dieses Geschöpf mit diesem unsäglichen Namen (Kiki) unter all den altehrwürdigen Herren und Forschern?

»Crawlen wie Kiki«, sagt Valentin passend. Und wir crawlen, von Valentin Veit angeführt, unbeeindruckt den Boulevard entlang. Trauben von Spaziergängern vor den Schaufenstern und vor den Eingängen zum Grunwalder, zum Bazar, zum New Yerusalem (strictly koscher). Vorbei am Romanischen, dem Türkischen, mit seinen exotischen Schriftzeichen, den Wasserpfeifen, den Mocca Doubles, die wir nach durchzechten Nächten zu uns nehmen – zur Mazuuurka Bar. Mit drei U. Auf Kredit.

Das Wort »crawlen« hat er von mir übernommen. Und jetzt spricht die ganze Stadt davon. Sogar der Rundfunk hat es aufgegriffen und feiert ausführlich Kikis lässige Haltung (du erinnerst dich, das Wegwischen der Strähnen und all die Aufmerksamkeit), obwohl ihre Arroganz (jawohl!) auch keinem zu entgehen scheint. Woher sie das mit dem Crawlen haben, ist mir schleierhaft.

In der ersten Reihe hat sich unsere Sängerin bei Valentin eingehakt. Ich und die Fanny mit den Plastikreifen um die Arme und in den Haaren, wir folgen in der zweiten Reihe und unterhalten uns stockend. Sie kriegt sich wegen einer Schlagzeile im *Berliner Abendblatt* nicht mehr ein, die besagt, ein gewisser »Professor Doktor Altmodisch« warne vor zu engen und hohen und spitzen Schuhen beim Tanzen, das könne nämlich Lähmungen der Unterleibsorgane hervorrufen und sogar zum Tode führen. Sie ist mächtig angeheitert und kann gar nicht mehr gerade laufen. So auch (wegen der Freigetränke) der Rest unserer kanadischen Band, die wir rechts und links stützen müssen, während wir auch noch ihr Equipment schleppen. Am Ende des Gefolges gehen unsere Flappergirls. Sie machen wirklich viel her, und die Zeitungsboys verrenken sich die Hälse nach ihren mit Pailletten besetzten Stoffen, nach den ihnen nachschwingenden Fransen und ihren nackten und langen Beinen, die in einem Monat mehr

Schuhe vertanzen, als die Alten in ihrem ganzen Leben getragen haben.

Das sind wir. Bis Valentin plötzlich stehen bleibt und wir zu einer Schafherde zusammengeschoben werden. Zu allem Überdruss dreht er sich auch noch zu mir um.

»Das war ein Witz«, sagt er.

»Was?«

»Das mit deinem Glied in meinem Mund.«

Ich nicke. Klar, das war ein Witz.

Dann fügt er hinzu: »Halte uns fest!«

»Ich?«

»Ja, Franz, du, Franz, Foto, Franz!«

»Okay«, sage ich und schaue durch meine Leica. Ich werde zum Zirkusdompteur und scheuche mit einer Handbewegung die wilden Tiere in eine Reihe zum Kunststück. Und tatsächlich, es funktioniert. Sie reihen sich auf dem Boulevard auf und noch bis auf die dicht befahrene Straße hinaus, so dass vorbeischießende Autobusse ausweichen müssen und ins Schlingern geraten. »Stellt euch auf den einen Fuß«, sage ich erstaunlich bestimmt, »und hebt den anderen im Winkel an. Die Hände spreizt ihr so vor euch, als würdet ihr eine imaginäre Wand abtasten.«

Schaue ich durch die Kamera, habe ich den frischesten Blick. Alles wird schärfer, ruhiger. Ich bin so süchtig danach, dass ich fast das Rauchen vergesse. Die Zeit bleibt stehen. Ich glaube ein paar gute Fotos zu schießen. Ich fokussiere auf die bemalten Lider unserer Fanny und lasse sie unheimlich scharf werden: Sie sind strahlend dunkel und wirken dramatisch im Kontrast zu den roten Lippen. Die Kunststoffperlenkette legt sich um ihren fahlen Hals, auratischer Zigarettenqualm flackert im Neonlicht um ihre seitlich gescheitelte Kurzhaarfrisur.

»Fanny, übernimm!«, sagt Valentin Veit. Sie lösen sich

aus der Pose, und Fanny sprintet über die Straße und wir hinterher.

Alles, wirklich alles, kann jetzt passieren.

QUICK leuchtet froschgrün über dem quadratischen Fensterblock des Automatenrestaurants in die Nacht hinaus. Wir strömen in das grell ausgeleuchtete Innere, die Tür gleitet in die Versenkung. Kaum sind wir drinnen, haben wir den Raum komplett eingenommen. Im taghellen Kunstlicht stehen auf dem nackten Fußboden blanke Tische und Bänke, simpel verschraubt. Aus taktischen Gründen wollen wir was essen, um nicht zu früh in der Nacht gänzlich berauscht aus den Rollen zu fallen. Wobei wir ohnehin längst vergessen haben, welche Rollen uns die Ahnen einst zudachten. Fanny hat Appetit auf Rinderbrust in Meerrettichsoße »und so Krokettenzeugs«.

Wenn du nicht weißt, was Automatenrestaurants sind (weil du gerade vom Land kommst oder von einem anderen Kontinent oder aus einer ganz anderen Zeit), dann stell dir ein metallenes Bücherregal vor, das in Fächer unterteilt ist, mit einer Glasscheibe davor. An allen Wänden des Restaurants stehen diese Dinger, und durch Münzeinwurf kannst du eines der Fächer öffnen und dir das jeweilige Gericht quick auf Kredit ziehen: Eier im Glas mit zwei Scheiben frisch aufgebackenem Brot (Fanny und Band) und ein Gläschen Portwein (Valentin). Oder Mixed Pickles (Fanny und ich). Oder einfach nur einen Klecks Kartoffelpüree mit Rotweinsauce (der Schlagzeuger). Oder besagte Rinderbrust in Meerrettichsoße »und so Krokettenzeugs« (Fanny). Oder zum Dessert (Fanny und Band) Windbeutel mit frisch geschlagener Sahne und einer Mirabelle aus der Dose.

Zu allem gibt es neuesten Ketchup. Fanny prophezeit, dass es bald bloß noch Ketchup in Plastikbehältern geben wird. »Warum?«, frage ich. Weil die sich schöner anfühlen und sich nach den Händen formen lassen. Und in dieser Sekunde, in der ein unsichtbarer Bebop aus unsichtbaren Lautsprechern den Raum mit seinem exotischen Rhythmus ausfüllt (Fanny reißt es gleich wieder in die Vertikale), kommen wir uns vor, als wären wir die Stadt der Städte und das Hier und Jetzt die Zeit aller Zeiten.

Drei beherzte Schritte sind es in die Mazuuurka Bar. Dort wird polnisch getanzt. Fanny kennt den Ober, und wir lassen anschreiben. Stehend und wippend trinken wir zum polnischen Foxtrott primitiv einige Biere. Betrunkene Kommunisten skandieren Parolen zur Revolution von unten und werfen ihre Schiebermützen in die Höhe. Und keiner fängt sie auf. Es ist stickig und schwül. Wir kommen mit allen Möglichen ins Gespräch. Es fällt mir weiterhin schwer, mich daran zu beteiligen. Ich zeige einer Gruppe sozialistischer Bühnentechniker meine Leica und lasse ein paar englische Begriffe einfließen. Das imponiert denen, und eine, die sich auch als Technikenthusiast outet, schwärmt mir von einem Objektiv namens Transfokator vor, das die Objekte und Szenen aus der Distanz heranzoomen könne.

Aus dem Augenwinkel beobachte ich aber viel lieber Fanny, die ganz dicht vor Valentin steht. Denn Fanny ist eines dieser Mädchen mit dem ewigen Strahlen. Wie soll ich das beschreiben? Vielleicht bin ich auch nur beeindruckt (betrunken), weil sie so schön im Eden die Hand auf meine Schulter gelegt hat.

»Kiki hat auch toll gestrahlt«, sage ich in ihre Richtung und lasse die Bühnentechniker hinter mir.

»Du hast sie gesehen?«, fragt Valentin.

»Ja«, sage ich.

»Das glaube ich dir nicht.«

»Ist auch egal«, sage ich. »Sie ist nicht so.«

»Sie ist nicht wie?«, muss Fanny brüllen, weil plötzlich ein

Trupp scharf-nationaler Figuren, die sich im Lokal breitmachen, »Heil dir im Siegerkranz!« grölen.

»Nicht so besonders«, sage ich und komme mir gleich falsch vor, weil ich ja auch nicht großartiger bin.

»Ich hasse sie«, sagte Fanny. »Saugt die ganze Aufmerksamkeit auf, daneben fallen wir alle ab.«

Ich würde gerne da anknüpfen, aber die mit den Schiebermützen rücken jetzt auf die Nationalen zu. Das einzig Ansehnliche an denen sind ihre schnittigen, asphaltschwarzen Uniformen und die aufgeplusterten Hosen. Eine Spannung liegt in der Luft, und wir drücken uns an die Seite. Einer hebt den ersten Stuhl an einem Bein in die Höhe und schwingt ihn über unseren Köpfen. Ein anderer zerbricht den Krug zu einer Waffe. So schnell kann es gehen. Wir kippen die Biere und schnappen uns die Girls, und die Girls schnappen sich unsere Band, und wir eilen in die warme Nacht hinaus.

Wir klopfen uns die Anspannung vom Leib. Fanny, die nach wie vor anführt, schirmt kapitänisch die Hand über die Augen und sondiert unsere Möglichkeiten. Mie Pauline, eine Kommunistin im übergroßen Sowjetkittel, ist neuerdings auch Teil der Gruppe.

»Dahin!«

Fanny zeigt durch die Nacht auf die nächste Ansammlung, die sich auf der anderen Trottoirseite bis weit auf die Fahrbahn ergießt. Ganz jung muss dieser Andrang sein. Von allen Seiten fluten Schaulustige waghalsig zwischen den vielen Automobilen und Kutschen hindurch. Was vor sich geht, sehen wir nicht. Das Zentrum der Aufmerksamkeit ist der Eingang zur Scala. Manchmal reicht es, wenn einer posaunt: »Ist da nicht?«, um ganze Heerscharen in Bewegung zu setzen. Wir sind neugierig, und da ich weder groß noch klein bin, hebe ich Fanny hoch wie ein Periskop.

»Siehst du wen?«, frage ich.

Sie schüttelt den Kopf, und auch Mie Pauline, die von Valentin hochgehoben wird, schüttelt den Kopf.

»Was ist los?«, frage ich das Ding neben mir.

»Kiki wurde gesichtet!«

»Die Kiki?«

»In Berlin!«

»Kiki wurde gesichtet«, wiederhole ich zu meiner Clique, und die wiederholt die Nachricht für die kanadische Band.

Einer der jungen Reporter kraxelt geschickt auf eine Straßenlaterne und hockt sich rittlings aufs Gaslampengehäuse. Objektive baumeln an seinem Rücken, und jetzt applaudieren die Leute mehr ihm zu. Er wird vulkanische Bilder schießen, die Zeitungen werden sie drucken, und wenige Stunden später werden wir diese in den Händen halten.

Die Menge drückt ein letztes Mal, dann kehrt sich der Schub um. Die Nachricht verbreitet sich, Kiki habe sich in eine Limousine geschmissen und sei zum Hotel Adlon unterwegs. Man munkelt, sie werde später in der Nacht noch einen Ballsaal aufsuchen.

Die kurzfristige Gemeinschaft löst sich auf, die Masse hat nichts mehr zu verzehren, alle Nahrung ist aufgebraucht. Eine neue Futterquelle muss gefunden werden. Fanny voran: »Lasst uns tanzen!«

Also crawlen wir wieder den Boulevard zur Untergrundbahn zurück. An einem Kiosk schnappen wir uns handliche Getränkeflaschen und schlagen die Kronkorken am gusseisernen Eingangsgeländer ab.

Wir zählen durch. Beim letzten Sprint müssen wir die Band und unsere Flappergirls verloren haben. Die hermetisch abgeschotteten und überfordert Pfeife rauchenden Spanier auch (kein Verlust). Mie Pauline und ein anderer Typ mit ironischem Schnauzer wie unser Kaiser Wilhelm sind dabei. Mie

Pauline hat sich gleich mit Valentin angefreundet, und der hat sie zu Fannys Debüt eingeladen. Fanny wird nämlich bald ein großer Glanz werden. Tonfilmschauspielerin, was sonst. Tagsüber lungert sie mit den vielen anderen vor der Tonfilmbörse herum. Sie kann ja sprechen.

»Danach führst du an, Franz Frey«, sagt Valentin, »und zeigst uns deine Fotos.«

Oh, das habe ich vergessen zu erwähnen: Irgendwann in meiner Trance, als Franz zwei sich von Franz eins löste (was jederzeit wieder passieren kann), muss ich erwähnt haben, welch kolossales Foto ich von Kiki – »Echt? Wow!« – geschossen habe.

»Okay«, sage ich. »Später.«

Liv, 4

Sie warf den Rucksack aufs Bett und sich daneben. An der Decke drehte ein Ventilator, Fliegen umschwirrten die Glühlampe. Aus dem Nachbarzimmer drangen die Schüsse eines Blockbusters herüber. Das einzige Fenster ging zum Gang hinaus, jeder, der daran vorbeikam, konnte leicht zu ihr hineinschauen. Sie stand auf und zog die rosaroten Vorhänge zu.

Es hätte jede Uhrzeit sein können. In der einen Zimmerecke hing ein kastenartiger Fernseher. Zu Hause hatten sie kein TV-Gerät gehabt, und Liv wäre nie auf die Idee gekommen, sich eins zu wünschen. Keiner ihrer Freunde hätte sich die brillanten Serien in einer wöchentlichen Ausstrahlung im regulären Fernsehprogramm angeschaut. Ein Herr im Anzug ohrfeigte eine Bedienstete. Liv verstand kaum ein Wort. Sie schaltete um. Ein Biker mit brennendem Kopf schnalzte mit einer Peitsche nach einem Auto, das er verfolgte. Dann Fußball auf einem zu hellen Grün. Werbung. Störbilder und Rauschen auf den folgenden Kanälen, bis es wieder von vorne anfing.

Sie musste sich strecken, um den Fernseher auszuschalten, und setzte sich auf das fleckige, über die Matratze gespannte Leintuch. Das Smartphone lud gerade auf. Ihr Datenvolumen war seit Oaxaca aufgebraucht, und sie hatte sich auch nicht danach gefühlt, daran etwas zu ändern. Draußen mochte es schon wieder dunkel sein. Ein Truck oder einer der Busse röhrte vorbei. Sie suchte im Rucksack nach den Keksen. Aus Hunger oder Langeweile aß sie die letzte Packung. Ihr Kopf dröhnte von den langen Busfahrten. Tausende Kilometer lagen zwischen ihr und den letzten Ruinen. Sie hatte sich für den Norden entschieden und sich von niemandem verabschiedet. Sie bereute es nicht.

Sie holte die Zahnpasta und ihre Zahnbürste hervor. Über dem Waschbecken hing ein Spiegel. Auf dem Weg in ihr Zimmer war sie an den Gemeinschaftsduschen vorbeigekommen, und ein Mann mit vielen Brusthaaren und teigigen Oberarmen hatte ihr gierig nachgeblickt. Sie drehte den Hahn auf, trübes Leitungswasser träufelte in Schüben über den Bürstenkopf. Sie quetschte den letzten Rest Zahnpasta darauf. Sie konnte besser denken, wenn sie sich die Zähne putzte.

Liv fühlte, versagt zu haben. Ihr Spanisch war noch immer so miserabel, dass sie kaum die Abfahrtszeiten der Busse richtig erfragen konnte. Von der simpelsten Telenovela verstand sie so gut wie nichts. Aber in Mexiko wollte sie ohnehin nicht bleiben. Nicht weil ihr das Land nicht gefiel. Sie mochte die Essstände, an denen Frauen in bunten Klamotten so geschäftig die Zutaten zusammenbrachten, sie mochte die allgegenwärtige Musik, sie mochte sogar dieses Hotel oder was das hier war, den Geruch nach Desinfektionsmittel. Aber das Land hatte sie nicht kennengelernt, indem sie von einem schönen zum nächsten noch schöneren Orten reiste. Sie dachte an die Strände Tulúms und dass es dort kaum Einheimische gegeben hatte. Auch bei den Pyramiden hatte sie kaum Mexikaner getroffen. Je schöner die Orte, desto stärker waren sie von den Touristen vereinnahmt. Das war in Israel genauso. Sie konnte schon allein deshalb nicht bleiben, weil sie selber zu einer dieser Zuschauerinnen geworden war. Sie sah sich in einen weißen Van einsteigen, sah Tausende dieser Vans durch den Urwald düsen, sah die Kinder, die Steine nach ihnen warfen. Sie sah sich in einer Reihe mit den letzten »echten Menschen«, umringt von einem Kreis aus Touristen, die nicht mehr unterscheiden konnten, was echt und was gespielt war.

Sie spuckte Schaum ins Waschbecken und gurgelte mit dem Leitungswasser. Sie hatte Durst, und obwohl ihr Millionen Mal davon abgeraten worden war, hielt sie den Mund jetzt in den Wasserstrahl und trank so lange, bis der Durst gestillt war.

Wie sah sie überhaupt aus? Ein Halsband aus Kaffeebohnen, Bänder um Arme und Fußgelenke. Diese ausgefranste, lächerliche Jeans, eine Bluse mit aufgestickten Orchideen. Vor lauter Hippieschmuck klimperte sie bei der kleinsten Bewegung. Immerhin hatte sie sich keinen Nasenring stechen oder ein Hennatattoo machen lassen.

Unter den zerknüllten und ebenfalls nach Rauch stinkenden Klamotten fand sie eine Schere. Sie durchtrennte die Halskette, die Bohnen fielen auf die Kacheln und verteilten sich um sie. Sie krempelte die Ärmel der Bluse hoch und zerschnitt die Armbänder. Sie setzte sich auf die Bettkante, streifte die Flip-Flops ab und löste auch die Bänder um die Fußgelenke. Sie warf alles in den Mülleimer unter dem Waschbecken.

Das fühlte sich besser an, und sie wollte es gleich Elam erzählen. Sie wusch sich das Gesicht und mit einem Waschlappen unter den Achseln und trocknete sich mit einem alten T-Shirt ab. Alles war alt und stank nach Lagerfeuer. Sie kippte den Inhalt des Rucksacks aus und stopfte alle Klamotten bis auf ihren Pullover und das wenige, was sie anhatte, in den dafür viel zu kleinen Mülleimer. Die Kacheln knackten unter ihren Schritten, und sie hörte, wie im Nachbarzimmer Autos ineinanderkrachten und explodierten.

Die abgeschnittene Jeans krempelte sie hoch, so dass die Fransen nicht mehr zu sehen waren. Wie ein Boyscout sah sie nun aus. Sie stopfte sich das restliche Geld in die Jeanstasche, die Tagestouren hatten fast ihr gesamtes Budget aufgebraucht, und zog das Ladekabel vom Smartphone. Sie schlüpfte in die Flip-Flops. Wo waren ihre Schuhe?

Sie schloss die Tür und ging rasch den dunklen Gang hinunter. Auch die Fenster der Nebenzimmer gingen zum Gang hinaus. Ihr Nachbar lag in weißer Unterhose breitbeinig auf dem Bett, seine Hand war unter dem Saum verschwunden. Im angrenzenden Zimmer sah sie den nackten Rücken eines Mannes, er stand vor dem Spiegel und urinierte ins Waschbecken. Sie richtete den Blick starr zum Foyer.

Die Wände im Eingangsbereich hatten dieselbe rosarote Farbe wie die Vorhänge in Livs Zimmer. An manchen Stellen war die Farbe abgeblättert, Ziegelsteine kamen darunter zum Vorschein. Die Frau hinter dem Tresen hatte ihren Kopf auf die Arme gelegt und schlief, die Scheiben zur Straße spiegelten das Innere wider, ein paar Autolichter rauschten, gelb und rot, vorbei, die Scheiben vibrierten. An einer Wand standen eine Couch, die ihr zuvor nicht aufgefallen war, und ein Beistelltisch. Ein Fernseher schrie auch hier in einer der Ecken.

Liv drehte den Türknauf. Verschlossen. Sie drückte ihre Stirn an die Scheibe, auf der anderen Seite blinkte Leuchtreklame. Ein Lastwagen raste vorbei. Sie rüttelte an der Tür, dann versuchte sie ihren Schlüssel. Er passte.

»Nein, nein.«

Die Frau – wasserstoffblonde Haare und schmale Augenbrauen, ein straffes Gesicht – bewegte den Zeigefinger hin und her und schüttelte den Kopf dabei.

»Warum?«, fragte Liv.

Die Frau sagte etwas, was sie bis auf die Worte »weit« und »morgen« nicht verstand. Dann machte die Frau eine Handbewegung, als zerschneide ihr jemand die Kehle mit einem Messer.

»Verstehe.« Liv verstaute den Schlüssel und holte das Smartphone hervor: fast Mitternacht.

»Bist du eine Gringa?« Die Frau hatte einen amerikanischen Akzent.

»Ich komme aus Europa.« Sie wusste, dass das die richtige Antwort war. Niemand wollte hier eine Gringa sein.

Die Frau nickte. Eine Tonne Schminke verdeckte verbrauchte Haut. Neben ihr lag ein ziemlich großer Bildschirm.

»Kann ich hier etwas zu essen finden?«, fragte Liv.

»Alles zu. Die Tankstelle öffnet erst morgen wieder. Morgen gibt es auch Frühstück. Ich kann dir aber ein paar Chips anbieten.« Sie wies mit dem Kopf hinter sich zu den Chipstüten im Regal.

»Okay.« Liv stand schwerfällig auf und trat näher an den Tresen heran. »Besser als nichts.«

»Sour Cream oder Limette?«

»Limette.«

Die Frau nannte einen Preis, und Liv gab ihr einen Schein. Das Kleingeld steckte sie in die Hosentasche. Sie setzte sich auf die Couch, riss die Verpackung auf und holte eine Handvoll heraus. Sie war froh, dass der Fernseher das Geräusch der Chips in ihrem Mund übertönte. Essensgeräusche waren ihr schon immer unangenehm gewesen. Auf dem Fernsehschirm weinte eine Bedienstete in einer mit Putzutensilien ausstaffierten Kammer bitterlich.

»So ein Wichser«, zischte sie, und Liv lächelte sie an, denn sie wusste genau, was sie meinte. Dann öffnete die Frau sich auch eine Packung Chips, schweigend schauten sie der Telenovela zu. Die Bedienstete vertraute sich in einem Café einer etwas älteren Frau an, und die telefonierte mit einer wesentlich vornehmeren Dame in cremefarbenem Blazer, die in ihrem gepflegten Garten auf und ab ging und ziemlich wütend wurde.

Werbung.

»Fährst du über die Grenze?« Die Frau musste laut sprechen, um den steten Verkehr und die Werbung zu übertönen.

»Ich denke schon.«

»Mein Bruder und seine Familie leben auf der anderen Seite. Ich sehe ihn nicht mehr oft.«

»Was macht dein Bruder dort?«

»Er arbeitet. Im Südwesten.«

»Wo genau?«

»Bist du vom FBI?«

Liv lächelte. »Vermisst du ihn?«

»Sehr.«

»Willst du ihn mal besuchen?«

»Weißt du nicht, dass die Grenze abgeriegelt ist? Weißt du nicht, dass sie uns Mexikaner hassen, uns alle, schon immer?«

»Doch«, sagte Liv. »Aber –«

»Du musst dein Leben riskieren, wenn du rübermöchtest. Du brauchst einen Coyoten, und dann kostet es Tausende Dollar.«

Liv griff sich eine weitere Handvoll Chips. Ihr Blick wanderte wieder in die Ecke des Zimmers zum Fernseher. Gerade lief ein Clip, in dem sich junge Menschen auf einem Segelschiff und bei untergehender Sonne glücklich in den Armen lagen und das beste Bier Mexikos und der großen weiten Welt tranken.

Hinter dem Tresen blickte die Frau starr auf ihren Screen, tippte dann etwas flink mit beiden Daumen.

»Kommt er dich manchmal besuchen?«

»Unmöglich. Er war noch jung, als er rüber ist. Die Jungen finden leicht Arbeit, sie sind stark, sie werden gebraucht. Sie machen alles, um ihren Familien in der Heimat auch nur ein paar Dollar überweisen zu können. Er war auf dem Bau und hat auf den Feldern gearbeitet. Anfänglich hatte er sein Kind und seine Frau zurücklassen müssen. Er hat so viel gearbeitet, um sie nachholen zu können. Erst beim zweiten Mal hat es geklappt. Jetzt leben sie ganz gut, sie haben zwei Autos und ein kleines Haus. Drei Kinder schon, Paul, der Jüngste, ist sogar in den USA geboren. Das würde er niemals aufs Spiel setzen, nur um seine Schwester einmal wiederzusehen. Aber wir texten, jeden Tag.«

»Wo hast du so gut Englisch gelernt?«

»Wir haben als Kinder viele Filme geschaut.«

»Wie heißt du?«

»Martha.«

»Schön, dich kennenzulernen«, sagte Liv.

Martha wendete den Blick wieder zum Fernseher, ohne im Gegenzug nach Livs Namen zu fragen. Die letzte Szene, in der die vornehme Dame im Blazer wütend durch den Garten schritt, wurde noch einmal wiederholt. Liv schaute auch hin, aber in Gedanken war sie ganz woanders. Sie überlegte, ob sie irgendetwas tun konnte, um Martha zu helfen, ihren Bruder und die Kinder zu sehen. Sie könnten ja ein Auto mieten, einen neuen amerikanischen Wagen, und gemeinsam zur Grenze fahren, und Liv würde kurzerhand mit dem Grenzbeamten flirten. Dass sie sich unbedingt den Grand Canyon anschauen wollten, würde sie ihm sagen, und pokern in Las Vegas. Nur ein bisschen in der Gegend herumfahren. Wie im Film würde der Grenzbeamte seine Grenzbeamtensonnenbrille in die lockigen schwarzen Haare schieben und sie beide aus blauen Augen mustern. Sie müssten sich dementsprechend herrichten, Sonnenbrillen in Schmetterlingsform, dicker roter Lippenstift, dramatisch geschminkte Augen. Sie müssten verdammt gut aussehen, wie die jungen Menschen auf dem Segelschiff, so bezaubernd, dass kein Land dieser Welt, nicht mal die hermetisch abgeriegelte USA, sie ausweisen würde.

Martha hatte sich in der Zwischenzeit eine Zigarette angesteckt und zog viel zu stark daran. Mit gekrümmtem Rücken hing sie über dem Tresen, in sich zusammengesackt. Sie müsste den Rücken durchstrecken, die Schultern nach hinten nehmen. Mit der Haltung würden sie sicher abgewiesen oder gleich festgenommen werden. Sie müsste auch anders rauchen, dachte Liv, weniger aus Gier, mehr aus Überzeugung.

»Jetzt kriegt er's zurück.« Martha schaute gebannt auf den Fernseher. Die vornehme Dame stellte den vornehmen Mann, der die Bedienstete geohrfeigt hatte. Es wurde laut, im Streit gingen sie in einem weitläufigen Salon auf und ab. Ein Bilderrahmen fiel von der Wand und zerbrach, dann schlug die Dame die Eingangstür zu und brauste in einem Cabrio davon. Liv dachte kurz daran, so ein Cabrio zu mieten, doch sie verwarf den Gedanken gleich wieder. Der Mann goss sich derweil einen Tequila ein, kippte ihn, schenkte nach, trank zügig. Er tat dies auf verwegene und zugleich gut aussehende Weise. Zu gespielt wütend, die Augen zusammengekniffen, öffnete er in der nächsten Szene einen Wandschrank und nahm ein Jagdgewehr heraus.

Werbung. Liv wunderte sich über diese recht unvermittelte Wandlung in der Handlung, die ihr nicht recht einleuchtete. Warum hatte er in seiner Villa ein Jagdgewehr? Warum wollte er die Dame gleich erschießen? Oder wollte er sich an der Bediensteten rächen, weil sie vielleicht ihre Affäre verraten hatte und jetzt sein Ruf, seine Karriere und sein Leben auf dem Spiel standen?

Martha las etwas.

Liv schüttete sich die Chipsreste in die hohle Hand. »Dein Bruder?«, fragte sie.

Martha nickte.

»Grüß ihn von mir.«

»Mach ich.«

Wieder segelten die jungen Paare feiernd dem Sonnenuntergang entgegen. Warum sah kaum jemand in der Werbung wie die Menschen auf der Straße aus? Sie leckte sich die letzten Chipskrümel von der Haut.

»Willst du noch eine Packung?«

»Bin jetzt satt.«

»Ich kann einen Homespot aus meinem Telefon machen, dann kannst du auch deiner Familie schreiben.«

»Wäre nett, ja. Ich habe nämlich mein Datenvolumen aufgebraucht.«

»Aber nichts Böses damit machen.« Sie zwinkerte.

Liv musste schmunzeln, und als *marthaphone* als Homespot auftauchte, verband sie sich und tippte das Passwort ein, das Martha diktierte.

Alle Mitteilungen, die sich seit Yaxchilán angestaut hatten, luden sich. Es waren so viele, dass Liv gar nicht wusste, mit welcher sie anfangen sollte. Sie lehnte sich in die erstaunlich bequeme Couch, und für einen Augenblick hatte sie das Gefühl, zu Hause zu sitzen, eingesunken in das große Sofa im Wohnzimmer, und Vater in der Küche hantieren zu hören, vielleicht ein Blech in den Ofen schieben oder Gemüse auf seine blitzschnelle Art klein hacken, Mutter wahrzunehmen, die bäuchlings auf dem Teppich in den letzten Sonnenstrahlen lag, in einem Buch blätterte und ihre Gedanken dazu an der Seite vermerkte.

Bevor Liv sich an die Mitteilungen machte, wischte sie sich entspannt durch die Headlines. In Europa wurden Slums platt gewalzt, Hütten brannten. Das Lager, um das es ging, lag irgendwo in Frankreich, sah aber nach Afrika aus. Am Jaffator war eine Israeli niedergestochen worden. Die Täterin hatte sich verschanzt, die neuesten Entwicklungen konnte man im Liveticker und als Livestream nachverfolgen. Das für graue Haare verantwortliche Gen war gefunden worden. Hollywood freue sich.

Sie öffnete *Liv*. Ihre Popularität war enorm gestiegen. Eine Schauspielerin mit einem extrem beliebten Account hatte das Foto verlinkt, auf dem sie neben dem Urwaldjungen im weißen Hemd, das Smartphone mit beiden Händen umklammernd, zu sehen war. Irgendwer musste das Bild aus dem Hintergrund aufgenommen haben. Jedenfalls sah es danach aus, als würde sie mit dem Jungen und seinem Volk ganz allein in diesem Urwald herumstehen. Dass eine ganze Traube Touristen um sie gewesen war, konnte man aus dieser Perspektive nicht erkennen.

Viele hielten den Jungen für ein Mädchen, die allermeisten liebten es, liebten sie, fanden es *wow* oder schlicht *lol*. Liv wollte sich dieses Bild nicht anschauen, es widerte sie an. Es widerte sie an, dass sie damit in Verbindung gebracht wurde. Dass die letzten »echten Menschen«, wenn sie denn zuvor wirklich nur sehr sporadisch Kontakt zur Außenwelt gehabt hatten, hiermit abermals in den Fokus der Weltöffentlichkeit und Touristenströme gerückt worden waren.

Zu viele hatten das Foto bereits geteilt, um es jetzt noch löschen zu können, und es gab unzählige weitere Fotos aus allen erdenklichen Perspektiven, die mit anderen Accounts verbunden waren, die Liv ebenfalls zeigten oder zumindest in einem der Kommentare verlinkten. Eine sensationelle Story, die einmal um den Globus raste: *Backpacker nehmen Kontakt mit zurückgezogenem Stamm auf.* Oder: *Der coolste Junge der Welt*. Es war zu spät, dies rückgängig zu machen.

Eine Pop-up-Meldung riss Liv zurück: Sie musste verifizieren, dass es sich bei ihr wirklich um eine Person aus dem echten Leben handelte. Sie wurde aufgefordert, ihren Ausweis einzuscannen oder abzufotografieren. *10K* Follower waren eine magische Grenze, die man überschreiten musste, um den nächsten großen Sprung zu machen. Von da an stiegen die Zahlen üblicherweise automatisch nochmals rasant an. Aber alleine der Gedanke an derart viele Menschen, die sich theoretisch mit ihr hier im Foyer fragten, was sie als Nächstes tun sollte, machte sie beklommen. Sie spürte die Blicke ihrer Follower wie die Blicke der Menschen in einem vollbesetzten Straßencafé, an dem sie vorbeiging: Ihre Bewegungen verkrampften und fühlten sich unnatürlich an. Die Kunst war es, diese Blicke zu vergessen oder zumindest so locker zu wirken, als schere man sich nicht darum.

Sie schaute zu Martha, die wiederum ihren Blick zu spüren schien und aufschaute.

»Schnell, nicht?«

»Ja, sehr.«

Liv vertiefte sich in die ersten Anfragen kleinerer Unternehmen, die ihr Angebote machten. Das war bekannt. Aufstrebende Marken taten sich mit aufstrebenden Künstlern zusammen und baten sie, die Produkte der Firma wie zufällig auf ihren Fotos zu platzieren. Sollte sie das mitmachen? Sie folgte einem der Links zu einer Seite, auf der Kreative ihren handgefertigten Schmuck ausstellen und auch verkaufen konnten. Nein, hier wollte sie nicht dabei sein. Brauchte sie einen Rucksack? Sie hatte einen. Wollte sie Flip-Flops aus 100 Prozent recycelten Reifen tragen?

Sie fragte Ava, wie andere mit diesen Anfragen umgingen. Manche lehnten so etwas konsequent ab, weil sie sich nicht verkaufen wollten. Andere nannten Schwellen, ab denen man erst richtig davon leben konnte. Jemand bezeichnete eine sich erweiternde Community als Türöffner. Man müsse sich nur bewusst sein, welchen Nutzen Marken, Hotels, Apps und Ähnliches von einem hätten, wenn man seine Follower auf dieses oder jenes aufmerksam machte. Liv musste an eine Horde Schulkinder denken, ganze Busladungen voll, die ihr von nun an hinterherreisen und in jede Eisdiele einfallen würden, in der sie eine Kugel kaufte.

Sie ließ Ava nach »top Hotels USA« suchen und öffnete die angezeigten Seiten in neuen Tabs. Zu ihren Notizen tippte sie *Hi, ich bin Liv, ich würde gerne mit meinen 10K Followern bei Ihnen unterkommen*, kopierte dann diesen Satz und fügte ihn in die Reservierungsanfragen der Tophotels ein.

Es klingelte. Mutters Profilbild blitzte auf, sie musste sich kürzlich die Haare geschnitten haben. Liv drückte auf das Hörersymbol, die Videoverbindung baute sich auf.

»Wir sind eingezogen!« Ihre Mutter schwenkte die Kamera, ein Raum wirbelte um sie herum. »Das ist der lange, lange Flur, Edi hat das olivgrüne Linoleum ausgesucht, das ist die Küche, da muss noch einiges gemacht werden, aber schau, im 11. Stock!« Sie ging nah an ein Fenster. Zwei weitere Apartmentblocks standen daneben. Dazwischen ging gerade die Sonne auf. Sie mussten umgezogen sein, und ihre Mutter ging davon aus, dass Liv Bescheid wüsste. Sie durfte sich ihr Erstaunen nicht anmerken lassen.

»Habt ihr Meerblick?«, fragte sie.

Mutter schaltete die Frontkamera an, Liv hatte ganz vergessen, wie grün ihre Augen waren, und schüttelte den Kopf. »Es sind ein paar Quadratmeter weniger als im alten Haus, wir brauchen nicht mehr so viel, haben wir uns gedacht. Für uns beginnt auch eine neue Zeit. Hat Edi dir das nicht alles geschrieben?«

»Doch, doch«, sagte Liv und öffnete rasch Vaters Feed: Fotos vom Packen, von den letzten Momenten im Haus, den ersten Eindrücken in der neuen Wohnung. »Ich frage nur.« Sie räusperte sich. Es fühlte sich komisch an, in ihrer Muttersprache zu sprechen.

»Alles gut, Liv? Wo bist du überhaupt? Warum ist es da so dunkel?«

»Alles gut, ich bin in einem kleinen Hotel.«

»Du siehst müde aus.« Mutter schaltete die Kamera wieder um. »Das ist jedenfalls das Wohnzimmer mit Loggia, der Teppich ist nicht ideal, aber endlich haben wir eine Klimaanlage.« Die Wohnung war wie aus einem Katalog, einem Katalog für Hoteleinrichtungen. »Edi, Liv ist dran!« Mutter trat in ein weiteres Zimmer ein, ein Flatscreen hing zwischen zwei geöffneten Fenstern. Vater saß auf einer braunen Couch, auf dem Kopf trug er eine VR-Brille aus Pappe, die im ersten Moment an eine Taucherbrille erinnerte, und gepolsterte Kopfhörer. In den Händen wiegte er eines seiner Tablets.

»Sein neuestes Spielzeug.« Mutter schlich heran. Vater wendete den Körper nach links und rechts, als weiche er Hindernissen aus. Sie tippte ihm auf die Schulter. Er reagierte nicht. Sie lupfte einen der Kopfhörer und beugte sich zu ihm hinunter. »Liv ist dran«, flüsterte sie ihm ins Ohr.

»Liv, oh, Liv«, sagte er, ohne die Brille abzunehmen. »Warte kurz, ich muss das Ding schnell nach Hause bringen.« Er lehnte sich nach links, es fehlte nicht viel, und er wäre von der Couch gekippt. Dann schnellte er zurück und zuckelte hin und her. »Seht ihr mich?«

Mutter richtete die Kamera auf eines der Fenster. Ein schwarzer Fleck schwebte unruhig davor.

»Ich sehe dich, Pa«, sagte Liv.

Die Drohne schwebte nun ruhig ins Wohnzimmer und landete vor seinen Füßen auf dem Teppich. Mutter applaudierte. Vater nahm Brille und Kopfhörer ab. Er schwitzte am Haaransatz, seine Augen waren leicht gerötet.

»Oh, meine Liv.« Er winkte ihr.

»Hi, Pa.«

»Du siehst gut aus«, sagte er, »braun und gesund.«

»Ich esse gut.«

»Hast du die Wohnung gesehen?«

»Ma hat sie mir gezeigt«

»Ich habe ihr eine Tour gegeben«, ergänzte Mutter.

»Und, was sagst du?«

»Ich finde sie schön.«

Mutter schwenkte wieder auf ihr Gesicht. »Wir haben dir ein Zimmer eingerichtet. Die Wohnung ist groß genug für drei, falls du eine Weile bleiben möchtest. Edi hat sogar dein Schaffell und den Tennisschläger herausgesucht und beides unters Fenster gelegt.«

»Wir vermissen dich«, sagte Vater. »Wir haben so lange nichts von dir gehört.«

»Ich war in einer sehr abgelegenen Gegend stecken geblieben, da gab es ein sehr schlechtes Netz.«

»Aber Edi hat dir doch das Guthaben aufgefüllt, dass du uns auch mal anrufen kannst.«

»Es waren doch nur ein paar Tage.«

»Wir haben gar nicht herausfinden können, wo du dich nach den Pyramiden und der Begegnung mit dem Jungen aufgehalten hast.«

»Ich habe einen Bus nach Oaxaca genommen, die ganze Nacht durch, morgens hatten wir dann mitten im Nirgendwo einen Motorschaden –«

»Schon okay«, sagte Mutter, »du musst dich nicht immer rechtfertigen.« Sie setzte sich neben Vater auf die Couch, er legte einen Arm um sie. Im Hintergrund standen einige Kartons an der Wand.

»Bist du jetzt in Oaxaca?«

Liv schüttelte den Kopf.

»Zeig uns, wo du bist.«

Liv schwenkte langsam durch den Raum. Martha hob den Kopf. »Bin schon weit im Norden. Es ist die Lobby eines kleinen Hotels. Die Zimmer sind schön und hell.«

»Wer ist die Frau?«, fragte Mutter.

»Martha, sie arbeitet hier.«

»Ein bisschen düster«, sagte Vater.

»Wann fährst du endlich in die USA?«, fragte Mutter.

»Wahrscheinlich morgen.«

»Wahrscheinlich?«

»Es wird schon klappen.« Sie lächelte angestrengt. »Ich muss euch leider wegdrücken. Wir wollen noch raus.«

»Ist das nicht gefährlich um die Uhrzeit?«, fragte Mutter.

»Drüben sind ein paar Bars. Es ist eine touristische Gegend.«

»Dann mach das, Liv«, sagte Vater. »Wir wollen dich nicht aufhalten.«

»Aber melde dich bitte öfter«, sagte Mutter. »Musst uns ja keine ellenlangen Berichte schreiben. Schick einfach regelmäßig Lebenszeichen.«

»Ich vermisse euch.«

»Wir vermissen dich.«

Sie winkte.

»Hasta luego«, sagte sie.

»Hasta luego«, sagte Vater.

Liv drückte den Hörer, bevor Mutter noch etwas sagen konnte, und holte tief Luft.

»Familie?«, fragte Martha.

»Ja, Familie.«

»Anstrengend?«

»Sehr.« Liv fuhr sich über die Brust, auf die sich ein Druck gelegt hatte, als ob sie von Packbändern zusammengezurrt würde. Sie ließ den Kopf kreisen, legte ihn dann für eine Weile in den Nacken und schloss die Augen. Es dauerte einige Minuten, bis der Druck sich lockerte und sie wieder zurückfand.

Sie musste etwas anderes tun, sich ablenken. Sie senkte den Blick.

Was machte Efrat? Efrat ging shoppen für *#Evrit*, es schien ein Junge zu werden, jedenfalls kaufte sie nur blaue Sachen, und Efrat hatte aus dem noch nicht einmal geborenen Kind bereits ein Hashtag gemacht. Efrat postete *Evrits* Zimmer: blaue Elefantentapete, postete ihren Bauch und wie *@schmuel* sein Ohr daranhielt. Was machte Torben? Torben hatte seit seinem Baumhausvideo nichts mehr gepostet, er war auch auf keinem der Urwaldfotos zu sehen. Das Video war immer noch weit nach oben gevotet, und Torben kippte immer und immer wieder vom Stuhl. Bis jetzt hatte es über drei Millionen Views, und das strahlte auch positiv auf Liv ab, so wie die Berufe mancher Eltern positiv auf die Kinder abfärbten. Sie musste lachen.

»Was ist?«, fragte Martha.

Liv ging zu ihr hinüber und spielte das Video ab. Martha lachte auch.

Sie trottete zurück zur Couch, Gila sendete ihr ein Foto von Jungs, die mit einem Rückwärtssalto von einem Kran in den Baggersee sprangen. Neun Sekunden, bevor es sich löschte. Es folgte ein Snap von nackt badenden Jungs. Drei Sekunden, dann war es weg.

Sich im Raum umschauend, überlegte Liv, was sie Gila senden konnte. Überhaupt fragte sie sich, was ihre vielen neuen Follower als Nächstes von ihr erwarteten. »Hast du was zu schreiben?«, fragte sie Martha. »Stift und Papier?«

Martha holte einen Textmarker und einen Karton unter dem Tresen hervor.

»Perfekt.« Liv stellte sich zu Martha, nutzte den Tresen als Unterlage und schrieb auf die graue und leere Rückseite des Kartons: *Selfie in abgeratztem rosafarbenen Hotelfoyer, mit Mexikanerin im Hintergrund.* Sie schoss ein Foto davon, Farben und Format veränderte sie nicht, und lud es hoch.

»Das mögen deine Freunde?«

»Vielleicht. Und wenn nicht, lösch ich es wieder.«

»Warum löschst du es?«

»Lässt dich schlicht besser aussehen, wenn du die unbeliebten Posts löschst.«

»Hier.« Martha zeigte Liv ihr Display. »Da waren wir am Meer.«

Liv erkannte eine Gruppe junger Menschen, vielleicht am Strand, das Foto war verwackelt und viel zu dunkel.

»Würdest du's löschen?«

»Ich mag es«, sagte Liv, um ihr ein gutes Gefühl zu vermitteln. Nun war sie an der Reihe und zeigte ihren Bildschirm: »Guck, die ersten Herzen.«

»Wow.«

Und gemeinsam verfolgten sie, wie Schulfreundinnen während des Unterrichts zu den Geräten unter den Tischbänken blinzelten, wie darauf binnen weniger Minuten über einhundert Mal reagiert wurde.

»Du bist ein Star!«

Liv wischte die Worte mit einer Geste weg, im Vergleich zu Torben war sie nicht mal ansatzweise berühmt. Sie aktualisierte *Liv*. Es waren ja nicht *11 027* – sie aktualisierte es ein zweites Mal –, *11 032* echte Menschen, die ihr folgten. Es waren lediglich impulsive Reaktionen von Leuten, mit denen sie von Zeit zu Zeit etwas teilte, das im nächsten Augenblick schon wieder vergessen war.

Sie warf sich zurück auf die Couch, im Fernseher kam schon wieder Werbung. Sie erinnerte sich daran, wie sehr Elam es geliebt hatte, wenn vor einem Video, trotz Adblock-Erweiterung, Werbung lief. Auf keinen Fall durfte sie die wegdrücken. Er liebte vieles, was andere hassten. Werbung verrate so viel über die Zeit, in der sie lebten, sagte er immer.

Sie fügte Elam und Gila im Chat zusammen und tippte etwas ein.

Liv *Ich vermisse euch.*

Sie schaute auf den Fernseher, doch ihre Aufmerksamkeit galt dem Smartphone in ihrer Hand, das – es dauerte nicht lange – kurz vibrierte.

Elam *Bin im Krankenhaus. Blum geht es nicht gut.*

Liv *Was ist passiert?*

Elam *Blum hatte Kopfschmerzen und Nasenbluten, die haben nicht mehr aufgehört. Und am nächsten Tag wieder. Dann hat er sich endlich überreden lassen, und ich habe ihn ins Krankenhaus gefahren.*

Gila *Für Nasenbluten ins Krankenhaus :-p*

Elam *Sie haben Metastasen gefunden (überall) und gleich mit der Chemo begonnen. Aber er nimmt das gut auf, ist immer noch der alte Blum.*

Liv wollte einen Satz formulieren, der ihren Schock ausdrückte, doch sie löschte ihn gleich wieder. Sie schrieb, dass es ihr leidtue und dass Elam Blum grüßen solle. Auch diesen Satz löschte sie. Dann fügte sie ein Emoji eines Koalas ein, das sein Gegenüber umarmte.

Gila *Ich drücke euch auch :-)*

Elam *Habe es Blum gezeigt, und er sagt, er freut sich sehr und drückt euch auch. Und jetzt sagt er, dass ihr endlich wieder aus dem muffigen Zimmer sollt (er meint mich) und raus in die Sonne.*

Eine Meldung des Westin Hotel, Phoenix, erschien. Sie fänden es *Fantastisch*, wenn sie Liv willkommen heißen dürften.

Liv *Sag Blum, dass wir das machen werden.*

Das Smartphone legte sie mit dem Bildschirm nach unten auf die Sofalehne und versank in den weichen Polstern. Drei dicht aufeinanderfolgende Lastwagen rasten vorbei, die Fensterscheibe bebte und mit ihr der Umriss ihres Körpers in der Spiegelung, als könnte sie sich im nächsten Moment wie eine Projektion auflösen.

»Du kannst hier nicht raus«, sagte Martha und fixierte sie mit den Augen. »Du kannst nicht einfach allein in der Dunkelheit rumlaufen. Guck dich mal an.«

»Aber ich wollte nur auf die andere Straßenseite, weil ich da eine Leuchtreklame gesehen habe.«

»Sie warten nur darauf, dass du rauskommst.«

»Wer?«

»Die sitzen in ihren Wagen und rauchen und trinken und warten nur auf eine hübsche blonde Gringa. Es ist gefährlich bei Nacht. Dieser Ort hier liegt auf der Route der Leute, die aus dem Süden kommen. Sie gehen entlang der Schienen. Du kannst nicht einfach nachts zu den Schienen.« Die Neonröhre über ihr flackerte, als verändere sich etwas in der Atmosphäre, was die Stimmung zu kippen drohte.

»Wusste nicht, dass da die Schienen sind.«

»Weißt du überhaupt, wo du bist?«

»Nördlich von Chihuahua.«

»Sehr weit nördlich.« Martha winkte Liv zu sich. »Komm schon her.«

Zögerlich trat sie an den Tresen heran. Sie hasste es, herumkommandiert zu werden.

»Ich erzähl dir mal was«, sagte Martha. Liv konnte ihren Atem riechen: Tabak und Sour Cream. »Sie haben viel hinter sich, wenn sie hier vorbeikommen. Manche sind Jahre unterwegs, um auch nur in die Nähe der Grenze zu gelangen. Sie haben nichts außer ihren Körpern. Die Gefahren lauern überall. Geraten sie in falsche Hände, sind sie ausgeliefert. Die erpressen Lösegeld von dir und deiner Familie. Bist du eine Frau, ficken sie dich und zwingen dich dann, es mit allen zu tun. Mit Stöcken schlagen sie die Männer. Mit Stöcken machen sie es mit uns Frauen, verstehst du?«

Liv nickte, auch wenn sie keine Ahnung hatte, warum ihr Martha das jetzt erzählte.

»Als blinde Passagiere fahren sie auf den Dächern der Güterzüge mit. Von Chiapas hoch in den Norden, durchs Gebiet der La Familia Michoacana, des Sinaloa-Kartells, der gefürchteten Los Zetas. Sie schlafen im Stehen. Sie verstecken sich nicht weit von hier in Erdlöchern. Die Coyoten pferchen sie in Überseecontainer. Den Männern nehmen sie alles Geld. Wenn du dich wehrst, schaben sie dir die Augen mit einem Löffel aus. Manche, die hier vorbeikommen, haben verstümmelte Beine. Wenn du dich wehrst, wirst du lebendig in einer Steingrube begraben, und dann bist du eine Mumie und stehst irgendwann in der Zeitung. Es sind die Schlepper, vor denen du dich fürchtest, aber noch schlimmer ist das Militär, die Polizei. Sie fassen die jungen Mädchen und behalten sie so lange bei sich, bis sie die Nächsten schnappen. Die Alten kommen oft nie auf der anderen Seite an, sondern werden irgendwo in einem verlassenen Schuppen gefunden. Oder in einem Loch. Gefährlich sind auch deine Kameraden, mit denen du unterwegs bist. Du kannst niemandem vertrauen, versteht du?«

Eine Frauenstimme bettelte vom Fernseher her um ihr Leben, drei dumpfe Schüsse fielen schnell nacheinander.

»Du weißt nicht wirklich, wo du bist, oder?«

Werbung.

»Hast du von San Fernando gehört? Nein?« Martha tippte *Massacre de San Fernando* in die Suchleiste ein. Ein Blog namens *el narco* erschien als erster Treffer, sie tippte ihn an und übersetzte Liv den mit Bildern und LiveLeak-Videos an der Seite illustrierten Text.

»Am 21. August waren jeweils sechsunddreißig Mann starke Gruppen von Migranten auf zwei Wegen in Veracruz aufgebrochen und machten in einem Dörfchen vor Tamaulipas Station. Noch bevor sie San Fernando erreichten, waren sie von schwer bewaffneten Subjekten eingekesselt und zusammengetrieben worden. Ihnen wurde ins Gesicht geschlagen, Zähne splitterten, und Haut platzte auf. ›Gebt die Informationen über eure Verwandten hinter der Grenze heraus!‹, verlangten sie. Ihnen wurden die Kleider von den Körpern gerissen, und in allen Körperöffnungen wurde nach ihren letzten Besitztümern gesucht. Beide Gruppen wurden unter Hieben mit den Knäufen der Waffen zusammengetrieben und in eine Lagerhalle für ausrangierte landwirtschaftliche Fahrzeuge gebracht. Sie wurden an den Händen gefesselt, und einem Vater, der sich schützend vor sein Kind stellte, wurde mit einem Cutter die Kehle durchtrennt. Die Mutter, an die sich das Kind geklammert hatte, wurde zur Strafe für die Aufmüpfigkeit ihres Mannes vor allen Augen bis zur Bewusstlosigkeit penetriert. Der Schädel des Kindes wurde mit einem Stuhlbein zertrümmert. Die übrigen Entführten wurden Rücken an Rücken in Vierergruppen gefesselt. Weil die ersten Kontaktversuche mit den Verwandten kaum Lösegeld versprachen, wurden sie auf den Boden geworfen. Sie flehten um ihr Leben. Salven einer Schnellfeuerwaffe wurden in die Luft gefeuert. Sie rauchten, begannen dann, Mezcal aus Kanistern zu trinken. Begannen, mit ihren schweren Stiefeln auf die blanken Rücken ihrer Opfer einzutreten. Sie machten Videos. Sie pissten auf die Alten. Sie entsicherten ihre Waffen. Schwiegen für einen kurzen Augenblick, bevor sie alle niedermähten.« Martha imitierte mit den Händen ein Maschinengewehr, mit dem sie ins Zimmer feuerte. Dann fuhr sie fort: »Ein junger Entführer übergab sich. Es musste sein erstes Massaker gewesen sein. Sie gingen hinaus in die Nacht und zu ihren röhrenden SUVs. Einer hatte überlebt. Er schleppte sich hinaus, kehrte wieder um, um einen zweiten Überlebenden aus den Körperhaufen zu bergen. Bis in den Morgen rannten sie. Dann erst trennten sie sich. Einer von ihnen verständigte die Offiziellen. Dadurch wissen wir von ihrer Geschichte.«

»Oh«, sagte Liv.

»Mehr fällt dir dazu nicht ein? Oh?« Martha schaute ihr in die Augen und gab Liv eine heftige Ohrfeige. Ein Schmerz zuckte auf, das Klatschen schien von den Wänden widerzuhallen.

Aus Reflex griff Liv sich an die Wange.

»Ein Gruß von meinem Bruder.«

Franz, 5

Wir sitzen im zweiten Stock des Autobusses dicht am Panoramafenster. »Durchmachen bis zu den Blumenfrauen«, sagt Valentin von hinten, und ich fürchte mich vor dem Ende der Nacht. Ich habe ihnen versprochen, sie in meine Dunkelkammer (nicht existent) mitzunehmen und ihnen Kiki zu zeigen (du erinnerst dich, die leidlichen Zeppelinfotos).

»Wie sieht sie aus?«, fragt Fanny.

Ein Zweispänner kann gerade noch dem Kutscher mit seinen Mitternachtsgäulen zur Fußgängerseite hin ausweichen, rechts überholt uns ein elegantes Automobil, das Dach zum Firmament geöffnet: eine Dame mit schwarzen kurzen Haaren und Federboa, ein Herr mit Kreissäge. Ihr Mund ist zu einem eingefrorenen Lachen verzerrt, weiße Zähne, die Schultern frei. Der Herr grüßt in unsichtbare Mengen wie ein amerikanischer Boxer.

»Franz, huhu!«

Ich nehme die Leica herunter.

»Wie ein sibirischer Bär«, sage ich.

Fanny lacht.

»Ich mag dich«, sagt sie. »Schön, dass du mal dabei bist.«

Valentin lehnt sich zu uns, reicht die Flasche Wodka nach vorne. Die Nachwuchskommunistin Mie Pauline hängt ihm auf der Schulter.

»Ihr zwei, küsst euch!«

Mie Pauline und Fanny küssen sich. Recht überzeugend, wie ich finde.

»Und nun ihr!« Valentin zeigt auf Fanny und dann auf mich. Ich laufe sicher rot an, nehme einen jugendlichen Schluck aus der kühlen Flasche. Danach entsteht dieser unangenehme Moment, wenn sich zwei Münder ganz nah sind, aber nicht die entscheidende Distanz überwinden. Wenn aus Zentimetern der Grand Canyon wird.

Zum Glück gibt es den Potsdamer Platz, an dem der Bus uns in einer Linkskurve herumreißt und diese Distanz mit Gewalt überwindet.

Sie johlen, während unsere Zungen miteinander spielen, und ich überlege mir, wie lange ich das tun soll, bis Fanny mich theatralisch wegstößt und »Lass das« sagt.

Wir wischen uns über die Lippen und trinken nacheinander, bis es uns allen sehr warm wird und der Bus hält und wir uns von der Wendeltreppe in die lauwarme Nacht schwingen.

Alexanderplatz. Ich schätze die Uhrzeit auf kurz nach Mitternacht. Aber es könnte auch helllichter Tag sein. An der Kreuzung ist die Hölle los. Aus den vier Eingängen zu den Untergrundbahnen strömen die Nachtschwärmer ein und aus. Tausende Limousinen und gelegentlich eine Elektrische, die von hier aus entlegenere Stadtbezirke ansteuert, bilden ein chaotisches Straßennetz. Nachtschichtarbeiter in blutverschmierten Kitteln trotten zu den Schlachthöfen, Börsianer mit ausgezehrten Wangen und geröteten Augäpfeln versenken sich in Zeitungsseiten, leichte Damen und leichte Jungs stehen unruhig herum, AEG-Arbeiter schleppen sich zu den Turbinenhallen. Und all das Feiervolk.

KLICK.

Wo einst die Kaiserzeitmietskasernen standen (Prunkfassaden vorne, dunkle Höfe hinten), klaffen Bauruinen hinter Zäunen. Obdachlose kauern in den Winkeln, andere ohne Arbeit, Hemd und Brot klauben mit Zangen Essensreste aus den Mülltonnen. Einige der Baustellen sind mit künstlichem Licht gut ausgeleuchtet. Die kristallinen Wolkenkratzer stehen unfertig umher, ihre Skelette zeichnen sich bereits stählern ab. Dazwischen sieht die Umgestaltung des Alex horizontale, um den Platz geschwungene Bauten vor. Die Vorhut einer neuen Zeit, wenn man Mutters Worten (die Franz in- und auswendig kennt) lauscht: »Nicht das Gestern, nicht das Morgen, nur das Heute ist formbar.« An den Kiosken stehen sie Schlange, aus heiseren, jungen Kehlen werden Parolen gegrölt. Eine Flasche zerschellt auf dem Asphalt. Ein Trödler verkauft Obst zu überteuerten Preisen, in einer entkernten Maschinenhalle stapeln sich bergeweise Klamotten aus zweiter Hand und allerlei Verlorenes. Vor einem Stand, der Buletten aus Rossfleisch anbietet, hat sich ein Pulk gebildet. Ein Bursche verteilt Hefte mit Aktfotos, ein anderer preist die televisorischen Flimmerkästen an, in denen sich Damen nackt und reizend in Bädern an- und wieder ausziehen, an- und wieder ausziehen.

Es riecht nach Regen und Erbrochenem. Und Rossfleisch.

Unsere Clique hat sich wieder neu zusammengesetzt. Die Flappergirls sind zwei hungrigen Karikaturisten gewichen. Fanny und unser Kaiser Wilhelm, wie wir ihn nennen, flirten etwas abseits, Mie Pauline hat sich bei Valentin eingehakt.

Die Gruppe ist stets im Fluss, nur der Kern ist geblieben. Mir schwirren die Sinne ob all der Bewegung. Das ist Berlin.

»Franz.« Fanny zupft an mir. »Guck mal.« Sie hält mir die Mitternachtsausgabe des *Tagesspiegel* hin: *Kiki küsst Berlin,* steht in großen Lettern dort und ein kleines Bildchen, wie sie einen Burschen unseres Alters zu küssen scheint.

»Das interessiert mich nicht«, sage ich. Und es nervt mich langsam wirklich, warum so viel Aufhebens um nichts und wieder nichts gemacht wird.

»Sie hat ihn auf den Mund geküsst«, sagt Fanny, als hätten wir das nicht auch getan.

Ein Kriegsversehrter mit zerquetschter rechter Gesichtshälfte will für die Zeitung bezahlt werden. Ich schüttle mich wie ein nasser Hund. Weil ich mich nicht von allem mitreißen lassen will. Aber das fällt mir schwer, denn unter der Schlagzeile wird eine Bildserie von der Ankunft des Zeppelins angekündigt, und da ich da ja auch war, nehme ich die Zeitung entgegen. Ich bezahle den Kriegsversehrten. Zum Bildteil blätternd, trabe ich den Freunden hinterher.

Über die ganze Seite spannt sich das Motiv. Aus nächster Nähe zeigt es Kiki auf dem Teppich, und dahinter sind das *Z* (wie Zeppelin) und der dickliche Redner (und die Kapelle, du weißt, und so weiter) zu sehen. Es ist ein guter Schuss. Der Fotograf hat Kiki so eingefangen, dass man links und rechts die vielen zu ihr hingestreckten Hände und die Reihen von Reportern sieht. Die lechzen nach ihr. Wollen an ihr teilhaben, Teil von ihr sein. So sein wie sie. Wollen wie sie im Mittelpunkt der Aufmerksamkeit stehen, diese Geste (das Wegwischen der Strähnen aus dem Gesicht) nachmachen und noch gut dabei aussehen. Ja, Kiki macht diese Geste, wischt die Haare weg, dass wir alle auf ihre hohen Wangenknochen blicken, diese Stirn, diese Augen. Sie macht das im Bewusstsein eines Spiegels. Vieler Spiegel. Ihre Spiegel, das sind wir.

»Foto, Franz, Foto!«

Ich hebe den Kopf. Wir stehen inzwischen in einer Seitengasse in einer ewig langen Schlange, die zu einem unscheinbaren Mietshaus führt (in dessen Keller getanzt werden soll). Die Hausfassade ist in einem so jämmerlichen Zustand, dass es noch heute in sich zusammensacken könnte.

»Franz, Foto, Franz!«

Ich drücke die Zeitung einem vorbeilaufenden Burschen in die Arme, der sie am Alex gleich wieder verkaufen kann. Ich nehme die Leica und umtänzle die Gruppe wie ein Boxer seinen Gegner. Die Freunde sehen beinahe blass neben all den Verkleideten aus. Verkleidet oder von einem fremden Planeten. Es gibt Boas, es gibt Cowgirls, es gibt in Folie gewickelte Wilde. Es gibt Girls, die in den bizarren Kaiserzeitkostümen ironisch ihre Mütter kommentieren. Es gibt Herren wie Großwildjäger. Inkarnationen erdachter Identitäten.

»Wir haben nichts zum Tanzen dabei.« Mie Pauline scheint von meiner Verunsicherung angesteckt. Doch jetzt sehe ich das Besondere in meinen Freunden. Sie müssen sich nicht verkleiden. Sie brauchen keinen Glitter in der Nacht. Sie sind, wie sie eben sind. Und ich tänzele unbeirrt um sie herum, und es fühlt sich gut und richtig und erhaben an, als hätte ich das gefunden, was ich eben tun muss: hinschauen. Und die Kluft, die uns stottern, die uns wüten, die uns tanzen lässt, ist nicht mehr.

KLICK.

Zur Belohnung bekomme ich von Valentin eine Flora Privat zwischen die Lippen gesteckt und angezündet, und Fanny und diese Mie Pauline drücken mir nacheinander Küsse auf meine roten Wangen.

Am Eingang des Clubs werden wir von dem Gastgeberpaar per Umarmung empfangen. Die beiden tragen weißwallende

Tunikas, goldene Kordeln um die schmalen Hüften. Goldene Lorbeerblätter in den geflochtenen Haaren. Der Mann trägt einen Farbbottich, und ehe ich mich versehe, hat er die Finger hineingetunkt und mir damit einmal quer über das Gesicht gestrichen. Dasselbe macht er mit den Freunden, von der Frau bekommen wir Blumen in die Haare gesteckt.

KLICK.

Als wir eine abschüssige Treppe hinuntersteigen, ergibt das mit der Farbe erst richtig Sinn, die in unseren Gesichtern wie Polarlicht zu leuchten beginnt. KLICK. Es geht tiefer, immer tiefer. Von unten wummert ein Bass herauf. Sogar Fanny verschlägt es die Sprache. Von irgendwoher quillt Rauch, und in der nächsten Sekunde sehen wir schon nichts mehr außer dieser süßlichen, in Regenbogenfarben angestrahlten Wolke. Wir sind jetzt in einem Ölbild, auf einer Leinwand. So ein verrücktes, kubisch-buntes. KLICK. Tunken unsere Arme in das Farbenmeer fließender Übergänge. Dann klart die Sicht schlagartig auf, ist es heiß wie in einem Heizkraftwerk. Wir stehen oben auf einer Balustrade und blicken in das Herz hinab: eine auf den Kopf gestellte Pyramide, in Terrassen abgestuft. KLICK-KLICK. Auf der Tanzfläche schütteln Menschen unter Strom ihre Glieder, an der Längsseite verläuft eine Bar, schwarze Barkeeper greifen nach aufgereihten bunten Flaschen. Die Band schwebt in der Luft darüber.

Wir steigen in die umgekippte Pyramide hinein. Neben mir geht der Junge mit dem Kaiser-Wilhelm-Gedächtnis-Bart. Er funkelt vor Begeisterung. »Tanzen für den Frieden!«

»Für den Frieden?«

»Wer tanzt, der schießt nicht.«

Das stimmt.

»Wer tanzt, der schwitzt zusammen. Und wer zusammen schwitzt, der duscht zusammen. Und wer zusammen duscht –«

»Der liebt sich.«

»Der liebt sich.«

»So einfach ist das?«

»So einfach.«

Valentin holt Drinks. Wir tanzen.

Die Band spielt unseren Herzschlag. Wir hüpfen zum Takt, so hoch wir können. Wir rempeln uns an, schubsen uns aufeinander. Wir recken die Hände zu einer unsichtbaren Macht über uns. Keiner ist mehr verkleidet, sie sind alle diese Wesen. Ein stämmiger, dunkelhäutiger Boxer (Brust frei und dicht behaart) trägt noch die Boxhandschuhe. Er reicht mir umständlich ein grün sprudelndes Cocktailglas.

»Danke«, sage ich und nehme einen kräftigen Schluck. Waldmeister.

»Ich komme von meinem ersten Kampf«, sagt er.

»Und wie war's?«

»Du musst in meinen Schädel steigen«, sagt er. »Wie mit Rasierwasser durchgespült.«

KLICK.

Das Schöne beim Tanzen ist, dass vor lauter Bewegung kein Platz fürs Denken bleibt. Du gehst mit den Songs, von Takt zu Takt. Wird es schneller, wirst du schneller. Verlangsamt sich die Musik (wie jetzt, wo die Band einen bekannten Charleston in Zeitlupe spielt), verlangsamst du dich auch. Valentin macht das vorzüglich. Seine Hände gleiten wie durch eine glibberige Masse. KLICK. Mie Pauline bewegt die Arme hingegen so, als zöge jemand an daran befestigten Fäden. Es gibt unendlich viele Formen, sich zu bewegen. Um sie alle auszuprobieren, sind wir da. KLICK-KLICK.

Das Licht geht an. Jemand wischt den Boden, die Band steigt von ihrem Podest über der Bar. Ich tropfe gefärbten Schweiß.

Vereinzelt stehen Letzte auf der Tanzfläche und schauen

sich verwundert um, als hätten sie alle was verloren. Ich hebe die Leica vors Auge, fange diese wie in der Drehung erstarrten Gestalten, farbtriefend, ein. KLICK.

Die Freunde sind verschwunden, ich bin hellwach. Denn da ist ein Spalt in meiner Brust, als hätte man mich aufgeschlitzt. Ein Spalt, den ich ganz deutlich spüre, aus dem etwas Warmes, aber nicht Unangenehmes tritt. Ein Gefühl, wie wenn du dir nach einem Kälteschauer schnell über die Haut rubbelst. Jede einzelne Bewegung löst so einen Schub in meinem Innern aus. Als wäre es meine Seele, die sich, endgültig aufgebrochen, in den Raum ergießt.

KLICK.

Ich kraxle die umgestülpte Stufenpyramide hinauf und hinaus ins frische Morgengrauen: Farbschleier am Himmel und diese klare Luft. Ich drehe an der Leica zum allerletzten Foto, das mir bleibt. Unmöglich kann ich schon nach Hause gehen. Wäre da noch jemand, würde ich ihm zurufen: mit den Blumenfrauen frisch gebrühten Kaffee trinken!

Liv, 5

Im Bad, hell, weiß, gekachelt. Ein Spiegel, der die gesamte Breite der Wand einnahm. Halogenleuchten und Bodenheizung. Lavendelhandlotion aus dem Keramikspender. Frischetücher. Ein Duschkopf, der sie mit Unmengen Wasser massierte. Wenn sie das Handtuch auf den Boden fallen ließ, gab es am Nachmittag ein frisches. Wenn sie es an den Haken neben dem Föhn hängte, rettete sie den Planeten.

Liv trug einen zuckerweißen Bademantel, den sie nicht zugeknotet hatte. Sie betrachtete ihre Haut, ihre Brüste, ihren kaum gewölbten Bauch, sie kam sich wie eine griechische Göttin vor. Sie hatte stundenlang geduscht, bis ihre Finger schrumpelig wurden, ihre Wangen sich gerötet hatten. Ihre Wangenknochen zeichneten sich viel deutlicher ab als vor der Reise. Sie fühlte sich so frisch und sauber wie nie zuvor.

Sie nahm das Smartphone – *64 neue Mitteilungen* – von der

Anrichte, schnürte den Bademantel zu und trat in die geräumige Suite. Die Einrichtung war so, dass man sie als »modern« bezeichnen würde, und zu großen Teilen umbragrau. Die Fensterfront war mit einem leicht durchsichtigen, Falten werfenden Vorhang in beruhigenden Erdtönen verhangen. Liv trug weder Schuhe noch Socken, sie wollte mit jedem Schritt diesen unwahrscheinlich weichen Teppich spüren. Auf dem Boden lagen ihre krumpligen Shorts und die Bluse. Sie warf sich in den Ohrensessel und legte die Beine auf den Hocker davor. Mit der hoteleigenen App regulierte sie die Temperatur herunter und knipste die vielen Spots in der Decke an und nach einer Weile wieder aus. Sie ließ das Bett aufleuchten, dann die Ambientbeleuchtung des Flatscreens an der Wand.

Lange sah sie auf den dunklen Bildschirm, in dem sie verzerrt ihre Konturen wiedererkannte. Es gab nicht viel, woran sie die verstreichende Zeit hätte ablesen können. Sie dachte an die Schweizer, die bestimmt immer noch in ihren Hängematten schaukelten. Sie dachte an ihr Haus in Tel Aviv, in dem jetzt andere Menschen lebten. Warum waren ihre Eltern in einen charakterlosen Apartmentblock gezogen? Kauerten sie an den Abenden tatsächlich auf der neuen Couch und glotzten auf den Flatscreen? Liv öffnete den Familien-Chat und schrieb ihnen: *Phoenix, USA :-)*. Das würde sie beruhigen, diese komische Angst, die sie neuerdings um ihre Tochter hatten, für eine Weile beiseiteschieben. Irgendetwas musste sie verunsichert haben, früher hatten sie sich nie gesorgt. Während Gila nachts um zwei hatte daheim sein müssen, war Liv gekommen und gegangen, wann immer sie wollte. Wenn jetzt sogar ihre Eltern Angst hatten, schlussfolgerte sie, dann musste auch ein Großteil der Welt mit dieser Angst infiziert sein. Doch Angst wovor? Dass alles noch schlimmer werden würde, die Welt tatsächlich unterging? Nein, das konnte es nicht sein. Sie hatten mit dieser Angst, von einem der Nachbarländer ausgelöscht zu werden, längst leben gelernt. Sie mussten einen anderen Grund haben.

Was machten Niels und Guðrún? Fünf Tage hatten sie noch in der Nähe der Ruinen auf den Jungen und Niels' Smartphone gewartet. Dabei lagen sie sich vor allen möglichen Hintergründen in den Armen. Vor vier Tagen hatten sie sich getrennt, physisch, und als Challenge reisten sie nun auf unterschiedlichen Routen von Yaxchilán bis hinunter zum Capo de Hornos, Chile. Dort wollten sie sich wiedersehen. Niels war bereits in Cali, Kolumbien, Guðrún chillte in Belize am Meer und hatte ihm vor wenigen Minuten ein Herz in den Sand gezeichnet.

Ich vermisse euch :-(, schrieb Liv.

Wie geht's Blum?, textete sie dann an Elam, der Blums Laden allein weiterführte und ihn an den Abenden im Krankenhaus besuchte. Sie wartete auf eine Reaktion. Nichts. Schliefen sie? Sie dachte an Gila, mit Sturmgepäck in irgendeinem Gebüsch auf einen feindlichen Strohsack lauernd. Und sie versank dabei hier in diesem Sessel, alles war weich, nichts kostete Mühe. Hatte sie Hunger, bestellte sie den Zimmerservice, hatte sie Durst, ging sie zur Minibar. War sie müde, döste sie einfach vor sich hin oder stellte sich an ihr Fenster im 24. Stock und schaute auf die Stadt hinunter.

Luxus ist, schrieb sie, während sie aufstand, sich eine Cola und einen Schokoriegel aus der Minibar unter dem Flatscreen holte und sich aufs federnde Bett warf, *wenn Körper ihr Gewicht vergessen.*

Ob sie das teilen sollte? Als Test postete sie es in den Gila-Chat. Und keine zehn Sekunden später kam die Antwort:

Gila *<3.*

Liv *Gila!*

Gila *Liv!*

Liv *Ich habe viele Ideen, aber ich weiß, die sind alle falsch.*

Gila <3.

Liv *Das ist nur eine davon.*

Gila <3.

Gila musste betrunken sein, eindeutig. Und warum kümmerte es Liv auch nur im Geringsten, was Gila, was irgendwer von ihren Posts hielt? Wo war auf einmal ihr Selbstbewusstsein hin? Hatte sie es im Hotel, bei Martha, zurückgelassen?

Per App schaltete sie den Flatscreen ein und schälte die Verpackung von einem Schokoriegel. Elam hatte einmal gesagt, sie solle am Tag mindestens eine Sache tun, die ihren Gewohnheiten widersprach. Zum Beispiel sich zu der verrückten Katzenfrau in den Park setzen. Oder einmal totes Tier essen. Oder Gila für eine Stunde ohne Unterbrechung zuhören. Gut, sie schaute jetzt Fernsehen. Aber davor postete sie noch den Satz, dass sie viele Ideen habe, die aber alle falsch seien. Und fügte kurz darauf hinzu, auch für diese Idee gelte das.

Sie wurde namentlich begrüßt und dazu ermuntert, die Social-View-Funktionen zu nutzen. Sie lud Gila dazu ein. Und Efrat, ja, warum nicht? Von nun an würden die beiden darüber informiert, welche Sendungen Liv sich gerade anschaute. Sie drückte das grüne Okay-Symbol und begab sich in eine endlos lange Auflistung von möglichen Unterhaltungsprogrammen. Nebenher schaute sie, wie die Reaktionen auf ihren Post ausfielen. Sie liebten es, liebten es und schrieben *Love!* oder: *Ich liebe dich!*

Eine Weile blieb sie bei einer Talkshow hängen. Zwei dicke Frauen zogen sich an den Haaren über die Bühne, das Publikum war tobend aufgesprungen, die Moderatorin sortierte unterdessen ihre Moderationskärtchen. Sie wischte zu Curling. Liv mochte die Eleganz, mit der die Curlingsteine in den roten Kreis manövriert wurden, wie die Mannschaften energisch und ohne Unterlass mit Besen über das Eis schrubbten, um die Steine zu lenken. Sie war für das rote Team, Rot fand sie als

Farbe okay, sie gewann. Ein paar Kanäle weiter stand eine Familie am Fahrbahnrand, aus der Motorhaube ihres Kombis qualmte es. Die Erwachsenen stritten sich, während die beiden Geschwister gelangweilt auf ihren Smartphones spielten und Lastwagen vorbeibrausten und Staub aufwirbelten. Die eine Schwester hatte eine Challenge-Idee. Sie legte sich auf die Leitplanke, steif wie ein Brett, während die Eltern sich unermüdlich zankten. Als »Planking« war dieser Trend vor einer Ewigkeit durchs Internet geschwappt. Es dauerte Wochen, bis so etwas von den News-Seiten aufgegriffen wurde, Jahre, bis es in Serien und Filmen auftauchte. Der Bruder schoss das Foto, die Eltern schüttelten nur den Kopf. Darin waren sie sich wieder einig. Eine verkorkste, eine verlorene Generation.

Liv stand auf und holte sich den Flaschenöffner. Er lag da, wo er immer lag. Eine simple Mechanik, ein Hebelgriff – PLOPP –, ein Geräusch, das in seiner Verheißung nicht zu übertreffen war. Sie leerte die Cola mit wenigen Schlucken, die Klimaanlage musste ihre Atemwege ausgetrocknet haben, und stellte die Flasche auf den Schreibtisch. Darauf lagen etliche beschriebene Pappen, wie sie die Tramper im letzten Jahrhundert benutzt hatten. *Selfie an der Grenze mit Grenzbeamten: Sonnenbrille in die lockigen Haare geschoben, blaue Augen. Selfie nach der Grenze und vor erstem Sonnenuntergang: Land der unbegrenzten Möglichkeiten. Selfie im Diner, Burger und French Fries, Kaffee zum unbegrenzten Nachfüllen. Selfie vor dem Grand Canyon. Selfie mit Surfern in Hawaii. Gesponsertes Selfie vor dem bodentiefen Fenster des Westin Hotels. Selfie vor Eiffelturm. Selfie mit Urwaldjungem im Reservat, der (gesponsert) ladenweiße Sneakers trägt.*

Oh, sie fühlte sich auf einmal so unheimlich alt, als sie diese viel zu offensichtlich kritischen Einfälle las, und aktivierte, um auf andere Gedanken zu kommen, das Fenstersymbol der Hotel-App. Sie liebte diesen Augenblick, denn lautlos schoben sich nun die Vorhänge beiseite, und durch die bodentiefen Fenster konnte sie auf Downtown Phoenix, Arizona, hinabsehen.

Die Stadt war ein präzises Gitternetz aus dreispurigen Hauptstraßen, die die Häuserblöcke definierten. Kein Motorengeräusch drang durch die Scheiben, lediglich das monotone Säuseln der Klimaanlage war zu hören. Die Autos bewegten sich geisterhaft durch die Straßen, stets im selben Tempo, als hätten sich die smarten Bordcomputer auf eine Geschwindigkeit geeinigt. In der Ferne erhob sich ein Mittelgebirge. Liv dachte an Mexiko und den Urwald und an die unbekannte Kraft, die sie ins Grün hatte hineinziehen wollen. Die am Horizont an- und absteigende Silhouette der Berge löste das gleiche Gefühl in ihr aus. Was lag dahinter? Darüber stand der Sonnenball am scheibengetönten Himmel.

Es war sinnlos, diesen Moment allein zu erleben. Alles, was sie sah und dachte und erlebte, würde zur Erinnerung, und Erinnerungen verblassten oder lösten sich auf, zersetzten sich, bis nichts von ihnen übrig blieb. Würde sie jetzt sterben, stürbe mit ihr alles, was sie in sich trug. Also das allermeiste, was ihr Leben ausmachte. Sie dachte an Martha, sie spürte noch immer deren Schlag auf ihrer Wange. Sicher war das ein unbedeutender Moment in der Geschichte der Menschheit gewesen, und sicher passierte er so oder so ähnlich tausendmal in dieser Sekunde woanders auf der Erde. Aber für Liv hatte er eine Bedeutung. Auch wenn sie noch nicht wusste, welche.

Während sie die Vorhänge schloss, lud sie sich eine Livestreaming-App herunter und loggte sich mit ihrem Account ein. Sie öffnete die Vorhänge wieder und streamte die Aussicht. Von links nach rechts. Nicht zu langsam, nicht zu schnell. Die ersten Zuschauer schalteten sich ein. Liv filmte noch einmal von der einen zur anderen Seite, flüsterte: »Eine geisterhafte Stadt und dahinten die Berge in Wüstenfarben.« Die

Ersten fragten, wo sie sei. Sie zeigte ihnen das Zimmer, alle Details, den Flaschenöffner, sie fuhr mit der Hand über den weichen Teppich, schaltete die Spots über dem Bett an und aus. Die Zuschauer wurden mehr. Sie zeigte ihnen die Minibar und sagte: »Eigentlich kann ich mir das Zeug gar nicht leisten.« Als sie ins Bad ging, sah sie auf den Bildschirm, und auf dem Bildschirm sah sie im Spiegel eine junge Frau im Bademantel auf den Bildschirm gucken. Sie hob den Kopf, lächelte, dann senkte sie ihn wieder: Die Zuschauerzahl sauste in die Höhe. Im Sekundentakt zog sie neue Menschen an. Sie lehnte die Kamera an die Wandkacheln, so dass sie die Hände frei hatte, bediente sich am Keramikspender und cremte sich die Hände ein. »Dies ist eine gesponserte Einblendung«, sagte sie.

Zurück im Zimmer, lauschte sie am Türrahmen. »Der Room-Service kommt näher«, sagte sie. Sie warf sich aufs Kingsizebett, nahm diesmal die Fernbedienung aus einer Halterung neben der Nachtlampe und zappte durch die Programme. Sie starrte eine Weile auf den Flatscreen, die Kamera ihres Smartphones mehr oder weniger darauf gerichtet.

Löwen auf der Pirsch. Ein paar halb nackte B-Promis nach dem Entzug. Dann sahen sie, wie eine als Waffenlager missbrauchte UN-Schule in die Luft gesprengt wurde. Einheimische trugen weinend ihre Toten durch die Straße, am Nachthimmel leuchteten Raketen. Auf dem folgenden Sender unterhielten sich zwei Moderatoren über Europa, eine Landkarte war im Hintergrund zu sehen. Der Kontinent erschien zum Verschwinden klein im Vergleich zur Größe und Übermacht des von rechts einrückenden, feuerroten Russland. »Ich mag die Russen«, kommentierte Liv. »Viele meiner Freunde haben russische Vorfahren. Ich selber bin zu drei Prozent russisch. Kennt ihr das Märchen, in dem der Bär die Urgroßmutter besucht, man zuerst um die Großmutter fürchtet, aber später die beiden auf dem Diwan sitzend Tee trinken und Brioche essen? So sind die Russen. Immer sitzen Bären und Urgroßmütter zusammen.«

Weiterzappen. Ein einsamer Mann in Alaska in der Fahrerkabine seines Trucks, vor ihm weiße Schneelandschaften, die Unendlichkeit nordamerikanischer Trostlosigkeit. Eine Sekunde später saß er mit anderen bärtigen Truckern beim Frühstück und sprach über die Tücken von Schneewehen. Am Tresen der letzten Raststation vor dem Nichts wurde Spiegelei serviert. »Das Frühstück habe ich verschlafen«, kommentierte Liv. »Eigentlich wollte ich mir da Essen für den ganzen Tag bunkern. Jetzt muss ich bis morgen hungern.«

Sin_clair *Kannst du den Room-Service für uns rufen?*

»Gute Idee«, sagte sie, um das Gefühl von Interaktion zu vermitteln. »Also, was wollen wir?«

Die Zuschauer posteten ihre Vorschläge: Pizza, Kuchen, Candy. Die üblichen Sachen, die einem auf die Schnelle einfallen. Liv nahm den Hörer auf, drückte die 7 und wartete das Freizeichen ab. Eine Frauenstimme, die sie im ersten Moment sehr an Ava erinnerte, begrüßte sie.

»Zimmer 2405 hätte gerne eine Pizza – was für eine Pizza?« Liv blickte auf die aufploppenden Kommentare. »Eine Ananaspizza, bitte. Und« – sie schaute abermals nach – »einen New York Cheese Cake und Süßigkeiten.« Sie hörte der Servicefrau zu. »Ja, egal, welche. Hauptsache, viel. Danke!« Sie legte auf und schmiss sich quer übers Bett. »Dann warten wir mal.« Sie schaltete zu einem der Nachrichtensender, schwieg. Zwischendurch musste man sich auch mal rarmachen und die Bilder wirken lassen.

Die Hauptnachrichten wurden von einer hübschen Moderatorin streng und zugleich mitfühlend vorgetragen. Frauen marschierten barbusig vor dem Kapitol auf und ab, laut Moderatorin waren auf ihre mit schwarzen Balken verdeckte Brüste politische Slogans geschrieben. Ein Banner im Hintergrund wurde kurz im Bild eingefangen: *Fucked by the USA*. Der Iran testete Raketen. Ein ehemaliger Soldat stach in Paris drei Kinder vor dem Louvre nieder, bevor er sich in die Luft sprengte und noch die herbeieilenden Eltern in den Tod riss. Repräsentanten fast aller bedeutenden Länder gaben ein Statement dazu ab. 24 Personen waren bei einer Gasexplosion in Taiwan ums Leben gekommen. Ein Krater inmitten einer Straße war zu sehen, Hunderte Meter lang, als hätte jemand mit einem gigantischen Pflug den Teer aufgerissen. Umgekippte Autos zu beiden Seiten. Wie Spielzeug. Israel. Ein israelischer Soldat war entführt worden. Der Konflikt eskalierte, Reservisten würden mobilisiert, man habe abermals Tunnel, die unter der Grenze hindurchführten, lokalisiert und gesprengt. Angola, wo die schlimmste Pandemie der letzten Jahre auch Wochen nach dem Ausbruch unvermindert anhielt. Helfer in Schutzanzügen kümmerten sich um entblößte Menschen. Leidende Kinder wurden gezeigt, Fliegen klebten ihnen in den Mundwinkeln. Der Screenshot eines Posts einer bekannten Netzaktivistin wurde eingeblendet, sie schrieb, wie sehr die Leute sie ankotzten, die nur nach Afrika reisten, um Selfies mit großäugigen Kindern zu schießen. »Wie wahr, wie wahr«, murmelte Liv auf eine Weise, die irgendwo zwischen Ironie und Langeweile schwankte. Zurück zur Talkshow. Die Dicken hatten sich offensichtlich vertragen und lagen sich nun heulend in den Armen. Es toste wieder frenetischer Applaus. Sie schaltete zum Sport Channel. Statt Curling lief eine Partie Snooker. Liv kannte die Regeln nicht, aber es war sehr beruhigend, wie eigentlich nichts geschah. Bloß ein paar Kugeln wechselten die Positionen auf einem minimalen Ausschnitt Welt. Dazwischen bearbeiteten die Spieler ihre Queues mit blauer Kreide oder betrachteten die Anordnung der Kugeln aus verschiedenen Blickwinkeln.

Manchmal gingen sie dabei in die Hocke und dicht an den Rand des Tischs heran. Snooker interessierte die Zuschauer – irre *9K* – nicht, sie wollten mehr von Liv sehen. Am liebsten, wie sie duschte, sich an- oder auszog. Sie beendete unvermittelt den Stream, ohne sich zu verabschieden. Noch eine Weile verfolgte sie das Snooker, bis die Spieler Hände schüttelten. Dann schaltete sie auch den Fernseher aus.

Stille. Nur das monotone Säuseln der Klimaanlage und das gelegentliche Ping-Geräusch eintreffender Mitteilungen. Liv stand auf und ging im Zimmer umher. Das Streamen hatte sie angestrengt, und sie war sich nicht sicher, was sie davon halten sollte. Sie überlegte, sich das Video anzuschauen, das unmittelbar nach dem Ende eines Livestreams abrufbar wurde. Aber das würde ihr auch nicht sagen, was sie als Nächstes tun sollte.

Sie lauschte an der Tür nach dem Room Service, hörte ein Wägelchen, dann eine Tür zuschnappen. Sie ging ins Bad und cremte sich erneut die Hände ein. Sie brauchte neue Kleidung und fragte Ava nach billigen Geschäften in der Nähe. »Direkt nebenan«, war deren knappe Antwort. Liv warf sich aufs Bett und schaute, ob Mitteilungen eingegangen waren, ihr jemand geschrieben hatte. Es waren sehr viele, nur war nichts dabei, was sie wirklich kümmerte. Sie öffnete Blums Seite. Er hatte das letzte Mal vor 22 Tagen ein Foto von seiner Werkstatt gepostet, auf dem Elam gerade ein E-Bike reparierte. Sie las die Kommentare zu dem Bild. Auch da fand sie keinen Hinweis darauf, wie es ihm ging.

Sie ließ Ava nach einem Klamottenladen suchen, der halbwegs fair produzierte. Sie schaute aus dem Fenster. Sie warf sich wieder aufs Bett.

Es klopfte. Endlich.

»Herein«, rief Liv brüchig, als hätte sie seit Langem nicht gesprochen. Ein Kärtchen wurde durch den Schlitz gezogen, es piepte, und eine Frau schob zögerlich ein Wägelchen in den Raum, als betrete sie fremdes Territorium.

»Vielen Dank«, sagte Liv auf Spanisch und setzte sich aufrecht hin. Sie hatte Hunger. Das Wägelchen war übervoll beladen und verströmte den Duft von Disneyland. So jedenfalls stellte sie sich Disneyland vor.

Grün-grau polierte Marmorflächen, wohin sie blickte. Obszön riesige Schaufenster, so hoch, dass leicht zwei bis drei Läden übereinander Platz gehabt hätten. Die Gänge, breiter als die Straßen draußen, führten zu diversen Food Courts oder den Rolltreppen. Es kam ihr alles so fremd und groß und reich vor, als wäre sie der Urwaldjunge, der sich in einem solchen Marmortempel zurechtfinden musste. Staunend fuhr sie immer wieder die silbern schimmernden Rolltreppen hinauf und hinab. Am erstaunlichsten war, dass kaum jemand sonst in diesen Hallen war, nur ein paar Teenager, die auf den Bänken Musik hörten.

In beiden Händen trug Liv Einkaufstüten, gefüllt mit Stücken aus den neuen Winterkollektionen. War Winter? Ausgebleichte Naturfarben schienen angesagt zu sein, auffällig waren die Anleihen aus der Hip-Hop-Welt, wie eine goldene Halskette, die den Schriftzug *Clickbait* formte. Sie hatte sich verlaufen und musste in Maps nachschauen, um den Weg zum unmittelbar angrenzenden Hotelfoyer zurückzufinden.

Am Empfangstresen kannte man sie schon und grüßte. Zwei Aufzüge standen bereit, im Innern wurde sie ins Unendliche von allen vier Seiten widergespiegelt, und Ava kündigte ihr an, wohin sie fuhr und, als die Türen sich geräuschlos versenkten, dass sie im 24. Stock angekommen war. Sie zog die Chipkarte durchs Schloss. Der Raum sah aus wie am ersten Tag. Als hätte noch nie jemand einen Fuß hineingesetzt. Der Geruch ließ sich nicht zuordnen, war vollkommen eigenschaftslos. So musste das Weltall riechen, dachte sie und warf die Einkaufstüten auf den Boden. Die schwere Tür fiel hinter ihr zu.

Sie streifte die hochgekrempelte Boyscouthose ab und warf sie in die Ecke. Die Bluse folgte. Dann zog sie die neuen Hotpants an. Ihre Beine musste sie nicht verstecken, allerdings sah man sehr deutlich, wie weit die abgeschnittene Jeans gereicht hatte. Außerdem schlüpfte sie in ein violettes, stark ausgebleichtes T-Shirt und knotete es vorne zusammen, so wie Mutter als Teenager. Sie hatte nichts zu verlieren. Niemand kannte sie hier, also legte sie auch noch die lächerliche Kette um.

Sie schob sich die Kopfhörer in die Ohren und ging auf den Gang hinaus, fuhr wieder hinunter und trat durch die goldene Lobby auf die Straße.

In Downtown Phoenix gab es nicht viel zu sehen. Dennoch machte die hoteleigene App an jedem Platz, jeder Straßenecke auf ein vermeintliches Highlight oder einen Geheimtipp aufmerksam, die derzeit leicht amerikanisierte Ava trug ihr die Informationen vor. Es war die sauberste Stadt, die Liv jemals erlebt hatte, dazu passte die trockene Hitze, und sie verstand, warum alle in ihren klimatisierten SUVs von A nach B fuhren. Das Leben spielte sich drinnen ab. Die Außenwelt war ein gefährliches Terrain mit brutaler Sonne und schier unüberwindbaren Distanzen.

Liv lief in den Schatten der Hochhäuser. Überquerte sie offene Plätze, bekam sie vor Hitze kaum noch Luft. In den Restaurants fanden sich Menschen zum Lunch ein. Wieder drehten die Leute sich nach ihr um, es musste an ihren grotesk gebräunten Beinen liegen. An den Restaurantmarkisen waren Sprinkleranlagen angebracht, leichter Sprühregen hüllte die Gäste ein, als wären sie Obst, das zu welken drohte. Immerhin konnten sie so halbwegs zivilisiert im Freien sitzen.

Liv steuerte die Terrasse eines italienischen Restaurants an, nahm die Ohrhörer heraus, suchte nach dem günstigsten Mittagsgericht und bestellte ein Mineralwasser dazu. Ginge ihr das Geld aus, dachte sie, müsste sie sich eben digital prostituieren und ein paar weitere Lotionen in ihren Beiträgen erwähnen. Es saßen hauptsächlich Männer und Frauen in Anzügen und Blazern an den umliegenden Tischen. Die hatten sich vor vielen Jahren dazu entschieden, ihre Ideen in einen Konzern einzubringen. Dafür hatten sie jetzt aber auch die Ressourcen, um sich nach dem Aperitif Primi, Secondi und Espresso zum Nachtisch leisten zu können.

Liv goss einen Klecks kalt gepresstes Olivenöl auf ihren Teller, brach die Scheibe Brot, das es vorab gab, und tunkte sie ins Öl. Bis die Spaghetti Frutti di Mare kamen, hatte sie das Brot verschlungen. Das Mineralwasser war nach wenigen Schlucken ausgetrunken. Von den Meeresfrüchten schmeckte sie nichts. Zum Nachtisch bestellte sie wie die Banker in ihren Beerdigungsanzügen ein Tiramisu, dann bezahlte sie in bar, was unüblich schien.

Den Nachmittag über streifte sie durch die Stadt, ließ sich von der App durch die Straßen navigieren und Informationen zu den Sehenswürdigkeiten vortragen. Sie schleckte ein Pistazieneis, trank eine Limonade, irgendwann stand sie vor einem Stadion. Ava registrierte das und bot ihr ein Ticket in Reihe 16 zum Schnellbucherrabatt an. »87% reduziert, Liv, zuschlagen!«

28 Minuten später begann das Spiel. Sie saß nicht schlecht, fast mittig und auf Höhe des riesigen Medienwürfels. Sie streamte und sagte: »Man sieht die einzelnen Spielzüge besser, wenn man auf den Medienwürfel statt aufs Feld guckt.« Sie mochte das Quietschen der Schuhe auf dem Hallenboden, mochte das befriedigende Geräusch, wenn der Ball, aus der Ferne geworfen, durch das Korbnetz sauste. Neben ihr ver-

schlangen sie Popcorn und Hotdogs, tranken Softdrinks aus riesigen Kübeln. Ab und an erbarmte sich die Menge und stimmte in einen Sprechchor ein. »Defence, defence«, intonierten sie träge, die Spieler bewegten sich in weiten Schritten rückwärts, die Gegner nicht aus den Augen lassend. Manchmal wurde das Spiel unterbrochen, bildete sich ein Pulk um das Trainergespann. Kameramänner umtänzelten dann die Traube, andere hielten gebogene Mikros darüber. Eine Drohne flog dicht über die Köpfe der Zuschauer hinweg. Cheerleader fluteten das Feld und formierten sich zu Pyramiden. Sie trugen pinke Hotpants und schwenkten Pompons. »Die haben sie nur an«, sagte Liv, »um etwas ausziehen zu können.« Bei ihren kurzen Auftritten reagierte das Publikum so ekstatisch wie das ganze Spiel über kaum. Sie zogen die Hotpants aus und bildeten in knappen Slips eine noch höhere Pyramide.

Seit vielen, vielen Jahren hatte Liv mal wieder Lust auf einen Hotdog.

In einer der unzähligen Pausen ging sie auf die Toilette und trank das chlorige Leitungswasser aus dem Hahn. Sie hatte genug vom Spiel und steuerte den Ausgang an. Die Ordner musterten sie verwundert. Draußen kaufte sie sich ein weiteres Pistazieneis und trank eine weitere Limonade. Es war immer noch heiß und die Nacht weit entfernt.

Auf dem Rückweg zum Hotel sah sie vor dem Eingang zu einem Büroturm zwei Männer, die aneinandergeraten waren und sich lautstark anbrüllten. Sie umkreisten und schubsten sich, in den Händen hielten sie Smartphones und filmten sich gegenseitig. Auch die Fußgänger, die wie Liv stehen geblieben waren, hielten die Szene fest. Liv imaginierte ein sich über die ganze Welt spannendes Netz von Zuschauern, die diese Szene live verfolgten, sicher die Seite des Underdogs – der eine Mann war zierlicher und auf Anhieb sympathisch –

eingenommen hatten und auf einen ordentlichen Showdown warteten. Liv streamte, wie die Zuschauer die beiden Kontrahenten filmten, die einander noch immer umkreisten und sich als »Schwanzlutscher« und »Nigger« beschimpften.

Sie warf sich aufs Bett, ließ den Fernseher aber ausgeschaltet. Sie war nicht müde genug, um einzuschlafen. Sie aß Peanuts und trank ihr erstes amerikanisches Bier aus der Minibar. Sie schaltete den Fernseher doch ein und schaute einem Pokerturnier zu. Es war der Beginn der Finalrunde der World Poker Tour in Las Vegas. Liv kannte die Regeln vage, es wurde übliches Texas Hold'em gespielt. Der peinliche Hype war nicht spurlos an ihr vorbeigegangen. Sie trank ein zweites Bier und schnappte sich die Chipspackung. Limette. Las Vegas war nicht weit entfernt. Sie zappte durch die Kanäle auf der Suche nach Curling oder Snooker und trank ihren ersten deutschen Kräuterschnaps. Ein Leopard biss in den Hals eines Zebras. Eine Drohne summte am Nachthimmel.

Irgendwo auf dieser Erde lag eine junge Frau in einem Kingsizebett und bestellte sich einen Hotdog.

*

Am Fenster. Seit zehn Tagen war das ihr täglicher Ausblick. Sie hatte reichlich gefrühstückt. Bis 11 a. m. musste sie das Zimmer verlassen haben.

Ihre Zeit hier war abgelaufen, und das war gut so, denn von allein hätte sie sich kaum vom Snooker, den Leoparden, den Talkshows und Hassreden, der Finalrunde der World Poker Tour, die sie, bis auf wenige Ausnahmen komplett in ihrer Suite verfolgt hatte, wegreißen können.

Als Jugendlicher hatte Elam einmal gepostet, man – er meinte immer sie – solle jeden Tag so leben, als sei er der letzte. Das hatte er irgendwo gelesen. Aber ja, das ergab doch Sinn? Sie schaute schnell nach, ob er in ihrem Chat anwesend war. Er war online, reagierte aber nicht auf die vielen Emojis, mit denen Liv ihn beinahe stündlich an sie erinnerte.

In der Ferne sah sie die Berge, dahin wollte sie. Sie würde die Route nicht planen, sie würde keinen Empfehlungen folgen. Sie würde einfach loslaufen am Morgen, und am Abend würde sie schon irgendwo ankommen. Sie suchte nach Geschäften, in denen es Wanderschuhe gab. Dann befragte sie Ava, wie gefährlich es sei, in den USA zu trampen. Von *absolut ungefährlich bis extrem gefährlich* reichte Avas auf allen Sucheinträgen basierende Schätzung.

Filmreif legte sie die Hand auf die kühle Scheibe, als dächte sie an einen geliebten, aber unerreichbaren Menschen. Hollywood war ja nicht weit, so machte man das da.

Noch einmal duschte sie, bis ihre Finger schrumpelig wurden, dann putzte sie sich mit ihrer neuen Zahnbürste in vier elektronisch vorgegebenen Intervallen die Zähne. Sie cremte sich die Hände ein und ging ein letztes Mal barfuß auf dem weichen Boden. Luxus bedeutete auch, dass man den Luxus schnell nicht mehr zu schätzen wusste. So toll kam ihr der Teppich nämlich nicht mehr vor. Sie überlegte, ob sie diesen glorreichen Gedanken notieren sollte, doch sie ließ es bleiben. Sie wollte festen, steinigen Boden, sie wollte einen Anstieg, den sie hinaufstapfen musste, sie wollte Schweiß schmecken, wollte den weiten Nachthimmel und die Sterne und die erste kühle Brise des Tages spüren. Ja, sie wollte wieder etwas fühlen.

Ich gehe in die Wildnis, schrieb sie Elam und: *Hab einen Hotdog gegessen.*

Ihre wenigen Klamotten und den kompletten Inhalt der Minibar stopfte sie in den Rucksack und schlüpfte dann in die Flip-Flops. Das Smartphone, das ihr auch als Kompass dienen würde, war voll aufgeladen. Abermals ließ sie den Vorhang zu- und wieder auffahren, dann schulterte sie den Rucksack. Sie hatte sein Gewicht vermisst. Als sie das Zimmer verließ, stand der Aufzug wie immer bereit. Die Tür glitt auf. Der Lift schien zu wissen, wo er gerade gebraucht wurde. Tür zu. »Wir sind im 24. Stock«, sagte Liv etwas früher als Ava, »und fahren ins Erdgeschoss.« Als sie sich im Spiegel erblickte, musste sie schmunzeln, denn sie sah aus wie auf dem Weg zum Mittwochssport.

»Sie haben das Erdgeschoss erreicht.«

Durch die weite goldene Hotellobby.

»Ich checke aus.« Liv legte ihre Zimmerkarte auf den grünsamtenen Stoff des Empfangstresens.

»Hat dir der Aufenthalt gefallen?«, fragte die Dame, die auch gut für eine Fluggesellschaft hätte arbeiten können.

»Sehr.« Liv lächelte.

»Wie möchtest du bezahlen?«

»Das müsste übernommen werden.«

Die Dame schaute nach, tippte etwas auf ihrer Tastatur ein. Schaute wieder etwas nach, nun etwas besorgter. »Wir haben eine offene Rechnung von 225 Dollar und 12 Cent.«

»Die Minibar?«

»Ja, und sieben Hotdogs –«

»Sieben?«

«Ja, und der SpaPass.«

»Ich habe aber kein Spa besucht.«

»Mein System sagt mir, dass du dich dafür eingetragen hast.«

Das Bild von Wanderschuhen verpuffte vor Livs Augen.

»Willst du mit Kreditkarte oder über unsere Westin-App bezahlen?«

»Mit der App.«

»Einen Augenblick.«

Pianomusik plätscherte auf sie herab. In der Sessellandschaft hingen die Messebesucher, mit denen sie in den letzten Tagen gefrühstückt hatte. Sie steckte sich einen Kugelschreiber mit dem Logo des Hotels und eine Handvoll bunter Bonbons ein. PING.

Elam *Blum ist tot :-(*

Blum war tot? So schnell, sie konnte es nicht glauben.

Liv *Was, tot?*

Elam *Er ist friedlich eingeschlafen.*

Blum war also tatsächlich gestorben, Elams Blum. Der gutmütige Blum, sein Lächeln, die warme Art, sein Laden, der wie eine Erweiterung seiner selbst Elam aufgenommen hatte. Blum war gestorben, nur allmählich begann Liv zu verstehen, was das bedeutete.

Liv *Oh Gott, so schnell :-(*

Elam *:-(*

Liv *Wie geht es dir?*

Ein Meldung erschien, die ihr die synchronisierte Rechnung anzeigte.

»Das müsste die Rechnung sein«, sagte die Dame.

Liv schaltete zur App, in der sie zur Bestätigung der Transaktion ihren Daumen auflegen sollte. Sie drückte die Kuppe fest aufs Display. Eine Fehlermeldung wurde angezeigt.

»Versuch es bitte noch einmal«, sagte die Dame.

Liv versuchte es abermals. Dieselbe Meldung wurde angezeigt.

»Ist ein recht neuer Service«, erklärte die Dame und schob sich eine Strähne hinters Ohr.

Liv versuchte es ein drittes Mal, dann gaben sie auf.

»Wo finde ich den nächsten ATM-Automaten?«, fragte Liv.

»Du kannst auch mit Kreditkarte bezahlen.«

»Ich komme wieder, mit Cash.« Flatterte ihre Stimme?

Die Dame schaute sie prüfend an, als habe Livs Verhalten eine antrainierte Skepsis in ihr ausgelöst.

»Ich komme wirklich wieder«, beteuerte Liv nochmals, und die Dame begann, ihr den Weg zu erklären. Doch sie verstand kein Wort, sah nur Elam vor sich, bleich vor dem toten Blum. Sah das Nichts in seinen Augen, das ihn wieder ganz in Beschlag nehmen würde. Sah sein Zimmer, seine Matratze. Sie hatte Angst um ihn.

PING.

Es war nur Gila.

*

Vier Stunden später, etliche Meilen weiter westlich. Eine Tankstelle wie ein überdimensionaler Pilz in der kahlen Landschaft. Der Truck, der sie mitgenommen hatte, dessen Motor knisterte. Zwei Zapfsäulen und ein sich im lauen Wind kümmerlich drehendes Werbebanner.

Wie von einem Lineal gezogen, zerteilte der Highway die ausgetrocknete Ebene. Am Horizont erhoben sich Hügel, ein paar Kakteen standen vereinzelt in der Landschaft. Liv hatte den Rucksack abgesetzt und wartete auf ein Auto. Ihre Flaschen waren mit frischem Raststättenwasser aufgefüllt, mit ihrem letzten Geld hatte sie die Datenflatrate um einen Monat verlängert. Wofür es nicht mehr gereicht hatte, waren Wanderschuhe, ein Busticket oder die Übernachtung. Oder Essen. Aber sie mochte den Gedanken, dass sie von nun an ums Überleben kämpfen würde. Ihre Eltern würde sie niemals um Hilfe fragen. Und wenn einer der Trucker sie einfach bis nach Alaska verschleppte, dann musste sie da eben alleine durch.

Sie kickte gegen einen Stein, der bis zur anderen Straßenseite holperte. Es fuhren wirklich wenig Autos hier. Welcher Highway war das? War es überhaupt ein Highway? Sie musste an die Schildkröten denken und daran, wie lange sie da gewartet hatten.

Aber seitdem sie von Blums Tod erfahren hatte, kam ihr auf einmal alles sinnlos vor. Elam antwortete ihr nicht, obwohl er online war. Sie öffnete Blums Facebook-Wall, die sich bereits in ein Memorial verwandelt hatte. Bilder wurden geteilt, Anekdoten erzählt. Sie las alle Posts und auch die Kommentare darunter. Wie sie Blum vermissten, welch besonderer Mensch er gewesen sei, was von ihm sie niemals vergessen würden. Sie hatten ihre Nachricht direkt an ihn adressiert, als wäre er noch am Leben. Der allererste Post nach der Nachricht seines Todes stammte von Elam.

Lieber Blum, ich vermisse dein Lächeln, vermisse deine Art des Sprechens, vermisse deine Weite. Ich habe viel von dir gelernt, und ich danke dir für die Stunden auf unserer Scholle. Zurück bleibt eine gigantische Leere, in der zuvor dein großes Herz gewaltet hat. Nichts auf dieser Welt kann sie mehr ausfüllen.

Sie herzte Elams Beitrag, wie viele andere auch, und tippte seinen Account an. Sie hatten knapp einhundert gemeinsame Freunde, von denen einer nun nicht mehr am Leben war. Seit seinem Beitrag auf Blums Memorial hatte Elam nichts mehr gepostet, keine Musik gehört, sich an keinem öffentlichen Platz eingeloggt oder an einer Veranstaltung teilgenommen.

Es war einer der Momente im Leben, in denen die Stimme des anderen überlebenswichtig sein konnte.

Sie drückte auf das Aufnahmesymbol und sagte: »Elam, es tut mir so leid. Ich habe Blum sehr gemocht. Er war eine so gute Seele, und ich weiß, wie wichtig er für dich war. Vergiss nie, ich bin immer an deiner Seite.« Sie ließ das Aufnahmesymbol los, und die Sprachnachricht wurde versendet.

Elam hörte sich jetzt die Nachricht an. Ihr Herz wummerte wie schnelle Schiffsrotoren. Er schrieb. Es dauerte eine Ewigkeit, aber Zeit hatte sie. Ein Blick zum Highway: nichts. Sie starrte auf das Display und die drei unaufhörlich blinkenden

Punkte. So stand sie in der Sonne, im Kiesbett am Rand des Highways.

Elam *Es ist schön, deine Stimme zu hören. Ich habe schon ganz vergessen, wie du klingst. Wenn ich mich anschaue, sehe ich diese zwei schwarzen Löcher. Ich sehe in sie hinein und sehe dahinter nur ein noch dunkleres Loch. Ich habe Tonnen an Filmen da hineingeschüttet. Aber es verschluckt alles nur. Ich kann mich an nichts erinnern. Ich kann dir nicht sagen, was ich gemacht habe.*

Das Röhren eines Fahrzeugs von Westen. Liv senkte den Blick wieder, sagte: »Du musst die Leere irgendwie ausfüllen. Schnapp dir ein Bike, radle durch die Gegend. Iss ein Eis. Du kannst auch Gila besuchen, die würde sich sicher freuen.«

Er antwortete, und es dauerte wieder eine Ewigkeit.

Elam *Ich werde es versuchen (ein Eis), vielleicht.*

»Schick mir ein Foto davon!«

Ein Motor summte, diesmal tauchte von Osten ein Wagen auf und brauchte Minuten, bis er näher kam: ein quittengelber VW-Bus. Sie streckte den Daumen raus, natürlich stoppte er. Natürlich lief laut Musik.

Eine Frau hüpfte von der Vorderbank nach hinten. Die Hinterbank war herausgenommen worden, stattdessen lag da eine Matratze. Die Frau hatte mittellange Haare und trug einfarbige, konservative Klamotten. Der Mann auf dem Fahrersitz, neben dem Liv jetzt Platz nahm, hatte einen festen Händedruck und trug eine silberne Uhr. Er blickte sie an und schob sich seine windschnittige Sonnenbrille zurecht. »Mach es dir bequem«, sagte der Mann, der etwa Anfang vierzig sein mochte.

Der Wagen fuhr an. *Stairway to Heaven* ertönte aus den Boxen. Der Mann nickte betont lässig im Takt. Der Schaltknüppel schien sich nur schwer bewegen zu lassen. Liv wartete, bis der Wagen die richtige Fahrgeschwindigkeit hatte.

»Sehr nett von euch, dass ihr mich mitnehmt.«

Es tat gut, etwas Abstand vom Blum-Drama zu gewinnen. Sie war meilenweit entfernt, und Elam würde es hassen, wenn sie seinetwegen ihre Reise abbräche.

»Woher kommt ihr?«, fragte Liv.

»Aus Wien«, sagte der Mann. »Ich bin Alois, das ist Charlotte.«

»Das ist ein Mietwagen«, ergänzte Charlotte von hinten. »Wir sind in New York gestartet und fahren quer durchs Land.«

»Eine tolle Idee«, sagte Liv, obwohl ihr der Plan in Wahrheit schrecklich abgedroschen vorkam. »Wollt ihr ein Bonbon?«

»Liebend gern«, sagte Charlotte, die Unterarme auf ihre Rückenlehne gelegt. Liv reichte ihr ein Bonbon.

»Und du bist ganz allein unterwegs?« Charlotte roch nach Rosenshampoo und kein bisschen so, wie die meisten rochen, die Liv in den letzten Wochen kennengelernt hatte.

»Meistens schon.«

»Das finde ich sehr mutig, vor allem als Frau.«

Alois steckte sich eine Zigarette an. »Stört's euch?«

Liv schüttelte den Kopf. Alois kurbelte das Fenster herunter. »Ich saß noch nie in einem Auto«, sagte Liv, »bei dem man kurbeln muss.«

»Eine gute Wahl«, sagte Charlotte, »oder nicht?«

»Ich liebe Vintage«, sagte Liv. Und das stimmte. »Früher hatte man noch ein Gespür für Formen. Da wurde nicht alles glatt geschliffen.« Darauf erwiderten die beiden nichts, und Liv betrachtete Alois' Brille, die gut den glatt geschliffenen Zeitgeist repräsentierte.

Ein paar Meilen schwiegen sie wieder, und ein neuer Song, auch mit Gitarren, den Liv allerdings nicht kannte und auch nicht mochte, schloss sich an.

»Woher kommst du?«, fragte Charlotte.

»Ich habe in der Karibik begonnen.«

»Bist du auf diese Weise bis hierhergereist?«, fragte Alois.

»Nein, nein«, sagte Liv. »Auch mal mit dem Bus oder auf einem Pick-up.«

»Das finde ich interessant, eine junge Frau, die allein reist, in der Karibik beginnt und jetzt in unserem Wagen sitzt.« Charlotte fasste Alois an den Arm. »Was war das Beste, oder sagen wir, was das Beeindruckendste, das du bis heute erlebt hast?«

»Oh Gott«, sagte Liv. »Wo soll ich anfangen?«

»Lass dir Zeit.« Alois aschte aus dem Fenster und drehte die Lautstärke etwas herunter.

Charlotte war in der Zwischenzeit zu ihnen nach vorne geklettert. »Ich finde es den Wahnsinn, dass sich ein so normales Mädchen wie du in solche Abenteuer stürzt. Bin echt schwer begeistert.«

Statt sich über das Kompliment zu freuen, ärgerte sich Liv über diese Einschätzung, die vielleicht mit ihrem neuen Look zusammenhing. Niemand auf dieser Welt wollte ein normales Mädchen sein. Aber sie riss sich zusammen und ließ sich nichts anmerken. Sie war ja Gast.

Sie fuhren exakt auf die sich bereits niedersenkende Sonne zu. Alois drückte eine Zigarette im Aschenbecher aus und schob sich die Sonnenbrille ins Haar. »Lass mich das noch mal festhalten«, sagte er. »Du hast dir einen Punkt auf der Karte ausgesucht, wo wir dich heute noch rauslassen sollen?«

Liv nickte.

»Du willst in den Nationalpark hinein, da übernachten, und dann läufst du bis ganz zum anderen Ende, ja?«

»Ich habe einen Kompass. Und ich habe Erfahrung mit Wüsten.«

»Trittfeste Schuhe?«

»Im Rucksack.«

»Und du sagst Bescheid, wenn wir dich rauslassen sollen?«

»Noch eine Weile, ich weiß genau, wo.«

»Und wenn du dich verläufst?«

»Irgendwas wird da schon sein.«

»Cool.« Charlotte lächelte sie an. Alois schüttelte den Kopf.

Liv war vom vielen Reden ermüdet und genervt von sich selbst, dass sie wieder so unfreundlich und überheblich wirkte.

»Und wo wart ihr überall?», fragte sie und steckte sich jetzt auch mal eine Zigarette an.

Auf Livs Nachfrage berichteten die beiden von den letzten zwei Monaten auf ihrer Tour quer durch die USA, zählten Stationen auf, sich immer wieder gegenseitig ins Wort fallend, als hätten sie schon viel zu lange aufeinandergehockt. Ein echter Roadtrip wie im Film, ein paarmal hatten sie wegen des Feelings in einem der Motels mit spartanischem Frühstück, Free Refill Coffee und flirrenden Deckenventilatoren geschlafen. Obwohl sie das nicht mussten, weil sie ja dieses fahrbare Schlafzimmer hätten und eine Kochnische, die sie am Heck – am Heck? – ausfahren konnten, was sie Liv zeigen wollten, falls sie noch tanken mussten, was nicht oft passiere, weil Alois sehr sparsam fahre. In einem der Motelzimmer habe einmal ein Pärchen nebenan gestritten, richtig laut sei es geworden, und Gegenstände seien gegen die geteilte Wand geflogen. Wenige Minuten später hätten die dann lautstark miteinander geschlafen und sich danach wieder angeschrien.

Brav stellte Liv an den passenden Stellen passende Fragen, die den Redefluss der beiden in Gang hielten, nebenher aktualisierte sie im Fünfsekundentakt Elams Account in der Hoffnung, er würde das Foto posten, um das sie ihn gebeten hatte, und so redeten sie in einem fort, so wie die Straße vor ihnen unendlich geradeaus zu laufen schien, eingefasst von dieser kargen und gelben Landschaft, in der ab und zu nur ein verwachsener Kaktus einsam herumstand.

Als der Redefluss irgendwann doch abbrach, schwiegen

sie. Liv war froh darüber, schaute auf die Straße und tat nichts anderes, als die Meilensteine zu zählen.

»Woher kommst du eigentlich?«, fragte Alois, als Liv gerade eindösen wollte, den Kopf an Charlottes Schulter, die zu schlafen schien.

»Tel Aviv.«

»Aha«, sagte er.

Es lief ein Rocksong vom Ende des letzten Jahrhunderts. Die Sonne stand mittlerweile tief. Der Himmel war fahlblau. Livs Rücken schmerzte vom vielen Sitzen. Sie hatte Durst.

»Mein Urgroßvater war Diplomat, Naher Osten. Mein Vater ist derzeit im Jemen, war lange in Damaskus. Das Interesse hat sich vererbt und mit dem Interesse eine doch, wie soll ich sagen, komplexere Weltsicht. Der Medienberichterstattung fehlen bedauerlicherweise die Hintergründe, was bei dem ganzen Social-Media-Geschrei und den Sehgewohnheiten nicht verwunderlich ist.« Alois schob die Sonnenbrille zurück auf die Nase und steckte sich wieder eine Zigarette an. Er hatte drei Falten auf seiner leicht gebräunten Stirn.

»Darf ich ehrlich sein?« Er schaute zu Liv herüber. Als sie nichts sagte, fuhr er fort: »Ich habe mich über die Bodenoffensive des IDF zu diesem frühen Zeitpunkt doch, salopp gesagt, stark gewundert. Was ist denn deine Meinung zu der Reaktion des IDF, derart in die Offensive zu gehen, obwohl ja nicht mal geklärt ist, ob die letzten Vorfälle überhaupt der Hamas zuzuschreiben sind?«

»Es gibt immer mindestens zwei oder noch mehr Seiten«, sagte sie vorsichtig. »Die eine, die unterdrückt wird, die andere, die sich bedroht fühlt, und noch eine, von der wir gar nichts wissen.«

Er schaute sie wieder von der Seite an, die Augenbrauen hochgezogen. Diesmal war er es, der überheblich wirkte.

»Ihr Deutschen«, fügte Liv hinzu, »würdet euch doch auch verteidigen, wenn aus Polen andauernd Raketen auf eure Hauptstadt geschossen würden.«

Darauf erwiderte Alois nichts. Zum ersten Mal herrschte eine beengende Stille. Der Wagen wurde schneller, Alois musste unbewusst mehr Gewicht auf das Gaspedal verlagert haben.

»Wir kommen aus Wien«, sagte er, sichtlich um Fassung ringend. »Wir sind keine Deutschen, wir sind Österreicher!«

Danach sprachen sie kein Wort mehr. Liv verstand nicht recht, was ihn daran derart aufregte, seine Heimat mit einem doch sehr ähnlichen Nachbarland verwechselt zu sehen. Ein Land, das zudem gerade einen enormen Hype erfuhr, vorneweg Berlin, die schillernde Hauptstadt.

Als sie angestrengt hinausschaute, wurde der Highway gerade von zwei aufsehenerregenden Hügeln eingefasst, schöne, rote Hügel, und folgte einer langen Rechtskurve. Hohe gelbe Gräser mit schwarzen Spitzen wuchsen am Straßenrand. Schwarze Felsbrocken lagen in unregelmäßigen Abständen auf den Hügeln verstreut, als ob eine Göttin sie vor langer Zeit achtlos dort fallen gelassen hätte.

Liv schaute demonstrativ auf Maps. »Hier muss es sein«, sagte sie und durchbrach das lange Schweigen. Alois trat auf die Bremse, als wäre er ein Taxi und die bezahlten Kilometer just in dieser Sekunde abgelaufen. Charlotte schreckte hoch.

»Hier steige ich aus.«

Der Wagen kam zum Stehen, eine Staubwolke schloss sie ein.

»Aber hier ist doch gar nichts.«

Die Staubwolke senkte sich. Bronzefarbene Hügel und ein wohlgeformter Kaktus zeichneten sich ab.

»Ist es wirklich hier?«, fragte Charlotte voller Sorge. »Bist du dir sicher?«

»Ganz sicher.« Liv zeigte ihnen die Karte.

»Gut«, sagte Alois, »dann soll es so sein.«

Sie ließen Liv aussteigen, mussten zuschauen, wie sie den Rucksack aufsetzte, wie sie ihren Bildschirm wie einen Kompass vor sich hielt und den Weg, der keiner war, in die Wildnis einschlug.

Liv hörte das Summen des Motors hinter sich, hörte Alois den Gang einlegen und die beiden, zweimal zum Abschied kurz hupend, losfahren. Die Sonne stand tief. Es dauerte nicht lange, bis das Geräusch der Reifen und des Motors über die Distanz verebbte.

Das Rascheln der Gräser im Wind, wie langsam aneinanderreibende Hände. Der Himmel war so unvorstellbar weit.

Franz, 6

Durch die seitlichen Oberlichter des Mittelschiffs fällt Morgenlicht. Das Stahlskelett der Halle liegt frei, ihr Dach wird von glänzenden Säulen getragen. Die Seitenschiffe sind verglast und erhellen die Blumenstände, an denen gerade das Leben erwacht. Blumenfrauen tragen Blütenkörbe vom Mittelschiff zu den Ständen der Seitenschiffe (was wunderschön ist und köstlich nach Lavendelhängen duftet). Laufburschen schieben quietschende Holzkarren durch das Eingangsportal und laden die Ware der Händler mittig im breiten Hauptgang ab.

Ich nehme die Leica von den Augen. Ich sitze abseits des Trubels an einem provisorisch aufgebauten Tisch, mit dem Rücken lehne ich an der kühlen Klinkermauer. Eine Blumendame mit geflochtenen Haaren, silbernen Spangen und aufgeweckten Augen rührt in einem gusseisernen Kaffeetopf. Neben mir, so dicht, dass ich den Blumenduft riechen kann, schnattern die übrigen Blumenfrauen. Mir hat die Blumendame eine gut gefüllte Schale über die fein bestickte Tischdecke hingeschoben. Und einen dieser frisch gebackenen Pflaumenkuchen mit dem »Geschmack nach Markthalle römisch zwei«, wie sie betont. Die angrenzende Markthalle, in der mit Obst und Gemüse gehandelt wird und wo in der hintersten Ecke die Fleischbeschauer vor Rinderhälften Branntwein kippen.

Ich fühle mich wach und klar zugleich. Die trügerische Klarheit vollkommener Übermüdung.

Ich zerteile den Kuchen, bleibe hier sitzen, bis die Müdigkeit kommt (die die anderen bereits hinfortgerafft hat) und ich dieses eine letzte Foto geschossen habe. Ich genieße jeden Bissen, trinke dazwischen kleine Kaffeeschlucke, reibe mir die Augen, die brennen und, wenn ich sie mal für einige Sekunden mit Gewalt schließe, umso vehementer wieder aufspringen.

Bruchstücke vom Heimweg. Eine enge Gasse mit mittelalterlichen, schiefen Fassaden und kleinen Fenstern. Die Auslagen einer koscheren Fleischerei. Ein Park mit morschen Bänken, von Efeu überwuchert. Das Brückengeländer, das sich über den dunklen Kanal spannt, auf das ich steige, die Arme wie ein Seiltänzer ausgestreckt. Dann ein Gestrüpp, durch das ich hindurchwate, weil ich da einen Fuchs habe hineinhuschen sehen und auf mein letztes Foto hoffe. Auf der anderen Seite sind aber nur Baukräne, kein Fuchs.

»Alles gut?«, fragte die Blumendame und schaut an mir herunter. Meine Hosenbeine sind von Dornen aufgeschlitzt, das Fleisch darunter auch.

»Mir geht es gut«, sage ich. »Da ist nichts, tut nicht weh, kein Problem, der Morgen ist schön und frisch, und die Blumen sind eine Pracht.« Ich nippe an der Kaffeeschale. Es sind diese Aromen, für die sich das Aufstehen lohnt. Oder das Wachbleiben. Ich spüre tatsächlich keinen Schmerz.

Eine der Blumenfrauen fächert das *Berliner Tagblatt* auf und verteilt die verschiedenen Sektionen an ihre Kolleginnen. Sie tuscheln über diese Kiki, deren Männerhosen sie unmöglich finden. »Eine verzogene Göre«, sagt die eine. »Vater Industrie, Mutter Film«, die andere. »Klar, da hat es das Töchterchen leicht, oben mitzuspielen«, die Dritte.

Ich drehe mich so, dass ich die Zeitung nicht mehr im Blick haben muss, und hebe das Kameragehäuse vor mein Gesicht.

»Oh, ein Fotograf«, höre ich eine Blumenfrauenstimme (spöttisch?) sagen. Egal. Auf der gegenüberliegenden Seite halten Sonnenblumen die Köpfe kreuz und quer. Aber das ist nicht das Interessante. Inmitten dieses Sonnenblumenmeers (es sind wirklich viele hintereinandergeschichtet) steht ein junger Mann mit einem Leuchter in der Hand. Ich erkenne es nicht ganz genau, aber es scheint, als halte er eine Stange, an die eben ein Strahler montiert ist. So steht er da (in Blau gekleidet) und raucht. Dass er nicht von hier ist, sehe ich sofort. Es ist der Schnitt seiner Hosen, der ihn als Amerikaner ausweist. Was macht er hier?

Ich lasse die Leica sinken. Die Blumenfrauen schauen mich von der Seite an, als fragten sie sich genau dasselbe.

Und dann passiert etwas Komisches. Ich sitze auf einmal neben mir (also neben Franz eins) und sehe mich aus der Sicht der Blumenfrauen (etwas verschwommen). Aber was ich sehe, ist, dass da dieser junge Mann mit seiner Leica sich für dieses Motiv in etwa 20 Meter Entfernung interessiert, aber sitzen bleibt. Und ich (Franz zwei) frage mich dann, warum er nicht aufsteht und sich seinem Motiv nähert.

Ich drücke die Gabel über die letzten Kuchenkrümel, ziehe sie mit den Lippen ab, spüle mit dem Kaffee nach und sage: »Danke«, weil ich mich ja kurz in sie hineinversetzen durfte. Schon stehe ich, sie grinsen auf eigenartige Weise, als gäbe es an mir etwas zu lachen, und werde Zoom. (Wenn du die

Details der Dinge nicht siehst und kein Transfokatorobjektiv hast, musst du eben hingehen.)

Aus dem starren Bild wird ein bewegtes. Ich nähere mich den Sonnenblumen, jede meiner Bewegungen wirft die Komposition des Raumes herum. Ich stelle mich so, dass ich zentral die Gangflucht habe, links und rechts die Blumenreihen. Und rechts im Bild den jungen Mann wie falsch abgestellt mit seiner Leuchte (der Lichtstrahler eines Filmsets). Ich gehe zwischen den Reihen hindurch, bis ich auf seiner Höhe bin (er guckt komisch, weil ich in die Hocke gehe). Von Sonnenblumen ist er nun bis zum Hals zugewachsen. Dann richte ich mich auf, laufe weiter, drehe mich um, und jetzt steht er mit dem Rücken zu mir, und weit dahinter bildet die Klinkerwand das Ende, vor der die Blumenfrauen, zwischen Tisch und Wand gepfercht, die Zeitung in der Hand, mehr oder minder zu uns oder zu dem Mädchen schauen, das ins Bild gelaufen ist. Ja, sie schauen dem Mädchen nach (es geht an dem jungen Mann vorbei und einen Seitengang entlang), ich folge ihr.

Es sind Hyazinthen, glaube ich, und es ist ein langer Gang. Und mit der Hand fährt sie über die Blumen, wie Mädchen in ländlichen Idyllen und zu anderen Zeiten. Sie trägt Hosen, die gleichen wie der junge Mann. Blaue Velvethosen. Dann bleibt sie stehen.

Ich bleibe stehen.

Sie dreht sich um (wir sind nicht weit voneinander entfernt).

»Hi«, sagt sie.

»Hi«, sage ich.

»Wer bist du?«, fragt sie.

»Franz«, sage ich. »Franz Frey.«

»Mag ich«, sagt sie.

»Echt?«, sage ich.

»Ja«, sagt sie.

Ihre Mundwinkel gehen nach oben und meine dann auch. Schmale Lippen, aus denen diese Wörter kamen. In einem melodischen Amerikanisch, der Sprache der Götter.

»Ist das Mode bei euch in Berlin?« Sie macht mit dem Zeigefinger eine Bewegung, als würde sie mich kratzen. Sie meint meine Klamotten, die Farben der Nacht.

»Ich laufe sonst anders herum –«

»Nein, nein«, sagt sie. »So gefällst du mir.«

Ich sage jetzt nichts. Sie hat schmale Augenbrauen, dunkle, fast schwarze Augen. Helle Haut, Locken.

»Guckst du immer durch die Kamera?«

Ertappt lasse ich sie noch ein wenig tiefer sinken. »Nur manchmal«, sage ich.

»Was ist das für eine?«

»Eine Leica.«

»Und was suchst du hier um diese Zeit?«

»Ich habe Kaffee mit den Blumenfrauen getrunken. Ich mag das geschäftige Treiben. Ich suche nach einem Motiv für mein letztes Foto, deswegen bin ich Transfokator geworden.«

»Was ist ein Transfokator?«

»Es ist ein Objektiv für diese Leica hier. Du kannst damit alles näher heranholen, ohne direkt hinzugehen. Das ist sinnvoll, wenn du Vögel oder so fotografieren möchtest, die du mit deiner Anwesenheit nicht aufschrecken willst.«

»Welche Vögel denn?«

»So meine ich das nicht.«

»Wie meinst du's dann?«

»Ich habe gar keinen Transfokator, es geht mir ums Prinzip.«

Sie legt den Kopf leicht schief, schaut mich fragend an.

»Ich kann es nicht erklären.«

Ich senke den Kopf.

»Zeig es mir«, sagt sie.

Das ist eine gute Idee. Ich mache diese zwei Schritte auf sie zu, die aus Abstand Nähe machen.

»Guck hier durch«, sage ich, und sie nimmt das Gehäuse und schaut durch den Sucher, und ich spüre den Elchlederkameragurt um meinen Hals, der mich in ihre Richtung zieht. »Such dir ein Motiv.«

Sie reißt die Kamera mit sich herum (und mit mir dran) und visiert ungefähr das Gewächshaus an.

»Was siehst du?«, frage ich ganz schulmeisterlich.

»Einen Blumentopf.«

»Ist das interessant genug?«

»Nicht wirklich.«

»Okay. Nun bewege dich, mach ihn interessant.«

»Okay.« Sie lächelt, weil sie mein »Okay« eins zu eins nachgemacht hat. Und ich lächle auch.

Mit Gänseschritten geht sie auf das Gewächshaus zu, tropische Pflanzen, ein kleiner Urwald eingefasst von Glas. Sie steuert aber erst einmal nicht den Blumentopf an, sondern geht zwischen den Stauden und Bambusrohren und Lianen und was da sonst noch über uns zusammenwächst, umher. Wie in einer Expedition. Und ich hinterher.

Ich wische mir die Luftfeuchtigkeit von der Stirn, und jedes Mal wieder, wenn das Mädchen eine neue Wendung macht, zerrt es an meinem Hals.

Irgendwann stehen wir direkt vor dem Blumentopf. Er ist so groß, dass man ganze Bäume hineinpflanzen könnte.

»Wie ein Vulkan«, sagt sie. Er reicht uns bis zur Brust. Sie beugt sich über den Rand, immerfort durch den Sucher schauend. »Da liegt wer drin«, sagt sie und macht einen Satz zurück (ich an ihr dran).

Sie lacht. Sie reicht mir die Kamera zurück. Ich halte die Leica wie einen Kasten vor dem Bauch, drehe das Einstellrad für die Verschlusszeiten von *B* auf *T*. T wie Zeit.

Sie zieht eine Zigarettenschachtel aus der Hose (Flora?). »Willst du?«

»Gern«, sage ich und zupfe eine Zigarette heraus, sie tut es mir gleich. Wir stecken sie uns in den Mund, sie entzündet ein Streichholz, wir teilen uns die Flamme. Sie raucht, schaut in der Gegend herum, als sei sie in Gedanken. Wenn sich unsere Blicke treffen, lächelt sie. Ich rauche auch einfach nur (manchmal muss nichts gesagt werden) und spüre plötzlich die Anstrengung der letzten Stunden, als sei ich von sehr weither gekommen, um mit diesem Mädchen rauchend in diesem Urwald zu stehen. Und ihr geht es genauso, das spüre ich, auch sie hat einen weiten Weg hinter sich, um mit diesem Jungen (Franz) diesen Moment zu teilen.

Sie wischt sich eine Strähne aus dem Gesicht, als wolle sie mich aus ihrem Sichtfeld wischen. Ich kenne diese Geste.

»Was ist?«, sagt Kiki.

»Nichts«, sage ich.

Ich spüre, wie sich alles in mir zusammenzieht. Sie ist es wirklich. Das Rauchen fällt mir jetzt schwer, weil der Rauch, den ich einsauge, nicht mehr aus meinem Mund kommt. Ich sehe sie mir ganz kurz an, weil etwas an ihr anders ist als auf den Bildern, die ich von ihr gesehen habe. Ich weiß aber nicht, was es ist. Ich weiß nur, dass da irgendwas ist, das mich stark anzieht. Dann schaue ich schnell weg, weil sie wieder meinen Blick fixiert.

Ich suche nach einer Frage.

»Was machst du hier, so früh?«

»Komische Sachen«, sie nickt in die Richtung, aus der wir gekommen sind. »Sie zerren dich hierhin und dorthin, und dann musst du auch noch gut aussehen dabei und froh darüber sein.«

»Wie ist es mit den Männern auf dem Zeppelin?«

»Ich möchte darüber nicht sprechen.«

»Aber es interessiert mich wirklich, ich frage nur, weil ich es mir nicht vorstellen kann, so über der Landschaft zu schweben.«

»Ich möchte darüber nicht sprechen.«

»Warum machst du's dann?«

»Ich mache gar nichts. Ein Ereignis ergibt das nächste. Irgendetwas ist an mir, das die Leute aufregt und gleichzeitig begeistert.«

»Wenn du so spärlich bekleidet bist«, sage ich, weil eines dieser Bilder in meinem Kopf auftaucht.

»Laufe ich gerade nackt herum?« Sie wirkt jetzt etwas grimmig. »Ich hatte nur einmal diesen Bikini an, das Ding mit den Kordeln an den Nippeln. Das habe ich gemacht.«

»Ich habe es gesehen.« (Wie sie die Kordeln in Kreisbewegungen herumwirbelte.)

»Alle haben es gesehen.«

Sie lässt die Zigarette fallen, zerreibt sie mit der Fußspitze. Ich habe sie grimmig gemacht. Diese weltberühmte Kiki. Ich rauche weiterhin sehr umständlich, mir ist schon ganz schwindlig.

»Bitte sei nicht so«, sagt sie.

»Wie?«

»Die Leute sind immer so anders zu mir, so übertrieben, so total verschreckt. Das mag ich nicht.«

Ich senke den Kopf.

»Bitte nicht.«

Ich hebe den Kopf. Sie hat Tränen in den Augen, auch wenn ihre Stimme gar nicht danach klingt.

Auch ich lasse die Zigarette fallen und zerreibe sie am Boden. »Gib mir zehn Sekunden«, sage ich.

»Okay«, sagt sie.

Und ich schließe die Augen und gehe jedes einzelne Bild durch, das ich von ihr im Kopf habe, jeden einzelnen Satz, den ich über sie gehört habe, füge alles wie auf einer Seite zusammen und lege Löschpapier darüber.

Als ich die Augen öffne, steht da nur eine junge Frau mit dunklen Augen und heller Haut und diesen schmalen Lippen.

»Fertig«, sage ich.

»Danke«, sagt sie und strahlt. »Danke auch, dass du mir deine Leica gezeigt hast.«

»Wo wollen wir anfangen?«

»Nimm mich mit in dein Berlin.« Sie strahlt.

»Immer doch, wenn du das möchtest.«

»Ich will«, sagt sie und wippt vor auf die Zehenspitzen und dabei nah an mich heran.

Ich nehme ihre Hand (ganz automatisch). Sie hat schmale, kalte Handgelenke. Sie schaut hinunter auf unsere Hände, dann in meine Augen. Dann passiert etwas sehr Eigenartiges. Ein unheimlicher Sog geht von ihr aus, von ihrem ganzen Wesen. Es zieht förmlich an mir, mit aller Kraft. Ich kann nicht anders, ich will nicht anders. Ich schaue auf ihre Lippen, es zieht mich zu ihr hin.

Ein Pfiff erschallt. Sie schreckt zurück.

»Sie rufen.«

»Ich hab's gehört.«

»Ohne mich können sie nicht anfangen.«

Am Ende des Gangs stehen zwei junge Männer in blauen Hosen.

»Du musst los.«

»Ich muss los, ja.«

»Das war sehr kurz.«

»So ist es manchmal.«

»Werden wir uns wiedersehen?«

Sie zuckt mit den Schultern. »Wenn ich nicht über Sibirien abstürze.« Sie lächelt.

»Ich warte auf dich«, sage ich.

»Wo denn?«

»Egal, da, wo du runterkommst. Ob im Eis oder im Pazifik. Ich warte da auf dich.«

»Und wenn ich in Flammen aufgehe?«

Ich zucke auch die Schultern. »Dann geh ich auch in Flammen auf.«

Ein zweiter Pfiff erschallt. Sie wischt die Männer, die sie rufen, mit einer Handbewegung weg.

»Dein Foto«, sagt sie. »Du wolltest noch ein Foto.«

»Ein Foto von dir.«

»Vor Kameras kann ich nie echt sein.«

»Das ist okay«, sage ich. »Ich habe es längst geschossen.«

»Sag bitte nicht: mit deinem Herzen.«

»Nein, nein«, sage ich. »Mit einem Zeitauslöser.«

»Franz.«

»Ja.«

Sie gibt mir einen kurzen Kuss auf die Lippen. Dann drückt sie sich von mir weg und hebt die Hand, als wolle sie mir winken. Rührt sie aber nicht, hält sie nur starr in die Luft. »Komm, schlag sein«, sagt sie.

»Wieso?«

»Schlag ein, High five. Man darf nie traurig gehen.«

»Okay«, sage ich.

»Okay«, sagt sie.

Wir schlagen ein. Es schallt. High five.

Sie dreht sich um und läuft den langen Gang entlang, vorbei an den Blumenfrauen, die ihre Köpfe wie Sonnenblumen nach der Sonne drehen, verschwindet.

Ich stehe noch eine Weile da im Gewächshaus, tausendfach gespiegelt im Glas. (Es gibt Momente, die dir in der nächsten Sekunde schon irreal vorkommen. Dies ist so einer.) Ich beuge mich über den Rand des Blumentopfs. Da liegt niemand.

Am liebsten würde ich jetzt, auf einer Wiese liegend, meine Kiki-Szene immer und immer wieder neu abspielen, aber ich habe eine Mission. Ich muss der Welt die echte Kiki zeigen. Ich muss, irgendwie, dieses Foto entwickeln und zu den Menschen bringen.

Beschwingt laufe ich also in der nahen Friedrichstadt zwischen den Hochhäusern umher und notiere Postadressen. Hochhäuser, in denen Laufburschen die Manuskripte und Filmrollen mit dem neuesten Material aus der Hauptstadt oder den Eindrücken der Auslandskorrespondenten zusammentragen. Über hundert Zeitungsredaktionen sind hier angesiedelt, der Reichsrundfunk, der auf der ganzen Welt zu hören ist. In den Haustürmen beugen sich abertausende über die eintreffenden Materialien und werten sie aus nach Relevanz. Das meiste wird über in die Wände eingelassene Schächte direkt in eine unterirdische Restmülltonne gekippt und anschließend verbrannt. Warum sollte es eine Stadt interessieren, dass ein Valentin Veit gerade grübelnd über seiner Symphonie der Stadt sitzt und den letzten Satz verworfen hat? Oder dass Fräulein Else-Marie, meine liebste Kioskverkäuferin, sich über die stärker werdende Konkurrenz aus Polen beschwert? Vierundzwanzig Stunden am Tag läuft diese Maschinerie des Auswertens und Einsortierens, des (im besten Fall) Weiterleitens per Rohrpost an einen der Redakteure, der sich einen freien Journalisten heranholt, der sich alsdann eine elektrifizierende Schlagzeile ausdenken darf, bevor er mit dem Schreiben des Artikels überhaupt beginnt.

Oder so ähnlich (du siehst, ich bin beschwingt). Die Schlagzeile (und ein Text) wird dann gleich ins Medium verpackt und herausgeschleudert. In die Arme der Juno rauchenden Zeitungsburschen, wie auch Franz einmal einer war. Oder per Radio in den Äther oder bald (glaubst du den Prophezeiungen unserer Kolumnisten) in bewegten Bildern, in Echtzeit und in Farbe, mit Höhen und Tiefen, direkt in die Wohnzimmer.

Wäre es nicht viel großartiger, denkt sich der beschwingte Franz und schlägt den Heimweg ein, könnten die Radiostationen und Zeitungsredaktion nicht nur senden, sondern auch empfangen? Könnte also jede, die die Mitteilungen liest und hört, darauf reagieren? Zurückschreiben, zurücksprechen, zurückfotografieren, wie wir es doch längst in den Telefonstuben handhaben? Nachrichtenstuben für den schnellen Austausch. Bilderboxen für das schnelle Bild. Wörterkästen für die schnelle Rückantwort, für alle, für alle einsichtig, für alle offen.

Kiki hätte ich gleich in den Strom einspeisen können, bis nach Moskau, Tokio, Los Angeles – wohin sie überall noch fliegen wird. Frei und unverblümt. Demokratisch, ehrlich, individuell. Traurig und enttäuscht, schlichtweg echt.

Stattdessen muss ich erst den Film entwickeln (worauf ich mich jedoch freue) und alles hier hintragen (oder mit der Rohrpost senden), und sie werden es erwählen und verbiegen und entscheiden, ob es überhaupt in ihre Spalten passt.

Ich habe erst einmal genug. Ich denke an mein Zimmer, die offene Balkontür, die Matratze und steige die Stufen zur Untergrundbahn hinab.

Die halbe Stadt ist unterirdisch unterwegs. Ich halte mich an einer ledernen Schlaufe fest. Alles ist schwer an mir. Ein Kind zeigt auf mich mit dem Finger. Der Waggon ist eine Station vor dem Brandenburger Tor zum Bersten voll, und wir verschmelzen miteinander zu Gemeinschaft. Ich frage mich, ob es wieder Franz der Kutscher ist, den sie bei seiner Rückkehr aus Paris alle beklatschen wollen. (Kennst du Franz den Kutscher nicht, war alles umsonst.)

»Was ist los?«, frage ich den rothaarigen Jungen in bayerischer Lederhose, einen Wandervogel mit völkischem Gesicht. Die Weste grün wie der deutsche Wald.

Er kneift die Augen zu, als schaue er in die Sonne. »Im Adlon«, sagt er, »auf dem Balkon«, und wendet sich, wie ich finde, arrogant von mir ab.

Und alle, wahrlich alle quetschen sich beim nächsten Halt zu den Waggontüren, aufgeregt und mit aufgeweckten Stimmen, als verpassten sie gleich das Großereignis. Und obwohl ich todmüde bin, schwemme ich mit ihnen auf den Bahnsteig und die Rolltreppen hinauf direkt vors Brandenburger Tor.

Die Sache sieht wie folgt aus: Der komplette Platz ist überlaufen. Reiterstaffeln ragen über die Köpfe der Masse, sie schwenken Knüppel und versuchen Ordnung ins Gedränge zu dreschen. Die Blickrichtung ist der Balkon (mittig) im dritten Stock des Adlon. Die Flügeltüren sind weit geöffnet, ein weißer Vorhang flattert im Wind und versperrt die Sicht.

»Wer ist da?«, frage ich einen gut angezogenen jungen Mann, dem wie mir eine Leica (eines neueren Typs, wie ich leider feststellen muss) vor der Brust hängt.

»Kiki hat ein Handtuch in die Menge geworfen.« Er starrt gebannt zu den flatternden Vorhängen, geht auf die Zehenspitzen, weil sich ein Bub auf den Schultern seines Vaters in die Sicht geschoben hat. Und ja, in der ersten Reihe meine ich, ein paar Menschen um dieses Handtuch rangeln zu sehen.

Aber das ist unmöglich. Das ist nicht Kiki. Es muss eine Doppelgängerin sein.

»Unmöglich«, sage ich. »Das ist nicht Kiki, ihr habt euch von den Meldungen veräppeln lassen.«

Er schaut an mir herab, als sei ich aus einer Anstalt ausgebrochen, wendet dann den Blick zum Balkon.

Ich spähe durch die Leica, sehe aber nichts. Ich muss wieder Transfokator werden (diesmal weniger beschwingt, eher ängstlich, als könnte ich zu viel verlieren). Das kann nicht Kiki sein.

Eine Gasse bildet sich vor mir, vielleicht weil ich wie ein wichtiger Reporter aussehe. Gleich bin ich bei der Absperrung und vor der Reihe Polizisten, die den Eingang zum Adlon schützen. »Ich muss durch«, sage ich, vor Panik atemlos. Doch die Männer in ihrer einschüchternden Montur starren bloß an mir vorbei.

Auf der Höhe des Balkons, wenige Meter von der Absperrung entfernt, ragt ein Laternenmast in die Höhe. Ein Junge hat sich auf halber Strecke daran festgeklammert, lange wird seine Kraft nicht mehr reichen. Ich gehe wieder durch die Gasse, die sich vor mir auftut, und die Leute gucken und richten ihre Objektive jetzt auch auf mich, wahrscheinlich weil ich ein, zwei Male stolpere und Mühe habe, mich wieder vom Pflaster zu erheben.

Dann bin ich am Mast, der Junge ist enttäuscht herabgerutscht. Ich sammle alle Kraft aus meinem Körper, schwinge mir die Leica auf den Rücken und ziehe mich am Mast hoch. Weiter, immer weiter, auch wenn meine Hose sich verhakt und aufrupft und dasselbe mit dem Hemd passiert. Ich muss einen Blick in dieses Zimmer erhaschen. Unmöglich, dass dort meine Kiki ist.

Athletisch kämpfe ich mich weiter, Blut rauscht mir in den Ohren, die Leute klatschen, glaube ich, und johlen und feuern mich an. Ich höre die Pferdehufe der berittenen Staffel, die heranprescht, weil die Laterne, je höher ich komme, desto mächtiger zu schwanken beginnt.

Auf der Höhe des Balkons (drei Stockwerke über dem Boden) setze ich mich rittlings auf die Laterne. Etwas kneift mich am Po. Der Mast schwingt vor und zurück – mit beiden Armen klammere ich mich fest, kann jetzt unmöglich loslassen, ich muss nach Kiki Ausschau halten.

Ich hebe den Kopf: die flatternden Vorhänge.
Ein Blick nach unten: Menschen im Halbkreis, und alle, wirklich alle, schauen zu mir hoch.

Liv, 6

Nach dem Kompass marschieren. Bei *97%* verbleibendem Akku durch hüfthohe Gräser mit scharfen Kanten, über einen schmalen und zugewucherten Bach.

Je näher Liv dem rotbraunen Hügel kam, desto eher sah er wie ein richtiger Berg aus. Steil und steinig stieg er an. Wo verlief die Grenze zwischen Hügel und Berg? Sie hatte kein Netz mehr, um das nachzulesen. Es war aber auch egal. Sie wollte nur weiterlaufen.

Schweiß hatte sich auf Stirn und Handrücken gebildet und unter den Trägern des Rucksacks. Wo sich zwischen den Anhöhen der Highway durchschlängelte, ging die Sonne unter und tauchte die Landschaft in ein changierendes Rot. Erste Abschnitte versanken im Schatten. Bis es dunkel wurde, wollte Liv die Spitze des Hügels erreichen. Sie pfiff *Country*

Roads in Endlosschleife. Es war zu steil und der Untergrund zu weich, um den direkten Aufstieg zu nehmen, aber der Hügel oder Berg hatte zum Glück Falten geworfen, an denen entlang sie in weiten Schleifen nach oben steigen konnte. Bei jedem Schritt drohten ihr die Flip-Flops von den Füßen zu rutschen, sie musste die Zehen fest zusammenkneifen.

Bald überblickte sie die Talsohle und konnte sehen, wo die Straße ihren Anfang nahm und wo sie endete. Ein Truck leuchtete brummend ins Dunkel hinein. Die Schwärze schwappte ins Tal wie eine gewaltige Massen vor sich herschiebende Flutwelle, und die Sterne über ihr und die Mondsichel tauchten als Begleiter auf. Die Sichel, das fiel ihr zum ersten Mal auf, zeigte in eine andere Richtung als zu Hause. Sie hörte das Knirschen des Gerölls unter ihren Schritten, ihren Atem. Sie spürte das Herz in der Brust und bis in die Arme schlagen.

Sie ging vom Pfeifen zum Singen über und wiederholte immer wieder die erste Strophe des Lieds, von der sie gar nicht gewusst hatte, dass sie sie irgendwann einmal aufgeschnappt hatte.

Die Spitze des Bergs war vollkommen flach, als hätte jemand sie mit dem Messer abgeschnitten. Ein einzelner knorriger Baum wuchs in der Mitte des Plateaus. Letzte Sonnenstrahlen, die sie durch ihr besonders schnell zurückgelegtes letztes Stück noch eingeholt hatte, warfen lange Schatten und wärmten noch einmal ihre Haut. Aus der Dunkelheit wieder ins Licht.

Außer Atem stellte sie den Rucksack an dem von Stacheln überzogenen Baumstamm ab, streckte sich und schaute dem Untergehen der Sonne zu. Sie fuhr sich mit der Zunge über die Lippen und schmeckte Salz. Zum Westen hin erstreckten sich weitere Hügel, aufgeworfene und mit der Hand glattgestrichene Erdhaufen. Heute Morgen hatte sie noch mit den Messebesuchern am ellenlangen Frühstücksbüfett gestanden, und nun hatte sie einen Berg erklommen, war sie ganz allein am höchsten Punkt einer Landschaft angelangt. Sie hatte etwas geleistet. Ihr Körper hatte sie bis hierher gebracht. Niemand hatte ihr geholfen, sie angetrieben. Sie allein hatte es gewollt, es hatte sie angestrengt, ja, aber sie hatte es geschafft.

Vor ihr lag der Nationalpark, wenn Maps das korrekt anzeigte. Ein Tal, das sich nach Nordwesten öffnete. Es folgten sanfte Hügelketten, und in der Ferne schimmerte etwas im Mondlicht, das die Oberfläche eines Sees sein mochte. Sie schätzte die Distanz auf vielleicht zwanzig, dreißig Kilometer. Es zog sie förmlich dahin, wie es sie damals in den Urwald hineingezogen hatte. Gleich morgen wollte sie dorthin laufen. Und wenn es ein See war, musste eine Straße dahin führen. Zu allen Seen dieser Welt führten Straßen. Oder zumindest Wanderwege. Ein See bedeutete Wasser, sie könnte dort ihren Vorrat auffüllen und am nächsten Tag den Rückweg antreten. Oder von da aus entlang eines Flusses zum Pazifik gehen. Wenn es denn in der Wüste Flüsse gab. Sie blickte aufs Display: *92 %* Akku.

Aus dem Rucksack holte sie einen Schokoladenriegel. Sie hatte etwa sechs Liter Wasser und Snacks für drei Tage dabei. Verlaufen konnte sie sich nicht, solange sie die Kompass-App und die gespeicherte Karte hatte. Auf der Karte war auch der See verzeichnet. Sie notierte sich die Koordinaten mit dem Hotelkugelschreiber auf der Arminnenseite, dann richtete sie den Kompass auf diese Koordinaten aus und merkte sich die Stellung der Nadel. Sie zeigte praktischerweise auf den höchsten Punkt einer Hügelkette, den müsste sie also anpeilen, um dann, oben angekommen, den See unter sich zu haben. Zumindest theoretisch. Sie nahm sich vor, bei 40 % verbleibendem Akku und etwa drei Liter Wasser umzudrehen.

Sie aß den Schokoriegel und verstaute die zerknüllte Verpackung in einer Seitentasche. Die Luft war noch warm, aber sie spürte, wie sich eine Kälte vom schwarzen All über ihr auf die Landschaft legte. Potenzielles Feuerholz in allen möglichen Größen lag um den Baum herum. Hätte sie Alois doch bloß um das Feuerzeug gebeten.

Einmal mehr trat Liv an den Abhang heran. Morgen müsste sie sich um besseres Schuhwerk kümmern. In Flip-Flops konnte sie unmöglich den schroffen Abstieg beginnen. Sie würde schon eine Lösung finden. Sie war ja nicht der erste Mensch, der sich mehr oder weniger unvorbereitet in der Natur zurechtfinden musste. Wenn sie nur ein Feuer hätte machen können.

An einer ebenen Stelle des Plateaus entfernte sie die gröbsten Steine, grub mit bloßen Händen eine Mulde und füllte sie mit Reisig und Blattwerk. Sie musste an den Orang-Utan aus Elams Erzählung denken, der sich ja auch sein Kopfkissen aus Reisig zusammengeschoben hatte. Die Vorstellung machte sie eher wütend als traurig, und sie konnte verstehen, warum Elam von diesen Bildern förmlich zerrieben wurde. Und nun war auch noch Blum gestorben. Blum, der inmitten all der Nachrichten von Kriegen und Leid immerfort eine warme Gelassenheit ausgestrahlt hatte, eine Hoffnung, dass alles schon wieder gut werden würde.

Liv kramte ihre neuen Shirts hervor und deckte damit die Mulde zu. Sie zog den Zitronenbaumpullover über das klamme Shirt und funktionierte den Rucksack zum Kopfkissen um. »Danke, Elam«, rief sie in die Nacht hinaus. Die *Clickbait*-Kette hängte sie an einen der Äste und legte sich so auf den Boden, dass sie durch die Äste den Nachthimmel sehen konnte. Gleich mehrere Satelliten oder Flugzeuge blinkten wie Fragezeichen am Himmel.

*

Stimmen weckten sie. Sie hatte sich wie ein Hund zusammengerollt und die Hände zwischen die Beine geklemmt. Sie fror. Die noch flach stehende Morgensonne stach ihr in die Augen.

Zwei Gestalten posierten im Licht in gepanzerten Monturen, als gehörten sie einer unerbittlichen Polizeieinheit an. Sie trugen Helme, Ellbogen- und Knieschoner. Zwei Fahrräder mit groben Reifenprofilen standen neben ihnen. Vor die Augen hatten sie Skibrillen geschnallt, Go-Pros waren auf ihre Helme montiert. Werbung bedeckte ihre Körper.

Als Liv etwas sagen wollte, schwangen sie sich schon auf die Räder und balancierten, ohne die Sättel zu berühren. Der eine der beiden jauchzte und kippte nach links den Abhang hinunter. Der andere verharrte noch eine Weile, auf Liv hinunter schauend, den Kopf schief gelegt, dann erst justierte er die Kamera neu und preschte den Abhang hinab.

Geröll splitterte. Liv sprang auf, eilte zum Rand des Plateaus und schaute den beiden nach, wie sie in Schlangenlinien hin und her wedelten, abtauchten und von kleinen Rampen im Gestein wieder in die Luft katapultiert wurden, den Lenker im Flug zur Seite gerissen, um ihn kurz vor der Landung zurück in die richtige Position zu drehen. Sie warfen Staubwolken bis ins Tal, sprangen unten mit einem Satz über den Bach und ins hohe Gras hinein.

Auf einem Parkplatz, den Liv gestern übersehen haben musste, parkte ein weißer Van mit blauen Streifen.

Ihr Herz pochte allein vom Zuschauen wie wild, sie war schlagartig so wach, als hätte sie gerade einen Energydrink in einem Zug geleert. Sie dehnte die vor Kälte steifen Glieder.

Minütlich stieg die Temperatur an, sie brauchte kein Internet, um zu ahnen, dass es heute brütend heiß werden würde. Sie zog den Pullover aus, schlüpfte in ein mehr oder weniger frisches Shirt und rieb sich Arme und Schenkel.

»Elam, Kaffee!«, rief sie.

Zum Frühstück gab es karamellisierte Erdnüsse und eine Cola. Im Anschluss nahm sie ein mintgrünes Shirt und riss es in Stücke, schlüpfte in die Flip-Flops und wickelte die Stoffstreifen wie Lappen drum herum. Wie eine Polarbewohnerin, die sich dicke Felle um die Füße bindet. Sie verknotete die Enden.

Probeweise ging sie hin und her. Ihre Füße trafen weich und fest auf den Boden. Dunst lag im Tal. Es war zu diesig, um den See in der Ferne schimmern zu sehen. Sie schulterte den Rucksack, nahm das Smartphone, das sie dummerweise über Nacht angelassen hatte – *72 %* – und fotografierte ihre Mulde und den Baum und die Sonne und die Schatten und das viele Feuerholz und ihren Rucksack und ihre Kette, wie sie von einem der Zweige baumelte.

Flugzeuge zeichneten ein sich rasch wieder auflösendes Netz aus weißen Adern in den wolkenlosen Himmel.

In der Ebene angekommen, überraschte sie die schiere Menge an heißem Sand. Da waren andere Büsche als beim Aufstieg, trockener und härter. Sie passierte vom Wasser glatt polierte Felsbrocken, Wasser, das hier vor Urzeiten geflossen sein musste. Passierte Kakteen, die sich meist in Kopfhöhe gabelten, an deren Enden puschelige Blätter wuchsen, die sie an die Pompons der Cheerleader erinnerten. Die Landschaft war ganz anders, als sie es sich von oben vorgestellt hatte. Zur Rechten zog sich alles flach und karg und gelb dahin. Vor ihr aber stieg die Ebene leicht an, so dass sie nicht bis zum Horizont schauen konnte. Kurz zweifelte sie daran, den richtigen Abstieg genommen zu haben. Es war sehr heiß.

Furchen hatten sich in die trockene Erde gegraben und sie zerstückelt. Sie setzte einen Schritt vor den anderen, von Furche zu Furche, und sang wieder *Country Roads*. Sie war die beste Sängerin weit und breit. Dabei versuchte sie, so wenig wie nur möglich auf das Display zu schauen. Der Kurs stimmte schon ungefähr. Ihr Schuhwerk hielt. Hunger hatte sie keinen.

Als die Sonne im Zenit stand, hatten sich selbst die Kakteen und Büsche zurückgezogen. Kein Schatten, nichts. Sie griff im Gehen nach der Wasserflasche. Das Wasser war lauwarm, aber es schmeckte. Sie besprenkelte ihr Gesicht ein wenig. Der Boden war von einer weiß schimmernden Schicht überzogen. Sie kniete sich hin, benetzte den Zeigefinger mit Speichel, fuhr einmal durch die Schicht und probierte: Salz, reines Salz. Niels war doch irgendwann mal in so einer Wüste gewesen, sicher hatte im Hintergrund seines Fotos ein klimatisierter Van auf ihn gewartet.

Immer in Bewegung bleiben. Wie die kreisenden Vögel über ihr. Zum Schutz band sie sich eine Bluse mit goldenen Pailletten als Turban um den Kopf. Die Ebene nahm kein Ende, ihren Berg hatte sie längst aus den Augen verloren. Sie schaute – bei *54 %* – nach, ob sie noch auf dem richtigen Weg war. Ja. Ungefähr.

Mittlerweile war sie sich sicher: Sie lief in einem ausgetrockneten See. Ein vormaliger Salzsee. Eine Böschung war aufgetaucht, vielleicht das frühere Ufer, das sie nun ansteuerte, obwohl sie dazu von ihrem Kurs abweichen musste. Sie spürte das Gewicht des Rucksacks, jeder Schritt war jetzt anstrengend. Die Sonne raubte ihr den Atem. Hoffentlich war die Böschung am Horizont bereits die angepeilte Hügelkette oder zumindest ein Ausläufer davon. Sie lutschte im Gehen einen butterweichen Schokoriegel. Es knirschte zwischen ihren Zähnen.

Jeder Blick auf den Bildschirm bedeutete den Verlust kostbarer Akkuenergie: *41%*. Zwei Liter hatte sie noch in den Flaschen. Sie musste sich entscheiden. Sie könnte umdrehen, den gleichen Weg zurück zu ihrem Berg nehmen. Zurück zu Bach und Straße. Oder sie könnte weitergehen und würde vielleicht in einer halben Stunde den Hügel erreichen. Von oben würde sie den See entdecken. Mit dem restlichen Wasser und ihrem Kompass könnte sie bis zur Dämmerung ans Ziel gelangen. Aber schon für eine weitere Nacht im Freien würden ihr die Ressourcen fehlen.

Sie überschritt den Point of no Return. Die Welt hinter ihr versank im Nichts. Was nicht in Bewegung blieb, wurde verschlungen. Sie durfte nicht stehen bleiben, sie musste weiter, immer weiter.

Es dauerte über eine Stunde, bis sie an die Böschung kam: ein steil aufragender Wall wie eine aufgeworfene Sanddüne. Lediglich von etwas Gras gehalten. Sie nahm einen kräftigen Schluck, dann begann sie den steilen Aufstieg. Mit jedem Schritt versank sie knöcheltief im Sand und rutschte wieder weit zurück. Sie atmete schwer, Gräser schnitten Striemen in ihre Schienbeine. Sie verfluchte den Sand, der immer tiefer und weicher wurde. Die Vögel, die nicht zu Hilfe kamen.

Irgendwann hatte sie es geschafft. Es stach seitlich in ihrer Brust, ihr Mund war trocken, salzig. Sie hatte ungeheuren Durst. Als sie den Turban vom Kopf nahm, flatterten ihre Haare in einem auffrischenden Wind. Ein warmer Fön, frontal ins Gesicht. Sie trank, kniff die Lider zusammen.

Da war kein See zu erkennen, sosehr sie sich auch anstrengte. Stattdessen erstreckte sich die gelb funkelnde Ebene beharrlich weiter bis an den Horizont. Sie schaute nochmals nach, in welchem Winkel sie in diese neue Ebene hineingehen sollte, verglich die Kompassnadel mit den kaum noch zu entziffernden Zahlen auf ihrer Arminnenseite. Der Akkuladestand nahm rasch ab – *32 %* –, obwohl keine weiteren Apps im Hintergrund liefen. Sie sah auf die Uhr: Nachmittag. Warum hatte sie so lange gebraucht? Sie stellte das Display so dunkel wie möglich, setzte den Rucksack ab, holte ihre letzte Flasche heraus und klemmte sie an die Seite.

Sie schlitterte die Sanddüne zur nächsten Etappe hinunter. Es blieb ihr nichts anderes übrig. Je weiter sie hinabstieg, desto stärker wurde der Wind. Ein regelrechter Salzsturm, der wie Feuer in ihren Augen brannte. Immerhin war der Boden wieder trittfest. Bei »trittfest« musste sie an Alois denken. Das war es, worum er sich Sorgen gemacht hatte. Trittfeste Schuhe. Die hatte sie. Und einen schicken Turban. Sie löste das eine Ende und wickelte sich den Stoff über Mund und Nase. Nadelstiche auf ihrer Haut. Jeder Schritt ein Kampf gegen die Welt.

Alles um sie herum war gelb und pixelig, schmeckte nach Salz. Über ihr hatte sich eine Kuppel aus Sand geschlossen. Sie war im Innern dieser gigantischen Kugel und sah gerade noch ihre ausgestreckte Hand. Bei *23 %* schoss sie ein Selfie. Liv im Pixelrauschen, dachte sie. Durstig, in Klammern.

Sie schaute auf ihren Kompass, biss die Backenzähne zusammen, ihr blieb nichts anderes übrig, als immer weiter zu gehen. Manchmal korrigierte sie minimal den Kurs.

So schnell, wie der Sturm aufgekommen war, legte er sich wieder. Alles war mit einer feinen Schicht Salz überzogen, Livs Kleidung klebte ihr in karstigen Schichten auf der Haut. Sie trank einen kräftigen Schluck, nahm den Turban ab, benetzte ihn mit Wasser und fuhr sich mit der etwas saubereren Innenseite über das verkrustete Gesicht. Ein gelber Abrieb blieb auf dem Stoff zurück. Jetzt war auch die Sonne zurück und glühte wieder auf sie nieder. Sie band die Bluse zur Kopfbedeckung zusammen und wischte mit dem Armrücken den feinen Staub von ihrem Kompass. Sie musste sich so hindrehen, dass ihr Schatten die Zahlen lesbar machte.

Laut Koordinaten hätte hier der See sein müssen. In Zeitlupe drehte sie sich im Uhrzeigersinn um die eigene Achse, und als sie nichts sah, drehte sie sich eine Weile gegen den Uhrzeigersinn, bis sie vor lauter Schwindelgefühl und Schwäche in den Beinen auf den glühenden Boden sackte.

Verzweifelt suchte sie nach einem Netz. Wenn sie noch ein Notsignal aussenden wollte, müsste es bald geschehen. Nichts.

Sie erinnerte sich der unzähligen Filme, in denen Abenteurer in der Wüste verdursteten, weil sie sich nur kurz ausruhen wollten. Schon stand sie wieder, so leicht würde sie nicht aufgeben. Ein Flugzeug tauchte am Himmel auf, vielleicht schon im Landeanflug auf L.A., ein schönes Geschoss aus kühlem Metall mit vollen Servicewagen, perlenden Cola-Dosen und Eiswürfeln im Bauch. Sie winkte, schwenkte beide Arme, dachte daran, einen Hilferuf in den Boden zu zeichnen. Aber der Boden war zu hart, und sie hatte schon kaum mehr Kraft.

Auf dem Display erschienen ein rot blinkendes Batteriezeichen und das Blitzsymbol für Stromnot. Von einem Moment auf den anderen hielt sie einen schwarzen Spiegel in der Hand: Sie hatte nicht erwartet, ihr ausgezehrtes Gesicht hier zu sehen, und schleuderte das Gerät weit, weit weg. Sie war so wütend.

Es musste weitergehen. Sie musste der sinkenden Sonne folgen. Immer nach Westen. Elam hatte einmal gesagt, egal, in welche Richtung sie gehe, irgendwo komme sie immer an. Und wenn es das Nichts wäre?, hatte sie gefragt. Dann sei das Nichts doch auch schon wieder was, hatte er geantwortet. Also: Sie musste sich konzentrieren. Schritt für Schritt, Atemzug um Atemzug. Nach etwa zwanzig Schritten bückte sie sich und hob den mattschwarzen Spiegel auf. Dass sie noch so weit werfen konnte.

Wer würde sie hier finden? Wie lange würden die Freunde um sie trauern? Würde man ihren Körper in der neuen Wohnung aufbahren, eine Kerze daneben aufstellen? Würden sie mit Elam die alten Fotos von ihr durchgehen, sich Anekdoten erzählen? Würde auch ihre Timeline zum Memorial werden?

Das Wort »Timeline« kam Liv auf einmal so unpassend vor, als beschreibe es nicht die Wirklichkeit, sondern ein Wesen aus einem Fantasy-Film. Alles, was sie dachte, schien sich unaufhörlich aufzulösen. Da war nur noch diese endlose Wüste, und da irgendwo war eine Liv, unendlich durstig, die sich ganz allein weiterschleppte, die man schnell vergessen würde.

Etwas umklammerte sie, etwas Schweres, und sie sackte mit aller Wucht in sich zusammen. Es war nicht die Schwäche, nicht der kaum merkliche Hunger, nicht einmal der alles einnehmende Gedanke an Wasser. Es war die Gewissheit, dass sie am Ende allein war.

Doch wenn das hier Verdursten war, dann war es nicht so dramatisch. Ganz weich gebettet lag sie da. So könnte sie ewig liegen bleiben.

Die Sonne war nur noch eine Handbreit vom Horizont entfernt und hüllte den Himmel in Farben, für die Liv keine Worte mehr hatte. Es kam ihr vor, als tauche sie in ein Aquarellbild ein, dessen Farben übergangslos ineinanderflossen. Wenn sie den Kopf wendete, war es, als rühre ein unsichtbarer Pinsel die Schleier am Himmel um. Sie war es, die diese Farben lenkte, sie, die kein Gewicht mehr spürte, die so leicht war, dass sie Zentimeter über dem Boden schwebte. Weder Schmerzen noch Durst, weder Gestern noch Morgen. Liv begriff, dass es sie hier nicht mehr lange halten würde, hier unten auf diesem Boden. Und sie wusste, wenn sie jetzt die Augen schloss, würde sie sie nie wieder öffnen.

Liv spürte einen Luftzug auf dem Gesicht, als streiche eine Hand darüber, und die Wüste flirrte, in die sie weich gebettet lag. Und aus dem Flirren hob sich eine Gestalt ab, auf einem Fahrrad. Und sie wusste gleich, dass es Elam war, der, von so weit hergekommen, sie gefunden haben musste, näher kam, das Fahrrad an einem Strauch abstellte, der extra dafür gewachsen war.

Sie hoffte, er würde sich zu ihr legen. Dass sie nicht ganz allein war in diesem Moment. Doch Elam blieb einfach über ihr stehen, nichts konnte sie in seinem Gesicht lesen, denn die Farbschleier des Himmels verschwammen mit ihm. Sie spürte aber, wie er ihr Sand und Schmutz von den Augenbrauen wischte und wie sich diese Berührung bis in ihr tiefstes Inneres fortsetzte, in dem all das zusammenlief, was sie sah, wie sie fühlte, was sie dachte. Und sie spürte, dass in seiner Berührung Liebe war, wie er ihr die Hand reichte, die sie nur greifen musste, doch nicht ergreifen wollte, da er sich doch neben sie legen sollte. Aber er blieb in dieser Haltung, die Hand ausgestreckt, und wartete.

Liv hörte jetzt eine Stimme, die von überall her zu ihr klang. Sie sagte, sie solle sich nicht fürchten, sie sagte, es würde nicht wehtun, sie sagte, hier sei nicht ihr Ende, sie müsse doch noch ihre Mission erfüllen, sie sagte, für alle sichtbar am Himmel erscheinen, sie sagte, ein Zeichen setzen. Liv griff nach seiner Hand, und er zog sie auf die Beine, geht doch, sagte er und lächelte, wie nur Elam es konnte, und er sagte, es sei nicht mehr weit, er habe sie lieb, und da sei ein Stein.

Da war ein Stein. Ein schwarzer Stein. Elam hatte ihr nicht gesagt, was damit zu tun sei. Was machte man mit einem schwarzen Stein, der einfach so herumlag? Liv hob ihn auf und trug ihn eine Weile mit sich. So viel Kraft hatte sie auf einmal. Sie peilte einen dreigezackten Kaktus an, den Stein im Arm. Der Kaktus wurde größer, wie ein Grashalm, der zu einem Farn, zu einem Busch anwuchs, dann zum riesenhaften Kaktus wurde. In seinen Schatten, tief wie ein Ozean, legte sie den Stein – ihre Gelenke knackten –, und als sie sich aufrichtete, sah sie etwas.

Ein Wohnwagen. Von Salz und Witterung bis auf das Grundgerüst zerfressen. Der Wagen hatte keine Reifen mehr, die Scheiben waren herausgebrochen, an den Rändern bog sich das Metall nach außen. Liv ging einmal um das Ding herum und entdeckte dort den schwachen Abdruck von Reifenspuren. Die Welt weitete sich auf einmal wieder um das Hundertfache. In der Ferne erblickte sie weitere sich auflösende Wohnwagen. Die Spuren führten exakt auf die untergehende Sonne zu, die seltsamerweise nicht untergegangen war, als sei dieser Ort hier eine von der Zeit abgespaltene Welt, die im Untergehen innehielt: das Reich der Toten, ohne Zukunft, ohne Vergangenheit, erkaltetes Jetzt.

Sie lief in den Reifenspuren und spürte den festen Grund unter ihren Füßen. Ein erster, dann ein zweiter umgeknickter Telefonmast. Weitere Behausungen, vor langer Zeit verlassen. Manchmal waren die Spuren alter Umzäunungen erkennbar. Alles war mit Salz überzogen, und auch der Boden knackte und funkelte. Und dann sah sie das Grundgerüst eines Schuppens, wie das Skelett eines Fischs, dessen Fleisch man vollständig gelöst hatte. Verwesungsgestank lag in der Luft.

»Ist da wer?«

Liv stand im Vorgarten eines ersten Hauses. Farbe blätterte von den Wänden, die Scheiben waren zerborsten, die Tür aus den Angeln gehoben. Sie trat durch den von Sperrmüll übersäten Vorgarten auf die Veranda. Die Tür lag vor ihr wie eine heruntergelassene Zugbrücke.

Ein Wort formte sich: »Wasser.«

Im Innern war der Fußboden voller Gegenstände, jemand musste die Regale geplündert und alles im Chaos zurückgelassen haben. Eine vergilbte Tastatur lehnte an der schimmeligen Wand, Bauschutt stapelte sich, hier und da lugte ein Hemdsärmel oder ein Hosenbein hervor. Es knackte, als sie einen Bilderrahmen zertrat. Sie zog das staubige Foto hervor: ein junger Mann auf Safari. Ihm hing ein Gewehr über der Schulter. Da war die Küche, Liv kletterte über einen zerschlagenen Tisch hinweg, suchte nach der Spüle. Ein Stoffpanda kauerte im Becken, die Augen waren herausgepickt. Auf der Anrichte ein vergilbter Zettel. Sie drehte den Hahn voll auf, wartete. Nichts passierte. Sie rüttelte daran. Sie bückte sich unter die Spüle, die Rohre waren mit der Wand verbunden. Sie riss eines der Rohre aus der Wand. Kein Wasser, die Leitungen mussten abgedreht sein. Sie richtete sich auf, las, was auf dem Zettel mit fester Hand geschrieben stand: *Wir haben unser Zuhause aufgegeben. Viele von uns lebten seit Generationen hier, damit wir den Krieg gewinnen und die Menschen frei bleiben. Eines Tages werden wir zurückkehren und wären dir sehr dankbar, wenn du das Städtchen sorgsam behandeltest.* Sie ließ den Zettel auf der Anrichte liegen, suchte das Bad, eine Toilette. Alles war vollgestellt, sie kam nicht weit. Sie stolperte ins Freie, zurück zu den Spuren.

Sie passierte zweistöckige Gebäude. Türen und Fenster waren mit Brettern verbarrikadiert. Sie mussten das Zentrum der Siedlung gewesen sein. Über einem prangte ein von Einschusslöchern durchsiebtes Hotelschild. Leere Swimmingpools, in die jemand den Abfall vieler Wochen gekippt hatte. Ein toxischer Gestank stieg davon auf. Liv bog eines der Bretter zur Seite und bugsierte sich ins Innere. Eine Schnittwunde klaffte an ihrem Arm. Sie kämpfte sich vor zum Rezeptionstresen. An einem Ständer klemmte eine einzelne Postkarte. *Grüße vom Salton Sea,* stand in Schönschrift daraufgeschrieben. Auf dem vergilbten Bild stiegen junge Männer in schwarzen Shirts und roten Shorts aus ihren Straßenkreuzern. Lange weiße Fahrzeuge mit Haifischflossen. Im Hintergrund sonnten sich Badende am Strand, Kinder bauten Burgen. Eine Frau posierte mit Wasserskiern. Auf glasklarem Blau schoss ein Schnellboot dahin, das eine Banane hinter sich herzog.

Wasser, dachte sie.

Aus den Reifenspuren wurde eine regelrechte Piste. Liv ging schnell, vorbei an einer niedergebrannten Tankstelle, vorbei an einem Museum, bis die Straße nur noch auf den See zuführte.

Niemand lag am Strand, niemand sonnte sich, kein Boot schoss über das Wasser. Kein Lebewesen, nicht einmal Vögel waren zu sehen. Alte Planken deuteten darauf hin, dass Boote an dieser Stelle zu Wasser gelassen worden waren. Auf morschen Stelzen stand ein zerfressenes Bootshaus, das Dach eingedrückt, Rostspuren von Einschusslöchern mit großem Kaliber. Als Liv sich bückte und das ölig trübe Nass in sich hineinschaufelte, würgte sie es gleich wieder hinaus. Sie hielt sich die Nase zu und trank. Es stillte ihren ersten Durst, und sie trank und trank und trank. Erst dann setzte sie sich und streifte den Rucksack ab, bevor sie voller Erschöpfung rücklings in den angenehm weichen Sand kippte.

Sie war nicht bloß ausgezehrt und schwach, sie war dabei zu verschwinden. Ihre Augen schlossen sich. Sie hörte nur noch ihr zittriges Atmen. Es klingelte. Sie riss die Augen auf. Es hatte wie eine Fahrradklingel geklungen. Doch da war niemand. Es war Nacht geworden. Diesmal zog es sie gegen den Uhrzeigersinn in eine spiralförmige Dunkelheit hinein, aus der keine Treppe, keine Piste wieder hinausführte. Eine endlose Überlagerung immer dunkler werdender Erdkrusten.

*

Fliegen. Auf ihrem Scheinbein, an ihrer Wunde, auf ihrem Gesicht. Liv schüttelte sich. Die Fliegen stoben auf, wie in der Luft herumwirbelnde Reste von verkohltem Papier. Fliegen um ihre Augen, Fliegen, die in ihre Nase und Ohren krabbelten. Sie schüttelte sich. Ein Kribbeln, ein Stechen. Das aber kam von ihrem Kopf. Ein kalter, glatter Schmerz, als hätte man ihr ein Stahlrohr in den Hinterkopf gerammt und ziehe es jetzt in aller Seelenruhe wieder heraus.

Es dauerte, bis sie mit Klarheit sagen konnte, wo sie war. Über der Wasseroberfläche ging die Sonne auf. Sie rückte den Sonnenschutz auf ihrem Kopf zurecht und beugte sich vor, um erneut zu trinken. Als sie sich bewegte, knackte es unter ihr. Es war kein Sand, auf den sie sich gebettet hatte, es waren pulverisierte Knochen, ein einziger großer Friedhof aus Fischgräten, der das gesamte Seeufer zu bedecken schien. Sie bückte sich abermals, um ihren gewaltigen Durst zu stillen. Sie musste trinken. Sie trank und würgte. Sie hoffte, irgendwann mehr getrunken als wieder erbrochen zu haben.

Sie wischte die vielen Fliegen aus dem Gesicht, stand auf und warf sich den Rucksack über die Schulter. Sie hob die Stofflumpen und die kaum noch als Flip-Flops erkennbaren Schuhe auf, schüttelte auch da die Fliegen ab und verschnürte sich die Fetzen über den Fußgelenken. Sie hatte Schnittwunden an den Waden, ihr linker Arm war krustig von Blut. Ein pulsierendes Stechen durchzuckte ihre Muskeln.

Ihre Beine trugen sie kaum, manchmal wurde ihr schlagartig so schwarz vor Augen, dass sie kurz innehalten, in die Hocke gehen, erst wieder regelmäßig atmen musste. Die Fliegen wurden weniger, je weiter Liv sich vom See entfernte. Sie kam an Bungalows vorbei, die wie von Bomben in Stücke gerissen waren. Ein Kindergarten lag in der Mitte entzweigebrochen da, das Dach klaffte auf. Zigaretten oder Feuerzeuge hatten Löcher ins Plastik der umgestoßenen Rutsche gekokelt. Ein Zaun mit herausgebrochenen Latten wirkte wie der Mund eines Kindes, das die ersten Milchzähne verloren hatte. Angrenzend überragte ein militärgrüner Speicher die Umgebung.

Oben an der Kante saß jemand. Es war ein Mensch, eine Frau, eine junge Frau. Ein zweiter Mensch, ein Mann, älter, baumelte daneben mit den Beinen. Adam und Eva. Die beiden hoben die Hände und winkten.

»Wasser«, sagte Liv, so laut sie noch konnte.

*

Auf der Rückbank eines Cabrios, über ihr zwei unbewegliche Wolken. Der Fahrtwind tupfte ihr die Haut trocken wie eine behutsame Krankenschwester mit Wattebäuschen. Sie hörte Stimmen, fühlte die Polster, die Luft, alles kam ihr unendlich weich vor.

Eine Wasserflasche wurde ihr gereicht. Mit den Zähnen zog sie am Verschluss und saugte daran. Sie hatte noch nie etwas so Wundervolles getrunken. Dieselbe Hand – lange schmale Finger – reichte ihr eine hellblaue Kapsel. Sie schluckte die Kapsel und spülte mit Wasser nach.

Unter größter Anstrengung drehte Liv den Kopf, wollte zeigen, wie dankbar sie den beiden war. Das Gesicht des Mannes war von der Lederkopfstütze verdeckt, die Frau hatte ein Tuch um ihre Haare gebunden und trug eine schmetterlingsförmige Sonnenbrille. Auf ihrem Schoß saß ein Hund mit vielen wulstigen Falten, die Zunge hing ihm aus dem hechelnden Maul. Als der Hund sich zu Liv umdrehte, drehte sich auch die

Frau herum. Liv versuchte, die Hand auszustrecken, doch es gelang ihr nicht.

»Mach dir keine Sorgen«, sagte die Frau. »Damien ist ein guter, ein schneller Fahrer.«

Viel zu breite und viel zu hohe Baumstämme rauschten vorbei. Liv hörte den Blinker, die Geschwindigkeit zog an und drückte sie ins Polster. Sie machte sich keine Sorgen.

Sie erwachte auf einer Arztpritsche. Die Wände und Armaturen waren strahlend weiß, auch Liv selbst war in einen papierweißen Stoffumhang gehüllt. Ein Schlauch führte in ihren Arm. Regelmäßig piepte es. Sie spürte ihren Körper nicht. Ein Arzt beugte sich über sie. Er trug Mundschutz und eine runde Brille. Das eine Auge war viel größer als das andere. Er redete. Aber nicht mit ihr. Liv verstand kein Wort. Sie wusste nicht einmal, welche Sprache das war.

»Niemandem sagen«, stammelte sie.

Liv versank im Polster des Cabrios und lutschte ein Wassereis mit Zitronengeschmack. Auf dem leeren Platz neben ihr schunkelte eine Kühlbox. Der Fahrtwind verwirbelte ihre Haare und dehnte die Haut in ihrem Gesicht, als wäre sie aus einer elastischen Substanz gefertigt. Die Landschaft war hügelig, ein paar Nadelbäume zogen vorbei. Aus den Boxen tönte Michael Jacksons *Beat it*. Die Frau hatte den Hund auf dem Schoß und zog sich im Rückspiegel den Lippenstift nach. Der Mann lenkte den Wagen mit einer Hand, er trug ein schwarzes Armband, das er manchmal betrachtete.

Der Arzt hatte ihr die Schnittwunde am linken Arm getackert und mit einem atmungsaktiven Verband umwickelt. Alle Schmerzen waren unter einem Kribbeln vergraben. Sie trug einen grauen Trainingsanzug mit Reißverschluss. Bunte Kapseln klimperten in ihrer Bauchtasche.

»Geht es dir gut, Liv?« Die Frau drehte sich um, ihre Haare flatterten, sie war vielleicht Mitte, Ende zwanzig. Ihre Worte hallten eine Weile verzerrt nach, als umgebe sie eine gewaltige Kuppel, die jeden Satz hin und her warf.

Liv wollte antworten, dass sie sich besser fühle, ein wenig wie Knetmasse. Doch als sie den Mund öffnete, konnte sie die Worte nicht aussprechen.

»Wenn du was brauchst oder wir anhalten sollen, heb einfach die Hand. Das Zeug ist ganz schön stark.« Sie trug den gleichen unifarbenen Joggingdress wie Liv. »Nebenbei, willkommen in Kalifornien, dem letzten Flecken USA, wo du als Frau nicht wieder das allerletzte Ding bist«, fügte sie noch hinzu und drehte sich in einem Schwung nach vorne.

»Wir haben uns noch gar nicht vorstellen können«, sagte der Mann, als sich ihre Blicke im Rückspiegel trafen. Seine Haut war sonnengebräunt und das markante Kinn von grauen Stoppeln überzogen. »Ich heiße Damien, das zu meiner Rechten ist April.«

April legte den Kopf schief und hob die Hand, als hätte man ihren Namen in einer Vorstellungsrunde aufgerufen.

»Und das Objekt auf ihrem Schoß ist Fufu.«

»Fufu, sag Liv ›hallo‹.« April kraulte dem Hund die Ohren, was ihm sichtlich gefiel, und Fufu reichte Liv die Pfote. Er hatte Glubschaugen, und seine Fettfalten formierten sich zu immer neuen Wellen.

»Jede Geschichte braucht einen Hund.« Damien wirkte frisch und jung und sehr ruhig, trotz der hohen Geschwindigkeit, die er beibehielt. Liv schätzte ihn auf Ende dreißig. »Wir fahren ans Meer, wenn das für dich okay ist?«

»Das ist okay.« Sie sprach die Vokale unter größter Anstrengung lang gezogen aus, saugte am Wassereis.

»Wir fahren nach Santa Monica«, ergänzte April. »Da ankern wir gerade.«

»Du wirst es sehen, Liv«, sagte Damien und schaute auf sein Schweißband. Oder war das eine Uhr? Ein Fitnesstracker? Und: Was würde sie in Santa Monica sehen? Warum nahm man sie mit?

Die Landschaft wurde grüner, und die Häuser wurden größer, umgeben von kleinen Parks, dann wurde die Bebauung dichter, grauer und gedrängter. Liv schloss die schweren Lider, während Damien im Rauschen des Fahrtwinds von Bombay Beach sprach, dem Dörfchen am Salton Sea, an dem die beiden sie aufgegabelt hatten. Er erzählte, wie boomend diese Gegend einst gewesen sei, vor allem in den 60ern und 70ern. Ein Hurrikan habe Wasser mitgebracht und eine Oase in der Wüste hinterlassen. Binnen Monaten sei ein Urlaubsort für Familien aus Kalifornien entstanden. Doch dann sei der See allmählich ausgetrocknet, daher der Gestank, das viele Salz. Und mit dem See seien die dort ausgesetzten Fische und Vögel gestorben, die Häuser verrottet.

Sie bogen auf einen viel befahrenen vierspurigen Highway ein. In der Ferne tauchte eine Handvoll dicht beisammenstehender Wolkenkratzer auf. Los Angeles, sinnlose Stufen, hinauf und hinab. Damien erzählte, wie er die letzten Jahre in Palo Alto an der Entwicklung Quantitativer Selbstvermessung maßgeblich mitgearbeitet habe. Er nannte eine astronomische Summe, die er für 49 % seiner Ideen erhalten hatte. Dann sprach er von Selbsterkenntnis, dem alten *Gnothi seauton*, davon, dass man seine Spuren nicht nur lesen, sondern auch fühlen müsse. Dass man in den Spuren die wahren Wünsche und Ziele erkennen könne. Dass diese Selbsterkenntnis die notwendige Grundlage sei, um sich optimieren und seine Fähigkeiten effizienter einsetzen zu können, um schlussendlich Kontrolle über das eigene Leben zu erlangen. Er sprach über *reality mining* und die Möglichkeiten, menschliches Verhalten vorauszusagen. Er sprach von den Zweifeln, ob sich das alles positiv auf unser Verhalten auswirken würde und ob sein Idealismus falsch gewesen sei. Und – das sei der entscheidende Punkt – ob diese Werkzeuge totaler Überwachung nun in den richtigen Händen lägen. »Hier in den USA», sagte er, »regiert von misogynen Pyromanen.«

Die Begriffe schwammen wie Treibholz an Liv vorbei. Sie versuchte, sich daran festzukrallen, rutschte jedoch immer wieder an ihrer glitschigen Oberfläche ab. Sie holte sich unter größter Anstrengung ein nächstes Wassereis aus der Kühlbox, und als sie die Verpackung endlich aufgerissen hatte, bog Damien vom Highway auf eine schmale Straße. Zur Rechten waren in die Hügel an italienische Palazzi erinnernde Villen eingelassen, nach einigen Serpentinen erschien der bis an den Horizont reichende Pazifische Ozean.

April drehte sich ihr zu. »Noch alles gut, Liv?«

Sie nickte.

»Sind bald da.«

Liv ließ ihren unendlich schweren Kopf gegen die Nackenstütze sacken. Fufu sprang zu ihr nach hinten und hechelte nah an ihrem Ohr. Das fühlte sich gut an.

Der Wagen kam zum Stehen, Damien und April stiegen aus und stretchten Arme und Beine. Liv klappte den Beifahrersitz vor und stieg ebenfalls aus. Der Boden schwankte. Fufu steuerte eine der Palmen des Parkplatzes an und hob das Bein. Ein alter Mann mit grauem Zopf und krausem Haar auf goldbrauner Brust schritt mit einem Surfbrett unterm Arm an ihnen vorbei und im goldenen Glanz der untergehenden Sonne dem Pazifik zu.

Die beiden überquerten die Straße, Liv und Fufu folgten ihnen wie treu ergebene Haustiere. April trug eine sommerliche Bundhose, Damien eine gut geschnittene Jogginghose und ein weißes Shirt mit rundem Halsausschnitt. Er war groß, von schmaler, jedoch trainierter Statur, seine hellen, mittellangen Haare wellten sich leicht, oder es war die Brise, die sie aufbauschte. Die beiden setzten sich auf einen Betonkubus, und Liv hockte sich zu ihnen. Um sie herum skateten Mädchen und Jungs. Das Geräusch ihrer Rollen auf dem Beton, das Klacken beim Absprung. Aus winzigen Boxen klang gemächlicher Trip-Hop. Die beiden unterhielten sich, ohne sich groß um sie zu kümmern.

Liv schaute abwechselnd zu den Skatern, die über die Erhebungen und Senken glitten, ohne auch nur einmal neuen Schwung zu holen, zu den Surfern, die auf die passende Welle warteten. Der alte Mann hatte zu den anderen aufgeschlossen und nahm gleich die erste Welle und ließ sich von ihr tragen. Er drückte sich vom Brett in den Stand und glitt wedelnd dem Ufer zu, bevor er mit einem Sprung in der auslaufenden Welle verschwand. Er hätte ihr Großvater sein können.

Waren das Robben bei den Felsen? »Sind das Robben?«, hauchte sie ganz leise.

»Sie trocknen sich in der Sonne«, sagte April. »Sie lieben die warmen Steine.«

»Ich liebe Robben«, sagte Liv. »Sie sehen aus wie eine Kreuzung aus einem Hund und einer Katze, die man ins Wasser geworfen hat.«

Die beiden schauten sich an und lächelten, als bestätige Liv gerade etwas, was sie längst von ihr wussten.

»Du musst Hunger haben, Liv«, sagte Damien.

Sie blinzelte mit den Augen. Das Sprechen hatte sie sehr angestrengt.

»Gut, wir essen an Land, und dann kannst du dich bei uns ausruhen. Du kannst duschen, du kannst dich neu einkleiden, dich regenerieren.«

»Da.« April zeigte aufs offene Meer.

Liv folgten ihrem Finger über die Schaumkronen hinweg,

zu den Surfern, die draußen breitbeinig auf ihren Brettern warteten oder kraulend Schwung aufnahmen. Noch weiter draußen, weit bevor sich die Wellen auftürmten, lag still ein funkelndes Objekt. Es sah aus wie ein geschliffener Diamant, der Rumpf war weiß, entlang der Seite reihten sich zehn, vielleicht zwanzig Fenster. Eine Glaskuppel schwang sich vom einen zum anderen Ende. Ein starres Segel schimmerte wie ein Fischkörper.

»Da wohnt ihr?«

»Damien hält es an Land nicht mehr aus«, sagte April.

Liv konnte ihren Blick nicht von dem Schiff lassen. Oder war es eine Jacht? Eine Superjacht? Das Segel – war das ein Segel? – kam ihr wie eine riesige Haiflosse vor, die man mit funkelnden Bronze- und Silberplatten bestückt hatte.

»Ich habe alles verkauft, was ich besessen habe«, sagte Damien. »Ich habe einen Cut gemacht. Ich kann hier nicht mehr atmen, der Hass, der ganze Wahnsinn. Jetzt segeln wir um die Welt.«

DREI

Liv, 7

Wie lange hatte sie geschlafen? War das hier eine Koje? War »Koje« die Bezeichnung für das Bett oder den Raum? Wie viele Kojen oder Kajüten hatte die Jacht? Gab es eine Crew, die noch hinzustoßen würde? Ab welcher Größe brauchte eine Jacht eine Crew? Schliefen April und Damien in einem Raum, in einem Bett? Waren sie ein Paar? War sie hier Gast?

Aufsitzen. Liv trug ein graues Nachthemd, darunter nichts. Die Matratze war hart. Das kleine Zimmer hatte ein horizontales Fenster, einen Schreibtisch und einen Stuhl. Auf dem Tisch stand eine Wasserflasche, daneben lag ein Stapel zusammengelegter Klamotten. Die Zimmerdecke hellte langsam auf, als registriere etwas ihr Aufwachen und fuhr einen Dimmer hoch. Einen Lichtschalter sah sie nicht.

Liv strich mit der Hand über die Lackschicht der Wand, nahtlos ging die Fläche in ihre Pritsche über. Auch der Schreibtisch kam ihr wie organisch entstanden vor. Abgerundete Ecken, die Oberfläche leicht gewellt. Farblich war alles im Grauton ihres Nachthemds gehalten, sogar die Bettdecke und das Laken hatten diese Farbe. Von der Küste aus hatte Liv noch goldverzierte Luxussuiten vermutet.

Sie drückte sich von der Matratze hoch und stand auf schwankenden Beinen. Es konnte aber auch der Seegang sein. Und wie sie so dastand, fühlte sie sich auf einmal als Teil dieses Ambientes: organisch aus dem Boden gewachsen, grau, minimalistisch. Als Eremitin in einer reduzierten Bleibe.

Sie machte einen Schritt zum Schreibtisch und griff nach der Flasche. Ein kühles Glasgefäß, dessen Verschluss sie aufdrehte. Sie nahm einen Schluck. Zum zweiten Mal in ihrem Leben realisierte sie, wie köstlich reines, leicht gekühltes Wasser schmeckte. Sie trank die Flasche mit einem zweiten großen Schluck leer und stellte sie zurück auf die Oberfläche des Tisches. Sie würde nie wieder etwas anderes als Wasser trinken wollen.

Durchs Fenster sah sie in den tiefschwarzen Himmel, um die Jacht schimmerte das Meer lilafarben. Sie lagen etwa zweihundert Meter vom Ufer entfernt, wo der Skatepark durch Strahler taghell erleuchtet war. Sie zog den grauen Stuhl unter dem Tisch hervor, drehte ihn dem Fenster zu und zwang sich förmlich dazu, sich zu setzen. Wie lange war es her, dass sie in ihrem Bett geschlafen hatte? Vermisste sie ihr Zimmer, das es seit dem Umzug ihrer Eltern nicht mehr gab? Vermisste sie ihre Eltern? Ihre Freunde? Die gemeinsamen Mittagessen im Garten? Die gefüllten Weinblätter und den Hummus, die Zwiebelringe in Essig und eingelegten Steckrüben? Die sauren Gurken? Vaters mit Chili zubereitete Relishes und Zhoug? Vaters Taboulé? Vermisste sie ihre Stadt, in der sie jede Straße kannte, wusste, welcher Strandabschnitt zu welcher Tageszeit am schönsten war?

Das Essen, ja, das vermisste sie, vor allem den Geschmack frischer israelischer Tomaten. Und die Stunden mit Elam. Doch zurückkehren? Nein, das war ausgeschlossen. Dachte sie an zu Hause, dann schnürte gleich wieder etwas ihre Brust zusammen. Vielleicht hatte Elam recht, und sie musste sich von allen alten Bindungen freimachen. Denn waren es nicht Erinnerungen und Schuldgefühle, die sie hinderten, sich ausnahmslos auf das, was vor ihr war, einzulassen? Fühlte sie sich deswegen immer so distanziert?

Eine scharfe, kühle Klinge fuhr ihr oberhalb der Schläfe in den Kopf. Liv verzog das Gesicht, fasste sich an die Stelle und erzeugte mit dem Daumen einen Gegendruck. Der Stich flachte leicht ab. Eine Weile lang saß sie so da, bis der Schmerz nachließ. Dann fasste sie einen Entschluss. Nur noch mit dem Allerwichtigsten wollte sie sich von nun an bei ihren Eltern melden.

Wo war ihr Smartphone? Liv hob die Klamotten an, doch da lag es auch nicht. Vermutlich war es zerstört. Aber welche Antworten sollte sie damit auch schon finden?

Das Lila hatte sich in ein Rotorange verwandelt, am Strand erblickte sie eine Gruppe Menschen. Was hatte sie sich nur von ihrem Trip in die Wüste versprochen? Ein großes Abenteuer, eine Grenzerfahrung? Sie schüttelte den Kopf. Sie wollte nicht enden wie die ewig Sinnsuchenden, die ihr Leben lang nichts anderes machten, als zu ergründen, was für Menschen sie waren. Sie war jetzt schon eine andere als in der Suite in Phoenix und eine ganz andere als die, die in Cancún ins Taxi gestiegen war. Es gab keinen festen Kern, kein Ich, das aufzudecken war. Mutters Worte. Es gab nur dieses eine Leben, in dem man ein Zeichen setzen musste, bevor es zu Ende ging. Ein Zeichen wie von den Zapatistenkindern mit ihren Skimützen und den gereckten Fäusten.

Erst einmal musste sie pragmatisch sein. Sie wollte duschen, etwas essen. Wollte Damien und April kennenlernen. Einen Schritt nach dem anderen tun. Sie würde schon irgendwo ankommen.

Sie inspizierte die Klamotten. Socken, Shorts, Unterwäsche und ein Hemd. Alles im selben Grauton. Sie streifte sich das Nachthemd ab, faltete es und legte es in eine Einbuchtung. Sie zog Slip und BH an, straff schmiegten sie sich an ihre Haut. Sie schlüpfte in die Shorts, die an den Beinen doppelt aufgekrempelt war, zog sich das weite Hemd mit schmalem Kragen über und knöpfte die drei Knöpfe bis oben hin zu. Schuhe fand sie keine.

Liv wusste nicht, wo genau sie war, wusste nicht mal, was auf der anderen Seite ihrer Zimmertür begann. Aber sie würde es herausfinden. Sie stand auf und öffnete die Tür.

Fufus Augen leuchteten in der Dunkelheit. Er musste auf sie gewartet haben. Sein kurzer Schwanz wedelte. Liv tätschelte ihm den Kopf. Zur Rechten erstreckte sich ein langer, unbeleuchteter Gang, *Restroom* prangte in großen Lettern an der Tür gegenüber. Da sie keinen Griff fand, lehnte Liv sich dagegen, und in diesem Moment gab die Tür nach, und im Innern sprang die Deckenbeleuchtung an.

Es war viel heller als in dem Zimmer, in dem sie aufgewacht war. Als solle hier eine neue Stufe des Wachseins erreicht werden. Der Raum war schwarz gefliest, es gab lediglich ein schwarzes, auf einem Podest aufsitzendes Waschbecken, eine ebenso schwarze Toilette und einen schwarzen Handtuchhalter, aber keinen Spiegel. Liv formte die Hände unter dem gebogenen Wasserhahn zu einer Schale, Wasser sprudelte hinein, und sie klatschte es sich ins Gesicht. Duschen würde sie später, zu neugierig war sie jetzt auf die Erkundung dieses eigenartigen Ortes.

»Komm, Fufu«, sagte sie, und der Hund folgte ihr dicht bei Fuß den langen Flur hinunter.

Als wollten die Erbauer frühen Raumschifffantasien nacheifern, leuchteten die Wandpaneele auf, sobald Liv sich auf ihrer Höhe befand. Zu beiden Seiten kam sie an schmalen Türen vorbei, las *Print*, las *Play*, las *Walk*. Kurz bevor der Flur in einen Raum mündete, der die gesamte Breite der Jacht einnahm, kam sie an *April*, dann an *Damien* vorbei. Sie wollte es nicht, aber irgendwie freute sie sich darüber.

Der Raum senkte sich zu einer mit Fellen ausstaffierten Mulde ab. Ein lang gezogenes Fenster blickte noch knapp über die nun hellgrün angeleuchtete Wasserkante. Fufu tapste eine Wendeltreppe hoch, Liv folgte ihm und kam in einer Art Zwischenbereich heraus, von dem die Küche, die Kommandobrücke des Schiffs und, durch eine gläserne Schiebetür getrennt, der Wohnsalon abgingen. Sie spitzelte durch das Bullauge zur Brücke, dort strahlten Bildschirme und blinkten unregelmäßig Geräte.

Sie hörte das Geräusch zur Seite gleitender Schiebetüren. Der Hund durchkreuzte schwanzwedelnd den geräumigen Salon, beidseitige Fensterflächen und die den gesamten Bereich überspannende Glaskuppel erweckten den Eindruck eines schwimmenden Wintergartens. Eine zweite Schiebetür öffnete sich und gab den Blick zum Deck frei. Dort kauerten April und Damien nah der Reling auf einer Polsterlandschaft, Damien hob die Hand, er musste Liv entdeckt haben, Fufu sprang auf Aprils Schoß.

Noch bevor sie den Gruß erwidern konnte, schloss sich die Außenschiebetür und spiegelte das Innere des Salons wider. Sie trat vorsichtig ein.

Es roch nach Gummi und zum ersten Mal nach Meer. Sie liebte diesen Duft. Wie unter Deck war auch hier alles minimalistisch eingerichtet. Es gab einen anthrazitfarbenen Tisch und acht senffarbene Stühle. Gegenüber erstreckte sich eine königsblaue Couch fast über die gesamte Längsseite. Sie bückte sich und betastete den Stoff: ein weicher, schmiegsamer Samt, ähnlich wie der ihrer neuen Unterwäsche. Es war die größte Couch, die sie jemals in ihrem Leben gesehen hatte. Am komischsten war jedoch der Mast, der mittig dem Boden entsprang, die Glaskuppel durchstieß und nun über ihr dunkelgrün in die Nacht strahlte.

Als Liv sich der Schiebetür zum Außendeck näherte, glitt diese zur Seite, und eine noch viel frischere, intensivere Luft strömte ihr entgegen. Und da war auch der Geruch nach frittiertem Fisch. Schlagartig spürte sie einen grenzenlosen Hunger. Die Holzdielen auf dem Deck waren noch warm vom Tag, sie liebte Barfußgehen.

»Ich habe uns einen Mahi Mahi frittiert«, sagte Damien, der auch ein bauchiges Hemd und hochgekrempelte Shorts trug. »Du hast sicher Hunger.«

»Gigantisch, ja.«

Es musste die Hinterseite der Jacht sein, über ihnen erstreckte sich der Balken des Segels, von dem sie keine Ahnung hatte, wie er in der Fachsprache hieß. Der sich ständig ändernde Farbton hauchte allem eine flirrende Lebendigkeit ein und verstärkte die Umrisse zugleich.

»Setz dich.« April klopfte neben sich auf die Polster. Zwischen ihnen waren auf Zeitungspapier der frittierte Fisch und goldbraune Kartoffelecken ausgebreitet, dazu gab es in Schälchen bunte Dips und aufgeschnittene Zitronen. Liv setzte sich so zu den beiden, dass sie ein Dreieck ergaben.

»Du siehst schon wieder besser aus.« April kraulte den Kopf des Hundes. »Wir wollten dich nicht wecken.«

Liv quetschte eine Zitrone über dem Fisch aus und tunkte ihn in den Dip.

»Hast du alles gefunden, was du brauchst?« Damien blickte sie mit wachen Augen an.

»Ja, danke, ich habe mir die Sachen gleich angezogen.« Liv

schob sich das Fischstück in den Mund, leckte sich Daumen und Zeigefinger ab. »Schmeckt wahnsinnig gut.«

»Danke.« Damien lächelte. »Wie sind die Klamotten?«

»Der Stoff ist irre leicht, habe jetzt schon vergessen, dass ich überhaupt was anhabe.«

»April hat sie entworfen.«

April schaute verstohlen zu Boden. »Das ist nur ein Nebenprojekt.« Sie hatte dunkle, glatte Haare und einen leicht diagonal geschnittenen Pony.

»Sie gefallen mir wirklich sehr«, sagte Liv. »Ich mag die Farbe, so simpel.«

April hob den Kopf und freute sich, legte ihre Hand auf Damiens Oberschenkel.

»April war früher eine bekannte Seglerin, vielleicht hast du sogar schon mal von ihr gehört.« Damien tunkte eine Kartoffelecke in die Sauce.

»Bitte nicht.« April kippte etwas nach hinten, zog die Hand wieder weg.

»April war das Mädchen, das mit 14 allein um die Welt gesegelt ist.«

Tatsächlich erinnerte Liv sich vage an die Geschichte. Gegen alle Bedenken hatte ein Mädchen in einem winzigen Segelboot ihre Heimat verlassen. Den Eltern waren Vorwürfe gemacht worden, das auch noch zu unterstützen. Der erste Aufbruch war wegen der Widerstände dann auch wieder abgebrochen worden, beim zweiten Anlauf aber gelang es ihr, unter Begleitung eines großen Medienspektakels.

»Über zwei Jahre hat es gedauert«, fügte April hinzu.

»Ich habe sie dann aus den Talkshows gerettet«, sagte Damien.

»Da wird man bei lebendigem Leib aufgefressen.« April kippelte wieder nach vorne. Sie war konstant in Bewegung. »Wenn du nicht aufpasst, bist du schnell die Geliebte eines

Produzenten. Sie nennen es ihr neuestes Projekt. Wenn du dich auf sie einlässt, was nichts anderes bedeutet, als dass sie sich jede Nacht Zugang zu deinem Hotelzimmer verschaffen, versprechen sie dir Ruhm, Hollywood, ein Anwesen, unzählige Freunde.«

»So kamen die Filme.«

»Oje, die Filme.« April legte sich theatralisch den Handrücken auf die Stirn.

»Kenne ich einen?«, fragte Liv.

»Besser nicht«, sagte April. »Ich war immer die hotte Seglerin. Damien hat mich dann bestärkt, wieder an mich zu glauben. Weißt du, Liv, du verlierst dich ganz schnell, wenn die ganze Welt zu wissen meint, wer du bist.«

Liv zog sich einen weiteren frittierten Fisch heran, zerteilte ihn in mundgerechte Stücke. Sie konnte gar nicht mehr mit dem Essen aufhören, so sehr genoss sie jeden Bissen.

»Und eine Meinung hatten sie alle.« April wischte sich den Pony aus der Stirn. »Der Segeltrip sei die Idee meiner erfolgsgeilen Eltern gewesen. Ich mache das nur wegen der Publicity. Ich sei eine verzogene Narzisstin. Die Filmrollen hätte ich nur meinem Aussehen zu verdanken. Talent gleich null. Und so weiter. Und jeder schreibt dir seine Meinung auf eine deiner Seiten. Als würde dich das interessieren. Und irgendwann beginnen sie, dich niederzuschreiben. Ich habe jeden Tag nachlesen können, wie ich immer träger und unförmiger, wie aus dem flinken, abenteuerlustigen Seglermädchen eine verkokste, selbstverliebte, nichtsnutzige Partybombe wurde. Klar, ich war auf vielen Partys. Klar, ich bin älter geworden. Und klar, ich fühlte mich besser als die normalen Menschen, die ihre 9-to-5-Jobs machen, nur um danach ein paar Cocktails in einer hippen Bar zu trinken und schöne Fotos davon zu posten. Und klar, irgendwann war ich nur noch ausgebrannt. Aber ich habe nie die vielen Monate vergessen, in denen ich ganz allein den Atlantik überquerte. Ganz allein, nur du und deine Gedanken, die Wellen und das Boot, das wechselnde Wetter und die nie endenden Tage und Nächte. Kennst du das, Liv?«

»Ich glaube schon, ja.« Sie dachte an den Moment allein auf der Pyramide und an den Baum auf ihrem Wüstenberg, unter dem sie geschlafen hatte.

»Seitdem ich damals, fast noch ein Kind, aufgebrochen bin, bin ich nie länger als drei Monate am selben Ort gewesen. Meine Heimat habe ich immer dabei. Ich glaube, so sind wir. Unsere Heimat ist da, wo wir uns aufhalten. Wir nehmen unsere Freunde mit, hier« – sie drehte Liv ihr aufleuchtendes Armgelenk zu. »Wir arbeiten, wo wir wollen. Wir brauchen keine festen Wohnorte, keine festen Beziehungen mehr.«

»April ist unser Skipper«, sagte Damien. »Sie kann jetzt allen zeigen, dass das Feuer immer noch in ihr brennt.« Wenn er sprach, tänzelten seine sonnenbraunen Stirnfalten auf und ab. Es stand ihm und verlieh seinem Gesicht eine Komplexität und Tiefe.

»Der Druck ist enorm«, sagte April.

»Damit müssen wir leben.« Damien zog das linke Bein heran, so dass seine Shorts sich spannte. »Wir wollen ein Vermächtnis hinterlassen. Der Druck wird nicht weniger werden.«

»Ich habe halt Angst«, sagte April, »dass ich nie wieder an die junge April anknüpfen kann, Angst, nur noch ein billiger Abklatsch meiner selbst zu sein.«

Die beiden blickten zu Liv, als erwarteten sie von ihr irgendeine Reaktion. Ein Strom an Gedanken rauschte ihr durch den Kopf. Dass sie mit der Angst nicht allein sei, dass diese Angst ihnen über die Jahre in kleinen, aber täglichen Dosen verabreicht werde, dass alle, die sie jemals getroffen hatte, von dieser Angst infiziert seien, einer Angst, die sich nur in ihrem

Aussehen und Auftreten unterscheide. Und dass der Druck die Tagesseite der Angst und die Angst der nächtliche Schatten des Drucks sei. Doch sie zuckte bloß gleichgültig mit den Schultern, als sei das ihre Antwort.

Erstaunlich umständlich erhob sich April, eines ihrer Gelenke knackte. »Was wollt ihr zur Feier des Tages trinken?«

»Wasser!«, kam es viel zu euphorisch über Livs Lippen.

April legte den Kopf schief und schaute sie von der Seite an. »Okay, wenn du möchtest. Und für dich, Damien, heute was mit Geist?«

»Lieber nicht.« Er grinste. »Sonst werde ich zum Tier.«

»Oh, dann lieber nicht.« April zwinkerte Liv zu. »Das könnte gefährlich werden. Also auch Wasser, Damien?«

Er nickte und stützte sich nach hinten ab.

»Gut, dann zoome ich mich eben allein weg.«

April drehte sich auf dem Absatz um, Fufu folgte ihr durch den Wohnbereich. Sie hatte einen schönen Hüftschwung. Die Schiebetüren schlossen sich hinter den beiden.

Die Farbe des Segels wechselte zu einem Orange, als wolle jemand die Jacht in ein buddhistisches Kloster verwandeln, und die Wellen platschten dazu passend meditativ gegen das Heck. Liv drückte die Zitronenreste über dem letzten Fisch aus, spürte, wie Damien, nach hinten auf seine Arme abgestützt, sie dabei beobachtete. Seine Fußsohlen waren vom vielen Barfußgehen sichtbar mit Hornhaut überzogen.

»Ich könnte unendlich weiteressen«, sagte sie. »So gut.«

Darauf erwiderte er nichts, und sie nahm es als Wink, sich die Zeit zu nehmen, auch noch den letzten Krümel aufzupicken. Als sie fertig war, wischte sie sich mit dem Hemdsärmel über die Lippen, sagte: »Was meinst du mit ›wir wollen ein Vermächtnis hinterlassen‹?«

Damien überlegte und schloss dabei die Augen. Nach einer Weile schlug er sie wieder auf, sagte: »Ein Vermächtnis ist etwas, was wir unseren Nächsten von unserem Leben hinterlassen. Es ist ein Geschenk an sie, sie können es annehmen, müssen es aber nicht.«

»Geld, Ideen, eine Schule?«

»Es muss etwas sein, was du weitergeben kannst. Ein akademischer Titel zum Beispiel zählt nicht oder dass du ein kreatives Genie bist. Es muss etwas sein, was deine Nächsten sich zu eigen machen können.«

»Wer sind meine Nächsten?«

»Diejenigen, die sich hinter dich stellen, wenn es wirklich mal brenzlig wird.«

»Wie gehst du mit dem Druck um?«

»Druck ist ein guter Motor, früher habe ich so selbst noch an den Wochenenden gearbeitet. Ich habe alles erreicht, was ich erreichen wollte. Jetzt mache ich ganz simple Dinge.«

»Zum Beispiel?«

»Heute habe ich Kartoffeln geschält, viel zu viele, habe dann das Öl aufgesetzt und die Kartoffeln darin dreimal nacheinander frittiert.« Er lachte, fuhr sich über die Brust, als streiche er da etwas glatt. »Und für das Leben auf dem Schiff habe ich Pour-over-Coffee-Accessoires bestellt, slow brew coffee, du weißt, was das ist?«

Sie nickte.

»Ich will auch viel Brot backen, es bringt mich runter, mit den Händen den Teig zu bearbeiten.«

»Runter von all dem Hass und Wahnsinn in der Welt?«

Damien überlegte eine Weile, legte den Kopf in den Nacken, schloss wieder die Augen. Er ließ sich Zeit, wenn er nachdachte. Das mochte Liv. Sie störte ihn nicht. Schaute ihm vielmehr beim Denken zu. Dann schob er den Kopf wieder vor und öffnete die Augen. Er kratzte sich das stoppelige Kinn und sagte: »Es ist nicht mehr mein Land. Es hat sich vor unseren Augen verändert, ohne dass wir es richtig mitgekriegt haben. Der Hass hat überhandgenommen. Du siehst das im Internet, auf der Straße, überall. Hass funktioniert, Hass zieht an, Hass ist unterhaltsam. Hass sitzt jetzt ganz oben und regiert das Land. Hass ist nichts anderes, als andauernd nur ›Ich, ich, ich‹ zu sagen. ›Ich bin gut, und du bist böse‹, so hieß es früher. Jetzt heißt es: ›Ich hasse dich, und was ich hasse, muss ich vernichten, bevor es mich vernichtet.‹«

»Übertreibst du da nicht?«

»Ich hoffe es.« Er fuhr sich mit dem Daumen über die Lippen. »Ich will da aber nicht mehr mitmachen, verstehst du? Ich habe diese Ichs mit groß gemacht, ich habe Tools mitentwickelt, die Menschen eine Stimme verleihen. Ohne Stimme bist du nichts.«

»Die meisten posten doch nur das, was sie irgendwo aufgeschnappt haben.«

»Eine Stimme ist nicht nur, was du sagst, es ist alles, was du tust. Also jeder Link, den du teilst –«

»Und was ist dann das Problem?«

»Wir hätten nie gedacht, dass sie nichts anderes damit tun, als aufeinander loszugehen.«

Es klang so unheimlich naiv zu denken, dass die Leute nicht aufeinander losgehen würden.

»Du grinst«, sagte Damien. »Aber wir hatten wirklich gedacht, die Welt so vereinen zu können. Jetzt bleibt uns nur die Flucht.«

»Auf einer Jacht?«

»Die *Aurora 2* ist unser schwimmendes Kanada.«

»*Aurora 2*?«

»Ja, *Aurora 1* war schon vergeben.«

Liv schmunzelte. »Schwimmendes Kanada?«

Damien nickte.

Liv konnte gar nicht mehr mit dem Schmunzeln aufhören, weil sie den Gedanken mochte, auf einer einsamen *Aurora 2* durch die Weiten des Pazifiks zu treiben. Und sie mochte Kanada. Wie alle eigentlich, die sich für liberal und weltoffen hielten. »Ihr seid also Aussteiger, und die Jacht ist eure Kommune?«

»Das sind die falschen Worte«, sagte er. »Sie passen nicht.«

»Meine Ma sagt, dass wir die Macht über uns zurückgewinnen, wenn wir wissen, dass das Vokabular, mit dem wir uns beschreiben, kontingent ist.«

»Du hast eine schlaue Ma.«

»Zu schlau manchmal.« Liv legte den Kopf, wie Damien zuvor, in den Nacken und schaute zu diesem erstaunlich starren Segel, das wie ein schlecht aufgelöstes Foto aus Abertausenden Pixeln zu bestehen schien. Und diesmal war er es, der sie dabei beobachtete.

»Aber ja, deine Ma hat recht«, sagte Damien nach einer Weile und in einem Ton, als habe er in der Zwischenzeit etwas Grundlegendes realisiert. »Ich könnte sagen, April und ich, wir suchen die Freiheit und die Selbstkontrolle. Wir sammeln die Daten über uns, um zu erkennen, wer wir sind. Wir wollen minimalistisch, also nur mit dem Nötigsten, leben. Wir wollen autark sein, nach unserer Natur handeln, das essen, was sie uns gibt. Wir wollen nach unseren eigenen Regeln leben, nicht nach den Regeln, die uns Konzerne oder Regierungen vorschreiben. Wir wollen uns fragen, wie wir eigentlich leben wollen. Aber auch das klingt wieder so abgedroschen.«

»Ma sagt, dass wir pragmatisch, also konkret sein müssen. Sie würde dich jetzt danach fragen, was du heute noch vorhast, was die konkreten Hindernisse sind.«

»Den Kopf freibekommen, den Aufbruch genießen.«

»Wieder zu allgemein, würde Ma sagen.«

»Auf dem Rücken liegen, in den Nachthimmel schauen.«

»Besser.« Liv rieb sich die Stelle am Arm, die immer noch verbunden war und zwickte. Dann verschob sie die Polster und legte sich rücklings auf die Planken, und Damien verschob weitere Polster und legte sich daneben. Sie mochte seine in sich ruhende Art und hatte das Gefühl, dass es auch okay war, wenn sie schweigend nebeneinander dem Farbwechsel des Segels folgten. Sie konnte seinen Atem hören. Sie konnte seine Körperwärme spüren. Duftete er nach Aprikose?

Hinter dem Wellenrauschen erklang jetzt ein Beat von der Küste her. Liv hörte die elektrischen Türen auf- und zufahren, dann tapsende Schritte auf dem Holzboden. Es war Fufu, der auf das Polster neben ihr sprang und seinen schweren Kopf auf ihren Bauch legte.

»Er mag dich«, sagte Damien, die Arme als Kissen hinter dem Kopf verschränkt.

Liv setzte sich auf und kraulte Fufus Ohren. »Ist das deine Jacht?«, fragte sie Damien.

»Ich habe sie entwickeln lassen, ja. Eine kleine kalifornische Garagenfirma hat sie entworfen. Sie besteht zu einhundert Prozent aus recycelten Materialien und wird nur von erneuerbaren Energien angetrieben. Du siehst dieses Segel, man nennt es ›Wingsegel‹, es ist starr und richtet sich automatisch nach Wind und Sonne.«

»Sind Solarpaneele darauf?«

»Ja, die speisen zusammen mit der Strömungsrückgewinnungsenergie die Motoren. Wir sehen zwar wie eine Segeljacht aus, sind aber so schnell wie ein Motorboot.«

»Können Jachten nicht eine viel höhere Geschwindigkeit als Motorbote entwickeln?«

Er setzte sich jetzt auch auf, die Beine im Schneidersitz über Kreuz. »Das spielt doch keine Rolle.« Er begann ebenfalls, Fufu zu kraulen. »Entscheidend ist, wie du die Strecke zurücklegst. Du glaubst gar nicht, wie viel Energie uns zur Verfügung steht. Wind, Strömung, Sonne, sogar aus Algen, wenn wir sie nur nutzen.«

»Wie groß muss die Crew sein, um so eine Jacht zu steuern?«

»Theoretisch könntest du sie allein segeln. Aber zu zweit oder zu dritt ist es angenehmer. Allein langweilst du dich zu Tode.«

»Wohin segelt ihr?«

»Hast du mal vom Coconut Milk Run gehört?«

Liv schüttelte den Kopf.

»Wir befinden uns gerade auf der ersten Teilstrecke über den Pazifik, ungefähr 3000 nautische Meilen liegen vor uns. Zuerst müssen wir durch die Intertropische Konvergenzzone, meistens raumer Wind, da könnte das Wetter sehr ruhig werden. Flauten drohen. Dann überqueren wir den Äquator. Das alles segeln wir in einem Törn, bis wir zu den Französisch-Polynesischen Inseln kommen: den Marquesasinseln, den Tuamotus und dann am Ende den Societen, Tahiti und ihren Schwesterinseln.«

»Und was folgt als Nächstes?«

»Entweder wir schlagen den Kurs nach Australien oder den nach Neuseeland ein. Wir können aber auch eine Saison im Südpazifik bleiben. Wir wissen das noch nicht.«

»Wie lange dauert so eine Überfahrt?«

»Du kannst in wenigen Wochen nach Neuseeland durchsegeln, wenn du alle Traumstrände links liegen lässt. Du kannst aber auch Jahre im Südpazifik verbringen.«

»Ein schwimmendes Kanada«, wiederholte Liv und legte sich, mit diesem Bild im Kopf, rücklings auf den immer noch warmen Boden.

Die Brise war stärker, die Musik lauter geworden. Liv wendete den Kopf und erkannte an der Küste dunkle Umrisse im Licht winziger Leuchtdioden tanzen, die sich wie Glühwürmchen mit den Tanzenden drehten. Dann schaute sie entlang des nun bläulich schimmernden Wingsegels zu den Sternen, die sich als schwaches Band von der Küste bis über sie hinaus aufspannten. Fufu war verschwunden.

»Auf offener See werden wir die Milchstraße noch viel deutlicher sehen«, sagte Damien.

»Ich mag die Milchstraße, sie erinnert mich an meine Kindheit.«

»Erzähl mir davon.«

»Das interessiert dich?«

Damien atmete ruhig und schwieg.

Liv legte die Hände über ihren sich hebenden und senkenden Bauch und starrte in den Himmel. »Als Kind wusste ich gar nicht, dass es so unendlich viel Sterne gibt«, sagte sie. »Klingt komisch, aber in der Stadt siehst du davon nichts.«

»Nicht mal nachts am Strand?«

»Als Kind bist du da nachts nicht und dann als Teenager, na ja, du weißt schon.« Sie deutete mit dem Kopf zu den Tanzenden. »Aber irgendwann, ich weiß nicht, wann genau das war, fuhren wir einmal auf einem Kiesweg.«

»Du und deine Eltern?«

»Genau, Ma und Pa und ich. Und Pa hielt dann einfach an, da war nichts um uns herum. Kein Haus, keine Laterne, nichts. Und er sagte, ich solle mal aussteigen, und ich stieg aus, und dann drehte er das Scheinwerferlicht ab.«

»Da war es dann.«

»Ja, da war es dann. Und ich stand wie versteinert da und fühlte mich so irrsinnig klein, und ich habe dann zu Ma gesagt, dass ich das kenne.«

»Was kennst du?«

»Ich habe ihr gesagt, dass ich manchmal, kurz vor dem Einschlafen, sehen kann, dass alles aus Abertausenden kleinen Punkten zusammengesetzt ist. Jeder Gegenstand und auch die Luft. Und dann hatte es mich auch nicht gewundert, wie ich da neben dem Auto stand, dass dieselben Punkte auch in diesem All sind, und ich habe mir vorgestellt, dass jeder dieser Punkte wiederum aus unzähligen anderen Punkten besteht, die, für sich genommen, gigantische Welten ausmachen.«

»Schön.«

»Ja, ich bin richtig süchtig nach diesem Gefühl geworden. Ma und Pa mussten mich immer genau an diese Stelle fahren. Und vor dem Einschlafen habe ich dann immer gewartet, bis ich wieder diese Punkte sehen konnte.«

»Aber das hielt nicht lange an.«

»Irgendwann habe ich es wieder vergessen. Die Punkte, die Sterne, dass es noch mehr gibt. Es klingt vielleicht wirklich sehr komisch, aber wenn ich jetzt zurückdenke, habe ich das Gefühl, ich wäre irgendwann eingeschlafen.«

»Das kenne ich.« Er wendete ihr das Gesicht zu. In seinen Augen spiegelte sich das schimmernde Blau des Segels. »Wie bist du aufgewacht?«, fragte er.

Sie dachte an Elam und ihren Zitronenbaum. Aber sie hatte das Gefühl, das für sich behalten zu wollen. »Ich weiß es nicht. Ich fühle mich nicht richtig wach. Alles fließt an mir vorbei. Zu schnell. Ich kann es nicht greifen. Als wäre ich nur Zuschauerin. Verstehst du?«

Er nickte.

»Und dann zweifle ich manchmal daran, ob das hier alles wirklich passiert.«

»Wie meinst du das?«

»Vielleicht liege ich ja immer noch in der Wüste, so kurz vor dem Verdursten, und bilde mir das hier nur ein.«

Damien lachte, sagte dann: »Ja, vielleicht. Vielleicht liegen wir alle in irgendwelchen Wüsten.«

Sie legte sich wieder auf den Rücken, die Hände gefaltet, und schloss die Augen.

Als sie die Augen wieder öffnete, saß Damien aufrecht neben ihr.

»Wo bleibt denn April?«

Damien zuckte bloß mit den Schultern, sagte dann: »Du kannst mich jetzt fragen.«

»Fragen?«

»Ja, die Fragen, die du noch hast.«

Sie fragte das Erste, was ihr in den Kopf schoss: »Habt ihr meine Eltern über den Unfall informiert?«

»Du hast darum gebeten, dass wir niemandem etwas sagen. Daran haben wir uns gehalten.«

»Nennt man die Zimmer auf dem Unterdeck ›Kojen‹ oder ›Kajüten?‹«

»Was gefällt dir besser?«

»Kojen«, sagte sie.

»Dann ist das die Antwort.«

»Ist mein Rucksack an Bord?«

»April hat ihn verstaut und dein Smartphone auch. Damit wirst du aber niemanden mehr kontaktieren können. Wenn du möchtest, kann ich es auseinandernehmen und wenigstens deine Daten sichern.«

»Das kannst du?«

»Wenn du mich lässt.«

»Ich hab da noch das beste aller Selfies drin.« Sie zwinkerte, um zu unterstreichen, dass sie es ironisch meinte.

»Du musst sagen, dass du damit einverstanden bist.«

»Wieso nicht?«

»Vielleicht will ich ja nur an deine Daten ran.«

»Ich habe nichts zu verbergen.«

Er lachte. »Sag das nicht. Das klingt so, als würdest du sagen: Ich brauche keine Redefreiheit, weil ich eh nichts zu sagen habe.«

»Wenn irgendwer oder irgendwas meine Daten will, dann hat er die doch schon längst.«

Damien schüttelte leicht den Kopf, entgegnete aber nichts, als könne oder wolle er das gerade nicht vertiefen.

Weil ihr auf einmal all die Fragen entfallen waren, fuhr sie über die graugeriffelte Oberfläche der Planken. Aus dem Augenwinkel sah sie Damien leicht nach vorn gebeugt etwas in sein Armband tippen. Als er den Kopf wieder hob, sagte sie: »Darf ich?«

Er wischte über das Armband, nahm es vom Handgelenk und reichte es ihr. »Du kannst es beliebig verformen.«

Sie befühlte es mit den Fingern: kühl und hauchdünn, sie musste an ein Erfrischungstuch denken. Sie bog es zu einer ebenen Fläche, und es blieb so, wie sie es gerade modelliert hatte.

»Du kannst es um deinen Arm schlingen oder um deinen Fahrradlenker oder um Fufus Hals. Im Grunde ist es nur ein sehr elastischer Bildschirm, der jede Berührung fühlt.«

Sie schlang es sich um den rechten Arm und strich mit den Fingern der anderen Hand darüber. »Es fühlt sich fast wie meine Haut an.«

»Das ist die Idee.«

»Hast du's entwickelt?«

»Nein, Freunde.«

»Was kann es alles?«

»Alles, was dein Smartphone und deine Smartwatch auch können und können werden. Eine Kamera ist auch eingebaut, hier« – er tippte auf eine winzige Linse. »Der Unterschied ist, dass die Informationen, die es über dich sammelt, nur für dich sind. Das heißt, dass du darüber entscheiden kannst, mit wem du sie teilst, wie du sie vermarkten möchtest, was damit in der Zukunft geschehen soll.«

»Aber was fange ich mit all den Daten an?«

»Selbsterkenntnis durch Zahlen.«

»Wie ein Fitnesstracker?«

»Ein bisschen smarter ist es schon.«

»Und wie heißt das Ding?«

»Es trägt den Namen der oder des Users.«

»Das lässt sich dann aber schwer verkaufen, so ganz ohne einheitlichen Markennamen.«

»Wir wollen es ja auch nicht verkaufen. Es soll ein Geschenk sein.«

»Für die Untertanen und Untertaninnen Neukanadas?«

»Wir fangen klein an.« Er grinste und schaute kurz zu den Menschen am Strand.

»Warum würde ich es überhaupt tragen wollen?«

Damien drehte sich wieder ihr zu, sagte: »Weil es sich besser anfühlt.«

Sie schaute ihn fragend an.

»Du fühlst deine Informationen, du fühlst dich. Und somit die ganze Welt.«

»Das verstehe ich nicht.« Liv strich wieder über diesen hauchdünnen Bildschirm, um vielleicht so dahinterzukommen, was er ihr sagen wollte.

»Es ist Teil einer Entwicklung, die langsam eine Distanz überwindet, die wir Menschen uns selber geschaffen haben.«

»Verstehe ich noch weniger.«

»Vor gar nicht langer Zeit haben die ersten Computer ganze Räume ausgefüllt. Wir mussten zu ihnen laufen, vielleicht sogar lange Bahnfahrten in Kauf nehmen, um die Maschinen zu bedienen. Dann kamen die Computer zur Arbeit und zu uns nach Hause. Wir stellten sie auf Schreibtische und rückten Stühle davor. Vor Kurzem erst haben wir damit begonnen, sie uns in die Tasche zu stecken oder in der Hand mit uns herumzutragen. Das ist eine Revolution, weil wir zum ersten Mal nicht mehr an einen Ort gebunden sind. Das hat alles verändert, wie wir uns durch den Raum bewegen, wie wir essen, wie wir uns die Welt anschauen, mit unseren Freunden sprechen, wie wir einkaufen und auch wie wir uns verlieben.«

»Aber dabei bleibt es nicht.«

»Genau, denn mit der Zeit haben sich die Geräte an unseren Körper herangetastet. Wir sollen ja nicht erschreckt werden. Wir haben also angefangen, uns die Bildschirme um die Handgelenke zu legen, wie eine Uhr, denn das ist den meisten nicht fremd.« Er tätschelte das Armband. »Es fühlt sich gut an, weil es kein Fremdkörper mehr ist, den wir bei uns tragen. Es ist eine neue Haut, mit der wir bald kommunizieren können.«

»Das ergibt für mich schon wieder keinen Sinn.«

»Dieses Armband hier ist nur ein Zwischenschritt, als Nächstes legen sich die Geräte über unsere Ohren, die Augen, dringen in unsere Gehirne ein. In einigen Jahren wird es keine herkömmliche Sprache mehr brauchen. Du wirst nicht mehr irgendwo einen Text eintippen oder irgendetwas lesen müssen. Du wirst über deine Gedanken mit der Welt, die du durch eine digitale Schicht an Informationen hindurch sehen wirst, interagieren. Du wirst denken können: Hi, Ma, wie schmeckt dir der Kaffee? Und deine Mutter« – er fasste sich wieder ans Armband – »wird es hiermit fühlen und somit hören. Über Impulse, die sich in deinem Gehirn als etwas Bildliches zusammensetzen. Das wird uns alle vereinen. Endlich werden wir die Grenzen der Sprache, der Kulturen sprengen. Endlich beide Welten zu einer neuen vereinen.«

»Und findest du das jetzt gut oder schlecht?«

Damien zuckte mit den Schultern. »Ich kann das nicht gut

erklären. Du kannst dir das aber überall anschauen. Sie sprechen längst darüber.«

Liv nahm das Armband ab und gab es ihm zurück. Er bog es sich um den linken Unterarm und schüttelte die Hand aus.

»Darf ich?«, fragte Liv, Damien nickte, und sie fuhr mit der Hand über seine Haut und die feine Substanz dieses Armbands. Bis auf eine schmale Bruchlinie konnte sie nicht ausmachen, wo seine Haut endete und der hauchdünne Bildschirm begann. Sie spürte seine aufgestellten Härchen, und ein Frösteln breitete sich von ihren Schultern rasch über ihre Arme und den Rücken aus. Vielleicht lag es aber auch daran, dass es schlagartig kühler geworden war.

»Hab ich was verpasst?« April stand plötzlich über ihnen, ihr Körper hart im Gegenlicht. Sie balancierte ein Tablett.

Liv zog die Hand weg.

»Nichts«, sagte Damien.

»Ihr wollt es mir nicht sagen?« Sie setzte das Tablett neben den beiden auf dem Boden ab. Fufu war auch da.

»Nein, wirklich, wir haben nur herumphilosophiert.«

April schaute die beiden nacheinander an, dann schob sie sich eines der Polster zurecht und setzte sich zu ihnen. »Hier euer Wasser, ich gönne mir einen Gin Tonic.« Sie schwenkte ihr Glas, die Eiswürfel klimperten verlockend.

»Danke.« Liv nahm den Plastikbecher entgegen.

»Cheers!«

Sie stießen an, Liv kippte ihr Wasser in einem Zug, das nicht mehr ganz so gut schmeckte wie noch in der Koje, und April begann, von ihren Vorbereitungen zu erzählen und davon, dass sie doch sehr nervös sei, wieder in See zu stechen und Verantwortung für eine Crew zu tragen. Liv wunderte sich, welche Crew damit gemeint sein mochte, doch April redete ohne Unterbrechung, während sie in den kurzen Pausen an ihrem Getränk nippte. Dass sie in San Francisco gestartet seien und wegen des Abstechers nach Salton Sea extra hier ankerten. Dann erzählte sie von ihrem ersten Aufbruch, 13 Jahre sei das her, sie, April, damals ein naives Mädchen, das nur mit viel Glück und der Hilfe der Götter überlebt habe. Sie erzählte vom ersten Tag allein auf See, der ersten Nachtwache, während der sie kein Auge zugemacht und den Horizont nach Frachtschiffen, die sie kreuzen und zermalmen konnten, abgesucht hatte. Sie erzählte vom Essen, vom Wind, von irgendwelchen Stellungen des Segels. Viele Begriffe fielen, die Liv noch nie gehört hatte. Es war ja nicht ihre Sprache, und wenn sie ehrlich war, interessierte sie es in diesem Moment auch nicht.

Irgendwann brach April ihre Erzählung ab, und eine lange Pause entstand. Damien hatte sich nach hinten abgestützt und den Kopf in den Nacken gelegt. Das Wingsegel strahlte mittlerweile in einem graustichigen Weiß. Sie sahen jetzt alle etwas mitgenommen aus. Fufu gab einen Laut von sich, als würde er in der nächsten Sekunde einschlafen.

»Heilt es gut?« April griff nach Livs Arm und versuchte ihn zu drehen.

Ein Schmerz durchzuckte Liv, den sie sich aber nicht anmerken ließ. »Wird schöne Narben geben«, sagte sie.

Damien war auf einmal wieder da, als hätten ihre Worte ihn reaktiviert. Er beobachtete Liv von der Seite, die versuchte, April, so gut es ging, dabei zuzuhören, wie sie vom ersten Sturm berichtete, den sie abgeritten sei, irgendwelchen Topp und Takel, vor denen oder mit denen sie getrieben sei, und dass sie erst mithilfe eines Treibankers habe beidrehen können.

»Wir möchten, dass du zu unserer Crew gehörst«, sagte Damien mitten in einen Satz hinein.

»Warum wollt ihr mich dabeihaben?« Liv schaute zu April, die energisch nickte.

»Du könntest uns Gesellschaft leisten«, sagte Damien. »Bis Neuseeland soll uns ja nicht langweilig werden.«

»Neuseeland?«, fragte Liv.

»Habe ich gerade Neuseeland gesagt?« Er verzog das Gesicht.

»Du hast!« April schlug lachend die Hände zusammen.

Liv mochte Damiens Lachen, das jetzt aus ihm herausbrach, diese kindliche Ehrlichkeit, die er nicht unterdrücken konnte. Auch April mochte sie. Sie konnte ihre Angst vor diesem enormen Druck verstehen und dass sie es allen, die sie falsch eingeschätzt hatten, zeigen wollte. Vielleicht war auch für Liv dieses Schiff der Ort, an den sie vorerst gehörte.

Sie kraulte den Kopf des Hundes und blickte noch einmal zur Küste, an der weiterhin Menschen im Schwarm unzähliger Glühwürmchen tanzten. Alternativ könnte sie sich ans Ufer zurückbringen lassen, sie würde die Promenade auf und ab laufen, darüber nachdenken, wo sie übernachten sollte. Geld hatte sie keins mehr, also würde sie so lange um den Skatepark herumschleichen, bis die Strahler ausgingen. Die Nacht würde sie vielleicht im Hohlraum einer der Rampen verbringen, es war ja nicht allzu kalt. Und dann? Quer durch die USA? Das Land, in dem Menschen wie Martha so viel Hass entgegenschlug? Nein, das müsste sie vollkommen ausblenden, sie müsste eine brave Touristin werden, die Gefallen an der Landschaft und den erinnerungsvergilbten Vereinigten Staaten untergegangener Zeiten fände. Entlang der Route 66, wie Alois und Charlotte, zurück zum Atlantik? Nein, auf keinen Fall.

»Ich bin dabei!«, sagte Liv und wurde gleich beidseitig von April und Damien umarmt. Dann erhoben sich die beiden und winkten den Menschen am Strand. Drei, vier Mal blitzte es in kurzer Abfolge.

Liv öffnete die Badezimmertür und stieg in großer Eile aus den Klamotten. Sie wollte keine Zeit verlieren, hinauf zu April ins Cockpit, die Abfahrt nicht verpassen. Sie stellte sich unter die Dusche, und ohne dass sie irgendetwas betätigte, nieselte es flächig-warm auf ihre Haut. Sie genoss für einen kurzen Augenblick die Frische, dann schon wusch sie den Schaum und mit dem Schaum die Reste der Nacht, der Anstrengung, der Wüste von der Haut.

Als Liv nach dem Handtuch griff, stoppte das Wasser. »Wasser an!«, befahl sie, aber es kam nichts. Sie machte einen Schritt zurück, nichts passierte. Weil es keinen Spiegel gab, musste sie auch nicht nachprüfen, wie sie überhaupt aussah. Ein befreiendes Gefühl. Also trocknete sie sich bloß rasch ab, rubbelte die Haare trocken und stieg in ihre noch immer frischen Sachen.

Liv stand an ihrer Koje. Sie mussten sich sehr sicher gewesen sein, dass sie Ja sagen würde. Als sie eintrat, fuhr das diesmal recht ungemütliche Deckenlicht hoch, als solle sie nicht lange verweilen. Durchs Fenster sah sie die Strahler des Skateparks bereits kleiner werden. Vom Oberdeck tönte klassische Musik. Liv legte die Hand auf die glatte Wandfläche: Sie vibrierte. Die Hybridmotoren, dachte sie.

Auf dem Schreibtisch wartete eine schwarze Schatulle. Liv öffnete den Deckel, darin befanden sich das Armband und zwei kabellose Ohrhörer. Sie legte es sich auf das rechte Handgelenk und bog es so, dass es nicht zu fest, aber auch nicht zu locker saß. Es fühlte sich vertraut an, irgendwie wie ein Tennisarmband. Als sie den Arm drehte, leuchtete es auf. Ein gestochen scharfer Screen, matt, so dass sie sich nicht darin spiegelte.

Hi, stand wie mit Tinte auf ein echtes Blatt Papier geschrieben.

»Hi«, sagte Liv.

Willst du dich mit deinen Accounts verbinden?

Es gab also doch Internet auf dem Schiff, obwohl Damien

sich von all dem Hass distanzieren wollte. Oder hatte sie das falsch verstanden? Aber noch mehr wunderte sie sich darüber, wie ihre Daten, wenn sie sich mit ihren alten Accounts verband, nur für sie sein konnten. Ein zweiter Satz erschien:

Keine Sorge, die Rechte deines Contents verbleiben einzig und allein bei dir. Das, was sich auf deinen Accounts zeigt, ist ein Image etc. deines Contents. Wenn du den rechtlichen Richtlinien zustimmst, tragen wir dafür Sorge – relax!

Okay, sie entspannte sich. Sie drückte sich die Hörer in die Ohren, deren Form sich ihren Ohrmuscheln millimetergenau anpasste, tippte die Richtlinien an und setzte sich aufs Bett. Vater war doch zu etwas gut, er hatte sie nämlich immer dazu gezwungen, die Richtlinien mindestens einmal durchzulesen, solange sie nicht von einer vertrauenswürdigen Person wusste, die diese bereits geprüft hatte. Das war in der Regel er selber, der ihr allerdings fast jedes Mal davon abgeraten hatte, sich irgendwo anzumelden.

Also wischte sie über ihre neue Haut und las den Text.

In der letzten Zeile angekommen, erschien ein runder Kreis. Sie wurde angewiesen, zur Zustimmung den rechten Daumen aufzulegen. Das war recht schwierig bis unmöglich, weil sie ja das Band um ihren rechten Arm trug.

»Damien!«, rief sie. »Damien!«

»Was ist los?«, hörte sie ihn keine Sekunde später in ihrem Ohr, und auf ihrem Armband erschien er in Frontalansicht, im Hintergrund April, die das Steuerrad mit beiden Händen umgriff.

»Das Armband diskriminiert mich«, sagte Liv.

»Unmöglich.«

»Doch, es will, dass ich meinen rechten Daumen draufdrücke. Aber guck mal –« Sie versuchte, in übertriebener Geste mit dem rechten Daumen ihren rechten Unterarm zu berühren.

»Du hast recht!«

»Sag ich doch.«

»Unsere Liv hat bereits den ersten Glitch entdeckt«, sagte er, und seine Hand tat etwas unterhalb der Kameraposition, und Liv spürte, wie etwas drei Mal rasch nacheinander ihren Unterarm tätschelte. Dann verschwand sein Gesicht.

Liv nahm das Armband in die Linke, drückte jetzt ihren rechten Daumen darauf und aktivierte das Gerät. Die Benutzeroberfläche ähnelte doch sehr der anderer Wearables, bloß auf überflüssige Buttons und Farben war verzichtet worden. Sie hatte *2165 ungelesene Mitteilungen.* Aber noch bevor sie irgendetwas anderes tun wollte, musste sie wissen, wie es Elam ging.

Elam hatte ihr geschrieben, nicht viel, nur einen knappen Satz. Dass es ihm gut gehe, erstaunlich gut, dass sie sich das anschauen könne, dazu ein Link, der sie zu seinem Account führte. Dort packte er in zehnsekündigen Clips seinen Rucksack, rannte die Treppe hinunter, schwang sich aufs E-Bike, brauste durch die Stadt, bog auf eine Schotterpiste ein, filmte den aufwirbelnden Staub, dann einen Zitronenbaum. Dazu erzählte er Episoden aus Blums Leben. Immer jeweils zehn Sekunden lang.

Liv drückte auf ein Mikrofon-Icon, sagte: »Elam, ich liebe es«, ließ es los, und die Voicemail versendete sich.

Die Musik war lauter geworden, die Jacht hatte an Fahrt aufgenommen. Das wollte sie nicht verpassen. Elams Clips konnte sie später noch anschauen, wer weiß, vielleicht waren sie dann bereits in der Intertropischen Konvergenzzone, was auch immer das war.

Mit anspringenden Wandpaneelen zur Seite eilte sie den Gang entlang, sprintete die Wendeltreppe hoch und trat ins Cockpit ein. April hielt weiterhin das Steuerrad mit beiden Händen, Damien lehnte in einem der beiden Kapitänssessel daneben, das zweite Steuerrad drehte sich vor ihm wie durch Geisterhand mit. Tiefdunkel lag der Ozean da. Lichtsignale leuchteten rot und weiß, an denen April sich zu orientieren schien. Der größte Vollmond, den Liv je gesehen hatte, beschien ihre Route. Ohne hinzuschauen, nahm sie das Armband ab, bog es flach, so dass es einem konventionellen Bildschirm ähnlich wurde, und drehte ihn ins Querformat. Sie tippte das Bild an, das sogleich einfror und sich als Foto speicherte. Ihr Account – sie konnte es kaum fassen: *42K Follower* – öffnete sich. Sie tippte die Textzeile unter dem Foto an, eine Tastatur wurde eingeblendet, auf der sie einen Text eingeben konnte. Sie tippte auf die Buchstaben und dann auf *post*:

Haltet euch fest, wir fahren ins Ozonloch!

Franz, 7

Nach wirrem Träumen (ich schiebe ein Messer in Kikis Brust, die sagt, ich müsse das tun, sie wolle endlich sterben, viel Blut, aber sie stirbt nicht, »dreh das Messer herum«, sagt sie, und ich drehe es in ihrer Brust, was Schmerzen bereitet, noch mehr Blut verursacht, sie aber stirbt nicht) wache ich auf. Es ist drückend heiß im Apartment, Luft und Sauerstoff scheinen längst aufgebraucht. Ich torkele (pochende Schläge hinter den Schläfen und eine grässlich ausgetrocknete Kehle) im völlig abgedunkelten Raum über die Becken und leicht entzündbaren Flüssigkeiten hinweg, ducke mich unter der Wäscheleine hindurch und in die Dusche hinein: eine schmale Einbuchtung in der Betonwand, Milchglas davor. Ich dusche mir kalt den langen Schlaf vom Leib. Es ist sehr leise. Es fühlt sich an, als hätte ich Teile von mir in der Nacht verloren.

Bruchstücke von gestern: Klein-Franz-mäßig rutsche ich

den Laternenmast vor dem Adlon hinab (natürlich ist Kiki nicht am Balkon erschienen). Tausende Blicke verfolgen mich bis in die Untergrundbahn, als hätte ich gerade Dollarnoten oder Orchideen verspeist. Zu Hause zurück, trommele ich gegen die Nachbartür, hinter der letztens so arg laut geschrien wurde. Die Frau macht auf. Sie sieht überhaupt nicht nach einem Sonntagmorgen, eher nach einem verregneten Montag aus. »Wo ist Ihr Mann?«, frage ich, weil ich weiß, dass er ein Technikenthusiast ist. Er (Karl) hängt quer auf dem Kanapee im Dämmerzustand. Ich rücke einen Stuhl heran. Er schaut mich an wie einen Geist. Ich erkläre ihm meine Lage und spanne ihn für mein dringliches Vorhaben ein (den Film zu entwickeln). Er rappelt sich auf und folgt mir in mein Apartment, dort hängen wir schwere Vorhänge vor die bodentiefen Fenster. Karl schafft allerlei leicht entzündbare (also sehr gefährliche) Chemikalien herbei, deren Namen nicht der Rede wert sind (außer du interessierst dich für Fotoemulsionen und Halogenide). Becken schafft er auch herbei, füllt sie mit kompliziert vermischten Flüssigkeiten und lässt darin die Fotos der Nacht entwickeln. Wir rauchen, sehr riskant, wir könnten ja gleich in Flammen aufgehen, dann hängen wir die Fotos an der Leine auf. Wir rauchen noch eine, und dann schickt Karl seine Frau (Hedwig) Schnaps und Rohrposttuben holen. Hedwig giert voller Begeisterung (wie alle es tun, die in ihrem Leben irgendwo unglücklich gestrandet sind) nach einer Aufgabe und verschwindet auf Kommando, und Karl bleibt in meinem Zimmer. Er schleicht um die Abzüge, so fasziniert ist er von den ersten sich abzeichnenden Schnappschüssen (Fanny, die Flapper) und nackter Haut. Dann kommt Hedwig mit dem Schnaps und den Rohrposttuben, und ich diktiere ihr die notierten Adressen, und sie übernimmt das Beschriften der Tuben, während Karl sich einen Schnaps nach dem anderen in seinen bald rotplatzenden Kopf schüttet. Ich schaue Hedwig mitleidig an, und sie schaut nur gelassen zurück, zuckt mit den Schultern: »War im Krieg«, sagt sie schlicht. Das Foto von meiner Kiki zeichnet sich endlich ab, und wir vervielfältigen die Abzüge und rollen sie zusammen, so dass sie in die Tuben passen. Dann bringt Hedwig sie (Kiki!) zur Rohrpostanlage, ich bedanke mich wie ein artiger Bub, dann, endlich, gehen sie. Ich kippe die Matratze um, bestelle todmüde per Telefon eine Velvethose, rupfe letzte Klamotten von der Haut und falle um.

Das war gestern. Jetzt schiebe ich das Milchglas zur Seite und binde mir das Handtuch um die Hüfte. Ich balanciere um die Becken auf dem Boden und öffne den schweren Stoff vor den Fenstern einen Spaltbreit. Streulicht fällt kantig in die Dunkelkammer und auf die Kochnische. Ich setze das Leitungswasser elektrisch auf und suche derweil in meinen Klamottenfetzen nach Flora Privat. Ich finde nur die Zündhölzer. Wie beim letzten Mal klaube ich mir von überall Reste zusammen und stecke mir die selbst gebastelte Flora an. Ich rauche, vorsichtig, dazu verrühre ich das Kaffeepulver im Glas (eine Porzellantasse ist mir auf dem Fußboden zerbrochen) mit dem heißen Wasser.

Ich liebe dieses Gefühl.

In der Linken den Kaffee, reiße ich das Schwarz von der bodentiefen Fensterfront. Es gleitet dahin, und grelles Tageslicht flutet theatralisch den Raum. Oder besser gesagt: das Chaos. Kreuz und quer, wie von einem Geisteskranken angebracht, zerteilt die Wäscheleine das Zimmer. Umgekippte Bottiche, Lachen schwarz-schlieriger Flüssigkeiten, Schnapsflaschen und zu Tüchern zerschnittene Klamottenreste, in Farbe getunkt. Zigarettenstummel, Farbkleckse an den Wänden, auf dem Betonboden, sogar an der Decke. Da steht der Kaktus (den ich Fred getauft habe), über dem eine Unterhose hängt.

Ich drücke die Schiebetür auf, und Luft und Geräusche, eine Außenwelt, dringen herein. Mein Balkon ist so lang wie die

Wohnung (fünf Meter). Es gibt einen Balkonstuhl, aber ich rauche lieber im Stehen und nippe zwischen den Zügen am Kaffee. Die Hitze hängt zwischen den Häusern fest. Hoch über den spiegelnden Monolithen steht die Sonne. Zwei Schwalben stürzen sich vom Flachdach in die Tiefe.

Der Kaffee bringt die Lebensgeister zurück, wie es auf der Verpackung heißt, und ich dehne die Glieder, bis es knackt, und schnippe den Zigarettenstummel nach unten auf die stark befahrene Straße und beinahe auf den Zeitungsjungen. »Kiki schenkt Berlin ihr Lächeln«, ruft er, »und ihr Adlon-Handtuch!«

Blödsinn, denke ich. Welcher Tag ist heute?

Zurück in der Dunkelkammer, mache ich drei Sachen. Ich hänge mich unter den Wasserhahn und trinke. Ich spüle ein Schälchen, fülle es und platziere es draußen auf dem Sims. Ich nehme Kaktus Fred aus der Klamottenecke, weil ich denke, dass er es einmal heimisch haben sollte, und stelle ihn neben das Schälchen in die Gluthitze.

Ich schalte Vaters Audion auf dem Kühlschrank an und schrubbe derweil die Farbschlieren oder was das ist, aus dem Duschbecken. Zwei Reporter unterhalten sich aufgebracht über die eintreffende Nachricht steigender Opferzahlen des Hurrikans Okeechobee auf den Karibischen Inseln und in Quintana Roo, Mexiko. Gerade die wenig belebte mexikanische Halbinsel sei hart getroffen worden. Nun bewege sich der Sturm über Kuba auf die amerikanische Ostküste zu. Sie berichten von über 3200 Toten, unzähligen zerstörten Häusern, und Unmengen Vertriebener. Florida treffe Vorkehrungen, und Lakehurst sorge sich um den Zeppelinhangar und die mögliche Auswirkung auf die kommenden Feierlichkeiten. Wir hören zwei Lieder, dann geht es um das Luftschiff, »das über Danzig gesichtet wurde. Nächstes Ziel: Russland«, sagt die eine Stimme. »Wenn Stalin es zulässt«, die andere. »Es wird nicht ungefährlicher«, die erste, »die Weite Sibiriens, die Wasserration, die zunehmende Enge auf dem Schiff.«

Während die Moderatoren ausführen, was sie gerade gesagt haben, wringe ich das Farbwasser in den Abguss und erhitze erneut den Kocher. Dann gehen die Moderatoren auf vermeintliche Nacktfotos ein, die rund um den Alex kursieren und auf denen man Kikis pralle Weiblichkeit in voller Blüte sehe. Und dass es sich nicht gehöre, sich unbedacht ablichten zu lassen, und man sich nicht wundern müsse, wenn so etwas dann auch mal an die Öffentlichkeit gelange. Im nächsten Satz fügen sie hinzu, dass sie sich nur aus Recherchegründen Abzüge hätten liefern lassen (in letzter Zeit unterhalten die im Radio sich bloß noch über ihnen zugelieferte Fotos und Filmreste). Zwei weitere Lieder, und ich mache ein paar Kniebeugen und Liegestütze und telefoniere nach Tietz, weil ich mich (wenn es ein Wochentag ist) verspäten werde.

»Mit wem spreche ich?«, fragt ein Operatormädchen.

»Hier ist der Franz, Franz vom Haupteingang.«

»Franz Frey?«

»Ja.«

Es knackt in der Leitung, was nichts Besonderes ist, nur hört es nicht zu knacken auf, als hätten sie den Hörer in eine Popcornmaschine gehängt.

»Franz?« Tietz' voluminöse, zigarrenverhangene Stimme.

»Ja, hier.«

»Gut, ich erwarte Sie um Viertel nach fünf. Oben, Sie finden mich«, und Tietz legt auf, bevor ich fragen kann, was er überhaupt von mir möchte und wie spät es eigentlich ist.

Panisch springe ich umher, verfluche meine Prinzipien (zum Beispiel keine Uhr zu tragen), hüpfe hinaus auf den Balkon, verscheuche die armen Vögel von der Schale und spähe nach der Sonne, die schon ein beachtliches Stück weitergewandert ist. Nachmittag. Kopflos suche ich nach etwas

Anziehbarem. Derweil gackern die Moderatoren im Audion ohne Pause: Sie sprechen vom Sechstagerennen, von einem de Vries und seiner Geschicklichkeit, sie sprechen von einem Katzenjungen, von dem bizarre Bilder kursieren sollen, ein Bub oder so, der sich wie eine Katze angemalt habe und den jungen Dingern nachsteige.

Ich schlüpfe in meine Kaktusunterwäsche, da klopft es. Ich werfe mir das Handtuch boxermäßig über die linke Schulter und tippele zur Tür. Ich warte in der Hoffnung, dass es vielleicht gar nicht bei mir, sondern bei Karl und Hedwig war. Leider klopft es ein zweites Mal, und ich drücke die Klinke nach unten, ziehe die Tür einen Spalt weit auf.

Ein Junge in hellbraunem Lieferantenoverall, Sommersprossen auf heller Haut, ein Sonnenbrand auf dem Nasenrücken, funkelnde Augen. Er trägt eine Instantkiste für Instantlieferungen.

»Hier, Sir«, sagt er, »Ihre Velvethosen.«

Er übergibt mir die Instantkiste, und ich nehme sie an. (In der Sekunde, in der du den Anruf tätigst, nähen sie schon deine Maße zu einer Hose und senden sie noch am selben Tag zu dir nach Hause.) In seinen Hosenbund hat er ein Schreibbrett (oder wie diese Dinger heißen) geklemmt, das er zückt und studiert.

»Sir, sind Sie Franz Frey, Sir?«

Ich mag, wie er »Sir« zu mir sagt. Ich nicke.

»Oh, wirklich, Sir.« Er strahlt und schaut sich flüchtig in meinem Zimmer um. »Oh, wow, Sir, Sie sind Franz Frey, Sir, eine Ehre, Sir, und das ist Ihr Fotolabor, Sir?«

Ich nicke.

»Oh, wow, Sir, darf ich, Sir? Ich meine, darf ich einmal, Sir, Sie wissen?«

Er spitzelt ins Zimmer, und ich ahne, worauf er hinauswill. Ich stoße die Tür weit auf und er schaut sich flink um, schnalzt mit der Zunge, als wäre das hier der Kommandoraum des Zeppelins.

»Wow, Sir, ich bin baff, Sir.«

»Das neue Wohnen«, referiere ich. »Alles Beton, viel Glas, alles funktional und auf die Bedürfnisse, also dass wir Licht brauchen, zugeschnitten.«

Er hält mir das Schreibbrett hin. »Dann eine Unterschrift, bitte, Sir.«

Ich stelle die Kiste vor meine Füße und unterschreibe, und er zieht die Lieferantenmütze und hält sie so, dass ich auch auf dem Schirm unterschreiben muss.

»Danke, Sir«, sagt er und schmeißt sich um die eigene Achse und flitzt den Gang hinunter. Wie auf Magnetspuren.

Ich trage Velvethosen und ein neues Selbstbewusstsein. Im Food Court unter der hoch aufgespannten Glaskuppel im obersten Geschoss haben sie mit einem roten Band einen Bereich abgetrennt. Dort speisen die Wichtigsten unter den Wichtigen auf einem Podest, über den Köpfen der anderen Gäste thronend.

Weil die Leute mich mit ihren Blicken anstrahlen, als wäre ich auf einmal eine Persönlichkeit, vor allem das kleine Kiki-Mädchen am Glücksrad, bei dem alles seinen Anfang genommen hat, laufe ich verkrampft und ungeschickt.

Die neue Aufmerksamkeit muss an Mr Tietz liegen, der mich an seinen Tisch winkt. Es scheint, als liefen alle Fäden dieser weiten Lunchhalle exakt auf ihn zu. Mittig sitzt er dort, umgeben von ausgebreiteten Zeitungen und Papierkram, mittig im Court und unter einem modernen Leuchter. Von Weitem sehe ich schon seine Sonnenbrille, die er wirklich nie absetzt.

Einer dieser von Natur aus arroganten livrierten Ober macht einen Spalt in der Absperrung frei. Champagnerbehälter stehen links und rechts bereit, und allerlei Besteck und Teller und Gläser sind aufgetischt.

»Setzen Sie sich, junger Frey.«

Ich setze mich ihm gegenüber. Er sagt immer »junger Frey«, und darin klingen jedes Mal so viel Stolz und so viel Versprechen mit, weil er Vater so sehr geschätzt hat, dass ich zugleich ganz klein und ganz groß werde. Ich senke den Blick. Durch die Glasplatte des Tischs kann ich seine funkelnden Schuhe sehen, wie Leute sie eigentlich nur auf großen Bällen tragen.

»Wie geht es Ihnen?«

»Gut«, sage ich.

»Sind Sie hier gut aufgehoben?«

»Ich denke schon. Es ist eine schöne Ablenkung, und an den Wochenenden bin ich viel unterwegs.«

Er schaut mich an, als wüsste er das längst, und ein kurzes Lächeln huscht über sein sonst ernstes Gesicht.

»Ist die gute Frau Dr. Sodenstern wohlauf?«

»Ich habe sie seit einer langen Zeit nicht mehr gesehen, aber nachts brennt in ihrer Wohnung Licht.«

»Sie sollten sie öfter besuchen, Sie wissen ja, wie wichtig sie für Ihre Mutter war.«

»Ich weiß«, sage ich und senke den Kopf.

»Zeigen Sie mal.« Mr Tietz hat die Hand ausgestreckt und schaut auf meine Leica. Ich reiche sie ihm, und er hantiert daran herum und schaut durch den Sucher, nickt kundig, obwohl der Verschluss noch drauf und nichts außer Schwarz zu sehen ist. Dann gibt er sie mir zurück.

»Was haben Sie für mich beobachtet?«, sagt er und verrückt eine Zeitung, und ein Füllfederhalter und ein Blatt Papier erscheinen.

»Sie meinen das Kaufverhalten der Menschen?«

»Schießen Sie los, ja.«

»Ich habe ein paar allgemeine Beobachtungen«, sage ich, während er meinen Namen links oben auf dem Blatt Papier notiert. »Erstens: Die Menschen strömen dahin, wo sich bereits andere ansammeln. Sie wollen wissen, was da ohne sie vor sich geht. Zweitens: Sie mögen es, während sie so im Pulk hin und her geschwemmt werden, von Radiostimmen oder dergleichen über das, was sie nicht sehen, informiert zu werden. Drittens: Sie lieben Informationen, und diese Informationen dürfen sich nie wiederholen, müssen immer neu sein, Hunger auf mehr machen. Wie ein Feuer, in das ewig nachgelegt werden muss. Und viertens«, ich kratze mich an der Stirn: »Viertens habe ich nichts.«

Er nickt einmal und schreibt vier Wörter untereinander, die (ich schwöre) auf dieser Welt niemand jemals entziffern kann. Dann bohrt sich sein Blick fast schon unangenehm in mich hinein, er sagt, ohne den Mund zu verziehen: »Wie sehen Sie das Tietzhaus der Zukunft?«

»Immer geöffnet«, sage ich. »24 Stunden, sieben Tage die Woche.«

»Geben Sie mir ein Argument.«

»Das ist ganz einfach, es ist die Eroberung jeglicher Minute unseres Lebens.«

»Führe fort.«

»Kaufhaus Tietz braucht freie Menschen. Klammer auf: Kunden. Klammer zu. Freie Menschen unterscheiden sich von den unfreien, das Kaufverhalten der Ersteren, so meine Überzeugung, wird sich auf den gesamten Tag ausbreiten.«

»Freie Menschen, freier Konsum.«

»Ja. Und der Konsum«, sage ich, »also das, was sie konsumieren, muss wiederum frei machen.«

»Binde jetzt diesen Gedanken an deine allgemeinen Beobachtungen an, die du hier sammeln konntest.«

Ich kratze mich wieder an der Stirn, bin aber aus der Bahn

gebracht, weil er mich gerade geduzt hat (nur Vater hatte er geduzt, ganz am Ende).

»Es gibt zwei Gruppen von Menschen«, fange ich bedächtig an. »Die Freien, die sich frei umherbewegen. Und die Unfreien, die der Masse folgen.«

Mr Tietz nickt.

»Um die Freien müssen wir uns sorgen, sie müssen durch den Konsum ihre Freiheit ausleben können, frei bleiben. Ja?«

»Ich gehe mit.«

»Den Unfreien hingegen müssen wir ein Spektakel bieten. Am besten vor dem Eingang schon gigantische Zusammenläufe generieren und Brandfeuer, die um sich greifen, damit sie sich fragen: Woher kommt das?, sich in Scharen dahin aufmachen mit dem Wunsch im Kopf: Das will ich auch!«

»Und so werden sie zu den Freien, da sie die gleichen Produkte wie die Freien konsumieren?«

Ich nicke.

»Donnerwetter«, sagt Mr Tietz. »Da haben wir es.« Er wirft sich zurück in dem sesselartigen Stuhl, winkt den Ober herbei, der gleich zur Stelle ist, und flüstert ihm etwas ins Ohr. Der Ober verschwindet unauffällig, die eine Hand hinter dem Rücken, und kommt nur wenige Sekunden später mit Champagner wieder, schenkt uns ein und versenkt dann die Flasche in einem der metallenen Kübel (mit Eiswürfeln gefüllt).

»Eine echter Frey, auf Sie!« Tietz hebt das kristalline Glas. Wir stoßen an.

»Schmeckt köstlich«, sage ich.

»Möchten Sie?« Er bietet mir aus einer Schatulle eine Zigarre an, die er unter einer der Zeitungen (sein Büro, nebenbei bemerkt) hervorzieht.

»Eine Ehre«, sage ich, das passt auch zum wiedergekehrten Sie.

Wir lassen Zeit verstreichen. Paffen Kringel. Wie Weltmänner, die in der gnadenlos verrinnenden Zeit dem Luxus abschweifender Gedanken frönen. (Wie ich eigentlich Worte wie »frönen« hasse, aber das tut jetzt nichts zur Sache, mit Mr Tietz ist dies legitim.)

»Schauen Sie mal«, sagt er und dreht eine der Zeitungen vor ihm auf die Titelseite.

Mir fällt nichts ein, was ich sagen könnte. Denn von der Titelseite schaut Kiki uns an. Sie hat leicht glasige Augen, um sie herum fallen Ranken oder dergleichen ins Bild, im Hintergrund ist die Umgebung (Gewächshaus) wie in einem zerbrochenen Spiegel zerstückelt. Sie wirkt ganz anders als sonst. Ganz natürlich. Ganz simpel. Ganz nah. Liebenswert. Es ist die echte Kiki, wie ich sie in den wenigen Minuten kennenlernen durfte.

»Hier«, sagt er und zieht die Titelseite der zweiten hervor. »Und hier.« Mr Tietz dreht weitere Zeitungen, so dass immer dasselbe Foto obenauf liegt, diesmal sogar mit Überschrift: *Kiki?* Und sie schaut ganz mystisch und verführerisch und energetisch und gleichgültig zugleich in die Augen des Betrachters (Franz). *Kikis nächste Rolle?*

»Und hier und hier und hier.« Mr Tietz stapelt weitere Titelseiten übereinander. Immer dasselbe Bild, nur in unterschiedlichen Größen und mit anderen Erklärungen ihres Wandels. »Und hier«, er deutet auf meinen Namen, recht klein, aber noch gut lesbar. »Und hier und hier und hier und hier.«

Ganz klein in all dem Licht fühle ich mich auf einmal und sacke ein.

»Haltung bewahren!«, sagt Mr Tietz ganz militärisch, und ich drücke den Rücken durch und schaue ihn an. Es ist dieses geschliffene Antlitz von erfolgreichen Männern, die Höhen und Tiefen viele Male durchwandert haben, die wach sind und stets auf der Hut. »Ich will Sie hier nicht wieder sehen«, sagt er. »Ich will von Ihnen hören, junger Frey«, sagt er. »Wir essen, dann verschwinden Sie!«

Also gut, wir essen. Reichlich Exotisches und vieles in kleinen Portionen. Zwölf Gänge, mindestens. Und Mr Tietz spricht ununterbrochen. Ich bin schon mächtig stolz. Manchmal langt er über den Tisch und fasst mir väterlich an den Arm. Es sind Ratschläge, die er mir gibt, wie ich mich die nächsten Tage zu verhalten habe und dass jede meiner Handlungen von nun an auf die Waagschale gelegt werde. Und dergleichen. Aber viel bleibt nicht hängen, wie es bei Ratschlägen halt so ist, vor allem, wenn es Hunderte zugleich sind.

Wir trinken zum Abschluss Mocca Double zu einem echt italienischen Panna cotta (von dem Vater einmal gesprochen hatte), und da platzt es in mir auf. Ich spüre es in meiner Brust (es könnte der Spalt sein, von dem ich sprach), und von dort breitet sich eine Wärme aus und drängt nach oben. Sie erfasst mein Rückgrat und drückt sich von hinten durch den Schädel in meine Augen, die ganz heiß anlaufen, und erst links, dann rechts laufen Tränen meine Wangen hinunter, ganz heiß und aus dem tiefsten Innern.

Lange, lange weine ich, seine warme Hand auf meiner Schulter. Es fühlt sich gut an. Vor Glück, vor Freude, wegen Vater, wegen Mutter, weil sie mein Foto mögen, für Kiki – ich weiß es nicht. Es ist in diesem Moment egal.

Mit einer von Tietz gesponserten Kiste Fotofilm im Arm betrete ich das Eden. Die Freunde sitzen an der langen Tafel im Nichtschwimmerbecken (die Jungkommunistin Mie Pauline neben dem Boxer aus dem Club, Valentin wie immer am Kopfende, daneben Fanny in einem Matrosenanzug), dazu eine ganze Armada von Typen mit ironischen Schnauzern und wieder unsere Flappergirls. Und die vielen anderen (die Spanier?), die ich jedoch auf die Schnelle nicht zuordnen kann. Aus einem komischen Gefühl heraus senke ich den Blick, obwohl ich von dem Tietz-Ereignis doch ganz voller Selbstbewusstsein sein sollte.

Als ich doch aufschaue und nach einem freien Platz spähe, sehe ich, dass alle Aufmerksamkeit auf mich gerichtet ist. Als zerteilte ich aufs Neue die Mengen vor dem Adlon. Und ich frage mich, was auf einmal mit allen los ist und warum sie mich so begeistert anschauen. Und noch während ich mich das frage, schlagen sie die Hände gegeneinander, und der Boxer pfeift mit Daumen und Zeigefinger derart schrill, dass sich das halbe Eden zu uns umdreht, und sie johlen, und das Klatschen brandet fulminant auf, und Fanny, die ich mag, reckt die Daumen nach oben, und ich stehe einfach nur wie nach einer Vorführung am Bühnengraben und lasse den Applaus über mich hereinbrechen.

Ich schließe die Augen und sauge das alles in mich auf. Als ich sie wieder öffne, klatschen sie noch immer, im Stehen (was ich selber nicht glauben kann), und ich verbeuge mich lange, sehr, sehr lange.

Liv, 8

Ihr Armband zeigte eine Durchschnittsgeschwindigkeit von 18,9 Knoten an sowie auffrischenden nordöstlichen Wind. Daneben Livs Pulsfrequenz, ihre Körpertemperatur, ihre Stimmungslage, die mit jeder Seemeile die Hochgefühlskurve weiter ausschlagen ließ, ihre zurückgelegten Schritte, was und vor allem wie sie gegessen hatte. Was ihr nicht angezeigt wurde, waren die letzten zum Festland abdrehenden Vögel und der wie Euphorie mit der Luft vermengte Salzgeschmack.

Liv hatte sich an der Reling des Bugs festgekrallt, Salzwasser spritzte ihr in Schüben ins Gesicht und auf die nackten Arme und Beine. Manchmal riss es die Superjacht etliche Meter in die Höhe, nur um sie kurz darauf wieder krachend in die Tiefe fallen zu lassen. Aber nur kurz setzten sie auf der Oberfläche auf und sprangen wie ein über den Ozean flippender Stein dem Horizont zu. Viele ihrer – sie schaute es nach – *73K Follower* liebten das.

»Vor uns liegen 2499 Seemeilen«, berichtete Liv, und über ihre schnelle Iridium-Internetverbindung konnten sie alle es hören und, wenn sie ihr Armband zur Kamera formte, das nie endende, glitzernde Blau auch sehen. »Einer der längsten Abschnitte, die man auf offener See zurücklegen kann. Unser erster Wegpunkt sind die Marquesasinseln, Nuku Hiva, Französisch-Polynesien.« Sie machte einen Schritt zurück, so dass alle auch den hopsenden Fufu sehen konnten, dessen Fettfalten sich dehnten und streckten. Eine Flut an Kommentaren rauschte durch den Chat. Sie liebten den Hund.

Ihr Armband ruckelte aufmunternd. Als Challenge hatte Liv 12K Schritte bis Sonnenuntergang vorgegeben. Ihnen sollte ja bis Neuseeland nicht langweilig werden. Dabei achtete sie auf die Kommentare ihrer Community, die genauso neugierig darauf war, was vor ihnen lag, und ließ sich von ihr zu neuen Challenges inspirieren. Liv checkte, wie viele Schritte Damien und April geleistet hatten, sie lag weit vorn, sofern Gehen wirklich eine Leistung war. Das Praktischste an den Armbändern war die Ortungsfunktion. Damien joggte unter Deck im Walk-Raum, April stand *konzentriert*, wie das Armband mitteilte, hinter der getönten Scheibe des Cockpits, mit *122 Herzschlägen pro Minute*, und *sondiert die Wetterlage*, *18 Fuß* von ihr entfernt. Und ja, da stand sie tatsächlich, eine zierliche Gestalt im Gehirn dieses diamantförmigen Raumschiffs, und hob die Hand und winkte nicht nur Liv, sondern gerade auch den vielen anderen Menschen, die in dieser Sekunde von irgendwo auf dem Planeten aus Livs Perspektive zuschauten, anwesend waren.

»Habt ihr schon den Whirlpool gesehen?« Liv lupfte die Abdeckplane an. Auch das erregte wieder Aufmerksamkeit, denn ein Whirlpool versprach Haut, Champagner, Exzess.

»Wenn das Wetter besser ist«, sagte Liv und musste an April im Bikini und Damien in Shorts denken. Wenn sie ehrlich war, fühlte sie sich von beiden gleichermaßen angezogen. Sie fuhr sich mit der Zunge über die Lippen, das machte sie immer, wenn sie an so etwas dachte.

Sie umkreiste den Pool. Sie brauchte mehr Schritte. Sie wollte gewinnen. Fufu setzte sich auf die Hinterpfoten und sah ihr ebenfalls zu.

»April hat ein perfektes Wetterfenster gefunden«, sagte sie. »Der Wind trifft das Heck von Nordosten, etwa 400 Meilen vor der Küste werden dann noch die Passatwinde hinzukommen.« Sie hatte es sich angewöhnt, alles, was passierte, zu kommentieren. Sie sprach von unterschiedlichen Mustern der Dünung und erklärte, als sie danach gefragt wurde, dass Dünung schlicht Wellengang bedeute und es sich gerade anfühle, als sei sie in den Schleudergang einer Waschmaschine geraten. Was sie ihnen dagegen verschwieg, war ihr Vorabstudium eines seit Jahren nicht mehr aktualisierten Seglerblogs, in dem sie sich das passende Vokabular angelesen hatte.

Aber dann blitzte Elams Gesicht kurz in ihren Gedanken auf und mit ihm seine Maxime, man solle ehrlich, sprich: man selber sein, also sagte sie: »Sorry, guys, das Waschmaschinending hab ich mir nicht selbst ausgedacht.«

Elam war jetzt in ihrem Kopf. Und irgendwie auch auf ihrer Haut. Er postete viel in letzter Zeit, ein gutes Zeichen. Gerade hatte er in einem Sepiafilterfoto Blums Laden nach einem *blumthastic* Tag abgeschlossen und *Blum_Episodes* daruntergeschrieben.

Während Liv weiterhin im Kreis lief, schaute sie sich seine bereits vor Tagen geteilten *Blum Episodes* an. Kein schlechter Name für eine Mini-Webserie, dachte sie. Damien hatte doch gewiss Producer-Freunde in Hollywood, denen sie die Idee pitchen könnten. Nein, sie übertrieb mal wieder. Es waren schlicht einige zehnsekündige Clips, in denen Elams Stimme zu hören war.

Auf dem ersten Clip stopfte er dunkelblaue Boxershorts in einen Rucksack, sagte: »Blum war einmal morgens nicht im Laden, ich rufe ihn an, frage: ›Wo bist du?‹ Blum sagt: ›Laufe dem Licht zu.‹ Ich: ›Versteh ich nicht.‹ Blum: ›Wer auf das Licht zugeht, geht auf Jerusalem zu.‹«

Auf dem zweiten Clip rannte Elam das Treppenhaus hinunter: »Im Winter hat Blum Atalja kennengelernt. Im Sommer hat er sich einen Koffer gekauft. Atalja war in die Schweiz gereist, ohne ihn, und er ist hinterher.«

Auf dem dritten saß Elam auf dem E-Bike, aktivierte den Motor, sagte: »Blum hat mir mal seine Gitarre mitgebracht. ›Du kannst sie haben‹, hat er gesagt. ›Ich brauche sie nicht mehr‹ – das hat er nicht gesagt. Das habe ich mir gedacht.«

Auf dem vierten Clip raste er zwischen zwei Reihen behäbig fahrender Autos hindurch, sang wie ein Fußballchor: »Blum Blum Blum, oh-oh, Blum Blum Bluuuuum!«

Dann ein Clip einer sich in die Landschaft schlängelnden Schotterpiste, zu hören waren der knirschende Kies unter Reifen und Elams Stimme: »Vom Krankenhaus nach Hause fährt Blum lächerlich langsam. Ich schaue ihn an. Er schaut zu mir. Blum sieht krank aus. Blum fährt, lächerlich langsam, über Rot.«

Der vorletzte Clip zeigte die sich allmählich im sinkenden Staub abzeichnenden Umrisse eines Baums. Elam sagte: »Blum postet einmal Blum. ›Und jetzt?‹, fragt er mich. Ich zucke mit den Schultern. Blum bekommt ein Herz. ›Und jetzt?‹, fragt er mich.«

Der letzte Clip zeigte Elam frontal. Er kniete vor einem Zitronenbaum, schluchzte und zog japsend Luft ein. Eine Rotzfahne lief ihm aus dem rechten Nasenloch und über die Oberlippe. Tränen strömten ihm aus geröteten Augen die Wangen hinunter. »Blumblumblumblum«, bibberte er. Dann reckte er beide Arme in die Höhe, warf den Kopf in den Nacken, presste die Augen zusammen, die Hände verkrampften. Ein schriller Laut entfuhr seinem Mund.

Erstaunlich viele hatten sich seine Episoden bereits angeschaut, geteilt, kommentiert. Sie hatten etwas Tieftrauriges, doch zugleich steckte eine zerreißende Wärme darin. Am entzückendsten war er selber. Er war so ungefiltert offen, echt, dass man ihn schlicht lieben musste.

In den meisten Kommentaren wurde ein ähnlicher Ton angeschlagen. Sie bewunderten seinen Umgang mit dem Verlust, wollten mehr solcher Episoden. Viele fanden Elam auch einfach nur süß, ein paar Trolls lachten über die Rotzfahne. Aber das gab es ja immer.

Liv kopierte ein Best-of der Kommentare zusammen und sendete sie ihm. Dann teilte sie die *Blum Episodes* mit ihrer Community.

Was gab es sonst noch? Mutter und Vater torpedierten sie pausenlos mit Wetter-Updates. Mutter hatte zudem mit Häkeln begonnen, was ziemlich gut ankam. Liv herzte ihre Beiträge, und es dauerte keine Sekunde, da sendete Vater einen Link, der Liv zu einer Buzz-Site führte. An dritter Stelle prangte ein Foto der in der Nacht auslaufenden *Aurora 2*, Damien Levy-Stark (38) und April DePont (27) winkten an der Reling im Wind. In ihrer grauen Kleidung wirkten sie wie leicht verrückte Gurus. Damien wurde als Vordenker des neuen Internets angepriesen, als Teenager habe er schon mit Suchmaschinenoptimierung auf sich aufmerksam gemacht, sei aber erst mit einem Selbstoptimierungstool zu Geld gekommen, das er wiederum in Start-ups im Valley und kürzlich auch in Berlin-Mitte reinvestiert habe. April wurde als It-Girl beschrieben, die in letzter Zeit hauptsächlich durch Sexskandale und Twitter-Wars mit ihren Fans oder anderen Celebrities aufgefallen sei. Ein Link führte jedoch zu einem Zeitungsartikel, der hymnisch über ihren Segeltörn vor 13 Jahren berichtete. Am Ende des Buzz-Site-Artikels wurde spekuliert, was das Ziel dieser Weltumsegelung sei. Clickbaits? Der Launch einer Segel-App? Waren die beiden am Rande des Burn-outs, Damien in einer verfrühten Midlife Crisis? Oder gehörten sie zu der immer größer werdenden Schar Amerikaner, die sich ins Ausland, insbesondere nach Neuseeland, Kanada, Berlin, absetzten?

Liv, namenlos, saß eingesunken neben den beiden. Sie zoomte ihr Gesicht heran. Sie wirkte so gleichgültig, so abwesend, als interessiere sie dieser großartige Aufbruch überhaupt nicht. War sie schon so alt geworden?

Das Armband massierte ihren Unterarm. Eine kurze Geste der Belohnung. Sie hatte die 8K-Marke erreicht. Damien war mittlerweile in der Küche und hatte *Kaiserschmarrn!* gepostet.

An der Reling entlang ging Liv um das Schiff. Ein schmaler Pfad, dicht am dunklen Wasser. Etwas Abgründiges, Verschlingendes strahlte das Meer aus. Denn das hier war kein Pool, kein mit Fähnchen abgesteckter Küstenabschnitt. Die Vorstellung zu ertrinken, von unsichtbaren Händen unter Wasser gehalten zu werden, drückte ihr den Atem weg.

Und plötzlich verloren ihre Beine an Spannung, sackte sie zusammen, als griffen diese Hände über die Reling und zerrten an ihr. Zugleich wurde der Wellengang stärker, und wie auf ein Stichwort klappte die Jacht auch noch in eine Schräglage. Mit aller Kraft klammerte Liv sich an der Reling fest.

Etwas umfasste ihr Handgelenk. Ohne die Reling loszulassen, drehte sie verkrampft den Arm: *Tief einatmen. Tief ausatmen*, stand auf dem Armband. Sie zwang sich dazu, bis die Spannung in ihren Körper zurückkehrte. *Nun einen Schritt nach dem anderen. Einen nach dem anderen.* Sie schob einen Fuß nach vorn, dann zog sie den zweiten nach. Die linke Hand ließ sie an der Reling, es war nicht weit bis zur Tür, mit der rechten entriegelte sie den Verschluss.

Die Tür sprang auf, und sie fiel in die Kombüse und direkt in Damiens Arme. Er geleitete sie stützend zum Küchentisch, an dem sie sich festhalten konnte, und schob ihr einen Hocker hin.

»Du wirst dich an den Wellengang gewöhnen.« Damien zog ein Schneidebrett heran, auf dem Kiwihälften und Bananenscheiben lagen.

»Mir ist übel«, sagte sie.

»Nein, nein, du musst sagen, mir ist grün um die Nase. Seglerjargon.« Er zwinkerte.

»Ahoi«, sagte sie, und die Angst, vom Meer geschluckt zu werden, löste sich allmählich im Duft der Küche auf.

Damien Levy-Stark, dachte sie, ein scheuer Pionier, der gerade einmal 86 Freunde hatte. Abonnieren oder ihm folgen ließ er nicht zu, auch sonst hatte Liv kaum etwas über ihn gefunden, bloß dass er österreichische Mehlspeisen liebte.

»Kann ich helfen?« Das Nachbeben ihrer Knie übertrug sich als Flattern auf ihre Stimme.

»Alles gut, Liv, schau nur zu.«

Er schnitt ein Stück von der Butter und streifte es am Rand einer gusseisernen Pfanne ab. Er drehte das Gas auf, ein einzelner Funke entzündete reihum die blauen Flammen. Er trennte das Eigelb vom Eiweiß, schlug dann das Eiweiß zu steifem Schnee, rührte Eigelb, Zucker, Salz und Vanillezucker schaumig und gab nach und nach Milch und das gesiebte Mehl hinzu, während in der Pfanne die geschmolzene Butter goldbraun wurde. Mit einem Küchenspachtel hob er den Eischnee unter den Teig und wartete eine Weile. Dann goss er den Teig in die erhitzte Pfanne und beobachtete den ausbackenden und aufquellenden Teig. Blasen bildeten sich, es duftete nach Puderzucker, Butter und Ei.

»Willst du das Rezept?«

Liv nickte. Er legte seinen Arm über den ihren. Sie spürte seine kühle Haut, und als er den Arm wieder anhob, hatte sich das Rezept längst unter *Livs Rezepte* archiviert. Wie gern wäre sie jetzt mit der Hand seine stoppelige Wange entlanggefahren. Sie fasste allen Mut.

»Willst du mich in den Arm nehmen?«

Wie Profiler an Grenzübergängen fixierte er ihre Augen, als wolle er ergründen, ob sie aufrichtig war. Dann breitete er die Arme aus, umfasste sie und drückte sie fest. Sie rutschte ganz vom Hocker, wurde in den Stand gehoben, und es kam ihr vor, als lösten sich auch ihre Füße vom Boden, als schwebe sie ein paar Zentimeter in der Luft.

Erst als Damien sie losließ, sackte sie wieder auf den Boden zurück. Fufu umschlich ungeduldig ihre Beine. Manchmal verhielt er sich wirklich wie eine Katze.

»Komm, Fufu«, sagte sie und verließ die Küche. Wie frisch aufgeladen.

Im Cockpit lehnte April mit dem Rücken zur Fahrtrichtung an den Navigationsdisplays und war mit ihrem Armband beschäftigt. Als sei sie bei etwas ertappt worden, schreckte sie auf wie ein Kind, das hektisch alle Browsertabs schloss, weil die Eltern plötzlich im Zimmer standen.

»Wollte dir gerade schreiben.« April schwang sich in den drehbaren Kapitänssessel. »Dein Platz.«

Liv setzte sich in den Kokapitänssessel, Fufu hüpfte auf ihren Schoß.

»Fufu ist der Hit.« April meinte wohl das Video ihres hopsenden Hundes. »Jemand hat daraus ein Slow-Mo-Ding gemacht, zum Totlachen.«

»Danke«, sagte Liv. »Willst du uns ein bisschen das Cockpit erklären, wie die Geräte funktionieren, was du da eigentlich so machst?«

»Ich dachte schon, du fragst mich nie.« April zupfte sich das Hemd zurecht.

Liv bog ihr Armband mit mittlerweile geübtem Griff in die Fläche und öffnete die Streaming-App. »Bereit?«

April nickte einmal kurz, und Liv begann den Stream und ihre Fragerunde. Das Cockpit erinnerte an den Regieraum eines Nachrichtensenders, so wie er manchmal vor dem Beginn einer Sendung in einer Kamerafahrt für den Zuschauer gezeigt wird. Bildschirme reihten sich aneinander, Kurven und Zahlen, Ziffern und Symbole, Landkarten mit einer anrückenden Schlechtwetterfront. April erklärte jedes einzelne Gerät, seine Funktion und was passierte, wenn sie diese oder jene Einstellung änderte. Liv lauschte, hier und da nickte sie oder schob eine Frage nach. Einmal korrigierte April leicht den Kurs, um die Segel den sich verändernden Wind- und Sonnenverhältnissen anzupassen, und zeigte durch die getönten Scheiben auf die sich abzeichnende Schlechtwetterlage. »Die aber gar nicht so schlecht ist«, fügte sie hinzu. »Weil der Wind richtig auffrischt.«

Ein Zeigefinger tippte zweimal an ihren Arm. Ein Foto von einem weiß überzuckerten und zu fluffigen Würfeln gezupften Kaiserschmarrn erschien, über dem neongrün *Yummy!* geschrieben stand.

»Frühstück«, sagte Liv.

»Keinen Hunger«, kam es knapp von April zurück.

Sie saßen am anthrazitfarbenen Tisch. Jetzt war Damien bleich im Gesicht, und da er kaum ein Wort herausbrachte, überflog Liv Aprils Fotofeed der letzten Monate. Der war voll von aufwendig arrangierten Speisen, vor ihrer Abreise hatte sie als Letztes vietnamesische Summer Rolls auf ihrem Teller gepostet und dazugeschrieben, wie sehr sie das – sie meinte relativ originelles Essen – vermissen werde. Die ersten Tage auf dem Schiff hatte April sich aber bei fast jedem Essen entschuldigt, ihre vom Armband gelieferten Livedaten und ausschlagenden Kurven verrieten jedoch, dass sie, vornehmlich in den frühen Morgenstunden, immense Kalorienmengen zu sich nahm.

»Damien?«

»Ja?«

»Sollten wir nicht alle drei gemeinsam essen, so als Regel?«

»Von mir aus.«

»Fragst du April?«

Er tippte etwas in sein Armband, spießte mit der Gabel eine Bananenscheibe auf und schob sie sich in den Mund. Dann legte er die Gabel wieder hin.

»Sie schreibt, sie habe keinen Hunger.«

»In einer Diktatur wie auch in einer Demokratie könnten wir sie jetzt dazu zwingen.«

»Aber wir sind nichts von beidem.«

»Was sind wir dann?«

»Ich möchte das jetzt nicht diskutieren, Liv.« Damien schob den Teller von sich. Er stand auf, schwankte durch den Salon zur Couch und ließ sich rücklings draufsacken. »Siehst du nicht, dass es mir nicht gut geht?«

Doch, Liv sah, wie schlapp er war. Ein ganz anderer Mensch war er auf einmal. Der sprühende Elan hatte einem kränkelnden Mann Platz gemacht, dessen Welt nur noch aus dem eigenen Leid zu bestehen schien. Sie musste an Elam denken, wie oft er in einem ähnlichen Zustand auf seiner Matratze gelegen hatte. Aber der große Unterschied war, dass er niemals im Angesicht des Schmerzes verstummt war. Im Gegenteil. Er hatte es immer geschafft, sie anzublicken, ihr zuzuhören, eigenständige Elam-Gedanken zu formulieren.

Liv verschlang ihre Portion und dann noch Damiens Reste.

Zurück im Kokapitänssessel. Zu allen Seiten umgab sie das schwankende Meer, auf dessen Oberfläche die Wolken immer neue Schatten warfen. Livs Körper hatte sich mittlerweile etwas an den Seegang gewöhnt und schwankte im Rhythmus der Wellen mit. Zudem begann sie, ein Gefühl für den Wind zu bekommen, woher er kam und welchen Effekt er auf ihr Tempo hatte.

»Wenn ich noch länger aus dem Fenster schaue«, sagte sie, »vergesse ich bald, dass es überhaupt noch irgendetwas anderes auf der Welt gibt als uns und das Meer.«

»Wir sind hier ja auch ganz allein.« April zog einen ultramarinblauen Vaporizer aus der Bauchtasche ihres Pullovers, dann einen zylinderförmigen Plastikbehälter. Sie öffnete den Deckel, sofort roch es süßlich nach Gras, holte eine Blüte hervor, schraubte den Vaporizer auf und legte sie hinein. Sie verschloss das Gerät und verstellte auf einem Display die Einstellung von *7* auf *3*. Sie zog an dem Mundstück, es knisterte, und sie blies den Rauch aus. Sie reichte Liv den Vaporizer. »Drei ist purer Genuss und Entspannung. Bei fünf denke ich am besten. Sieben reißt mich hoch. Bei acht werde ich immer geil. Neun und zehn haut dich einfach nur um.«

»Und was passiert bei eins und zwei?«

»Hab ich noch nie probiert.«

Liv saugte am Mundstück und blies den Rauch an die gläserne Decke, durch die sie die vorbeiziehenden Wolken sehen konnte. Dann inhalierte sie ein zweites Mal und blies diesmal in Fufus Richtung. Der drehte den Kopf und schnupperte.

»Wenn du nur lange genug auf dem Ozean bist«, sagte April und nahm den Vaporizer wieder entgegen, »wirst du eins mit den Wellen, dem Wind, den Delfinen. Du merkst, dass sie genauso viel zählen wie du. Dass du als Mensch keinen Tick bedeutender bist.«

»Werden wir Delfine sehen?«

»Garantiert. Die sind total froh, wenn mal ein Boot vorbeikommt, mit dem sie spielen können.«

»Ich habe mal Schildkröten gesehen.«

»Ich weiß«, sagte April, zog am Mundstück, gab dann wieder an Liv ab.

»Haben wir auch Musik an Bord?«, fragte sie.

»Oh, ja!«

90er-Hits in voller Lautstärke. Ein Regenbogen wölbte sich von links nach rechts, und vor ihnen schossen Delfine aus dem Wasser. Fufu döste in Livs Schoß und wurde immer schwerer. April lackierte sich die Fußnägel.

»Das glaubt uns keiner«, sagte Liv.

»Was?«

»Die Delfine da.«

Dreißig Seemeilen später geschah etwas auf Aprils Armband. Doch der Bildschirm war so konzipiert, dass Liv aus ihrem Blickwinkel nichts erkennen konnte.

»Ein gutes Verkaufsargument«, sagte Liv.

April hob den Kopf und schaute sie aus leicht geröteten Augen an.

»Kannst du dich an Busfahrten zur Schule erinnern, wie nervig das immer war, wenn jeder um dich rum mitlesen konnte, was du gerade geschrieben hast? Oder wenn du dir die peinlichen Sachen anschauen musstest, die irgendwelche Typen ihren Freunden schickten? Oder –«

»Ich habe keine Ahnung, was du mir sagen willst.«

»Das Armband, ich meine, Damien hat es geschafft, dass –«

April senkte wieder den Kopf, las etwas, sagte dann: »Übernimm kurz«, und drückte sich aus dem Stuhl hoch. In all ihren Bewegungen lag eine Schwere, als schleppe sie Gewichte mit.

»Wie soll ich das machen?«

»Unsere *Aurora 2* folgt dem eingestellten Kurs. Du suchst bloß den Horizont nach Frachtern ab. Nimm den Radar zu Hilfe. Falls ein Schiff im Radius von sieben Meilen auftaucht, schrei einfach.«

Liv nickte.

»Komm, Fufu«, sagte April, bereits an der Tür. Doch der Hund hob bloß den Kopf, um ihn gleich wieder auf Livs Schoß abzulegen.

»Verräter«, zischte April.

Liv suchte also den Bogen des Horizonts nach Frachtern ab. Abwechselnd kontrollierte sie den Radar und die anderen Geräte, deren Daten ihr aber nicht sonderlich viel sagten. Sie suchte danach, was passierte, wenn ein Frachter zu nah an eine Jacht kam. Der Erfahrungsbericht eines Seglers erschien, der nachts von einem Frachter überrascht worden war und erst in letzter Sekunde hatte ausweichen können. Sie richtete ihre Konzentration rasch wieder auf die Horizontlinie.

Erst als ihr vor lauter Wachsamkeit die Augen schmerzten, wagte sie wieder einen längeren Blick auf ihr Armband. Elam schrieb ihr gerade eine Nachricht, dann prüfte sie ihre Körperdaten: *nervös*, hieß es. Ob diese Nervosität von lauernden Frachtern oder Elams Nachricht herkam, war wohl nicht aus ihren Daten herauszulesen.

Sie probierte ein paar Selfies am Steuer der Superjacht aus, verkrampfte aber zunehmend, weil sie ungeduldig wurde und der Himmel sich wegen der Wolken verdunkelte. Sie postete dann doch den allerersten Versuch und erweiterte ihre Reise um diesen *Captain-Liv*-Moment. PING.

Elam *Danke fürs Best-of.*

Liv *Wie fühlt es sich an?*

Elam *Gut! Seitdem du es geteilt hast, schießen die Zahlen nur so nach oben. Ich habe schon Blasen am Refresh-Finger! 2262 Views!*

Liv *Wow!*

Elam *2281!*

Liv *Noch traurig, Elam?*

Elam *Tief drinnen, ja. Aber umso glücklicher bin ich, dass jetzt alle meinen Blum kennenlernen.*

Liv *Man merkt einfach, wie gern du ihn gehabt hast.*

Elam *Er war einfach so gut.*

Liv *Ich weiß.*

Elam *Ich werde meinen Blum nie vergessen. Liest du die Kommentare?*

Liv *Manche, ja.*

Elam *Hast du gelesen, dass sie einen Song aus den* Episodes *machen wollen? Ich bin jetzt fast wie du :-)*

Liv *Wo bist du gerade?*

Elam *In einer Schlange, ich esse gleich Falafel.*

Liv *Falafel.*

Elam *Ach Liv, du hast doch den ewig weiten Pazifik vor dir :-)*

Liv *:-)*

Elam *Captain-Liv, wie verabschieden sich Seemänner?*

Liv zuckte mit den Schultern.

Liv *Habe mit den Schultern gezuckt.*

Elam *Du hast recht. Ist ja auch egal.*

Erleichtert loopte sie durch ihre Seiten, ohne ihnen viel Aufmerksamkeit zu schenken. Noch hatte sie Elam, wie er in der Schlange wartete und lachte, als langsam verblassendes Bild im Kopf. Wie er die Falafeltasche mit beiden Händen umgriff, wie er sich den Mund mit dem Handrücken abwischte, beim Essen sicher durch die Straßen ging, so wie sie es zusammen auch immer getan hatten. In Bewegung bleiben.

Als das Elam-Bild sich auflöste, war Liv auf einer Seite gestrandet, die ihr empfahl, Kaffeebohnen zur besseren Entfaltung der Aromen blitzzugefrieren. Bei »blitzgefrieren« musste sie irgendwie an Frachter denken. Sie hob den Kopf und hielt Ausschau. Nichts. Nur das Meer und die Wolken. Dann schaute sie nach, wo April sich gerade herumtrieb: *Im Wohnbereich auf der Couch,* und checkte Damiens Position. Sie lagen mehr oder weniger aufeinander.

Liv muss auf Toilette :-), schrieb sie ihnen.

April trat ins Cockpit. Liv erhob sich vom Kokapitänssessel, Fufu rutschte auf den Boden.

»Ich übernehme«, sagte April etwas barsch.

»Danke«, sagte Liv und ging hinaus in den Durchgangsbereich. Durch die Glastüren sah sie Damien wie tot auf der Couch liegen. Fufu war wieder an ihrer Seite, ihr Armband vibrierte und erinnerte sie daran, dass sie sich mehr bewegen sollte.

Liv eilte die Wendeltreppe hinunter, betrat alibimäßig das Bad, ging der aufploppenden Aufforderung nach *Wasser* nach und trank einige Schlucke. Dann ging sie hinüber ins Walk-Zimmer, schmiss das Laufband an und joggte, bis ihr Damien bei der 12K-Marke zum Gewinn der Tageschallenge gratulierte. Liv teilte diesen Meilenstein mit ihrer Community und tupfte sich mit einem Handtuch den Schweiß von der Haut. Sport machte sie immer ganz neugierig, es war ein schönes Gefühl und noch schöner, dem nachzugeben.

Sie lief zu den Kojen der beiden. Fufu setzte sich auf die Hinterpfoten und schaute zu ihr hoch, als frage auch er sich, ob sie eine der Kojen inspizieren sollten. Sie lehnte sich gegen Damiens Tür, doch die gab nicht nach. Weil sie etwas gehört hatte, schaute sie den Gang hinunter. Aber da war niemand. Aprils Tür ließ sich öffnen.

Bevor sie eintrat, kniete sie sich zu dem Hund, löste das Armband und legte es ihm um den Hals. »Sitz«, sagte sie, tappte auf den Boden, und Fufu folgte ihr wie befohlen.

Der Raum war identisch mit ihrem, einziger Unterschied waren die Berge von Klamotten, die sich auf dem Boden stapelten und auch den Schreibtisch unter sich begruben. Es sah so aus, als hatte April all ihre Sachen kurzerhand in den Raum gekippt. Liv verstand nicht, was sie mit diesen vielen Straßenklamotten anfangen wollte, zumal sie jeden Tag ja die von April entworfenen Kleider trugen.

Fufu erschien neben ihr und schaute unschuldig zu ihr hoch. Liv schnappte sich den Hund, zog ihn hinaus in den Gang und schloss die Tür. »Fufu, du kleiner Dreckskerl.« Sie nahm ihm das Halsband ab. Ihr Herz wummerte. Das hatte Spaß gemacht. Sie überlegte, was sie als Nächstes tun sollte.

Damien einen Tee zubereiten, kündigte sie an.

In der Küche kochte bereits das Wasser. Sie musste an den smarten Aufzug im Westin Hotel denken, der auch immer schon auf sie gewartet hatte. Sie suchte nach Tee, fand aber nichts. Dann fragte sie das smarte Armband, wo denn hier der Tee sei, ein Grundriss der Küche erschien: »Zu deiner Linken«, hörte sie eine automatisiert klingende Computerstimme im Ohr, die ihr im Vergleich zu Ava viel zu unlebendig vorkam. Liv tippte gegen die Wand, ein Panel öffnete sich zu einer ziemlich vollen Vorratskammer.

Während der Tee seine drei Minuten zog, las sie Schlagzeilen. *Neuer Coke-Geschmack basiert auf Big Data – Kann LSD Depressionen heilen?* Dann chattete sie etwas mit Gila, die ihr weitere Bilder von den badenden Dorfjungen schickte und beschrieb, wie sie sich kennengelernt hatten und einander nähergekommen waren. Liv speicherte sowohl die Bilder als auch Gilas Text, bevor sie sich löschten.

Damien sah auf der gigantischen Couch wie ein kleiner Junge aus.

»Grüntee.« Liv kniete sich neben den sichtlich noch immer Leidenden und stellte die Teekanne auf einem der drei halb ineinandergeschobenen Beistelltische ab.

»Danke«, hauchte er.

Sie legte ihren Handrücken auf seine kühle Stirn. »Du wirst es überleben«, sagte sie.

Er schmunzelte. Die bleiche Gesichtsfarbe stand ihm nun besser. Er wirkte beinahe durchsichtig.

»Wenn ihr wirklich minimalistisch leben wollt«, sagte sie, »solltet ihr mindestens die Hälfte über Bord werfen.«

Damien stützte sich auf, griff zum Tischchen und schlürfte etwas Tee.

»Ich meine«, fügte sie hinzu, »so ein Teeservice braucht doch kein Mensch. Noch weniger drei Beistelltische und was sonst noch alles in der Vorratskammer und in den Kojen gebunkert wird.«

Damien kniff die Augen zusammen, als ob ein Schmerz seinen Kopf durchfahre.

»Ich will das ja nicht kritisieren, aber wenn ich mir so etwas vornehmen würde, wäre ich ohne all das in See gestochen.«

»Wie denn dann?«

»Ich hätte bloß einen 3-D-Drucker mitgenommen, so einen, mit dem du dir auch das Essen ausdrucken kannst. Und alles, was nötig wäre, hätte ich mir dann nach und nach ausgedruckt.«

Ein Lächeln huschte über sein Gesicht. »Genau das war mal der Plan.«

»Und warum habt ihr es nicht gemacht?«

»Essen aus dem Drucker, obwohl draußen eine Billiarde Fische gratis herumschwimmen?«

»Okay, ergibt Sinn.«

»Und die Möbel«, fragte er, »wer würde die entwerfen in deiner Utopie?«

»Wir hätten doch genug Zeit, selbst ein paar Sachen zu konzipieren.«

»Du glaubst, das geht in ein paar Wochen?«

»Warum nicht?«

»Ist dir langweilig?«

»Gerade, ja.«

»Nach« – Damien schaute auf sein Armband – »nicht mal zwei Tagen?«

»Ja.«

»Auf dem Unterdeck steht so ein Ding.«

»Wo?«

»Du weißt schon, da, wo ›print‹ steht.«

»Oh.«

Er lächelte, nippte noch mal am Tee, dann stellte er die Tasse ab, legte sich auf den Rücken und kreuzte die Arme vor der Brust.

»Damien?«

»Ja?«

»Kann ich auch irgendwas anderes machen?«

Er richtete sich unter Mühen auf. »Ruh dich einfach mal aus, vor ein paar Tagen warst du noch eine wandelnde Tote.«

»Ich brauche keine Ruhe, bin wieder topfit.«

»Dann lass deine Gedanken treiben, das ist das Schöne hier, wir haben unendlich viel Zeit.«

»Die treiben schon die ganze Zeit.«

»Dann lies ein Buch.«

»Langweilig.«

»Du machst dich gerade sehr unbeliebt.«

»Ich kann mich einfach nicht konzentrieren.« Sie kratzte sich die verheilende Wunde am Arm, was sich herrlich anfühlte. »Tut mir leid, ich bin wohl etwas frustriert.«

»Weil dir auf der *Aurora 2* noch zu wenig passiert?«

Sie machte eine ratlose Geste. Dass ihr auch der Name des Schiffs, Morgenröte, viel zu gewollt daherkam, behielt sie jetzt besser für sich. »Es ist nur, ich hatte mir vorgenommen, so als Mission unseres Törns über alles zu berichten. Unserer Community, du weißt schon.«

»Und das frustriert dich jetzt?«

»Nein, ich mag die Vorstellung, dass wir eine ganz neue Form des Miteinanders – nein, das klingt schrecklich –, ich meine, ich mag die Vorstellung, dass alle uns dabei zuschauen können, wie wir so ganz anders miteinander leben, aber –«

»Aber?«

»Ich hatte ein paar Vorschläge gemacht, um hier Bewegung reinzubringen, die wurden aber alle abgeschmettert.«

»Welche Vorschläge?«

»Dass wir gemeinsam essen zum Beispiel, und ich hatte die Frage aufgeworfen, ob wir unsere Entscheidungen eher demokratisch oder eher diktatorisch treffen sollten.«

»Anarchistisch.« Damien schwenkte die Teetasse, mehr Kraft schien in ihn einzufließen.

»Habe mir schon gedacht, dass du das sagen würdest.«

»Bin ich so leicht zu durchschauen?«

»Ja.«

»Bin heute anscheinend wirklich nicht ganz auf der Höhe.« Schlagartig sah er wieder elend aus. »Minimale Gewaltausübung durch Institutionen«, hauchte er. »Maximale Selbstverantwortung der Einzelnen.«

»Anarchie?«

»Auch, ich meinte aber vor allem das frühe Internet.«

»Seit wann ist denn irgendjemand« – sie machte mit den Fingern Anführungszeichen in die Luft – »im Internet selbstverantwortlich?«

»Schon immer gewesen. Sie wussten nur nicht, dass sie

Rechenschaft über ihre Handlungen slash Taten würden ablegen müssen.«

»Wie?«

»Wenn du ein Video anschaust, in dem einem Menschen mit der Machete der Kopf vom Rumpf geschlagen wird, dann machst du dich mitschuldig.«

»Wieso?«

»Weil alles gespeichert wird.«

»In dem, was du sagst, sind doch tausend Widersprüche. Wenn alles gespeichert wird, dann ist das doch maximale Gewaltausübung durch Institutionen, und Selbstverantwortung heißt doch –«

»Wie spät ist es eigentlich?« Er tippte sein Armband an. »Elf Uhr«, sagte er mit Betonung auf jeder Silbe, als trage sie wegen der Uhrzeit schon irgendeine Schuld.

»Und?«

»Ich würde euch raten, nicht schon so früh stoned im Cockpit rumzuhängen.«

»Bin nicht stoned, bin kristallklar.«

Damien schaute sie prüfend an, als kämen aus ihrem Mund nur schwachsinnige Sätze. In versöhnlicherem Ton sagte er dann: »Heute Nacht kannst du Wachtörns übernehmen. Und bis dahin hat April sicher was für dich.«

Die Luftfeuchtigkeit war hoch, doch durch den Fahrtwind war es angenehm frisch. Mit Putzeimer und Knieschonern ausgestattet, begann Liv vorne an der Reling, wo die Gischt bei jedem Aufschlag zu ihr hochspritzte. Obwohl es eine neue Jacht war, waren die Planken bereits stark mitgenommen. Sie schrubbte, so fest sie konnte, bis der Boden wieder diesen klaren Grauton hatte. Für die Fläche eines Küchentuchs brauchte sie exakt 26 Minuten. Das Armband quantifizierte ihre Aktivität, ihr Körper wurde sehr gut durchblutet, im Vergleich zu April und im Gegensatz zu gestern würde sie heute auf einen produktiven Tag zurückblicken. Schweiß rann ihr in den Nacken, doch das machte ihr nichts aus, auch nicht, dass April Damien eine Wärmflasche gebracht hatte und mit ihm auf der Couch seit Stunden eine Serienfolge nach der anderen schaute. Sollte sie nicht im Cockpit sein? Sie schrubbte jetzt doppelt so schnell. Mithilfe der gesammelten Daten würde sie hart an sich arbeiten und ihre Werte optimieren.

Sie streckte den Arm aus und drehte die Handfläche in die Horizontale. So nah war die Sonne bereits dem Untergang. Das hatte wechselnde Farbschleier zur Folge, die zum Horizont hin dunkelviolett wurden. Die gesamte Fläche um den Whirlpool hatte Liv in den ursprünglichen Zustand zurückversetzt, sie wischte sich den Schweiß von der Stirn und rückte die Knieschoner zurecht. In der Spiegelung der Cockpitfenster sah sie wie ein Rollschuhgirl aus den Sechzigern aus, vor violettem Pazifikhintergrund. Sie schoss das Foto und postete es ohne Kommentar. Das war schwer zu toppen.

Ihr Armband vibrierte. Auf Basis der verbrannten Kalorien und der Uhrzeit schlussfolgerte es: *Hunger*. Liv öffnete den Klettverschluss der Knieschoner. Ja, tatsächlich, sie war hungrig.

Nachts lagen sie auf den frisch geputzten Planken des Vorderdecks und aßen köstlich gegrillten Tintenfisch wie der altrömische Adel im Liegen. Damien hatte endlich ein Medikament gegen die Übelkeit genommen und schien wieder halbwegs fit. Die nordöstlichen Passatwinde schoben sie unaufhörlich der Intertropischen Konvergenzzone entgegen. Das Wingsegel erhellte ihren kleinen Fleck Zivilisation.

»Wir sind schnell«, sagte April. »Sehr schnell.«

»Noch«, sagte Damien. »Noch.«

»20-20-20 oder 30-30-30?« Liv freute sich irrsinnig auf die Nachtwache.

»30er-Intervalle geben uns mehr Schlaf«, erklärte April, »sind aber während der Wache anstrengend. Ein 20er-Rhythmus hingegen ist über die gesamte Länge des Törns auslaugend, weil es dich immer wieder aus dem Schlaf reißt. Als ich allein unterwegs war, hat mich eine Eieruhr sogar alle 15 Minuten geweckt.«

»Die ganze Nacht?«

»Zu jeder Zeit.«

»Kannst du das noch mal sagen?«, fragte Liv.

»Wieso?«

Liv tippte auf ihr Armband. »Damit es alle hören.«

*

Im Kapitänssessel, der Hund als *#Copilot_Fufu* daneben. Die fünfte Nacht auf der *Aurora 2*, neun Grad nördlich des Äquators, fast Halbzeit ihrer Pazifiküberquerung. Sterne, wohin sie blickte.

Im Radio spielte das *California Hawaii Net* grausige Rockmusik. Ihr Job war es, den Kurs zu halten und die Jacht vor Kollisionen zu bewahren. In 17 Minuten würde ein Containerschiff aus Santiago de Chile mit Kurs auf Songkhla, Thailand, ihren Weg kreuzen. Liv öffnete eine Fensterluke und konnte den Ozean riechen. Sie freute sich auf den Aufgusskaffee, den sie am Ende ihrer Wache in aller Achtsamkeit und hoffentlich mit Damien an ihrer Seite zubereiten wollte.

Ein Blick auf ihr Armband: Damien ließ sich auf seiner Lieblingscouch mit einigen Tutorials ins Hochseeangeln einführen, Efrat postete Bilder von Strampelanzügen aus einem Kinderladen. Lange überlegte Liv, ob sie Efrat mal wieder herzen sollte, aber diese ganze Babystory interessierte sie wirklich nicht. Und würden sie sich nicht schon seit Jahrtausenden kennen, hätte Liv sie längst gelöscht oder wenigstens blockiert. Aus kaum mehr nachvollziehbaren Gründen blieben sie also miteinander verbunden und mussten gegenseitig miterleben, was die andere gerade so durchmachte.

Liv hob den Kopf. Da war der Pazifik, aber kein Frachter weit und breit.

An den vergangenen Tagen hatte sie ihre physischen Aktivitäten gezielt auf die vorgeschlagenen Bewegungsslots gelegt, hatte die Anzahl ihrer Schritte verdoppelt und ihren Ruhepuls spürbar gesenkt. Sie ernährte sich von den vorgeschlagenen Nahrungsmitteln zu den vorgegebenen Zeiten und gab zur Optimierung des Armbands brav nach jeder Nahrungsaufnahme Feedback in Form eines von sieben zur Auswahl stehende Emojis. Sie hatte den Eindruck, durch ihre bewusstere Gestaltung der grundlegenden Körperfunktionen und ihres Verhaltens schärfer denken und sich länger auf eine Sache konzentrieren zu können. Nur das Knirschen im Schlaf hatte sie weiterhin nicht in den Griff bekommen.

Ja, die Konzentration gelang ihr mittlerweile auf den Punkt, stundenlang konnte sie das Meer nach Gefahren abscannen, die Geräte im Blick behalten und gleichzeitig April stalken. April, die sich bemühte, mit Livs Bewegungspensum mitzuhalten, und in diesem Augenblick auf dem Laufband joggte und dabei eine Serie streamte. April, die in einem uralten Video mit über elf Millionen Views einem Reporter begeistert das winzige im Hintergrund schunkelnde Segelboot beschrieb. Jedes einzelne Detail erwähnte sie strahlend, als handele es sich um die entscheidende Gleichung einer Formel zum ewigen Glück. Der Reporter nickte, aber jede seiner mit süffisantem Lächeln vorgebrachten Nachfragen interessierte sich nur dafür, was sie denn die ganze Zeit mit sich allein angefangen habe. »Es gibt immer was zu tun«, sagte die junge

April. »Zur Not zählst du die Meilen und denkst dir Geschichten aus.«

Es vibrierte sachte an Livs Arm, sie erhob sich und lief artig im Kreis. Fufu hob den Kopf und senkte ihn wieder. Auf der Wetterkarte sah sie das sich nähernde Wolkenband der ITKZ. Die Intertropische Konvergenzzone war unter Seglern berühmt-berüchtigt, weil die eintönigen Passatwinde von Flauten und Böen abgelöst wurden und so für Abwechslung sorgten. Dass andere die Schönheit des Meeres als »mit der Zeit monoton« beschrieben, hatte Liv in den vielen Reiseberichten der übrigen Jachten, die in dieser Saison den Pazifik überquerten und mit ihnen eine lose verbundene Flotte bildeten, gelesen. Beim besten Willen konnte sie das aber nicht nachvollziehen, irgendetwas gab es doch immer zu tun. Sie hatte eine Menge Aufgaben übernommen: das Waschen und Bügeln der Klamotten, das gelegentliche Steuern, wenn April eine Ablösung brauchte, kleinere Wartungsarbeiten, das Putzen und Schrubben, mit Damien das Zubereiten der Mahlzeiten, das Vorbereiten der Brettspiele und, falls sie in Landnähe kämen, das Ausschauhalten nach Riffen. Die viele Zeit dazwischen lag sie in der Sonne auf der Couch, in ihrer Koje oder schaute von der Flybridge aufs Meer und sprach mit ihrer Community über das, was sie sah, was ihr auffiel, was sie faszinierte.

Im Gehen ließ sie von ihrem Armband alles über Elam zusammentragen. Der Hype hielt ungestört an. Stündlich postete er weitere *Blum Episodes*, für die er dauernd unterwegs sein musste. Vor drei Stunden hatte er an einem Abendessen teilgenommen, zu dem Gila sämtliche ihrer über 1000 Freunde eingeladen hatte. Gerade tanzten sie. Eine dreistellige Anzahl seiner Follower likte das. Liv herzte all seine Beiträge.

Das Armband zeigte an, dass jetzt ein perfekter Zeitpunkt für 56 Sit-ups wäre. Sie absolvierte die vorgegebene Anzahl und hielt im Anschluss ihre Stimmung fest: ein strahlendes

Emoji, das so etwas wie Vorfreude symbolisierte. Ein Hinweis erschien, der sie darüber informierte, dass ihre Community wieder eine Expedition aufs Deck mit ihr unternehmen wolle. Also ging sie durch die Kombüse hinaus aufs Vorderdeck und setzte sich auf den Rand des abgedeckten Pools. Fufu folgte ihr wirklich überallhin.

»Bei der Äquatortaufe machen wir eine Poolparty«, versprach sie für die nächsten Tage und richtete die Kamera auf den schwarzen Ozean und den noch dunkleren Himmel. Sie hatte gelernt, dass ein Versprechen ihre Zuschauer noch stärker an das Schiff und ihren Törn fesselte. Denn bereits in dieser Sekunde malte sich ihre Community die Poolparty aus, ob es wohl zwischen ihr und April eskalierte oder endlich zwischen ihr und Damien funkte. Niemand wollte das verpassen. »Und auf Nuku Hiva werden wir uns aller überflüssiger Sachen entledigen«, fügte sie hinzu. »Damien und April wissen davon noch nichts, aber die werden das mögen.«

Aufsteigende Herzen. Es fühlte sich gut an.

Liv schwieg und ließ die Stimmung für sich sprechen. Das Geräusch der aufschlagenden Jacht, das Knistern des Segels, das Rauschen des Fahrtwinds, der unendliche Ozean zu allen Seiten. Das Wingsegel beleuchtete alles in einem mystischen Indigoton, als lägen tiefere Wahrheiten unter dem Sichtbaren. Dann verabschiedete sie sich, weil sich ein Verlangen in ihrem Körper breitmachte, das alle Teile, die zuvor taub gewesen sein mussten, aktivierte. Es kam so plötzlich über sie, wie man von einem auf den anderen Moment bemerken konnte, dass man unendlich durstig war.

Sie wischte zu Damien und tippte seine Stirn an. Das machte sie immer in solchen Momenten. Er war von der Couch aufgestanden und betrat in dieser Sekunde seine Koje direkt unter ihr. Er war *schläfrig*, sie tippte auf seinen Pulsschlag: *74 bpm, 12 Atemzüge pro Minute, Position Rücken*. Er musste sich ins Bett gelegt haben, und nun spürte Liv über ihre neue zweite Haut sein Herz an ihren Arm pochen, spürte seine Gegenwart, und wenn sie die Augen schloss, hatte sie wirklich das Gefühl, als läge sie neben ihm. Zuerst würde sie ihre Hand auf seine Brust legen, dann würde sie ihren Kopf an seine Schulter drücken, sie würde seinen Geruch in sich aufnehmen, seinen Atem in ihrem Gesicht spüren. Er würde ihr mit der Hand über das Haar streicheln, und sie würde die Augen schließen.

Ihr Armband vibrierte: *Frachter?* Sie hob den Kopf: nichts.

April bewegte sich. Das Laufband stoppte, sie trottete aus dem Zimmer, den Gang hinunter. So träge, als trage sie einen Felsbrocken in den Armen. Sie kam auf die Höhe ihres Zimmers, ging daran vorbei, stand vor Damiens Koje, bewegte sich auf Livs Display über die Linie, die die Türschwelle markierte. Als zwei blinkende Punkte lagen sie jetzt direkt unter ihr. Ob April ihren Kopf auf Damiens Brust legte? Ob er ihr über die Haare strich?

Liv öffnete die Screenshots von den badenden Dorfjungen aus dem Chat mit Gila und zoomte den Kran heran, von dem sie in den klaren See sprangen. In der Luft hing kopfüber ein Junge mit dunkler Badehose. Er hatte schmächtige Arme, kurze Haare, eine markante Brustpartie. Auf einem weiteren Bild stand derselbe Junge auf einem Tisch und tanzte. Er musste betrunken sein, seine Augen glänzten in der Dunkelheit. In der Ecke lehnte ein M16-Gewehr. Sie las Gilas Textblasen, die erzählten, wie die Jungs nachts das Essen aus ihren Vorratskammern gestohlen hatten, wie sie das erste Mal entwischten, man ihnen in der zweiten Nacht aber auflauerte und sie fasste. Gila beschrieb die Rangelei, dass zwei Jungs sich befreien und verschwinden konnten und wie man den Dritten festhielt und ausfragte, was er hier mache, woher er komme, wie er heiße. Sie beschrieb, wie sie zu trinken begannen und auch dem Jungen etwas abgegeben hatten, wie der immer lustiger geworden war und sie dann bald alle getanzt hatten. Wie sie ihn ausgezogen hatten und er alles mit sich hatte machen lassen.

Liv legte ihre Hände zwischen die Schenkel und presste sie fest aneinander. Sie stellte sich vor, wie sie in Damiens Koje eintreten und ihn schlafend vorfinden würde. Wie sie sich auf die Bettkante setzen und über seine Brust streichen, seinen Herzschlag spüren würde. Wie er aufwachen, sie anlächeln, wie sie zu ihm unter die Decke schlüpfen würde.

Es pikste an ihrem Handgelenk: *den Horizont nach Frachtern absuchen.* Als winziges, immer wieder auffunkelndes Licht kreuzte ein Objekt in weiter Entfernung ihre Bahn.

Sie überflog Gilas Sätze, schloss die Augen.

*

Noch im Bett studierte sie die Analyse ihres Schlafverhaltens: *Albträume, mit den Zähnen geknirscht.* In ihrem Traum war sie in die Wüste zurückgekehrt, nur dass sie diesmal Elam im Sand hatte liegen sehen. Sie hatte sich zu ihm hingekniet und versucht, ihm etwas Wasser aus ihrer Feldflasche einzuflößen. Doch seine verkrusteten Lippen hatten sich nicht mehr öffnen lassen. Er verdurstete vor ihren Augen, und sie konnte nichts tun. Sie sagte ihm, was sie seit der Wüste als Gefühl in sich trug: dass er keine Angst vor dem Sterben haben müsse.

Wo war der Pullover mit dem Zitronenbaum? Sie setzte sich aufrecht hin. Über den schimmernden Wellen ging gerade die Sonne auf.

Liv *Habe deinen Pullover verloren :-(*

Noch bevor es an ihrem Armband zupfen konnte, kratzte Fufu an der Tür. Sie schob die Bettdecke beiseite und schlüpfte in die grauen Sachen, dann huschte sie – Fufu saß wartend im

Gang – ins Bad. Sie duschte und quetschte Zahncreme auf ihre elektrische Zahnbürste. Es schmeckte erfrischend salzig. Livs Armband vibrierte. *Frühstückszeit*, stand da und eine Nachricht von Elam: *Ist doch nur ein Stück Stoff.* Sie war erleichtert, und ja, Elam hatte recht. Es war nur ein Stück Stoff, und die Erinnerung existierte auch losgelöst von dem eigentlichen Gegenstand. Sie spuckte die Zahncreme ins Becken und klatschte sich Wasser ins Gesicht. Statt ihr Armband als Spiegel zu verwenden, genoss sie das Gefühl, dass ihre Vorstellung von sich selbst mit jedem Tag etwas weiter verschwamm. Sie existierte nur in diffusen Spiegelungen der Fensterflächen und in den noch diffuseren Bildern, die sie auf der Jacht von sich schoss.

Wie jeden Morgen nahm sie sich etwas für den Tag vor. Sie wollte Nähe zu den beiden herstellen, sie wollte ihre Eifersucht überwinden, weniger gemein zu April sein.

Liv *Sorry, dass ich so gemein zu dir war.*

Auf dem Weg zum Oberdeck im milden Morgenlicht der aufleuchtenden Paneele checkte sie ihre Accounts. Ihre Reichweite stieg von Tag zu Tag, etliche Buzz-Sites verfolgten den Segeltörn, verlinkten ihre Fotos und gespeicherten Videos, wie sie auf Deck herumlagen, wie sie Federball zu spielen versuchten, wie sie Brot buken, wie sie Serien schauten, wie sie stoned wegen eines Vogels, der um das Wingsegel flatterte, in Euphorie ausbrachen. Aber eigentlich war es egal, was sie machte. Sie wurde geliebt, wurde gehasst, viele bewunderten ihr Selbstbewusstsein, andere nervte ihre Überheblichkeit, ihre ironisch gebrochene Selbstinszenierung.

Damien saß am gedeckten Frühstückstisch. Sonne fiel durchs Fenster und beschien ihn weich von der Seite. Er hatte einen dunkleren Teint bekommen, und sein mittlerweile etwas längerer Bart ließ ihn wie ein Abenteurer aussehen.

»Du warst doch gar nicht gemein zu April«, sagte er.

»Dann hast du es nur nicht bemerkt.«

»Nein, ehrlich, glaub einfach nicht, was die Leute schreiben.«

»Ich lese gar nicht, was sie schreiben.«

»Dann ist ja gut.«

Liv wollte sich zu ihm setzen, da hob er die Hand, als wolle er sie daran hindern, sagte: »Bei 10 Grad erreichen wir heute die Intertropische Konvergenzzone.«

»Interessant«, sagte sie.

»Nur dass du April erinnerst.«

»Kann ich machen.«

»Willst du sie holen?«

Liv nickte, kehrte um, ging aufs Unterdeck hinunter und klopfte so lange an Aprils Tür, bis sich etwas regte. »Bei 10 Grad erreichen wir heute die Intertropische Konvergenzzone.« Sie sprach so laut, dass April sie hören musste. Dann ging sie zurück aufs Oberdeck und setzte sich zu Damien.

»Ich habe uns Bagels gemacht«, sagte er. »Regenbogenbagels.«

Von außen hatten die Bagels einen goldbraunen Ton, doch als Liv sie mit dem Messer aufschnitt, zeigte sich ein Muster aus allen Regenbogenfarben.

»Danke.« Sie fiel ihm um den Hals, denn sie wusste, dass er wusste, wie sehr sie Regenbögen liebte.

»Willst du mir helfen?«, fragte Damien.

»Immer. Wobei?«

»Würmer auf Haken spießen.«

Bevor Liv ihm antworten konnte, erschien April in ihren einen Tick zu eng wirkenden Klamotten, als seien sie in der Wäsche eingelaufen. Sie setzte sich zu den beiden und tippte etwas in ihr Armband.

Liv aß weiter ihren Bagel, vorsichtig mit Blicken Damien zu verstehen gebend, dass sie ihm helfen würde. Vorsichtig, als dürfe sie April bei dieser hoch konzentrierten Arbeit jetzt nicht stören. Als April den Kopf hob, vibrierte Livs Armband. Sie musste nicht nachschauen, sie wusste, was April gepostet hatte.

Sie hatten die Sonnenstühle, die Kühlbox und das umfangreiche Angelequipment auf die Plattform des Achterdecks transportiert. Ihre grauen Klamotten trockneten an Leinen, es herrschte intertropische Windstille, sie segelten mit weniger als einem Knoten. Aus nicht sichtbaren Boxen tönte kubanische Trova-Musik. Damien trug kurze Shorts, sein Oberkörper war nackt. Auf seiner Brust war ein anatomisch exaktes Herz gestochen, in dessen Kammern jeweils *Mom* und *Dad* schlugen. Liv umklammerte neben ihm, in Aprils neuem Bikinientwurf, eine Angelrute und schaute auf den ruhigen Ozean.

April hatte es sich auf den Polstern gemütlich gemacht und streamte die beiden. »24 000 Zuschauer«, verkündete sie. Irgendwelche weit über die Welt verstreuten Menschen, dachte Liv, die vielleicht in ihren grauen Bürotürmen ein exotisches Pazifikfenster geöffnet hielten. Gelegentlich zog April an ihrem Vaporizer und blies Rauch in die Szene.

»Deine Eltern?« Liv zeigte auf Damiens Tattoo.

»Ich will, dass sie immer da sind, ich will sie nie vergessen.«

»Schön geworden, ich mag die Farben.«

»Ich bin in einem Trailerpark aufgewachsen. Das erinnert mich daran.« Er fasste sich auf das tätowierte Herz. »Mom und Dad haben alles getan, dass es uns halbwegs gut ging, uns im Winter nicht zu kalt wurde, dass wir halbwegs passabel gekleidet waren, nicht mit dem Trinken anfingen.«

Es war das erste Mal, dass Damien sich vor ihr öffnete und etwas in der Öffentlichkeit preisgab. Liv musste behutsam vorgehen, aber auch die Chance nutzen, tief in sein Herz zu sehen.

»Bist du viel mit ihnen in Kontakt?«

»Sie sind beide gestorben.« Er fasste sich wieder ans Herz. »Aber ich habe sie immer bei mir.«

»Hast du Angst zu sterben?«

»Du etwa nicht?«

»Ich habe Angst zu ertrinken. Das stelle ich mir absolut schrecklich vor.«

»Und anders zu sterben nicht?«

»Sterben müssen wir sowieso. Ich würde mir nur wünschen, dass ich mir die Art und Weise und den Zeitpunkt aussuchen kann.«

»Wie und wann du stirbst?«

»Ja, dass es schnell geht, etwas, das passiert und in dieser Sekunde schon vorbei ist.«

»Indem du vor einen Zug springst?«

»So einen Anblick würde ich niemandem antun wollen. Das wäre doch auch ein schrecklicher letzter Moment, dieser hässliche Zug, der dich gleich vierteilen wird. Nein, es müsste irgendwo weit oben sein, von wo aus du eine schöne Aussicht hast. Vielleicht auf einer hohen einsamen Brücke, irgendwo in der Natur, wo es keinen interessiert. Und in der Sekunde, in der du den einen Schritt machst, bist du auch schon woanders.«

»Woanders?«

»Ja, irgendwo woanders. Vielleicht schon im Innern einer Robbenmutter, so als Robbenbaby, kompakt eingerollt, und wartest auf das Startsignal.«

Er schüttelte nur den Kopf, schmunzelte. Dann zog er die Stirn kraus, als schiebe sich ein anderer Gedanke in sein Bewusstsein. »Willst du nicht alt werden?«

»Wenn ich noch eine Mission haben sollte, werde ich uralt werden müssen. Wenn nicht, will ich aber auch niemandem die Ressourcen wegfressen.« Sie grinste.

»Da vorne!« April zeigte aufs Meer hinaus.

Liv folgte ihrem ausgestreckten Arm. In der Ferne zogen sich Wolken zusammen, sie hörte ein Donnergrollen. Sonst war da nichts zu sehen.

»Die Intertropische Konvergenzzone!« April sprang auf.

Auf dem Display drang die Superjacht in das unterschiedlich weite Band an der schmalsten Stelle ein. April hatte sie exakt auf dieser sehr vorteilhaften Route navigiert und so ihre Verweildauer innerhalb der Zone auf ein Minimum reduziert. Sie ließ sich von diesem kleinen Erfolg nichts anmerken, sagte nur: »Ich gehe jetzt mal auf sieben hoch«, und zog am Mundstück ihres Vaporizers. Damien und Liv hielten weiter die Angelrouten in den Händen, die Schnüre um einen Finger gewickelt, so dass sie auch ja die anbeißenden Fische spürten.

»Angenommen, Liv, du stirbst, und dann ist einfach Schluss?«

»Dann ist es auch okay. Dann gibt's eben keine Liv mehr.«

»Falsch«, sagte er in einem Ton wie ein Politiker im Wahlduell. »Falsch, Liv, falsch. Denn du, Liv, du stirbst nicht, dich wird es immer geben.« Er klopfte auf sein Handgelenk. »Damit, Liv, damit.«

Sie ahnte, was ungefähr jetzt kommen würde.

»Alles, aber auch alles, was du machst, alles, was du postest, was du deinen Freunden schreibst, die Fotos, die du hochlädst, die Streams, die Videos, die Seiten, die du besuchst, was du liebst, was du hasst, alles ist eine Spur. Diese Spuren sind gespeichert, für immer und ewig. Sie sind das Einzige, was am Ende übrig bleibt. Was dich unsterblich macht.«

»Ich dachte, die Daten gehören jetzt endlich mir?«

»Tun sie. Mit dem Armband musst du sie nur kuratieren.«

»Das verstehe ich nicht.«

»Du hast die Kontrolle darüber, was mit ihnen, also mit dem Gedächtnis an dich, passieren soll, was du zeigst, was nicht. Wenn du das den Konzernen und Regierungen überlässt, machen sie aus dir, was sie wollen.«

»Und was ich nicht als Spur hinterlasse?«

»Das hat es nie gegeben.« Er fasste sich abermals ans tätowierte Herz. »Hast du nicht mal gesagt«, fuhr Damien fort, »man würde irgendwann auf unsere Zeit zurückblicken und sich fragen, wie wir mit dem neuen Planeten umgegangen sind?«

»So ungefähr, ja.«

Die Wolken ballten sich und wurden zunehmend dunkler. Der Wind frischte auf.

»Auch ich halte das für sehr wahrscheinlich. Bloß werden unsere Nachfahren sich unsere Spuren, also die Informationen, die wir hinterlassen, teuer einkaufen müssen, weil sie in der Hand der Konzerne liegen werden, denen wir alles gratis geben, und in den Händen der Regierungen, die sich unserer Daten ungefragt bemächtigen. Deshalb das Armband. Es hilft uns, die Daten wieder zu unseren zu machen, zu unserem Leben. Unser Leben in der Zukunft, wenn es unsere Körper längst nicht mehr gibt, wieder unter unsere Kontrolle zu bringen.«

Der Wind frischte weiter auf, erste Regentropfen fielen. Wieder Donnergrollen.

»Was willst du damit sagen?«

»Stell dir bei allem, was du tust, vor, du würdest mit der Zukunft sprechen. Jede Suche, jede Seite, die du aufrufst, ist eine Botschaft an ein Mädchen oder einen Jungen in der fernen Zukunft, die neugierig sind, was du in dieser Sekunde im Jahr soundso gemacht hast. Früher waren die Epochen voneinander getrennt. Ab heute ist es ein ewiges Nebeneinander.«

Etwas zupfte an Livs Finger.

»Damien, ich glaube, es hat einer angebissen.«

Sie umarmte Damien, der wie sie durchgeschwitzt und vor Anstrengung rot angelaufen war. Erschöpft vom Kampf mit dem Fisch, der jetzt neben ihnen zappelte und nach Luft schnappte. Seine Kiemen klappten auf und zu, seine Haut schimmerte wie das Wingsegel bei Nacht. Ein herrliches Geschöpf mit borstigem Kamm, spitz zulaufendem Kopf und flügelartigen Flossen. Damien holte einen Knüppel aus der Kühlbox und hieb ihm mehrere Male auf den Schädel. Bis er nicht mehr zappelte.

Die Leine hatte feine Striemen in Livs Haut gezogen. Die haarnadelbreiten Wunden brannten vom Salz, aber das war ihr egal. Sie hatten den Kampf gewonnen, Damien legte den Arm um ihre Hüfte und zog sie zu sich heran. Vor Adrenalin und Erschöpfung fühlte Liv sich flirrend wach.

Sie blickte auf seinen Arm, der vor ihrer Brust hing: Es hatte *55 Minuten* gedauert, den schwarzen Fisch onboard zu wuchten. Wie Trophäenjäger posierten sie jetzt stolz neben dem erlegten Tier, dessen Augen die Trübe eines Nebelmorgens angenommen hatten. Es war ihre Beute und würde sie reichlich mit Nahrung versorgen.

Liv wendete den Kopf. April stand hinter ihnen, die Hände im Schoß gefaltet, den Kopf gesenkt. »Hast du nichts aufgenommen?«, fragte Liv.

April hielt den Blick gesenkt, doch trotz dieses Winkels sah Liv die Tränen in ihren Augen. »Ihr habt Gefühle füreinander, nicht wahr?«, sagte April.

Damien musste lachen.

*

Seit 34 Stunden regnete es. In Decken gehüllt, kauerten April und Liv auf dem Sofa, zum prasselnden Regen und dem Wellenschleudergang. Überall am Boden lagen Handtücher und

Klamotten verstreut, die in den verstrichenen elf Tagen nach und nach ihren Weg von Aprils Koje aufs Oberdeck gefunden hatten. Fufu hatte eine gelbe und in alle Himmelsrichtungen zerlaufende Pfütze neben den Beistelltischen hinterlassen. Die *Aurora 2* segelte wie von allein auf den Breitengrad null zu, ab und an mussten sie nur nach Frachtern Ausschau halten. Das *Coconut Breakfast Net* spielte irgendwas mit Saxofon.

Liv versenkte sich wieder in den Livenewsfeed: Ein Verdächtiger hatte in einem Schnellzug siebenundneunzig Menschen erschossen. Er sei festgenommen worden, es handele sich um einen Flüchtling, der vor drei Jahren nach Europa gekommen sei. Ein terroristischer Hintergrund liege nahe. Über die alten Medien und Social-Media-Plattformen wurden die Bürger zu Wachsamkeit aufgerufen, da man weitere Taten nicht ausschließen könne. Fotos und Videos der oder des Täters könnten in eine bereitgestellte Cloud hochgeladen werden.

Breitengrad null. Als Äquatortaufe hingen sie bis zum Hals im blubbernden Whirlpool, die Arme auf dem Beckenrand. Champagner kühlte in einem Flaschenständer, sie waren ja immerhin auf einer Superjacht. Damien trank ein Root Beer, April reichte Liv den auf Stufe *3* – purer Genuss und Entspannung – eingestellten Vaporizer. Das Solarsegel leuchtete über ihnen in rasch changierenden Sonnenuntergangstönen. April, vom Champagner mit ungewöhnlich roten Wangen, gestikulierte wild beim Erzählen.

»Bei meiner Äquatortaufe bin ich an einer Leine, die ich um den Mast gebunden hatte, in den dunklen Ozean gestiegen. Danach habe ich getanzt und Lieder gegrölt. Da ging's mir wie dir, Liv.«

»Wie meinst du das?«

»Da hat es bei mir ping gemacht. Ich meine, du kannst ja

nicht allein um die Welt segeln und danach wieder nach Hause fahren und das Kind spielen.«

Gegen Mitternacht schallte Musik aus allen Boxen in die Nacht hinaus. Das Wingsegel warf schrill flackernde Partylichter auf die Szene, Damien hing schief im Pool und saugte am Mundstück. Stufe *8*, aphrodisierend. Wie *193K* andere auch schaute er den Mädchen beim Tanzen zu. Die rieben die Schenkel aneinander und gingen so tief in die Knie, dass sie mit dem Po fast die Planken berührten und schließlich hintenüberkippten.

»Küsst euch!«, rief er, und sie rappelten sich auf und krochen aufeinander zu. Das Wingsegel übergoss sie nun mit einem dunklen, lüsternen Rot, und sie küssten sich und spielten mit ihren Zungen. Aprils Zunge war hart und flink, Liv spürte ihre Hand an den Rippen und ihren knochigen Schenkel zwischen den Beinen. April biss in Livs Lippe und zog daran. Sie schnappte zurück.

Liv linste zu Damien. Der hatte sich in seiner weiten, im warmen Wind aufplusternden Badehose auf den Rand des Whirlpools gesetzt. Ganz ruhig saß er da, die Hände aufgestützt, als wollte er im nächsten Augenblick aufstehen. Wieder spielte Liv mit Aprils Zunge, und als sie das nächste Mal zu Damien schaute, war er verschwunden. Sie hob den Kopf. April tat es ihr nach.

*

Wenn das Wetter hielt, war das ihre letzte Nachtwache vor Nuku Hiva. In 13 Minuten würde ein Frachter mit Kurs auf Brisbane, Australien, sie in einer Entfernung von 4,2 Seemeilen kreuzen.

Das Einzige in ihrem Kopf war jetzt der Gedanke ans Festland, sie wollte sich endlich wieder weiträumiger bewegen können und Pizza. Sie hatte es satt, jeden Tag Fisch und ab und an mal eine österreichische Mehlspeise zu essen. »Will eine Pizza«, sagte sie laut und stellte sich eine riesige Margherita mit über den Rand laufendem Käse vor. Und dazu ein kühles Pazifik-Pale-Ale. April hatte bei den Provianteinkäufen zwar an Champagner gedacht, aber leider nicht an Bier.

Jede einzelne bis hierhin gesegelte Seemeile hakte Liv in Gedanken ab und starrte dabei konzentriert hinaus auf den Südpazifik. *Copilot_Fufu* saß neben ihr im Sessel, das *Magellan Pazific Net* spielte polynesische Klänge: fröhliche Stimmen, die auf und ab gingen und von einer beschwingten Gitarre und antreibenden Trommeln und Rasseln begleitet wurden. Zwischendurch machte Liv ein paar Sit-ups, ging im Kreis, um die Tageschallenge von 26K Schritten zu erreichen. »Komm, Fufu«, sagte sie, und der Hund folgte ihr über die Kombüse ins Freie.

Die Luft war stickig, heiß, tropisch. Laut Liveeinblendung sollte sie sich *schwer* und *ausgelaugt* fühlen. Sie setzte sich auf den Rand des Whirlpools, Wellen hoben und senkten den Bug. Um den Pool war das klare Grau der Planken bereits wieder von bräunlichen Schlieren überzogen. Sie hatten die *Aurora 2* in den letzten Tagen ziemlich vernachlässigt. Fufu rollte sich an ihren Füßen zusammen und schlief ein.

Liv suchte auf dem manchmal viel zu kleinen Bildschirm nach den Marquesasinseln, ein Atoll, auf dem es traumhafte Strände und uralte Nebelwälder geben sollte. Die dort lebenden Menschen waren bunt gekleidet und wurden als gastfreundlich beschrieben. Sämtliche Reiseberichte sprachen von einem der schönsten Orte der Welt. Und die Bilder waren tatsächlich paradiesisch, erinnerten Liv allerdings auch sehr an die Karibik. Klar, hier könnten sie über weichen Sand laufen, aus frisch aufgehackten Kokosnüssen trinken. Sie würden wunderschöne Sonnenuntergänge erleben und dazu authentische Musik hören. Sie würden in Hängematten dösen und sicher auch Ausflüge zu Wasserfällen, zu Höhlen und Vulkanen machen können. Tauchen nach Katzenhaien. Sich von einem Kite den Strand entlangziehen lassen. Mit den Einheimischen Kontakt aufnehmen. Das ganze Programm. Wenn sie ehrlich war, würde sie nach einem kurzen, pizza- und bewegungsreichen Zwischenstopp am liebsten gleich weitersegeln.

Und dann war es wieder da, das schlagartig in ihrem Körper auftretende Verlangen. Auf und ab hob sich der Bug, und sie strich über ihr Armband. Damien war wach, sein Puls war hoch, er befand sich *im Sportmodus, 124 bpm*. Sie ließ sich seinen Aufenthaltsort anzeigen: Er stand in seinem Zimmer, nur zwei Meter unter ihr. Was tat er da mitten in der Nacht? Sie schaltete zu April, und ihre Daten erschienen. Auch sie war in seinem Zimmer. Ihr Puls lag sogar noch einen Tick höher, *129 bpm, Position kniend*. Liv wechselte wieder zu Damien, der sich auf den Rücken gedreht hatte, ging zurück zu April, die jetzt in der Hocke saß, bei weiter steigendem Puls. Liv aktivierte nochmals Aprils Pulsschlag: ein heftiges Pochen an ihrem Arm, penetrant, rhythmisch, erst schneller, dann wieder langsamer werdend. Dann wieder schnell, heftig, ruppig. Und Liv kam es vor, als spüre sie die Stöße noch durch den Boden.

Sie drehte den Arm weg, musste ihre Gedanken umlenken, die beiden aus dem Kopf bekommen. Dann las sie Nachrichten: *Tiger zieht Frau auf Safaritour aus dem Wagen*, schaute sich ein Video von Elam an, der sich ein Video anschaute, das einige seiner Clips, mit Beats unterlegt, zu einem Song montiert hatte. Wischte weiter von Seite zu Seite zu Seite.

Ein tiefes, lang anhaltendes Dröhnen, das ihr Herz flattern ließ, riss sie zurück. Ein dunkler, metallener Kasten, der Himmel, Mond und Sterne verschlang, schob sich von rechts in ihr Sichtfeld. Das Frachtschiff, eine metallene Wand, viel zu nah und immer näher kommend, so dass sie Diesel und Abgase riechen und sogar den Namen – *GROD II* – lesen konnte. Erstarrt saß sie da, die Hände zwischen die Beine geklemmt, der Bug von einem wuchtigen Wellenausläufer hoch in die Luft gehoben und wieder tief ins Wellental krachend, nicht weit von der Wand, nein, ganz nah an der Wand, zu schnell, viel zu schnell.

Und plötzlich riss es sie herum. Die Jacht drehte ab, grub sich ins Wasser, leitete eine scharfe Wende ein. Liv kippte nach vorn, schlitterte auf die Reling zu und bekam sie gerade noch zu fassen. Es riss sie von der einen zur anderen Seite, im hell erleuchteten Cockpit erblickte sie April und dann Damien, der die Tür zum Deck aufstieß, sich schlingernd zu ihr vorkämpfte und sich über sie warf. Seine Haut auf ihrer Haut, sein pochendes Herz an ihrem Rücken.

Sie saßen um den Küchentisch, warme Tassen mit den Händen umklammernd. Tee zur Beruhigung der Nerven. April starrte auf ihr Display, Damiens Lippen bewegten sich, ohne jedoch eine Silbe zu formen.

»Es tut mir leid«, sagte schließlich Liv. Es tat ihr wirklich unendlich leid. Ihr Herz hämmerte noch immer.

April tippte rhythmisch mit ihrem lackierten Fingernagel auf das Display, als imitiere sie den Morsecode eines in Seenot geratenen Schiffs.

»Wir waren viel schneller. Es hätte nicht passieren dürfen. Ich habe die Warnsignale nicht gehört –«

»Immerhin gehen wir viral«, sagte Damien mit der Andeutung eines Lächelns.

»Das ist mir total egal«, fiel Liv ihm barsch ins Wort. Es spielte doch keine Rolle, wie unterhaltsam das war. Sie hatte alle in Gefahr gebracht, hatte ihre Aufgaben vernachlässigt und die Crew verraten. »Das werde ich dir nie vergessen, April«, schob Liv hinterher und sah ihr direkt in die Augen.

April erwiderte ihren Blick, dann aber schüttelte sie nur den Kopf und vertiefte sich wieder in ihr Armband.

Das Schweigen im Raum war unerträglich. Liv musste etwas einfallen, irgendetwas, das die beiden aus ihrer Sprachlosigkeit holte. Sie dachte an eine Serie, die sie sich vielleicht zusammen anschauen könnten. Aber sie verwarf den Gedanken gleich wieder bei der Vorstellung, schweigend nebeneinander auf einen Bildschirm zu starren. Vielleicht sollten sie etwas spielen, ja, das hatte ihnen doch Spaß gemacht, dieser vergebliche Versuch, im aufdrehenden Wind einen Federball hin und her zu schlagen. Und wie Fufu dem verwehten Ball stets nachgesprungen war und einige Male fast mit ihm ins Wasser gefallen war.

Sie sah sich nach dem Hund um, der sie mit seinem treuen und zutraulichen Wesen sicher wieder auf andere Gedanken bringen könnte. Doch er war nirgends zu sehen, nicht hier in der Küche, und auch im Salon war er nicht. Liv riss es in die Höhe: »Fufu? Wo ist Fufu?«

Franz, 8

Die Runden im vorderen Bereich des Eden gehen heute allesamt auf mich (wie es aussieht, habe ich wegen der Bildrechte mehr Geld als nötig). Mutters Prinzip war es, stets zwanzig Prozent der künstlerischen Einnahmen an notleidende Künstlerfreunde fließen zu lassen. Einer davon ist Valentin. Ganz still ist er heute. Nicht wie die anderen, die schon an unsere Tafel anbauen mussten und mit ihrem Krach das komplette Lokal eingenommen haben. Es ist wirklich sehr laut. Mir gegenüber sitzt Fanny im Matrosenkostüm, beim Sprechen und Gestikulieren klimpern wild ihre Armreifen, und die Band schlägt wie besessen auf die Instrumente ein, die Frau singt in ihrer tiefsten Stimme, und ich mag das Leid darin sehr.

Die Leica baumelt mir vor der Brust, und alle paar Minuten kommt einer der Freunde von hinten und berührt mich, sagt etwas oder will sich die Kamera vorführen lassen. Der ganze

Tisch und die Tische ringsum unterhalten sich über nichts anderes als meinen Schnappschuss (oder meine blauen Velvethosen). Gleich mehrere Abendzeitungen machen die Runde. Tritt einer der Zeitungsjungen auf, winken wir ihn heran und kaufen uns die neuesten Schlagzeilen. Der Schnappschuss wird besprochen und immer mehr auch der Jungfotograf *Frey* aus dem *Eden*.

Sogar bis zum Pissoir begleitet mich dieser Schein, denn jemand (der schwarz gekleidete Schlagzeuger mit der hochgekrempelten Hose und den schrillen Socken) folgt, und ich erzähle (angetrunken) die Geschichte, wie ich bei den Blumenfrauen in der Großmarkthalle Kiki entdeckte und sie dachte, ich sei ein großer Reporter, und wie sie mir um den Hals fiel und ins Ohr flüsterte, ich sei dazu auserkoren, einen Blick hinter die Kulissen des schweren und zehrenden Daseins im Glanz der Scheinwerfer zu geben. (Ich mag nicht, wie ich es ihm so erzähle. Aber ich tue es dennoch.)

Zurück am Tisch, setze ich mich wieder auf meinen Platz, und obwohl Valentin am Kopfende sitzt, macht er das, was ich sonst mache: Er guckt sich den Tisch vor sich an, unter dessen Platte er seine Hände versteckt.

»Sag was«, ermuntere ich ihn mit neuem Selbstbewusstsein.

Er schaut auf, versucht zu lächeln. Doch von innen scheint das Gegenteil durch, das bemerken sogar die rauchenden Spanier am anderen Tischende.

»Hast du Halsweh?« Ich wundere mich über meine Stimme, mit der ich neuerdings spreche. Sie ist ganz rein und kräftig und deutlich und bestimmt.

Er murmelt kryptisches Zeugs, keiner an der Tafel kann ihn verstehen, kratzt sich am Hals, seine Finger zittern.

Und dann mache ich etwas, was am ehesten an Pantomime erinnert. Ich öffne den Mund, imitiere ein Glied, das mir in den Mund fährt und die Wange beult. Und alle lachen bis zu den Spaniern hinunter. Denn es ist genau das, was sich Valentin am sehnlichsten wünscht. Doch er steht nicht dazu (wir alle wissen das).

Als das Lachen verebbt, sage ich nur: »Sorry«, und reiche Flora Privat herum. Die Band spielt passend los, draußen ist es wieder dunkel, ein Montagabend, und Rauch steigt über unseren Köpfen auf.

Wir tanzen, und als wir an die Tafel zurückkehren, ist Valentin verschwunden. Ein feiner Herr mit Hut hat sich auf seinen Platz gesetzt. Wir kennen ihn alle. Es ist auf einmal andächtig still. Er sieht mich an (hat buschige Augenbrauen, tiefe Falten, schmale Lippen, einen dichten Oberlippenbart), greift in seine Brusttasche und holt einen schwarz-seriösen Notizblock hervor. Er klappt ihn auf (liniert) und dreht die Verschlusskappe seines Füllfederhalters. Mie Pauline reicht mir von der Seite eine bereits angesteckte Flora, die ich mir nur in den Mundwinkel zu stecken habe. Vor der Brust des Herrn baumelt eine mächtige Kamera mit Blitzfunktion.

Es ist der rasende Reporter.

»Erzählen Sie«, sagt er knapp, und ich erzähle drauflos, aber mir fällt nichts Originelles ein. Ich erzähle schlicht gestern (oder war das vorgestern?) nach, also von ganz vorne, als ich am Eingang des Warenhauses stand, bis hin zum Dornbusch, von dem ich mir die Wunden geholt habe. Er hört mir aufmerksam zu, fragt zu unserer Verwunderung an keiner Stelle nach. Erst als ich vom Transfokator spreche, der wir werden sollen, erst in dieser Sekunde beginnt er in seinen Notizblock zu schreiben. Und hört nicht mehr auf.

Als er fertig ist, erhebt er sich wortlos, nickt einmal in die Runde und geht (ohne sich von mir zu verabschieden, was mich gleich wieder verunsichert und die Velvethosen vergessen lässt) die sieben Stufen hinunter ins Schwimmerbecken.

Bis Mitternacht tanzen wir, und weil ich unverdrossen das eintreffende Instantgeld der Bildrechte (verpackt in Instantkuverts) in Freigetränke investiere, verwandelt sich das Eden in nichts weniger als einen Tanzclub. All die Schwärmer einer Montagnacht werden angezogen, ein Pulk hat sich vor der Tür gebildet, und unser Boxer hat alle Hände voll zu tun, um die Angenehmen von den Unangenehmen zu trennen.

Sie sagen, eine Reiterstaffel nahe. Uns ist das egal, wir haben die Tische zur Seite geschoben, die Stühle aufeinandergestapelt – wieder zerschellt ein Glas. Die Lichtmaschine ist angeschmissen, und wir kippen im Rhythmus der Trommelschläge unserer Band, Gin Orange. Die Schlagzeilen treffen jetzt im Minutentakt ein und werden durch den Raum gerufen. *Kiki, die wahre Story* oder *Wer ist Jungfotograf Frey?* Oder *Ein neuer Stern am Berliner Künstlerhimmel, Seite drei: Frey!* Die Besten greifen wir auf und überschreiben die Schlagzeilen vergangener Zeiten an den Wänden mit krakeligen Handschriften. Es ist ein komisches Gefühl, dass die Stadt einzig und allein über dieses Foto zu sprechen scheint und diesen neuen Reporterstern am Himmel, den sie Franz Frey nennen. Alles andere ist in dieser Nacht auf hintere Seiten verdrängt: die mittlerweile 4200 Toten des Hurrikans, dessen Namen sie nicht mal mehr erwähnen (und den auch du sicher vergessen hast), sogar dass Stalin dem Zeppelin sein »pravda« gegeben hat. Lediglich der mysteriöse Katzenjunge, der weiterhin sein Unwesen treibt, holt auf. Bilder kursieren, auf denen er aus einem Gully klettert (er lebe im Kanalsystem der Stadt, heißt es, und steige den Berühmtheiten in die privaten Gemächer nach, ein Lustmolch, der sich an Frauen heranschleiche und sie unsittlich berühre).

Dann passiert es. Eine Dame im Nerz (ist nicht Sommer?), dunkel geschminkt, Efeu im schwarzglänzenden Bubikopf, stolziert die sieben Stufen hinauf und läuft schnurstracks auf mich zu (der ich gerade der Fanny am Hals hänge). Die Dame stellt sich vor, und ich vergesse gleich wieder ihren Namen. Ich stelle mich vor, sie sagt nur: »Ich weiß.« Fanny lässt von mir ab, und die Dame sagt: »Kommen Sie«, und greift nach mir. Sie ist kalt wie ihre ganze Erscheinung, blutarm, nüchtern.

Unter den Blicken der anderen verlassen wir die Szene und schreiten die sieben Stufen hinab in das blau gekachelte Schwimmerbecken, das niemand von uns jemals betreten hat.

Ein paar runde Tische stehen lieblos verteilt auf dem Kachelboden, drum herum sitzen gekrümmte Gestalten, einer ist vornüber in einen (zum Glück ausgelöffelten) Suppenteller gekippt. Rauch steht in der Luft. Es riecht nach Zigarre und zu dick aufgetragenem Parfüm. Die Männer tragen abgewetzte, altmodische Röcke, die Frauen sind in die Kluft aus der letzten Saison gepresst. Andere versuchen sich an unseren Flappern. Die Tücher umhüllen sie zu aufgesetzt, übergroß. Sie bitten mich an die Tische, und wir schütteln uns altmodisch die Hände. Es sind Namen, die hier sehr wichtig erscheinen. Oft nacheinander werden sie vorgetragen. Ich höre nicht hin, ich sehe nicht mal ihre Gesichter (ich fühle mich auf einmal unwohl in meiner zu neuen Hose). Das sind also die Neuen Sachlichen, die großen Leinwandstars, Celebritäten?

Ich setze mich an den ersten Tisch, und wir rauchen verkohlt schmeckende Zigarren. Dem rasenden Reporter und anderen sehr schlauen Menschen (Intellektuellen) gegenüber. Sie trinken extreme Mengen echten toskanischen Wein und lassen mit abfälligen Gesten beim Kellner (den ich von dadaistischen Auftritten her kennen sollte) anschreiben. Der spricht alle mit vollem Namen an, auch mich (was mich inzwischen nicht mehr wundert). Ab und an wird über gesellschaftliche Zustände diskutiert. Jedoch aus einer Distanz, die nur ein Intellekt herstellen kann. So ist es nicht überraschend, dass sie sich so weit zu Spekulationen aufschwingen, dass sie von da oben nichts anderes als den bevorstehenden Untergang der Welt mehr wittern. Das mag stimmen, nur bringt es doch keinem etwas, wenn sie es sich nur gegenseitig in die Ohren brüllen (ja, auch hier ist es laut wegen all der Stimmen). Am liebsten würde ich ihnen raten, mal auf ordentlich russische Art die Gläser an den Wänden zerschellen zu lassen oder mit der Schwebebahn in ihnen unbekannte Stadtteile zu fahren.

Keinen Satz bringe ich jedoch heraus, weil niemand mich irgendetwas fragt, niemand etwas von mir hören möchte. Denn sie denken, ich sei nur Auge, könne nur gut sehen, mit meiner Leica, die ich ihnen vorzustellen habe (eigentlich wollen sie nur von mir porträtiert werden). Nach den Fotos erkläre ich ihnen den Entwicklungsprozess (das interessiert sie dann doch). Ich schildere die Dunkelkammer (mein Apartment) und lasse all mein Halbwissen über leicht entzündbare Chemikalien und andere Dinge geschickt einfließen. Zuletzt fällt stets die Frage nach meiner politischen Gesinnung, und ich positioniere mich so uneindeutig, wie es geht. Weil ich daran nicht glaube und das anderen überlasse. Frage mich (ohne es zu erwähnen), warum es eigentlich nur links und rechts und kein oben und unten, innen und außen gibt.

Auf diese Art zerrinnen die Stunden. Es ist sehr ermüdend, ich bin sehr unbeteiligt, und bald sehe ich wie sie, abgewrackt und nüchtern und blutarm, aus. Reihum werde ich gereicht, wie Minzpastillen im Etui. Ich habe mich zu ihnen an die Tische zu setzen, und sie lutschen an mir, kosten mich von allen Seiten und spucken mich verbraucht dann wieder aus.

Jemand musste mich retten. Es war Fanny, die sich gegen die Konventionen auflehnte, ins Schwimmerbecken eintauchte, die Ellbogen links und rechts robust ausgefahren (ein großer Tumult), und mich wieder hinaufzerrte. Die Schwimmer sprangen empört von ihren Stühlen, fuchtelten mit knochigen Zeigefingern in der Luft, warfen der mutigen Fanny allerlei gehobene Ausdrücke hinterher.

Nun sind wir in Sicherheit. Das Eden hat sich mittlerweile in Sodom und Gomorrha verwandelt (der Fußboden schmatzt unter unseren Schritten vor lauter ausgekippten Getränken), und auf dem Boulevard sieht es ähnlich aus: Straßenschlachten gelangweilter Vermummter mit der berittenen Schutzstaffel. Alle sind froh, dass ich wieder da bin, dass es endlich weitergeht. Gut, ich lasse einiges Instantgeld am Bartresen liegen, dann stolpern wir auf den Boulevard hinaus: das Funkeln und Glitzern der Reklame, die schallende Musik aus den Lokalen, um den Körpermittelpunkt wirbelnde Montagsschwärmer.

Ich (mit Fanny an der Hand) stelle mich einigen Automobilen in den Weg, bis es genügend sind, den harten Kern vornehm mitzunehmen. Die Verdecke der Wagen klappen wir nach hinten und stellen uns auf der Rückbank gegen die lauwarme Nacht. »Zur Schwebebahn!«, rufen wir unserem Chauffeur zu. Wenn wir langsamer werden, grölen wir zu Gleichgesinnten und ziehen sogar noch zwei junge Dinger mit an Bord. Es bräuchte nicht lange, und bald hätten wir das eigentliche Großberlin vereint. In den Stuben der geschwürartigen Gründerzeitfassaden ist es längst gutbürgerlich dunkel.

Wir schweben im vordersten Shuttle zwölf Stockwerke über der Stadt. Sie wollen wissen, wie es war im Freischwimmerbecken, und ich zucke nur mit den Schultern. Das Shuttle gleitet geräusch- und schwerelos dahin, und ich würde gern diese Momente aufsaugen und konzentriert durch den Sucher gucken. Die Stadt von weit oben (tolle Bilder). Doch immer rupft Small Talk an mir – »du, Franz« –, und es kommt mir mittlerweile vor, als ginge es nicht mehr darum, sich mit mir zu unterhalten, sondern überhaupt mit mir zu sprechen.

Und schon sind wir da und steigen am Luftbahnhof Nollendorfplatz aus und ziehen am Gleis ein paar Nussriegel aus dem Münzautomaten. Wir gleiten mit dem Lastzug ins Erdgeschoss, und unten auf der Straße führt Fanny an. »Crawlen wie Kiki«, sagte sie und will uns die neu installierten und vollständig illuminierten Zimmerspringbrunnen im Ballhaus Femina zeigen: »Bis unter die Decke sprudeln die, und an den Tischen haben sie Telefone und Rohrpostanlagen.«

Femina – das Ballhaus Berlins, strahlt es dann halogen an einer dieser neuen und sachlichen Fassaden. Aus herannahenden Automobilen steigen bunt gekleidete Paare, aber auch viele in Schwarz gehüllte Singles mit scharfen Seitenscheiteln nach amerikanischem Vorbild. Das Gebäude liegt im Dunkeln, nur aus dem breiten und gläsernen Eingang leuchten die tausend Glühbirnen zu einem Lichterhimmel, der sich über die Köpfe der Eintretenden wölbt und sie glamourös hineingeleitet.

Ein Boxer im purpurnen Anzug (der nicht zu uns gehört) trifft eine Vorauswahl. Fanny hat es mit der Ungeduld und kämpft sich nach vorn, verhandelt mit ihm. Er schüttelt den kahlen Schädel, aber sie bleibt hartnäckig und zeigt auf mich (was mir leicht peinlich ist). Der Boxer winkt mich her (was mir noch peinlicher ist).

»Ihr drei dürft rein«, sagt er. »Du und die Mädchen.« Er meint mich und die Mädchen, die (subjektiv betrachtet) am besten aussehen.

»Sorry«, sage ich zu unserem Tross, und es tut mir wirklich leid, aber so ein Glanz bin ich noch nicht, dass ich sie alle hineinbringen kann.

Liv, 9

Im Jachthafen einer Südpazifikinsel, Promenaden und Souvenirläden, der Rest ein ansteigender Vulkan. Gelassen und mit aller Zeit der Welt schlenderten die Segler umher, ihre Blicke auf die polynesischen Holzschnitzereien und schwarzen Perlen gerichtet. Jemand hatte sich ein Handtuch um den Hals gelegt und hinterließ eine Wasserspur auf dem Beton. Allesamt Segler, die sich per Namen und dem ihrer Jachten kannten und sich als Teil einer großen Flotte begriffen. Ihre raumgreifenden Schritte und Gesten deuteten darauf hin, dass sie den Kurs im Leben endlich selbst bestimmten. Ein Pärchen im Midlife-Crisis-Alter lief händchenhaltend zu den Segelbooten, die Masten schwankten trotz spiegelglatten Wassers. Eine ältere Dame mit Sonnenhut und segelbrauner Haut schaute gebannt zur größten dieser Jachten.

Damien, April und Liv hatten sich den frühen Abend für

ihre Ankunft ausgesucht. Die milde Abendsonne ließ sie großartig aussehen in ihren kobaltblauen Landuniformen. Sie trugen Dreiviertelhosen und bauschige Blusen mit weiten Seefahrerkragen. Kistenweise trugen sie ihr Hab und Gut von Bord und stellten es zum Verschenken auf den Steg. Andere Seglercrews und auch Einheimische durchwühlten sofort die Sachen und karrten Teile davon zu ihren Booten oder zur Hafenpromenade. Beinahe das gesamte Geschirr hatten sie aussortiert, lediglich jeweils drei Teller, Messer, Löffel und Gabeln waren geblieben. Den Flatscreen des *Play*-Zimmers, den Liv kein einziges Mal benutzt hatte, schleppten gerade zwei junge Männer weg. Aprils Klamotten, in blaue Säcken gestopft, und die gigantische Couch folgten. Die gesamte Einrichtung, die nicht ursprünglich als Teil der Jacht mitkonzipiert worden war, verteilte sich bis zur Uferpromenade hin.

Damien wischte sich den Schweiß von der Stirn. »Wir haben das Schiff, wir haben das Meer, wir haben uns. Was brauchen wir noch?« Er hakte sich bei April und Liv unter, und so standen sie vor der nun entkernten Jacht, und die Segler und einige Einheimische machten Selfies mit ihnen und der *Aurora 2* im Hintergrund. Irgendjemand aus der zuschauenden Menge applaudierte.

»Pizza, dann weiter?«, fragte Liv.

*

Das Armband weckte sie mit Vibrationsalarm. Wie jeden Morgen studierte sie im Liegen ihre nächtlichen Phasen. Sie hatte wenig und nur sehr unregelmäßig geschlafen und war nicht ein einziges Mal in den Tiefschlaf gefallen. Eine ausschlagende Kurve war mit *Albtraum* markiert, woran sie sich aber nicht erinnerte. Eine andere, aus welchem Grund auch immer pink eingefärbte Kurve umfasste den Zeitraum, als sie sich selbst befriedigt hatte. Sie war, wie die Nächte zuvor, den Vorgaben gefolgt, vor dem Einschlafen keinen Alkohol zu konsumieren und eben nach einem Orgasmus zu entspannen. Doch das war nicht leicht, wie die steil abfallende Kurve und das massive Zähneknirschen in fast allen folgenden Phasen mahnend bestätigten.

Ihr linker Kiefer schmerzte besonders, vergebens versuchte sie die Backenzähne zusammenzubeißen. Am liebsten würde sie den ganzen Tag in ihrer Koje liegen bleiben. Alleine die Vorstellung, Damien und April über den Weg zu laufen, löste ein beklemmendes Gefühl in ihr aus. Die Schuld über Fufus Tod, aber auch ihr unnötig provokatives Verhalten. Und dann war da noch Elam. Jedes Mal, wenn sie die Augen schloss, reckte er die Arme theatralisch in die Höhe und schrie vor Trauer. Nuku Hiva lag bereits 563 nautische Meilen hinter ihnen. Seitdem hatte sie es also nicht mehr gewagt, nach Elam zu suchen oder sich direkt bei ihm zu melden. Liv hasste sich dafür. Aber sie wusste auch, dass sie ihren Kopf wieder nur gänzlich damit ausfüllen würde.

Von der Horizontalen in die Vertikale. Anziehen. Ein Blick durchs Fenster: Immerhin stand ihnen ein schöner Tag bevor. Schön, weil es nicht zu heiß war und starker Wellengang herrschte. Sie liebte den Wind. Möglichst viel Wind. Worauf sie keine Lust hatte, waren all die Inseln und Atolle, die auf ihrer Route lagen: die Societie-Inseln, der Tuamotu-Archipel, Rarotonga, die Cook-Inseln, Niue und Tonga. Alles Namen, die wiederum Hunderte kleinere Flecken Erde mit Vulkanen und Strandpromenaden umfassten. Am schlimmsten fand sie aber die Vorstellung von Tausenden Segelcrews, die diese Route mit ihnen teilten. Weltumsegler im Glanz ihrer obligatorisch weißen und sie irgendwie an Tennis erinnernden Seglerklamotten. Sie könnte tausend Stunden herumüberlegen, ihr würde nicht einfallen, was sie mit solchen Leuten reden sollte.

Damien rüttelte an ihrer Hand. Das tat er neuerdings immer dann, wenn April kurz davor war, etwas öffentlich zu machen. Livs Job war es dann, das Spotlight, das, aus welchen Gründen auch immer, vor allem auf sie gerichtet blieb, auf April umzulenken. Ja, und da war es schon. April startete einen Livestream und lobte als Tageschallenge »Nackt auf dem Vorderdeck« aus. Nackt musste seit Nuku Hiva irgendwie alles sein, und war man erst einmal nackt, blieb man es auch. Ohne sich anzuschauen, was genau April da eigentlich streamte, teilte Liv den Link mit all den Menschen, die nur darauf zu warten schienen, dass etwas in ihrem Leben passierte.

Sie drückte die Tür zum Gang auf. Auch da saß er wieder, schwanzwedelnd, Fufu. Fufu, der ihr ins Bad und überallhin gefolgt wäre und ihr sogar beim Zähneputzen zugeschaut hätte.

Während die Bürste in ihrem Mund nach vier verstrichenen Intervallen wieder von vorne begann, schaute sie sich doch Aprils Stream an: Damien lag bäuchlings auf den schlierigen Planken, sein Po wölbte sich wie zwei sanfte Hügel. April sonnte sich daneben auf dem Rücken, sie musste die Kamera in einem sehr flachen Winkel auf dem Boden platziert haben, denn ihr Körper verdeckte komplett den sicher spektakulären Ozean. Ihre auffallend unterschiedlich großen Brüste zeigten irgendwie immer in die falsche Richtung. Ein paar Herzen stiegen ins Livebild auf, doch trotz nackter Haut generierten sie kaum Aufmerksamkeit.

Liv spuckte die Zahncreme ins Becken und wusch sich das Gesicht. In ihren Gedanken zog es Fufu in einem Strudel nach unten, ein Bündel aus Fleisch und Haaren, von unsichtbaren Kräften in die Tiefe gerissen. Und auf dem mondkraterartigen Meeresgrund lag auch Elam starr da, halb in den Schlamm gesunken, die Arme an die Seiten seines Körpers gepresst. Liv spürte eine Träne die Wange hinuntergleiten, wartete, bis sie sich am Kinn sammelte, anschwoll und ins Becken tropfte. Dann schlug sie mit der Faust gegen die schwarzen Mosaiksteine.

Die Vormittage verbrachte sie meist auf dem Unterdeck. Jemand hatte ihr einen produktiv-kreativen Umgang mit der schwierigen Situation auf der Jacht angeraten, und mithilfe einer *Okey_Ikemelu_Okeke* hatte sie sich in die Funktionen des 3-D-Druckers eingearbeitet. Über einen öffentlichen Videocall lernte sie die Installation der Patronen und das Handling der Bedienoberfläche, außerdem hatte man ihr eine Open-Source-Software zum Gestalten von allerlei Materialien weitergeleitet. In solchen Momenten liebte Liv ihre Community, die doch hilfreicher und irgendwie menschlicher war, als sie und sicher viele andere angenommen hatten.

Das weiße Shirt war ihr jedoch zu breit geraten und reichte fast bis zu den Knien. Als Screenshot war der hopsende Fufu verewigt, darunter trug sie nur einen Slip. Sie schlenderte vom Unter- zum Oberdeck, beim Eintreten in den komplett leergeräumten Salon blendete es von allen Seiten: Sonnenstrahlen, die ihr, tausendfach vom Meer gespiegelt, in die Augen stachen.

Auf den bloßen Planken erblickte sie die beiden. Die Schiebetüren glitten zur Seite, Damien hob den Kopf. April, deren Brüsten ein heftiger Sonnenbrand drohte, beachtete sie nicht.

»Tata!«, machte Liv und zeigte sich.

Damien reckte den Daumen nach oben, seine Haut hatte einen noch dunkleren Teint bekommen. Vor April tönte ein Film oder eine Serie, es klang, als würde gerade jemand bei lebendigem Leib verbrennen. Neben ihren etwas verkrampft angewinkelten Beinen ruhte der Vaporizer.

Liv setzte sich im Schneidersitz dazu. April fasste sich ans

Ohr, das Geschrei ging nun in ihren In-Ears weiter. Auf einem Teller stapelten sich Knödel, in einer Tasse schwappte eine helle Flüssigkeit synchron zum Meer. Die Sonne stand hoch und warf kurze dunkle Schatten.

»Mit Marillen- und Pflaumenfüllung«, sagte Damien.

»Toll«, erwiderte Liv.

»Du musst die Knödel so lange in siedendem Wasser köcheln lassen«, erklärte er ihr und der Community, »bis sie an die Oberfläche steigen.«

»So, so.« Liv massierte ihre linke Hand.

»Willst du das Rezept?«

»Gern«, sagte sie, obwohl sie nicht vorhatte, die Knödel jemals nachzukochen. Aber sie fühlte sich noch immer schuldig und war bemüht, so angenehm und nützlich wie möglich zu sein.

Sie legten die Arme übereinander, doch Liv spürte nichts. Keine Nähe, auch keinen kühlen Windhauch, der über ihren Nacken blies. Nichts. Als Damien den Arm wieder hob, verblieb nur ein Schweißfilm auf Livs zweiter Haut.

In einem Fenster konnte sie den Fortschritt des Druckers verfolgen. Gezielt an April gerichtet, sagte sie: »In 22 Minuten ist dein Shirt fertig und in 53, Damien, deins.«

April blickte auf: Einige zickzackförmige Äderchen waren in ihrem Augenweiß geplatzt, um den Hals hatte sie etwas zugenommen. Aber abgesehen davon, sah sie okay aus. Sie deutete ein kurzes Lächeln an.

»Das ist lieb.« Damien zerteilte mit einem Messer einen der Knödel, in dessen Innern sich eine violette Pflaume zeigte, und goss aus der Tasse einen Klecks Vanillesoße darüber.

»Hat eigentlich jemand eine Ahnung, wo die Gabeln sind?«

April rollte mit den Augen.

»Dann wohl so«, sagte Damien, nahm eine der triefenden

Hälften mit bloßen Fingern auf und biss, leicht zögernd, hinein.

»Nein danke.« April machte ein paar hektische Kreisbewegungen auf ihrem Armband.

Liv hatte wieder gigantischen Appetit, das musste die Seeluft sein. Während sie einen Knödel nach dem anderen verspeiste, registrierte sie, dass sie wegen all der bevorstehenden Inseln zunehmend ungeduldiger wurde. Ein Gefühl, das sie nie lange unterdrücken konnte, außer indem sie etwas Neues anfing. Aber was wollten sie hier noch Neues finden?

»Wart ihr schon mal in Neuseeland?«, fragte sie ganz vorsichtig.

»Noch nie«, sagte Damien.

»Wie lange brauchen wir noch?«

Damien schaute zu April, die wieder die Augen verdrehte und ihren zischenden Laut ausstieß. Dann schnappte sie sich den Vaporizer und richtete sich umständlich auf.

»Was hab ich falsch gemacht?«

»Schau dich doch mal um.« April sprach viel zu laut, als habe sich lange etwas in ihr aufgestaut. »Merkst du nichts?«

Liv blickte um sich. Es sah alles sehr aufgeräumt aus, das Wetter war auch nicht schlecht.

»Glaubst du, ich habe Lust, den ganzen Tag auf dem Boden rumzuliegen und mit den Fingern zu essen?«

»Aber wir können ja –«

»Der Salon ist komplett unbrauchbar und nur weil du nie im Kinosaal warst –«

»Kinosaal?«

»Heißt das noch lange nicht, dass wir nicht auch gern mal einen Film sehen würden.« April drehte sich noch im Reden um und verschwand in den Salon, in dem sie eine Weile unschlüssig herumstand, bevor sie sich planlos wieder auf den Boden setzte.

»Ups«, sagte Liv.

»Du musst sie verstehen«, sagte Damien.

»Nein, ich verstehe nicht, was das Problem ist.«

»Es ist alles sehr unbequem geworden. Das war keine gute Idee.«

»Aber wir haben ja noch den Drucker.«

»Solche Sachen passieren nur in deiner Fantasie.«

»Ich habe immerhin das Shirt entworfen.«

»Ein Shirt ist aber keine Couch und noch lange kein Fernseher.«

Liv stützte sich nach hinten ab. Sie hatte keine Lust mehr weiterzudiskutieren. Das führte alles zu nichts. Der Bruch mit April war unumkehrbar. Und auch in Damiens Blick zeigte sich, dass er längst Partei ergriffen hatte.

»Für April ist das kein normaler Trip. Sie hat viel zu verlieren, verstehst du?«

Am Horizont zeichnete sich eine Insel ab. Oder war es nur der Rücken eines Wals?

»Sie war mal ganz oben, ein Idol für viele. Sie hat die Menschen begeistert, und daran wird sie jetzt gemessen.«

Liv sah auf ihren Unterarm. Immerhin, ihre Freunde liebten den hopsenden Fufu.

»Du kannst sie dabei unterstützen, binde sie noch mehr in deine Posts ein, seid wild, spontan, verrückt.«

Liv blickte Damien direkt an. Eine erschreckende Verzückung funkelte in seinem Gesicht, in seinen Augen, als meine er das wirklich ernst.

»Wir leben hier nach unseren Regeln«, sagte er, betont energiegeladen: »Ihr seid frei, macht, was ihr wollt.«

»Meinst du das ernst?«

»Frei, ja, seid wild, macht verrückte Sachen.«

Liv musste lachen, fing sich dann aber schnell wieder. »Du bist enttäuscht von uns, nicht?«

Er dachte kurz nach, sagte dann: »Nein, enttäuscht nicht.«

»Hast du erwartet, dass wir mehr Aufmerksamkeit produzieren?«

»Generieren.«

»Okay, das.«

Er dachte wieder kurz nach: »Nein, auch das nicht.«

»Ich verstehe diesen ganzen Trip eh nicht mehr«, sagte Liv. »Das ist die Wahrheit. Ich meine, es ergibt doch alles keinen Sinn. Du hast gesagt, ihr hättet keine Lust mehr auf den Hass und so in eurem Land, und dann seid ihr auf dem Schiff, und ich sehe euch, wie ihr euch den ganzen Tag eine Headline nach der anderen anschaut. Ihr könnt doch nicht von dem Wahnsinn fliehen wollen und dann gleichzeitig das Internet mit aufs Schiff nehmen. Ehrlich, das ist total unlogisch.«

»Ein guter Punkt.« Er fuhr sich mit dem Daumen über die Lippen.

»Und das mit der neuen Haut, das fühlt sich nicht richtig an. Ich will es doch spüren, wenn ich so was jeden Tag an mir kleben habe.«

»Zurück zur Smartwatch?«

»Nein, gar nicht. Eher so ein flauschiges Tennisarmband, in bunten Farben, gescheckt oder als Regenbogen und so.«

»Macht dich mit deinem Regenbogen nicht lächerlich«, sagte er und fuhr sich abermals über die Lippen.

»Warum machst du das eigentlich die ganze Zeit?«

»Was?«

»Das mit dem Daumen?«

»Was habe ich gemacht mit meinem Daumen?«

»Ist auch egal.« Liv sah auf ihr Display: aufsteigende Herzen. Ihrer Community gefiel diese Auseinandersetzung. Und es fühlte sich auch befreiend an, Damien derart irrational anzugehen. Sie wusste, dass er enttäuscht war, dass er sich mehr Abenteuer versprochen hatte. Lustigere Abende, bestimmt auch interessantere Unterhaltungen über die Zukunft der Welt. »Wir sind dir viel zu brav, nicht?«

»Ich weiß es nicht.« Er legte den Kopf in den Nacken.

Liv folgte seinem Blick. Es war immer noch ein wolkenloser Himmel. Es gab nichts mehr zu sagen. Sie musste nur irgendwie die Zeit bis nach Neuseeland herumkriegen. Es ging doch nach Neuseeland?

»Ich spüle mal das Geschirr«, sagte sie.

Er schaute sie entgeistert an.

»Nein, so meine ich das nicht. Ich meine das nicht ironisch. Ich dachte nur, wir sollten mal wieder in der Küche sauber machen. Ich wollte damit nicht andeuten, dass mir nichts Verrückteres einfällt, als sauber zu machen –«

»Schon gut«, sagte er auf eine Weise, die diese Bruchlinie zwischen ihnen noch einmal nachzeichnete. Dann schaute er ihr, zum ersten Mal in dieser Vehemenz, für einige Sekunden auf ihre sich unter dem Shirt abzeichnenden Brüste.

»Dann geh spülen«, sagte er, ohne ihr noch mal in die Augen zu sehen.

Liv wusch die Messer, die zwei Töpfe und Teller ab, schrubbte den Ofen, den Gasherd, die Kacheln, den Kühlschrank, innen wie außen, den Boden, die Wände und sogar die Decke. Ein Geschirrtuch fand sie keins, wahrscheinlich stapelten die sich jetzt fein säuberlich in irgendeiner anderen Jacht.

Vom Unterdeck holte sie das zweite, noch lauwarme Fufu-Shirt und begann, das Geschirr damit abzutrocknen. Währenddessen nutzte sie die Zeit, um mal wieder auf Mutters unzählige Voicemails zu reagieren. Die schwärmte von einem gerade beendeten Beitrag für *Social Text*, worin sie neben Zitaten aus Fachzeitschriften für Physik auch Zitate aus postmodernen wissenschaftskritischen Artikeln aufführte, als würden Erstere die Letzteren in ihrer Argumentationslinie unterstützen. Es war immer so mit Mutter. Je mehr sie von ihrer Arbeit erzählte, desto verworrener wurde es. Vater hingegen befand sich in einem leicht nachvollziehbaren Kampf mit einem seltenen Monster in der Strandarena Frishman.

Die Delfine sind in Gefahr!, postete April, als Liv gerade das letzte Stück verräumte. Durchs Fenster sah sie April, am Boden sitzend, auf ihren Arm blicken. Als sie am Vaporizer zog, leuchtete das Kopfstück orange auf. Die Flasche Gin, die Livs Reduzierungswahn überlebt hatte, lag in ihrem Schoß. Damien stand wie falsch abgestellt inmitten dieses leeren Glashauses, etwa drei Meter hinter ihr, als wüsste er nichts mit sich anzufangen.

Einen Versuch wollte Liv noch unternehmen. In ihrer nettesten Stimmlage sagte sie: »April, du musst deine Posts positiver gestalten. Schreib doch lieber: Heute ist Welt-Delfin-Tag. Lasst uns feiern!«

April hob den Kopf, hörte sich Livs Botschaft an und senkte ihn wieder.

Wer war eigentlich im Cockpit?

Liv spähte hinein und sah durch die Außenfenster eine schwarze Wand, auf die sie zusegelten. »Sturmfront!«, rief sie so laut, dass April es hören musste. »April, mach schnell!«

Doch April erhob sich nicht. Auch Damien schien sich nicht darum zu scheren. Liv musste handeln und stürzte zum Cockpit.

»Ich behalte auch die Frachter im Auge«, sagte sie mit so viel Ironie in der Stimme wie nur möglich. Aber auch darauf reagierten die beiden nicht. Livs Community hingegen fand das witzig oder ironisch oder mal wieder total überheblich.

Sie war nun Skipper, vor ihr der sich teilende Pazifik, dessen eines Ende die Schlechtwetterfront markierte. Aufgabe war es, den Kurs leicht westlich der Rhumb Line zu halten. Zwischen hier und Auckland, Neuseeland, war das einzig verbliebene Hindernis, neben der unmittelbaren Sturmfront, die Südpazifische Konvergenzzone, in der das südpazifische subtropische Hoch auf Tiefdruckrinnen und Antizyklone traf, wenn sie das richtig recherchiert hatte. Extreme Flauten und starke Bewölkung drohten ihre sagenhafte Durchschnittsgeschwindigkeit von 19,9 Knoten zu gefährden.

Von ersten Ausläufern angepeitscht, flippten sie über den Ozean. Livs Herzfrequenz war hoch, sie war *von der Geschwindigkeit mitgerissen (Epinephrinschübe)*, wie ihr das Armband zu Recht mitteilte.

Im *Suva Radio* wurden die Stürme sowie Lokalisation und Bewegung der SPKZ vom Fiji Meteorological Office überwacht. Zwischen den Meldungen wurde Gutelaunemusik aus Tonga gespielt. Aber sosehr Liv sich auch von dieser guten Laune anstecken lassen wollte, sosehr verspürte sie auch diese zwei weiterhin an ihr zerrenden Gefühle: die Trauer um Fufu, an den sie jetzt schonungslos erinnert wurde, denn er wäre hier ihr treuer Kopilot gewesen. Und über Fufu kam sie sofort auch wieder zur Sorge um Elam. Dagegen verblasste alles, sogar der bevorstehende Sturm.

Der Zähler zeigte weitere turbulente 3,7 Seemeilen an, bis Liv schließlich doch nach den *Blum_Episodes* suchte. Sie sah es gleich, die Stimmung war gekippt. Sein schmerzverzerrtes Gesicht, die Rotzfahne, dieser Schrei, die verkrampften Hände. Elam war überall im Netz, auf Blogs, Newsseiten, überall. Man warf ihm vor, den Tod eines Freundes effekthascherisch auszubeuten, und, ja, dieser Moment wirkte tatsächlich etwas übertrieben, und all der Schmerz und all sein Leid, seine Geschichte, waren in diesem Bild nicht enthalten. Zudem war der Screenshot bearbeitet worden, hatte man ihm böswillige Sprechblasen hinzugefügt, ihn ins Weltall gephotoshoppt, ihm Hitler auf den Rücken gesetzt. Auf anderen Seiten wurde nur über die Memetik dieser Story berichtet, die als Snap-Story begonnen hatte und nun als einer der peinlichsten Momente dieses Monats zitiert wurde. Es wurde sogar behauptet, Elam habe Blums Tod bloß erfunden, um auf seine E-Bike-Firma aufmerksam zu machen, die er offensichtlich ja sehr geschickt in seinen Beiträgen platziert hatte. Unter dem ziemlich überzogenen *#elamgate* wurde zum Boykott seiner E-Bike-Filiale aufgerufen, und eine junge Frau hatte ein Video gepostet, in dem sie erzählte, sie habe mit einem Blum in Tel Aviv gesprochen, der sich von Elam distanzierte. Natürlich gab es auch eine Menge antisemitischer und antiisraelischer Posts, aber die waren noch das Normalste.

Liv flog von der einen zur nächsten Seite, es hörte einfach nicht auf. Schließlich landete sie auf einem Videokanal, der Elams einzelne Sequenzen in höhnischen Sketchen nachstellte. Am Ende wurde eine Reihe ähnlicher Videos angezeigt.

Sie musste aufstehen, sich bewegen, klar denken. Doch schlagartig ging eine Flut Wasser auf die Jacht nieder, sprangen die Scheibenwischer an, wurden sie heftig hin und her geworfen. Die Geräte begannen zu blinken und schrill zu fiepen.

»Hilfe!«, rief Liv, doch April und Damien hatten, wenn sie die Daten richtig interpretierte, seit etwa vier Minuten Sex im Salon.

»Elam«, sagte sie. »Bitte melde dich.«

Die Jacht wurde jetzt von heftigeren Wellen erschüttert. Mit beiden Händen hielt Liv das Steuer fest.

Elam *Meinen die das ernst?*

»Lies das alles doch bitte nicht«, sagte sie, die Griffe des Steuers umklammernd.

Elam *Ich tue nichts anderes mehr.*

»Aber das ist doch nur das Internet. Niemand meint das ernst.«

In der plötzlich einsetzenden Schwärze konnte sie kaum noch etwas da draußen erkennen.

Elam *Doch, sehr.*

»Aber das bist nicht du. Das hat mit dir doch nichts zu tun.«

Elam *Ich werde immer dieser Elam bleiben. Hast du mal nach mir gegoogelt?*

Sie überlegte, was sie ihm darauf antworten sollte.

Elam *Das bin nicht ich. Und irgendwie doch.*

Unmengen Wasser klatschten gegen die Scheiben, radierten noch die letzte Sicht auf den Pazifik aus.

Elam *Weißt du, was am meisten weh tut?*

Liv schüttelte den Kopf, fühlte sich so elendig hilflos.

Elam *Sie behaupten, es hätte Blum nie gegeben.*

»Das sind nur dumme Kinder.«

Elam *Nein.*

»Mach Platz!« Plötzlich stand April hinter ihr, mit nichts als einem Handtuch bekleidet.

*

Elam war nicht mehr zu erreichen. Liv schickte eine Voicemail. Er reagierte nicht. Sie bat Gila, ihn aufzuspüren. Die hatte Stadturlaub und machte sich auf den Weg zu seinem Laden. Liv hinterließ ihm eine weitere Nachricht in der Flut der Kommentare auf seinem Account.

Auf die Seite gedreht, schaute sie aus dem Bullauge in einen aufklarenden Himmel. Seit sie aufgewacht war, suchte sie vergeblich nach einem Einfall, mit dem sie den heutigen Tag halbwegs sinnvoll und interessant herumbringen konnte. Eine neue Challenge? Ein Quiz vielleicht? Sie öffnete ein leeres Textdokument, um ein paar Ideen aufzuschreiben, verwarf aber jeden Gedanken sofort wieder. Sie checkte ihr Armband: Nur 7% der Ruhezeit hatte sie erreicht, der Schmerz in ihrem Kiefer breitete sich strahlenförmig über ihren Nacken, den Rücken aus. *Liv*, stand da, *geht* es *schlecht*. Wenn sie den Kopf kreisen ließ, knackte es mehrmals nacheinander.

Dann war da noch die Musik in voller Lautstärke, irgendein aktueller Popsong, so aktuell, dass sie ihn nicht einmal mehr kannte. Und Aprils Getrampel direkt über ihr, tanzend, noch immer betrunken. Ihr Gesang grotesk schief und laut.

Sie musste einen klaren Gedanken fassen. Aber in dieser Enge war das unmöglich. Jetzt näherten sich auch noch Damiens dumpfe Schritte. Sie hörte, wie er vor ihrer Tür stehen blieb, wie er schwer atmete. Hörte, wie die Badezimmertür aufschwang, hörte ihn dort herumhantieren, dann, wie sie wieder zufiel. »April!«, rief er. Sie hörte, wie Damien den Gang hinuntertorkelte und gegen die Paneele hämmerte. Sie hörte, wie die beiden aufeinanderstießen und in die Mulde sackten.

In der Schule hatte Liv es immer gehasst, mit anderen in einen Raum gesperrt zu sein. Die Welt war doch groß genug. Wer würde freiwillig, in eine Box gezwängt, für Wochen, ja, Monate über das Meer segeln?

Als es leiser wurde, erhob sich Liv vom Bett, zog das Fufu-Shirt über, verließ die Koje und huschte ins Bad. Sie stellte sich unter eiskaltes Wasser, es funktionierte: Sie gewann an Klarheit zurück. Sie schäumte sich die Haare ein, schrubbte sich, sang laut, ließ das Wasser so lange über ihren Nacken laufen, bis es aufhörte. In vier Sequenzen putzte sie ihre Zähne – *im Laden ist er nicht, verschlossen,* schrieb Gila. Liv hielt kurz inne, dann legte sie die Zahnbürste beiseite und griff nach der Tube Hautcreme und einem braunrot-violetten Lippenstift. Jeden Morgen warteten neuerdings diverse Produkte in der Einbuchtung auf sie. Damien hatte sie gebeten, ab und an diese zu benutzen. Erst seitdem sie nachgeschaut hatte, wie teuer das Leben in Neuseeland war, verstand sie diese kleinen Werbeblöcke als vorausschauende, notwendige Arbeit.

Sie nahm das Armband ab, bog es flach und lehnte es an die Fliesen. Sie tippte auf das *Liv*-Icon, der Stream begann. Auf dem Bildschirm erschien sie selbst. Sie sah schrecklich aus. Die ewigen Nachtwachen, die fehlende Privatsphäre. Dieses unförmige Gesicht. Die trüben Augen. Die belanglosen Lippen. »Ich liebe diesen Lippenstift«, sagte sie und trug ihn rasch und gekonnt auf. »Ihr seht, warum«, sagte sie, und die mehrheitlich als *female* angegebenen Zuschauer schien das Resultat zu überzeugen. Ja, ihre Lippen sahen jetzt wirklich sehr viel besser aus. Dann verrieb sie eine antifettende Hautcreme mit den Fingerspitzen unter den Augen und sagte: »Mit Koffein.« Die allergrößten Teile ihrer Community liebten diese Beautysession.

Der Stream stoppte, das Video wurde abgespeichert und war nun bis zum Ende aller Tage in der Welt. Wenn es jemanden interessierte, wie sie Lippenstift auftrug, konnten sie es wieder und wieder anschauen. Aber weshalb sie gerade ihr in kaum mehr nachvollziehbarer Anzahl folgten, begriff Liv wirklich nicht.

In der Küche schenkte sie sich etwas vom gefilterten Regenwasser ein. »Mit einem Schuss Zitrone schmeckt es gar nicht schlecht.« Sie hielt das Glas in die Höhe. Bei Zitrone musste sie sofort an Elam denken und bei Elam an ihren Rucksack. Bevor sie aber irgendetwas auf dieser Welt tun wollte, brauchte sie Koffein.

Sie überflog eine neuseeländische Barista-Seite, checkte über ihr Armband, ob noch genügend Milch im Kühlschrank war – *sieben Liter biodynamische Frischmilch* –, und folgte den Anweisungen für einen perfekten Flat White.

»Machst du uns einen mit?«, hörte sie Damiens Stimme in ihr Ohr säuseln.

»Liebend gern«, heuchelte sie zurück.

»Für April bitte mit Haselnussmilch.«

Livs Armband vibrierte.

Gila *Ich klopfe an seine Tür. Ich glaube, er ist nicht da.*

»Okay?«, fragte Damien.

»Ja, okay.«

Sie stellte die Flat Whites am Rand der Mulde ab. Damien und April hatten es sich am langen schmalen Fenster, in ein Betttuch gewickelt, gemütlich gemacht.

»Wieder schlecht geschlafen?«, fragte er.

»Geht so«, sagte Liv.

»Was hast du heute vor?«

Sie dachte nach. Aber da war nichts.

»Hallo, lässt du gerade Seifenblasen in deinem Kopf platzen?«

Liv hob die Schultern, nippte an ihrem Getränk. Der Flat White war nichts geworden, der Espresso schmeckte zu wässrig, die Milch war zu schaumig geraten. Die beiden schienen damit jedoch zufrieden, sie hatten aufgedunsene, rotwangige Gesichter.

»Von nun an lebe ich vegan«, verkündete April stolz.

»Finde ich gut«, sagte Damien.

»Soll ich das posten?«, fragte sie ihn.

»Tu das.«

Nur in Gedanken, denn sie wollte wirklich nicht wieder anecken, schrieb Liv unter Aprils Post: Menschen, die stolz darauf sind, vegan zu leben, verdecken bloß ihre Essstörung.

»Was grinst du wieder, Liv?«

»Nichts, wie immer nichts.« Sie trank ihren Kaffee aus und wischte sich den Schaum von den Lippen. »Könnt ihr mir sagen, wo mein Rucksack ist?«

»In meinem Zimmer«, kam es erstaunlich schnell von April.

»Kann ich ihn wiederhaben?«

»Willst du auf Wanderschaft gehen?«

»Ich hätte ihn einfach gerne wieder.«

»Aber da ist nichts drin.«

»Und mein Telefon?«

»Das repariere ich gerade«, sagte Damien. »Brauchst du's dringend?«

»Ja.«

»Deine Daten sind doch gesichert«, sagte April.

»Bitte, gebt mir meine Sachen zurück.«

Liv sah, wie Damien mit April Blickkontakt aufnahm und zweimal schnell hintereinander die Augenbrauen hochzog. Dann zog er die Decke über ihre Köpfe.

Auf dem Glasdach unter dem Wingsegel. Sie versuchte, die Weite des Ozeans, den Geruch, das Gefühl des Winds auf der Haut zu genießen. Doch es gelang ihr nicht. Immer wieder schaute sie nach, ob Elam ihr geantwortet hatte. Nichts.

Es dunkelte, bis Neuseeland war es noch eine Ewigkeit. Das Armband zupfte. Andauernd zupfte es an ihr. Sie ging etwas auf und ab, setzte sich dann wieder. Abermals zupfte es, sie schaute nach, was es war: April hatte ein Foto mit der Überschrift *Wüste* gepostet. Sie tippte es an: Eine vermummte Frauengestalt im heftigen Sandsturm, die binnen Sekunden zweistellig geherzt und kommentiert wurde. Darunter Aprils Name.

»April!«, schrie Liv und schlitterte das Glasdach hinunter aufs Vorderdeck. »Ich bring dich um!«

Aber da war sie nicht. Und im Cockpit, wo Damien ausgestreckt auf dem Boden lag, auch nicht. Über die Kombüse rannte Liv ins Schiffsinnere und erblickte April dann an die Reling des Hinterdecks gelehnt, rauchend. Sie durchquerte den Salon, die Türen glitten zur Seite.

»Lösch das«, sagte sie und stieß April heftig an.

»Beruhig dich«, sagte die nur und schubste zurück.

»Lösch mein Foto!«

»Kann doch nicht ahnen, dass du so austickst.«

Liv biss sich auf die Wange.

April tippte den Vaporizer an, als aschte sie über die Reling. »Du glaubst wirklich, du bist unverwundbar«, sagte sie. »Mit ein bisschen Ironie kann dir keiner was. Aber du bist nicht so großartig, wie du denkst. Da gibt es Millionen wie du und Millionen, die in deinem Alter schon ganz andere Sachen gemacht haben.«

»Gib den Rucksack raus«, sagte Liv verunsichert, weil sie April noch nie so energisch und selbstbewusst erlebt hatte.

»Weißt du, was das Schlimmste an dir ist? Dass du deine Freunde verrätst. Wie heißt dein Freund? Elam, nicht? Warum hast du uns nie von ihm erzählt?«

»Lass Elam aus dem Spiel!«

»Soll ich dann lieber über deine Tante sprechen, die du doch in Mexiko besuchen wolltest?«

»Hör einfach auf!«

»Womit? Zu sagen, dass du eine Kriminelle bist, dich ins Ausland abgesetzt hast? Was würde passieren, wenn das alle machen würden? Dann gäbe es euer Land bald nicht mehr. Was machen denn deine Freundinnen gerade in dieser Sekunde? Wie heißt die Schlampe, die es auf die Dorfjugend abgesehen hat? Gila, nicht wahr? Ich würde mal sagen, sie verteidigt dein Land, das, nebenbei bemerkt, soeben von innen heraus angegriffen wird. Deine Gila riskiert ihr Leben. Aber wofür? Na, wofür, Liv?«

Für ihre Freiheit, ihre Sicherheit, dachte Liv, für die behüteten Stunden in ihrem Garten.

»Und du, schau dich mal an. Schipperst hier durch die Gegend, hast keine Ahnung, was du mit dir anfangen sollst. Kannst du zurück zu deiner Ma, deinem Pa? Nie wieder, denn du bist eine Schande, eine Schande für deine Familie, dein Land, für alle, die dir folgen.«

»Das darfst du nicht sagen!«

»Was? Warum du abgehauen bist?«

»Zieh nicht andere mit hinein.«

»Deine Ma, deinen Pa, Gila?«

»Nicht Gila.«

April wischte wieder auf ihrem Screen herum, zeigte Liv die Textblase, in der Gila von dem Dorfjungen sprach.

»Woher hast du das?«

»Du glaubst, wir wissen nicht, was du dir anschaust? Dieser Junge auf dem Tisch, nackt. Na, magst du das?«

»Das geht dich nichts an.«

»Du warst in meinem Zimmer, hast in meinen Sachen gewühlt.«

»Fufu war –«

April fixierte sie mit ihrem Blick. »Tut weh, wenn alle wissen, wie du vor der ganzen Welt die Geheimnisse deiner Freundin ausgeplaudert hast, nicht?«

»Nein, das tut weh.« Liv gab ihr eine schallende Ohrfeige.

*

Angestrengt versuchte sie, Aprils Hämmern mit den Fäusten gegen Damiens Tür zu überhören. Der Streit hatte im Salon seinen Anfang genommen, die letzten Teller waren hörbar zu Bruch gegangen, dann hatten die beiden ihre hässlichen Anschuldigungen vor Livs Koje verlagert. Immer passierte alles vor ihrer Tür. Wie eingesperrt fühlte sie sich. Gerade ging die Sonne auf.

Normalerweise wäre sie dazwischengegangen, doch seitdem Liv informiert worden war, dass sie nicht mehr gebraucht wurde, hatte sie kein Wort mehr mit ihnen gewechselt. Mithilfe einer Eieruhr-App hatte April sämtliche Nachtwachen übernommen, und Damien schlich nur noch apathisch durchs Schiff. Wenn Liv die beiden zusammen antraf, keiften sie sich entweder an oder vögelten schamlos vor ihren Augen.

Doch trotz aller Konflikte war sie die letzten Tage weiterhin mit den ersten Sonnenstrahlen aufgestanden, um die frühen Stunden, in denen sie das Deck für sich allein hatte, sinnvoll mit ihrer Community zu nutzen. Sie liebten es, auf dem Hinterdeck Sport zu machen, den Körper zu dehnen, in aller Ruhe aufzuwachen. Da waren die Delfine, die jeden Morgen auf sie warteten, Liv sprach von ihrer Kindheit, ihrer Jugend, ihrer Reise, die sie irgendwie hierhergeführt hatte und sie weiß Gott wohin noch bringen sollte. Sie bemühte sich, auf die vielen Fragen einzugehen, immer wieder entwickelten sich regelrechte Dialoge. Sie redete offen über ihre Rolle auf dem Schiff, über Damien und April und wie überflüssig sie sich mittlerweile fühlte. Sie trug ihre Community immer mit sich herum, wusch Klamotten mit ihr, gemeinsam sonnten sie sich unter dem Segel oder warfen die Angel aus, schrubbten das Deck, bereiteten Essen zu, aßen auf dem Vorderdeck. Sie schminkte sich mit ihr, nahm sie mit unter die Dusche und sogar mit ins Bett. Sie wachte nachts mit ihr auf, suchte das Gras, und gemeinsam lagen sie dann im Licht des Mondes und probierten die Stufen des Vaporizers durch. Sie hörten Musik, relaxten im Pool, tanzten zu den flackernden Lichtern des Segels.

April weinte jetzt. Liv schob die Decke beiseite und zog sich das Shirt über. Sie huschte ins Bad, putzte sich die Zähne, sogar bis hierhin konnte sie das Schluchzen und Damiens Lacher dazwischen hören. Dann knallte etwas. Liv hielt mit dem Zähneputzen inne. Es hatte nach einem heftigen Schlag geklungen. Sie legte die Zahnbürste zur Seite, öffnete die Tür und sah vorsichtig hinaus. Bis auf das Platschen der Wellen und das Säuseln der Hybridmotoren war nichts zu vernehmen.

Auch wenn sie sich dagegen sträubte, suchte sie nach April und fand sie schließlich mit verquollenen Augen in die Mulde gekauert.

»Damien ist ein Arschloch.«

»Was ist passiert?«

April kratzte sich den Lack von den Fingernägeln. Liv legte den Arm um ihre Schultern, obwohl das Überwindung kostete. April roch nach Gin. Ganz hilflos und unschuldig sah sie aus, holte tief Luft, nestelte unsicher an ihrem Hosenbund herum. Da war Blut.

»Sag mir, was passiert ist.«

»Damien.« Mehr brachte April nicht hervor.

»Was ist mit ihm?«

Sie verbarg das Gesicht in den Händen.

»Es war falsch von Damien, dich so unter Druck zu setzen.«

April schaute auf, wischte sich Tränen aus den Augen.

»Ohne dich wären wir nicht hier. Und ohne dich hätten wir das Ding schon längst gegen ein Containerschiff gesetzt.«

»Das war meine Aufgabe«, sagte sie. »Mich braucht kein Mensch mehr.«

*

Das Tropical Cyclone Warning Center hatte ihnen eine große Null gesendet. Und dennoch hatte Damien die Hybridmotoren abgeschaltet und darauf bestanden, dass ihre Reise immer noch eine traditionelle Weltumseglung sei, wozu eben auch mal absolute Windstille gehöre.

Liv lag auf dem Hinterdeck in der Sonne. Sie war müde, lustlos, ausgelaugt. Das Gefühl für sich, wer sie war, wie sie aussah, wie sie sich bewegte, war ihr gänzlich abhandengekommen. Die Community bombardierte sie jedoch weiterhin mit Fragen, und Gila schrieb minütlich Nachrichten mit vielen Großbuchstaben. Ihr Armband vibrierte ununterbrochen. Sie wischte die eingehenden Mitteilungen einfach weg.

Seit der Flaute badeten Damien und April andauernd im Meer. Sie hatten ein Sicherheitsnetz um die Jacht ausgeworfen, auch jetzt wieder planschten die beiden im abgesteckten Bereich mit einem Ball. Liv müsste sich bloß über die Reling werfen und würde mit ihnen in der Südsee schwimmen. Doch obwohl zwei Drittel ihrer Community genau das wollten, war ihr jegliche Motivation entwichen.

Liv schloss die Augen, und als sie die Lider wieder öffnete, hatte die Jacht sich keinen Meter bewegt. Sie wischte durch die Feeds der alten Freunde. Efrat lag in den Wehen. *Evrit ist auf dem Weg*, stand da unter ihrem Krankenbettselfie. Das Armband rüttelte am Handgelenk. *28K* sinnlose Schritte, die ihr vorgegeben waren, um halbwegs gesund und fit im Kopf zu bleiben. Sie stakste zum Vorderdeck und setzte sich an die Kante des Whirlpools. Ihre Augen juckten. Das Band vibrierte so wild, dass es sich wie Stromschläge anfühlte. Klar, sie hatte sich viel zu wenig bewegt, ihr Schlafrhythmus war vollkommen durcheinandergeraten, die Interaktion mit ihrer Community hatte stark nachgelassen.

Sie erhob sich und ging ziellos umher. Es rüttelte. Es hörte gar nicht mehr auf zu rütteln. Sie versuchte etwas anderes zu denken. Aber immer wieder rüttelte es an ihr. Sie legte sich in den länger werdenden Schatten des Mastes auf die Planken, schloss die Augen.

Als sie die Augen wieder aufmachte, stand Damien über ihr und filmte sie. Sie verschränkte die Arme vor der Brust und trat nach ihm. Er grinste blöd und nippte dann an einem Glas. Liv rollte zur Seite, richtete sich auf, lief auf die Reling zu, wurde schneller und sprang kopfüber ins spiegelglatte Wasser. Wenig später hörte sie das Platschen der anderen beiden dicht neben ihr. Sie hatten wieder den Ball dabei.

Liv schwamm zur Leiter und stieg hinauf an Deck, durchquerte den verdreckten Salon und verschwand in ihrer Koje. Lange lag sie auf dem Bett und schaute aufs Meer hinaus. Ihr Armband ließ sie nicht los und zupfte pausenlos an ihrem Arm. Sie begann einen Stream, ihre Zuschauer liebten diese ruhigen Momente allein mit ihr im Zimmer. Es gab die üblichen Herzen und pubertären Fragen. Die Sonne ging langsam unter. Der Himmel färbte sich ein. Ein tolles Motiv. Tausend Stimmen drangen auf sie ein.

Sie harrte so lange im Zimmer aus, bis der Hunger sie hinaustrieb. Sie musste sich bewegen, musste aktiv bleiben. Das Band riss an ihrem Arm, dass es schon schmerzte. In der Küche trank Damien vor dem Kühlschrank eine transparente Flüssigkeit. Er stellte das Glas ab und füllte es aus der Ginflasche auf.

»Ich muss da ran«, sagte Liv.

»Oh, bitte, wenn die Lady so möchte«, sagte er und stieß sich vom Kühlschrank ab, unsicher auf den Beinen. »Ich habe getrunken.«

»Das sehe ich.« Liv holte das letzte Achterpack Hotdogwürstchen hervor.

»Die sind von April«, sagte Damien.

»Die isst sie doch nicht mehr.«

Er nippte am Glas. »Hast du das gewusst?«

»Was?«

»Als Jugendlicher war ich Pro-Skater.«

»Aha.«

»Nicht ganz Pro, aber ich meine, ich hatte Sponsoren.«

Livs Armband vibrierte wieder. Sie musste sich bewegen. Sie musste etwas essen. Sie musste schnell Wasser trinken. Sie brauchte eine ganze Liste Vitamine und dringend Schlaf. Zudem hatte sie Tausende unbeantwortete Anfragen.

»Ich war nicht der Beste«, sagte er. »War aber auch nicht schlecht.« Er schaute Liv an, als wolle er eine Bestätigung von ihr.

Sie riss die Hotdogverpackung auf, schälte ein Würstchen aus dem Plastik und biss in das kalte, glibberige Ding hinein: ein salziges Mus aus zermanschten Resten. Der Nachgeschmack war metallisch.

»Ich konnte exakt neun echt gute Tricks. Ich sehe sie noch genau vor mir. Ich kann sie einzeln immer wieder abspielen.«

»Neun Tricks?«

»Der erste war ein Wheelie. Ganz simpel. Ich war mit einem etwas älteren Pro unterwegs. Ich habe ihn angehimmelt. Seinen Style. So ungezwungen. Jedenfalls skaten wir durch die Stadt, und an einer Ecke mache ich einen Ollie to Wheelie von der Straße auf den Gehweg, ich lande also auf den hinteren Achsen« – er lehnte sich mit dem Körper zurück und hob das linke Bein an. »Und dann um die Ecke und auf die Straße zurück. Der Pro klatschte. Schön, nicht?«

»Wunderbar.«

Er kam wieder auf beide Füße und kippte den Gin in einem Zug. Grinste. Sagte dann: »Ich habe das Wingsegel ausgeschaltet. Ich meine, das Licht.«

Liv sah durch das schmale Bullauge hinaus. Ein fahles Mondlicht schimmerte auf dem sonst tiefschwarzen Ozean.

»Ich sehe«, sagte sie.

»Dunkel, dunkel«, sagte er und blickte sie lüstern an.

»Ich muss raus«, sagte Liv und trat durch die Kombüsentür ins Freie.

Sie lief an der Reling auf und ab, wollte einen Gedanken fassen, doch das Armband vibrierte ununterbrochen, so dass es mittlerweile richtig schmerzte. Sieben weitere Fragen waren eingegangen. Ermahnungen, sie müsse unbedingt in Bewegung bleiben. Sie blieb an der Reling stehen. Eine weitere

Ermahnung erschien: Sie dürfe jetzt auf keinen Fall stehen bleiben. Es vibrierte, zupfte. Fiepte schrill in ihrem Ohr.

Sie riss sich das Ding vom Handgelenk und warf es ins Wasser. »Fickt euch«, rief sie dem Armband hinterher.

Sie stieg aus den Klamotten und kletterte über die Reling. Sie holte tief Luft, dann sprang sie kopfüber ins Meer.

Je tiefer sie tauchte, desto dunkler und kälter wurde es. Als sie wieder aufstieg und die Oberfläche durchbrach, fühlte sie es gleich: All die Stimmen, all der Druck, die sinnlosen Challenges wurden von ihr weggespült.

Sie tauchte wieder und schwamm in kräftigen Zügen direkt unterhalb der Wasseroberfläche, vielleicht zwanzig, dreißig Züge, bis sie an das Sicherheitsnetz stieß. Sie überlegte nicht lange, zog sich mit einem Klimmzug hinauf und glitt auf die andere Seite.

Sie tauchte, so weit ihr Atem sie trug. Als ihr Kopf wieder die Oberfläche durchstieß, lag das Schiff regungslos da. Ganz in Dunkelheit gehüllt. Wie ein verkohltes Stück Holz. Sie fühlte sich von einer unendlichen Last befreit, fühlte sich rein, am Anfang von etwas Neuem. Schau, dachte sie, wie weit du gekommen bist. Und war nicht die Welt groß genug, um für immer unterwegs zu sein und niemals irgendetwas zweimal erleben zu müssen? Nur Elam vermisste sie. Niemanden sonst. Ihre Eltern nicht. Gila nicht. Efrat nicht. Niels nicht. Niemanden. Mit der Jacht, mit Damien und April hatte sie abgeschlossen, das Kapitel war für sie beendet. Die nächsten zwei Wochen würde sie sich bloß unauffällig verhalten müssen, die Tage würden schon verstreichen. Und sobald sie in Neuseeland anlegten, würde sie sich nicht mehr umblicken.

Sie ließ sich auf dem Rücken treiben, paddelte nur mit den Beinen. Sie war so allein wie seit Langem nicht mehr. Nur die Milchstraße über ihr, die sie hin und her wenden konnte, je nachdem, mit welchem Bein sie schlug. Eine Ewigkeit tat sie das.

Dann tauchte sie, so tief, bis es um sie herum gleichmäßig schwarz wurde. Ein Ort unter dem Licht, der nur ihr gehörte. Sie schoss aus dem Wasser, schüttelte sich die Haare aus dem Gesicht und spähte zur Jacht. An der Reling eine winzige Silhouette. Damien. In seiner Hand blitzte ein Glas.

In diesem Moment sprang das Wingsegel an und hüllte das Boot im Umkreis von etwa zehn Metern in grelles Licht. Es sah aus, als hätte jemand ein Spotlight aus dem Weltraum auf das Schiff gerichtet. Liv war außerhalb dieses Lichtkreises. Sehr weit außerhalb.

Und dann spürte sie es. Das feine vom Wasser getragene Vibrieren der Hybridmotoren, die Jacht setzte sich zügig in Bewegung und zog das Sicherheitsnetz hinter sich her. Liv winkte. Sah Damien sie nicht?

In wenigen Sekunden war sie komplett von unendlicher Dunkelheit verschluckt. Die Jacht glitt weiter schwerelos von ihr weg, sie versuchte, ihr hinterherzuschwimmen, doch es war aussichtslos, egal, wie schnell sie kraulte. Sie musste an Fufu denken.

Panik betäubte ihre Glieder. Erst spürte sie die Beine, dann ihren Rumpf nicht mehr. Als wäre nur ihr Kopf über Wasser noch existent und ihr Körper ein Teil des Ozeans. Sie spürte die Angst, das rasende Herz, fühlte die Kälte der unermesslichen Tiefe. Die Schwärze, in die sie bald hinabsinken würde. Sie spürte Hände nach ihr greifen, sie hinunterziehen. Sie drehte sich im Kreis, mit den Beinen schlagend. Weit und breit waren keine Schiffe zu sehen, die hier, wenn sie unendliches Glück hätte, vielleicht kreuzen könnten. Keine Flugzeuge am Himmel und erst recht kein überirdisches Wesen, das sie aus diesem ewigen Meer herausheben und wieder an rettendem Ufer absetzen könnte. Sie konnte an nichts anderes mehr denken als an das, was unter ihr war.

Sie kämpfte jetzt. Kraulte mit aller verbliebenen Kraft. Wasser schwappte ihr in den Mund, brannte salzig im Rachen. Sie hustete, röchelte, spuckte aus. Die Augen schmerzten, die Glieder wurden schwer, immer schwerer. Ein Strudel tat sich unter ihr auf, der immer stärker an ihr zog, sie spürte es ganz deutlich. Für einen Augenblick nur müsste sie unaufmerksam sein, schon würde es sie in den Abgrund ziehen.

Sie verschnaufte, musste sich die Kraft einteilen. Sie spürte den Ozean auf ihre Schultern drücken, fühlte sich müde, so müde wie nie in ihrem Leben zuvor. So hatte sie sich nur in der Wüste gefühlt, als sie im Sand gelegen hatte. Und war der Ozean nicht ein schützender Mantel, den ihr ein fernes Wesen um die Schultern legte?

Sie ließ den Blick über die ruhige Oberfläche streifen. Die bedeutungslose Jacht, dieses abgestorbene Stück Holz – in unerreichbarer Ferne lag sie da. Lag sie da? Sie verschwand nicht. Sie lag da und schaukelte nur leicht hin und her.

Dann wurde sie wieder größer.

Liv klatschte an den Bug, stieg die Leiter hoch, griff nach Damiens ausgestreckter Hand. Er zog sie hinauf.

»Habe die Motoren angeschmissen.« Er grinste und zeigte gebleichte Zahnreihen. Dann legte er ihr eine knisternde Notfalldecke um den nackten Körper. Liv bibberte am ganzen Leib, wollte nach ihm schlagen, doch ihre Glieder waren taub und unbeweglich. Alles, was sie noch spüren konnte, war eine unermessliche Wut. Aber vor Schreck und Erschöpfung hatte sie keine Kontrolle mehr über ihren Körper.

»Guck mal, was ich hier habe.« Damien wedelte mit Livs mattschwarzem Smartphone vor ihrer Nase. »Es funktioniert wieder. Willst du es noch haben?«

Sie versuchte etwas zu sagen.

»Was kriege ich dafür? Komm, gib mir einen Kuss.«

Mehr als ein Kopfschütteln gelang ihr nicht.

»Komm, nur einen.« Er kam näher auf sie zu, sein Kopf, seine Lippen.

Sie verlagerte das Gewicht und drückte ihm einen Kuss auf den Mund.

»Das war doch kein Kuss«, sagte er. »Komm, noch einer.«

Damien griff mit der Hand an ihren Hinterkopf, zog sie zu sich hin und schob seine Zunge tief in ihren Mund hinein. Der säuerliche Geschmack von Alkohol. Dann ließ er von ihr ab.

»Macht Lust auf mehr«, sagte er.

»Mein Telefon«, sagte sie. Er reichte ihr das Gerät. Liv umklammerte es, als hielte sie sich an der Reling fest. Ohne hinzuschauen, erlöste sie es mit tauben Fingern aus dem Ruhemodus.

»Oh, Liv, denkst du, du kannst einfach verschwinden? Vergiss es.«

Sie blickte suchend nach April. Nirgends war sie zu sehen. Schaute zu Damien: Seine Augen waren glasig, der Blick abwesend und durchdringend zugleich. Er trug nur seine Badehose. Etwas fehlte.

»Wo ist dein Armband?«

Damien grinste und tastete mit einem besitzergreifenden Blick ihren Körper ab. Dabei öffnete sich sein Mund, und zweimal stieß seine Zunge an die untere Zahnreihe. Die Notfalldecke knisterte, als er nach ihr griff.

Franz, 9

Ein Empfangsjunge nimmt uns die Garderobe ab und führt uns in den Ballsaal. Abertausende Glühbirnen sind an den Decken angebracht, überall funkelt und leuchtet es. »Schaut mal«, sagt Fanny, »der Sternenhimmel.« Und tatsächlich, die Decke sieht aus wie das Firmament eines strahlend klaren Nachthimmels. Femina, Ballhaus der Technik.

»Hier entlang«, sagt der Empfangsjunge, und wir folgen ihm vorbei an den ersten Logen, in denen feine Frauen in glitzernden Kleidern mit schmalen Trägern und Herren in dunklen Anzügen um das Tischtelefon und die Rohrpostanlage sitzen oder die Köpfe nach den übrigen Logen (oder uns) heben.

Es geht ein paar Stufen hinunter, und vor uns eröffnet sich das Tanzparkett (über dessen Mitte eine gigantische Spiegelkugel schwebt). Um das Tanzparkett herum schwingt sich die abgestufte Galerie, eingeteilt in diese privaten Logen. »Einzelzellen des Vergnügens«, sagt unser Empfangsjunge und weist auf eine Loge in der ersten Reihe. »Nummer 31«, sagt er, »das ist Ihre, und das ist Ihr Tischtelefon und das Ihre Rohrpost.«

Wir setzen uns um den runden Tisch.

»Bitte nehmen Sie sich die Zeit für 30 Sekunden Unterricht«, sagt der Empfangsjunge, »zur Bedienung der Station.« Er will zu seinen Ausführungen ansetzen, da unterbricht Fanny ihn, indem sie ihre Hand auf seinen Arm legt, was ihn sogleich erschreckt.

»Lass, das bekommen wir schon hin.«

»Wie Sie wünschen«, sagt er und zieht unauffällig den Arm zurück, lächelt aber verschmitzt und zeigt ein Grübchen und ein paar Sommersprossen. »Telefonieren Sie mich ohne Umschweife herbei, wenn Sie Fragen haben«, sagt er und sprintet die Stufen hinauf.

Da sind wir also, hölzern eingerahmt und ganz privat, und dennoch teilen wir das Vergnügen mit allen anderen. Wir: Fanny in Plastik und mit Sex-Appeal, immer noch im Matrosenlook, und Mie Pauline mit den weit auseinanderliegenden Augen, die der Boxer trotz ihres Sowjetkittels (oder gerade deswegen) am Eingang aus den Flappern herausgefischt hat.

»Durst«, ruft Fanny, und Mie Pauline blättert in dem ausgelegten *Rohrpost-u.-Tischtelefon-Heftchen*. Ich spitzele zu ihr hinüber, lese: *Bols-Liköre, Gins*, *Bitters, Cocktails,* dann seitenweise *Zigaretten* und *Zigarren* und dann ellenlange Listen über *Kleine Geschenke*.

»Puh, teuer«, sagt Mie Pauline und klappt das Büchlein zu.

»Abwarten«, sagt Fanny, »Geschenke sind ja zum Verschenken da.«

Wir bestellen also nichts, und ich überlege, ob ich jetzt was sagen muss (etwas Geld hätte ich ja noch). Aber stattdessen schaue ich durch die Leica. Die zwei Mädchen stecken sofort die Köpfe zusammen, hinter ihnen ragt das Tischtelefon wie ein kleiner Leuchtturm in die Höhe (an der Spitze prangt ein Kasten mit der 31).

KLICK.

Es ist das erste Foto seit einer gefühlten Ewigkeit.

Fanny schaut sich im Saal um, steht sogar kurz auf, das passt zu ihrem Matrosenlook. »Nummer 58 sieht ganz fesch aus.«

Die Loge mit der Nummer 58 liegt genau auf der anderen Seite des Tanzparketts (niemand tanzt) unterhalb des Orchesters (*Julius Fuchs*, wie es auf dem Banner heißt). Zwei Herren, ein Fräulein. Etwas älter, dafür vermögend aussehend.

Fanny nimmt den Hörer aus der Halterung des Miniaturleuchtturms, steckt ihren Finger in die Öffnung (5) der Scheibe darunter, zieht sie bis zum Anschlag, nimmt den Finger heraus und lässt sie zurücklaufen. »Geht doch«, sagt sie und macht dasselbe mit der 8.

»Leitung frei«, sagt sie.

Ich blicke zur angewählten Loge, deren Nummer leuchtend anspringt. Einer der Herren greift sich den Hörer.

»Hier Tisch 31«, sagt Fanny. Ich sehe, wie die Angewählten sich im Raum umschauen, dann das Fräulein auf uns zeigen. Fanny wickelt sich das Kabel um den schmalen Zeigefinger, hört nickend und den Kopf hin und her wiegend zu. »Das wollen wir auch«, sagt Fanny und lauscht dann wieder. Nickt, verdreht die Augen. »Ein Tanz, vielleicht später. Wenn es endlich losgeht«, sagt sie und hängt den Hörer kurz entschlossen an.

»Was haben sie gesagt?«, frage ich.

»Er hat mir irgendwas von seinem White Horse vorgeschwärmt.«

Ich blättere schnell durch das Heftchen.

»Ich habe nur gesagt, das wollen wir auch.«

»Whisky«, sage ich, weil das da so steht, und: »Der allerteuerste.«

»Da kommt was.« Mie Pauline tätschelt das Rohrpostding.

Der gebogene Rohrpostwasserhahn (besser kann ich es dir nicht beschreiben) klingt wie ein Staubsauger und signalisiert so, dass das Gerät arbeitet. Das Rohr verläuft in den Boden, und von dort her schießt gerade eine Patrone heran, die in unserem Empfangsnetz landet.

Sie ist mit unserer Tisch-, einer Waren- und der Absendernummer versehen. Mie Pauline hat die Patrone gleich aufgedreht und nestelt ein Whiskyfläschchen hervor. »Et voilà«, sagt sie, und dann macht es wieder dieses Sauggeräusch, und eine zweite Patrone saust ins Netz und wenige Sekunden später eine dritte.

Wir greifen uns die Patronen, drehen sie auf, dann die Verschlüsse von den Fläschchen. Wie heben die Arme zum Dank, stoßen an und trinken die Geschenke in einem Zug.

»Besser als im Resi«, sagt Fanny.

»Viel besser als im Resi«, sagt Mie Pauline.

Etwas passiert auf der Bühne. Das Großorchester spielt auf, und die Spiegelkugel, seitlich angeleuchtet, dreht sich planetarisch um die eigene Achse. Lichtreflexionen wirbeln über die Logen, die gewundenen Gänge, die verzierten Wände und Decken. Die Leute greifen nach den Hörern (ein gigantisches Netz aus Drähten, unter den Tischen irgendwie miteinander verbunden) und versuchen, eine gute Partie zu finden.

Unsere Nummer springt hell an. Fanny nimmt den Hörer vom Halter und drückt ihn sich, eine Flora Privat im Mundwinkel, ans Ohr. »Wer da?«, sagt sie forsch, lauscht eine Weile, nickt. Etliche leere Fläschchen haben sich auf unserem Tisch angesammelt. Das Kabel wickelt sie sich wieder um den langen Zeigefinger. »Und wer sind Sie?« Es folgt wieder eine längere Antwort. In den angrenzenden Logen recken sie die Köpfe nach uns und versuchen, eine Verbindung herzustellen. Fanny legt auf.

»Wer war's?«, fragt Mie Pauline.

»Ein Börsianer von der Bar. Zu langweilig.« Sie steht auf. »Ich mach mich mal frisch«, und das ist ein toller Trick, denn nun sehen alle, was für eine tolle Partie sie ist.

Mie Pauline und ich sind jetzt allein, und das Telefon bleibt stumm. Wir unterhalten uns ein wenig, um das nicht zu auffällig registrieren zu müssen. Mie Pauline fragt, wie die Geschenke hin und her geschickt werden, und ich reime mir etwas zusammen. Ich verweise auf das acht Kilometer lange Netz unter Großberlin, durch das Patronen in Röhren quick versendet werden. Ich spreche von einem Vakuum und davon, dass alles mit den Börsianern begann (das stimmt vielleicht sogar), die sich schnell benachrichtigen mussten. Dass die Rohrleitungen dann bis zum Zeitungsdistrikt erweitert wurden und nun einige Verbindungen bis in den wohlhabenden Südwesten reichen. Bald soll die ganze Stadt pneumatisch vernetzt sein.

»Pneuma heißt auf Griechisch Luft«, sage ich und mache mit den Händen einen Lufthauch nach. »Die Seele des Menschen.«

Mie Pauline ist ganz eingenommen von meinen Ausführungen, und ich nehme die Leica und fange ihren Gesichtsausdruck ein. Dann nippen wir am Whisky, und ich fahre mir durchs Haar. »Ob wir wen anrufen sollen?«

Mie Pauline schüttelt die Kurzhaarfrisur. Und obwohl ich meine Velvethose trage, kriecht diese alte Schüchternheit in mich hinein. »Hat dir mein Foto gefallen?«, frage ich sie.

»Kiki?«

Ich nicke.

»Warst du das?«

Ich bin verwundert und, wenn ich ehrlich bin, auch enttäuscht, dass Mie Pauline das nicht weiß. Wo war sie die ganze Zeit?

»Ich meine«, fährt sie fort, »warst du das da mit im Bild?«

Bevor ich etwas sagen kann, ist Fanny wieder zurück. Sogleich springt unsere Nummer an. Sie geht ran, hört eine Weile zu. Auf der anderen Seite der Tanzfläche erhebt sich ein adretter Herr mit glänzendem Haar. Sie fragt: »Riechen Sie gut?« Sie hört wieder eine Weile zu, dann hängt sie auf und stolziert vor aufs Parkett. Der adrette Herr muss sich beeilen, um sie nicht zu lange warten zu lassen. Sie tanzen eng umschlungen, gleich den anderen ersten Paaren, die sich zusammengefunden haben.

Für diejenigen, die noch keine zweite Partie haben, gibt es die *Wasser- und Lichtwunder*, wie es in dem Heftchen heißt (in dem ich verlegen blättere). Hinter dem Orchester und einer Glaswand rauschen im Rhythmus der Musik Fontänen und Wasserkaskaden auf und nieder. Wunderlich daran sind die sich wandelnden Farben, in denen die Fontänen (versteckt von farbigen Scheinwerfern angeleuchtet) erscheinen.

»Da kommt wieder was«, sagt Mie Pauline, und wir sind beide froh, dass etwas passiert und die unangenehme Stille unterbricht.

Die Patrone landet im Netz. Sie nimmt sie heraus. »Für dich«, sagt sie, weil mein Name daraufsteht.

Ein schönes Gefühl, diese Patrone aufzudrehen (schlichtweg alles könnte drinnen sein). Zum Vorschein kommen zehn aneinandergeschnürte Flora Privat. »Genau das brauchen wir jetzt«, sage ich.

»Und es ist noch ein Zettel dabei.«

Mie Pauline hat recht. Um eine der Floras ist ein Zettel gewickelt. Ich drösele ihn auf, da steht: *Herr Frey, ich liebe Sie!*

»Von welchem Tisch ist das?«

Mie Pauline dreht die Patrone. »Steht nicht drauf.«

Und wieder kommt etwas angeschossen, eine weitere Patrone fluppt ins Netz, zum Vorschein kommt eine Schachtel Streichhölzer (Luxuspackung).

Irgendwann ist Fanny zurück, und schon leuchten wir wieder grell. Sie tut genervt, führt Small Talk am Telefon und legt wieder unvermittelt auf. Sie lacht. Wir lachen mit und stoßen mit den minütlich angesaugten Getränken an.

Fanny hat heraus, wie es funktioniert: Sie winkelt das Bein an und zieht die Strümpfe nach. Die Leuchte mit unserer Nummer springt an, sie hebt ab und quasselt ohne Bedenken drauflos (Tisch 77, zwei Herren in Schwarz). Sie legt auf. Die Leuchte springt wieder an, und von nun an hört es gar nicht mehr auf. Fanny wird zur menschlichen Schaltzentrale, wir kommen gar nicht mehr dazu, uns zu unterhalten (oder herauszufinden, ob auch jemand Mie Pauline oder mich kontaktieren würde).

Wenn es hell bei uns wird, schrecken gleich die Nachbartische hoch (bei denen ist wenig los). Sie schauen sich um und fragen sich, wer es gewagt hat, dieses Fräulein anzurufen (und wann sie sich endlich wieder einen zum Tanz herauspickt). Wie ein aufgebrachter Bienenstock summt dieser Saal, aber doch noch sehr gehemmt, weil keiner richtig weiß, wie er oder sie sich am Telefon verhalten soll. In welcher Tonlage sich ausdrücken, ernst oder direkt? Fanny jedoch gelingt es phänomenal, denn sie macht sich keinen Kopf, so wie sie sich noch nie einen Kopf gemacht hat. Intuitiv ist sie schlicht sie selber, offen, ehrlich, ein Mensch, dem du gerne zuhörst, den du gerne an deiner Seite hättest. Echt.

Wir leuchten, ich gehe ran. »Hier Tischnummer 72«, sagt ein Typ mit russisch-charlottenburgerischem Akzent. »Dürfte ich mit der Matrosin sprechen?«

»Wie gewünscht«, sage ich und reiche Mie Pauline den Hörer. »Für dich.«

Mie Pauline drückt den Hörer ans Ohr, sagt aber kein Wort. Der Mann spricht so laut, dass ich mithören kann. Viel zu unterwürfig wispert sie irgendwann: »Danke, danke, danke«, und hört lange und andächtig zu. Auch das scheint anzukommen, weil es dem Herrn Raum gibt, sich zu profilieren. Ja, wir finden schnell heraus, worum es hier eigentlich geht: kompakte Selbstdarstellung.

Unser Tisch ist voll mit diesen Patronen. Das Telefon blinkt in einem fort, Fanny ist mittlerweile ziemlich beschwipst, sie hat es nicht mehr so mit der Wahrheit. Lippenstift, Knabbermandeln, praktische Schlüsseltaschen aus Wildleder, ein Bleistift in Silber, Bitterpastillen und eine Bartbürste im Etui, obwohl ich keinen Bart trage.

Recht unoriginelle Nachrichten liegen zerknüllt zwischen den Gläsern und Fläschchen: *Wir sind ein Dampfer und suchen noch einen Kapitän! Ahoi!* Oder *Plastik hin, Plastik her, Tisch 001 will mehr!* Oder ein paar anzügliche Sachen, die eigentlich im Pneumapostraum zensiert werden sollten. Und weitere Fanpost, anders kann ich es nicht sagen: *Franz Frey. Ich will Ihre Dunkelkammer sein!*

Mie Pauline beschreibt Zettel, die überall ausliegen, und schreibt Hunderte Male *Schnaps! Schnaps!* drauf sowie unsere Tischnummer. Völlig willkürlich verschickt sie diese. Wie Flaschenpost. Nur in Echtzeit.

Es zeigt Wirkung. Unmengen Schnapsfläschchen ploppen ins Netz. Wir angeln Bestätigungen, schrauben die Verschlüsse auf, kippen die Köpfe in den Nacken, setzen uns die Deckelchen auf die Nasenspitze und leeren die Fläschchen in einem Zug.

Das Telefon. Fanny nimmt ab. Mie Pauline assistiert und

wirft ihr das Stichwort »Raumschiffkapitän« zu. Das neue Spiel geht so: Fanny muss das Gegenüber so lange in ein Gespräch verwickeln, bis sie den Begriff »Raumschiffkapitän« untergebracht hat. Fanny spielt ihre Rolle überzeugend, es liegt an ihrer Stimme, und erzählt die schauerlichsten Märchen. Einmal damit angefangen, können wir sie nicht mehr stoppen. Sie sei in *Nosferatu* über die Leinwand gelaufen und hätte bald ihren ganz großen Babelsberg-Moment in einem der Tonfilme. Irgendwelche Namen sagt sie auf, wie »Kapitän Planet«, ein Film über die Reise auf die dunkle Seite des Mondes, in dem sie den weiblichen Raumschiffkapitän verkörpere. Ich hebe die Hand, Fanny schaut mich verdattert an. Ich sage: »Schlag ein, High five«, und Fanny schlägt mit mir High five ein.

Sie macht das gut, und weil unser Telefon so oft leuchtet, wird unser Tisch bald taghell von Scheinwerfern angestrahlt. Denn das ist der nächste Coup im Femina: Die Anzahl der Anrufe und der Versuche, die nicht durchkommen, bestimmen den Helligkeitsgrad einer jeden Loge. Du schaust dich im weiten Saal um (zur Bühne schaut schon lange keiner mehr, auf der sich derzeit eine Kleinkunstgruppe mit politischem Programm abmüht), und anhand der Ausleuchtung erkennst du die Popularität der einzelnen Tische. Wir stechen mehr als nur grell hervor.

Bestimmt schon weit nach Mitternacht mischen wir Old Tom Gin mit Bols Bitter zu einem Fanny Spezial. Und Chips und Dips kommen frisch ausgebraten und abgepackt und für mich eine Zigarrenschatulle, die ich an Mie Pauline und Fanny weiterleite, und die stecken sich gleich diese dicken Dinger in ihre Münder und warten weltmännisch, dass ich ihnen Feuer gebe. Und sie qualmen, und wir lachen, und Mie Pauline legt unter dem Tisch ihre Hand auf meine Velvethose, während vor uns der Berg der Geschenke überquillt und vom Tisch zu rutschen droht.

Eine weitere Nachricht landet im Netz. Fanny rollt die Botschaft aus und versucht zu lesen, was ihr wegen des Alkohols sichtlich schwerfällt. Sie zuckt mit den Schultern, als wüsste sie nicht, was das soll. Mie Pauline zieht ihre Hand von mir weg und beugt sich über den Zettel. In krakliger Handschrift, wie von einem Kind hingeworfen, steht: *Katzenjunge!*

*

Wir spielen eine Partie Nocturne-Minigolf auf der Dachterrasse des angrenzenden Aquariums. Es gibt Mühlen und Schlossgräben, Wippen und einen leidlichen Zickzackparcours. Die Stadt erstreckt sich zu allen Seiten bis an den gebogenen Horizont. Über uns der echte Sternenhimmel. Der Morgen ist nicht mehr weit, und durch das hydraulisch aufgebrochene Dach des Femina schallt Tanzmusik in den dämmernden Morgen. Die frühen Stunden verbreiten ihre erfrischende Kühle.

Es hupt mehrmals nacheinander von der Straße. Wir schwingen die Schläger auf die Schulter und fahren ins Erdgeschoss. Etwas Dumpfes hat sich über mich gelegt. Sicher ist es nur die Müdigkeit des ewigen Tags. Der Asphalt schwankt unter meinen Schritten.

Draußen wartet der Wagen mit weit offener Tür. Wir schmeißen uns zu dritt auf die Rückbank. Die Minigolfschläger strecken wir wie Antennen in die Nacht.

»Nach Hause«, sage ich zum Fahrer.

VIER

Franz, 10

Kreuz und quer nackte Glieder. Ein Minigolfschläger steckt in einem der Bottiche mit schwarzer Entwicklerflüssigkeit. Pochende Schmerzen in meiner Schläfe. Mie Pauline ist halb in mein Handtuch gewickelt. Fanny liegt mit dem Kopf in ihrem Schoß. Fanny ist fein rasiert, ein weicher Flaum (sie hat ein knochiges Becken, einen langen, geschwungenen Rücken, helle Haut). Licht dringt durch die Fenster herein.

Ich stelle mich aufrecht hin. Auch ich bin nackt. Es riecht nach drei die Nacht ausdünstenden Körpern. Um zur Dusche zu gelangen, muss ich über Flaschen, Chemikalien, Klamottenknäule und unter der Wäscheleine hindurchbalancieren.

Es gelingt mir mehr oder minder gut. Immerhin wecke ich sie nicht. In der Dusche drehe ich das Wasser eiskalt auf. Nichts formiert sich in meinem Kopf. Nur das Hämmern von Fäusten (mit kantigen Knöcheln) innen gegen die Schädeldecke.

Nackt und triefend stehe ich im Raum. Ich müsste Mie Pauline die Handtuchdecke wegziehen, um mich abzutrocknen. Oder mich nackt in die Mittagssonne stellen. Ich fülle die Kanne mit Wasser und lasse sie elektrisch erhitzen. Ich schiebe die Balkontür auf, greife nach den Zigaretten und den Zündhölzern (Luxuspackung, wenn du dich erinnerst) auf dem Fenstersims. Ich trete auf den Balkon hinaus ins Grelle, beschirme die Augen mit der Hand. Ein frischer Luftzug kühlt mir die Brust. Ich trockne. Kaktus Fred wirft einen kurzen Schatten. Ich zünde mir die Zigarette an. Sie schmeckt scheußlich.

Unten wird ein röhrender Motor angelassen, stolz schiebt der Hauswart seinen Balkenmäher über den Rasen. Geräusche spielender Kinder und ein Ball, der an die Remise klatscht. Die Elektrische, wie sie die Schienen entlangrasselt und in der Kurve klingelt. Über allem liegt die friedliche Schicht des Hochsommers. Da naht der Zeitungsjunge. Ich kenne seine Stimme. Er ruft die neuesten Schlagzeilen aus: »Graf Zeppelin dreht nach Moskau ab. Sturmfront! Sturmfront!« Er steigt in die Pedale seines Rads, das kannst du hören.

Ich schnippe die Zigarette die vielen Stockwerke nach unten. Von der Kochnische her pingt das erhitzte Wasser. Mittlerweile trocken, wanke ich wieder hinein. Die beiden schlafen noch. Fanny hat einen Arm um Mie Pauline gelegt.

Ich nehme Tassen aus dem Regalsystem (eine zerbricht mir am Boden in drei Stücke, zum Glück wachen die beiden nicht auf, ich schiebe die Scherben mit dem Fuß beiseite) und löffele Instantpulver hinein. Ich nehme die Kanne von der Vorrichtung und gieße das Pulver mit kochendem Wasser auf, verrühre es mit dem Zeigefinger. Ich nehme mir für heute vor, nur nichtsnutzig im Bett (mit den beiden) herumzuliegen. Vielleicht werden wir uns später noch irgendein Instantessen herbeitelefonieren und uns nackt auf das Flachdach legen.

Ich warte, bis sich das Pulver gänzlich aufgelöst hat, da ertönt wieder die Stimme des Zeitungsjungen. Genau unter meinem Balkon. Klar und deutlich, als sei er nur für mich da.

»Neuestes vom Katzenjungen!«, ruft er. »Neuestes vom Katzenjungen!«

Der Katzenjunge. Irgendwie lässt er mich nicht los. Gut, ich werde nach Kiki und dem Katzenjungen schauen.

Die Tassen lasse ich stehen, schlüpfe in meine Shorts und bin schon an der Tür, da fällt mir die Leica ein. Sie liegt auf dem Fenstersims (man weiß ja nie, was einem passiert). Ich steige über die beiden Mädchen hinweg, und gleich darauf baumelt die Kamera schon vor meiner Brust.

Ich renne das kühle Treppenhaus hinab. Als ich auf dem Asphalt stehe, ist der Zeitungsjunge bereits fort (die Tür fällt hinter mir ins Schloss), als wär er in der Hitze verdampft.

Der Asphalt glüht, ich hätte in Sandalen schlüpfen sollen. Vor Hitze tänzelnd, klopfe ich mich nach den Schlüsseln ab. Natürlich vergessen. Und ich habe auch kein Hemd. Aber es sind ja Sommerferien, und mit meinen hochgekrempelten Shorts kann ich leicht als Landbub auf Stadturlaub durchgehen. So tänzele ich von Häuserschatten zu Häuserschatten (es ist wirklich glutheiß) – alles Projektbauten des Neuen Wohnens – auf meinen Kiosk zu. Der Hauswart mäht Karos in die Grünfläche, ein paar Jungs, fast schon erwachsen, überholen mich auf ihren Rädern. Kinder schießen unbeirrt einen Ball gegen die Remise.

Ich blicke kurz zurück und hoch zu meiner Etage: Da stehen die Nachbarn, Karl und Hedwig, auf ihrem Balkon, rauchen. In ihrer Haltung erkennst du alles. Die breite Karl-Statur, die Hedwig immerzu zur Seite drängt (ob er das will oder nicht, so ist es einfach).

KLICK.

Der Kiosk erinnert am ehesten an eine Box aus Beton. Zigaretten, Vollkornbrot, Süßzeug stauen sich hinter riesigen Glasflächen. Die Jungs, die fast schon erwachsen sind, schauen zu fünft in eine aufgeschlagene Zeitung. Lachen. Ihre Fahrräder liegen auf dem Asphalt.

Fräulein Else-Marie, meine Lieblingsverkäuferin, bestückt gerade den Zeitungsständer mit den Mittagsausgaben. Ich grüße sie. Sie blickt mich aus großen Augen an. Sonst schäkern wir. Heute jedoch verdrückt sie sich gleich in den Kubus, erscheint wenig später am Einkaufsfenster und sortiert Knallfrösche ins Regal.

Ich habe alle Zeitungen im Blick und die Illustrierten auf dem Ständer daneben, und alle (alle!) Titelblätter schmückt das Gleiche: die Ablichtung des Radiogramms, das um 10 Uhr MEZ in den Redaktionen eintraf.

Tiefdruck über Sibirien. Starker Westwind. Stürmischer Regen. Gewitterfront. Wir werden hineingesaugt. Abdrehen unmöglich. Kapitän Erkner veranlasst Aufstieg auf 6000 f.

Ich schnappe mir wahllos eine der Zeitungen, denn da steht auch (wie auf den anderen): *Katzenjunge treibt weiter sein Unwesen (Panoramaseite).* Ich gehe ans Einkaufsfenster heran. Fräulein Else-Marie sortiert gerade die Zigaretten ein.

»Flora?« Sie hat schmale Schultern und eine Stupsnase. Heute schaut sie mir gar nicht in die Augen.

»Nein danke«, sage ich und lege die Zeitung auf den Tresen. Die Jungs stellen sich hinter mir an.

»Haben Sie gesehen?«, frage ich Else-Marie.

Sie schaut kurz auf, senkt den Blick aber gleich wieder, schüttelt den Kopf.

Ich drehe ihr Zeitung und Schlagzeile hin.

»Den Zeppelin?«, sagt sie, irgendwie erleichtert.

»Was denn sonst?«

Sie holt einmal tief Luft, wie in den Stummfilmen, um die

Contenance zu behalten. »Sie wissen das doch«, sagt sie und schlägt die Titelseite um. »Dass Sie der Katzenjunge sind.«

Sie blättert durch die Kommentare zur Gefahrensituation des Zeppelins, zu den politischen Turbulenzen, Protesten nationaler wie kommunistischer Kräfte, zum Tumult an der Börse (Milchpreis), zur Unterhaltungssektion. Dort, auf der gesamten achten Seite, ist das Kiki-Foto, das ich im Gewächshaus geschossen habe.

»Oh«, sage ich und muss schmunzeln, weil das Foto ziemlich stark vergrößert wurde, so dass man von Kiki nur noch den angewinkelten Arm sehen kann. Dafür aber umso klarer den Hintergrund (Gewächshausscheibe), in dessen Spiegelung ein Gesicht (kaum als solches zu erkennen) zu sehen ist. Bemalt wie eine flamboyante Raubkatze, den Mund schrill verzogen, als habe er (ich) in eine Zitrone gebissen und gleichzeitig etwas sehr Unanständiges gedacht: *der Katzenjunge!*

Die Jungs zwängen sich vorbei, weil sie es auch sehen wollen, und ich schmunzele noch immer, weil es wirklich ein lustiger Anblick ist. Farbige Neonschlieren ziehen sich quer über das Gesicht, und dann diese pink funkelnden Augen, als sprühten sie von innen heraus. Die Situation (das wird mir überdeutlich) ist auf einmal ganz anders. Kiki ist sehr allein in diesem Gewächshaus und hat diesen Katzenjungen vor sich, der sie mit seiner Kamera, die er ganz unprofessionell vor der Brust hält, belauert, als plane er im nächsten Moment den großen Coup. Unter dem Foto der volle Name des Urhebers (ich).

»Ja, das bin ich«, sage ich. Die Jungs schauen jetzt ganz verwundert zu mir. Und ich lächele (irgendwie doch stolz) mein Fräulein Else-Marie an, und sie schmunzelt jetzt auch. Und dann lache ich. Und sie lacht im selben Moment. Und gleich ist die Welt eine andere.

Ich lasse anschreiben, weil ich natürlich auch kein Geld dabeihabe, und klemme mir die Zeitung unter die Achsel. Weil ich in einer guten Stimmung bin, spendiere ich den Jungs eine Runde Lutscher mit prickelndem Waldmeistergeschmack.

»Danke«, sagt der Größte, der auch schon ein Laufburschenfahrrad hat, und sie fahren neben mir her, als ich meinen Weg zurück nehme, von Schatten zu Schatten tänzelnd, ich, den sie den »Katzenjungen« nennen. Damit kann ich leben, ich sehe ja in der Tat etwas zerrupft und nach einer mit Farbe übergossenen Straßenkatze aus.

Wir kommen zu den Monolithen. Der Hauswart tupft sich gerade den Schweiß von der Stirn und schaut uns nach. Karl raucht eine Zigarette, Hedwig wartet daneben in der Ecke. Ein Ball rollt vor uns über die Straße, die Kinder rennen hinterher und dabei fast in die (schrillende) Elektrische hinein.

Wir kommen zum Eingang.

»Bist du schwul?«, fragt der Älteste und dreht den Lutscher im Mund.

»Wie kommst du drauf?«

»Schraubst mit deinem Arsch die Schraube an die Laterne«, sagt ein anderer, mitten im Stimmbruch.

Ich habe wirklich keine Ahnung, von was sie reden.

Der Älteste zeigt auf die Zeitung. »Du schwulst mit der Laterne«, sagt er.

Ich schlage die Zeitung auf. »Wo?«, sage ich.

»Blätter um.«

Ich blättere zur nächsten Seite. Da sind viele kleine Bilder. Zehn, zwanzig.

»Hier«, der Älteste tippt auf eines, auf dem sich jemand an eine Laterne (vor dem Adlon) klammert. »Und hier ist die Schraube, das siehst du ganz genau.«

»Die geht dir in den Arsch«, sagt jemand aus der zweiten Reihe.

»Widerlich. Er sitzt mit der Poritze, was ist das?, auf einer Schraube?«

Sie lachen. Ich schaue mich um, ob es Aufsehen erregt. Bis auf den Hauswart, der seinen (ausgeschalteten) Balkenmäher schiebt, ist niemand in der Nähe.

Ich ziehe ihnen die Zeitung weg. Einen Fetzen behält der Älteste in der Hand.

»Die arme Kiki«, ruft einer von ihnen. »Vom Katzenjungen aufgelauert.«

»Und das Mädchen in der Nacht –«

»Dem er unter den Rock gefasst hat.«

»Aber er ist doch schwul!«

Sie lachen immer lauter.

»Schraubenrodeo!«, ruft einer. »Schraubenrodeo!«

»Verzieht euch!«, zische ich.

»Der Katzenjunge!«, rufen sie, gleich mehrere. »Katzenjunge! Katzenjunge!«

Liv, 10

Die *Aurora 2* im Rücken, griff Liv unter die Träger ihres Rucksacks. Das Zoll- und Grenzgebäude und die dahinterliegende Skyline Aucklands wankten. Kreuzfahrtpassagiere flanierten über die Dockbrücke zum Landgang und reckten die Köpfe nach den Zwei- und Dreimastern, den Containerkränen und Umladestationen, nach den Superjachten der russischen Oligarchen, die sogar Helikopter mit sich führten. Sie schmeckte die salzdurchtränkte Stadtluft, die Frische der beiden hier zusammentreffenden Ozeane. Als sie ihren Kopf nach links drehte, kreischten einige Teenager, die ihre Gesichter gegen einen Maschendrahtzaun drückten und ihre Arme durch die schmalen Öffnungen schoben. Hielten sie ihre Smartphones auf Liv gerichtet?

Es gab zwei Ankunftsterminals. Mit ihr wartete eine Gruppe von deplatziert wirkenden Backpackern im Ankunftshangar der Superjachten. Die junge Frau vor ihr roch scharf nach Essig und Lavendelwundersäcken. Ihre Klamotten trugen Spuren unbequemer Nächte und monatelanger Handwäsche. Sandkörner, Weinflecken, Zigarettenlöcher, Moos- oder erste Schimmelkulturen hatten sich allesamt darin eingeschrieben. Auch Liv wurde von dem Mädchen gescannt, die so arrogant guckte, dass Liv gleich klar war, dass sie ein Kind reicher Eltern sein musste. Mit ihren Freunden machte sie sich über die Kreuzfahrttouristen auf der anderen Seite des Piers lustig. »Auckland kotzt mich jetzt schon an«, schnappte Liv auf.

Sie war froh, als sie an der Reihe war und ein Grenzpolizist in blauer Uniform vor ihr stand.

»Kia Ora«, grüßte er sie.

Sie wiederholte seinen Gruß, von Halsschmerzen heiser. Sie musste schnell klarstellen, dass sie nicht zu dieser Gruppe gehörte, obwohl sie in Aprils kobaltblauer Ausgehuniform mit der überweiten Kapuze die jonglierende Kleinkünstlerin der Gemeinschaft hätte sein können.

»Führst du Pflanzen mit dir, Tiere, irgendetwas Lebendiges?« Sein Ton war freundlich und deutlich akzentuiert zugleich.

»Ich habe nur das« – sie zeigte an sich herunter – »und die paar Sachen im Rucksack.« Ihre Stimme kratzte beim Sprechen und kam ihr unendlich fremd vor. Die letzten Tage hatte sie, bis auf ein paar wenige Sätze über Navigation und Essen, kaum ein Wort mehr mit April und Damien gewechselt.

»Das ist schön. Darf ich?«

Sie nickte und konzentrierte sich auf ihren Rucksack, ohne länger über die beiden nachzudenken, während ihre Klamotten so behutsam durchsucht wurden, als wolle der Mann keinesfalls Unordnung schaffen.

»Wir nehmen den Schutz der Biodiversität sehr ernst in Aotearoa-Neuseeland.« Er sah auf, lächelte. Seine Hemdsärmel waren hochgekrempelt, die Arme voller Tattoos. »Wir wollen unsere hiesige Artenvielfalt erhalten und um jeden Preis vermeiden, dass artfremde Eindringlinge die Flora und Fauna in Gefahr bringen. Wir sorgen uns um das Gleichgewicht.«

Die Klamotten der Backpacker wurden auf den angrenzenden Tischen ausgebreitet und einzeln untersucht. Eine junge Frau, deren Sandalen einbehalten wurden, argumentierte lautstark mit einer Grenzpolizistin, als plane diese einen Anschlag auf ihr Leben.

Liv blickte zu ihrem Kollegen, der lächelte zurück. Dann las er etwas von einem Display ab: »Du warst auf den Marquesasinseln?«

»Kurz, ja.«

»Warst du dort am Strand, auf den Vulkanen?«

»Nein, nur am Hafen.«

»Bist du die ganze Zeit barfuß herumgelaufen?«

Sie schaute auf ihre Füße hinab, nickte.

»Darf ich mal?« Er zeigte auf ihre Füße, und Liv hob sie an wie ein Pferd, dessen Hufe man inspizierte. »Du brauchst wohl Schuhe.« Er ging zu einem Schrank und holte etwas aus einer der Schubladen. Er sprach mit der Kollegin in weißer Uniform, die hinter einer angrenzenden Tür verschwand. Neuseeland musste ein fabelhaftes Land sein, sollten die Menschen hier auch nur ansatzweise so nett sein wie dieser Grenzbeamte.

Lächelnd kam er wieder auf Liv zu und reichte ihr eine Sonnencremetube. »Über dem Land der langen Wolke klafft leider das Ozonloch«, sagte er. »Slip, setz dir eine Mütze auf, Slop, kauf dir eine Sonnenbrille, Slap, creme dich ein.«

Sie nahm den Ratschlag sofort an und cremte sich Gesicht, Hals und Arme ein und genoss die angenehme Frische auf der Haut.

Seine Kollegin kam mit einem Stapel Schuhkartons zurück, stellte sie ab und hob die Deckel an. Sie enthielten paarweise

Turnschuhe mit einem roten Hahn an der Seite. »Rot, blau, marshmallow?«

»Marshmallow!«

»Eine gute Wahl. Guck, die trage ich auch.«

Liv schlüpfte in die neuen wie mit Luft aufgepumpten Schuhe. Sie ging zur Probe auf und ab. »Weich und bequem«, sagte sie. »Passen perfekt.«

»Hier«, der Mann reichte ihr den Reisepass zurück, »nutze die Zeit.«

Liv musste die Augen zusammenkneifen, so sehr blendete die Sonne. Am Ausgang wartete die Teenagergruppe, die sie hinter dem Zaun gesehen hatte. Ein Mädchen trug ein viel zu langes Shirt mit dem hopsenden Fufu, der einen Regenbogen kotzte.

»Dürfen wir ein Foto machen?«

»Klar.«

Die Mädchen stellten sich eine nach der anderen neben Liv, die Bildschirme mit ausgestreckten Armen vor sich haltend. Immer mehr drängten heran und wollten ein Selfie mit ihr. Ein paar Jungs beobachteten das Geschehen aus der Ferne. Jemand klappte einen Selfiestick aus. Ein Mann mittleren Alters in schlabbriger Jeans richtete ganz unverblümt sein Gerät auf sie.

»Ich muss los«, sagte Liv.

»Schreib doch wieder mehr«, sagte die mit dem Fufu-Shirt.

»Vielleicht.« Liv zog die Kapuze über und ging weiter.

Der Boulevard führte auf die Skyline zu. Sie genoss den festen Boden unter den Füßen und dass sie immer weiter geradeaus gehen konnte, ohne von einer Reling aufgehalten zu werden. Vor Restaurants befanden sich lange schwarze Tische, an denen die Menschen wie bei einem ausufernden Familienfest zusammensaßen und sich unterhielten. An einer Tafel war als Tageshighlight ein karamellisierter Tofu-Mango-Burger angeschrieben. In der offenen Küche konnte man sehen, wie das Essen zubereitet wurde. Es roch nach Koriander und Limette.

Im Laufen holte sie ihr altes Smartphone hervor. Damien schien es tatsächlich repariert zu haben. Es funktionierte einwandfrei, lediglich das Display war etwas zersplittert. Sie verband sich mit dem *Auckland-CBD,* und Maps loggte sie automatisch in *Auckland* ein. Sie wurde von ihrer geliebten Ava begrüßt, die sich über ihre lange Abwesenheit wunderte und sie fragte, wie es ihr gehe. »Gut«, sagte Liv. Sie hatte Ava tatsächlich vermisst und auch das einsetzende Ping-Geräusch aufploppender Anfragen, Kommentare, Mitteilungen.

Gila habe sich vor einem Disziplinargericht zu verantworten, hieß es in einer amtlichen Nachricht, weil sie sich mit Jugendlichen aus einem Dorf sexuell eingelassen und sich somit unsittlich verhalten habe. Ihr drohe die sofortige unehrenhafte Entlassung. Niels hatte die Challenges mit Guðrún und gleich auch ihre Beziehung abgebrochen und war auf der Rückreise nach Deutschland. Livs Eltern hatten ihr eine Flut von Kurz- und Sprachnachrichten gesendet. Seit zwei Wochen hatte sie sich bei niemandem gemeldet und nur deshalb noch sporadisch Beiträge von der *Aurora 2* verfasst, um keine weiteren Spekulationen aufkommen zu lassen. Als sie den Familien-Chat öffnete, pingte es.

Pa *MAS GEBURTSTAG!*

Seit wann schrie er so?

Sie ließ Ava die Nachrichten nach *Elam* durchsuchen, nichts, dann das Internet nach *Work and Travel in Neuseeland.* Beliebt schienen Arbeitsplätze auf biodynamischen Farmen zu sein. Würde sie gern bei der Weinernte mithelfen oder mit Bienenvölkern arbeiten? Sie wischte sich durch eine Bildserie – was taten die da? Kuhhörner mit Mist füllen, in der

Erde vergraben, nach Monaten wieder ausgraben und dann zu hochpotenzierten Tinkturen verarbeiten?

Guðrún *Wanaka! WANAKAAA!*

Was war denn heute nur mit allen los?

Vor 13 Tagen war Guðrún vom Cabo de Hornos Airport über Santiago de Chile hierhergeflogen und gleich in den Süden gereist. Es folgten Bilder von einem Vulkan, schwarze Erde und Felsen, giftgrüne Kraterseen. Die üblichen Gruppenfotos. Auf Guðrúns Spuren könnte sie sich also einfach zu den Gletschern und Vulkanen leiten lassen. Vielleicht wäre das ein Ziel, dachte sie.

Für heute brauchte sie aber erst einmal ein Zimmer. Sie wischte durch die Profile, die Schlafgelegenheiten anboten. Ein Pärchen, der Mann hatte einen kahlen Schädel, die Frau faltete die Hände im Schoß. Sie wischte zu einem irgendwie zu sportbegeisterten Typen, wischte zu einer Frau mit drei Hunden, die ihr über das Gesicht leckten, dann zu einem Typen mit langweiliger Sonnenbrille und kurzer Hose, die ihm bis zu den Knien reichte. Bei Judith Wright, 50, Kuratorin, wache Augen, die eine weiße Bluse mit riesigen schwarzen Punkten trug, blieb sie hängen. Liv schickte ihr eine Anfrage.

Die Ampel schaltete auf Rot, Warntöne erklangen. Die Fußgängerbrücke ging mittig entzwei und bog beide Enden nach oben. Ein Segelboot glitt durch den sich auftuenden Spalt. PING. *Judith* hatte ihre Anfrage angenommen.

Liv zog die Kapuze vom Kopf, betrat einen klimatisierten 7-Eleven und schnappte sich einen frisch gepressten Blutorangensaft aus der Auslage. Sie öffnete die Banking-App. Damien hatte ihr knapp 20000 Dollar überwiesen. An der Kasse fragte sie nach einer weltweiten Datenflatrate. Der Verkäufer schaltete die passende SIM-Karte frei, während sie am Strohhalm zog.

»Willst du noch Geld abheben?«, fragte er.

»50 Dollar, bitte.«

»Leg dein Smartphone hier auf.«

Sie hielt das Gerät vor ein quadratisches Stück Plastik, der Betrag erschien sowie ein grünes Feld in der Form eines Daumenabdrucks. Sie bestätigte die Transaktion mit ihrem Fingerabdruck, was trotz des zersplitterten Displays funktionierte.

»Hab einen schönen Tag«, sagte er.

»Danke, du auch.«

Draußen in der Sonne zog sie wieder die Kapuze über, auch weil da wieder eines der Mädchen vom Hafen stand und Liv mit schief gelegtem Kopf musterte. Sie sprach in Maps die Adresse ihrer Unterkunft ein und folgte der wieder mal euphorisiert wirkenden Ava. Die Route führte sie zu den Hochhäusern und die steile Shortland Street hinauf. Das musste der Finanzdistrikt sein, die Straßencafés waren voll besetzt, Banker in Anzügen und leichter bekleidete Studenten. Sie schrieb Gila und wollte wissen, was bei ihr passiert sei. Bekam aber keine Antwort, obwohl Gila die Nachricht gelesen hatte.

Sie checkte Gilas letzte Aktivitäten: Vor vier Stunden hatte sie etwas auf Livs Facebook-Wall gepostet. Gila wusste doch, wie sehr sie das hasste. Wie dem auch sei, sie öffnete ihre Profilseite, und da ganz oben stand: *Du ekelst mich an!* Öffentlich, so dass alle es lesen, teilen, kommentieren konnten.

Liv hatte ihr Ziel erreicht. Das Adam-Keen-Museum war ein weißes, mit Zinnen geschmücktes Gebäude. Quer auf dem Gehweg parkte ein NYPD-Wagen und qualmte aus der Motorhaube. Models in Unterwäsche rekelten sich auf dem Dach, Passanten filmten die Szene. Eine schlanke Frau in wallendem Cape trat aus dem Ausgang und eilte auf sie zu. Unter ihrem Arm klemmten Magazine.

»Das ging schnell. Hallo, Liv. Ich arbeite hier, du kannst mich Judith nennen.« Judith zeigte auf den Polizeiwagen. »In zwei Wochen ist das Opening, das hier ist nur das Präludium, James Price, dein Alter. Künstler sind das Frühwarnsystem einer Gesellschaft. James bringt das Internet in den Kunstkontext.«

Judith überquerte die Straße, noch bevor Liv irgendetwas fragen konnte – Polizeiwagen? Internet? Frühwarnsystem? Ein Wagen kam hupend noch gerade eben vor ihnen zum Halt.

»Hier wohnst du jetzt also.« Judith wies auf das cremefarbene Hochhaus, das von Bürotürmen eingeklemmt wurde und trotz der mindestens zehn Stockwerke winzig erschien. »Erbaut Ende der 20er, Art déco, sonst war der Architekt nur in Berlin und Tel Aviv tätig, Modifikationen in den 70ern, du wirst es drinnen sehen.« Judith sprach schnell, ging schnell. Sie hatte grüne Augen und schöne Falten, die sich von den Augenwinkeln aus strahlenförmig auffächerten.

»Dieser ist für die Post.« Sie zückte einen Schlüsselbund, öffnete den Postkasten, in dem ein weiterer Schlüssel lag. »Den benutzt du für den Dienstboteneingang unten, diesen hier für den Eingang oben. Ein Sicherheitsschloss.«

Judith stieß die mit Blumen verzierte Eingangstür auf. Ein roter, ausgetretener Teppich, goldene Ornamentik, Wandspiegel zu beiden Seiten. Wie der Eingangsbereich eines in die Jahre gekommenen Grandhotels.

Liv schob die Kapuze vom Kopf. Sie schwitzte leicht am Haaransatz.

Judith stemmte die Arme in die Hüfte. »Du bist es wirklich.«

Sie gingen den Gang entlang zum Aufzug.

»Du schiebst das Gitter zu, bis es klick macht. Dann drückst du lange auf die Sieben.« Judith drückte auf den Knopf, dessen Beschriftung nur noch schwer zu entziffern war. »Nebenbei bemerkt«, sagte sie, während der Aufzug sich rüttelnd in Bewegung setzte, »ich mag die ironische Geste deines Rucksacks.«

»Danke. Er bedeutet mir viel.« Sie blickte kurz auf ihr Display. Guðrún empfahl einen extrem billigen Flug für morgen nach Wanaka, einen an einem See gelegenen Ort in den Bergen der Südinsel, der von Touristen mit *9,7 Sternen* als phänomenal bewertet wurde.

Sie kamen zum Halt. Judith zog die Gittertür auf. Auch hier lagen rote Teppiche aus, Liv folgte ihr, Schlüssel klimperten, Judith drückte die Tür zum Apartment auf, und ein Schwall Orchideenduft kam ihnen entgegen.

Der Duft wurde noch intensiver, als sie in die Wohnung eintraten. Alles wirkte weitläufig und mondän, jeder einzelne Gegenstand schien Würde auszustrahlen. Zwischen Spiegelschränken zierten Holzvertäfelungen in Marmoroptik die Wandflächen.

Judith öffnete die Tür zum Badezimmer. Eine mit Pflanzenranken bedruckte Tapete verwandelte den Raum in einen exotischen Tempel. »Die Dusche ist leider zu klein für zwei.« Judith lachte, auch von ihr ging ein blumiger Geruch aus.

Im Flur zog sie an einer Schnur, ein Bügelbrett klappte sich auf und stand wackelig auf den Beinen. Kommentarlos preschte Judith ins Wohnzimmer weiter, durch dessen Fenster sich eine tolle Sicht auf die umstehenden Wolkenkratzer bot. Liv konnte Banker bei der Arbeit sehen. Auf dem Beistelltisch neben der Couch standen frische Orchideen.

»Hier liegen die Zeitungen und Magazine.« Judith legte die mitgebrachten Hefte ab, jede ihrer Bewegungen war effizient und direkt. »Dort ist die Küche.« Liv folgte ihr in ein schmales, olivfarbenes Zimmer mit Hafenblick. Judith hielt einen Wasserkocher unter den Hahn und stellte ihn dann an. »Der Ofen ist aus den 70ern. An der Waschmaschine fällt manchmal der Regler ab, aber keine Sorge, er ist einfach wieder aufzusetzen.« Sie gingen aus der Küche in eine Art Zwischengang, von dem zwei weitere Türen abgingen. Judith öffnete die schmale Flügeltür, und nacheinander traten sie in ein helles Zimmer mit großen Fenstern zu beiden Seiten. »Hier ist dein Zimmer.«

Sie öffnete die Tür des Schranks, in dem Dutzende Kleider an der Stange hingen und Schuhe sich stapelten. »Kannst du alles gerne anziehen, die Kleider werden dir stehen. Ich hüte gerade eine Villa auf der anderen Seite der Bucht. Hier schläfst du, nebenan Sohvi, sie arbeitet 9 to 5, da« – Judith zeigte aus dem Fenster auf die Straße – »gegenüber, als Haardesignerin. Ihr Boss ist Araber. Nach Feierabend trifft sie Typen in Bars, meistens kommt sie angetrunken nach Hause. Wein, Sekt, später Wodka. Nicht wundern, sie ist Finnin.«

Liv schaute ihre Gastgeberin von der Seite an. Sie wollte auch so effizient und direkt sein wie sie.

Zurück im Wohnzimmer, sortierte Judith die Zeitschriften und Zeitungen um, tauschte alte gegen die neuen aus. »Bezahlt hast du ja schon. Ach, den Fernseher machst du so an« – sie griff nach der Fernbedienung, das Gerät sprang an – »das Passwort fürs Netz ist 84 mon amour, 84, Paris, meine Zeit.« Der Fernseher ging wieder aus.

»84 mon amour?«

»Genau, aber alles zusammen und klein. Filmklassiker sind im Schrank, Gäste dürfen auf der Couch schlafen. Heute, 5 p.m., hat ein Künstlerkollektiv, Masterstudenten, zur Eröffnung von Fuzzy Vibes eingeladen. Ein Off-Space, letzte Woche war da noch ein Secondhandladen. Im Souterrain. Auf der Karangahape Road.«

»Karanga-was?«

»K-Road, die Straße der Künstler und Prostituierten. Ich werde es nicht schaffen. Aber ich habe schon Bescheid gesagt, dass du vielleicht kommst. In ein paar Tagen ist die Christmasparty auf dem Dach, da musst du auch hin, dann, in zwei Wochen, das große Opening bei uns, die Neujahrsausstellung, von der ich eben sprach.«

Bis wann hatte sie denn das Zimmer gebucht?

»Keine Angst«, sagte Judith. »Wir feiern kein Weihnachten. Wir nehmen nur jeden Anlass wahr, um die Dachterrasse zu benutzen.« Beim Hinausgehen klappte sie in einer Bewegung das Bügelbrett hoch und sagte: »Das Wasser für den Tee ist fertig«, bevor sie, ohne ein weiteres Wort, im Treppenhaus verschwand.

Noch ganz verdutzt von der Geschwindigkeit dieser Frau, schlenderte Liv umher, blätterte in den Magazinen, warf sich probeweise aufs samtige Sofa und schaute zu den Bankern hinüber. Es fühlte sich wunderbar an, nicht mehr auf dem Schiff zu sein. Diese Freiheit, diese Weite.

PING. Guðrún wollte wissen, ob Liv schon gebucht habe. PING. Vater postete in ihren Familien-Chat ein Bild von Mutter, umgeben von Menschen, die Wunderkerzen hochhielten und wahrscheinlich sangen. Er musste registriert haben, dass Liv wieder zu erreichen war. Es pingte, diesmal aus der Küche.

Der Schnellkocher hatte sich automatisch abgeschaltet. Das Fenster mit der Hafen- und Vulkanaussicht war vom Wasserdampf beschlagen. In einer Tasse hing ein Teebeutel.

In der weißen Nachmittagssonne schlenderte Liv die Shortland Street zur Hafenpromenade hinunter. Der Tee hatte sie belebt, die Halsschmerzen waren verschwunden. Keiner der Banker trug Krawatte, stattdessen hatten sie alle Turnschuhe und bunte Socken an. Sie aßen im Gehen und nippten an Pappbechern, so dynamisch, als hätte man in ihre Gelenke Sprungfedern eingebaut. Longboarder wedelten den steilen Hügel hinunter, feste Waden, auffällig viele Tattoos an freien

Körperstellen. Studenten, die aussahen, als kämen sie aus allen Weltteilen, gingen in lachenden Grüppchen, ein Schild wies ihnen den Weg zum Campus. Es war Frühsommer, vielleicht kamen ihr deswegen alle so glücklich vor. Wer Neuseeland hörte, dachte an Mittelerde, schroffe Bergketten, spektakuläre Landschaften. Andere dachten an eine abgelegene, von Schafen bevölkerte Insel. Ein paar rustikale Farmen, Rucksacktouristen. Eine moderne Großstadt war nicht unter den ersten Bildern, wenn man nach Neuseeland suchte. Das hier überraschte Liv und was sie überraschte, war erst mal gut.

In der Spiegelung eines Schaufensters sah sie sich in Judiths Vintageklamotten. Sie hatte eine ockerfarbene Bundhose und eine schmal geschnittene, bunt gescheckte Bluse aus dem Schrank gezogen, eine Sonnenbrille bedeckte weite Teile ihres Gesichts, ein weißes Kabel führte von ihrer Hand zu ihrem linken Ohr. Dazu die klobigen Turnschuhe. Liv schoss ein Foto: ein Marshmallow, bunt und aufgeplustert.

Sie tänzelte zum Hafen, als wären auch in ihre Turnschuhe Sprungfedern eingebettet. Sie mochte es hier, die Menschen vermittelten eine erstaunliche Leichtigkeit, Neuseeland schien ein Land ohne Sorgen, ohne spürbaren Druck, ohne Neid und Hass zu sein.

In Sichtweite der Schiffe wurden die Touristen wieder zahlreicher, sie waren leicht an ihrer krebsroten Hautfarbe zu erkennen. In einem Sushirestaurant kaufte sie eine zur Lunchzeit um die Hälfte reduzierte Box.

Entlang der Hafenpromenaden waren Getreidesilos entkernt worden, Liv betrat das größte, legte sich zu den anderen Besuchern auf Getreidesäcke und betrachtete die auf die Innenwände projizierten Videoaufnahmen neuseeländischer Landschaften. PING. Guðrún hatte ihr die Bestätigung vom *BASE Wanaka* gesendet und fragte noch einmal, ob sie den Flug gebucht habe, da die Rabattaktion in wenigen Minuten auslaufe. April kündigte die Teilnahme der *Aurora 2* an der großen Silvester-Hafenparty an. Gila sendete ein animiertes Emoji, das die Zähne zusammenbiss und rot anlief, bis es platzte. Dann begann es wieder von vorn. Rot anlaufen, zerplatzen. Rot anlaufen, zerplatzen.

Liv nahm die Sonnenbrille ab, aß das Sushi und verfolgte zu plätschernden Klängen wandelnde Landschaften im Zeitraffer: ein Tag am Fuße eines Gletschers, ein Tag an einem Gebirgssee, ein Tag am Krater eines Vulkans, ein Tag vor einer hügeligen Landschaft, in der Schafe auf sattem Gras herumflitzten und in der Nacht die Sterne übers Firmament sausten. Das reichte ihr an Natur.

Pa *TU IHR DAS NICHT AN!*

Mutter hatte Geburtstag. Liv las die Uhrzeit neben dem rasant abnehmenden Ladezustand. Nicht mehr lange. Sie drückte auf das Telefonhörersymbol und steckte sich die Ohrhörer in die Muscheln. Eine Videoverbindung stellte sich her.

Mutter erschien in einer dunklen Bar, nackte Glühbirnen hingen von der gewölbten Decke. Menschen hatten sie in ihre Mitte genommen und hielten Gläser in den Händen. Vater war auch darunter. Sie alle trugen Augmented-Reality-Partyhüte, und animierte Konfetti segelten auf sie nieder. House-Musik markierte Schlag für Schlag die rasch verstreichende Zeit.

»Happy birthday, Ma!«

»Liv, es ist Liv!«, sagte Mutter so laut, dass es in ihren Ohren wehtat.

»Wollte mich schon früher melden, aber immer ist was dazwischengekommen.«

»Du musst lauter sprechen – kannst du mich hören?«

»Ich höre dich gut.«

»Kannst du etwas lauter sprechen?«

»Ich höre dich gut, habe ich gesagt.«

»Was hast du vorher gesagt?«

»Ich habe gesagt, dass ich mich schon früher melden und dir zum Geburtstag gratulieren wollte, aber ich bin heute erst angekommen und musste mich noch zurechtfinden.«

Mutter machte ein paar Schritte von der Gruppe weg, ihr glänzendes Gesicht füllte den Großteil des Bildschirms aus. »Jetzt müsste es besser gehen. Sag mal was?« Vater erschien hinter ihr. Er sah älter aus, die Haare ergrauten an den Schläfen.

»Hi, Pa!«

»Hallo, Liv.«

»Ich wollte mich schon früher melden, bin aber vorhin erst in Auckland angekommen und musste mir noch ein Zimmer organisieren.«

»Das wissen wir«, sagte Vater.

»Ich komme gerade bei einer sehr netten Frau unter, sie ist Kuratorin bei einem staatlichen Museum. Adam –«

»Du musst etwas lauter sprechen«, sagte Mutter.

»Ich habe gesagt, ich bin in Auckland, Neuseeland, und ich fühle mich hier sehr wohl. Es ist ganz anders, als ich es mir vorgestellt habe.«

»Wir hören dich wieder nur verzerrt«, sagte Vater. »Gib mal« – er nahm das Smartphone aus Mutters Hand. Der Raum wirbelte herum: Lichter, Boden, ein Tischbein, eine Türschwelle, Kies. Dann wendete er das Gerät, so dass sein Gesicht und im Hintergrund das dunkle Meer auftauchten. Mutter erschien neben ihm.

»Sag was«, sagte Vater.

»Ich freue mich, mal wieder mit euch zu sprechen.«

»Ja, jetzt steht die Verbindung.«

Dumpf tönte die Club-Musik bis ins Freie.

»Wir haben uns lange mit Damien unterhalten«, sagte Vater. »Er hat uns deine Situation erklärt.«

»Welche Situation?«

»Das ist hart für uns.« Mutter wippte ins Bild hinein und hinaus.

»Du hättest das mit uns absprechen müssen«, sagte Vater. »Du kannst dich nicht einfach so vor allen bloßstellen.«

»Was habe ich gemacht?«

Vater schaute nach links, als stünde dort jemand. »Bist du eigentlich noch klar im Kopf?« Er presste die Lippen zusammen. »Von der Reise zu berichten ist die eine Sache. Aber so überhaupt nichts mehr zu filtern –«

»Pa wurde vorgeladen«, sagte Mutter.

»Wer hat dich vorgeladen?«

Vater schielte nach rechts. »Sie haben mir die Chatprotokolle gezeigt, an denen du beteiligt warst. Ich glaube das nicht, habe ich ihnen gesagt. Warum würdest du dir so was anschauen?«

»Was anschauen? Was soll ich getan haben?«

»Gila ist in großen Schwierigkeiten. Sie muss sich für diese Fotos, die sie mit dir geteilt hat, rechtfertigen.«

»Was soll damit sein? Ich habe doch nichts falsch gemacht.«

»Es gibt auch Nacktbilder von dir«, sagte Mutter scharf. »Weißt du das, Liv?«

»Das ist mir egal.«

»Du hättest besser aufpassen müssen«, sagte Vater, »was du preisgibst und was nicht.«

»Ich habe nichts zu verstecken.«

»Du bist Israeli«, sagte Mutter, »du hast so schon genügend Feinde.«

»Ich bin keine Israeli.«

»Fang jetzt nicht wieder damit an.«

»Ich bin Liv, einfach nur Liv.«

»Leugne doch nicht, woher du kommst«, sagte Vater. »Du

kannst nicht einfach so tun, als hätte es dich früher nicht gegeben. Sie können dich zerstören. Weißt du das? All die Informationen, all die Kurven deines Verhaltens, was du magst, was nicht, was du nachts treibst –«

»Ach, Pa, sei doch nicht immer so paranoid. Wer soll das denn sein, der mich zerstören möchte –«

»Nicht jetzt, Liv, nicht jetzt. Aber irgendwann in deinem Leben können diese Spuren gegen dich verwendet werden. Das weißt du doch.«

»Das sind meine Spuren«, sagte Liv.

»Wir hätten dich niemals gehen lassen dürfen«, sagte er in einem Ton, als wäre jedes Wort vergeblich, und wendete sich ab. Mutter senkte den Kopf.

»Ach, Pa.«

Mutter wippte wieder hinaus und hinein, jemand torkelte im Hintergrund vorbei, blieb stehen, schaute zu ihr, lief dann weiter.

Nach einer Weile drehte Vater sich Liv wieder zu, sagte: »Schau dich doch mal an, wie du aussiehst.«

»Wie sehe ich denn aus?«

»Wieder so kaputt –«

»Ich bin nicht –«

»Ist wirklich alles okay?«, fragte Mutter.

Liv spürte Tränen sich in ihren Augen sammeln. »Mir geht es gut, ich kann hier neu anfangen.«

»Du vielleicht«, sagte Vater. »Aber wir haben nur eine Tochter.«

Liv holte tief Luft. »Okay.« Sie hielt den Atem an.

»Was, okay?«

»Ich will nicht, dass ihr euch weiter um mich sorgt, ich will nicht, dass ihr meinetwegen leidet. Es ist nicht eure Schuld, schämt euch doch nicht für mich.« Bei diesen Worten rannen ihr die Tränen über die Wangen. Sie konnte nichts dagegen tun. Es passierte schlicht mit ihr. Sie rang um Worte. »Es ist alles viel, viel komplizierter. Ihr seht nicht mal die halbe Wahrheit. Ich –«, Brust und Stimme flatterten, »ich werde alles wieder in Ordnung bringen.«

Vaters Blick funkelte im Gegenlicht. Mutter ließ den Kopf gesenkt, der Kies knirschte unter ihrem ständigen Hin und Her.

Liv sah auf einmal eine deutliche Trennungslinie vor sich, die den Raum zerschnitt. Es kam ihr vor, als würde daraus ein klaffender Spalt, der sich zu einer unüberwindbaren Schlucht weitete. Sie standen auf gegenüberliegenden Seiten, und Liv spürte, dass sich diese Distanz niemals wieder würde überwinden lassen.

»Ich muss los«, sagte sie. »Es ist mein Leben, ihr müsst keine Verantwortung mehr für mich tragen. Bye.«

Sie drückte das rote Telefonhörerzeichen, bevor die Eltern reagieren konnten. Auf der Leinwand wölbte sich ein Gebirgsstrom über einen Abhang und fiel tosend in die Tiefe. Sie schaltete sich im Familien-Chat auf *abwesend.* Ein Blatt trieb auf dem Wasser und wurde in einem Strudel herumgewirbelt. Als das Blatt in einen Gebirgsbach gespült wurde, bekam sie keine Luft mehr. Als hätte ihr jemand wieder Gurte um die Brust gelegt und zöge diese fester und fester. Mit geschlossenen Augen konzentrierte sie sich auf ihre Atmung, doch immer wieder blitzten Bilder auf. Mutter, die weinte. Vater, der eine Drohne lenkte. Liv konzentrierte sich so lange auf ihr Atmen, bis da nichts anderes mehr war.

Sie öffnete die Augen und ließ den Kopf kreisen. Sie saß im Schneidersitz, die Arme im Schoß gefaltet. Das Smartphone balancierte auf ihrem Knie. Sie griff danach und wies Ava an, ihre Eltern zu löschen. Ob sie die beiden wirklich aus all ihren Accounts entfernen wolle, fragte Ava. »Ja«, bestätigte Liv.

Guðrún, die im Minutentakt Textblasen mit Aufforderungen füllte, löschte sie als Nächstes. Mit Gila, die ihr abermals viele Großbuchstaben gesendet hatte, tat sie es genauso und stellte schließlich für alle ihre Accounts ein, dass niemand außer Elam ihr mehr öffentliche Nachrichten hinterlassen konnte. Weiter. Was interessierte sie Niels mit seiner Wohngemeinschaft in einer deutschen Kleinstadt und seinem angehenden Studium? Sie löschte ihn und Torben gleich mit. Efrat? Die hatte gerade Bilder eines glitschigen Neugeborenen, das mit einem Handtuch umwickelt dalag, gepostet und um ein paar ironische Kommentare zu den Qualen der Geburt ergänzt. Das Kind hatte eine flache Nase und die breite Stirn und Wangen der jungen Mutter. Efrat verlinkte das bereits vorangelegte Profil der Neugeborenen, sie hieß Evrit. Efrat und Evrit, die, noch ohne fokussieren zu können, in die Kamera und zu all den tausend Freunden und Verwandten und wem sonst noch blickte.

Liv löschte sie und alle, die sie auf ihrer Reise getroffen hatte. Wirklich alle. Alle, mit denen sie sich jemals unterhalten hatte, Schulfreunde, irgendwelche Partybekanntschaften, viele, die sie nur online kannte, aber noch nie zu Gesicht bekommen hatte, alle, die ihr auf allen möglichen Accounts Nachrichten sendeten. Ob sie das wirklich tun wolle, fragte Ava immer wieder. »Ja«, sagte Liv.

Sie wischte durch ihre Accounts. Sie könnte auch hier alles löschen und von vorn beginnen. Aber wäre dann nicht alles umsonst gewesen? Sagenhafte *280K* Menschen folgten ihr, hörten, was sie hörte, sahen, was sie sah. Sollte sie ihnen zeigen, wie sie sich in einen Marshmallow verwandelt hatte?

Auf ihrer Kontaktliste verblieben ganz einsam auf weißem Hintergrund *Elam* und *Judith Wright*. *Elam, seit 29 Tagen abwesend*. Liv rief ihn an. Eine Freizeichenmelodie spielte sich immer wieder ab, bis der Anrufversuch abgebrochen wurde.

Als Liv die Apartmenttür aufschloss und ins Wohnzimmer trat, tanzte dort eine junge Frau. Ein Popsong schallte in voller Lautstärke aus den Boxen, eine stark hochgepitchte Stimme lag über einem satten Beat. Die Frau hatte nur ein Handtuch umgebunden, in der einen Hand hielt sie eine Sektflasche. Sie schwankte, als sie aus der Drehung zum Halt kam.

»Willkommen!«, sagte sie laut, obwohl sie ganz dicht vor Liv stand. Ihre Haare waren feucht und auffällig gesträhnt, sie hatte dunklen Lidschatten aufgetragen.

Liv hielt ihr die Hand hin. »Ich heiße Liv, du musst Sohvi sein.«

Sohvi fiel ihr um den Hals, sie roch nach einem Fruchtshampoo. »Hatte heute früher frei.« Sie drehte Liv die geröteten Handflächen hin. »Vertrage das Färbemittel nicht. Aber egal, ist Freitag, tolle Wohnung, nicht? Warst du schon oben, auf der Dachterrasse?« Sohvi verschluckte einzelne Worte, ihr Akzent war schwer zu verstehen. Ihr Device vibrierte, sie blickte abwesend an sich hinunter.

Liv stand da und hoffte, dass sie kurz ruhig sein würde.

»Hast du was zu trinken? Nein? Ich mach uns was.« Sohvi huschte in die Küche, auf ihrer Schulter prangte ein Schmetterlingstattoo.

Liv spürte ihr Smartphone in der Gesäßtasche. Sie atmete tief ein und konzentrierte sich auf ihren Körpermittelpunkt. Einatmen, ausatmen. Einatmen, ausatmen. Mit zwei randvollen Weingläsern und einer Weißweinflasche tauchte Sohvi wieder auf und drückte ihr ein Glas in die Hand. Sie stießen an.

»Ich habe so einen Durst«, sagte Liv und trank einen großen Schluck.

Sohvi tat es ihr gleich, wischte sich Wein von den Lippen. »Komm.« Sie ließ das Handtuch zu Boden gleiten, pflückte einen Slip und einen BH von der Anrichte und zog sich, dabei zur Couch hinüberhüpfend, an. Sie nahm eine Jeans von der

Lehne und quetschte die Beine in die sehr eng sitzende Hose, deren Knie aufgeschnitten und ausgefranst waren. Liv reichte ihr ein weißes Top mit Glitzersteinchen.

Auf der Dachterrasse trocknete Wäsche im Wind über gelben Sonnenliegen. Wolkenkratzer warfen weite Schatten, dazwischen waren das Meer und ruhig dahingleitende Lastkähne zu sehen. Es fühlte sich so unheimlich gut an, in einer Großstadt zu sein. In der Ferne erhob sich die Vulkaninsel. Es war Nachmittag. Mitte Dezember.

Sohvi warf sich auf eine der Sonnenliegen. »Leg dich dazu.«

»Danke, ich habe zu viel gelegen in letzter Zeit.«

Sohvi wollte sich eine Zigarette anstecken, aber der Wind machte ihr zu schaffen. »Fuck you, Neuseeland, sag ich immer, wenn der Wind – wusch – mir den Rauch wieder ins Gesicht bläst.« Sie machte den Zigarettenqualm nach, wie er vom Wind getragen an ihr vorbeizog. »Irre, und wir lieben dieses Land. Deswegen bin ich hier. Vor einem Jahr bin ich mit meiner Schwester hergekommen, wir hatten *Herr der Ringe* gesehen und wollten diese Landschaft unbedingt selbst erleben. Wir sind dann sofort mit einem Auto runter zu den Höhlen, meine Schwester und ich, warst du dort? Komplett durchs ganze Land mit diesen extrem grünen Wiesen, wie im Film. Die Berge wie hingespachtelt rechts und links und diese krassen Seen und Wolken«, sie nahm einen tiefen Zug von ihrer Zigarette, »da hatten wir dann kein Auto mehr und sind zu Fuß weiter. Wie Backpacker mit dem Rucksack. Neuseeland ist das irrste Land, unglaublich sicher. Also sind wir getrampt.« Sohvi steckte sich eine neue Zigarette an der letzten an. »Rauchst du?«

»Nicht mehr.«

»Der Typ hat uns gleich mitgenommen, meine Schwester

und mich und drei Deutsche. Du bist keine Deutsche, das sehe ich. Die sind hier nämlich überall. Ich hasse Deutsche, entweder sind die so über-, wie soll ich sagen?, so übervorbereitet, überkorrekt, räumen jeden Schnipsel hinter dir auf. Oder genau das Gegenteil, vor allem in Gruppen. Dann stellen die alles infrage, ich meine unsere Guide, die hätte denen fast eine verpasst, weil die, war so ein Tagestrip nach, wie hieß das noch mal?« Sie begann, auf ihrem Bildschirm herumzuwischen. »Die wären jedenfalls fast abgestürzt, weil sie nicht auf unsere Guide hören wollten. Hier -« Sohvi hielt Liv das Display hin, auf dessen Landkarte eine Stecknadel in ein Bergmassiv stach, »jedenfalls mussten die umdrehen«, fuhr sie fort, »mit einem anderen, ebenfalls schon ziemlich angepissten Guide. Wir waren also fast allein in diesen irren Höhlen, außer uns war nur noch eine sehr Dicke in der Gruppe, aber echt, so dick.«

Sohvi schwankte wie das Michelin-Männchen über die Dachterrasse. Liv schmunzelte.

»Wir haben alles gefilmt. So dick war die. Sie haben die immer einen anderen Weg langgeschickt, denn die kam ja nicht durch, wenn es zu eng wurde. Denn da war auch Wasser, und ihr Bauch wär dann ja oben geschwommen, und die wär uns abgesoffen, verstehst du?« Sohvi goss sich ein weiteres Glas ein, starrte auf ihr Smartphone, dann huschte ihr Blick an Liv vorbei ins Nirgendwo. Es pingte, sie las etwas, dann fuhr sie fort: »Zurück sagt der Typ, diesmal ein anderer, dass es zwölf koste, die Fahrt. Und wir sagen, okay, wir steigen ein. Und er ist total nett. Und als wir da sind bei so einer Schlucht mit Bergen, aber ohne Bäume und echt schroff und echt schwarzes Mordor, da sagt der Typ, ich hab seinen Namen vergessen, der Typ sagt also 68. Das war echt unfair. Und wir sagen, er habe doch 22 gesagt, und er sagt, nein, 68, und meine Schwester sagt, er habe 30 gesagt, und er sagt, nein,

68. Und meine Schwester sagt, er habe 40 gesagt, er sagt, okay. Und sie schütteln sich wie Abgeordnete die Hände, und ich war echt wütend, wollte das nicht hinnehmen. Aber wenn ich so nachdenke, dann ist das schon okay. So im Nachhinein. Ich meine, es ist schon hart, so zu arbeiten, und harte Arbeit braucht auch hartes Geld, oder wie sagt man? Nur, hätte er gleich 40 gesagt, wär doch alles okay gewesen –«

Es klingelte. Sohvi verdrehte die Augen, trank einen Schluck aus der Flasche, hob ab, hörte zu, nickte. »Ja, ja, wir kommen. Sitzen gerade noch gemütlich.« Plötzlich sprach sie in höherer Tonlage und dehnte die Konsonanten. »Wer? Liv, ja, Liv und ich. Ja. Liv. Du glaubst es mir nicht? Hier« – sie hielt ihr das Display hin –, »sag was!«

»Hi.«

Sohvi riss ihr wieder das Smartphone weg. »Hast du gehört? – Ach, fick dich!« Sie beendete das Gespräch, überflog Mitteilungen auf dem Sperrbildschirm.

Liv stand auf und ging bis zur Balustrade. Unten auf der Straße konnte sie den immer noch qualmenden amerikanischen Polizeiwagen sehen.

»Was gibt's?«, fragte Sohvi.

»Das solltest du dir anschauen.«

Sohvi torkelte zu ihr und beugte sich über das Geländer. Der Pulk um das Auto war größer geworden. Liv war erstaunt, dass so eine Aktion hier so viele Menschen anziehen konnte.

»Die armen Frauen«, sagte Sohvi. »Die wollen das bestimmt nicht.«

»Im Kontext der Kunst hat das eine andere Bedeutung.«

»Was soll das?«

»Es bringt das Internet auf die Straße«, sagte Liv. Das Auto war ein lustiger Post, der die Massen in Bewegung setzte, so in etwa deutete sie Judiths Aussage.

»Bist du Künstlerin?«

Liv schüttelte den Kopf.

Sohvi trank einen großen Schluck, dann starrte sie lange auf einen Punkt auf Livs Stirn. Irgendetwas ging in ihr vor, die Augen zuckten, bis sich plötzlich eine Träne löste und ihre Wange hinabkullerte. »Sorry«, sagte sie und wischte sich die Träne aus dem Gesicht. »Ich freue mich einfach, dass du da bist.«

Franz, 11

Ich drücke auf meine eigene Klingel, lange. Warum machen sie nicht auf? Die Jungs sind noch immer in meinem Rücken. Die Zeitung klemmt mir unter der Achsel. Ich wische mir die Hand an der Shorts trocken, drücke die Klingel *Dr. Sodenstern*. Was Besseres fällt mir nicht ein. Ich halte den Knopf gedrückt.

»Wer da?« Ihre Stimme rasselt durch die Sprechanlage, als habe sie für eine Ewigkeit mit niemandem ein Wort gewechselt. Im Hintergrund plärrt eine Arie.

»Franz.«

»Franz, Sie sind es – wir hatten es gerade von Ihnen.«

»Ich bin es, ja.«

Die Opernstimme überschlägt sich. Hinter mir höre ich das Geräusch heranrollender Räder. Ein Blick über die Schulter: Es sind noch mehr geworden. Ein großer Schlaksiger mit wachsglattem Seitenscheitel (eigentlich viel zu alt für die Clique) zeigt mit dem Finger auf mich.

»Kommen Sie rein«, sagt Frau Dr. Sodenstern.

(Manchmal gibt es nichts Befreienderes als das Summen der Schlossvorrichtung, wenn du dich gegen die Tür lehnst, diese aufschwingt und dich ins geschützte Foyer einlässt.)

Auf den Aufzug kann ich nicht warten. Mit all meinen Gedanken sprinte ich das Treppenhaus hoch. Im fünften Stock erstreckt sich der ellenlange Gang zwischen Betonwänden mit den unzähligen Türen. Ich höre Nachbar Karl murmeln (oder ist es das Audion?) und klopfe gegen meine Tür. Drei Mal, das müsste reichen.

Eine Wasserleitung rauscht, eines der Mädchen duscht wohl gerade. Schritte vernehme ich keine. Gut, ich klopfe abermals. Lauter und bestimmter. Das Geräusch in der Leitung verstummt. Es ist totenstill. Ich drücke das Ohr ans Türblatt. Nichts. Ich klopfe abermals. »Jemand da?«, sage ich nicht sonderlich laut, aber ganz sicher vernehmbar im kleinen Apartment. Ich klopfe noch einmal, lauter geht es kaum, sie müssen mich hören. »Hallo, aufmachen«, rufe ich.

Ich warte. Nichts rührt sich. Der Betonflur ist einer der ausgestorbensten Orte dieser Welt. Die Arme sacken mir herunter, und die Zeitung gleitet zu Boden. Ich kann schwer beschreiben, was jetzt passiert. Es ist ein komisches Gefühl, als habe sich etwas im Gefüge der Welt, im inneren Aufbau, wie alles miteinander zusammenhängt, verschoben. Sie sind da drin, das weiß ich doch. Ich schaue rechts und links den Gang hinunter. Er ist menschenleer. Ich komme mir hilflos vor. Ich weiß, es hat etwas mit dieser Zeitung zu tun.

Ich hebe die Zeitung vom Boden auf, lese aufs Neue die Zeppelinschlagzeile: *Wir werden hineingesaugt. Abdrehen unmöglich. Kapitän Erkner veranlasst Aufstieg auf 6000 f.* Kiki ist in Gefahr, und das Schlimmste ist, dass ich hier gefangen bin.

Ich bin aber auch in dieser Zeitung, zumindest eine komische Version meiner Selbst. Wir stecken da beide zusammen drin (das ist ein tröstlicher Gedanke). Ich blättere zur Panoramasektion. Das bin ich, eindeutig, unter Kikis Ellbogen in diesem Gewächshaus. Ich blättere um. Auf der nächsten Seite mache ich nicht die beste Figur. In Sequenzen krabble ich vor dem Adlon auf allen vieren. Zu allem Überdruss gucke ich von unten nach oben und sehe sehr verwildert aus. Wie eine Ziege, der Gesichtsausdruck verschroben, abwesend, zottelig. Die Kleider hängen in Fetzen an mir herunter, unsauber und schrill. Aber nicht gewollt schrill, keine Verkleidung. Sondern als wäre es mir ernst damit. Dann sind da andere Sequenzen, ein ähnlich zotteliger junger Mann mit verfilzten Haaren, Fetzen am Körper (das bin nicht ich), der einer Reihe Mädchen von hinten unter die kurzen Röcke fasst und dann im nächsten Moment in den Büschen verschwindet. Eingerahmt sind die Sequenzen wiederum von den Hochformaten: Der Katzenjunge (ich), der diese Laterne hochklettert, ist darauf zu sehen. Die Hose rutscht ihm herunter, du kannst seine Poritze erkennen. Du hältst dir die Hand vor die Augen. Anders erträgst du es nicht.

Die Blätter fallen zu Boden. Ich bin schockiert, dass ich das sein soll. Ich klopfe gegen die Tür, ich hämmere wild dagegen, ruckle am Knauf, immer fester, dann drücke ich mit aller Kraft gegen die Tür, eine Kraft, die mich selbst verwundert. Sie bricht aus den Angeln.

Doch: Da ist nichts. (Wie soll ich das sagen?) Da ist nichts. Da ist nur ein Loch, ein schwarzes Loch. Als hätten sie den Raum aus der Realität genommen und vergessen, mit irgendwas Neuem aufzufüllen. Ich taumle einen Schritt zurück, starre ins Schwarz, als sei es nur eine Fata Morgana. Ich schaue auf meine Hände, die sind noch da.

»Was wird das denn, wenn der Tag lang ist?« Karl steht in seiner halb geöffneten Tür.

Ich ringe um Worte, stammle, will ihm erklären, dass Fanny und Mie Pauline in meinem Zimmer sind, gerade geduscht haben, aber (warum auch immer) nicht aufmachen. Dass mein Zimmer ausradiert wurde, da, dieses Loch da. Doch ich bekomme es nicht über die Lippen, nicht mal den Arm kann ich heben, um auf irgendwas zu zeigen.

Karl schüttelt den Kopf. »Oben«, sagt er dann und zeigt hoch zur Decke. »Oben, die nackten Dinger.«

Oben. Eine Leiter führt zur Dachluke, ich steige von Sprosse zu Sprosse und öffne die Luke. Ich klettere hinaus aufs flache Dach. Da sitzen die beiden (oben ohne) im Schneidersitz auf einem weißen Laken. Um sie herum rotbraunes Moos, ein paar silberne Röhren ragen aus dem Belag. Und das Audion.

»Franz!«, ruft Fanny, als sie mich sieht.

Sie sitzen ziemlich nah an der Kante, es gibt kein Geländer, sie könnten leicht die acht Stockwerke hinunterfallen. Um uns erstreckt sich die Metropole, die schwarzen Monolithen ragen in die Höhe, in der Ferne die kristallinen Hochhäuser.

»Franz«, ruft Mie Pauline, »setz dich.«

Ich laufe über das weiche Moos. Fanny kurbelt am Audion, ein Charleston spielt. Gläser und eine Flasche Champagner haben sie auch. Ich sacke daneben. Mie Pauline gießt mir ein Glas ein, das schäumend überläuft. Sie heben ihre Gläser, stoßen an, ich mache mit, nur leicht verzögert. Dann legen sie den Kopf in den Nacken (so wie du es tust, wenn du die Sonne genießt).

»Ist das nicht herrlich?«, sagt Mie Pauline.

»Herrlich«, wiederhole ich.

»Wir hatten die Idee«, sagt Fanny, »uns zur Feier des Tages etwas Essen herbeizutelefonieren.«

»Was feiern wir?«

»Na ja, wir sind hier«, jauchzt Mie Pauline, beide Arme zur Seite ausstreckend, als präsentiere sie ein Keramikset.

»Alles gut?« Fanny fixiert mich.

Ich überlege, wie gut es mir geht.

»Du brauchst eine Flora gegen den Kater«, sagt sie, klopft eine Zigarette aus der Schachtel, zündet sie an und reicht sie mir.

Ich rauche.

»Ist wirklich alles gut?«, fragt Fanny. »Du siehst schrecklich aus.«

»Ich weiß nicht, wie es mir geht.«

Mie Pauline legt mir den Arm um die Schulter (was sich gut anfühlt), zieht mich zu sich (sie riecht nach Tabak).

»Sie stehen da unten«, sage ich.

»Wer?«, fragt Fanny.

»Die Leute. Sie haben Fotos gesehen. Sie sagen, ich wäre der Katzenjunge. Sie sagen, ich triebe mein Unwesen und belästigte Frauen. Ich hätte auch Kiki belästigt.«

»Katzenjunge?«

Mie Pauline steht auf und späht über den Rand, den Körper leicht vorgebeugt. »Da ist niemand«, sagt sie.

»Alles ist gut«, sagt Fanny. »Vergiss die Idioten, so schlimm kann es nicht sein.«

»Es ist schlimm«, sage ich.

»Niemals«, sagt Mie Pauline.

»Warum interessiert es dich, was andere über dich denken?«

»Ich habe Angst, nicht mehr ich zu sein.«

»Ach, Franz, wer solltest du denn sonst sein?«

»Eben, für immer der Katzenjunge.«

»Niemals«, sagt Mie Pauline. »Zeig uns das Zeug.«

»Es liegt vor der Tür.«

»Was?«

»Die Zeitung.«

»Ich hol sie.« Mie Pauline schwingt sich hoch, flitzt über das Moos und verschwindet durch die Luke.

»Armer Franz«, sagt Fanny. »Alles wird gut. Leg dich hin.«

Ich lege meinen Kopf auf ihren Schoß. Drei weiße Quellwolken gleiten ruhig am Himmel dahin, zwischen zweien sticht die Sonne durch. Fanny streichelt meine Stirn, fährt mir über die Haare. Alles wird gut.

Ich muss eingeschlafen sein. Die Sonne steht ganz woanders. Ich liege auf dem Rücken mit dem Hinterkopf im Moos. Die beiden sitzen auf dem Leintuch, die ausgebreitete Zeitung zwischen ihnen. Sie schauen mich an, merken, dass ich erwache. Ich richte mich mit den Ellbogen halb auf. Die beiden schauen gar nicht mehr lustig aus. Sie schauen sehr ernst.

»Was ist?«, sage ich.

»Du musst es leugnen«, sagt Mie Pauline.

»Was?«

»Alles«, sagt sie. »Das kommt nicht gut.«

»Du musst an deine Zukunft denken«, sagt Fanny. Sie klingt ganz anders. »Man könnte wirklich meinen, du seist der Perverse.«

»Aber das bin ich nicht!« Ich setze mich ganz auf, muss atmen.

»Du musst sagen«, fährt Mie Pauline fort, »du seiest Fotograf, und alles, was du tust, sei Kunst. Der Katzenjunge sei eine dadaistische Performance.«

»Ich will nicht der Katzenjunge sein.«

»Du bist es aber«, sagt Fanny.

Jetzt stehe ich auf. »War da ein Loch anstelle meines Apartments?«

»Was? Bist du verrückt geworden?«

»Die Schlüssel«, sage ich.

»Haben wir nicht.«

Ich höre das Gespräch zweier Männer, klopfe an Frau Dr. Sodensterns Tür. Das Gespräch verebbt. Schritte nähern sich, schleppend. Als sich die Tür einen Spaltbreit öffnet, fällt ein Streifen Licht in den Korridor (es riecht nach Urin und gärendem Obst).

»Darf ich reinkommen?«

Vielleicht wispert da jemand, ich kann es nicht genau bestimmen. Vorsichtig trete ich ein. Das Apartment ist bis unter die Decke mit Sachen vollgestellt. Überquellende Kisten voller Zeitungen, Glühbirnen, sich stapelnde Teller, gleich ein Dutzend Zahnbürsten in einem Becher. Ein schmaler Durchgang ist geblieben, durch den sich gerade Frau Dr. Sodenstern zwängt, die auf dem vormals lindgrünen und nun ziemlich eingestaubten Diwan Platz nimmt.

Sie winkt mich zu sich. Sie ist nicht hergerichtet. Die Beine sehen zerschunden und aufgequollen aus. Altersflecken im Gesicht, dunkle Ränder unter den Augen. Nur den Dutt hat sie hochgesteckt. Kaum vorstellbar, dass es die vormals dynamische Frau Dr. Sodenstern ist.

Ich steige über zerbrochene Bilderrahmen und Porzellan in das, was einst das Wohnzimmer war (wie lange ist es her, dass ich mit Mutter hier gewesen bin?).

»Wie geht es Ihnen?«, frage ich.

Sie schielt an mir vorbei, als würde hinter mir noch jemand stehen.

»Wir haben von Ihnen gesprochen, kleiner Franz. Wir haben Sie sehr toll gefunden. Wir haben gesagt, Sie sind eine Bereicherung für die Stadt. Oberstes Regiment. Wir sind sehr stolz gewesen auf unseren kleinen Franz.«

»Danke«, sage ich, auch wenn ich mir nicht sicher bin, was sie damit meint.

»Wie geht es Mutter, wie geht es Vater?«

»Oh, Sie wissen es nicht?« Ich überlege. Kann ihr unmöglich die Wahrheit sagen. »Vater ist auf Weltreise für lange Zeit. Und Mutter, Mutter auch.«

»Sieht ihnen ähnlich«, sagt sie und streicht sich die Rockfalten glatt. Dann hebt sie ganz schwerfällig den Arm und zeigt in die dunkelste Ecke des Zimmers. »Stimmt es«, sagt sie, »stimmt es, was man über den kleinen Franz sagt?«

Ich schaue noch einmal in diese Ecke. Ein silberner Kasten schimmert im fahlen Widerschein des dämmrigen Lichts.

»Ja, es stimmt«, sage ich. »Der kleine Franz hat sich danebenbenommen. Nun muss er mit den Konsequenzen leben.«

Liv, 11

An schwarzen Tafeln teilten sich Studenten Fish & Chips aus öligem Zeitungspapier. Frauen in engen Miniröcken und schrillen Tops, mit massigen Oberschenkeln und obszön viel Schminke im Gesicht warteten auf Hockern vor dunklen Aufgängen auf Kundschaft. Von den zweistöckigen Gebäuden im Kolonialstil bröckelte der Putz. Es roch süßlich nach Legal Highs, Kräutern, die Männer mit tätowierten Gesichtern vor einem Headstore mit bunten Bongs in der Vitrine aus einer umfunktionierten Colaflasche rauchten. Jemand zog einen langen Mantel über den Boden hinter sich her. Ein Paar mit klimpernden Ketten um die Hälse umschlang sich küssend in einer Hausecke. Eine verblasste Regenbogenflagge verhängte das Fenster eines Striplokals.

Zwischen einer leer geräumten Ladenfläche und einem Dairy prangte *Fuzzy Vibes* über einer schmalen Tür. Gerade stiegen zwei junge Frauen in weißen Turnschuhen die Treppe hinab in das Kellergewölbe. Die eine trug ein gräulich changierendes Sweatshirt, das wie verpixelt aussah.

Liv kreuzte die K-Road und folgte ihnen.

Ein weißer, zu einer Terrasse hin geöffneter Raum. Paarweise an der niedrigen Decke angebrachte Neonröhren leuchteten die Gesichter hart und gleichmäßig aus. Die Luft war stickig, Stimmen hallten durch den Raum wie in einem gut besuchten Hallenbad.

Das Mädchen mit den weißen Turnschuhen und dem verpixelten Sweater bückte sich nach einem Stapel A4-Papier. Alle hatten diese Blätter in den Händen und Bierflaschen oder Weingläser. Junge Frauen in bis über die Bauchnabel gezogenen Röcken hatten sich in der Mitte des Raums um eine hüfthohe Buchstabenskulptur verteilt, die den giftgrünen Schriftzug *Gambia Castle* ergaben. Ein Typ, der aussah, als hätte er sich einen Vorhang umgelegt und trage darunter nichts weiter, betrachtete ein schmales Schild an der Wand: *Garage*.

Liv hatte ein flaues Gefühl im Magen, diese Welt war ihr fremd. Sie hob eines der Blätter vom Betonboden auf – ein eng gesetzter Text, der wahrscheinlich das Konzept der Ausstellung erläuterte – und ging, vorsichtig wie über eine zerbrechliche Glasdecke, im Raum herum. So geduldig wie möglich musterte sie die Objekte, auch wenn sie sich deren Funktion nicht erklären konnte. Sie verschränkte die Arme, um Halt zu bekommen.

Der Raum füllte sich, die Gespräche wurden lauter. Im Gegensatz zu ihr schienen alle anderen ganz genau zu wissen, warum sie hier waren und was sie zu tun hatten.

Sie brauchte einen Drink.

Glastüren waren zur Seite geschoben worden, so dass der Raum direkt in die weite Terrasse überging. Menschen unterhielten sich im Freien und bildeten Grüppchen oder blickten über die Balustrade auf den smaragdgrünen Park und die Stadt hinunter. Die Abendluft war mild und frisch und rein zugleich. Hochhäuser leuchteten im warmen Abendlicht. Niemand rauchte. Wo war die Musik? Dennoch war die Stimmung gut, das Ganze kam Liv wie das Frühstadium einer Gartenparty vor.

An der Seite hatte man eine Spanplatte auf Hockern zu einer Bar formiert. »Was willst du trinken?« Das Barmädchen wies auf Bierflaschen in gusseisernen Eimern und eine Reihe von Weißweinflaschen. Es gab Käse und Cracker.

»Ein Bier, bitte«, sagte Liv.

Das Mädchen hatte dunkle, schmale Lippen, sie reichte eine Flasche mit Korken.

»Ich wusste gar nicht, dass es Bierflaschen mit Korken gibt.«

»Bist du im Rowan-Jahrgang?«, fragte das Mädchen.

»Rowan wer?«

»Rowan, der, der da drüben steht und von Williams & Hopp vertreten wird?« Sie nickte zur Balustrade, wo ein Junge mit Korkenzieherlocken inmitten einer größeren Gruppe stand, die Hände in den Hosentaschen.

»Keine Ahnung, wer das ist.«

»Aber irgendwoher kenne ich dich«, sagte das Mädchen. »Hab ich dich vielleicht beim Garage-Opening gesehen?«

»Ich mach keine Kunst.« Liv nestelte am Korken.

»Was machst du dann?«

Liv überlegte, was sie eigentlich machte. Der Korken löste sich, Schaum quoll aus der Öffnung. Sie leckte ihn vom Flaschenhals.

Das Mädchen lachte. Liv lachte auch, nippte dann am Bier. Es schmeckte, wie Judiths Orchideen rochen.

»Gehörst du dazu?«, fragte sie das Mädchen. »Ich meine, zu den Leuten, zu Fuzzy Vibes?«

»Ich helfe nur aus. Ying-Yue hat mich gebeten.«

Besagter Rowan griff plötzlich an Liv vorbei nach einer Flasche und verschwand damit ins Innere. Drei, vier, fünf Leute folgten ihm.

»Und was machst du so?«, fragte Liv.

»Woran ich gerade arbeite?«

Sie nickte.

»Zurzeit übertrage ich Fotos von Ausstellungen in die Ausgangssituation.«

»Fotos, die du findest und die du dann ausdruckst?«

»Nein, ich suche nach Fotos von Ausstellungen, an denen ich teilgenommen habe. Fotos, die jemand gepostet hat. Die nehme ich dann und baue sie in Realgröße nach.«

»Wie machst du das?«

Sie holte ihr Smartphone hervor und wischte darauf herum. »Hier, ich baue ganze Räume nach, alle Gegenstände und auch die Ausstellungsstücke, die auf dem Foto zu sehen sind. Darunter sind auch meine eigenen Stücke. Entscheidend ist aber dieser rote Punkt da. Auf den musst du dich stellen, dann erlebst du quasi das gepostete Foto eins zu eins nach.«

»Wie James Price, der das Internet auf die Straße geholt hat?«

»Du meinst seine Installation vor dem Adam-Keen-Museum?«

Liv nickte, die Flasche an den Lippen.

»Nein, nicht wirklich.«

Eine ältere Frau mit grauen, wild abstehenden Haaren und einer völlig überdimensionierten Brille erschien. Das Mädchen reichte ihr ein Weinglas. Sie beäugte Liv von der Seite.

»Ich gehe noch mal rein«, sagte Liv und drehte sich um.

Drinnen betrachtete ein älterer Herr mit navyblauer Cap und Stoffjacke und einer goldbraunen Hornbrille in aller Ruhe eine einzelne Fotografie an der Wand. Um nicht ganz deplatziert zu wirken, stellte Liv sich leicht versetzt hinter ihn und nippte am Bier. Sie spürte den aufsteigenden Alkohol, sie hätte sich Cracker und Käse holen sollen. Die Schwarz-Weiß-Fotografie war eine Nachtaufnahme. Über einem Eingang, der dem zu Fuzzy Vibes ähnelte, erschien auf leuchtend weißem Hintergrund der Schriftzug *Test*.

»Test Strip war ein Artist-run Space aus den 90ern«, sagte eine junge Frau, die sich zu ihr gestellt hatte. »Die Künstler, die jetzt an der Fine Art School unterrichten, gehörten damals dazu. – Du musst Liv sein. Ich heiße Ying-Yue.«

Liv war unsicher, ob sie einander umarmen sollten, und sagte neutral: »Hi.«

»Judith kommt wohl heute tatsächlich nicht.« Ying-Yue hatte etwas Magnetisches an sich, einen gigantischen Mund und große, schöne Zahnreihen. Ihr Mund, der andauernd auf- und zuging, lächelte, lachte. Liv musste ihn einfach anstarren. »Was hältst du davon?« Ying-Yue nickte in den Raum.

»Ich mag die Schilder und die Namen, die machen was mit mir. Bei Fuzzy Vibes hatte ich ein flaues Gefühl im Bauch.«

»Fuzzy Vibes war letzte Woche noch ein Secondhandladen. Wir haben das Schild schlicht hängen lassen, die anderen haben wir in ganz Aotearoa-Neuseeland zusammengesammelt. Das waren alles Artist-run-Spaces, keine Dealergalerien. Wir wollen an die Tradition dieser Orte vor uns anknüpfen. Wir sehen uns als Teil einer großen Whānau, einer Familie.«

»Ihr zeigt also keine Kunst?«, sagte Liv, den Augenkontakt haltend, während sie ihr Gerät hervorholte und blind *Fana* in ihre Notizen eintippte.

»Doch, schon. Heute ist aber nur das Opening. In Zukunft zeigen wir Künstler, zu denen wir stehen, die wir interessant finden, die auch kommenden Generationen noch etwas zu sagen haben werden. – Hi, Arch.« Der ältere Herr in Navyblau trottete zu ihnen, graues Haar quoll unter seiner Schirmmütze hervor. Er hatte ein rundes, freundliches Gesicht und gutmütige Augen. Liv musste an einen Zeitungsjungen aus alten Filmen denken.

»Ich weiß, was ihr macht«, sagte er. »Ihr wollt uns denken lassen, es gäbe mehr Struktur als das, was offensichtlich ist.«

»Archie!«

»Nein, schon gut. Ich finde es toll, echt toll.«

»Darf ich vorstellen«, sagte Ying-Yue. »Liv, das ist Arch, Arch, das ist Liv.«

Liv hob zögerlich die Hand, um einem Handschlag oder einer Umarmung aus dem Weg zu gehen.

Arch rührte sich nicht, nickte nur, indem er den Kopf kurz in den Nacken kippte und das Kinn einmal anhob.

»Liv wohnt bei Judith Wright«, sagte Ying-Yue.

»Wie kommst du denn an Judith Wright? Wo ist sie eigentlich?«

»Sie hütet ein Haus –«

»In Northshore«, ging Ying-Yue dazwischen.

»Bist du etwa in die mysteriöse Neujahrsausstellung verwickelt?«

»Ich denke nicht.«

»Du denkst nicht?«

»Liv ist eine bekannte Bloggerin«, sagte Ying-Yue. »Durch ihre kontroversen Posts hat sie schon etliche Diskurse angeregt.«

»Du bist eine Aktivistin?« Arch lupfte seine Cap an.

»Sie hat auf die Zerstörung von Kultur durch Alternativtouristen aufmerksam gemacht«, erklärte Ying-Yue.

»Mit welchen Mitteln?«, diesmal fragte Arch gleich Ying-Yue, doch die schaute zu Liv und zog Archs Blick mit sich.

Das Wort »Bloggerin« schwirrte ihr unangenehm im Kopf

herum. »Ich denke«, sagte Liv vorsichtig. »Ich glaube, heute ist es wichtig, die Perspektiven zu wechseln. Wenn dir die Leute folgen, hast du die Gelegenheit, ihnen deine Perspektive zu zeigen. Und wenn sie denken, sie hätten sie verstanden, dann zeigst du ihnen eine andere.«

Die beiden schauten sie voller Erwartung an, als würde sie das noch vertiefen. Aber sosehr sie sich auch anstrengte, ihr fiel nichts mehr ein.

»Da kannst du noch mehr in die Tiefe gehen«, sagte Arch. »Ich behalte dich im Auge.« Er kniff die Augen zusammen und zeigte mit zwei Fingern auf seine, dann auf ihre, dann wieder auf seine Augen.

Ying-Yue blickte von ihrem Screen auf: »Peachpit!«

Sie überquerten die spärlich beleuchtete Straße und schlenderten den Fußgängerweg die K-Road hinunter. Liv neben Rowan und Ying-Yue und die anderen voraus. Vor einem dunklen Aufgang hielt sich jemand an einem Geländer fest, aus einem gekippten Fenster drang melodischer Hip-Hop.

»Wenn ich nach ›Fana‹ suche«, sagte Liv, »werden bei mir nur eine Stadt in Mali, eine Mottenspezies und irgendwas mit Sufismus angezeigt.«

»Du meinst ›Whānau‹. Das beutetet auf Māori ›Familie‹. Deine Familie ist deine Abstammung. Du weißt, wer du bist, wenn du weißt, woher du kommst.«

Liv notierte sich diesen Gedanken, steckte dann das Smartphone in die Hosentasche. Sie warteten an einer Ampel auf Grün. »Was bedeutet das«, sagte sie, »dass du von William Hopp vertreten wirst?«

»Williams & Hopp.« Er lachte und wischte sich Korkenzieherlocken zur Seite, die ihm beim Sprechen immer wieder ins Gesicht fielen. Er hatte einen ironischen Schnauzbartansatz und eine ähnliche Hornbrille wie Arch. »Wer erzählt das?«

»Das hab ich gehört.«

»Nein«, sagte er. »Ich stehe nicht in Kontakt mit den beiden.«

»Aber wozu braucht man überhaupt eine Galerie?«

»Hast du James noch kennengelernt?«

»Nein, nur von ihm gehört.«

»James hat mit den Projekträumen angefangen und schnell überall ausgestellt. Dann folgten die Institutionen. Aber was kommt dann? Geld verdienen kannst du hier nicht. Du musst raus. Über seine Galerie hatte er erste Ausstellungen in Partnergalerien in L.A. und Berlin, danach eine Gruppenausstellung in Frankfurt. Nächsten Jahr hat er eine Soloshow im PS1.«

»So schnell kann es gehen.«

»Wenn du zum richtigen Zeitpunkt den Absprung schaffst.«

Der Tross bog in eines der Restaurants ein. Die Wände waren schwarz gestrichen, eine überdimensionale Rakete aus Pappmaschee erstreckte sich die Wand entlang. Von der Decke hingen nackte Glühbirnen, wie gerade wohl überall auf der Welt. Ein langer Holztisch war frei geblieben, obwohl viele der Gäste standen. Eine Band baute ihr Equipment auf.

Liv nahm zwischen Ying-Yue und Rowan an der Längsseite Platz, ihr gegenüber Arch, der jetzt die Mütze abnahm und der Frau mit den abstehenden grauen Haaren zuhörte. Eine Bedienung, die die anderen alle zu kennen schienen, nahm die Bestellung auf.

In der Mitte des Tischs standen Schälchen, gefüllt mit koreanisch-mexikanischen Häppchen. Pikante Schweinefüße, Tacos al Pastor, Algen. Thema am Tisch war Berlin, was Liv nur mutmaßen konnte, denn die Band spielte Noise-Musik, und das gleich hinter ihr.

Ihr Hunger war riesig, und sie hatte schon den dritten Cocktail intus. Sie zog sich die Algen heran. Ying-Yue hatte die Diskussion an sich gerissen, nur Arch war in ein Zweiergespräch mit seiner Tischnachbarin verwickelt. Auch wenn Liv ihn nie dabei ertappen konnte, spürte sie doch, dass er jeder ihrer Bewegungen folgte.

Als alle energisch miteinander diskutierten, drückte Liv sich von der Tischplatte weg und winkelte ihr Smartphone so an, dass sie die gesamte Runde – knapp zehn Leute, die alle aufschauten und zum Teil lächelten – einfing. Sie schob sich mit ins Bild.

KLICK.

Sie setzte sich wieder neben Rowan, postete den Schnappschuss und schrieb *Whānau* dazu. Es gefiel ihr, dass ihr erster Post seit einer halben Ewigkeit ein simples Dinnergruppenselfie war, wie es Milliarden andere gab. Sofort ploppten Reaktionen auf.

»Wer sie noch nicht kennt«, Ying-Yue sprach laut, »das ist Liv.«

Wie Judith Wright, effizient und direkt, hob Liv den Arm und nickte einmal ernst. Das könnte ihr Markenzeichen werden. Alle Blicke waren auf sie gerichtet.

»Wieso jetzt Berlin?«, fragte sie in die Runde.

»In London kannst du nur zwei Jahre bleiben«, erklärte Rowan. »Dann kicken sie dich raus. In den USA ist es noch schlimmer.«

»Paris?«, fragte sie.

»Längst vorbei. Berlin ist anders, da kannst du noch was bewegen. Ist einfach eine kreative Stadt und anonym genug. Die Leute verurteilen dich nicht gleich.«

»Ich dachte, alle seien dort, weil es so billig ist, die niedrigen Mieten und so.«

»Die meisten sind in den letzten Jahren hin, weil du leicht

ein Künstlervisum bekommst. Du musst bloß nachweisen, dass du mit Kunst Geld verdienst, und schon verlängert es sich.«

»Stelle ich mir schwer vor.«

»Nicht wirklich. Wir kaufen uns einfach gegenseitig die Kunstwerke ab.«

Einige lachten, nur Liv stimmte nicht mit ein. Es gab wirklich keinen Grund, nach Europa zu ziehen, wo Menschenansammlungen in Zugwaggons oder Clubs zu Zielscheiben wurden und Rechtspopulisten Angst vor verschleierten Frauen schürten, als trügen die statt Unterwäsche selbst gebastelte Sprengsätze. Diesen Alltag ständiger Bedrohung kannte sie von Israel gut genug, und dass Europa der nächste Kriegsschauplatz werden würde, lag doch auf der Hand.

»Mir gefällt es hier«, sagte sie. Ein Blick aufs Display bestätigte das: *4K Herzen*, obwohl die Aufnahme verwackelt war.

Das Konzert war so schlagartig vorbei, wie es begonnen hatte. Die Bedienung räumte die Schälchen ab, Liv trank das Kristallglas bis auf den letzten Schluck aus. Einer nach dem anderen gingen sie an den Tresen. Warum brachen plötzlich alle auf?

»Willst du das nicht dokumentieren?«, sagte die Frau mit den abstehenden grauen Haaren. Sie hatte etwas Schroffes an sich. Arch schob die Hornbrille den Nasenrücken hinauf.

»Ich weiß nicht, wie du das meinst.«

»Wieso hältst du den Menschen andauernd dein Smartphone vors Gesicht?«

Liv wusste nicht, worauf die Frau hinauswollte.

»Alles kann Kunst werden«, sagte Ying-Yue. »Du musst es nur lange genug Kunst nennen.«

Arch nickte, die schroffe Frau schüttelte verächtlich den Kopf.

»Danke«, sagte Liv zu Ying-Yue.

»Ich habe dich noch nicht eingeladen.«

»Ich meine –«

»Steck dein Ding weg, geht auf Judith Wright.«

»Danke«, wiederholte Liv, und obwohl Ying-Yue sie gerade aufgefordert hatte, ihr Smartphone wegzustecken, schaute sie schnell nach der Uhrzeit: weit vor Mitternacht.

»Wohin jetzt?«, fragte sie.

»Nach Hause«, sagte Ying-Yue.

Liv *Dachterrasse?*

Sohvi *Dachterrasse!*

*

Heute war ein besonderer Tag. Liv lag auf dem Bett, die Beine ausgestreckt, und wischte durch das Leben ihrer neuen Freunde. Ying-Yue räumte in einer Bildsequenz eine Garage leer, Rowan dokumentierte das Entstehen seines neuesten Werks, ein comichaftes Selbstporträt mit krakenhaftem Bart, das er schichtweise übermalte, so dass es immer dunkler wurde. Seit ihrem gemeinsamen Abend, der schon wieder knapp eine Woche her war, arbeitete er in seinem Studio ununterbrochen für die Garage-Ausstellung. Danach stand die Christmasdachterrassenparty an, dann bereits die mysteriöse Neujahrsausstellung, die gerade in dieser Sekunde von Judith Wright persönlich mit *#shareyourrealself* angekündigt wurde. Liv sagte zu, dann fragte sie leicht krächzend, weil sie ungemütlich lag: »Wann ist das bei Garage noch mal?« Sie versendete die Voicemail an Ying-Yue und die Gleiche an Rowan.

Während sie auf eine Antworte wartete, schaute sie, was Arch machte. Der war mit seiner Familie in einem Strandhaus auf einer der Inseln. Er war kein begabter Fotograf, immer schnitt er irgendjemandem in seinen Bildern einen Arm oder die Beine ab. Sie herzte fast ausnahmslos all seine Fotos und drehte sich zur Seite. Sogar Sohvi hatte was zu tun, sie schnitt, obwohl sicher zittrig vom Restalkohol ihres Dachterrassenabends, Haare.

Weil ihr nichts Besseres einfiel, durchforstete Liv Sohvis Leben. Vor zwei Jahren war sie abrupt nach Griechenland gereist, dort hatte jedoch niemand auf eine finnische Haarstylistin gewartet. Von da ging es nach Malta, von Malta nach Singapur, wo sie eine Stelle fand und gutes Geld verdiente. Tagsüber arbeiten, nachts Party auf der Empore des Royal Royal Club. Viel zu dick aufgetragener Lippenstift. Champagnerschaum durchnässte ihre Kleidung. Dann begannen die Schmerzen, die Krämpfe in den Händen beim Halten der Schere. *Au!*, hieß es unter einem Foto ihrer geschwollenen Finger. *Job weg :-(*, schrieb sie. Nicht weil sie nicht gut genug, sondern weil sie zu langsam war für eine Stadt, die auf keinen wartete. In Korea dasselbe. Abflug in die USA. Alle wollten ihre Strähnen, es gab viele Herzen für ihre Posts. Man liebte sie und ihre direkte Art. Sie wurde zur Teamleiterin, trug stolz ihr Namensschild eines Salons unweit des Hollywood Boulevards. Bis ihr Organismus das viele Färbemittel nicht mehr vertrug. Abreise nach Australien. Dort dasselbe. Übersetzen nach Neuseeland. Vor über einem Jahr. Liv überflog die Reise mit der Schwester, blieb nur kurz bei der übergewichtigen Frau hängen. Sohvi begann ihren Job auf der Shortland Street, nachts ging sie wieder auf Partys. Selfies mit vielen unterschiedlichen Typen. Die Kunden liebten sie, weil sie geschickt war, weil sie unterhalten konnte, weil sie sich Zeit nahm, länger als die anderen.

Liv rollte von der Matratze und stand auf. Es fühlte sich an, als hämmere jemand einen stumpfen Stein seitlich gegen ihren Kopf, zugleich drückte sich etwas ihre Speiseröhre hoch.

Sie rannte zum Bad, rüttelte am Griff, verschlossen. Sie presste sich die Hand vor den Mund, rannte den weiten Weg zur Küche. Dort kotzte sie einen Schwall Algenbrei und anderes Undefinierbares neben das eingetrocknete Geschirr in die Spüle. Sie fühlte sich gleich besser, nur das Hämmern an ihrem Schädel nahm an Intensität noch zu. Ein Blick aus dem Fenster in die Welt: später Nachmittag.

Ein Typ in Boxershorts schlappte an der Küche vorbei und kratzte sich im Schritt. PING.

Ying-Yue *Übermorgen :-)*

Liv *Kann ich helfen?*

Ying-Yue *Nein.*

Im frischesten aller Supermärkte hatte Liv eingekauft. Tonnenweise Fisch, diese Gewohnheit hatte sie von der Zeit auf der Jacht beibehalten. Sie schloss die Wohnungstür auf, statt Orchideenduft schlug es ihr säuerlich entgegen. Der Fernseher war auf volle Lautstärke gedreht.

Sohvi kauerte auf der Couch. Auf dem Bildschirm kochten Kandidaten in Zweierteams um die Wette. Die Juroren liefen mit verschränkten Armen durch die Reihen.

»Wie war dein Tag?«, fragte Liv.

»Er hat mich nach Hause geschickt.«

»Wieso?«

Sohvi zeigte ihre rot angelaufenen Hände, schluchzte. Liv legte den eingekauften Fisch auf den Tisch und nahm sie in den Arm. Sohvi regte sich nicht mehr, nur ihre Brust bebte.

Erst als Sohvi sich wieder gefangen hatte, ließ Liv sie aus der Umklammerung los und streichelte ihre Wange.

»Ich habe Heimweh«, sagte Sohvi. »Mir ist egal, was zu Hause passiert ist, ich würde ihnen sogar verzeihen.«

»Hast du gegessen?«

»Ich will nicht mehr.«

»Komm, lass uns kochen, und all deine Freunde schauen zu.«

»Geht das?«

»Klar«, sagte Liv.

Sohvis dunkle Miene hellte sich etwas auf. »Geht das wirklich?«

In der Küche brachte Liv Sohvis Smartphone mit zwei Gläsern auf dem Kühlschrank in Position. »Fertig?«

Sohvi schüttelte den Kopf. »Ich kann das nicht«, sagte sie.

»Doch, du kannst, sei bloß du.«

Sohvi blickte schüchtern auf das Gemüse und den riesigen Fisch hinab. »Die können mich jetzt sehen?«

»Ja, alle, die zuschalten.« Liv wusch den Fisch in der Spüle.

»Wie viele sind es?« Sohvi spitzelte zum Bildschirm, sah aber nur sich selbst in einem quadratischen Fenster, leicht von schräg unten.

»12.«

»So wenige.«

»Keine Angst, das kann schnell gehen. Wir sind zwei Mädchen. Sag ›Hi‹ und stell dich ihnen vor.«

»Das ist peinlich.«

Liv deutete auf die ersten aufsteigenden Herzen. Ein Lächeln huschte über Sohvis Gesicht. Das Internet konnte so wunderbar heilsam sein.

»Erzähl ihnen, woher du kommst, was du gemacht hast, keine Scheu, sie wollen einfach ein bisschen Zeit mit dir verbringen. Ich bereite derweil den Fisch zu, du kannst ja die Kartoffeln schälen und dich einfach mit uns unterhalten.«

»Okay.« Sohvi schaute so konzentriert, als müsse sie gleich vom Zehnmeterbrett springen. »Huhu.« Sie winkte. »Huhu, ich bin Sohvi, ich komme aus Jyväskylä, das liegt ungefähr in der Mitte Finnlands. Wir machen gerne Party.« Sie wandte sich Liv zu, die gerade die Schuppen von der Fischhaut schabte. »Ist es gut so?«

»Super. Schon 43 Zuschauer.« Zum Kühlschrank gewandt, sagte Liv: »Unterstützt unsere Sohvi und postet, von woher ihr überall zuschaut.«

Sohvi las die aufploppenden Kommentare. Alle Kontinente, viele der Hauptstädte und Megacitys waren darunter. Ein Drittel kam aus arabischen Ländern.

»Erzähl mehr über dich.« Liv stupste Sohvi an. »Was du heute gemacht hast, was dich umtreibt, dich fasziniert, was du gelernt hast.«

Sohvi füllte ihr Weinglas auf, nippte daran. »Zurzeit arbeite ich bei Simor, Ecke Shortland Street, hier im CBD. Es ist der 21. Dezember, Hochsommer, so ungefähr sieben Uhr am Abend. Ihr könnt gerne kommen, ich meine, in den Laden. Ich bin da jeden Tag. Und jede Nacht bin ich in der Kolbi-Bar daneben.« Sie trank den Wein in einem Zug und lächelte dem Kühlschrank zu. Sie zog die Flasche heran und goss nach.

»Erzähl ihnen von deinen Reisen«, warf Liv ein, denn die Zuschauerzahl stagnierte gerade. »Wie du zu diesem Vulkan getrampt bist, hier in Neuseeland, im Lande Mordors, mit deiner Schwester.«

Sohvi erzählte ihre Reisegeschichte so, wie sie sie Liv auf der Dachterrasse erzählt hatte. Liv träufelte Zitrone über den Fisch, streute Chiliflocken darüber und schob die Keramikform in den vorgeheizten Gasofen. Es dauerte nicht lange, und sie waren der populärste Stream ganz Ozeaniens und Australiens.

»Wollt ihr wissen, wer Liv ist?«, fragte Sohvi ihre 1,1K Zuschauer. »Ich meine, was sie so macht den ganzen Tag. Ja?« Sie las die ins Bild steigenden Kommentare. »Okay. Gut, da musst du jetzt durch, Liv. Liv schläft ziemlich lang, da bin ich längst auf. Schlappt dann ins Bad, sie trägt so einen japanischen Kimono oder wie die Dinger heißen. Morgens isst sie nie. Glaube ich. Aber sie trinkt literweise Espresso und raucht eine Menge Zigaretten. Hört superlaut Musik. Komische Musik mit Trompeten und auf Spanisch. Was sie mag? Sie mag Curling und die Farbe Kupfer. Sie mag ihre Community, und sie mag ewig unter der Dusche stehen und sich die Zähne putzen. Sie mag ihre Schuhe, die liebt sie sogar und zieht sie nie aus. Nicht mal, wenn sie auf der Couch sitzt und Fragen beantwortet. Seht, sie hat sie auch jetzt an. Jedenfalls tippt Liv ständig auf ihrem Smartphone herum, und abends geht sie aus mit ihren neuen Freunden.«

Sohvi nippte am Weinglas, lächelte in die Kamera, füllte das Glas wieder randvoll. Sie las die Kommentare. Liv wischte Reste vom Schneidebrett in die Mülltonne.

»Absolut!«, sagte Sohvi. »Und Liv meinte auch gestern Nacht auf der Dachterrasse – genau, so eine ist sie, die sagt, schreib! Also habe ich mir heute bei der Arbeit eine Trilogie ausgedacht. Na ja, ist eher ein Roman oder besser drei Romane in einem.« Sie las etwas. »Ja, Fantasy. Jedenfalls handelt es von einem Jungen in einer anderen Zeit, dem immer so irre Sachen passieren. Ich stelle ihn mir vor wie den Jungen, mit dem ich am liebsten zusammen wäre, der aber vollkommen außer meiner Reichweite ist. Versteht ihr? Da ist dieser Mensch, und ihr wisst ganz genau, dieser Mensch wäre ideal für euch. Ich meine, du hast dich verloren oder so, und da wäre dann dieser Junge –«

Sohvi hielt inne, nippte am Glas. Liv konnte sich gar nicht mehr daran erinnern, ihr geraten zu haben, einen Roman zu schreiben.

»Wo war ich? Genau, ich stelle mir diesen Jungen vor, er ist also mein Held, er muss mich retten. Der lebt jedenfalls in einer anderen Zeit. Irgendwo in der Vergangenheit. Die auch die Zukunft sein könnte. Eine Vergangenheit, die in der

Zukunft liegt. Das ist es. Ein Junge aus der Vergangenheit in der Zukunft. Also überall dort, wo ich eben nicht bin. Nämlich in der Gegenwart.« Sohvi las die neuesten Reaktionen.

Liv hatte ihre Mission erfüllt, sie verband Daumen und Zeigefinger zu einem Herzen und sagte: »Bye-bye.« Sie verließ die Küche und setzte sich auf die Wohnzimmercouch. Sie schaltete den Fernseher an, zappte herum. Das Kochduell. Werbung. Cricket. Ein Cartoon.

Sie schaltete das TV-Gerät aus und ging ins Bad. Sie setzte sich auf die Toilette, zückte das Smartphone und verfolgte Ying-Yues *Story*. Ein Clip zeigte ihren mit Notizen zugemüllten Schreibtisch, den sie inmitten der Garage aufgebaut hatte.

War sie neidisch auf Ying-Yue, weil die für etwas brannte? Wie sollte sie die Tage bis Garage herumbringen? Sie öffnete die News-App: *Pilot simuliert Selbstmordroute*, dann die kuriosesten Fundstücke: *Baumscheibenskateboards*. Sie drückte die Spülung und zog sich die Hose hoch. Ihr Spiegelbild sah ganz verschwommen aus, vielleicht tränten aber auch nur ihre Augen.

Sie schlenderte ins Schlafzimmer und warf sich aufs Bett. Sie starrte an die Decke. Sie drehte sich auf den Bauch und guckte die erste Folge einer Serie, in der ein Politskandal den nächsten auslöste und man schon nach ein paar Minuten nicht mehr verstand, worum es überhaupt ging. Als ihr der Nacken schmerzte, drehte sie sich wieder auf den Rücken. Im Splitscreen schaltete sie Sohvi hinzu. Die sprach in die Kamera, als spräche sie wirklich mit einem Gegenüber. Sie schien bereits vergessen zu haben, wie viele Menschen ihr zuschauten.

Mehrmals tippte sie das Herzsymbol an, Herzen stiegen in das Livebild auf, verpufften.

Die Serie fesselte sie nicht, zu viele Damen in Blazern, zu

viel Schauspiel, zu viel Deko, die nur vorhanden war, um die Leere der Kanzleien und anderen Filmorte irgendwie auszufüllen. Die Gesichter waren zudem so stark von der Seite angestrahlt, dass man unentwegt an die künstliche Beleuchtung eines Drehsets denken musste. Sohvi war viel interessanter. Gerade tänzelte sie durchs Wohnzimmer, ziemlich schief einen aktuellen Popsong singend, den auch April ständig gehört hatte. Sohvi stieß die Badezimmertür auf und richtete die Kamera auf die Tapete, sprach von irgendeinem frei schwebenden Bonsaibaum, der gerade in ihrem Feed aufgetaucht sei. Im Hintergrund hörte man deutlich einen Strahl Urin ins Wasser rauschen. Volle Authentizität und keine Angst vor Selbstentblößung, das funktionierte.

Liv schloss das Serienfenster und vergrößerte Sohvi zum Fullscreen. Die Toilettenspülung rauschte. Sohvi schwenkte auf den schlierigen Spiegel, man sah, wie sie sich die Hose hochzog und den Knopf über einem Bauchnabelpiercing nur gerade so zubekam. Sie sprach über den Spiegel mit ihren Followern. Wohin sie nachher noch gehen und wen sie alles treffen würde.

Manchmal musste Liv lachen, weil Sohvi so ehrlich lachte und sie damit ansteckte. Und dann lachte sie noch mehr, als Sohvi wieder die Michelin-Frau nachahmte und so tat, als passte sie kaum durch die Tür. Auf dem Bildschirm war Sohvis Art, alles ungefiltert zu sagen, unheimlich unterhaltend. Alles konnte mit ihr passieren.

Liv drehte sich auf die Seite, den Kopf auf die Hand gestützt.

Sohvi legte sich in die langen Sonnenstrahlen auf dem Wohnzimmerboden. Sie sprach von ihrem früheren Apartment in Seoul, wo man gleich in der Küche gestanden hatte, wenn man durch die Wohnungstür gekommen war, und das Bad ein einziges Stück Plastik gewesen war. Viele Fragezeichen tauchten auf, weil sich die Leute kein Bad aus einem Stück Plastik vorstellen konnten. Sohvi konterte, indem sie sagte, dass sie einfach selber mal danach suchen sollten. Als Nächstes schilderte sie die Männer der Insel Kronos und verglich sie mit den Typen aus L.A. Von da kam sie irgendwie auf ihre Hände und die Entzündungen. Dann schaltete Sohvi den Fernseher an und zu ihrer Kochshow. Ein Junge in weißer Schürze rührte beidhändig in einem Topf. Sohvi kommentierte, was sie sah, dann schwieg sie. Ehrlich vom Bildschirm gefesselt.

Liv drehte sich auf den Rücken.

Es roch verbrannt. Liv musste eingeschlafen sein. Sohvi streamte noch immer und lag schlafend auf dem Boden. Ein halb volles Weinglas neben ihrem Kopf. Eine Kleinstadt schaute ihr beim Schlafen zu.

Liv *Der Fisch!*

Sohvi öffnete träge die Augen, las etwas. Während Sohvi zur Küche robbte, wand Liv alle Kraft auf, um aufzustehen. So unheimlich schwer wurde sie in die Matratze gedrückt. Sie kippte das Fenster und blickte zu den Bankern auf der gegenüberliegenden Seite. Es war später am Tag, aber noch lange nicht Abend. Sie stand für eine Ewigkeit da und starrte abwesend aus dem Fenster.

Da pingte es unter ihrer Bettdecke. Hoffentlich Ying-Yue, dachte sie, die vielleicht doch ihre Hilfe brauchte. Sie kippte aufs Bett zurück wie ein gefällter Baum und griff nach dem Gerät.

Elam hatte geschrieben.

Liv schoss hoch, setzte sich auf die Bettkante. Sie war schlagartig hellwach. Wie lange war es her? Ihr Zeigefinger zitterte, als sie die Mitteilung antippte. Elam hatte vor wenigen Sekunden ein Foto auf ihrer Seite gepostet. Es zeigte eine bis an den Horizont reichende Wiese. Menschen saßen verstreut auf Picknickdecken, ein Kind spielte mit einem Hund, im Hintergrund ließ jemand einen Drachen steigen. Durch das Grün verlief eine lange, asphaltierte Straße, sehr breit, sehr gerade. Mit gelben, überdimensionalen Pfeilen. Eine Flugbahn, auf der jemand auf einem Longboard mit Segel windsurfte. Der Horizont war von einem geschwungenen Gebäude abgeschlossen, ein Radarturm stach in den blauen Himmel. *Berlin*, hatte Elam daruntergeschrieben. Und: *Happy Birthday.*

Sie herzte seinen Beitrag, und wäre das auch hier möglich gewesen, hätte sie viele Male nacheinander auf das Herzsymbol gedrückt.

Liv *Elam, bist du da?*

Sie konnte den Blick nicht mehr vom Screen nehmen. Es dauerte lange, einige Minuten, bis angezeigt wurde, dass er antwortete.

Elam *Hi, Liv.*

Liv *Elam! Wollen wir reden?*

Elam *Bin gerade mitten in einer Sache.*

Liv *Oh, was ist es?*

Sie wartete auf eine Antwort, doch er schrieb nicht. Etwas in der Küche ging schallend zu Bruch

Liv *Habe so lange nichts von dir gehört :-(*

Elam *Ich musste mich abschotten. Es war schwierig. Brauche Zeit für mich. Kann gerade keine Menschen sehen.*

Liv *Dann will ich dich nicht stören.*

Elam *Du wirst es verstehen :-)*

Liv *Danke, dass du an mich gedacht hast.*

Elam *Immerzu :-)*

Liv *:-)*

Sie weinte, weinte, weil sie so glücklich war, dass es ihm gut zu gehen schien. Dass er etwas gefunden hatte, an dem er arbeitete. Blums Laden, den er neu eröffnete? Ja, das musste es sein. Sie weinte aber auch, weil er an sie gedacht hatte. Es ging ihr wirklich gleich um das Tausendfache besser.

*

Eine blau gestrichene Holzvilla, hohe weiße Fensterrahmen, das Dach aus Blech. Im Garten, leicht nach hinten versetzt, eine blau gestrichene Holzdoppelgarage. 5 p. m., mildes Wetter. Ein Großteil der Menschen trugen Shorts und Sandalen. Im Nachbargarten mähte jemand das Gras, die Straße hinunter hämmerten Kinder ein Baumhaus zusammen.

Liv ging durch die Reihen, grüßte Rowan, indem sie den Kopf kurz in den Nacken kippte und das Kinn einmal anhob.

»Auch da?«, sagte sie.

»Auch da«, sagte er.

»Du warst abgetaucht.«

»Eingemauert.«

»Läuft's gut?«

»Ich komme voran.«

Sie wusste zwar nicht ganz genau, wie weit sein Bild war, ob er rechtzeitig damit fertig werden würde, aber er arbeitete anscheinend Tag und Nacht daran.

»Kommt Judith heute wieder nicht?«, fragte er.

»Hab sie lange nicht gesehen«, sagte Liv.

»Hast du's gelesen?«

»Das Thema der Neujahrsausstellung?«

Er nickte. »Was denkst du?«

»Wenn ich es recht verstehe, kann jeder sein reales Selbst teilen, was auch immer das sein soll.«

»Ich bin kein Fan davon. Zu viele Stimmen enden immer im Geschrei.«

»Weil nur die lauteste gehört wird?«

»So die Annahme.«

Vor einem aufgebauten Malertisch belud sich gerade Arch einen Teller mit Häppchen. Es gab mit Avocadostückchen belegte Weißbrotscheiben und hummusfarbene Dips. Als sich ihre Blicke trafen, zeigte er mit den Fingern erst auf seine, dann auf ihre Augen. Er grinste. Sie hob die Hand.

»Ich muss auch schon wieder los«, sagte Rowen.

»Bis die Tage.«

»Pass auf dich auf.«

Liv steuerte Arch und die Freigetränke an.

»Hi, Archie.« Sie schnappte sich einen Cider. »Hast du Ying-Yue gesehen?«

»Es hat gerade begonnen.« Arch zeigte mit dem Daumen hinter sich auf die Doppelgarage. »Ich habe mir einige Fotos von deiner Reise angeschaut. Ich würde jetzt nicht sagen, dass es große Würfe sind, aber du bist authentisch.«

»Ich bin ja nur ich. Das Problem ist, dass ich mich immer anders fühle. Ich meine, wenn ich hier mit dir stehe, kann ich mir gar nicht vorstellen, dass ich auch mal in einer Geisterstadt an einem Salzsee war.«

»Oder auf einer Superjacht.«

Liv nippte am Cider.

»Wie ging es da eigentlich weiter?«

Liv nippte abermals.

»Die letzten Wochen fehlen.«

»Es war langweilig, ich erinnere mich nicht.«

Arch kratzte sich unter seiner Cap, zog sie einen Tick tiefer. »Als Künstlerin musst du leiden«, sagte er.

»Wie meinst du das?«

»Du musst deine Verletzungen aufspüren, aus ihnen entstehen die stärksten Werke.«

»Ich bin nicht verletzt.«

»Wenn du lebst, bist du auch verletzt.«

Sie nippte wieder und wieder am Cider. »Ich glaube, es geht los«, sagte sie dann.

»Was geht los?«

Liv zuckte mit den Schultern. »Ich schau mir das mal an.«

Beide Garagentore waren hochgefahren, zwischen den Einfahrten war das *Garage*-Schild wieder angebracht worden. Das Innere war kahl, die Wände waren weiß gestrichen worden. Ying-Yue kauerte im Schneidersitz auf dem rissigen Betonboden, einen Bildschirm im Schoß. Den Schreibtisch hatte sie an die Wand geschoben. Die Besucher gingen um sie herum oder standen wie Liv am Rand.

Warum war Ying-Yue auf einmal selber im Mittelpunkt? Kuratierte sie nicht nur die Ausstellung? Warum gab es sonst nichts zu sehen?

Der Cider schmeckte nussig.

»Das habe ich nicht kapiert, Ying-Yue«, sagte Liv. »Du sitzt da eine Stunde lang auf dem Boden und bewegst dich nicht. Und die Leute gucken dir dabei zu, wie du ab und zu mal was eintippst oder jemandem eine Voicemail sendest. Kein Wunder, dass ich schon angetrunken bin.«

Jemand in der Gruppe lachte.

»Ich habe die nächste Fuzzy-Vibes-Ausstellung organisiert.« Ying-Yue sprach betont ruhig, als hätte sie gerade eine Meditationsstunde beendet.

»Während du dasaßt?«

»Ja. Ich habe Mails mit den Künstlerinnen hin- und hergeschrieben, es ging um Raumfragen, Materialen, die gebraucht werden. Ich habe unsere Designerin kontaktiert, Rowan an den Text erinnert. Ich habe eine Rundmail geschrieben, ob jemand Klappstühle hat, weil es Short Cuts zu sehen geben wird. Es hat sich gleich jemand gemeldet, ich habe gesagt, ich komme morgen vorbei und hole sie ab. Ich habe geschaut, wo sie wohnt. Ich habe gesehen, der Getränkehandel liegt auf dem Weg dorthin. Ich habe mich bei Tiare gemeldet, ich habe ihr gesagt, dass wir morgen um drei vorbeikommen werden. Ich habe mich für den Wein bedankt, das Wasser. Rowan hatte geschrieben, er brauche doch noch etwas länger. Ich habe gefragt, wie lange. Er hat gesagt, bis morgen. Ich habe dann ›Okay‹ gesagt. Habe schnell unsere Designerin angerufen, sie auf den Stand der Dinge gebracht. Sie war sauer, sie wartet schon seit einer Woche, kann die Publikation ohne Text nicht anfangen.«

»Das hast du alles gemacht während der letzten Stunde?«

»Unter anderem – hast du's nicht gesehen?«

»Doch, aber –«

Liv schaute in die Runde, doch niemanden schien zu verwundern, dass sie zu dieser Ausstellung eingeladen worden waren, um Ying-Yue dabei zuzuschauen, wie sie die nächste organisierte. Kunst war alles, was man lange genug Kunst nannte, so hatte Ying-Yue es gesagt. Und alles, was man im Kunstkontext tat, war dann folglich auch Kunst.

»Das klingt jetzt vielleicht sehr naiv«, sagte Liv. »Aber wenn ich jetzt, sagen wir hier in der Garage, mit einer Freundin kochen würde und ihr mir dabei zuschaut, dann wäre das auch schon Kunst?«

»Für manche ja, für manche nein.«

»Aber ich könnte es Kunst nennen?«

»Es spricht nichts dagegen.«

»Ich könnte der Freundin dann auch eine Ohrfeige geben, und es hätte eine andere Bedeutung, weil es ja Teil meines Werks wäre.«

»Absolut.«

»Wunderbar.«

»Wieso?«

»Nur so.«

Es begann leicht zu tröpfeln, eine perfekte Gelegenheit, um in den Himmel zu schauen und das Thema zu wechseln.

»Peachpit?«

*

Dachterrasse. Christmas. Paare über fünfzig. Die Damen trugen bunte Kleider, die Männer Shorts und Kurzarmhemden in den Farben des Südpazifiks. Die umliegenden Finanztürme flirrten im Nachtlicht.

Judith hatte sie entdeckt und kam mit weit geöffneten Armen auf Liv zu. »Endlich, ich habe schon so vielen von dir erzählt.« Sie schnappte ihre Hand und zog Liv durch die Grüppchen hinter sich her. »Platz machen«, sagte sie und imitierte ausgefahrene Ellbogen. »Das steht dir«, sagte sie, kurz zu Liv blickend. Liv trug ausgestellte Shorts mit Blau-Weiß-Muster, dazu eine Bluse mit Schulterpartien aus dicht gewebter Baumwolle. »Trag das auch zur Eröffnung.«

Liv nickte, aber Judith nahm davon keine Notiz, denn schon waren sie auf Sohvis Höhe, die ihren Arm um den Hals eines glücklich grinsenden Mannes gelegt hatte. »Sohvi, runter da!« Judith wedelte mit dem Zeigefinger und legte die Stirn übertrieben in Falten. »Kann ich mit deiner Teilnahme rechnen?«, fragte sie Liv, während sie Sohvi und den Mann längst wieder hinter sich gelassen hatten.

»Ja, ich werde kommen.«

Abrupt blieb Judith stehen, umfasste ihre beiden Unterarme. »Das wird groß. Um Mitternacht geht unsere Seite für Einsendungen online, jede oder jeder kann dort in Echtzeit ihr oder sein tiefstes Innerstes posten. Wir projizieren die Einsendungen auf Böden, Decken und Wände. Siehst du es vor dir? Das Innere der Welt: flirrend, unerwartet, fluider Wechsel der Gestalt, brutal, im absoluten Jetzt.«

Sie brachen in eine Gruppe ein, die um einen Grill herumstand. Jemand wendete ein Steak, auf einem Beistelltisch lagen Fisch und Alufolie. »Obacht, Leute«, sagte Judith. »Darf ich euch Liv vorstellen? Sie ist gerade um die Welt gesegelt.«

»Um die Welt gesegelt?«, sagte der Mann, der das Steak gewendet hatte und nun den Fisch mit Salz bestreute.

Sie nickte.

Der Mann wendete den Fisch und salzte auch die andere Seite.

»Wer war denn deine Crew?« Er rollte ein Stück der Alufolie aus und riss es an der Tischkante von der Rolle ab. »Oder warst du allein?« Er nahm den Fisch am Schwanz und schwang ihn hinüber auf die Folie. Er wickelte die Folie um den Fisch, es knisterte wie eine Notfalldecke. »Ganz allein oder mit einer Crew?«

Liv schüttelte den Kopf, schüttelte vehement den Kopf, als wolle sie eine Hand abwehren, sagte: »Nein.« Doch die Hand riss ihr die Decke vom Körper und stieß sie brutal zu Boden. Sie biss in den Arm, doch die Hände fixierten sie jetzt und drückten ihr mit aller Gewalt die Beine auseinander. Sie schüttelte den Kopf. »Keine Crew«, sagte sie.

»Aber da muss doch eine Crew gewesen sein.«

Die Finger des Mannes holten noch einmal den Fisch aus der Alufolie, als hätten sie etwas vergessen. Lange, kantige Finger, die jetzt den Schlitz an der Längsseite des Fisches auseinanderzogen. Liv konnte nicht wegschauen.

»Du kannst ja so ein Ding nicht ganz allein segeln, oder etwa doch?«

»Keine Crew«, sagte sie wieder, »keine Crew.«

Kochend heißes Duschwasser floss an ihr herunter. Die Haut der Arme, der Beine war rot, die Finger waren aufgequollen. Vor Dampf konnte sie kaum atmen. Ein Haufen Fleisch und Knochen.

»Ist alles gut da drin?« Sohvis Stimme.

*

Ein Kreuzfahrtschiff lag wie eine blinkende Großraumdisco im Hafen, die Restaurants an der Promenade waren bis auf den letzten Platz belegt. Paare und Freunde taumelten vor Aufregung an den Silos vorbei zu den Superjachten. Menschenströme, eine lange Lichterkette, erste Raketen.

Liv war Teil des Stroms. Nur noch wenige Minuten verblieben vor dem Ende des heißesten Jahres seit Beginn der Wetteraufzeichnung. Das neunte in Folge. *Noch 24 Minuten bis zum Happening,* kündigte *Judith Wright* an. Sie musste klar und ruhig bleiben. Könnte sie nur ihr hämmerndes Herz ausstellen.

Es war ein gewaltiger Anblick, wie zwischen den protzigen, aber konventionellen Superjachten die *Aurora 2* ihr mächtiges Wingsegel in den Nachthimmel stach. Schimmernd wie ein entrücktes Fabelwesen. Vor dem ausgeklappten Steg war ein erleuchtetes Partyzelt mit Fahnen aufgebaut, man konnte an Verlosungen teilnehmen oder sich gleich die Armbänder von Damien und April persönlich umlegen lassen. Oder vor der Jacht posieren. Jungs stiegen auf Parkbänke, um einen Panoramablick des Spektakels einzufangen.

Damien trug ein wallendes, weißes Leinengewand. Eine schöne Zielscheibe, dachte Liv. Das Armband funkelte, sein anderes Handgelenk war mit einem Verband verbunden. Um ihn auf einer Art Bühne zu sehen, mussten die Zuschauer auf ihre Bildschirme spitzeln, die sie hoch über die Köpfe hielten. Er wirkte energetischer als noch vor Wochen, hatte sich frisch rasiert, seine Haare waren kräftig und voluminös. In seinen Gesten lagen eine Überzeugung und Bedeutung, als würde er alles um sich hell erleuchten.

April beugte sich gerade zu einer Schar Kinder. Jedem Einzelnen widmete sie sich, sagte etwas, tätschelte Köpfe. Auch sie schien verändert. Tatsächlich ähnelte sie Prinzessin Diana, deren Auftritte sie tagelang studiert hatte, bevor sie angelegt hatten. Man sollte sehen, dass sie ein guter Mensch war. Eine vormalige Weltumseglerin, die nun für die Zukunft der Kinder und deren Kontrolle über ihre digitalen Spuren kämpfte.

Bis in die dritte Reihe schob Liv sich vor. Ganz ruhig beobachtete sie die beiden, wie sie gekonnt mit dem Publikum spielten, Blickkontakt aufnahmen und wirklich niemanden vergaßen. Damien unterhielt sich mit einer Frau ganz vorne. Als die Frau etwas sagte, grinste er, und Liv sah seine Zunge, die zweimal gegen die untere Zahnreihe stieß.

Ohne den Blick von Damien zu nehmen, holte Liv ihr Smartphone aus der Gesäßtasche und öffnete die Aufnahme-App. Ruhig hob sie den linken Arm. Wie man eine Pistole hebt, den Arm durchstreckt und das Ziel anvisiert. Sie zielte auf seine Brust. Sie zitterte nicht. Ihr Daumen ruhte über dem Symbol zum Einbetten. Sie wäre eine gute Soldatin geworden. Ruhig atmete sie. Die Zeit dehnte sich. Damiens Blick schweifte umher, als wolle er sich eine neue Gesprächspartnerin aussuchen. Dann blieb sein Blick an ihr haften. Mitten im Gehen hielt er in der Bewegung inne, den Körper leicht abgewandt. Alles verengte sich, es gab nur noch sie beide. Die Realität kippte an den Seiten weg. Er zuckte kurz zusammen und zog die Brauen hoch. Dann grinste er, und sein Mund öffnete sich einen Spalt.

KLICK.

Die Aufnahme schoss durch den Äther, über den Pazifik, auf eine Serverplantage und von dort in alle Welt.

Liv taggte die Audiodatei mit *shareyourrealself* und *liv*. Zu dem Post erschien ein Selfie von ihr mit Delfinen im Hintergrund. Sie überlegte nicht lange. Dann taggte sie die 14-minütige Aufnahme, auf der seine Stimme deutlich zu vernehmen war, auch mit seinem Namen: *Damien Levy-Stark*.

Sie führte das Smartphone zum Mund und tat, als bliese sie Rauch von einer Mündung. Es dauerte nur wenige Augenblicke, bis die Daten zurückschossen, sein Armband vibrierte. In Zeitlupe drehte Damien den Arm, noch immer mit Liv in Blickkontakt. Für einen kurzen Moment schielte er auf das Armband, fasste dann an sein Ohr, als höre er etwas. Dann machte er einen Schritt zurück, riss die Augen auf. Livs Kugel durchbohrte sein Herz.

Eine Traube von Menschen versuchte durch den schmalen Eingang des Adam-Keen-Museum zu kommen. Feuerwerk explodierte zwischen den Hochhäusern. Das altbekannte, auf der ganzen Welt sich jährlich beinahe identisch wiederholende Szenario.

Jemand erkannte Liv am Eingang, es war das Barmädchen, das sie über die Menge heranwinkte. Ein Spalt tat sich auf, Liv hüpfte wie auf Sprungfedern die Treppenstufen hoch. Sie fühlte sich wie von einer unendlichen Last befreit, die es ihr in den letzten Tagen unmöglich gemacht hatte zu denken, zu fühlen. Sie war wieder ganz da, spürte den Boden, schmeckte die Luft – Holunderblüten –, sah die Umrisse der Menschen scharf und klar.

»Happy New Year!« Sie fiel dem Barmädchen um den Hals, und als die nicht weiter reagierte, ließ sie sie einfach wieder los.

Wie Judith es angekündigt hatte, waren im Innern Wände, Decke und sogar der Boden mit Projektionen übersät. Einzelne Pixel wie Mosaiksteine, die ein größeres Bild ergaben.

Es war laut, aus Boxen schallten Geräusche des Alltags, Gesprächsfetzen, ein röhrender Motor, das Plätschern von Wasser. Es war voll, sehr voll. Die Besucher und Künstler schoben sich durch den enggewordenen Raum oder standen wie paralysiert im Licht der Projektionen.

Liv ging von Einsendung zu Einsendung. Jemand lackierte sich die Fingernägel, zupfte sich die Augenbrauen, man hörte das Geräusch einer Toilettenspülung. Jemand führte einen Hund aus. Jemand zeigte Unmengen Toilettenpapier, als könnte morgen die Welt untergehen. Auf einem anderen Video brüllten sich zwei Menschen über einen Küchentisch hinweg an. Das echte, ungefilterte Leben.

In vier, fünf Reihen drängten sie sich um die Projektion, die ihr Delfin-Selfie zeigte. Liv hörte es gleich: Damiens Keuchen.

Zwei Einsendungen daneben stand Rowan vor seiner eigenen Arbeit: im Zeitraffer sein Selbst, das immer dunkler wurde, bis es am Ende wieder durch die Augen hindurch zu leuchten begann. Kaum jemand interessierte sich dafür. Er kam Liv so unendlich einsam vor. Sie wollte auf ihn zugehen, aber dafür hätte sie in die Menschentraube vor ihrer Einsendung einbrechen müssen. Ihr Körper sträubte sich dagegen. Sie entdeckte Arch, der leicht im Abseits stand, den Kopf schief gelegt, und sie prüfend anschaute. Als sich ihre Blicke trafen, huschte ein Lächeln über sein Gesicht, bevor er wieder tiefernst wurde.

Sie ging weiter umher, unzählige Blicke auf sich spürend, bis sie in der Mitte des Raums auf Ying-Yue stieß. Die hatte die Arme verschränkt, und es schien, als betrachte sie eher die Reaktionen als die Einsendung selbst. »Ich weiß nicht, was ich denken soll«, sagte sie.

»Happy New Year!« Liv wollte sie umarmen, aber Ying-Yue blickte nicht einmal zu ihr hin.

»Es ist heftig. Es tut mir leid, was dir passiert ist.«

»Du musst nichts dazu sagen«, kam es von Liv. »Hast du Judith gesehen?«

Ying-Yue wies zu einem Nebeneingang, wo Judith, weit außerhalb des Geschehens, an der Wand lehnte. Sie sprach mit niemandem, obwohl ein paar Leute um sie herum sicher genau darauf warteten. Sie starrte einfach geradeaus.

Liv versuchte Blickkontakt mit Ying-Yue aufzunehmen, doch die sah nach wie vor an ihr vorbei.

Sie konnte unmöglich hierbleiben. Sie riss sich von den Blicken der Besucher los und verließ, so schnell sie konnte, den vor Menschen sich zuschnürenden Ausstellungsraum. Wo sollte sie hin? Auf der Straße verfolgte man gebannt die Goldschauer der Raketen. Um einen imaginären Mittelpunkt herum tanzten ein paar junge Leute. Zuerst schlug Liv den Weg zum Campus, dann zur K-Road ein. Dann blieb sie unvermittelt stehen, nein, sie musste packen. Sie ging zum Eingang ihres Hochhauses, schloss auf, wartete nicht auf den Aufzug, sondern sprintete die sieben Stockwerke hoch, checkte im Laufen, ob Elam etwas gepostet hatte, weitere Indizien, dass er tatsächlich in Berlin war. Keine neue Nachricht, kein neuer Post. Elam war wieder abgetaucht. Dennoch: Es musste ein Zeichen gewesen sein, dass er das Foto von Berlin gepostet und ihr zum Geburtstag gratuliert hatte. Ein Hinweis, nur für sie. Sie schrieb ihm: *Ich komme,* schloss die Haustür auf. »Sohvi?«, rief sie. Niemand da. Feuerwerk erhellte in unregelmäßigen Abständen das Wohnzimmer, ihr Schlafzimmer, in dem sie ihre wenigen Sachen in Elams Rucksack stopfte. Sie verschnürte den Rucksack, schwang ihn auf den Rücken, zog die Gurte fest. Schrieb: *Berlin.*

Franz, 12

Hand in Hand warten wir auf den Aufzug. Wir: Frau Dr. Sodenstern (mit Dutt) und ich. Elektrisch gleitet die Tür auf, wir treten ein in den verspiegelten Fahrkorb. Die Tür schließt sich (ich habe Frau Dr. Sodenstern zu stützen), und in die Unendlichkeit gespiegelt, gleiten wir die zwei Stockwerke hinab.

»Ich habe solche Angst«, sage ich.

»Sie müssen keine Angst haben. Selbst der Tod verliert seine grässliche Gestalt, weil er immer auch Anfang ist.«

»Ich habe nicht Angst um mich, ich habe Angst, dass meine Kiki in den Tod stürzt.«

Es macht dieses Ping-Geräusch, und die Fahrstuhltüren öffnen sich. Frau Dr. Sodenstern drückt meine Hand, lässt nicht mehr los. Sagt: »Sie müssen sich wirklich nicht fürchten, glauben Sie mir. Zwei Menschen, die zusammengehören, werden immer einen Weg finden, zusammen zu sein.«

Ich höre unsere nackten Füße synchron auf dem Beton flappen. Es ist ein ewig langer Weg bis vor zu meiner Tür. Am Ende des Gangs leuchtet eine untergehende Sonne farblos durchs Milchglas.

»Ich danke Ihnen, dass Sie mich begleiten«, sage ich.

Sie schüttelt nur den Kopf, als ginge es gar nicht darum. Dann lässt sie meine Hand los und zeigt auf die Tür. »Wir haben den Schlüssel.« Frau Dr. Sodenstern präsentiert einen Schlüsselbund. Ihre Haut ist fahl, von blauen Adern überzogen.

Ich nehme den Bund, stecke einen Schlüssel nach dem anderen ins Schloss. »Der passt nicht«, sage ich. »Der auch nicht.« (Du spürst es gleich, wenn eine Tür entriegelt wird. Es ist eine Spannung, die sich da entlädt). Als ich den richtigen Schlüssel endlich habe, zögere ich, die Klinke zu drücken.

»Nun machen Sie schon«, sagt Frau Dr. Sodenstern.

Ich öffne die Tür. Das Apartment liegt verlassen vor uns. Die Fenster sind weit geöffnet, ein kühler Luftzug fährt hindurch. Überall verstreut liegen Sachen, quer spannt sich die Wäscheleine durch den Raum. Der schwarze Vorhang hängt schief an der Stange.

»Ging doch«, sagt Frau Dr. Sodenstern.

Eine Erleichterung überkommt mich und eine Hoffnung, dass die Welt doch nicht aus den Fugen geraten, dass Kiki noch in der Stadt ist. Dass es den Katzenjungen gar nicht gibt.

»Wollen Sie einen Tee?«, frage ich.

Frau Dr. Sodenstern greift wieder nach meinen Händen und drückt sie fest. Ihre Mundwinkel wandern nach oben. »Ist gut«, sagt sie. »Ist gut.« Sie lässt mich los, wendet sich langsam um.

»Soll ich Sie nach oben begleiten?«

»Bis zum Aufzug würde mir reichen.«

Ich schließe die Fenster. Das Telefon klingelt und unterbricht den ersten Anflug von Erleichterung. Ich gehe nicht ran.

Ich schiebe mit den Zehenspitzen einen dieser Chemikalienbottiche aus dem Weg, laufe unschlüssig umher. Drei Tassen Kaffee stehen unberührt neben dem Wasserkocher. Ich schnappe mir eine und kippe sie hinunter (ich habe Durst). Es ist trinkbar, beinahe köstlich.

Das Telefon hat aufgehört zu klingeln. Draußen rasselt die Elektrische vorbei. Eine Wolke muss vor die Sonne gezogen sein, schlagartig ist es dunkel geworden. Ich drehe das Licht an, laufe im Kreis, kann keinen klaren Gedanken fassen. Spüre nur, ich muss in Bewegung bleiben.

Das Telefon klingelt. Ich lasse es klingeln, drehe das Audion auf dem Kühlschrank an. Laut, lauter. »Hineingesaugt. Abdrehen unmöglich. Kapitän Erkner veranlasst Aufstieg auf –.« Ich drehe am Rad. »Keithstraße, Nähe Lützowufer«, sagt eine Radiostimme. »Lächerlich, was diese Jugend wieder umtreibt«, eine andere. »Da wohnt er jedenfalls, Franz Frey, der Katzenjunge«, wieder die erste. Ich schalte es aus.

Woher wissen die meine Adresse, meinen Namen? Es klingelt wieder. Ich hebe ab.

»Endlich.« Es ist Mr Tietz. »Ich habe mir schon Sorgen gemacht.« Eine kurze Pause. »Franz? Franz, bist du dran?«

»Ja, das bin ich.«

Etwas knallt von außen gegen meine Scheibe, ich fahre vor Schreck zusammen.

»Sind Sie in Ordnung?«

»Ich hatte mich aus dem Apartment ausgeschlossen, aber Frau Dr. Sodenstern hat mich gerettet.«

»Sodenstern?«

Ich nicke, aber das sieht er ja nicht.

»Dann grüßen Sie mir die Dame ganz herzlich, ein tolles Geschöpf.«

»In der Tat.« Etwas Besseres fällt mir nicht ein.

Er schnauft sehr laut. »Kommen wir zum Punkt. Die Sachen stehen nicht gut. Die Situation ist verzwickt. Sie befinden sich im Auge eines Wirbelsturms. Da sind Sie relativ machtlos.«

»Wird es sich legen?«

Es rauscht in der Leitung, wie es das bei Pausen immer tut. Wieder klatscht etwas gegen die Scheibe, knallt, springt Zickzack, knallt und springt, knallt.

»Was war das?«

»Ein Knallfrosch.«

»Kinder.«

»Nicht nur.«

»Haben Sie eine Strategie?«

Ich könnte hier im Zimmer ausharren. Ich könnte mich ihnen stellen. Am liebsten aber würde ich ein paar Tage zurückgehen, doch dann hätte ich Kiki nie kennengelernt. »Nein«, sage ich also.

»Sie brauchen aber eine Strategie, bevor Sie auch nur einen Fuß auf die Straße setzen. Sie müssen offensiv sein, offen mit der Sache umgehen.«

»Aber ich bin gar nicht der Katzenjunge.«

Wieder rauscht es in der Leitung.

»Ich muss es dir ehrlich sagen: Ich kann dir nicht helfen. Das, was in den Zeitungen über dich steht, ist Dreck aus der Gosse. Sie haben dich ausgesucht, um den eigentlichen Zustand der Stadt, der Zeit, der Welt an dir festzumachen. Verstehst du?«

»Ja, ich verstehe«, sage ich verwundert, weil er wieder ins Du gewechselt ist.

»Du bist jung, du bist bunt, du interessierst dich nicht für Politik, das Wirrwarr, die Armut der Stadt. Dafür bist du blind.«

»Ja, ich verstehe«, sage ich.

»Ich habe nur einen Rat: Du brauchst jetzt gute Freunde. Sie sollen dich auffangen. Halte die Ohren steif.«

Er hängt ein. Ich tue es ihm nach. (Wie hält man die Ohren steif?)

Ich bleibe in Bewegung, laufe tausendmal im Kreis. Immer wieder um die Bottiche, die dunkle Entwicklerflüssigkeit herum, suche nach einer Strategie. Es dämmert. Von draußen tönen Sprechchöre. Ich husche auf den Balkon hinaus. Es sind mehr geworden, die zu mir hinaufschauen. Ich beuge mich über das Geländer, so dass ich zum Dach blicken kann, rufe nach den Mädchen, die vielleicht noch oben sitzen. Niemand erscheint. Zurück im Zimmer, gehe ich weiter im Kreis, nichts fällt mir ein.

Dann weiß ich es plötzlich. Ich tunke beide Hände in die Entwicklerflüssigkeit. (Du kannst dir vorstellen, was ich damit mache.) Im Nu bin ich angemalt. Streifen im Gesicht, über der Brust, Kreuze an den Armen. Rauten an den Beinen. Farbe. Ich brauche Farbe. Kühlschrank auf, da steht ein Flasche Ketchup. Ich gieße sie mir über den Kopf. Mein Spiegelbild im Fenster: kaum wiederzuerkennen (oder doch, wenn ich dir nur von den Panoramaseiten her geläufig bin). Ich ziehe ein paar Grimassen, mache raubtierhafte Bewegungen, brülle. Schnappe die Leica.

Aus der Hüfte geschossen.

KLICK.

Ich stoße die Tür zur Straße auf, kann nicht sagen, wie viele es sind. Sie schauen mich an, als wäre ich der Pandabär im Zoo. Ich weiß nicht, wie ich mich verhalten soll. Angewurzelt stehe ich dort in Shorts, barfuß, der Oberkörper nackt. Die Elektrische rauscht heran, muss aber wegen der Menge, die die Fahrbahn blockiert, schrill klingelnd stehen bleiben.

»Katzenjunge!«, rufen sie. »Katzenjunge!«

Ich hebe die Hand zum Gruß. Einige halten Fotoapparate in den Händen.

KLICK-KLICK.

In der ersten Reihe erkenne ich die Fahrradclique wieder, die Kinder mit dem Ball verstecken sich dahinter. In der zweiten Reihe sehe ich den Hauswart gleich neben Karl und Hedwig (die wegschaut, als sich unsere Blicke treffen). Und ich bin mir sicher, dass auch Else-Marie hier irgendwo ist.

Eine komische Ruhe ist über mich gekommen. Als hätte ich nichts zu verlieren. Ich fühle die Fäden wieder in meiner Hand. Ich werde erst das mit dem Katzenjungen lösen, dann irgendwie Kiki aus dem Sturm herauspflücken.

»Runter von der Straße!«, ruft der Chauffeur. »Von der Straße, los!« Doch niemand rührt sich, weil ja alle mich angaffen.

»Katzenjunge!«, rufen sie. »Katzenjunge!«

Ich laufe, um die Menge in Bewegung zu bringen. Ein Spalt tut sich auf. Ich schlage den Weg zum Kiosk ein. Sie folgen mir.

Es werden immer mehr. Zu Fuß oder auf Fahrrädern. Automobile hupen. Das Eden ist nicht mehr weit. Wir wechseln die Straßenseite. Dort bleibe ich stehen. Neben mir ein Junge auf dem Rad. Der Rahmen des Fahrrads ist lila geflammt (mit dem azurblauen Stern, du erkennst es gleich wieder). Es ist das Rad, mit dem ich vor einer gefühlten Ewigkeit zum Zeppelin geradelt bin. (Und du erkennst den Jungen in seiner Pumphose, die mittige Zahnlücke, den um den Mund verteilten Puderzucker.) Ich stupse ihn an. Das Fahrrad fällt scheppernd auf den Asphalt. Ich bücke mich zu ihm, flüstere ihm etwas ins Ohr. Nur er kann es hören.

Er schaut verwundert.

Ich hebe das Fahrrad auf, fühle mich ganz wie Jesus. Oder Buddha. Ich übergebe es ihm. Die Menge applaudiert.

Wir setzen uns wieder in Bewegung. Es ist ermüdend, weil sich mir immer wieder Menschen in den Weg stellen. Immer mehr kleine Schubser bekomme ich ab, werde angerempelt, muss ihnen ausweichen. Jemand kreuzt ganz dicht meine Spur. Jemand stößt mich von hinten, ich stolpere. Ich werde schneller, spüre einen starken Stoß gegen die Brust, dann, als ich ein Kind aus Versehen anremple, etwas Scharfes, das meine Stirn streift. Die Stimmung kippt. Ich renne, wie ich nur rennen kann. Und dann, endlich auf der anderen Straßenseite: das Eden.

»Atme, Franz, atme.«

Alle sind sie da. Fanny, Mie Pauline, die Flapper, die Band. Einfach alle. Legen mir die Hände auf die Schultern, drücken mich. Valentin dirigiert ein Getränk herbei und kühle Wickel. Eine Filmsequenz läuft in mir ab: ich, der angeschlagene Boxer vor der letzten Runde, die Freunde in meiner Ecke, mir Wind zufächelnd und die Verletzungen versorgend. Balsam für die geschundene Seele.

»Danke«, sage ich. »Danke.«

So hänge ich auf meinem Platz neben Valentin, die Wickel im Nacken und auf der Stirn. Weil ich nichts mehr sage, beginnen sie über mich zu sprechen wie Eltern, deren Kind stumm neben ihnen am Essenstisch sitzt. Zudem werden Zeitungen herumgereicht, sie rascheln diabolisch, statt Musik läuft das Audion.

Ich versuche alles, um nicht hinhören zu müssen. Spähe zur Fensterscheibe, an der die Scharen ihre Gesichter platt drücken.

»Er soll warten, bis es sich gelegt hat.«

»Morgen interessiert sich keiner mehr dafür.«

»Schaut, wie er zittert.«

»Erinnerst du dich noch an Adele?«

»Was ist mit der?«

»Ich meine nur. Erinnert ihr euch?«

»Was hat das denn mit Franz zu tun?«

»Das ist sechs Jahre her.«

Sie stellen mir eine Suppe hin und glotzen mich an, wie ich sie auslöffle (auch wenn ich gar keinen Appetit verspüre).

»Schau mal hoch!«

Ich sehe vom Teller auf, mir gegenüber hat sich jemand eine Leica umgelegt, und es macht dieses Geräusch, wie wenn du den Auslöser drückst.

KLICK.

Liv, 12

Trotz der Decke fror Liv am ganzen Körper. Auf dem Bildschirm, der in die Rückenlehne des Vordersitzes eingelassen war, zeigte eine Karte die Position des Flugzeugs über *Ost-Nusa-Tenggara* an. Laut Angabe flogen sie synchron zur aufgehenden Sonne, die dimmbaren Fenster simulierten im Einklang mit der heruntergeregelten Gangbeleuchtung Nacht.

Liv nahm die Einwegkopfhörer ab und dehnte die Halsmuskulatur. Klimaanlage und Turbinen dröhnten. Ihre Sitznachbarn hatten die aufrechte Position beibehalten, Liv hingegen hatte den Sitz bis zum Anschlag nach hinten gekippt. Die meisten Passagiere schliefen. Die ältere Dame neben ihr, aus deren Kopfhörern sanfte Pianoklänge plätscherten, hatte die Decke akkurat gefaltet über ihren Beinen liegen. Bis jetzt hatte sie sich kein einziges Mal geregt. Liv wollte nur noch mit Japanerinnen fliegen.

Sie wischte Kekskrümel von ihrer Decke und weckte das Smartphone aus dem Ruhemodus. Sie versuchte, die zu Beginn auf dem Bildschirm beworbene Onboard-Verbindung herzustellen, doch ein buntes Rädchen drehte sich ergebnislos. Die Seiten blieben weiß.

Wieder war sie unterwegs, wieder wusste sie nicht, was als Nächstes kommen würde. Wieder hatte sie Durst, schmerzte ihr der Rücken. Sie verlagerte das Gewicht und drückte die Beine bis weit unter den Vordersitz durch.

Auf dem Bildschirm vor sich navigierte sie von der Flugkarte zum Snackmenü und tippte kleine piktogrammartige Zeichnungen von Cola und Cookies an. Sie aktivierte das App-Symbol mit den gestapelten Blasen, es dauerte gefühlte Minuten, bis sie das Spiel bei der letzten Unterbrechung aufnehmen konnte. Sie sortierte farbige Kugeln zu Reihen oder Blöcken, diese explodierten und füllten ihr Konto mit Punkten und Trophäen. Doch unaufhörlich fielen neue Kugeln von oben in die Spielfläche. Die Geschwindigkeit nahm in regelmäßigen Abständen zu, die heute besonders nervige Ava peitschte sie mit immer gleichen Slogans an.

Eine Stewardess reichte ihr die Snacks.

Liv pausierte, klappte den Tisch herunter und nahm die Snacks entgegen. Sie bedankte sich und platzierte das Getränk in der dafür vorgesehenen Mulde. Sie trank einen Schluck, aber das Kratzen im Hals wollte nicht verschwinden.

So leise wie möglich öffnete sie die Verpackung mit den Keksen. So leise wie möglich kaute sie einen Cookie mit Schokoladenstücken und verfolgte die sich nur schleppend verringernden Meilen bis zu ihrem Zwischenziel. Aufgrund ihrer Nationalität hatte sie den weitaus günstigeren Flug über Dubai beim letzten Buchungsschritt abbrechen müssen.

Sie schob sich die Kopfhörer wieder über die Ohren, schaltete von der Karte zu einer Sitcom und nahm das Spiel wieder auf. Bei jeder ihrer Bewegungen knisterte es ins Gelächter aus dem Off hinein.

Singapur. Transit.

Aus braunem Umweltpapier aß sie im Gehen getrocknete Goji-Beeren. Sie folgte Avas knappen Anweisungen zum Gate. Das Laufen tat ihren verspannten Gliedern gut, am liebsten wäre sie losgejoggt, wollte aber keine unnötige Aufmerksamkeit auf sich ziehen. Automatisch verband sich ihr Smartphone mit dem bereits gespeicherten Flughafennetz. Indem sie zwei Zahlen addierte, bestätigte sie, dass sie ein Mensch war. *17K Posts* waren mit *liv* getaggt.

Sie war zu einem Hashtag geworden und las den allerneuesten Post. Die jungen Netzfeministinnen dieser Welt torpedierten Damiens Accounts und seine Firmen und Produkte mit Kommentaren. Ein weiterer Post zeigte eine junge Israeli beim Zerreißen ihres Einberufungsbescheids. Liv herzte das. Dann machte sie diese Geste wieder rückgängig.

Eine Mitteilung mit ihrem Namen trendete ganz oben. *kopflosefrauensau* hatte geschrieben: *Ich bin 36 Jahre alt, ich saß zwölf Jahre für »Totschlag«, ich tötete eine Frau wie dich, die entschieden hat, sich über die Schwänze von Männern lustig zu machen.*

Faszinierend, dachte sie und wischte nach unten. Da waren ähnliche Beiträge, mal mehr, mal weniger radikal formuliert. Warum hatte das Subjekt »Totschlag« in Anführungszeichen gesetzt?

Sie machte ein Screenshot von dem Post, teilte ihn und tippte *Shitstorm*. Löschte es aber gleich wieder. Tippte *:-/*, ließ es eine Weile stehen, dann machte sie es rückgängig. Tippte *soooo müde*, nur um auch das wieder zu löschen.

Keine Sekunde später schrieb jemand unter ihren Post: *Überdenke dein Leben. Wenn nicht, erschieß dich. Vertrau mir,*

Mutter Natur wäre geholfen. Und ein Statement des Westin-Accounts tauchte auf, die sich offiziell von Liv distanzierten und Konsequenzen wegen einer unbeglichenen Rechnung ankündigten.

»Gate 72«, sagte Ava betont neutral, als habe man ihr zu einem förmlicheren Umgang mit ihrer Liv geraten. Eine Schlange hatte sich bereits formiert, die übrigen Reisenden hingen auf den Sitzgelegenheiten, als wären es Wohnzimmercouches. Bläulich waren die Navigierfinger angeleuchtet.

Liv machte ein Foto von ihren Schuhen und postete es auf Elams Wall.

PING. Elam hatte mit einem Foto geantwortet, das einen Kiosk zeigte. *#Berlin*. Er musste also wirklich dort auf sie warten. Und dieser Gedanke, bald wieder mit ihm zu sein, nahm dem Hype, der um sie gemacht wurde, jegliche Bedrohung. Schon immer hatten andere über sie geurteilt. Schon immer hatte sie gewusst, dass sie sich nur aufgrund eines minimalen Ausschnitts ein Bild von ihr machten. Würde der Hass irgendwann doch zu ihr durchdringen, dann müsste sie eben alle Accounts löschen, die Spuren verwischen. Mit Elam in den Untergrund abtauchen. Sie schmunzelte, sie mochte den Untergrund.

London. Transit.

Keine Sekunde hatte sie geschlafen, ihre Augen schmerzten, und sie hatte Durst. Jemand vor oder hinter ihr roch stark nach Schweiß. Vielleicht war sie es auch selber. Sie blickte durch die endlosen Menschenreihen, ganz hinten waren die Kabinen der Grenzkontrolle zu sehen. Laut Anzeige musste sie mit einer Stunde Wartezeit rechnen. Nach 28 Stunden Unterwegssein war das auch egal. Ihr Körper fühlte sich an, als könnten die Menschen, wenn sie nicht weiterging, einfach durch sie hindurchlaufen.

Liv knipste ein Foto von der Anzeige und postete es auf Elams Wall. Sie aktualisierte ihre Nachrichten-App. Drei Männer hatten an einem Flughafen mit AK-47-Sturmgewehren das Feuer eröffnet. Tote wurden gemeldet. Der Livestream eines Reisenden trendete, der, hinter einem Schalter versteckt, die Abreisehalle verwackelt filmte. Gewehrsalven waren zu hören, ein älterer Herr rannte in gebückter Haltung, den Kopf eingezogen, hin zu einer Reihe von Geschäften und warf sich hinter eine Pyramide aus goldenen Toblerone-Barren. Andere lagen regungslos am Boden. Im Liveticker wurde gemeldet, dass Sicherheitskräfte zurückschossen und die Angreifer verwundet zu Boden gegangen seien. Im Stream des Reisenden hörte man zwei kurz aufeinanderfolgende Detonationen. Die Verbindung brach ab, war wahrscheinlich wegen der vielen Zuschauer überlastet.

Eine klar artikulierte Frauenstimme erklang in der Transithalle: Die Reisenden sollten in erhöhtem Maße wachsam sein.

Livs Vordermann, dem Schuppen in den Nacken und auf beide Schultern gerieselt waren, hob den Kopf und blickte sich in der Halle um. Dann senkte er ihn wieder, vertieft in Sportergebnisse, und schloss die gerade vor ihm entstandene Lücke.

Es war schwierig, unentwegt wachsam zu sein.

Liv schaute sich ein Video von einem russischen Jungen an, der mit freiem Oberkörper und ohne Absicherung auf den Eiffelturm kletterte. Dann suchte sie nach neuen Posts mit ihrem Namen.

Vor neun Sekunden hatte eine *Amanda Frrz* geschrieben: *Warum machst du Fotos, auf denen du wie eine Schlampe aussiehst, und wunderst dich dann, wenn sie dich wie eine behandeln?* Zwölf Sekunden früher: *leander/leander*: *lässt sich flachlegen, und dann spielt sie das Opfer, nachdem es vorbei ist*. Sie wischte weiter nach unten, las: *Ich hoffe, sie bekommt Aids*, und darunter: *Oder sie bekommt Besuch ;-)*. Sie wischte: *Junge Mädchen, die sich wie Schlampen verhalten, müssen sich nicht wundern, wenn Jungs sich wie Jungs verhalten.* Wischte weit, weit nach unten: *Ich fick dich, wenn ich dich sehe.*

Ein kleiner Körper stieß gegen Livs Bein. Vor ihr war eine Lücke entstanden. PING. Elam hatte das Foto eines alten Fahrrads gepostet. *Berlin.*

Passkontrolle. Wie immer, wenn sie uniformierte Beamte sah, pochte ihr Herz viel zu schnell, bildete sich Schweiß zwischen ihren Fingern. Liv verschränkte die Arme, doch diese Pose kam ihr unnatürlich vor. Sie steckte die Hände in die Hosentaschen. Dann zog sie die Linke wieder heraus und umfasste den rechten Ellbogen.

»Reisepass, bitte.«

Sie legte ihren Ausweis auf die Ablage, der Beamte blätterte durch die Seiten, die Lippen aufeinandergepresst. Er blieb bei ihrem Mexikovisum hängen, fixierte ihren Blick. Irgendwann blätterte er bis zum Ende, drehte den Reisepass und zog eine vordere Seite durch einen Schlitz. Er glich etwas auf seinem Bildschirm ab.

»Nun beide Zeigefinger hier auflegen und in die Kamera schauen.« Er klang nach einem Bot, der jede kleinste Abweichung von der Norm registrieren würde.

Sie lächelte, vielleicht war das ja ihr letztes Foto, vielleicht sprengte sich gleich einer dieser lebensmüden Terroristen für den Sekundenbruchteil der globalen Aufmerksamkeit in die Luft und riss sie mit ins Paradies. Oder in die Hölle. Zumindest auf die oberste Position der Newsseiten und Feeds. Es blitzte. Der Beamte reichte ihr den Ausweis und winkte die nächste Person in der Schlange heran. Drei Stunden bis zum Weiterflug.

Berlin.

Stehend hielt sich Liv an einer Schlaufe fest. Schlieren vom Dauerregen an der Scheibe der S-Bahn. Der Waggon war laut und schlecht gedämmt: Das Poltern der Schienen und der kalte Fahrtwind drangen nach innen. Es war voll. In der Spiegelung der Scheibe sah Liv ihr bleiches Gesicht, die geröteten Augäpfel. Sie schoss ein Foto, überlegte, ob sie es Elam schicken sollte, ihm zeigen, dass sie angekommen war. Doch stattdessen rief sie das Foto aus dem Park auf, das erste, das er ihr aus Berlin gesendet hatte: ein sonniger Tag, die Menschen saßen in Shorts und luftigen Hemden auf Picknickdecken. In Kübeln wuchsen Kräuter und Blumen. Wann hatte er das aufgenommen?

Sie kopierte das Bild und fügte es in die Suchleiste ein. Als Ergebnis erschien: *Tempelhofer Flugfeld*. Sie ließ sich von Ava den direktesten Weg dorthin anzeigen.

Sie knetete die tauben Finger, schränkte in ihrer News-App ihre Auswahl auf *Deutschland* und *regional* ein. Sie wollte wissen, was die Menschen gerade umtrieb. Explodierende Preise für Eigentumswohnungen, eine Frau war von Typen eine Treppe hinuntergestoßen worden, *50 Millionen männliche Küken werden in Deutschland pro Jahr vergast oder geschreddert*.

Sie hob den Kopf. Das vor ihr war Deutschland, nicht das auf diesem winzigen Bildschirm. Ein Schuljunge mit dicker Daunenjacke und unförmiger, mehrmals umgeschlagener Jeans steuerte Fußballspieler ausdruckslos auf dem kleinen Display seines Smartphones. Eine Frau mittleren Alters gegenüber tippte Kurznachrichten ein, döste dann etwas, bis melodisch auf- und absteigende Signaltöne sie wieder aufschreckten. Einem Mann, dem die Brille beschlagen war, hing ein Bier schlaff an der Hand. »Noch drei Stationen«, hörte sie Ava dicht an ihrem Ohr.

Liv hatte noch nie eine derartige Kälte gespürt. Nichts stellte sich auf diesem weiten, kahlen Feld dem Wind entgegen. Nur sie.

Sie hatte keine Jacke, keine Handschuhe, keine Mütze. Ihre Nase, ihre Ohren und die Finger brannten. Sie rieb die Hände fest aneinander, drehte sich im Kreis. Da war niemand. Keine spielenden Kinder, keine Windsurfer auf Longboards. Kein Picknick. Keine Sonne. Nur das gewaltige, geschwungene Gebäude des Flughafens und der einsame Radarturm.

Sie positionierte sich so, dass die Kamera ihres Smartphones im Hintergrund die geradlinige Landebahn einfing. Sie lächelte, bis es klickte, schaute sich dann das Foto an. Sie freute sich, ja, sie freute sich. Sie postete das Foto auf Elams Wall und wartete. Sie würde so lange hier warten, bis er auftauchte.

Sie setzte sich auf einen der Kübel, von den Blumen waren nur noch dürre Stängel übrig. Sie spürte, wie sich die Haut ihrer Oberschenkel in der Kälte zusammenzog. Eine fahle, nur zu erahnende Aura ließ die Sonne hinter den tief hängenden Wolken vermuten. Tief am Himmel stehend, obwohl es gerade mal drei Uhr war.

U-Bahn-Station Alexanderplatz.

Elam war nicht gekommen. Immerhin war Liv nicht mehr kalt. Nur durchnässt waren ihre Klamotten bis zur Unterwäsche und den Socken. Ihre geliebten Marshmallow-Sneakers schmatzten und hatten die Farbe dieser Stadt angenommen.

Von oben blendeten sie Lichtröhren. In alle vier Himmelsrichtungen führten Tunnel. Sie folgte dem Strom der Menschen. Zu beiden Seiten gab es Ladenparzellen. Ein Kiosk. Ein Blumenladen. An einem Spieß drehte sich rotbraunes Pressfleisch. Vor einer Bäckerei formierte sich eine Schlange. Sie stellte sich dazu.

Eine Verkäuferin mit blondierten stacheligen Haaren legte Brezelrohlinge auf ein Fließband. Die Brezeln fuhren in den Ofen und fielen ausgebacken auf der anderen Seite in ein Auffangbecken. Liv nahm eine siebensekündige Sequenz dieser Anlage auf und postete sie auf Elams Wall.

Sie suchte nach Efrat und versendete eine Freundschaftsanfrage.

Während sie wartete, ließ sie Ava nach ihrem eigenen Namen suchen. Er hatte auf beiden Seiten drei Klammern bekommen. Sie fragte Ava, was das bedeute, und die Antwort kam prompt: Sie war als Jüdin slash Israeli markiert, der man eine Schlinge um den Hals gelegt hatte.

PING. Efrat hatte ihre Freundschaftsanfrage angenommen.

LIV *Bin am Alexanderplatz.*

Die Verkäuferin händigte der Person vor ihr eine Tüte und einen Kaffee aus. Liv ließ sich einen Satz ins Deutsche übersetzen und las ihn vom Display ab: »Eine Brezel und einen Cappuccino, bitte.«

Die Frau sagte etwas, doch Liv verstand kein Wort. Dann verdrehte die Frau die Augen, die Kinnlade sackte theatralisch nach unten.

»Eine Brezel und einen Cappuccino, bitte«, wiederholte Liv auf Englisch.

Die Frau drehte sich wortlos um und drückte den Knopf des Kaffeevollautomaten. Sie zog einen Becher aus einer rohrförmigen Vorrichtung und schob ihn unter das Einspritzventil. Während die Maschine erst Milchschaum spuckte und dann ein dünnes, kaffeefarbenes Rinnsal sich in den Becher erbrach, klaubte die Verkäuferin drei Brezeln aus dem Auffangbecken in eine der Tüten und legte sie auf den Tresen. Sie schloss den Cappuccino oder was das sein sollte, mit einem Deckel und stellte ihn daneben.

Hatte sie drei bestellt? Liv zückte ihre Kreditkarte, die Frau schüttelte den Kopf, sagte einen Satz mit harten Konsonanten. Liv spürte, wie jemand hinter ihr ungeduldig vor und zurück wippte. Die Frau nahm Getränk und Brezeln wieder weg.

Efrat *Livnah! Sag nicht, du hast dich qualifiziert?*

Liv *Nicht dass ich wüsste :-/*

Efrat *U19-Juniorinnen, Flexitop-Hallencourt, Pralluftschiff-hanger, Lunge!*

Liv *Ich spiele kein Tennis.*

Efrat *Hast du's wieder am Sprunggelenk?*

Liv *Ich spiele kein Tennis mehr, hast du nicht mitbekommen, dass ich um die Welt gereist bin?*

Efrat *Sorry, ich verfolge nicht, was du die ganze Zeit machst ...*

Liv *:-p*

Efrat *Hast du von Gila gehört?*

Liv *Nichts.*

Efrat *Sie hat einen Porno mit palästinensischen Jungs aufgenommen. Sie lassen sie nicht mehr raus.*

Liv ging zum Kiosk gegenüber. Ein Kreditkartensymbol klebte am Glasfenster. Aus dem Kühlschrank griff sie sich ein Matetee-Erfrischungsgetränk.

Liv *Hast du Zeit heute?*

Efrat *Ein Revanchematch?*

Liv *Nur so, auf ein Getränk oder so.*

Efrat *Evrit ist krank.*

Liv *Was hat sie?*

Efrat *Es ist ein Junge! Wusstest du das nicht? ER ist immer krank. Wir überlegen, ob wir mit IHM ins Krankenhaus müssen!*

Liv bezahlte und trank die Flasche gleich aus. Sie folgte dem Verlauf des Tunnels, bis sie auf einen Ausgang stieß.

Sie löschte Efrat, die immer ihre Linkshänderkickaufschläge beneidet hatte, wieder aus ihrem Freundeskreis. Ob sie das wirklich tun wolle? »Ja, Ava, ja.«

Passanten eilten über den von Geschäften umgrenzten Platz. Das Licht der Auslagen glänzte auf den nassen Betonplatten. Ein Betonturm, an dessen Spitze eine überdimensionale Discokugel befestigt war, ragte hoch in den Himmel. Auf der anderen Seite leuchtete grün ein Hotelschild. Auf dem Weg über den Platz kam sie an einem Verkäufer vorbei, dem ein Grill vor dem Bauch hing. Sie nahm eine siebensekündige Sequenz auf, wie er mit einer Zange die angerußten Würstchen wendete. Sie postete die Sequenz auf Elams Wall.

Schneite es? Sie blieb inmitten der Passanten stehen und drehte eine Handfläche nach oben. Bevor sie genauer zuordnen konnte, ob es sich um Schnee oder Hagel handelte, war es bereits in ihrer Hand zerschmolzen.

Mit einigen anderen rannte sie zum Eingangsbereich eines Budgethotels. Eine Drehtür rotierte, ein Schwall heißer Luft föhnte ihr entgegen. In der Lobby gab es eine Bar in Signalfarben. Es wurde Bier gezapft, und auf einem Fernseher flogen Flugzeuge in Schwarz-Weiß über eine Stadt. Liv setzte sich auf einen Barhocker, den Rucksack ans Bein gelehnt, und bestellte Espresso und Bier. Aus winzigen Luken ließen die Flieger Bomben auf die Stadt niederprasseln. In lautlosen Explosionen schlugen sie in bereits marode Wohnhäuser ein. Das Bier wurde ihr hingeschoben, mehr Schaum als Flüssigkeit. Sie trank einen kräftigen Schluck, es schmeckte nach rostigen Nägeln. Sie schob es von sich, wartete auf den Espresso. Als der kam, häufte sie einen Löffel Zucker darüber, der in der dünnen Flüssigkeit versank, und kippte das Getränk. Auf dem Bildschirm war derweil in Farbe Hitlers Cabrio samt grüßendem Führer erschienen. Sie erkannte das Brandenburger Tor, auf das die Prachtstraße zuführte. Das Hotel Adlon zur Linken. Hitlermädchen winkten vom Straßenrand mit weißen Tüchern, Hitlerjungen in Uniformen rannten neben dem

Cabrio um die Wette. Dann wurde wieder auf die Stadt aus der Bomberperspektive geschaltet.

Hier wollte Liv nicht bleiben. Der rostige Geschmack ließ sie nicht los. Sie schaute an sich herunter: Sie tropfte. Sie wollte eine Wohnung, etwas für Einheimische, nicht für Touristen. Einen festen Ort.

Sie wischte durch die Gesichter, die Zimmer anboten. In auffällig vielen Wohngemeinschaften zeigten die Wände blanken Putz, Tapetenreste hatten dunkle Flecken hinterlassen, die Spuren vormaliger Bewohner und Zeiten. Vintagemöbel passten zu dieser Ästhetik, und überall nackte Glühbirnen, als seien alle in dieser Stadt gerade erst eingezogen oder für immer auf der Durchreise. Kaum jemand lächelte. Die Profile vermittelten einen gewissen Ernst, nicht der Welt, sondern sich selbst gegenüber. Die meisten studierten Kunst oder bezeichneten sich als Künstlerinnen oder Künstler oder studierten ein künstlerisches Fach. Andere arbeiteten in der Kreativwirtschaft, waren selbständig oder hatten gerade mit Freunden ein Start-up gegründet. Die Mode: entweder Vintage oder simpel schwarz.

Die Kluft zwischen dem, was sie auf ihrem Bildschirm sah, und dem, was sich hier mit prallen Einkaufstüten am Panoramafenster vorbeizwängte, kam ihr unendlich groß vor.

Wo waren diese Leute?

Sie wischte über das kalte Display. Coyle, 31, kantige Wangen, kurz geschorene Haare, schwarzes Sweatshirt. Sie fragte die Übernachtung an und blickte zurück auf den Fernseher, auf dem ein orangener Eilmeldungsbalken die Todesopfer des jüngsten Anschlags nach oben korrigierte. Als Berlin endgültig in Schutt und Asche lag, sagte Coyle zu.

Sie folgte Ava. Komischerweise war sie weder müde noch fror sie, obwohl sie seit Neuseeland keine Sekunde geschlafen hatte. Vielmehr war da ein Gefühl, als sei schon der nächste Morgen angebrochen.

Der Wind schnitt ihr ins Gesicht. Sie vermisste die Sonne. Wenn schon kalt, dachte sie, dann sollte es wenigstens richtig schneien. Sie schaute nach: Vor fünf Jahren hatte es zum letzten Mal richtig viel Schnee in Berlin gegeben.

Zu Coyles Wohnung war es nicht weit. Sie bog in eine schmale Straße ein, in deren Mitte eine gelbe Straßenbahn gehalten hatte und piepte. Zu beiden Seiten gab es Restaurants, ein Magazinladen wurde von Neonröhren grell ausgeleuchtet. Die Zeitschriften waren in einem schräg an der Wand angebrachten Regal so ausgelegt, als handle es sich um kostbaren Schmuck. Sie kam an einem mexikanischen Streetfood-Lokal mit beschlagenen Scheiben vorbei, daneben gab es ein Dumpling-Restaurant, dessen offene Küche pink leuchtete. Das Restaurant war bis auf den letzten Platz besetzt. Junge Menschen, auch hier dunkel gekleidet, saßen an langen Tafeln und unterhielten sich mit exaltierten Gesten. Ein cremefarbenes Restaurant daneben bot Raw-Food an, sie hatte großen Hunger, doch auch hier waren alle Plätze belegt.

Sie folgte Ava einen leichten Anstieg hinauf. Zur Linken war ein Park, einen Block weiter kam sie an einer bis aufs Skelett ausgebrannten Limousine vorbei. Es roch nach verkohltem Gummi und kaltem Rauch. Auch die Hauswand neben dem Auto war von den Flammen aufgeplatzt und schwarz. Die Straßenbahn ruckelte vorbei und klingelte, weil eine Fahrradfahrerin nicht auswich.

Die Straßen waren von Gaslaternen beschienen, alles kam ihr unheimlich alt vor. Die Ornamente an den Fassaden, die frisch gestrichenen Holztüren und Figuren neben den Eingängen. Gleich drei Wohnhäuser waren von einem Gerüst verdeckt. Dazwischen Schnipsel aus der Jetztzeit. Ein E-Bike-

Laden, ein Fashion-Pop-up-Store, ein Laden mit künstlich oxidierten Werbeschildern und Wohnutensilien aus Hartplastik. Vor den Hauseingängen waren goldene Pflastersteine in den Boden eingelassen. Name, Geburtstag, Ort des Konzentrationslagers, Todestag. Sie zählte bis zum nächsten Häuserblock 96 dieser Steine allein auf ihrer Seite.

Zimmer gefunden, postete sie Elam mitsamt Adresse. Sie hatte die Hoffnung nicht aufgegeben, er könne ihr hinter der nächsten Ecke in die Arme fallen. Doch dort traf sie bloß auf eine weitere spärlich beleuchtete Straße.

Coyle wohnte gegenüber. Ein gelber Altbau mit hohen Fenstern und einem tunnelartigen Durchgang zum Hinterhof, durch den einst sicher Kutschen gefahren waren.

Es roch gut, als sie in die Wohnung trat. Es roch nach Essen. Coyle sah exakt wie auf dem Foto aus. Zur Begrüßung nahm er sie gleich in den Arm.

»Ich habe uns was zu essen gemacht.« Er ließ sie los, so wie man ein Kind vor dem Schultor freigibt. Der Unterschied zum Profilfoto war das schwarze T-Shirt mit weitem V-Ausschnitt. Seine Brust war glatt, sommerlich gebräunt.

»Ich könnte einen ganzen Wald aufessen.«

»Sagt man das so, wo du herkommst?«

»Bei mir zu Hause, ja.«

»Willst du eine Wohnungsführung?«

Liv nickte und folgte ihm durch den Flur. Die Decken waren irrsinnig hoch, die Holzdielen knarrten. An einer Kleiderstange hingen ausschließlich dunkle Klamotten.

»Hier arbeite ich, und da in der Ecke schlafe ich.« Coyle zeigte in einen riesigen Raum mit riesigen Fenstern. In der Mitte befand sich ein schwarzer Tisch, von der Decke baumelte eine Discokugel. In der Ecke gab es eine Matratze, daneben zwei hockergroße Musikboxen, aus denen ein eigenartiger Sound drang, als habe jemand eine Colaflasche geöffnet und ans Mikro gehalten. Dazu eine dunkle Frauenstimme. An der Wand stieg auf einem Bild eine nackte Frau eine Treppe hinunter.

»Hast du das gemalt?«

»Gezeichnet. Noch dabei.«

Liv folgte ihm zurück in den Flur.

»Das Bad.« Er zeigte auf eine schmale Tür. »Und hier ist dein Zimmer.« Er stieß eine zweite Tür auf. Livs Raum hatte dieselben Abmessungen wie seiner. Es gab eine waldgrüne Couch und eine Matratze. Decke und Kopfkissen. »Ist keine Luxusjacht, hat aber seinen Charme.«

Liv setzte ihren Rucksack ab und streckte die Schultern nach hinten durch, so dass die Knochen knackten.

»Fang!«

Sie fing das Handtuch, das er ihr vom Flur aus zugeworfen hatte, trocknete sich die Haare und fuhr kurz über ihre Klamotten, die Arme, den Nacken.

»Du bist Vegetarierin, nicht?«

»Manchmal.« Sie schlüpfte aus den Schuhen.

»Komm«, sagte er. »Lass uns schauen, was das Essen macht.«

Sie gingen in die schmale Küche. Glühbirnen erhellten gleichmäßig den Raum und schärften die Umrisse. Über die Längsseite der Wand lief ein deutscher Schriftzug: *Ich könnte eine Revolution, ich könnte eine Religion beginnen.*

Liv konnte halbwegs erraten, was es bedeuten könnte, fragte aber dennoch: »Was bedeutet das?«

»Nur so ein Partyeinfall.«

»Kann ich dir bei irgendwas helfen?«

»Nein, setz dich. Versorg uns doch schon mal mit Wein.«

Liv setzte sich an den Küchentisch und nahm im Sitzen zwei Gläser aus einer an die Wand geschraubten Holzkiste.

Die Rotweinflasche war bereits geöffnet, sie goss ihnen ein.

Coyle, der mit dem Rücken zu ihr stand, holte etwas aus dem Ofen. Es duftete nach Auberginen, Süßkartoffeln und Feigen. Das erkannte sie genau. Er zerschnitt etwas auf einem Brett, wusch den Salat.

Als er damit fertig war, bewegte er sich zum Türrahmen. »Ich muss dir was zeigen«, sagte er und schaltete das Licht aus. Der Hinterhof wurde sichtbar und das gegenüberliegende Haus, auf dessen Dach ein mindestens zweistöckiger Glaskubus auflag.

»Wow.«

Das Licht ging wieder an. Coyle lächelte, schnappte sich sein Weinglas.

»Was war das?«

»Da wohnen neuerdings die Fintech-Millionäre.«

»Ah.«

»Cheers!«

Sie stießen an.

Vielleicht konnte sie hier tatsächlich neu anfangen. Vielleicht in einer pink erleuchteten Bar arbeiten, den Leuten Bier in Gläser füllen oder ihnen violette Tacos hinschieben. Ja, das könnte sie.

»Wie lang kann ich bleiben?«

»Das Zimmer ist frei. Solange du willst.«

»Gebucht.«

»Wunderbar. Im Hof habe ich noch ein klappriges Fahrrad. Nichts Besonderes. Aber es bringt dich überallhin.«

»Das ist sehr nett von dir.«

»Probier erst mal das Essen.«

Liv aß alles auf, die letzte geröstete Süßkartoffel, den letzten Rest Ziegenkäse, die letzte geröstete Frühlingszwiebel, an der noch etwas Balsamico-Zucker-Dressing klebte. Zuallerletzt genoss sie die frische Feige und leckte die Finger ab. Sie hatte mindestens drei Portionen gegessen.

»Das war sehr gut«, sagte sie.

»Freut mich«, kam es von Coyle zurück.

Das Essen sackte schwer in ihren Magen.

»Jetzt sind wir gestärkt.« Er fuhr sich über die Nase, als juckte sie.

»Gestärkt für was?« Sie fühlte die Schwere sich über ihren gesamten Körper ausbreiten und auf ihre Augenlider legen.

»Nachher kommen noch ein paar Freunde –«

»Ich muss mich hinlegen«, sagte sie. »Habe seit Tagen nicht geschlafen.«

»Ach, komm, wir kriegen dich schon wieder wach.«

»Wirklich, Coyle, ich muss mich hinlegen.« Liv kam gerade noch so hoch, nahm ihren Teller und stellte ihn in die Spüle.

»Lass nur«, sagte er. »Ich mach das.«

»Das ist lieb.« Sie schleppte sich aus der Küche und in ihr Zimmer, schloss die Tür hinter sich, löschte das Licht, trottete zum Bett und ließ sich vornüber auf die Matratze fallen.

Es gab nichts Besseres auf dieser Welt als dieses Bett. Eine ganze Weile lag sie so da, das Gesicht im Kissen vergraben. Vielleicht schon auf der anderen Seite. Es war derselbe Strudel, der sie in der Wüste hatte verschlingen wollen. Nur diesmal war alles weich, und am Ende wartete nicht ein unbekannter Hohlraum, sondern ein neuer Morgen, eine neue Stadt, neue Menschen. Coyles Frühstück.

Bevor sie ganz abtauchte, rappelte sie sich noch einmal hoch und strampelte die klammen Klamotten vom Körper. Sie hatte keine Kraft mehr für eine Dusche. Zum letzten Mal schaute sie, ob Elam endlich geschrieben hatte. Nichts. Dann schlüpfte sie unter die warme Decke, und Dunkelheit schwappte über sie hinweg. Wie ein dichter Urwald, der sich langsam eine untergegangene Zivilisation einverleibte. Unendlich lang würde sie schlafen. Mindestens eine Nacht und einen Tag und dann noch mal eine Nacht.

Musik. Es schien, als vibrierten die Wände. Sie drückte den Kopf ins Kissen, presste die Handballen gegen die Ohren. Doch der Beat aus dem Nebenzimmer riss sie immer wieder zurück an die Oberfläche ihres Bewusstseins.

Sie konnte nicht sagen, wie lange sie geschlafen hatte. Sie blickte auf den viel zu grellen Bildschirm: Mitternacht. Vor ihrer Tür kreischte eine Frau, dann wildes Getrampel. Die Musik wurde lauter, als stünden die Boxen direkt neben ihr. Eine Weile kämpfte sie mit den Schlägen und einer dröhnenden Schwere, dann schlug sie die Bettdecke zurück. Vielleicht musste es so sein, dachte sie. Sie zog den Rucksack zu sich, holte eine Bundhose und ein schwarzes Sweatshirt heraus, schlüpfte hinein. Als sie aufstand, gab der Boden ein winziges Stück nach. Sie musste sich kurz an der Wand abstützen.

Der Bass wurde noch lauter, als sie die Tür öffnete und das Licht von Kerzenflammen in ihre Augen stach. Gesichter drehten sich ihr zu, im Gang standen ein Dutzend Menschen. Sie zwängte sich an ihnen vorbei, rieb sich die Augen. In Coyles Zimmer tanzten Silhouetten in gedehnten Bewegungen unter der Discokugel. Flirrende Punkte liefen über die Wände, den Boden, die Körper. Eine Frau zuckte asynchron zum Beat. Zu schnell gealterte Gesichter, tiefe Falten, tiefschwarze Pupillen. Zwei Jungs hingen auf Klappstühlen und regten sich nicht.

»Liv, willst du mich fühlen?« Coyle, der einen Haarreif mit Hasenohren trug, fasste ihre Hand und legte sie auf seine nackte Brust. »Spürst du das?«

Sie spürte seinen rasenden Herzschlag.

Er hielt ein durchsichtiges Tütchen hoch. »Für dich«, sagte er.

Schlafen würde sie hier ohnehin nicht können. Und vielleicht war das ja auch gut so. Vielleicht war dieser Ort das Herz der Stadt, in das sie sich hineinsaugen lassen sollte. Liv leckte einen Zeigefinger an und tippte ihn ins Pulver. Die weiße Fingerkuppe steckte sie sich in den Mund. Es schmeckte chemisch, etwas bitter. Ihre Zunge war schlagartig taub.

Die Fenster waren weit aufgerissen. In ihre Augen waren Sprungfedern eingebaut. Es war ein Spiel. Sie drückte die Augen zu. Sie sprangen wieder auf. Auf, zu, auf, zu.

Liv raffte sich hoch. Raus aus dem Zimmer und in die Küche. Sie suchte Espressopulver. Sie präparierte eine Kanne. Das Wasser kochte und presste sich durch die Mischung. Was war das nur für ein Gefühl in ihr? Keine Leere, eher der Hallraum eines ausgehöhlten Gegenstands, den wie ein flüchtiges Gas nun die Kaffeearomen ausfüllten. Ihre Bewegungen waren präzise, wenn auch ohne Bedeutung. Espressotasse bis zum oberen Drittel füllen. Zucker hineinhäufen. Schwenken. Die dunkle Flüssigkeit kippte sie in einem Schluck, stellte die Tasse in die Spüle. Ein Junge stand am Fenster gegenüber und rauchte. Qualm stieg von seiner Zigarette in den grauen Himmel.

Über den Gang in ihr Zimmer. Dort schlief Coyle auf ihren Sachen. Sie hasste ihn. Sie zog ihre Hose unter ihm hervor, er grunzte. Er sah grässlich aus. Sie stieg in die Hose, schnürte ihren Rucksack – wo war Elam? Sie blickte sich panisch um. Das Smartphone fand sie neben der Matratze auf dem Boden.

Elam hatte gepostet. Sie musste ein zweites Mal hinschauen, sie konnte es nicht glauben. Elam hatte etwas gepostet: das Schwarz-Weiß-Foto eines Kaufhauses mit hohen Pilastern und geschwungenen Panoramafenstern. Sie fügte das Bild in die Suchleiste ein. Es war das Kaufhaus Jandorf. *Finde es,* schrieb er, *bevor es zu spät ist.*

Sie dachte: das Fahrrad, die Schlüssel. Zu spät wofür?

Keine Menschenseele war auf den Straßen. Der Wind war eisig, der Himmel hing tief. Sie folgte Avas Anweisung, immer schön zwischen den Straßenbahnschienen zu fahren. Es war nicht weit. Sie bog um eine Ecke, nach einer Kirche ging es bergab, der Park, an dem sie gestern – oder war es vorgestern, vor einer Woche oder einem Monat? – vorbeigekommen war, befand sich wieder zu ihrer Linken. Sie rauschte den Abhang hinab.

»Du bist an deinem Ziel angekommen«, sagte Ava, als sie unten an einer Ampel hielt. Auf der rechten Seite erhob sich das Kaufhaus. Liv erkannte es gleich wieder. Die Pilaster und die gebogenen Panoramafenster. Sie stellte das Fahrrad an der Fassade ab, da waren Einschusslöcher. Sie fuhr mit der Hand über die Aushöhlungen, als seien es Wundmale. Das Portal war schichtweise mit Plakaten zugeklebt, die Tür verbarrikadiert. Sie drehte sich um, weil sie eine Stimme gehört hatte. Aber da war niemand.

Sie wischte sich den Schweiß von der Stirn und die Hände an der Hose trocknen. Sie holte das Smartphone aus der Hosentasche, las, was sie über den Ort auf die Schnelle finden konnte: *Das Warenhaus Jandorf wurde 1904 von Adolf Jandorf –* Sie übersprang einige Absätze. *Mit dem Verkauf des Unternehmens A. Jandorf & Co. ging auch dieses Haus 1927 an den Warenhauskonzern Hermann Tietz OHG. Tietz ließ den Lichthof ändern und ein großes Foyer einrichten. Als einziges Warenhaus von Jandorf überstand es den Zweiten Weltkrieg weitgehend –*

Sie schoss ein Foto von sich in der Spiegelung des Panoramafensters und lud es auf Elams Wall. Sie schnappte sich das Fahrrad und wartete. Doch da pingte es bereits. Elam hatte einen Link auf ihrer Wall platziert. Sie tippte den Link an und ein Text in Buchformat erschien. Sie wischte einmal die 119 Seiten hinunter, dann wieder zum Anfang. Sie las.

Mein Name ist Franz, Franz Frey, und wir haben das Jahr 1928. Eine schöne Zahl, wie ich finde.

FÜNF

Franz, 13

Der Himmel ist zugezogen. Ein Wind (erstaunlich kalt) fegt über das weite Flugfeld. Ich sitze im Schneidersitz auf der Rollbahn, der einzige Mensch weit und breit. Ich habe sie abschütteln können (bin in den Kanal gesprungen, auf die andere Seite geschwommen). Am Horizont stehen Propellermaschinen, das gewaltige Flughafengebäude. Der Zeppelinhangar wirkt wie ein überdimensioniertes Iglu. Die Fußballtore ganz hinten am Rand des Feldes erscheinen fragil. Wie aus Zündhölzern gebastelt.

Wie gern hätte ich jetzt eine Flora Privat.

Der Wind bringt in Schüben Regen mit sich. Es ist viel zu kalt für den Sommer. Es fröstelt mich, die Wunden schmerzen. Ich fühle mich wie ausgeschabt. Als gäbe es mich nicht. Franz, Franz Frey, den Jungen, mit dem du doch auf dem Apfelbaum gesessen hast. Du erinnerst dich? Es gibt immer einen Jungen, ein Mädchen, einen Freund, eine Freundin, mit der du auf einem Apfelbaum gesessen hast. Und dieser Junge, dieser Freund, diese Freundin, dieses Mädchen – das bin ich.

Das war ich. Nun sind die Erinnerungsbilder übermalt, neue Farbe, dick aufgetragen. Ich werde mich nie wieder in diesem Leben davon lösen können. (Ein Hagelschauer geht auf mich nieder, Eiskristalle, die zerfließen, sobald sie auf warme Haut treffen.) Es gibt kein Zurück. Es gibt kein Eden mehr. Keine Blumenfrauen, keine Fanny, keinen Tanz, keinen neuen Tag.

Ich habe alles verloren. Nun bin ich ein anderer, der, von dem sie denken, dass ich es wäre.

Ich bereue es, deine Hand losgelassen zu haben, als wir im Gewächshaus standen. Du wolltest mein Berlin gezeigt bekommen. Es wäre nicht weit gewesen (durch eines der Gewächshausfenster hinaus auf die Gasse). Sie hätten sicher nach dir suchen lassen. Über das Audion, die Zeitungen, mit den Augen der Bevölkerung. Doch ich hätte mir etwas einfallen lassen. Vielleicht hätte ich dich (wie mich) bemalt. Wir hätten Parade oder Künstlerduo gespielt und wären unerkannt durch die Stadt gezogen. Ich hätte dir mein Berlin gezeigt, die Bank vor dem Laden, den Platz am Rand des Kanals, die Brücke, über die wir auf dem Geländer freihändig balanciert wären. Das Eden. Die schmalen Gassen des Scheunenviertels. Die glitzernde Welt von Tietz. Die kristallinen Neubauten, die dunklen Monolithen meiner Straße, mein Wohnhaus, den Aufzug (vielleicht hätte ich dich sogar Frau Dr. Sodenstern vorgestellt). Mein Zimmer, Kaktus Fred. Du hättest dir alles anschauen dürfen: meine wenigen Sachen, mein Chaos. Ich hätte dir einen Kaffee aufgebrüht (zwei Tassen habe ich noch). Wir hätten in der Abendsonne auf dem Balkon gestanden, hätten geraucht, und zum Sonnenuntergang wäre ich mit dir hoch aufs Dach gestiegen. Mit Champagner, mit Brot. Und du hättest dich ins weiche Moos gelegt, die Arme wie ein Kind im Schnee von dir gestreckt. Und ich hätte mich neben dich gelegt. Seite an Seite hätten wir dagelegen und nach oben geschaut. Und da, genau in dieser Sekunde, wäre das silberne Luftschiff über unsere Köpfe hinweggezogen, auf seinem Weg um die Welt. Nur ohne dich, Kiki. Und die Welt hätte auch einen Katzenjungen weniger, und dies wäre der Anfang von etwas gewesen. Der Anfang einer neuen Geschichte.

Kiki. Und Franz.

Es ist spät am Abend, und im Licht der Straßenlaterne lauern sie. Sie rauchen, sie stoßen klirrend mit Flaschen an. Sie haben ihre Abendzerstreuung vor meine Wohnung verlegt. Ich muss sie irgendwie vom Eingang weglocken. Muss eine List anwenden. Ich schleiche mich also hinter den Monolithen und schreie aus voller Kehle:

»Der Katzenjunge!« (Was Besseres fällt mir nicht ein.)

Das wirkt, sie eilen los, suchen mit Fahrrädern die Gegend ab. Der Eingang ist frei, und ich stecke den Schlüssel ins Schloss. Die Spannung entlädt sich, ich trete ins kalte Foyer, sprinte das Treppenhaus hoch in den fünften Stock.

Ich schalte das Licht an. Sogleich skandieren die Chöre von unten meinen Namen. Es ist das Licht, das alle anzieht.

Um irgendwas zu tun, klaube ich die Zigarettenstummel zusammen, brösele die Reste zu einem beachtlichen Haufen, stopfe zwei Zigaretten. Auf dem Audion liegen die Zündhölzer (Luxuspackung). Ich könnte mich an ein Leben voller Instantessen und Balkonausflüge gewöhnen. Ein Leben hinter verbarrikadierter Tür. Kaktus Fred würde meine Gesellschaft sein. Kiki würde ich im Audion bei mir wissen. Ich drehe am Knauf des Radios. Tanzmusik spielt. Ich drehe. Stimmen, die den Absturz vermelden. Ich drehe laut, lauter.

»Graf Zeppelin über Sibirien verschollen. Kein Radiogramm seit 13 Uhr MEZ. Bergungsaktion in vollem Gang. Graf Zeppelin verschollen. Absturz über Sibirien? Kein Radiogramm seit 13 Uhr MEZ. Zeppelin abgestürzt. Kein Radiogramm. Graf Zeppelin verschollen.«

Ich drehe es leiser, aus.

Mit einer stumpfen Schere schneide ich mir die Haare. Büschelweise fallen sie ins Becken. Ich schaue mich im Spiegel an und erkenne mich nicht wieder. Ich habe einen jungen Mann vor mir, der weiß, was zu tun ist. Der Cut an der Stirn ist immer noch offen. Er würde eine schöne Narbe geben. Ich habe noch andere Narben auf der Kopfhaut, die ich ganz vergessen hatte. Andauernd muss ich von irgendwelchen Bäumen gefallen sein.

Es erstaunt mich, dass ich mich traurig und zugleich unheimlich erleichtert fühle. Es ist das Gefühl, die Zukunft in den eigenen Händen zu haben (du musst dich verlieren, um dich gewinnen zu können).

Ich dusche mir die Haare von der Haut, lasse lange eiskaltes Wasser über mich fließen. Ich dusche, bis nichts mehr an mir haftet (es sind die Gesichter, die mich angewidert anstarren, die, vom Wasser abgespült, einen Strudel bilden und im Abguss verschwinden).

Ich schlinge mir das Handtuch um die Hüften und rauche auf dem Balkon die erste der zwei Zigaretten. Ich stehe einfach so da und tue nichts. Ich fühle die schönste Leere in mir. Es ist dieses Gefühl, endlich wieder niemand zu sein, niemand zu werden. Neu anzufangen.

Als ich fertig geraucht habe, zwicke ich mir die letzte Zigarette hinters Ohr und träufle letzte Wassertropfen auf den Kaktus. Er wird das überleben. Zurück im Zimmer, nehme ich einen der Kanister und verlasse das Apartment (die Tür bleibt offen). Noch einmal fahre ich Aufzug. Ganz nach oben. Im letzten Stock besteige ich die Leiter zur Dachluke, öffne sie, wuchte den Kanister aufs Dach und klettere hinterher.

Das Moos ist weich unter meinen Sohlen. Die Sterne sind aufgezogen. Der Himmel liegt klar über der Stadt. Ich kann meinen Atem sehen, so frisch ist es geworden. Nach diesem heißen Sommer.

Es gibt Dinge, die du im Leben nur einmal machst. Ich drehe am Verschluss: Harsche Dämpfe steigen mir entgegen, dass ich mir gleich die Augen reiben muss. Ich hebe den schweren Kanister an und über mich. Ich kippe ihn, so dass die Flüssigkeit über meinen Körper schwappt. Ein scharfer Schmerz fährt in den Cut und breitet sich von dort in Schüben aus. Die Kopfhaut brennt, ich muss die Augen zusammenkneifen. Ich reibe mir die Arme, die Beine ein, Feuer, als kratzten unzählige scharfe Fingernägel die Haut wund und bis hinab auf die Sehnen und Knochen und was dich sonst zusammenhält.

Lange kann das keiner aushalten.

Wenn ich die Augen öffne, fühlt es sich an, als griffe jemand mit glühenden Zangen hinein. Die Monolithen stehen flirrend nebeneinander. Wie eine im Wasser gebrochene Spiegelung. Ein Mond, der Regenbögen speit.

Ich triefe vor Flüssigkeit – jetzt kommt die Angst (du merkst sie, wenn etwas mit der Atmung ist). Ich bin mir gar nicht sicher, ob ich überhaupt noch atme. Ich habe Angst, was mich erwartet.

Ich blicke in den Himmel, auch wenn es kaum erträglich ist. Kleine weiße Flocken lösen sich und gleiten schwerelos herab. Styroporkügelchen, vom grellen Licht der umliegenden Wohnungen angeleuchtet, die alles weiß zudecken.

Ich stecke mir die Flora in den Mundwinkel, trete an den Rand des Dachs, so dass sie meinen Körper sehen.

Ich tropfe, ich bin nackt. Kiki, du stehst jetzt neben mir. Sonne, Mond, du weißt schon. Kiki, abgestürzt, Franz, abgestürzt. Ein Ende. Das zugleich Anfang ist. Im Fall gibt es kein Zurück. Du könntest ja noch rufen: Hallo, ich bin da!

Die Fußspitzen ragen über die Dachkante, winzige Punkte unten als schwarze Einstiche auf dieser neuen weißen Fläche. Ich schaue in die Sternennacht. In der Linken das brennende Zündholz.

Liv, 13

Vom grellen Licht der Wohnungen angeleuchtet, fielen Schneeflocken herab. Liv streckte die Zunge aus und fing sie einzeln auf. Ihr erster Schnee. Wie schmeckte er? Vor allem nach nichts.

Wann hatte sie das letzte Mal geschlafen? Sie konnte sich nicht erinnern, sie war bloß noch Zuschauerin ihrer selbst. Um sie herum war es still, nur hin und wieder war ein fernes Auto zu hören oder eine Straßenbahn, die über Schienen ratterte. Es musste kalt sein, doch sie spürte nichts.

Sie war Franz durch seine Stadt gefolgt. Ein Netz sich kreuzender Linien. Viele der Stationen gab es nicht mehr, statt dem Eden fand sie einen Klamottendiscounter, betonierte Brachflächen statt kristalliner Hochhäuser. Eine Schwebebahn war nie gebaut worden.

Ihr Blick glitt über das Wohnhaus. Es hatte kleine Fenster,

hinter denen unruhig blaues Fernsehlicht flackerte, und Balkone, die dunkle Höhlen bildeten. Nach zehn, elf Stockwerken erreichte ihr Blick das flache Dach. Wenn sie die Augen schloss, sah sie Franz' glänzenden Körper im Licht des Mondes deutlich. Hier hatte die Menge gestanden und seinen Namen gerufen. Sie sah das Zündholz in seiner Hand. Den frisch geschorenen Schädel. Mit dieser Szene endete der Text, den Elam ihr von Station zu Station gepostet hatte. Nicht nur sie, viele andere hatten ihn gelesen, geherzt und kommentiert. Warum hatte niemand gesehen, dass es für Franz keinen anderen Ausweg gab? Erkannt, wie stark und mutig er war? Warum hatte niemand gerufen: Hallo, ich bin da!

Huhu, ich bin da!, schrieb sie unter den Text zu den Kommentaren.

Jemand war am Fenster des ersten Stocks erschienen. Er trug ein weißes Muskelshirt und tippte sich an die Stirn. Hatte sie so lange reglos dagestanden und hinaufgeschaut? Eine Schneeflocke verfing sich in ihren Wimpern. Der Schnee bedeckte allmählich ihre Schultern und die Grasfläche um sie herum. Am oberen Ende der Straße befand sich ein kastenartiges Gebäude. Das musste der Kiosk sein, es gab ihn also noch. Von dort fluteten Menschen in hoher Zahl in ihre Richtung. Die hinteren rannten.

Liv schob die Volumenleiste hoch, auf keinen Fall wollte sie das Ping-Geräusch verpassen. Sie hatte immer noch die Hoffnung, Elam würde gleich auf einem Fahrrad erscheinen oder ihr vom Dach aus zuwinken. Sie hatte ihn in dieser Geschichte zum ersten Mal wirklich gesehen, sein Leid, die Ausweglosigkeit. Sie verstand, wie er sich die letzten Monate gefühlt haben musste. Wenn er Franz war, dann war sie Kiki und über Sibirien verschollen. Sie vermisste ihn so sehr.

Das Licht im Treppenhaus sprang an. Ein junger Mann stieß die Milchglastür auf, eine junge Frau folgte ihm. Sie schauten beide durch ihre Smartphones in den Garten zwischen den Wohnblocks. Abgesehen von ein paar Bäumen war da nichts. Doch die junge Frau stapfte freudig voran. Diesmal folgte der Mann. Der Schnee knirschte unter ihren Schritten, als gingen sie auf Styropor.

Die Menschenmenge, die vom Kiosk kam, schwoll unaufhörlich an. Weil nicht mehr alle auf den Gehweg passten, wichen viele auf die Straße aus. Auch vom anderen Straßenende kamen Menschen, brausten Kinder auf Tretrollern heran. Es wurden immer mehr, die hinter dem Kiosk auftauchten.

»Was passiert hier?«, fragte Liv einen der Jungen.

»Sie haben ein Token versteckt.«

»Was für ein Token?«

»Einen seltenen Franz.«

»Einen Franz?«

»Ja, ein Franz, wieso? Hast du ihn?«

Liv schüttelte den Kopf, suchte nach *Franz Token*, fand aber bloß alte Münzen, für die sich doch niemand interessieren konnte. Dann schaute sie, ob Elam geschrieben hatte. Nichts.

Als sie den Blick hob, war sie von der Menschenmenge eingeschlossen. Aber etwas war anders. Die Menschen, die sie umgaben, kamen ihr seltsam vor. Ihre nach vorne gebeugte Haltung, wie sie mitten in ihren Bewegungen stockten und die Telefone schwenkten, wie sie kurze, kommandoartige Laute von sich gaben. Vor allem der Ausdruck in ihren Augen irritierte Liv. Sie kannte diesen Ausdruck. Unzählige Male hatte sie ihn an sich selbst bemerkt, aber sie hätte nicht gedacht, ihn in den Augen so vieler anderer wiederzuerkennen.

Sie suchte unter all den Gesichtern nach Elam. Sie wusste, er war ganz in ihrer Nähe. Es gab so viel, was sie ihm zeigen wollte, so viel, über das sie miteinander sprechen mussten.

Liv schob sich an den Rand der Menge. Weitere Menschen

waren auf den Balkonen erschienen. Neben dem Mann im Unterhemd rauchte eine Frau eine lange Zigarette und sah, in eine Decke gewickelt, auf das Spektakel hinab. Was ging in ihren Köpfen vor?

Ein Mann in Daunenjacke streifte Livs Schulter, die Menge schloss sie wieder ein. In unvorhersehbaren Bahnen bewegten sich die Körper. Erstarrt blieb sie stehen und wartete. Auf Elam, auf Franz.

»Ich bin doch da«, sagte sie. Sie fühlte sich so einsam wie noch nie in ihrem Leben.

Es pingte. Wie immer, wenn die Welt ins Stocken geriet. Elam hatte ein Foto gepostet. Sie tippte es an. Ein Waschbecken war darauf zu sein, darin büschelweise Haare. Seine Haare. Sie kannte die Szene. Ihr stockte der Atem.

Sie rief ihn an. Er hob nicht ab. Sie drückte den Daumen auf das grüne Aufnahmesymbol, sagte: »Elam, ich bin doch da!«, und hob ihn wieder. Die Voicemail versendete sich. Sie wartete. Er reagierte nicht.

Noch einmal sah sie sich das Foto an, hatte sie vielleicht einen nur ihr geltenden Hinweis übersehen? Aber da waren bloß diese abgeschnittenen Haare und neben dem Wasserhahn Elams salzhaltige Zahncreme. Keine Beschreibung, kein Kommentar, nichts. Sie rief ihn an. Er hob nicht ab.

»Elam, was soll das?«

Ein junges Mädchen mit Pudelmütze starrte sie an. Liv machte einen Schritt zur Seite, das Mädchen stellte sich auf ihren Platz und blickte nach unten.

Sie rief ihn an. Er ging nicht ran. Sie schaute auf, da war niemand, der ihr helfen konnte. Sie tippte: *Hörst du dir an, was ich dir geschickt habe?* Sie wartete wieder, nichts passierte, dann presste sie ihren Daumen aufs Display. »Ich bin wütend«, sagte sie. »Ich komme extra von der anderen Seite der Erdkugel, und jetzt bin ich hier, hier vor dem Haus, und du bist nicht da, nur dieses Bild mit deinen abgeschnittenen Haaren!« Die Voicemail versendete sich, und doch fing sie gleich eine neue an. »Wann hast du das Foto gemacht? Das ist deine Wohnung, ich kenne das Waschbecken!«

Drei Männer standen in einer Reihe vor ihr und hielten ihre Geräte auf sie gerichtet. Der Schneefall nahm zu. Sie drehte sich von ihnen weg.

»Weißt du, was hier los ist? Du siehst das, nicht?«

Ein Junge lief rückwärts auf sie zu, Liv konnte ihm gerade noch ausweichen.

»Lachst du gerade, weil ich hier zwischen diesen Zombies stehe? Das ist nicht witzig! Ich habe auch nicht gelacht, als du so pathetisch geschrien hast!«

Plötzlich spürte sie die Kälte in ihren Füßen und Fingern. Sie schob sich durch die Menge, sie musste in Bewegung bleiben, klar denken.

»Es tut mir leid, Elam, was ich gerade gesagt habe, es ist nur –«

Ein alter Mann trat ihr in den Weg. Er trug einen Backpackerrucksack und hob die Hand.

»Elam, bitte, ich bin doch hier«, sie ging an dem alten Mann vorbei zur Straße hin, wo es sich etwas lichtete. »Ich stehe auf der Straße, in der Nähe des Kiosks, ich winke gerade. Du kannst mich leicht finden.«

Ein Auto fuhr mit hoher Geschwindigkeit auf sie zu, sie konnte gerade noch auf den Gehweg ausweichen.

»Elam, ich bin mit Franz durch die Stadt gegangen, habe mit Franz bei den Blumenfrauen Kaffee getrunken. Und jetzt stehe ich hier, vor seiner Wohnung. Ich weiß, du bist der Katzenjunge.«

Sie wartete. Darauf musste er doch reagieren. Sie öffnete seine Wall. Nichts. Sie rief ihn an. Er hob nicht ab. Sie rief ihn abermals an und ließ es so lange klingeln, bis der Versuch automatisch abgebrochen wurde.

Sie knetete sich die Finger, die junge Frau mit Pudelmütze stand wieder an ihrer Seite. Liv machte ihr Platz, doch die drehte sich nur leicht weg und starrte in den Himmel. Liv folgte ihrem Blick. Da war nichts.

»Elam, ich habe es dir nie gesagt, aber du warst immer bei mir. Ich schätze dich so sehr.« Ihr wurde warm trotz der eiskalten Glieder. Sie wischte sich über die Wange. »Gerade kullert mir eine Träne herunter. Guck, wie ehrlich ich geworden bin!«

Autos standen kreuz und quer. Mittlerweile erstreckte sich die Menschenansammlung vom Wohnhaus bis fast hinauf zum Kiosk. Und sie schwoll weiter an. Liv betrat wieder den Garten.

»Du bist noch immer sehr traurig, nicht? Ich glaube aber, wir müssen damit leben. Weißt du, was ich meine?«

Liv hielt inne, wartete, ob er vielleicht darauf reagierte.

»Ich meine, Elam, wir werden alle irgendwann zu Katzenjungen. Du erinnerst dich, ja? Efrats Mutter, wie sie der kleinen Yael einen Klaps auf den Kopf gegeben hat, das ist immer noch online. Oder Gila. Oder Torben. Oder Damien. Oder du.«

Liv holte tief Luft. Sie konnte sich kaum noch bewegen, andauernd musste sie irgendwelchen Menschen ausweichen.

»Kann mir mal einer sagen, wo hier der Reset-Button ist! Elam, ehrlich, wo ist der Reset-Button!«

Sie klopfte sich den Schnee von den Armen. Es schneite immer stärker.

»Ma sagt, wir dürfen nicht so grausam sein. Manchmal hoffe ich, eines Morgens schwebt über der Erde ein riesiges Raumschiff und wirft seinen gigantischen Schatten über alle Kontinente.« Sie lachte. »Das wär's doch, oder? So eine gemeinsame Gefahr, die wir nur alle zusammen überleben können.«

Sie checkte noch einmal Elams Wall, schaute unter den Franz-Text. Nichts.

»Elam, sag doch was! Gefällt dir das Raumschiffbild?«

Sie blickte auf den Bildschirm. Einzelne Schneeflocken landeten auf dem Screen, schmolzen. Elam war nicht da. Er war nicht mal in Berlin. Sie biss die Zähne fest aufeinander. Sie sah ihn im Aufzug. Sie sah ihn die Leiter erklimmen, die Dachluke aufstoßen, sah, wie er sich mit einem Klimmzug aufs Flachdach hochzog. Sie sah das weiche Moos unter seinen nackten Füßen, die tropfende Spur, die er hinterließ. Sah seinen geschorenen Kopf im Mondlicht schimmern.

Sie blickte hinauf zum Flachdach, als müsste sein Körper dort im nächsten Moment erscheinen. Sie wusste, wie konsequent er war.

»Elam, tu das nicht!«, sagte sie. »Spring nicht! Lass mich hier nicht allein!«

Plötzlich bewegten sich die Menschen von ihr weg und zur Hauswand hin. Eine freie, kreisförmige Fläche bildete sich. Sie verblieb inmitten dieses Kreises. Sah alle auf ihre Bildschirme blicken.

Also senkte auch sie den Blick. Kommentare fluteten Elams Wall. *RIP,* stand da, viele Male nacheinander, in allen Variationen und Sprachen. Hunderte, schnell Tausende.

Ihre Hand sackte herab, und ihr Körper ging in die Knie.

Um Liv herum war platt getretener Schnee, reihenweise Beine mit knallbunten Sneakers. Sie hörte das Knautschen der Schritte, hörte Tuscheln. Geräusche eintreffender Nachrichten, hörte sie etwas einsprechen oder abhören. Liv konnte noch so konzentriert die Gesichter absuchen. Elam war nicht da, Franz war nicht da.

»Werden wir uns wiedersehen«, fragte sie, »du, Franz, Kiki, ich, irgendwann, irgendwo?«

Sie sah hinauf zum Flachdach und drückte sich aus dem Schnee.

Elam, 1

Ich muss kurz eingeschlafen sein. Ich liege auf der Matratze und tippe schnell einen wirren Traum (Diener kleiden mich ein, bürsten mir die Haare, tragen mir Schminke auf und geleiten mich hinaus an die Balustrade. Ich hebe die Hand, sieben Sekunden lang, als Zeichen der Wiederkehr. Dann geleiten sie mich wieder hinein, entkleiden mich, reiben mir mit Öl die Schminke vom Gesicht, waschen mich und legen mich ins Bett. Ich habe viel Zeit, darüber nachzudenken, wie ich das nächste Mal die Hand hebe) zu meinen Notizen, bevor er sich verflüchtigt.

Ich richte mich auf. Wenn ich mich aufrichte, sitze ich schon an meinem Schreibtisch (der Bildschirm leuchtet, und ich sehe, wo Liv sich gerade befindet. Auf dem Weg zu Franz' Wohnung, zum letzten Mal). Ich besitze nicht viel, aus Prinzip, gerade das mag ich. Ich kippe die Matratze an die Wand.

Wegen der Vorhänge ist es sehr dunkel. Ich schalte das elektrische Licht an und sortiere die Dinge, damit es einfacher für die Menschen ist, die diese Wohnung zu entrümpeln haben.

Während ich die Klamotten zu Stapeln schichte, kommt mir Mutters Traumdeutungsbuch in den Sinn. Du träumst mehr, wenn du dich jeden Morgen daran zu erinnern versuchst (solche Stellen habe ich wieder und wieder gelesen, weil Mutter sie unterstrichen hat). Würde ich aber den ganzen Tag herumdeuten, käme ich zu nichts. Ich meine, du träumst zum Beispiel, dass du am Strand entlanggehst, und auf einmal schwappt eine Welle heran, zieht sich zurück und lässt eine fein gearbeitete Breitmaulnashornfigur aus Speckstein zurück. Du könntest jetzt nach der Bedeutung fragen. Du könntest dir aber auch ein Eis kaufen.

Am liebsten mag ich Vanilleeis. Ich kaufe es aber nie, aus dem einfachen Grund, weil ich denke, dass es nicht sein kann, dass von all den Sorten mir gerade Vanille am besten schmeckt. Also bestelle ich mir immer alles Mögliche, außer eben Vanille. Ich ärgere mich, aber nur insgeheim.

Die Klamotten habe ich geordnet, praktischerweise stapeln sich die Reihen an Büchern bereits an der Wand. Unter dem Bildschirm (Liv als pulsierender Punkt, schon näher an der Wohnung) ziehe ich einen Klassiker hervor und lege ihn auf dem Buchstapel, der mir bis zur Brust reicht, obenauf.

Ich habe mich, gerade als ich Livs Aufenthaltsort gesehen habe, an eine komische Szene erinnert. Ich war mal ein Junge, recht beliebt, weil ich schlicht keine Angst hatte. Das hängt damit zusammen, dass mir nie etwas passiert ist. Die Szene ist die: Wir waren in Livs Zimmer im zweiten Stock und wollten vom Fenster in die Baumkrone springen. Ich war der Erste, es klappte, und saß dann da und wartete, bis endlich Gila nachkam. Die traute sich nicht, ich rief ihr zu, es könne nichts passieren. Sie sprang wie eine Katze, die beim Sprung ausrutscht und auf halber Strecke abstürzt. Gila lag also winselnd am Boden, noch bevor Liv es überhaupt versuchen konnte. Liv sprang trotzdem zu mir in die Baumkrone, auch wenn Gila mittlerweile vor Schmerzen schrie. Gemeinsam schwangen wir uns von den Ästen nach unten, um Gila zu retten. »So ging's doch schneller«, sagte Liv. So eine ist sie. So eine.

Mittlerweile stehe ich an meiner Kochnische, häufe Kaffeepulver in die Espressokanne und stelle sie auf den Gasherd. Ich rupfe die mit Tape an die Rahmen fixierten Vorhänge von den Fenstern. Tief stehendes Sonnenlicht flutet den Raum. Ich muss die flache Hand über meine Augen halten. Ich lege die Stoffe zusammen und platziere sie neben dem Klamottenstapel. Nackt bin ich auch.

Noch diesen Kaffee werde ich trinken. Es gibt nicht mehr viel zu tun. Bei Aufbrüchen werde ich immer ganz sentimental. Ich hasse Nostalgie, aber bei Aufbrüchen erwischt es mich immer.

Zum Glück gibt es die Espressokanne, mit der ich mich beschäftigen sollte (denn da tut sich nichts). Klar, ich habe vergessen, den Gasherd anzuschalten, was ich jetzt nachhole. Ich schnappe mir das Feuerzeug vom Kühlschrank, drehe das Gas auf und entzünde die Flamme. Da ist auch mein Smartphone. Ich schieße letzte Fotos vom Apartment, von den Büchern, den Zetteln und Kopien an den Wänden (die ich als Allerletztes abnehmen werde). Ich gehe ins Bad und schieße ein Foto meiner abgeschnittenen Haare. Dann gehe ich im Apartment im Kreis, das hilft mir beim Denken.

Das letzte Mal, als es mich nostalgisch erwischt hatte, war ich einberufen worden. Und in diesem Moment tauchte Liv wieder auf. Sie war auf einmal da und ging auch nicht mehr weg. Sie starrte mich so lange an, bis ich mit ihr reden musste (damals hatte ich reden für überflüssig gehalten). Sie kannte damals die Einsamkeit nicht, also bin ich mit ihr in die Wüste gefahren. Da habe ich mich, glaube ich, in sie verliebt. Und ich war nicht der Einzige. Ganze Kompanien von Menschen haben sich in sie verliebt. Der Rest hasste sie.

Dann begann das Militär und hat alles auf null zurückgesetzt. Sie rasieren dir die Haare ab und kleiden dich so ein, dass du aussiehst wie all die anderen vor und hinter dir. Das war auch wieder ein Neuanfang. Und sie bringen dir das Schießen bei. Drei Jahre lang. Es war keine schlechte Zeit. Du lernst, was es bedeutet, sich auf andere verlassen zu können. Du lernst, was es bedeutet, für andere da zu sein. Dann ist Vater gestorben, und dann waren die drei Jahre um.

Ich wurde tieftraurig. Nicht wegen des Militärdienstes oder Vaters Tod allein. Auch nicht, weil Liv nicht mehr da war. Ich weiß bis heute nicht, warum. Es ist eine Trauer, die, einmal da, dich nie wieder loslässt.

Hinausgegangen bin ich während dieser Zeit nur selten. Blum, der das gemerkt hat, hat mir aber immer neue Aufgaben hingeschoben, und ich habe ihn dafür auf den neuesten Stand gebracht. Und dann starb Blum. Wobei, so ganz stimmt das nicht. Sterben ist ein Prozess, und du hast Zeit, da irgendwie hineinzuwachsen. Er aber war schlicht nicht mehr da.

Und so fiel ich wieder in dasselbe Loch, lag auf meiner Matratzeninsel herum, und ich wäre auch nie wieder von alleine hochgekommen (solche Matratzen gibt es), hätte Liv nicht immer wieder aus dem Off gesagt: Kauf dir doch ein Vanilleeis! Also habe ich mich auf mein E-Bike geschwungen, habe an Blum gedacht und habe Blum mit allen geteilt (das Vanilleeis war darüber vergessen). Das lief eine Zeit lang recht gut (du wirst geliebt), den Rest der Geschichte kann man sich anschauen (du wirst gehasst).

Ich bleibe in meiner Kreisbewegung stehen, weil das Wasser kocht und sich durch das Espressopulver drückt. Ich eile in die Kochnische, meine Bewegungen sind unkoordiniert, und als ich die Espressokanne von der Gasflamme hebe, wische ich eine Tasse von der Ablage. Sie zerspringt am Boden, ich bücke mich, klaube die Splitter zusammen und stopfe sie in den überquellenden Müll. Eine allerletzte Tasse habe ich noch. Ich gieße die dunkle Flüssigkeit hinein, etwas Zucker, den ich mit einem zittrigen Finger verrühre.

Ich genieße jeden einzelnen Schluck, dann stelle ich die Tasse neben das Radio, gehe zum Bildschirm und schiebe ihn mit dem Fuß unter das breite Fenster. Ich wohne wirklich sehr weit oben. Ich öffne die Balkontür.

Ich kann auf keinen Balkon dieser Welt mehr treten, ohne zu denken, dass ich am liebsten eine Flora Privat rauchen würde.

Er ist nicht ganz so hoch wie in meinem Traum. Aber ich spüre denselben Sog. Das ist so mit mir und wird wohl nie verschwinden. Gegenüber haben sie einen neuen Apartmentblock hochgezogen. Schwarz, das scheint der neue Trend zu sein. Ich könnte einen langen Bericht schreiben, wie ich Franz gefunden habe (oder er mich). (Du musst nur lange genug in Lokalen wie dem Eden oder der Mazuuurka Bar herumhängen, und ein Franz kommt an deinen Tisch.) Aber dafür bleibt keine Zeit. Entscheidend ist, dass ich dort viel Zeit verbracht habe, die Wände sind voll mit meinen Fundstücken: Fanny, das weite Flugfeld, der Hangar, Tischtelefone, Mr Tietz, der Laternenmast und du, Kiki.

1928, eine wirklich schöne Zahl, wie ich finde.

Zurück im Zimmer. Der Flieger geht in knapp drei Stunden. Ich spüle die Tasse, schlüpfe in die Klamotten (schwarz, aus Prinzip), viel zu warm für dieses Land. Ich nehme die Sachen von den Wänden: U-Bahn-Schächte, ein Picknick, unsere Flapper, Michael Jackson, wie er uns sein Baby präsentiert, Bilder vom Zeppelin und von seiner Landung in Lakehurst nach der Weltumrundung, Kiki, um die ich einen roten

Kringel gezeichnet habe. Ich schließe die Balkontür und überprüfe, ob die Gasplatten aus sind.

Nur ein Hemd, mein liebstes Buch und eine Unterhose stopfe ich in meinen alten Militärrucksack, schwinge ihn mir auf die Schulter, schlüpfe in meine viel zu warmen Stiefel (gefüttert) und nehme die Dokumente an mich. Ich schließe die Tür, schaue kurz, was Liv macht (sie biegt gerade auf der Höhe des Kiosks auf die Straße), und sprinte das Treppenhaus hinab (auf den Aufzug will ich nicht warten). Der Rucksack ist leicht. Ich bin doch sehr aufgeregt.

Den Schlüssel werfe ich in den Briefkasten. Ich versuche, alles mit frischen Augen zu sehen. Als liefe ich hier das letzte (erste) Mal. Die weißen Häuser mit den geschwungenen Balkonen. Die trockene Erde. Die Wäscheleinen. Der Geruch nach Waschmittel. Der Marktstand mit den Tomaten.

An der Kreuzung warte ich auf den Bus, länger als gedacht. Fahrpläne hängen sie keine mehr auf. Ich schiebe mir die Stöpsel in die Ohren und frage, wann denn ein Bus komme. Es bleibt reichlich Zeit, sagt Ava, bis der Flieger geht. Ich studiere meine Abflugzeiten und beruhige mich wieder. Ich warte, ohne groß an irgendwas zu denken, nur ein unbekanntes Gefühl macht sich in mir breit. In jeder Sekunde könnte ich eine Nachricht von Liv bekommen. Der schönste Moment ist der des Wartens. Da schlägt das Herz wie wild in meiner Brust. Ich zähle die vorbeifahrenden Autos, es ist viel los an diesem Tag.

Wir stehen in einem Stau noch weit vor dem Bahnhof. Ich übe mich in Geduld, ich kann dagegen ja nichts tun. Die Passagiere haben es eilig, du siehst es den Gesichtern an. Ich frage die Dame neben mir, wie weit es noch sei. Meine Stimme klingt dünn und brüchig, obwohl ich mich ganz anders fühle.

»So kommen wir nie an«, sagt die Dame.

Ich sehe zum letzten Mal das Meer, dann fahren wir ins Landesinnere. Da klingelt mein Telefon. Es ist Livs Mutter. Ich hebe ab.

»Hallo.«

»Hallo, Elam, geht es dir gut?«

»Gut, ja, ich bin endlich auf dem Weg.«

»Elam?«

»Ja?«

»Sag ihr, wie stolz ich auf sie bin, wie mutig das ist, was sie gemacht hat. Sag ihr, dass ich es erst jetzt verstanden habe. Sag ihr, dass sie genau das Richtige getan hat.«

»Ich richte es ihr aus.«

»Elam?«

»Ja?«

»Pass auf dich auf!«

»Keine Sorge, alles wird gut.«

»Ich danke dir.«

»Wir sehen uns.«

»Hoffentlich, ja, bald.«

Sie legt auf.

Das Telefon behalte ich in der Hand, der Bus ist wieder ins Stocken geraten, und die Hälfte der Passagiere steigt mitten auf der Kreuzung aus. Dann fahren wir doch wieder an und überholen sie. Als wir abermals ins Stocken geraten, laufen sie zügig an uns vorbei.

Also steige ich auch aus und laufe, schneller noch als die anderen. Die Stadt bietet ein groteskes Bild. Autos stehen kreuz und quer, und wir laufen durch die Wagenreihen, es sind Hunderte, die sich zu Fuß aufgemacht haben, als gelte es, schnellstmöglich diesen Ort zu verlassen. Es wird viel gehupt, ein Fahrer reckt die Faust.

Es ist nicht allzu weit. Irgendwann kommen wir an die Brücke, und darunter fahren die Züge. Ich frage eine Frau, wann denn der nächste komme. Sie schaut auf ihr Smartphone, sagt: »Gerade abgefahren.«

Irgendwann komme ich doch am Flughafen an. Okay, jetzt wird es eng. Ich laufe zügig, muss aber noch an den Schalter, das Gepäck aufgeben, einchecken und so weiter.

»Sie sollten sich beeilen«, sagt die nette Frau vom Bodenpersonal. »Sie müssen ja noch durch die Sicherheitskontrolle.«

Ich nicke, das habe ich begriffen.

»Nehmen Sie Ihren Rucksack als Handgepäck.«

»Geht das denn?«

»Ja, knüllen Sie ihn etwas zusammen.«

Ich suche nach der Sicherheitskontrolle. Ich bin nicht der Einzige, der leicht panisch wird. Alle sind in einem aufgekratzten Zustand, als stünde jedem Großes bevor. Die Sicherheitskontrolle ist aufwendiger als gedacht. Die Schlange davor enorm. Nachdem sie unsere Pässe durchgesehen haben, teilen unsere grünen Soldatinnen verschiedene Reihen ein. Ich verstehe nicht, warum ich mit all den Touristen und den irgendwie verdächtig aussehenden Menschen warten muss. Ich stehe da, und es geht nicht voran. Liv liest das letzte Kapitel, und das fühlt sich gut an. Und wenn ich den nächsten Flieger nehmen muss.

Nun bin ich dran (noch 25 Minuten bis zum Start). Ein nettes Mädchen führt mich in eine provisorisch wirkende Kabine. Ich sage ihr, dass ich eigentlich gleich fliegen sollte. Sie übergeht das und fragt mich stattdessen lauter Sachen: wohin es gehe, was ich vorhätte, warum ich keine Rückreise gebucht hätte. Auf nichts davon kann ich Antwort geben. Ich lächle, weil ich mich gut fühle. Sie muss jetzt kritisch schauen, und dann kommt eine zweite Frau hinzu, und die beiden wühlen in meinen wenigen Habseligkeiten. Dann stellt sie dieselben

Fragen ein zweites Mal, und ich denke mir einfach ein paar Antworten aus.

Sie lassen mich gehen. Es pingt. Eine Nachricht von Liv erscheint: *huhu, ich bin da!* (sie ist da!) Ich renne, wie ich nur rennen kann.

Am Gate bin ich zum Glück nicht der Letzte. Da ist noch eine Familie, ganz außer Atem, die mit mir zu spät gekommen ist. Die Kinder sind aufgeregt und zerren die Eltern hinter sich her, du siehst ihnen an, wie sehr sie sich auf ihre Reise freuen. Zusammen gehen wir den schmalen Gang entlang – ich suche nach einem letzten Fotomotiv, das ich Liv vor dem Abflug senden werde – und in das Flugzeug hinein. Wir werden von zwei Flugbegleiterinnen begrüßt, eine hält den Kindern einen Korb mit Bonbons hin. Bonbons in Regenbogenfarben. Auch ich schnappe mir zwei. Natürlich muss ich an Liv denken. Die Leute schauen auf, als wir nach unseren Plätzen suchen. Zwei Herren müssen sich erheben und mir den Weg zum Fenster freimachen. Bevor ich mein Telefon ausschalte, wähle ich das Foto mit den abgeschnittenen Haaren aus. Liv wird es verstehen. Ein Cut, damit Neues wächst. Es wird sie aber auch an Franz erinnern, der (wie alle irgendwann) vor so einem Endpunkt steht (der doch auch wieder nur ein Anfang ist). Ich sende das Foto und versetze das Gerät in den Flugmodus, weil der Steward mich mahnend ansieht. Lehne die Stirn ans Fenster.

Wir haben einen Zwischenstopp (Istanbul, Schneechaos), und ich muss im Transitbereich zu Gate 58. Ich laufe an den Boutiquen, Restaurants und Cafés vorbei, die an ein Einkaufszentrum erinnern. Überall kauern Menschen auf dem Boden über ihre Bildschirme gebeugt. Als ich bemerke, wie viel Zeit mir noch bleibt, gehe ich den halben Weg wieder zurück.

Inmitten des Hauptgebäudes gibt es einen Superfood-Stand. Ich studiere die angeschriebenen Getränke (alles roh und kalt gepresst).

»Ich hätte gern einen rohen Vanilledrink«, sage ich und zeige mit dem Finger grob zur Tafel. Ich bin stolz, mich überwunden zu haben.

»Wollen Sie nicht lieber das Angebot des Tages, den Pineapple-Quinoa-Shake?«, fragt die Verkäuferin.

»Nein, nein«, sage ich. »Das Vanilleding da.«

Ich setze mich an einen runden Tisch zu einer Familie (der Vater hat sich eines dieser Nackenkissen an den Hals geklemmt), sauge am Strohhalm und ziehe den Rucksack heran. Aus einem der Fächer nestele ich das Smartphone hervor und tippe ein paar Eindrücke ein. Ich werde gefragt, ob ich mich mit dem freien Netz verbinden möchte. Ich schreibe erst die Eindrücke auf, die (wie der Traum) schnell verfliegen, wenn du ihnen nicht gleich nachgehst. Es macht mir Spaß, wild herumzutippen und Dinge hinzuzufügen, die nie so passiert sind. Die Tochter, noch ein Kind, schaut mir zu. Ihr Bruder steuert mit den Daumen einen Fuchs über Zugwaggons, sammelt dabei Münzen ein und zündet einen Raketenrucksack.

Gerade will ich das Smartphone wieder verstauen (das sich immer noch verbinden möchte), da fällt mir auf, dass der Rucksack (so wie er auf dem Rücken liegt) mich an einen strampelnden Käfer erinnert. Ich mache ein Foto davon und verbinde mich mit dem WiFi, um es Liv zu senden.

Sie hat mir einen ganzen Schwarm von Voicemails aufs Telefon gesprochen (dazu werden etliche Anrufe in Abwesenheit angezeigt). Ich kann mich nicht erinnern, dass sie jemals so vehement versucht hat, mich zu erreichen (sie muss ahnen, dass ich komme). Zudem toben sich gerade ein paar Trolle auf meiner Seite aus und haben mich für tot erklärt. Ich ignoriere sie (die wollen nur von mir gefüttert werden).

Ich schultere den Rucksack (das Foto muss warten). Es wird die größte Überraschung aller Zeiten, wenn ich Liv in Berlin auflauere. Dementsprechend schnell laufe ich jetzt zum Gate und höre dabei, was Liv mir unbedingt sagen wollte.

Das Boarding ist in vollem Gange, die Schlange kurz. Draußen schneit es von links nach rechts. Das Flugfeld leuchtet orange. Die Flügel des Flugzeugs werden mit heißem Wasser abgespritzt. Dampf steigt auf. Es ist Nacht geworden

Ich schreibe: *Alles ist gut, hör nicht auf die Trolle, die erzählen Unsinn, ich bin nicht tot, bin unterwegs.* Aber sie liest die Nachricht nicht. Ich drücke auf den roten Aufnahmekreis und sage: »Ich bin unterwegs, Liv. Bin in Istanbul, nur ein Zwischenstopp, gleich geht mein Flieger«, und lasse den Kreis los.

Sie rufen meinen Namen, stehen da, ganz nah, hinter diesem Schalter, und rufen meinen Namen. Hektisch wähle ich Livs Nummer, viele Male, doch immer wieder bricht der Anruf ab. Dann erscheint die Meldung. Liv hat einen Stream begonnen. Ich tippe auf ihren Namen, ein Videofenster erscheint. Es sind 62 Zuschauer anwesend. Ich überfliege die Kommentare, während der Stream buffert. Schon sind es 184, in der nächsten Sekunde 473. Meine Beine zittern, vielleicht ist es aber auch nur die Erde, die bebt.

Liv filmt einen Hauseingang, daneben eine Reihe Kinder, die auf ihre Hände blicken. Sie nehmen sie nicht wahr, als Liv an der Haustür ruckelt. Verschlossen, das Glas ist milchig. Liv entfernt sich von der Tür, ich höre Motoren und viele Stimmen. Und da ist Schnee im Bild. Und während sich zwei Stimmen nähern, filmt Liv den Boden (noch mehr Schnee, platt getreten). Jetzt sieht man die beiden, eine Frau und einen Mann, die an ihr vorbeigegangen sind und einen Schlüssel hervorgeholt haben, die Tür aufschließen. Sie gehen hinein, die Tür fällt wieder zu, Liv bekommt gerade noch einen Fuß in den Spalt. Ein Flur, silberne Postkästen an der Wand. Links ein Aufzug, dessen Tür sich schließt. Ein Treppenhaus mit rotem Geländer. Sie geht die Stufen hinauf, im ersten Stock hat jemand Filmposter und ein paar Bilder von Frauen in Badeanzügen an die Eingangstür gehängt. Vor einer anderen türmen sich Sneakers. Sie steigt weiter die Treppen nach oben (ich versuche, ihren Atem zu hören). Schmale lange Fenster lassen fahles Licht von außen ins Treppenhaus. Liv konzentriert sich auf die Stufen (schwarz, mit glitzernden Steinen), Stock um Stock. Manchmal schwenkt sie hoch und filmt durchs Fenster auf die Straße (viele Menschen), den Vorgarten (noch viel mehr Menschen). Mit jedem Stockwerk werden die Bäume (Tannen?) kleiner, dazwischen bewegen sich Menschen als schwarze Punkte in der weißen Ebene (und leuchten aus den Händen).

Ganz oben angekommen, huschen drei blaue Türen durchs Bild, bis die Kamera an einer gerahmten Landschaft (ein See, zwei Bergkuppen, dazwischen Wald) hängen bleibt. Daneben ist eine Leiter angebracht. Jetzt kommt Livs Arm in die Szene und nimmt die Leiter von der Vorrichtung (ich höre sie kurz atmen). Es ist eine Leiter, die man einfach ausklappen kann. Liv rückt sie an die Wand. Oben eine Dachluke. Sie steigt die Sprossen hinauf, fasst nach dem Griff, dreht ihn und schwingt die Luke auf.

Sie steckt ihr Telefon im Freien in den Schnee (eine weiße Fläche, hier und da Moos mit schimmernden Härchen). Das Weiß erstreckt sich, bis es an der Kante abbricht. Dahinter dunkle, schwarze Nacht. In der Ferne drei Wohnblocks (Fernsehflackern). Und noch mehr schwarzer Himmel.

Zwei Turnschuhe kommen ins Bild. Es sind viel getragene Schuhe, ziemlich durchnässt. Ich kann Liv nicht sehen (aber atmen hören), bis sie sich entfernt, zur Kante hin, ihr Körper sich zielstrebig ins Bild schiebt, der, je weiter er sich entfernt (ihr Gang, die Bundhose, ein Sweater, ihre Haare, ihr Hals), kleiner wird.

An der Kante bleibt sie stehen. Ich könnte ihr schreiben, wie all die anderen. Doch ich weiß, sie hat sich längst entschieden.

Ihr Atem, der rhythmisch (und in aller Ruhe) in den Himmel steigt. Schneeflocken, die diagonal durchs Bild gleiten. Der Mond in einer Linie über ihr. Sie springt.

Kevin Kuhn, geboren 1981 in Göttingen, hat Philosophie, Kunstgeschichte und Religionswissenschaft in Tübingen studiert und ist heute Dozent am Literaturinstitut der Universität Hildesheim. Immer wieder hat er im Ausland gelebt, darunter längere Zeit in Neuseeland und Mexico City. Mit seinem Romandebüt »Hikikomori« (2012) wurde er von der FAS zu den 20 besten deutschsprachigen Autoren unter 40 gezählt. 2015 erhielt er das Literaturstipendium des Landes Niedersachsen. Er lebt in Berlin.

Foto: Conor Clark